राजनीतिक चिंतन
की
भारतीय दृष्टि

राजनीतिक चिंतन की भारतीय दृष्टि

संपादक

संजीव कुमार शर्मा

प्रभात प्रकाशन

प्रकाशक
प्रभात प्रकाशन प्रा. लि.
4/19 आसफ अली रोड, नई दिल्ली-110002
फोन : 011-23289777 • हेल्पलाइन नं. : 7827007777
इ-मेल : prabhatbooks@gmail.com v वेब ठिकाना : www.prabhatbooks.com

संस्करण
प्रथम, 2023

H

RAJNEETIK CHINTAN KI BHARATIYA DRISHTI
Ed. Shri Sanjeev Kumar Sharma

Published by PRABHAT PRAKASHAN PVT. LTD.
4/19 Asaf Ali Road, New Delhi-110002

ISBN 978-93-5521-726-4

पुरोवाक्

मानव सभ्यता के प्रारम्भिक काल से ही मानवीय अन्तर्सम्बन्धों की मर्यादा निर्धारित किए जाने की अपरिहार्यता अनुभव की गई। इसीलिए विश्व के प्राचीनतम समाज व समुदाय अपने तन्त्रों, व्यवस्थाओं, नियमों, बन्धनों, सीमाओं तथा परिधियों के रेखांकन के लिए निरन्तर विमर्श में रत रहे। इन्हीं अनवरत विमर्शों ने विश्व की सबसे पुरानी सांस्कृतिक धारा को प्रार्थनाओं, मन्त्रों, ऋचाओं तथा श्रुतियों का वह अद्भुत वरदान दिया जो वैदिक साहित्य का मूल मन्तव्य बना। प्रथमा विश्व संस्कृति के मन्त्रद्रष्टा ऋषियों, तत्त्ववेत्ता ब्रह्मज्ञानियों, अरण्यवासी मुनियों, गिरि-गह्वर स्थित तपस्वियों, जिज्ञासु स्नातकों और कर्मण्य जानपदों ने अपने समाज के जीवन के समस्त सम्भव आयामों और उनके वृहद् पक्षों पर गहन गम्भीर चिंतन किया। विचार के विशद मन्थन के तप से अनुस्यूत और विशाल विश्व के कल्याण से अभिप्रेरित ज्ञान समूहों ने अपने लिए राजनीतिक अभिकरणों की रचना भी की परन्तु सबका मूलाधार धर्म ही रखा क्योंकि वही सम्पूर्ण संरचना की धुरी है। धर्म ही मर्यादा है। धर्म ही सीमा है। धर्म ही नियम है। वही नियन्त्रण है। अतः धर्मपूर्वक अर्थ और काम का सन्धान करते हुए मोक्ष की साधना के मार्ग में किसी भी क्षेत्र में पुरुषार्थ विहीनता नहीं अपितु सम्पूर्ण मनोयोग से कर्तव्य पालन में नैष्ठिकता मनुष्य के आचरण का निकष बना। इसे ही श्रीमद्भगवद्गीता ने अनासक्ति योग से अभिधानित किया। औपनिषदिक तथा महाकाव्य काल की विचार सरणि भी मनुष्य के कर्तव्याकर्तव्य के निर्धारण में धर्म की प्रमुखता को चिह्नांकित करती रही। इसलिए राज्य और उसके उपागम सामाजिक व सांस्कृतिक परिवेश के निर्णायक अथवा निर्धारक कभी नहीं बन सके अपितु सदैव समाज व स्वधर्म की लक्ष्मणरेखाओं में आबद्ध ही रहे। यद्यपि यह तथ्य भी वर्तमान विशेषज्ञों के कौतूहल का कारण बना हुआ है कि कभी भी राजनीतिक अभिकरण ने इस धर्म नियन्त्रित मर्यादायुक्त सामाजिक सांस्कृतिक परिधि के उल्लंघन की कोई चेष्टा तक नहीं की। साथ ही इसे सहज स्वीकार ही किया। अतः भारतीय राजनीतिक विमर्श प्रायशः धर्म आधारित समाज व्यवस्था का एक उपांग

मात्र बना रहा। यही विशिष्टता राजनीतिक चिंतन की भारतीय दृष्टि को विलक्षण बनाती है तथा समस्त पाश्चात्य राजनीतिक चिंतन से पृथक् भी करती है।

परन्तु कदाचित् यह दुर्भाग्यपूर्ण ही है कि विशेष रूप से समकालीन स्वातन्त्र्योत्तर काल में भारतीय मनीषा, अपनी इस पारम्परिक वैचारिक समृद्धि एवं दृष्टि सम्पन्नता की उपेक्षा ही करती रही। सौभाग्य से लगभग एक दशक में भारतीय सांस्कृतिक पुनर्जागरण के विभिन्न सामाजिक प्रकल्पों की गतिशीलता तथा अतिसक्रियता ने राजनीति विज्ञान के अकादमिक समुदाय की दृष्टि और प्रयासों को भारतीय राजनीतिक चिंतन की पारम्परिकी की ओर आकृष्ट करने में सफलता प्राप्त की है।

भारतीय राजनीति विज्ञान परिषद वर्ष 1938 में अपनी स्थापना के बाद से अनवरत वैश्विक पटल पर भारत के राजनीति विज्ञान समुदाय की प्रतिनिधि संस्था के रूप में कार्यरत है। 1939 में अंग्रेजी भाषा में दि इंडियन जर्नल ऑफ पॉलिटिकल साइन्स के प्रकाशन से त्रैमासिक रूप से यह परिषद भारत के राजनीति विज्ञानियों का बौद्धिक मंच बनी हुई है। वर्ष 2009 से हिन्दी भाषी शिक्षकों तथा विद्वानों के साथ-साथ शोधार्थियों की सुविधा को दृष्टिगत रखते हुए भारतीय राजनीति विज्ञान शोध पत्रिका का अद्र्ध-वार्षिक प्रकाशन प्रारम्भ किया गया। यह पत्रिका भी निरन्तर हिन्दी भाषा में राजनीति विज्ञान विषय की स्तरीय शोध सामग्री प्रस्तुत करने का उपादान बन गई है। गत लगभग डेढ़ दशक में शोध पत्रिका में प्रकाशित आलेखों में से प्राचीन भारतीय राजनीतिक चिंतन पर आधारित कतिपय श्रेष्ठतम शोध पत्रों का चयन कर तथा उनका सम्यक् रूप से पुनः सम्पादन कर पुस्तकाकार में सुधी पाठकों के समक्ष प्रस्तुत किया जा रहा है। इन आलेखों में प्राचीन भारतीय राजनीतिक चिंतन परम्परा के विविध पक्षों का तार्किक विश्लेषण किया गया है।

भारतीय राजनीति विज्ञान परिषद की ओर से तथा इस पुस्तक के सम्पादक के नाते मैं सभी लेखकों का आभार व्यक्त करता हूँ। इन आलेखों की पुनर्प्रस्तुति को सम्भव बनाने के लिए मैं प्रियवर रियाज तथा सचिन का आभारी हूँ। मेरी शिष्या डॉ. चंचल ने कई बार प्रकाशन-पूर्व प्रति को पढ़कर इसे शुद्ध बनाया है, इस हेतु चंचल को स्नेहाशीष।

मुझे आशा ही नहीं अपितु पूर्ण विश्वास है कि यह पुस्तक प्राचीन भारतीय राजनीतिक चिंतन के अध्येताओं, विद्वानों, शिक्षकों, अनुसन्धित्सुओं, जिज्ञासुओं और समालोचकों को एक नई और सार्थक दृष्टि प्रदान करने में समर्थ होगी। भारतीय वैदिक मनीषा की प्रार्थना सबके पथ कल्याणकारी बनाए-यही कामना है।

स्योना पृथिवी भवानृक्षरा निवेशिनी। यच्छा शर्मः सप्रथ।

—संजीव कुमार शर्मा

अनुक्रम

राजनीतिक चिंतन का उद्‌भव : एक भारतीय दृष्टि

—संजीव कुमार शर्मा

वर्तमान भारतवर्ष में राजनीतिक चिंतन का अध्ययन प्रकृति से पश्चिमोन्मुख तथा पश्चिमाधृत है। हमारे उच्च शिक्षा संस्थानों तथा विश्वविद्यालयों में वर्षों से यह प्रथम पाठ पढ़ाया जाता रहा है कि राजनीति विज्ञान का आरम्भ यूनान से होता है। हमारी राजनीति विज्ञान की कक्षाओं में यह सर्वस्वीकृत विश्वास तथा ज्ञान परिव्याप्त है कि विमर्श के स्वरूप में राज्य के अध्ययन का प्रारम्भ यूनानियों ने ही किया। पाश्चात्य राजनीतिक सिद्धान्त के प्रमुखतम व्याख्याकारों में से अग्रगण्य जार्ज एच. सेबाइन ने प्रभावशाली रूप से घोषणा की है कि राजनीतिक सिद्धान्त जिस दार्शनिक-वैज्ञानिक चिंतन पद्धति का अंग है वह प्राचीन यूनानियों से ही प्रारम्भ हुई। भारत का उल्लेख सेबाइन ने मात्र एक बार यह बताते हुए किया है कि वह एक गौण परिधीय सभ्यता है जिसने बुद्ध को जन्म दिया। अन्य व्याख्याकारों में अर्नेस्ट बार्कर की भी स्पष्ट उक्ति है कि राजनीतिक चिंतन यूनान से प्रारम्भ होता है। प्लेटो के प्रसिद्ध कथन कि 'दर्शन विस्मय की सन्तान है' का उल्लेख करते हुए बार्कर ने लिखा है कि सर्वप्रथम यूनानियों ने ही दृश्यमान जगत को विस्मय से देखा और ब्रह्माण्ड को तर्क के आलोक में आत्मसात् करना आरम्भ किया। भारत में इस प्रकार के प्रयत्नों को बार्कर ने धार्मिक कर्मकाण्ड मात्र कहकर उपेक्षणीय सिद्ध किया है। विडम्बना यह है कि हमारे देश की राजनीति विज्ञानियों ने भी सहज स्वाभाविक रूप में इन धारणाओं को बिना किसी प्रश्न अथवा जिज्ञासा के जस-का-तस स्वीकार कर लिया। डी. आर. भण्डारी ने लिखा कि जब हम यह बताते हैं कि राजनीतिक चिंतन अपने व्यवस्थित रूप में पश्चिम में प्राचीन यूनान में जन्मा तो हम सुरक्षित भूमि पर हैं। प्राचीन यूनान में राजनीतिक सिद्धान्त के जन्म लेने का कारण था कि यूनानियों के मस्तिष्क की अनिवार्य धर्मनिरपेक्षता ने उन्हें वस्तुओं के विषय में तर्क

के आधार पर विमर्श करने को प्रेरित किया था। वर्तमान भारतवर्ष के सर्वाधिक समादृत राजनीति विज्ञानियों में से एक आशीर्वादम भी इसी विचार का समर्थन करते हुए शुद्ध तथा व्यवस्थित स्वरूप में राजनीति विज्ञान का जन्म प्राचीन यूनान में ही सिद्ध करते हैं। उनका मत है कि यूनानियों के चिंतन की तार्किक तथा सामाजिक बाह्य दृष्टि ने उन्हें इस योग्य बनाया था कि वे विशुद्ध राजनीतिक चिंतन का सूत्रपात करें। पौर्वात्य समाजों में राज्य के प्रति एक ऊपरी और सतही समझ तो विद्यमान थी और वे उसकी समस्याओं से भी अवगत थे तथा सम्भवतः प्राचीन यूनानियों से पूर्व से ही अवगत थे परन्तु वे राजनीतिक चिंतन का विकास करने में असमर्थ रहे क्योंकि उनकी समझ मिथकीयता तथा अन्धविश्वास मिश्रित थी तथा धर्म व राजनीति का परस्पर गुँथा होना स्वतन्त्र चिंतन के आड़े आता था। समाज विज्ञान ब्रह्मविद्या का अंग थे। प्राचीन हिन्दू चिंतन में राजत्व, जनपद, गणतन्त्र, शासन व्यवस्था, शासकों व नागरिकों के कर्तव्यों के बारे में बहुत कुछ बताया गया है। परन्तु वह सब कुछ एक विशद राजनीतिक सिद्धान्त के सूत्रपात में असमर्थ रहा। इस प्रकार आशीर्वादम भारतवर्ष में राजनीतिक चिंतन की प्राचीन परम्परा को अनुपयोगी सिद्ध करने का प्रयास करते हैं।

उक्त प्रकार के तर्कों द्वारा पाश्चात्य एवं भारतीय राजनीति विज्ञानियों ने निरन्तर यह विचार प्रतिष्ठित किया कि राजनीतिक चिंतन की परम्परा का उत्स यूनान के प्राचीन चिंतन में है और यह विचार अकादमिक जगत में स्वीकार कर लिया गया। इस विचार को मान्यता मिलते ही यह भी परिणामस्वरूप स्वीकार्य हो गया कि भारतवर्ष के प्राचीन इतिहास में राजनीतिक चिंतन का कोई विश्वसनीय स्वरूप विद्यमान नहीं था। यहाँ यह प्रश्न विचारणीय है कि प्राचीन भारतीय दार्शनिक चिंतन के प्रति सामान्य अज्ञान तथा उसकी वैचारिक एवं सैद्धान्तिक आधारभूमि से अपरिचय से उद्भूत इन धारणाओं का वस्तुतः सत्य तथा तर्क से सामना क्यों नहीं किया गया? संयोगवश, यहाँ यह भी ध्यातव्य है कि पाश्चात्य राजनीतिक चिंतन, सिद्धान्त तथा दर्शन में प्रकटतः निष्णात और प्रयत्नतः विशेषज्ञता प्राप्त हमारे राजनीति विज्ञानियों के समुदाय प्रायशः पाश्चात्य अवधारणाओं, विचारों, प्रतिमानों, अभिप्रायों, प्रत्ययों, अवयवों, चिंतकों, पुस्तकों आदि के विषय में अपनी प्रत्यक्षीकृत दक्षता पर गर्वित तथा हर्षित प्रतीत होते हैं। फलस्वरूप हमारे राजनीति विज्ञान समुदाय के संदर्भ, स्रोत, व्याख्याऐं, विश्लेषण, पूर्वसर्ग, एवं वैचारिक भावभूमि पाश्चात्य राजनीति विज्ञानियों तथा पश्चिम के विश्वविद्यालयों में कार्यरत समाज विज्ञानियों के लेखन पर आश्रित रहते हैं। परन्तु भारतवर्ष के प्राचीन काल से लेकर लगभग वर्तमानकाल के सामाजिक राजनीतिक चिंतन में हमारी अनभिज्ञता न तो हमें लज्जित करती है और न ही नए सिरे से भारतीय चिंतन परम्परा की अजस्र धारा में प्रवहमान होने को प्रेरित करती है। अपने विद्यार्थियों के पाठ्यक्रम निर्धारण में

हमारे विषय के विद्वानों में पश्चिमोन्मुखता प्रभावी है। हमारे शोध का अभिविन्यास तथा गवेषणा और विश्लेषण के स्वरूप भी इसी प्रवृत्ति के परिचायक हैं। परिणामस्वरूप हमारे महाविद्यालयों तथा विश्वविद्यालयों के साथ-साथ शोध संस्थानों ने भी स्वतन्त्र मौलिक चिंतन की सम्भावनाओं के द्वार बन्द ही किए हैं और भाषा, शैली, शब्दावली, प्रस्तुति, पद्धति, मत, शब्दकोश तथा प्रविधि की दृष्टि से हमारे इन उच्च शिक्षा संस्थानों में पश्चिम के अन्धानुकरण की प्रवृत्ति ही दृष्टिगोचर होती है। यद्यपि यह भी एक कटु सत्य एवं तथ्य है कि भारतीय राजनीति विज्ञान के परिदृश्य में लगभग सभी आयामों में पश्चिम के ऐसे आज्ञाकारी अनुगमन तथा अन्धानुकरण के बाद भी पाश्चात्य विश्वविद्यालयों तथा अकादमिक जगत् द्वारा वैश्विक स्तर पर शायद ही किसी भारतीय राजनीति विज्ञानी को मान्यता प्रदान की गई हो। आश्चर्य का विषय है कि पाँच हजार वर्ष से अधिक पूर्व की ज्ञात सभ्यता का इतिहास रखने वाले राष्ट्र ने अपने प्राचीनतम काल से आज तक किसी राजनीतिक चिंतन को जन्म ही नहीं दिया? वर्तमानकाल में महात्मा गांधी की बढ़ती हुई स्वीकार्यता उन्हें इस क्षेत्र में अपवाद के रूप में रखती है। ऐसा कैसे सम्भव हुआ के विश्व को सर्वप्रथम अपने वैदिक ज्ञान से अभिभूत करने वाले, आध्यात्म की दृष्टि गूढ़तम प्रश्नों से जूझने वाले, दर्शन के अन्यान्य आयामों पर चिंतन करने वाले, विकट जंगलों में बैठ कर आरण्यक ग्रन्थ रचने वाले, आदिकाव्य का सृजन करने वाले, न्याय, योग, आयुर्वेद, शल्य चिकित्सा, भैषज, खगोलशास्त्र, गणित, सामुद्रिकी, धनुर्वेद, संगीत, नाट्य, शिक्षा, ज्योतिष, व्याकरण, वाणिज्य, अर्थशास्त्र, शिल्प, आदि क्षेत्रों में अद्भुत, अविस्मरणीय तथा चमत्कृत करने वाली प्रगति करने वाले समाज के लोग अपनी राजनीतिक तथा प्रशासनिक व्यवस्था के प्रति उदासीन रहे? जिस समाज ने विश्व में प्रथम बार विश्वविद्यालय की अवधारणा को जन्म दिया, जिस समाज ने राजा और राष्ट्र पर सर्वप्रथम विचार किया, जिस समाज ने विश्व में प्रथम बार कराधान, करारोपण, कर संग्रह, उत्तराधिकार, दण्ड व्यवस्था, नगर प्रशासन, आदि पर सुव्यवस्थित चिंतन किया, जिस समाज ने सहस्रों वर्ष पूर्व राजधर्म के नियम स्थापित किए, जिस समाज ने राजत्व और राजा के मध्य भेद निरूपित किया, जिस समाज ने सभा और समिति जैसी संस्थाओं का उल्लेख वेदों में किया, जिस समाज ने युद्ध के भी नियम निर्धारित किए, जिस समाज ने समस्त प्राणियों की उत्पत्ति के सिद्धान्त निहित किए, जिस समाज ने सर्वप्रथम भाषा को व्याकरण के नियमों में बाँधा, जिस समाज ने शासकों को शपथबद्ध करना सर्वप्रथम प्रारम्भ किया, जिस समाज ने दीक्षान्त की अवधारणा विश्व के समक्ष प्रस्तुत की और जिस समाज ने विश्व बन्धुत्व का विचार दिया-वह समाज राजनीतिक जीवन के प्रति उपेक्षा का भाव कैसे रख सकता था? वह व्यवस्थित रूप में अपनी प्रशासनिक संरचनाओं पर विचार क्यों नहीं कर रहा था? गुरुकुल में बैठे हुए ऋषि,

राजाओं की सभाओं के ऋषि, गिरि कन्दराओं में ध्यानमग्न तपस्वी, नदियों के किनारे पर्णकुटियों में स्थित संन्यासी और शासन-व्यवस्था में निरत अमात्य-सब केवल धार्मिक अनुष्ठान कर रहे थे? क्या ये सब किसी अन्धविश्वास को पालने पोसने मात्र में व्यस्त थे? सम्पूर्ण विश्व को ज्ञानातीत, नैतिक, सार्वभौमिक आध्यात्मिकता का सार्वकालिक सन्देश देने वाले राष्ट्र की मेधा व मनीषा राजनीतिक चिंतन के विषय में अक्षम तथा अकुशल क्यों थी?

इस प्रकार के प्रश्नों की संख्या असीम है। परन्तु इन सबका उत्तर मात्र एक है कि हमने अपने प्राचीन ज्ञान की सायास उपेक्षा की है। आधुनिकता के मोह ने हमें अपने गौरवशाली अतीत के प्रति उदासीन बनाया है। प्राचीन भारतीय सामाजिक राजनीतिक चिंतन के प्रति अनभिज्ञता ने हमें उसके प्रति अनुदार बनाया है। पाश्चात्य दृष्टि से अध्ययन और विश्लेषण के अभ्यास तथा प्रवृत्ति ने हमें प्राचीन भारतीय चिंतन के प्रति असहिष्णु बनाया है। धर्मनिरपेक्षता के आवरण के प्रति आग्रह ने हमें पाखण्डप्रिय बनाया है। इतिहास की औपनिवेशिक दृष्टि ने हमें मानसिक रूप से पराधीन बनाया है। पश्चिम के वैभव के प्रति आसक्ति ने हमें हीनता-ग्रन्थि से ग्रस्त बनाया है। भाषा के धर्म और धर्म की भाषा में विभेद की असमर्थता ने हमें भ्रान्त बनाया है। तकनीकी विकास और प्रौद्योगिकी की उन्नति के आकर्षण ने हमें अनैतिक बनाया है। साम्प्रदायिक विमर्श के प्रभाव ने हमें अधार्मिक बनाया है। सामाजिक-सांस्कृतिक मूल्यों की उपेक्षा ने मूल्यविहीन और मूल्य-च्युत बनाया है। शिक्षा के पाश्चात्य प्रतिमान ने हमें विद्याविहीन बनाया है। यन्त्रीकृत व्यवस्थाओं ने हमें अमानवीय तथा संवेदनहीन बनाया है। सतत विदेशी आक्रमणों से नष्ट हुई ज्ञान सम्पदा को सुरक्षित रख पाने में हमारी असमर्थता ने हमें अपने मूल आधार से स्खलित बनाया है।

सत्य यह है कि जितना भी प्राचीन भारतीय वाङ्मय आज की तिथि तक उपलब्ध है वह यह सिद्ध करने के लिए पर्याप्त है कि प्राचीन भारतीय समाज अपनी राजनीतिक व्यवस्था के प्रति अत्यन्त सचेत तथा विचारशील था। अंग्रेज शासकों से आजीविका प्राप्त करने वाले अनेक लेखकों ने भारतवर्ष पर अंग्रेजों के आधिपत्य को औचित्यपूर्णता प्रदान करने के उद्देश्य से यह भ्रान्ति सुनियोजित तथा सुव्यवस्थित रूप में प्रचारित की ताकि भारतीय शिक्षित समुदाय यह बात सत्य के रूप में स्वीकार कर ले कि प्राचीन भारतीय समाज व्यवस्थित राजनीतिक चिंतन से परिचित नहीं था। प्रस्तुत टिप्पणी स्वरूप आलेख का आकार विस्तार से विभिन्न लेखकों, चिंतकों तथा ग्रन्थों के विवरण की अनुमति नहीं देता तथापि यह निर्विवाद रूप से स्वीकार करने योग्य तथ्य है कि प्राचीन भारतीय साहित्य में अनेकानेक विचारकों ने राज्य, राजत्व, राष्ट्र, जनपद, अमात्य, दुर्ग, कोष, सेना, दण्ड, न्याय, उत्तराधिकार, दाय, कराधान, नगर प्रशासन, आदि विभिन्न राजनीतिक

विषयों पर व्यवस्थित अध्ययन भी किया था और व्यावहारिक राजनीति के सूत्रों का प्रतिपादन भी किया था। स्मृतिशास्त्र, अर्थशास्त्र और धर्मशास्त्रों का प्रणयन करने वाले चिंतकों ने राजधर्म पर विशद, व्यापक और विस्तृत विचार-विमर्श प्रस्तुत किया था। शुद्ध साहित्य की रचना करने वाले साहित्यकारों, नाटककारों, कथाकारों तथा कवियों की रचनाओं में भी राजनीति एवं लोक प्रशासन के तत्वों पर गम्भीर तथा ध्यातव्य टिप्पणियाँ एवं उद्धरण प्राप्त होते हैं। पश्चिम के समाजों के सभ्य व शिक्षित होने से वर्षों पूर्व विश्वविद्यालयों की स्थापना करके ज्ञान-विज्ञान का संस्थागत स्वरूप भी भारतीय समाज का लक्षण बन चुका था।

वस्तुतः भारतीय राजनीति विज्ञान समुदाय को समेकित रूप में प्राचीन भारतीय राजनीतिक चिंतन के गम्भीर शोधपरक अध्ययन को प्रोत्साहित करना प्रारम्भ करना चाहिए। नए शोधार्थियों को प्राचीन भारतीय साहित्य के अवगाहन में प्रवृत्त करना चाहिए। पराधीन मानसिकता और हीनताग्रन्थि से बाहर निकलना चाहिए। पश्चिम से आया सब कुछ त्याज्य नहीं है। उसी प्रकार अपने इतिहास का सब कुछ उपेक्षणीय नहीं है। महाकवि कालिदास इस संदर्भ में महत्त्वपूर्ण विचार प्रस्तुत करते हैं कि विवेकशील, ज्ञानवान, बुद्धिमान, तर्कशील, विद्वान व्यक्तियों को दूसरों की बुद्धि का अनुसरण करने के स्थान पर स्वयं परीक्षण करके निर्णय लेना चाहिए।

पुराणमित्येव न साधु सर्वं
न चापि काव्यं नवमित्यवद्यम्।
सन्तः परीक्ष्यान्यतरद् भजन्ते
मूढ़ः परप्रत्ययनेय बुद्धिः॥

□

समकालीन राजनीतिक चिंतन की दिशा व दशा : भारतीय राजनीतिक दर्शन के संदर्भ में

—अभय विक्रम सिंह

—विप्लव

भारत में राजनीतिक चिंतन, राजनीतिक दर्शन की परम्परा यूनानी विचार श्रृंखला से अधिक प्राचीन, कालजयी, समृद्धिशाली एवं विकसित रूप में विद्यमान रही है। वेदों को विश्व के आदि ग्रन्थों की संज्ञा दिया जाना इसका प्रमाण है। यह ग्रंथ मानव के विकास से सम्बन्धित विभिन्न आयामों को न केवल स्वयं में समेटे हुए है बल्कि उन आयामों के द्वारा युग-युगों के प्राणी मात्र के कल्याण का मार्ग भी प्रशस्त करते हैं। तदुपरान्त भी भारत में राजनीतिक सिद्धान्त व शासन व्यवस्था से जुड़े विषय के मर्मज्ञ और बुद्धिजीवियों के मध्य इस बात को लेकर एक शून्यता का भाव दिखाई देता है। भारतीय उच्च शिक्षण संस्थानों में राजनीति विज्ञान विषय से जुड़े अधिकतर अध्येता और विचारक अध्यापन कार्य करते हुए बहुत गर्व के साथ उद्घोष करते हैं कि राजनीति विज्ञान और उससे जुड़ी समस्त अवधारणाओं के विकास का श्रेय यूनानी चिंतकों को जाता है। राजनीतिक दर्शन और राजनीति विज्ञान के जनक क्रमश: प्लेटो और अरस्तू थे। यूनानियों द्वारा सम्पूर्ण विश्व को ज्ञान-विज्ञान, दर्शन, संस्कृति, सद्गुण, नीति, तर्क आदि का पाठ पढ़ाया गया। अन्य मानव समाजों और समुदायों द्वारा इसका अनुसरण मात्र किया गया। इसे एक विडम्बना ही कहा जायेगा। क्योंकि वर्तमान समय में भी हम अपनी शिक्षण संस्थाओं में, अपनी कक्षाओं में पूर्ण विश्वास के साथ यह बताने में हिचकिचाहट का अनुभव करते है कि यूनानी चिंतन से बहुत पहले भारत में एक सुस्पष्ट, विस्तृत, विकसित व प्रभावशाली ज्ञान परम्परा विद्यमान थी।

वेद, पुराण, उपनिषद्, स्मृतियाँ, भाष्य, महाकाव्य, गीता आदि न जाने कितने ही ऐसे ग्रन्थ हैं जिनकी रचना आर्य लोगों ने की परन्तु इन रचनाओं को धर्म और आस्था का चोला पहनाकर हमारे सम्मुख बड़ी प्रवीणता के साथ प्रस्तुत किया गया। वास्तव में उनका भाव, उनका सार क्या है। वह किस प्रकार मनुष्य के जीवन की विविध कलाओं से सम्बद्ध हैं। ऐसे सभी तथ्यों का अन्वेषण व मूल्यांकन करने में हमेशा कोताही बरती गई। यूरोपीय सभ्यतायें जानती थी कि प्राचीन भारत के निवासी धर्म, दार्शनिक चिंतन और अध्यात्मवाद के साथ-साथ ऐहलौकिक ज्ञान को भी बहुत महत्त्वपूर्ण मानते थे। उनकी खोज व जिज्ञासा का क्षेत्र सीमित नहीं था। मनुष्य की व्यक्तिगत और सामूहिक उन्नति के लिए उन्हांने अनेक विधाओं का विकास व कौशल स्थापित कर लिया था। सांसारिक उन्नति और मनुष्यों का योगक्षेम भी उनकी दृष्टि में महत्त्व के विषय थे। शुक्रनीति, छान्दोग्योपनिषद्, वायु पुराण, जातक-ग्रन्थ आदि में स्थान-स्थान पर इन विविध प्रकार की विधाओं का वर्णन आज हमें प्राप्त होता है। समकालीन भारतीय विषय विशेषज्ञ तत्पश्चात् भी इन तथ्यों की अवहेलना अनवरत करते चले आ रहे हैं। शिक्षण व्यवस्था से जुड़े हम सभी लोगों के लिए यह खेद का विषय है कि स्वतन्त्रता प्राप्ति के सत्तर वर्ष पश्चात् भी हम अपने बौद्धिक, साहित्यिक और जीवन के विविध पक्षों से जुड़े प्रमुख ग्रन्थों को सरल और सहज भाषा में प्रस्तुत नहीं कर पाये हैं। परिवर्तन के लिए केवल किसी विचार का होना आवश्यक नहीं है बल्कि विचार का विस्तारित होना भी महत्त्वपूर्ण है। यह तभी सम्भव होता है, जब वह विचार निरन्तर पीढ़ी दर पीढ़ी प्रलेखन के माध्यम से हमारे सम्मुख प्रकट होता रहे। सत्य यही है कि यूरोपीय देशों ने इस कार्य को कुशलतापूर्वक किया है। अत: इस बात पर सन्देह करने का कोई कारण नहीं कि प्राचीन यूनानी चिंतकों की स्वयं की भी एक मौलिक चिंतन दृष्टि थी। उस यूनानी चिंतन का बहुत गहरा प्रभाव मध्यकालीन यूरोप और आधुनिक यूरोप के सभी देशों की सांस्कृतिक, बौद्धिक तथा वैचारिक चिंतन में परिलक्षित होता है। उस सम्पूर्ण ज्ञान परम्परा और विचार का अपना एक अलग महत्त्व व प्रासंगिकता आज भी विद्यमान है। इस बात को हम राजनीतिक दर्शन और सिद्धान्त विषय के विकास क्रम से पृथक् नहीं कर सकते। परन्तु यह भी सर्वविदित है कि भारत वैदिक सांस्कृतिक मूल्य, गौरवपूर्ण परम्पराओं, औजस्वपूर्ण विचारों, समृद्धशाली इतिहास, समन्वित व व्यवस्थित सामाजिक जीवन, विशाल ज्ञान परम्परा व उन्नत शासकीय पद्धति का प्रथम व प्रसिद्ध केन्द्र रहा है।

स्वतन्त्रता का मन्त्र देने वाले बंकिमचन्द्र चटर्जी ने कड़े शब्दों में देशवासियों से इन शब्दों में अपील की थी "क्योंकि तुम लोगों की प्राथमिकता सिद्ध करने वाले यूरोपीय विद्वानों की सामान्य वृत्ति हमारे भूतकालीन इतिहास को लांछित करने की है। उसकी गौरवमय स्मृतियों को तुम लोगों के मस्तिष्क से मिटाने की है और तुम्हें विपरीत दिशा में

भटकाने की है।" विदेशी बहकावे में अपने गौरवशाली अतीत को भुलाने की यह बात आज भी उतनी ही प्रासंगिक सिद्ध हो रही है। स्वामी विवेकानन्द ने देशवासियों को अपने अतीत की गौरव-गरिमा से परिचित कराते हुए और पाश्चात्य विद्वानों की कुटिलता पर कटाक्ष करते हुए अमेरिका में सम्पन्न एक भाषण में कहा था, "तुम्हारे पश्चिमी विद्वान आर्यों को विदेशी भूमि का बताते हैं और महान भारतीय इतिहास पर अनर्गल, मूर्खतापूर्ण बातें करते हैं। आश्चर्य कि हमारे भारतीय विद्वान भी इन्हें आँख मूँदकर मानते हैं।" उनका यह कथन प्रमाण था कि पाश्चात्य विचारकों और इतिहासकारों ने किस प्रकार संगठित होकर यूरोपियन शिक्षा प्रणाली पर आधारित एक नवीन चिंतनधारा को प्रतिस्थापित करने का सफल प्रयास भारत को अपने अधीन बनाये रखने के लिए सुनिश्चित किया था। इस कार्य से भारतवासी जब अध्ययनशालाओं से बाहर निकल कर आयेंगे तो वह अपनी सांस्कृतिक परम्पराओं से दूर पाश्चात्य परम्पराओं के अनुरूप रूपान्तरित हो चुके होंगे। इस प्रकार 'भारतीय विद्या' व संस्कार हाशिए पर खड़े होंगे और उनके निहितार्थ पूर्ण हो जायेंगे। आज भारत में कमोवेश ऐसा ही वातावरण दिखाई दे रहा है। अतः यदि हम पुनः श्रेष्ठतम बनना चाहते है तो हमें अपनी ज्ञान परम्परा को समग्रता के साथ आधुनिक विश्व और विज्ञान के संदर्भ में पुनः परिभाषित कर स्थापित करने की प्रक्रिया को गतिशील बनाना होगा।

वर्तमान परिस्थितियों में यदि हम विश्व के दो प्रमुख दर्शनों की रूपरेखा पर दृष्टिपात करें तो दोनों में कुछ समानताएँ दिखाई देती है। यूनानी दर्शन में सद्गुण और विवेक (मनुष्य में स्थित सर्वोच्च गुण) पर बहुत अधिक बल दिया गया है। माना गया है विवेकशील होना और विवेकपूर्ण आचरण करना ही वास्तविक न्याय है। यदि विवेक को समझने का प्रयास किया जाये तो यह मनुष्य का वह गुण है, जिसके द्वारा मनुष्य बौद्धिक रूप से श्रेष्ठ माना जाता है। विवेक में नैतिकता, मनुष्य के द्वारा पूर्ण किये जाने वाले कर्तव्य, दायित्व और सद्व्यवहार शामिल है। इसी सद्गुण के आधार पर न्यायशील समाज और एक आदर्श राज्य की कल्पना का स्वप्न प्लेटो द्वारा प्रस्तुत किया गया। स्वप्न इसलिए क्योंकि उसके सामने ही उसके प्रमुख शिष्य अरस्तू ने उसके इस विचार को नितान्त अतार्किक सिद्ध कर दिया था। परन्तु, यह भी सत्य है कि अरस्तू भी विवेक और सद्गुणों की प्राप्ति को मानवीय स्वभाव का सर्वोच्च लक्षण मानता है। ध्यान देने योग्य तथ्य यह है कि अरस्तू जब दास प्रथा का समर्थन करता है, तब वह समाज में इसी आधार पर विभाजन कर देता है। अर्थात् सभी मनुष्य विवेक सम्मत नहीं हो सकते है, केवल कुछ में ही सद्गुणों की प्रधानता दिखाई देती है। अब यदि इस तथ्य के विपरीत भारतीय सनातन दर्शन पर दृष्टिपात करें तो ज्ञात होता है कि भारतीय मनीषियों ने धर्म को और मनुष्य के पुरुषार्थ को सर्वाच्च स्थिति प्रदान की है। धर्म आधारित आचरण और

व्यवहार को ही सर्वस्व स्वीकार्य किया गया और यही सब के लिए श्रेयस्कर भी माना गया। अन्यथा, समाज और राज्य के पथभ्रष्ट होकर नष्ट हो जाने का खतरा बना रहता था। सबसे महत्त्वपूर्ण तथ्य यह है कि समस्त प्रजा तथा व्यक्ति के हितों से जुड़ी सभी संस्थाओं के साथ-साथ स्वयं शासक भी उस धर्म से बाहर नहीं था अर्थात् राजा भी अपने पद पर तभी तक स्थापित रहेगा, जब तक वह धर्मपूर्वक अपने कर्तव्यों का निर्वहन कर रहा है। इस प्रकार भारतीय दर्शन में जब राजनीतिक प्रश्नों और समस्याओं पर ध्यान केन्द्रित किया जाता है तब प्रत्येक मनुष्य अपने-अपने धर्म और उससे जुड़े कर्तव्यों, दायित्वों से बंधा हुआ है।

अब यदि हम धर्म की व्याख्या करें तो स्पष्ट है कि धर्म केवल विवेक आधारित कर्म करना या नैतिकतापूर्ण आचरण करना नहीं है। धर्म का अर्थ है—व्यक्ति में निहित वह समस्त संस्कार, जिसके द्वारा व्यक्ति कोई भी कर्म करते समय समस्त जीव जगत, प्रकृति और आध्यात्मिक जगत से बँधा हुआ होता है और हर सम्भव परिस्थितियों और पर्यावरण में रहकर निर्णय करते समय अपने द्वारा लिये गए निर्णय का मूल्यांकन भी करता चलता है। अर्थात् उसके किसी व्यवहार द्वारा कहीं से भी उसका, उसके परिवार का, उससे जुड़े लोगों का, समाज का और मुख्यत: उसके राज्य का कहीं अहित तो नहीं हो रहा है। साथ ही वह निर्णय सर्वव्यापी सर्वोच्च शक्ति द्वारा निर्मित विधान के प्रतिकूल तो नहीं है, जिस अनन्त, अविरल सनातन परम्परा का वह भी अंशमात्र है। उसका निर्णय उस परमेष्टी के विपरीत तो नहीं है। यदि ऐसा नहीं है तो मनुष्य का व्यवहार न्यायसंगत होगा और सामाजिक-राजनीतिक संस्कृति एवं व्यवस्था को बनाये रखने में सक्षम होगा। इस प्रकार मनुष्य का कर्म यह निर्णय करेगा कि धर्म अनुसार आचरण करके ही न्याय के उस परम लक्ष्य तक पहुँचा जा सकता है, जिसका अवयव वह स्वयं भी है। अत: विशुद्ध रूप में यह स्पष्ट है कि प्राचीन भारतीय चिंतन पूर्ण रूप से अधिक व्यापक, सर्वसमावेशी व समग्र चिंतनधारा है।

समकालीन भारत में राजशास्त्र से सम्बन्धित अधिकांश विचारकों की यह खोखली विचारधारा हास्यप्रद है और वह स्वयं को भूल को सुधारने में कोई प्रगति करने की जिम्मेदारी उठाने का प्रयास नहीं करना चाहते। वह यह तो मानते हैं कि सुकरात, प्लेटो के विचार विषय को आधार प्रदान करते हैं, परन्तु वह सभी शान्तिपर्व में भीष्म की राजधर्म, राजदर्शन सम्बन्धी विवेचना और संकलित संवाद को मात्र एक कथा मानते हैं। वह शुक्रनीतिसार और कौटिल्य अर्थशास्त्र में उल्लेखित विविध विधाओं-आन्वीक्षकी, त्रयी, वार्ता और दण्ड नीति को जानना समझना भी अनुपयोगी मानते हैं। उनके विचारों में प्लेटो, अरस्तू द्वारा चित्रित मानव स्वभाव का विस्तृत अध्ययन और गुण प्रधानता पर आधारित व्यवस्था में न्याय के सर्वोच्च गुण की उपलब्धि सम्भव होती है। इसके विपरीत

भारतीय प्राच्य राजदर्शन में वर्णित मानव कर्तव्यों पर आधारित सामाजिक-राजनीतिक संरचना को एक कोरी कल्पना मान लिया जाता है। जबकि तथ्य यह है कि मनुष्य के जीवन में कर्तव्य प्रधान कर्म और घटनाओं-परिस्थितियों में परिवर्तन होने पर उसके कर्तव्य परायण कर्म ही एक न्यायपूर्ण, न्यायसंगत राज्य का निर्माण करने में सहायक सिद्ध होंगे। ऐसे अनेक विचार, अवधारणाओं का विस्तृत अध्ययन और अनेकानेक प्रकार की व्याधियाँ जिनसे सम्पूर्ण विश्व भयावह ढंग से ग्रसित है, का अध्ययन और उनका समाधान हम जब तक भारतीय संदर्भों में नहीं देखेंगे तब तक इस देश में विषय के ज्ञाता स्वाभिमान पूर्वक अपने इतिहास, दर्शन, सिद्धान्त, परम्परा, विधाओं और दृष्टिकोण को गौरवान्वित कराने में वैश्विक मंच पर उनको स्थापित नहीं कर पायेंगे।

विगत पिछले कुछ दशकों में एक नई प्रवृत्ति राजनीति विज्ञान विषय के अध्ययन अध्यापन में परिलक्षित हुई है। देखा गया है कि केन्द्र व राज्य स्तर पर यदि राजनीतिक नेतृत्व में परिवर्तन होता है तो उसका प्रभाव विषय के पाठ्यक्रम व विषय के अन्तर्गत किये जा रहे शोध पर भी पढ़ता है। आमतौर पर यह चलन विकसित होता जा रहा है कि यदि आप शोध के लिए ऐसा विषय चयनित करें, जो विद्यमान सरकार की विचारधारा एवं मूल सिद्धान्तों से जुड़ा हुआ है अथवा दल विशेष की कार्यपद्धति का गुणगान करने के लिए किया जा रहा है ऐसी अवस्था में शोधार्थी को उसका लाभ मिलने का अवसर रहता है। इस प्रकार की व्यवस्था के दूरगामी परिणाम अत्यन्त घातक और समाज में वैमनस्यता को बढ़ावा देने वाले सिद्ध होंगे। अतः आवश्यकता इस बात की है प्रत्येक शोध का उद्देश्य चाहे वह किसी भी कालक्रम का विश्लेषण करता हो, व्यक्ति, धर्म, जाति, भाषा या व्यवस्था से जुड़ी राजनीतिक क्रियाओं, प्रक्रियाओं के कारण और प्रभाव का विस्तृत अन्वेषण व मूल्यांकन करता हो, हमें उस शोध द्वारा प्रस्तावित सुझाव, समाधान व निष्कर्षों को खुले मन से उसकी उपादेयता के आधार पर अपनाना चाहिए। ऐसा होने पर ही शोधार्थी बिना किसी सन्देह और दबाव के बेहतर शोध और बेहतर परिणाम दे सकेगा, जिससे इस विषय के प्रति रुचि और विषय का विकास मौजूदा हालातों और चुनौतियों के मद्देनजर हो सकेगा। सबसे प्रमुख बात, ऐसी परिस्थितियाँ मिलने पर इस देश का युवा राजनीतिक वर्ग भारतीय राजनीतिक चिंतन, भारतीय राजनीतिक दर्शन और राजनीति से जुड़े विविध आयामों पर अपनी एक सोच-समझ, विचार और मत प्रकट कर सकने में सक्षम हो सकेगा।

लेकिन यदि हम हमेशा इस भाव से ग्रसित रहेंगे कि हमारे तथ्य, हमारे विचार, हमारे मन्तव्य, हमारे सिद्धान्त अन्य सभ्यताओं में विकसित विचारों और सिद्धान्तों से निम्न हैं, निकृष्ट हैं तो हम कभी अपने राजनीतिक दर्शन तथा राजनीतिक परम्पराओं को ऊँचाइयाँ नहीं दे पायेंगे और न राजनीति विज्ञान विषय को सम्पन्न बनाने हेतु अत्यधिक सार्थक

व सम्पूर्ण भारतीय विचार, सिद्धान्त व संकल्पनाएं प्रस्तुत कर पाएंगे। वर्तमान स्थिति में हमारे विचारशील अध्यापक समाज के लोग कहीं न कहीं मानसिक और वैचारिक तौर पर गुलामी के कोहरे की चादर को ओढ़े बैठे हैं। स्वतन्त्रता प्राप्ति के बाद भी इन जंजीरों को तोड़ने का सार्थक प्रयास सम्पूर्ण भारतीय स्तर पर कभी नहीं किया गया। भारतीय राजनीतिक सिद्धान्त को और उसमें हुए परिवर्तनों को कभी भी भारतीय दर्शन के आधार पर समझने में और विषय का अध्ययन करने में हमें पिछड़ेपन का अनुभव होता है। इसके उपरान्त भी यदि कहीं कोई ऐसी चेष्टा करने में विचारकों ने किसी प्रकार की रुचि दिखाई तो उन्हें अपने ही साथ के विषय विशेषज्ञों का समर्थन नहीं मिला। ये सभी बातें, ये सभी तथ्य हमें हमारी संकीर्णता और दकियानूसी होने का आभास हमें कराते है। सम्पूर्ण विश्व को नैतिकता, सभ्यता, संस्कृति, मानवता, आध्यात्मिकता, सदाचार, आधुनिकता, और योगक्षेम का पाठ पढ़ाने वाले इस विशाल अखण्ड भारत के लोग, आज अपनी ही राह तलाशने में नाकाम है। आज हमें इन्हीं संकीर्ण विचारों की तिलांजलि देने का समय आ गया है। यह न केवल भारत राष्ट्र बल्कि सम्पूर्ण विश्व के लिए एक नई दिशा में विचार करने और नए मौलिक विकल्पों के साथ आगे बढ़ने का समय है।

□

प्राचीन भारत में राज्य और शासन

—कौशल किशोर मिश्र
—संजीव कुमार शर्मा

भारतीयों पर पश्चिमी चिंतकों ने आरोप लगाया कि प्राचीन काल से भारतीय चिंतन राष्ट्र एवं राष्ट्रीय भावना से शून्य, निरंकुशता से शासित, पतन, अपकर्ष, राज्य और राजनीतिक संवेदना से हीन, आध्यात्मिक समस्याओं में खोये रहने वाले, धर्म और कर्मकाण्ड में लिप्त रहा है।[1] पश्चिमी चिंतकों की यह धारणा भारतीय राजनीतिक मनीषा को पूर्णतः ठुकराने और भारत पर अपनी चिंतन शैली थोपने का कुप्रयास है। वस्तुतः प्राचीन भारत में राज्य और प्रशासन के जिस विकसित रूप के दर्शन होते हैं, उसकी कल्पना पश्चिमी चिंतक कभी नहीं कर सके। सुकरात से बहुत पहले भारतीयों ने राज्य चिंतन और प्रशासन के विभिन्न अवयवों की खोज पूर्ण कर ली थी। उन्होंने 'सुशासन' का उद्देश्य भी निश्चित कर दिया था। उन्होंने 'समावेशी' राजनीति के व्यापक विस्तार के माध्यम से राज्य और प्रशासन को 'नागरिक समाज' की स्थापना का साधन बना दिया था।[2]

'राज्य' अथवा 'स्टेट' की उत्पत्ति लैटिन शब्द 'स्टेटस' से हुई। ग्रीक और रोमन शब्दावली में इसे 'पोलिन और सिविटास' कहते हैं। अरस्तू राज्य को व्यक्ति से पूर्व की संस्था मानता है।[3] मैकियावली ने सर्वप्रथम इसका प्रयोग इकाई के रूप में किया। राज्य को प्रकृति की देन माना गया। कुछ ने राज्य को मानवीय आविष्कार माना, जो सामाजिक विकास के उद्देश्य के फलस्वरूप आया और भविष्य में समाप्त हो जायेगा। व्यक्तिवादी राज्य को आवश्यक बुराई मानते हैं। आदर्शवादी राज्य को साधन नहीं साध्य मानते हैं। समाजवादी एवं समष्टिवादी राज्य को साधन मानने की बात स्वीकार नहीं करते। वे राज्य को मानव हित में आवश्यक मानते हैं। अराजकतावादी एवं बहुलवादी राज्य को न केवल बुराई मानते हैं वरन् उसकी तुरन्त समाप्ति पर बल देते हैं। लोकतन्त्रवादी राज्य को 'लोगों के द्वारा, लोगों के लिए, और लोगों से' का निर्माण मानते हैं।[4] स्पष्ट है कि पश्चिमी चिंतन

में 'राज्य' को 'वादों', 'विवादों' और 'संघातों' में उलझा कर रख दिया। इससे आज तक राज्य का स्थायी स्वरूप सामने नहीं आ सका।

प्राचीन भारत में राज्य को जनपद, राष्ट्र, पौर जानपद, आदि नामों से वर्णित किया गया। कहीं-कहीं शासन एवं देश को भी राज्य का पर्यायवाची माना गया। आधुनिक युग में राज्य का प्रयोग वैयक्तिक कार्य से भिन्न समाज के सामूहिक कार्य को प्रकट करने के लिये किया जाता है। भारतीय परम्परा में 'वैदिक राष्ट्र' से 'राज्य' का विकास माना जाता है।[5] आधुनिक युग में राष्ट्र एव राज्य में अन्तर है। इसी प्रकार राज्य एवं शासन को एक करने पर भ्रम पैदा होता है। राज्य एवं समाज में भी अन्तर है। राज्य समाज नहीं, समाजों का समुच्चय है। समाज राज्य के पूर्व की संस्था है। वस्तुतः राज्य कम या अधिक संख्या में एक निश्चित भू-भाग पर बसे हुए व्यक्तियों का ऐसा समुदाय है जो बाह्य नियन्त्रण से मुक्त अथवा लगभग स्वतन्त्र होता है जिसमें ऐसा संगठित शासन होता है, जिसके आदेशों का पालन वहाँ के निवासियों का एक बड़ा वर्ग स्वतः करता है।[6] साधारणतः एक निश्चित प्रदेश में रहने वाले मनुष्यों के उस संगठन को राज्य कहते हैं, जहाँ बहुमत या एक वर्ग विशेष अपने विरोधियों पर बहुमत या वर्ग की शक्ति के द्वारा अपनी इच्छा को कार्यान्वित करता है।[7] फलतः राज्य किसी निश्चित भू-देश के निवासियों का राजनीतिक रूप से अपना संगठन है।[8] राज्य एक संगठित इकाई के रूप में मानव जाति का एक विशिष्ट भाग है।[9] अरस्तू के मत में राज्य वह है, जो सभी समुदायों से श्रेष्ठतम होता है, जिसके अन्दर सभी आते हैं और अन्य किसी समुदाय की अपेक्षा अधिक मात्रा में सर्वोच्च हित को लक्ष्य बनाकर चलता है।[10] बोदां ने मत व्यक्त किया कि अपनी सामान्य सम्पत्ति सहित परिवारों का समुदाय राज्य है। राज्य सर्वोच्चता एवं विवेक द्वारा नियन्त्रित है।[11] बेन्थम के मत में जब बहुसंख्यक व्यक्ति अथवा प्रजा यह मान लेते हैं कि वे एक ऐसे व्यक्ति अथवा व्यक्ति समूह के प्रति आज्ञाकारी हैं, जिनका पद, मर्यादा, आदि निश्चित हैं तो वे सब मिलकर राज्य कहलाते हैं।[12] अतः राज्य एक ऐसा बहुसंख्यक समाज है, जो अधिकारों की सामान्य भावना एवं लोगों के पारस्परिक सहयोग द्वारा संयुक्त है। विलोबी के मत में व्यक्तियों द्वारा निर्मित सबसे शक्तिशाली शासन करने वाली संस्था राज्य है।[13] रोबाइन इसी मत का समर्थन करते हैं।[14] लास्की राज्य की परिभाषा को और ठोस रूप देते हैं। उनके मत में राज्य किसी भू-भाग में सत्ता और प्रजा में विभक्त ऐसा सामाजिक संगठन है जो उस निश्चित भू-भाग को अन्य सभी संस्थाओं से सर्वोच्च मानती है।[15] स्पष्ट है कि अर्वाचीन राजनीतिक चिंतक राज्य की परिभाषा में उसके अनेक तत्वों का विश्लेषण करते हैं। जिनकी संख्या 3 से 7 तक है। नवीन मान्यता कम से कम राज्य के चार आवश्यक तत्व अनिवार्य मानती है। राज्य के मूल तत्व हैं—भू-भाग, जनसंख्या, सरकार और प्रभुसत्ता। पाश्चात्य आधुनिक राज्य की परिभाषा राष्ट्र-राज्य,

केन्द्रीकृत राज्यशक्ति, सम्प्रभुत्ता, साम्राज्यवाद एवं वैश्वीकरण के संदर्भ में करती है। आज साम्यवादी ही नहीं, व्यवहारवादी भी राज्य की प्रस्तुत परिभाषा स्वीकार नहीं करते हैं। व्यक्ति, समाज एवं राज्य के राजनीतिक, आर्थिक, सामाजिक एवं सांस्कृतिक सम्बन्ध अभिव्यक्त करने के लिये राज्य के चारों तत्व अपर्याप्त हैं। आधुनिक विज्ञान, प्रौद्योगिकी, वैश्वीकरण, राजनीतिक शक्ति के विस्तार, विश्व बहुलवाद और आर्थिक शक्तियों के नव साम्राज्यवाद और उनकी प्राथमिकता में पश्चिमी राज्य सम्बन्धी परम्परागत परिभाषा अपर्याप्त ही नहीं बल्कि चुक भी गयी है। सम्प्रभुता का सिद्धान्त, एक ध्रुवीय विश्व, अन्तर्राष्ट्रीय विधि के विकास, बहुलवादी समाज तथा विश्व की मानव जाति की समान समस्याएं, आदि के कारण समाप्त हो रही हैं। उक्त संदर्भ में प्राचीन भारतीय राज्य की परिभाषा का विश्लेषण और उसकी उपादेयता अपने आप में महत्त्वपूर्ण हो जाते हैं।

भारतीय परम्परा में राज्य को न तो आवश्यक बुराई माना गया न ही साध्य। राज्य को वर्गाधिपत्य की कार्य समिति भी नहीं स्वीकार किया गया। अराजकतावादियों और बहुलवादियों की तरह न ही यह माना गया कि व्यक्ति एवं समाज के हित में राज्य को तुरन्त समाप्त करना ही उचित है। भारतीय परम्परा में यह माना गया कि राज्य, व्यक्ति और समाज के हित में साधन है, उसे साधन बने रहना चाहिये। राज्य की परिभाषा जिस रूप में प्रस्तुत की गयी, उसमें आधुनिक राज्य के सभी तत्वों का समावेश हो जाता है। काणे का मत है कि राज्य के लिये जनसमूह का भौगोलिक सीमा के भीतर रहना, एक सुव्यवस्थित आर्थिक व्यवस्था का अस्तित्व, राज्य में पर्याप्त एवं सुदृढ़ बल एवं सेना का होना, एवं अन्तर्राष्ट्रीय मैत्री का होना अनिवार्य है।[16] नरेन्द्र नाथ लॉ का मत है कि भारतीय दृष्टि से राज्य वह संस्था है जो जनता को मोक्ष अर्थात् पूर्णता दिला सके, जिसके बिना लोगों की सुरक्षा, आर्थिक विकास एवं धार्मिक प्रगति असम्भव है।[17] लॉ की यह परिभाषा संकीर्ण है। प्राचीन भारत में राज्य व्यक्ति की पारलौकिक नहीं बल्कि लौकिक पक्ष की पूर्णता में साधन है। फलतः राज्य वह संस्था है जिसके बिना सम्पूर्ण जीवन का संरक्षण एवं पुरुषार्थ साधन नहीं हो सकता।[18] काशी प्रसाद जायसवाल राज्य की परिभाषा भौतिक आधार पर करते हैं। उनका मत है कि राज्य वह संस्था है जिसका चरम उद्देश्य प्रजा में शान्ति बनाये रखना एवं उसे सुसम्पन्न बनाना है।[19] जायसवाल की उक्त परिभाषा संदिग्ध ही नहीं भारतीय परिवेश एवं विषय से दूर है। वस्तुतः वे अपने युग से बद्ध हैं। जायसवाल की चेष्टा यह है कि कैसे पश्चिमी व्याख्याकारों को सन्तुष्ट किया जाये। इसलिये उन्होंने राज्य एवं सरकार के कार्यों को एक मान कर व्याख्या प्रस्तुत की। भारतीय राज्य के व्याख्याकार दो भागों में प्रस्तुत किये जाते है। एक ऐसा वर्ग जो व्यवस्था को राज्य का पर्याय मानता है, दूसरा वर्ग जो राजा के भाव या कर्म को राज्य कहता है। इस प्रकार की विचारधारा दसवीं शताब्दी तक के लेखकों में पायी जाती है। कौटिल्य ने राज्य की

परिभाषा में जनपद आदि को अनिवार्य माना। सोमदेव ने नीतिवाक्यामृतम् में यही प्रक्रिया स्वीकार की। मनुस्मृति की व्याख्या में मेधातिथि ने राज्य के अंगों को ही केवल अनिवार्य नहीं माना वरन् उसका समृद्ध होना भी आवश्यक बनाया।[20] जैसे जिस राज्य में जनसंख्या समृद्ध नहीं, वह राज्य ही नहीं। राज्य के विभिन्न घटकों में मात्रात्मक एवं गुणात्मक पक्ष का होना अनिवार्य है। पनिक्कर राज्य की परिभाषा में नैतिक एवं भौतिक पक्षों का समन्वय करते हैं। उनका मत है कि प्राचीन भारतीय विचारक सम्पूर्ण मानव जीवन की समृद्धिकारी संस्था के रूप में राज्य का विश्लेषण करते हैं।[21] महाभारत में राज्य की उक्त परिभाषा दी गयी है। कहा गया कि समस्त व्यक्तियों को मर्यादा और अनुशासन के भीतर रखने में समर्थ संस्था राज्य है।[22] राज्य सम्पूर्ण जगत का परम आश्रय है। उसके अभाव में समाज अव्यवस्थित हो जाता है।[23] फलत: जगत के समस्त प्रजाजनों की रक्षा में समर्थ एवं उसको धर्म, अर्थ, काम की प्राप्ति कराने वाली संस्था राज्य है।[24] प्राचीन भारतीय विचारकों ने राज्य के विकास का वर्णन हॉब्स, लॉक और रूसो के समान ही किया। ऐसा लगता है कि हॉब्स, लॉक और रूसो ने भारतीय राज्य चिंतन की परम्परा को अपने युग के परिप्रेक्ष्य में पश्चिम में आगे बढ़ाया है। तर्क और प्रमाणों से तो यही सिद्ध होता है। अगर इसे स्वीकार किया जाये तो विश्व में राजनीतिक चिंतन की परम्परा में प्राचीन भारतीयों की यह महान देन है।

राज्य की उत्पत्ति एवं आवश्यकता

पश्चिमी राजनीतिक चिंतन परम्परा में राज्य की उत्पत्ति सिद्धान्त पर व्यक्तिवादी, उदारवादी, आदर्शवादी एवं मार्क्सवादी विचारधारायें वैज्ञानिक ढंग से लागू हैं। इनका प्रयोग भारतीय विद्वानों ने अत्यधिक भौतिकवादी और वैज्ञानिक बनने के आकर्षण में भारतीय राज्य की उत्पत्ति सिद्धान्त पर लागू करने का प्रयास किया। उदारवादी विचारकों में हॉब्स एवं लॉक के अनुबन्ध सिद्धान्त को भण्डाकर,[25] बेनीप्रसाद,[26] सेलीतोर,[27] ने लागू किया। महाभारत में राज्य की उत्पत्ति के सम्बन्ध में जो आख्यायिका आती है, उसके बीज मनुस्मृति में निहित हैं। विद्वानों ने इसकी व्याख्या उक्त संदर्भ में ही प्रस्तुत की। जायसवाल,[28] अल्तेकर,[29] घोषाल,[30] जैरो विद्वान् उदारवाद एवं आदर्शवाद का सम्मिश्रण कर देते हैं। वी0पी0 वर्मा,[31] पी0एन0 बैनजी,[32] ए0के0 सेन[33] जैसे विद्वान इसी परम्परा का पालन करते हैं। वस्तुत: उक्त विचारकों के मन में यह अनुराग कार्य करता रहा कि प्राचीन भारतीय परम्परा में पश्चिमी ढंग से राज्य की उत्पत्ति पर विचार हुआ। तीसरी प्रकार की विचारधारा मानने वालों में रामशरण शर्मा जैसे विद्वान आते हैं, जिन्होंने मार्क्स और एन्जिल्स के सिद्धान्तों को प्राचीन भारतीय राज्य चिंतन परम्परा पर लागू किया।[34] जबकि वर्तमान भूमण्डलीकरण के युग में मार्क्स और ऐन्जिल्स के सिद्धान्त लगभग चुक

रहे हैं। विभिन्न विचारकों के विचारधाराओं के समन्वय से राज्य की उत्पत्ति के सम्बन्ध में कुछ निष्कर्ष प्राप्त होते हैं—1. राज्य एक आवश्यक बुराई है। मनुष्य ने उसकी उत्पत्ति निजी स्वार्थपूर्ति में की, 2. राज्य आवश्यक गुण है जो व्यक्ति के नैसर्गिक शक्ति के विकास के लिये आवश्यक वातावरण प्रस्तुत करता है, और 3. राज्य वर्गाधिपत्य की कार्य समिति है। वस्तुतः इन निष्कर्षों से अलग हटकर भारत में राज्य की उत्पत्ति के चिंतन का स्वतन्त्र अस्तित्व है। इसकी व्याख्या स्वयं इसमें उपलब्ध प्रमाणों एवं तथ्यों के आधार पर होनी चाहिये। वास्तव में विद्‌वानों ने राज्य की उत्पत्ति के सम्बन्ध में जो विवरण प्रस्तुत किया उसमें सैद्‌धान्तिक एवं दार्शनिक विश्लेषण का अभाव है। उक्त के अभाव में भारतीय राज्य की उत्पत्ति के संदर्भ में विवरण प्रस्तुत नहीं किया जा सकता।

प्राचीन भारत में माना गया कि किसी राजनीतिक व्यवस्था के उद्‌भव से पूर्व ऋत् पर आधारित समाज था। विराट् के तप से ऋत् एवं सत्य की उत्पत्ति हुई। तत्पश्चात् जगत् के मूर्त एवं अमूर्त की उत्पत्ति होती है।[35] भारतीयों ने ऋत् को विश्व का मूल माना है। ऋत् के संरक्षक 'मित्रावरुण है। ऋत् में उनसे शक्ति प्राप्त होती है।[36] सभी कुछ ऋत् में है और उसी से विकसित है।[37] ऋत् एवं सत्य के समन्वय से नैसर्गिक विधि एवं समाज का रूप स्पष्ट होता है। मनुष्य आदिकाल में नैसर्गिक विधि से संचालित था। सभी अपने नियम में स्थिर थे। व्यक्ति उत्तम गमन एवं निश्चित नियम में व्यवस्थित था। इसमें सृष्टि विकास प्रक्रिया में क्रमबद्‌धता स्थापित हुई। ऋत में स्वात्मवाद अर्थात् स्वयं स्थित क्रिया शक्ति थी, जो व्यक्ति को अपने-अपने स्थान एवं कार्य में स्थिर करती है। ब्राउन आदि काल में ऋत् से संचालित समाज की व्याख्या करता है, उसके मत में आदिकाल में प्रत्येक वस्तु व्यवस्थित थी, नियन्त्रण के नियम थे, प्रत्येक देवता अपने निश्चित कार्य करते थे।[38] ऋत में सृष्टि प्रक्रिया के विधान मात्र न थे वरन् उसमें उन तत्वों का भी समावेश था, जिससे व्यक्ति समाज से अपने सम्बन्ध स्थापित कर सका।[39] कोई भी नियम व्यवस्था आदि काल में ऋत् से अधिक न थी। वैदिक युग में जिस सामाजिक स्थिति का संकेत मिलता है उससे 'अराजक' आदर्श का रूप सामने आता है। अराजक के लिए 'अपरुद्‌ध', 'अराजकता' एवं 'अराजकतम्' शब्दों का प्रयोग है। 'अपरुद्‌ध' शब्द का प्रयोग 'राजविहीन राज्य' एवं समाज की स्थिति के ओर संकेत है।[40] 'अराजकता' ऐसे समाज का रूप स्पष्ट करती है, जिसमें ऋत अथवा नैसर्गिक विधि से स्वयं संचालित व्यवस्था का प्रयोग है। इसे सृष्टि का आदि रूप माना गया।

सृष्टि के आदि रूप में शान्ति एवं सदाचार का प्रवाह था। राज्य एवं राजपद जैसी किसी संस्था का कोई अस्तित्व न था। व्यक्ति विशेष के शासन एवं सम्प्रभुत्ता का न तो उदय हुआ था न ही ऐसे समाज की आवश्यकता था। समाज का यह रूप विराट् है। विराट् में व्यक्ति स्वयं में सुखी एवं सन्तुष्ट था उक्त व्यवस्था में व्यक्ति के जीवन

निर्वाह के साधन वृक्ष थे।[41] व्यक्ति में परिग्रह की भावना का अभाव था। पुरुष प्रधान परिवार जैसी किसी संस्था का उदय नहीं हो पाया था। व्यक्ति किसी सामाजिक श्रेणियों में विभक्त नहीं हुए थे। किसी राजनीतिक संस्था का अस्तित्व भी न था, क्योंकि व्यक्ति में अपने पराये की भावना नहीं थी।[42] इसी को 'अराजक युग' कहा गया। भारतीय विचारकों ने 'आदि युग' का दर्शन प्रस्तुत किया। सारी सृष्टि सत्व, रज एवं तम इन तीन गुणों से संचालित है। हीगल ने जिस द्वन्द्ववाद की व्याख्या की उसके सूत्र सांख्य दर्शन में उपलब्ध हैं। ये सृष्टि की द्वन्द्वात्मक स्थिति का चित्रण भी प्रस्तुत करते हैं। विकास की पहली स्थिति सात्विक है। इसमें प्रारम्भ एवं मूल में सत्व है। इस स्थिति में हर व्यक्ति कर्तव्यनिष्ठ है। व्यक्ति शुद्ध, अपरिमित, शक्ति, वीर्य, प्रभा, प्रभाव, धर्मसत्व एव शुद्ध तेज से युक्त है। "जिओ और जीने दो" का सिद्धान्त इस समाज का मुख्य आधार है। सात्विक समाज में व्यक्ति आत्म नियन्त्रित, कर्तव्यनिष्ठ एवं दूसरे के अधिकारों की रक्षा करने वाला है। इसी को पौराणिक भाषा में सतयुग या कृतयुग माना गया। इस अवस्था में राग, द्वेष, आदि गुण भी न थे। कालान्तर में सत्व के स्थान पर रज एवं तम का प्रभाव बढ़ा।[43] रज एवं तम के समन्वय से 'कृतयुग' 'त्रेता' में प्रवेश करता है। इसमें लोभादि प्रवृत्तियों का विकास हुआ। व्यक्ति में सात्विक वृत्तियों के साथ राजसिक एवं तामसिक वृत्तियों के प्रभाव से युग परिवर्तन सम्भव हुआ। चूँकि आवर्त सिद्धान्त के अनुसार सतत परिवर्तन की प्रक्रिया कार्यशील है, अतः कोई भी स्थिति स्थायी नहीं रह सकी। कृतयुग में परिवर्तन प्रवृत्ति के तत्वों में विकास से होता है। इसी में व्यक्ति पलता है। महाभारत में पराशर एवं भीष्म ने इसका स्पष्ट रूप से विवेचन किया। पराशर ने अपने स्मरण पर बताया कि धर्म प्रधान व्यवस्था में न्याय एवं धर्म से अनुवृत्त लोगों में आवश्यकता पड़ने पर धिग्दण्ड से कार्य चल जाता था, किन्तु कालान्तर में रज एवं तम के विकास से इनका प्रभाव व्यक्ति पर पड़ा। क्रमशः व्यक्ति में दर्प, मान, क्रोध, लज्जा, मोह आदि तत्वों का प्रादुर्भाव हुआ। इससे शान्ति भंग हुई। देवता, ब्राह्मण एवं स्वयं व्यक्ति की अवमानना होने लगी।[44]

उक्त स्थिति को भीष्म राजनीतिक भाषा में प्रस्तुत करते हैं। उनका मत है कि प्रारम्भ में न राजा था, न राज्य न दण्ड था, न दण्ड देने वाला। धर्म से प्रजा परस्पर रक्षित थी।[45] भीष्म के कथन के निष्कर्ष इस प्रकार है—1. इसमें एक ऐसे समाज का चित्रण है, जिसमें व्यवस्था है एवं व्यक्ति अपने लक्ष्य की प्राप्ति कर रहा है, किन्तु राजनीतिक शक्ति के घटकों का उल्लेख नहीं है, 2. व्यक्ति इतना विवेकशील एवं विधि निषेध का ज्ञाता है कि वह अपने व्यवस्था का संचालन स्वयं करता है, 3. ऐसे समाज का अस्तित्व व्यवहार में है, जिसमें राज्य के अभाव में व्यक्ति समाज एवं उसकी व्यवस्था कार्यरत है। यह स्थिति स्थाई न रह सकी। कालान्तर में क्रमशः खेद एवं मोह से धर्म का नाश हुआ।

लोग लोभ के वशीभूत हो गये। फलतः व्यक्ति कर्तव्य तथा अकर्तव्य से विमुख हो गया। धर्म के नाश होने पर लोग त्रस्त होकर ब्रह्मा की शरण में गये। ब्रह्मा ने सहस्त्र अध्याय में उनके धर्म, अर्थ एवं काम के संचालन के लिए विधान प्रस्तुत किया। स्पष्ट है कि मनुष्य की प्रवृत्तियों में पतन के कारण नैसर्गिक स्थिति में पतन होता है। धर्मशास्त्रों ने नैसर्गिक स्थिति के संदर्भ में कृतयुग या सतयुग की पौराणिक परिभाषा स्वीकार की है। उनका मत है कि कृतयुग के दौर में धर्म एवं सत्य चतुष्पाद था। व्यक्ति अपने कर्तव्य-अकर्तव्य का निश्चित ढंग से पालन करते थे। फलतः कोई भी व्यक्ति अधर्म में सम्पत्ति एवं ज्ञान के अर्जन का विचार तक न कर सकता था। इस नैसर्गिक समाज में तप, ज्ञान, यज्ञ तथा धन की प्रधानता थी। कृतयुग के यह चार स्तम्भ हैं। इस युग में व्यक्ति आरोग्य का प्रतीक, लम्बी आयु वाला, सर्वविध सिद्धियों एवं अर्थों से युक्त था। उसके तथा नैसर्गिक समाज के संचालन हेतु किसी प्रकार की व्यवस्था की आवश्यकता ही न थी। कालान्तर में युग परिवर्तन होता है। कर्तव्य एवं अकर्तव्य से विमुख होकर व्यक्ति में अधर्म की प्रवृत्ति बढ़ी। अधर्म से संचालित होकर व्यक्ति मे चोरी, कपट, असत्य से निजी सम्पत्ति एवं विद्या उपार्जन की प्रवृत्ति बढ़ी। अतः सतयुग में तप की, त्रेता में ज्ञान की, द्वापर में यज्ञ की एवं कलियुग में मात्र दान की प्रधानता थी। जैसे-जैसे युग परिवर्तित होता है, व्यक्ति के कर्तव्याकर्तव्य में परिवर्तन होता जाता है। अतः प्रत्येक युग के अलग-अलग धर्म एवं कर्तव्य हैं।[47] इसी आधार पर भृगु युग को परिवर्तन के वर्णों की उत्पत्ति से जोड़ते हैं। उन्होंने सतयुग को ब्राह्मण, त्रेता को क्षत्रिय, द्वापर को वैश्य एवं कलियुग को शूद्र माना। स्पष्ट है कि वर्णों के उद्भव के पीछे व्यक्ति के कर्म व युग के अनुसार परिवर्तित उसकी प्रवृत्तियाँ हैं। व्यक्ति की प्रवृत्तियों से धर्म एवं उसके कर्तव्य में परिवर्तन एवं नैसर्गिक स्थिति में ह्रस होता रहता है। इस स्थिति में अव्यवस्था उत्पन्न होती है। व्यक्ति की स्वार्थपूर्ण प्रवृत्ति से उनमें परस्पर टकराव उत्पन्न होता है। इसी पृष्ठभूमि में राजनीतिक व्यवस्था की उत्पत्ति माना जाता है। उक्त दार्शनिक एवं सैद्धान्तिक विश्लेषण की ऐतिहासिकता भी है। वैदिक काल में राजा, राजशक्ति, सामाजिक संगठन एवं न्यायिक संगठनों का उल्लेख मिलता है, किन्तु राज्य नामक संस्था का उल्लेख नहीं है। सभा, समिति जैसे संगठनों, सेना, युद्ध, कृषि आदि से स्पष्ट है कि वैदिक काल के साथ राजशक्ति का उदय हो चुका था। इतना अवश्य है कि राजशक्ति का स्रोत एवं केन्द्र सामाजिक संगठन थे। उत्तर वैदिक काल में राजशक्ति का स्पष्ट विकास होता है। ब्राह्मण ग्रन्थों तक राजा उसके अभिषेक सेनापति आदि उन तमाम घटकों का उल्लेख मिलने लगता है। इस आधार पर राज्य नामक संस्था का संगठन होता है। वस्तुतः परवर्ती युग अर्थात् अर्थशास्त्र, मनुस्मृति आदि धर्मशास्त्रों एवं महाकाव्यों में राज्य के सभी घटकों, उनके परस्पर सम्बन्ध आदि स्पष्ट रूप से मिल पाता है।

संदर्भ सूची—

1. मैक्समूलर, ए हिस्ट्री ऑफ संस्कृत लिटरेचर, पृष्ट 16, एवं द्रष्टव्य, बेनी प्रसाद, दि स्टेट इन एन्शियेन्ट इण्डिया, इलाहाबाद, 1928, पृ. 118
2. कौशल किशोर मिश्र, मनुस्मृति में राज्य-व्यवस्था और सुशासन, मेरठ, 2011
3. अरस्तू, पॉलिटिक्स, बार्कर कृत अनुवाद, पृ. 118
4. कौशल किशोर मिश्र, मनुस्मृति में राजतन्त्र, 1986, वाराणसी, पृ. 83
5. राधाकुमुद मुकर्जी, हिन्दू सभ्यता, अनु. वासुदेव शरण अग्रवाल, वाराणसी पृ. 181
6. जे डब्ल्यू गार्नर, पॉलिटिकल साइन्स एण्ड गवर्नमेन्ट, कलकत्ता, 1951, पृ. 49
7. ए.बी. बल्लार्ड, एलीमेन्ट्स ऑफ ज्यूरिसप्रुडेन्स, पृ. 40
8. जे.के. ब्लंशली, थ्यॉरी ऑफ स्टेट
9. जे. डब्ल्यू बर्गेस, पॉलिटिकल साइन्स एण्ड कम्परेटिव कान्स्टीट्यूशनल लॉ, लंदन 1980, वॉल्यूम-1, पृ. 51
10. अरस्तू, पॉलिटिक्स, बेन्जामिन जे., न्यूयार्क, 1943, बुक-1, पृ. 61
11. बोदां पॉलिटिकल साइन्स एण्ड गवर्नमेन्ट, गार्नर से उद्घृत, पृ. 47-48
12. जे.ए. बेन्थम, फ्रेगमेन्ट ऑफ गवर्नमेन्ट, लन्दन, 1931, पृ. 137
13. डब्ल्यू डब्ल्यू विलोबी, दि नेचर ऑफ स्टेट, लन्दन, 1922, पृ. 192
14. जार्ज एच. सेबाइन, हिस्ट्री ऑफ पॉलिटिकल थ्यॉरी, लन्दन 1966, पृ. 402
15. एच.जे. लास्की, ए ग्रामर ऑफ पॉलिटिक्स, लन्दन, 1950, पृ. 21
16. पी.वी. काणे, धर्मशास्त्र का इतिहास, द्वितीय भाग, लखनऊ, 1965, पृ. 586
17. एन.एन. लॉ, आस्पेक्ट्स ऑफ एन्शियेन्ट इण्डियन पॉलिटी, कलकत्ता, 1960, पृ. 1
18. ए.एस. अल्टेकर, स्टेट एण्ड गवर्नमेन्ट इन एन्शियेन्ट इण्डिया, दिल्ली, 1958, पृ. 42
19. काशी प्रसाद जायसवाल, हिन्दू राज्यतंत्र, द्वितीय भाग, पृ. 378
20. मनु. 9/294, तथा उस पर मेधातिथि की टीका
21. के.एम. पणिक्कर, दि आइडिया ऑफ सॉवरेन्टी एण्ड स्टेट इन इण्डियन पॉलिटिकल थॉट, बॉम्बे, 1963, पृ. 63
22. शान्ति पर्व 56/5
23. शान्ति पर्व 56/3,6
24. त्रिवर्गो हि समासक्तो राजधर्मेषु कौरवः।
मोक्षधर्मश्चविस्पष्टः सकलोऽसि समाहितः। शान्ति पर्व 56/4
25. भण्डारकर, प्राचीन हिन्दू राजनीति के कुछ पहलू, वाराणसी, 1974, पाँचवा आख्यान, पृ. 61-80
26. बेनी प्रसाद, दि स्टेट इन एन्शियेन्ट इण्डिया, इलाहाबाद, 1928, अध्याय तीन पृ. 202-42
27. बी.ए. सैलेटोर, एन्शियेन्ट इण्डियन पॉलिटिकल थॉट एण्ड इन्स्टीट्यूशन्स कलकत्ता, 1963, पृ. 142-47
28. के.पी. जायसवाल, हिन्दू पॉलिटी, पृ. 82-84, 164-68
29. अल्टेकर, पूर्वोक्त, पृ. 19-30
30. यू. एन. घोषाल, ए हिस्ट्री ऑफ इण्डियन पॉलिटिकल आइडियाज, 1959, पृ. 539
31. वी.पी. वर्मा, स्टडीज इन हिन्दू पॉलिटिकल थॉट एण्ड इट्स मेटाफिजिकल फाउन्डेशन्स, पृ. 38-39

32. पी.एन. बनर्जी, पब्लिक एडमिनिस्ट्रेशन इन इण्डिया, लन्दन, 1916, पृ. 34-41
33. ए.के. सेन, स्टडीज इन हिप्दू पॉलिटिकल थॉट, कलकत्ता, 1926, पृ. 16-48
34. आर.एस. शर्मा, आस्पेक्ट्स ऑफ पॉलिटिकल आइडियाज एण्ड इन्स्टीट्यूशन्स इन एन्शियेन्ट इण्डिया, 1959, अध्याय-तीन
35. ऋग्वेद 10/190/103
36. ऋतेन मित्रवरुणावृतावृधावृतस्पृशा। ऋतं वृहन्तमाशाथे॥ ऋ. 1/218, ऋ. 1/65/3-41
37. ऋग्वेद 4123/8-9
38. डब्ल्यू.एच. ब्राउन, मैथॉडोलॉजी ऑफ इण्डिया, पृ. 284
39. जिम्मर, फिलॉसोफी ऑफ इण्डिया, पृ. 63
40. अथर्ववेद 3/314, कठक संहिता 18/1, तैत्तरीय संहिता 2/3/1, मैत्रायणी संहिता 2/2/1, कौ.सू. 17/30
41. वामनपुराण 1/8/84, पद्मचरित 3/55, महावस्तु. 9/340-41
42. वामनपुराण 1/8160, महावस्तु. 1/340-46
43. पराशरकृत ज्योतिष संहिता की भट्ट उपलकृत वृहसंहिता की टीका, पृ. 151
44. शान्तिपर्व 268/8-14
45. शान्तिपर्व 59/14
46. वही 59/15-17/19-29
47. मनुस्मृति 1/81-86, तथा इन पर कुल्लुक भट्ट की टीका

□

राजनीतिक चिंतन का पुनर्भ्रमण : पौर्वात्य एवं पाश्चात्य

—श्रीप्रकाश मणि त्रिपाठी

प्राचीन भारत में राजनीतिक चिंतन अतिशय विशद एवं व्यापक रहा है। यह चिंतन धारा अद्‍यतन अविरल प्रवाहित है। इसके अन्तर्गत व्यक्ति, समाज और व्यवस्था के विविध पक्षों का सांगोपांग विवेचन किया गया है। नीति, नीयत, नियति, नियम एवं नैतिकता का जैसा उल्लेख प्राच्य भारतीय ग्रन्थों में हुआ है वैसा अन्यत्र दुर्लभ है। सामाजिक, आर्थिक, सांस्कृतिक एवं राजनीतिक व्यवस्था पर विविध प्रकार के विचार व्यवस्थित ढंग से भारतीय राजशास्त्र में समाहित है। शासक के गुण, कर्तव्य एवं लक्ष्य, राज्य का स्वरूप, आधार एवं अवयव, समाज की संरचना, सोच एवं समझ, धर्म का यथार्थ, गुणार्थ, तत्वार्थ एवं सन्देश तथा व्यक्ति का अस्तित्व, व्यक्तित्व, ध्येय, मन्तव्य एवं गन्तव्य जैसे विषय विवेच्य रहे हैं। समाज को व्यवस्थित कर राज्य को निर्देशित, नियन्त्रित, सुरक्षित एवं विकसित करने तथा राष्ट्रों के पास्परिक सबन्धों को निरूपित, निर्धारित, नियोजित, समायोजित एवं व्याख्यायित करने वाली विधा 'राजशास्त्र' के नाम से व्यवहृत है। वैदिक, औपनिषदिक, पौराणिक, सांघितेय (विविध संहिताओं में वर्णित), ब्राह्मण ग्रन्थों तथा विविध स्मृतियों एवं नीतिग्रन्थों में राजशास्त्र का विशद विवेचन है। भारतीय राजशास्त्र प्रणेताओं में व्यास, बृहस्पति, भारद्‍वाज, गौरशिरा, महेन्द्र, विशालाक्ष, वाल्मीकि, शुक्र, पराशर, कामन्दक, विदुर, भर्तृहरि, मनु, कौटिल्य, भारवि, माघ, अश्वघोष एवं श्रीहर्ष जैसे मनीषियों का नाम प्रमुखता से लिया जाता है।

भारतीय चिंतन प्रक्रिया में राजनीति के लिए काल, परिवेश, स्थिति स्थान और घटना के सापेक्ष अनेक पदों का प्रयोग किया गया है यथा-राजनय, दण्डनीति, नृपनीति, नृपशास्त्र, राजधर्म, राजनीति एवं अर्थशास्त्र है जबकि पाश्चात्य राजनीतिक परम्परा में केवल राजनीति और राजनीति विज्ञान जैसे शब्दों का प्रयोग हुआ है, जिनका समय-

समय पर अनेक उप-शाखाओं में विभक्तिकरण हुआ है। राजनीति से सम्बन्धित ग्रन्थों में प्रमुख हैं—आपस्तम्ब धर्मसूत्र, शान्तिपर्व, अनुशासन पर्व, शुक्रनीतिसार, विदुरनीति, अर्थशास्त्र, चाणक्यनीति दर्पण, नीतिशतकम्, याज्ञवल्क्यस्मृति, विष्णुधर्मसूत्र, विष्णु धर्मोत्तर एवं नीतिशास्त्र। इन्होंने अपनी अवधारणाओं से राजशास्त्र की विधा को व्यापक एवं समृद्ध बनाने का स्तुत्य प्रयास किया है। महाभारत में इसका उल्लेख है। बृहस्पति और भारद्वाज को 'राजशास्त्र प्रणेतार:' कहा गया है। नीतिप्रकाशिका में शासन का वर्णन करने वाले मानव एवं देव आचार्यों को 'राजशास्त्राणां प्रणेतार:' कहा गया। अश्वघोष में इसी नाम की पुनरावृत्ति है। पंचतंत्र के प्रथम अध्याय में मनु, बृहस्पति, शुक्र, पराशर आदि को नृपशास्त्र का प्रणेता कहा गया। भारतीय विचारकों ने राज्य व्यवस्था की आवश्यकता बहुत अधिक अनुभव की। जैसे शुक्रनीति, बार्हस्पत्य नीतिसूत्र, कौटिलीय अर्थशास्त्र, चाणक्यसूत्र, कामन्दकीय नीतिसार, सोमदेव का नीतिवाक्यामृत, सोमेश्वर का मानसोल्लास, भोज का युक्तिकल्पतरु, चण्डेश्वर का राजनीतिरत्नाकर, मित्रमिश्र का राजनीति प्रकाश, नीलकण्ठ का नीतिमयूख, अनन्तदेव का राजधर्म कौस्तुभ, केशव पण्डित की दण्डनीति, लक्ष्मीधर के कृत्यकल्पतरु का राजधर्मकाण्ड। इस कड़ी में राजनीति को सम्पूर्णता में समाहित करने वाला ग्रन्थ अग्निपुराण है, जिसमें न केवल मनुष्य सम्बन्धी विशेषताओं, व्यवहार एवं व्यवस्था की व्याख्या है, अपितु मानवीय प्रगति एवं व्यवस्था की उपादेयता का भी पर्याप्त विवेचन है।

भारत की समृद्ध बौद्धिक-वैचारिक परम्परा में प्राचीन ग्रन्थों में निहित है। भारतीय परम्परा अपनी नियतिवादिता, कर्मसंस्कार-प्रधान समाज रचना, वर्णाश्रम व्यवस्था, शान्तिमूलक एवं अहिंसात्मक विकास, आत्मकेन्द्रित किन्तु पारलौकिक कल्पना, पुरुषार्थ-पोषक धारणा, धर्मप्रधान नीतिमत्ता तथा शान्ति-समन्वित राजनीति के लिये विख्यात है। भारतीय चिंतनधारा भावजगत् और भौतिकजगत के सूक्ष्म-स्थूल रहस्यों का उद्घाटन करने में पूर्ण समर्थ रही। इसके उद्गम, विकास और विस्तार का इतिहास वास्तविकता के ठोस धरातल से आध्यात्मिक आदर्श की वायवीय कल्पना तक विस्तीर्ण है। भारतीय ज्ञान की प्राचीनतम शाखा वेदों से प्राप्त होती है। मन्त्रों या ॠचाओं के रूप में संकलित संहिता, ब्राह्मण, आरण्यक इन भागों में विभाजित वेदों की ज्ञानराशि आर्य जाति के उत्कृष्ट बौद्धिक उन्मेष का प्रमाण है।

ज्ञान के चार मार्ग या विधाएँ-आन्वीक्षकी, त्रयी, वार्ता एवं दण्डनीति है। इन्हीं के आधार पर राजनीति का स्वरूप निर्धारित होता है। बृहस्पति के मत में वार्ता एवं दण्डनीति दो विद्यायें हैं। शुक्र की परम्परा में केवल दण्डनीति विद्या है। उन्होंने चारों को दण्डनीति में अन्तर्भाव कर लिया है। मनु त्रयी, वार्ता और दण्डनीति को अध्ययन का विषय मानते हैं। आन्वीक्षकी को वे त्रयी के अन्तर्गत मानते हैं। अत: दण्डनीति धर्मदर्शन की भाँति एक

स्वतन्त्र विषय है। कौटिल्य ने दण्डनीति के चार आधारों का विवेचन किया है—(1) 'अलब्धलाभार्थी' अर्थात् जो वस्तु प्राप्त नहीं हो सकती है, उसे प्राप्त करना, (राज्य का उद्‌देश्य), (2) 'लब्धपरिरक्षिणी' जो वस्तु प्राप्त हो उसका रक्षण करना, (राज्य का कर्तव्य), (3) 'रक्षित विवर्धिनी', जो वस्तु रक्षित हो जाय उसकी वृद्धि करना (राज्य का अधिकार), (4) 'वृद्धस्मतीर्थेषु प्रतिपादिनी' जो प्राप्त हो चुका हो अथवा जिसकी वृद्धि हो चुकी हो, उसे उचित कार्यों में लगाना।

राजनीति की एक शास्त्र अथवा विधा के रूप में भारतीय परम्परा में व्यापक विशद और व्यावहारिक परिभाषा मिलती है। यहाँ तक कि इसमें निहित शुचिता और सामर्थ्य को ध्यान में रखते हुए व्यवस्था की सनातन भारतीय परम्परा में राजनीति का मानवीकरण कर देवता के रूप में प्रतिष्ठित किया गया है। तत्वकलानिधि में उल्लिखित है कि भारतीय राजनीति शुभ्र सात्विकता पर अधिष्ठित है :

अर्थशास्त्रं भवेद् गौरम् सारिकावदनं शुभम्।
अक्षसूत्रम् फलंविभ्रद् अन्नाहारम् कमण्डलुम्॥

उसका वदन सारिका (मधुरवादिनी मैना पक्षी) का माना गया है क्योंकि लोक संग्राहक गुणों में 'वाक्सूनृता' (मधुर वचन) की ही प्रधानता है। इनके कर में स्थित जपमाला द्‌वादशविध राजमण्डल की गतिविधि को परिगणित कर रखने में एकाग्रता का सूचक है। आम्रफल समस्त मण्डल में अनुरागपूर्ण भावना की समरसता का प्रतीक है। अन्नपात्र से विदित होता है कि जब निर्व्यसनी राजनीतिज्ञ देश में सुनीति स्थापित करते हैं, तब राष्ट्र व्यसन रहित होकर धान्योत्पादन में पूर्ण सक्षम होता है, अन्यथा दुर्भिक्ष की समस्या बनी रहती है। कर में स्थित कमण्डल यह द्‌योतित करता है कि यज्ञादि के पवित्रतम धूम्र से निर्मित मेघों द्‌वारा यथा समय सुवृष्टि निश्चित होती है, अनावृष्टि की सम्भावना शून्य हो जाती है। इस प्रकार भारतीय राजनीति शुभ्र फलप्रदा होती है।

मनु, याज्ञवल्क्य, बोधायन, नारद, पाराशर जैसे स्मृतिकारों ने जीवन को व्यवस्थित करने का भगीरथ प्रयास किया और एक वैधानिक, विवेक-सम्पन्न जीवन दृष्टि निरूपित की। कौटिल्य की व्यावहारिक शान्ति केन्द्रित राजनीति युगान्तकारी घटना है। कौटिल्य की नीति का राष्ट्रीय ऐक्य, सुदृढ़ता, कल्याणकारी राज्य और सम्प्रभुता के विवेचन में अनुदान सर्वाधिक महत्त्वपूर्ण है। उसने संसार और इस धरती की सारी मानवीय उपलब्धियों और कृतियों को अर्थशास्त्र की संज्ञा दी और उसके अध्ययन का सोद्‌देश्य प्रचार किया।

मनुष्याणां वृत्तिरित्यर्थः भूमिःतस्य शास्त्रमर्थशास्त्रं भूमिपालनादि।
अलब्धालाभार्थी लब्धपरिरक्षिणी रक्षितस्य विवर्धिनीः वृद्धस्मतीर्थेषु प्रतिपादिनी च॥

राजनय या राजनीति की अवधारणा बहुआयामी है। राजनीति का स्वभाव सदैव

परिवर्तनशील रहा है। राजनीति के परिवर्तनशील स्वभाव के कारण इसकी प्रकृति और परिभाषा सदैव के निए निर्धारित नहीं की जा सकती और इसलिये राजनीति शास्त्र के विद्वानों में इसे लेकर मतैक्य नहीं है। राजनीति के अध्ययन के सम्बन्ध में एक अन्य कठिनाई राजनीतिक समस्याओं का निष्पक्ष दृष्टिकोण से विश्लेषण नहीं किये जाने के कारण पैदा होती है। वस्तुतः राजनीति का व्यक्ति के दिन-प्रतिदिन के जीवन पर किसी न किसी रूप में प्रभाव पड़ता रहता है; ऐसे में किसी भी व्यक्ति का राजनीतिक मामलों के प्रति निष्पक्ष दृष्टिकोण रख पाना सम्भव नहीं है। सभी लोग किसी न किसी रूप में राजनीति रूपी जाल में उलझे हुए हैं और सबके व्यक्तिगत दृष्टिकोण में समानता नहीं है, इसीलिए राजनीति के प्रति सही दृष्टिकोण नहीं रखा जा सकता है। राजनीति रूपी रथ की बागडोर किसी एक तथा निश्चित सिद्धान्त के अन्तर्गत नहीं है, इसीलिए राजनीति शब्द का प्रयोग विविध प्रकार से किया गया है।

देश, काल तथा परिस्थिति के कारण बदलते हुये राजनय को एक निश्चित परिभाषा में आबद्ध नहीं किया जा सकता। देश तथा परिस्थिति के अनुसार प्राचीन काल से लेकर आज तक राजनय की परिभाषा सीमा और अंग ही नहीं बदले बल्कि उनके नामों में भी अन्तर देखने को मिलता है। जैसे प्राचीन काल में राजनय के लिये दण्डनीति, रामायण काल में राजनीति, एवं महाभारत काल में राजधर्म शब्द का प्रयोग किया गया है। इतना ही नहीं चन्द्रगुप्त मौर्य के काल में महापण्डित विष्णुगुप्त (चाणक्य) जिनका नाम कौटिल्य, चंचरीक एवं वात्स्यायन भी है, इसे अर्थशास्त्र नाम दिया है। यद्यपि इनके नामों में अन्तर देखने को मिलता है, किन्तु सबका अर्थ नीति से ही है; अर्थात् राजा या राज्य की वह नीति जिसके माध्यम से राज्य संचालन का कार्य सुचारु रूप से चलता है।

वस्तुतः राजाओं को उनके कार्य का योग्य ज्ञान देने वाला तथा राजाओं के लिये वैसे सब नियम बतानेवाला शास्त्र, जिनसे वह ठीक से शासन कर प्रजा को सुख और धर्म के मार्ग पर लगा सकें तथा स्वयं नियन्त्रित रह सकें, नीतिशास्त्र है। कामंदक ने कहा भी है कि नीतिपूर्ण रहने का अर्थ है विनयपूर्ण ढंग से कार्य करना। इसलिये नीतिशास्त्र का क्षेत्र बताते हुए कहा है कि उसमें राज्य के चार प्रकार के कार्यों का वर्णन किया जाता है—न्यायपूर्वक अर्थ का अर्जन (राज्य-प्राप्ति), उसका रक्षण, वर्द्धन तथा सत्पात्रों में उसका विभाजन (सज्जनों का पोषण)। इन चार कार्यों का मनुस्मृति के अनुसार अर्थ है—दण्ड अर्थात् सेना के द्वारा अलब्ध की प्राप्ति (अर्थ का अर्जन) प्राप्त हुए अर्थ की योग्य शासन के द्वारा रक्षा, रक्षा किये हुए राज्य की व्यापार जैसे साधनों के द्वारा वृद्धि (भौतिक उन्नति) तथा वृद्धिगत सुख समृद्धि का समुचित विभाजन करते हुए समाज के सज्जन व्यक्तियों का पोषण। दूसरे शब्दों में

अन्य राज्यों को जीतने की पद्धति, अपने राज्य की सुरक्षा तथा ठीक से शासन करने का ढंग, राज्य में व्यापार के द्वारा सुख समृद्धि में वृद्धि करने का ज्ञान और सत्पुरुषों के पोषण तथा अभिवर्धन का ढंग यह सब नीतिशास्त्रों में वर्णित हैं।

भारतीय राजदर्शन के प्रणेता और चिंतकों की मान्यता है कि राजनीति का उद्भव जिसे पहले 'दण्डनीति' भी कहा जाता रहा है लोक मंगल और सर्वहित के लिये हुआ था। राजनीति की उत्पत्ति का प्रमुख हेतु सम्पूर्ण जगत् की रक्षा और धर्म, अर्थ तथा काम की स्थापना है। यह दुष्टों के निग्रह, तथा साधु पुरुषों द्वारा अनुग्रह पूर्वक लोक मंगल करने के लिये विधानित की गयी है। राज्य की प्रतिष्ठा सत्य और धर्म पर करते हुये महाभारत में इस राजधर्म की प्रशंसा करते हुए कहा गया है कि सर्वे धर्मा राजधर्मप्रधाना:। तथा-सर्वा विद्या राजधर्मेषु युक्ता: सर्वेलोका राजधर्मे प्रविष्टा:॥ राजधर्म सब धर्मों में प्रधान है और सारी विधाएँ राजधर्म में ही निहित हैं। साथ ही सब लोक भी राजधर्म में निहित है। राजधर्म को सभी धर्मों में प्रधानता दी गयी है और समस्त विद्याओं को उसमें नियुक्त करने का उल्लेख मिलता है। कौटिल्य ने अपने ग्रन्थ में अर्थ एवं अर्थशास्त्र की संक्षिप्त परिभाषा दी है। उसके अनुसार मनुष्य की वृत्ति (जीविका) 'अर्थ' है। और जिस भूमि पर मनुष्य रहते हैं वह भी 'अर्थ' है। अस्तु वह शास्त्र अर्थशास्त्र है जिसमें मनुष्यों वाली भूमि के लाभ और उसके पालन करने के उपायों का वर्णन किया गया हो। अर्थशास्त्र की सारी प्रेरणा नवीनतम वस्तुओं की उपलब्धि, सुरक्षा, अभिवृद्धि, नियोजना और सर्वजन-प्राप्ति के लिये है। सप्तांग राज्य, अष्टांग बल, पुरुषार्थ, चतुर्वर्ग, षाड्गुण्य नीति, कूट युद्ध (तूष्णीं युद्ध, औपनिषदिक प्रकरण में), माण्डलिक क्षेत्रीयता एवं सार्वभौम सत्ता के स्थायी राजनीतिक प्रश्नों पर उनके विचार उल्लेखनीय हैं।

सामयिक संदर्भों में यदि राजनीति की सर्वकालिक व्यावहारिक परिभाषा पर विचार किया जाय तो हमें भर्तृहरि के कथन पर ध्यान देना होगा। उनकी दृष्टि में- राजनीति में सत्य और असत्य, कठोर और मृदु वचन, हिंसा-दयालुता, भोगशीलता-दानशीलता, नित्य व्यय की प्रवृत्ति तथा नित्य प्रचुर धनागम की व्यवस्था होती है। इसी कारण यह चंचला है। इसमें अतीव सम्भावना है।

सत्याऽनृता च परुषा प्रियवादिनी च।
हिंस्रादयालुरपि चार्थकरा वदान्या॥
नित्यव्यया नित्यप्रचुरधनागमा च।
वारांगनेव नृपनीतिर्नेकरूपा॥

वस्तुत: यह परिभाषा राजनीति के यथार्थ और उसकी गतिविधियों तथा सम्बन्धित उपलब्धियों और सम्भावनाओं का चित्रण है। आज हम राष्ट्र-राज्य के दौर में रह रहे हैं।

अन्तर्राष्ट्रीय राजनीति का प्रमुख कर्ता राष्ट्र ही है। भारत में राष्ट्र एक आध्यात्मिक धारणा है, जिसमें विशिष्ट प्रकार के विकासक्रम और एकता का भाव निहित है। आर्यावर्त से अभिहित विशिष्ट भौगोलिक जनस्थान में विविधरूपिणी सृष्टि की अद्वैतवादी एकता का परिचय मिलता है। अखिल ब्रह्माण्ड के साथ, सृष्टि के सारे पदार्थों के साथ एकात्मता अनुभव करने का भाव भारतीय आचार-विचार के मूल में है। धर्म, अध्यात्म और आचार-शास्त्र सभी इस निष्कर्ष पर पहुँचते हैं कि इस प्रकार का एकत्व अनुभव या साक्षात्कार ही व्यक्ति और समाज की संस्कृति का चरम ध्येय है। राष्ट्र की कल्पना इस समय प्रचलित थी, क्योंकि अथर्ववेद के अनुसार जनसमाज की कामना से दीक्षा लेने वाले ऋषियों ने तप किया, जिससे राष्ट्र, बल की उत्पत्ति हुई। राष्ट्र के अन्तर्गत सभा और समिति का संगठन नियमन-नियोजन के लिये था, जिससे जनतान्त्रिक परम्परा का प्रमाण मिलता है। भारत में सांस्कृतिक राष्ट्रवाद की धारणा का कमिक विकास मिलता है। जहां सैमुअल पी. हंटिंगटन जैसे विचारक सांस्कृतिक टकराव की बात करते हैं, भारत में सांस्कृतिक एकता, सद्भाव और प्रवाह की बात की जाती रही है। शंकराचार्य, विवेकानन्द और दीनदयाल उपाध्याय का इस संदर्भ में विशिष्ट योगदान है।

ऋग्वेद से राजनय सम्बन्धी कुछ तथ्य स्पष्ट होते हैं। ऋग्वेद के अनुसार आर्य कई जनों में विभक्त थे। इसमें पाँच जनों के नाम अक्सर मिलते हैं। अनु, दुह्य, यदु, पुरु एवं तुर्वस। इन्हें पंचजन कहा गया है। जन के अधिपति को राजा कहा जाता था। राजनीतिक संगठन की सब से छोटी इकाई कुल अथवा परिवार होता था। परिवार का स्वामी पिता अथवा बड़ा भाई होता था जिसे कुलप कहा जाता था। कई कुलों को मिलाकर ग्राम बनता था। ग्राम वस्तुतः आत्मनिर्भर होते थे। ग्राम की सुरक्षा के लिये उँचे टीले पर एक पुर (दुर्ग) बना होता था। ग्राम का मुखिया ग्रामणी कहा जाता था ग्रामणी सम्भवतः नागरिक तथा सैनिक दोनों ही प्रकार का कार्य करता था। ग्राम से बड़ी संख्या विश होती थी जिसका स्वामी विशपति कहलाता था। अनेक विशों का समूह जन कहलाता था। जन के अधिपति को जनपति या राजा कहा जाता था। देश या राज्य के लिये राष्ट्र शब्द आया है।

सभा और समिति नामक दो संस्थायें राजा की निरंकुशता पर नियन्त्रण रखती थीं। ऋग्वेद में अनेक स्थानों पर सभा का उल्लेख हुआ है किन्तु उनके कार्यों पर प्रकाश नहीं पड़ता। ऐसा प्रतीत होता है कि सभा कुलीन अथवा वृद्ध मनुष्यों की संस्था थी जिसमें उच्च कुल में उत्पन्न व्यक्ति ही भाग ले सकते थे। इसके विपरीत समिति सर्वधारण की सभा होती थी जिसमें जनों के सभी व्यक्ति अथवा परिवारों के प्रमुख भाग ले सकते थे। इन दोनों ही संस्थाओं का शासन पर महत्त्वपूर्ण प्रभाव होता था। राजा के अभिषेक के लिये भी इनकी सम्मति आवश्यक समझी जाती थी। ऋग्वेद में

न केवल राजा तथा समिति के बीच पूर्ण सहमति थी अपितु समिति के सदस्यों के बीच परस्पर मतैक्य पर भी बल दिया गया है।

लुडविक का विचार है कि सभा उच्च सदन थी जिसमें पुरोहित तथा कुलीन लोग भाग लेते थे। इसके विपरीत समिति निम्न सदन थी जिसमें सामान्य जन के प्रतिनिधि बैठते थे। जिमर का मत है कि सभा ग्राम की संस्था थी तथा समिति सम्पूर्ण जन की केन्द्रीय समिति होती थी। हिलब्रान्ट के अनुसार समिति संस्था थी जबकि सभा उनकी बैठक स्थल थी। अल्तेकर के अनुसार सभा प्राय: ग्राम संस्था थी और उसमें सामाजिक तथा राजनीतिक दोनों विषयों पर विचार किया जाता था (अल्तेकर, प्राचीन भारतीय शासन पद्धति, पृ. 117)। सभा में बहुत से निर्णय लिये जाते थे। यह न्यायालय का भी कार्य करती थी। समिति का स्वरूप केन्द्रीय शासन की व्यवस्थापिका सभा के समान था। सभा से बड़ी जनता की पसन्द होती थी। केन्द्रीय शासन और सेना पर समिति का बहुत अधिक प्रभाव था। समिति के समर्थन पर ही राजा का भविष्य निर्भर करता था। समिति के विरुद्ध हो जाने पर राजा की स्थिति संकटपूर्ण हो जाती थी, किन्तु इसकी रचना एवं कार्य पद्धति के बारे में सम्यक प्रमाण का अभाव है। सम्भव है कि इसका स्वरूप एवं कार्य पद्धति गणराज्यों की केन्द्रीय समितियों जैसा ही रहा हो, जिसमें सैनिक एवं कुलीन वर्ग के प्रमुख व्यक्ति भाग लेते हों। संहिता और ब्राह्मण काल तक आते-जाते समिति का प्रभाव कम हो गया और यह केवल परामर्श दायिनी परिषद् ही रह गयी। सभा और समिति के साथ-साथ विदथ नामक एक अन्य संस्था का भी उल्लेख मिलता है। अल्तेकर महोदय इसकी उत्पत्ति विद् (जानना) से लगाते हुए इसे विद्वानों की परिषद् बताते है जहाँ धार्मिक एवं दार्शनिक प्रश्नों पर विचार-विमर्श होता था। प्रशासन में यह भाग नहीं लेती थी। इसके विपरीत आर.एस. शर्मा इसे आर्यों की प्राचीनतम जनसभा मानते हैं। उनके अनुसार इसमें स्त्री-पुरुष दोनों ही भाग लेते थे तथा यह सभी प्रकार के कार्यो जैसे आर्थिक, सामाजिक, धार्मिक एवं सैनिक को सम्पन्न करती थी।

प्राचीन चिंतन में नागरिक जीवन का भी विशेष उल्लेख है जिसने कालान्तर में नागरिक समाज का पर्याय धारण किया। पुर राजधानी के प्रमुख अधिकारी को नागरिक कहा जाता है और उसी प्रकार जनपद की शासन-व्यवस्था का दायित्व समाहर्ता पर निर्भर किया गया है। शासन व्यवस्था और सुख-सुविधा की दृष्टि से कौटिल्य ने समग्र राष्ट्र को दो भागों में विभक्त किया है—पुर और जनपद। पुर से उसका अभिप्राय नगर दुर्ग या राजधानी से और जनपद से शेष सारे राष्ट्र से है। राज्य की सप्त प्रकृतियों में जनपद और दुर्ग (पुर) को इसीलिये अलग-अलग माना गया है। जहाँ तक राज्य के विकास का प्रश्न है, इसमें पौर्वात्य और पाश्चात्य चिंतन में एक निश्चित सीमा तक

एकरूपता दिखलायी देती है लेकिन इस परिप्रेक्ष्य में भी भारतीय चिंतन अपेक्षाकृत अधिक व्यापक और तथ्यपरक है। राज्योद्भव के विषय में प्राचीन भारतीय राजनीतिक चिंतन में सम्यक् विवेचन हुआ है। शुक्र ने राज्य के दैवी तथा सायवयी स्वरूप को प्रस्तुत किया है। एक ओर शुक्र ने राज्य को ईश्वर द्वारा उत्पन्न माना है तो दूसरी ओर राज्य को जीवित शरीर के सदृश भी माना है। जिस प्रकार जीवित शरीर के विविध अंग हैं, उसी प्रकार राज्य के भी सात अंग हैं। शुक्र के अनुसार शरीररूपी राज्य में राजा सिर के समान है, अमात्य चक्षु है, सुहृद् कान हैं, कोष सुख है, बल मन है, दुर्ग हाथ है तथा राष्ट्र पैर हैं। यहां पर एक बात विचारणीय है कि राष्ट्र की तुलना पैर से इस कारण नहीं की गयी है कि वह सबसे छोटा अंग है वरन् इसलिये की गयी है कि वह राज्य का आधार है। जिस प्रकार बिना पैर के शरीर खड़ा नहीं हो सकता, उसी प्रकार राष्ट्ररूपी पैर के अभाव में राज्यरूपी शरीर स्थित नहीं रह सकता है। इसी कारण राष्ट्र के सप्तांगों में शुक्र ने राष्ट्र को सबसे महत्त्वपूर्ण स्थान दिया है, उसे राज्य का आधार बनाया है।

शुक्रनीतिसार में ही राज्य की तुलना एक वृक्ष से की गयी है। शुक्र ने लिखा है कि

राज्य वृक्षस्य नृपतिः मूल स्कंधाश्च मन्त्रिगणः
शाखास्सेनाधिपाः सेनः पल्लवाः कुसुमान्ति च।
प्रजाः फलानि भूभागाः बीज भूमिः प्रकल्पिता॥

अर्थात् राज्यरूपी पेड़ का मूल राजा है, स्कन्ध मन्त्री है, सेनापति शाखाएं हैं, सैनिक पत्ते व फूल हैं, प्रजा फल है तथा भूमि बीज हैं। राज्य को व्यवस्थित रूप में परिभाषित और चित्रित करने के संदर्भ में भारतीय चिंतन पाश्चात्य चिंतन की तुलना में बहुत आगे है। प्राचीन भारतीय शास्त्रों में वर्णित सप्तांग (स्वामी, अमात्य, जनपद, दुर्ग, कोष, दण्ड और मित्र) राज्य की बराबरी आज का आधुनिक पंचांगी (जनसंख्या, भू-भाग, सरकार, सम्प्रभुता और मान्यता) राज्य नहीं कर सकता। प्राचीन भारतीय राज्य के तीन अगों-स्वामी, जनपद एवं सुहृद (मित्र) में आधुनिक राज्य के सरकार, सम्प्रभुता, जनसंख्या, भूभाग और मान्यता जैसे तत्व समाहित हैं। अमात्य स्थायी सेवा संवर्ग हैं जबकि दुर्ग, कोष और दण्ड के अन्तर्गत, सुरक्षा नीति, आपदा नीति, अर्थनीति एवं कानून-व्यवस्था का सविस्तार वर्णन-विवेचन है। साथ ही सैन्य बल और समरनीति (युद्धनीति) के विविध पक्षों का सम्यक उद्बोधन मिलता है। द्वादश राजधर्म के अन्तर्गत विदेश नीति, कूटनीति अथवा राजनय का अद्भुत चिंतन किया गया है, जिसकी उँचाइयों को आज का आधुनिक राजनीति विज्ञान स्पर्श नहीं कर पाता। भारतीय चिंतन में राज्य के लिए महत्त्वपूर्ण स्थान है और आज की वैश्विक राजनीति भी राज्य के अस्तित्व पर ही अवलम्बित है। मार्क्स ने राज्य के विलोपन की बात की

थी जो समय की कसौटी पर खरा नहीं उतरा। स्वामी करपात्री जी ने 'रामराज्य और मार्क्सवाद' में स्पष्ट उल्लेख किया है कि राज्य सतत् उपयोगी संस्था है और इसका सर्वोत्कृष्ट स्वरुप रामराज्य का संकल्प है।

भारतीय राजनीति का वृक्ष दो आधार भूमियों पर प्रतिष्ठित है। इसकी प्रथम आधार भूमि है 'अय' (दैवकर्म) और द्वितीय आधार भूमि है 'भय' (नीतिपालन रूप कर्म)। इसकी चार जड़ें हैं—

1. विजिगीषु (स्वामिगुण सम्पन्न आक्रामक राजा)
2. शत्रु (शत्रुगुण सम्पन्न आक्रान्त राजा)
3. मध्यम (भेद की स्थिति में उक्त दोनों का सहायक राजा)
4. उदासीन (भेद की स्थिति में उक्त दोनों का सहायक)

इस वृक्ष की आठ शाखाएँ हैं—

1. मित्र
2. शत्रु का मित्र
3. मित्र का मित्र
4. मित्र-शत्रु का मित्र
5. पार्ष्णिग्राह (पीछे से विजिगीषु का पैर खींचनेवाला)
6. आक्रन्द (पीछे से पार्ष्णिग्राह का पैर खींचनेवाला)
7. पार्ष्णिग्राहासार (पीछे से आक्रन्द का पैर खींचनेवाला)
8. आक्रन्दासार-(पीछे से पार्ष्णिग्रहासार का पैर खींचनेवाला)

उक्त प्रत्येक राजा-अमात्य, राष्ट्र, दुर्ग, कोष और बल जिन्हें 'द्रव्यप्रकृति' कहते हैं, अपने पास रखता है। ये ही उक्त वृक्ष की शाखाओं पर आश्रित आठ पल्लव हैं। संधि, विग्रह, यान, आसन, द्वैधीभाव और संश्रय-ये छः गुण इस वृक्ष के पुष्प हैं। क्षय, स्थान और वृद्धि इस वृक्ष के तीन फल हैं। कामन्दकीय जयमंगला में उल्लेख है कि इस वृक्ष को पहचानने वाला ही नीतिज्ञ माना जाता है।

अष्टशाखं चतुर्मूलं षष्टिपत्रं द्वये स्थितम्।
षटपुष्पं त्रिफलं वृक्षं यो जानाति स नीतिविद॥

राज्य के उद्देश्य के संदर्भ में भारतीय चिंतन इतना अधिक गम्भीर है कि राज्य को सर्वथा और सदैव लोक कल्याण के लिए ही संकल्पित माना गया है और इस कड़ी में राज्य और शासन के ध्येयों में एकरूपता है। यह मत मान्य है कि प्रजा के सुख में ही राजा का सुख है और प्रजा का हित ही राजा के लिए हितकर है। इससे बढ़कर लोक कल्याण का दृष्टान्त पाश्चात्य दर्शन में कहीं भी द्रष्टव्य नहीं है। कौटिल्य का यह कथन कितना सारगर्भित है—

प्रजा सुखे सुखः राज्ञः प्रजानाञ्च हिते हितम्।
नात्मप्रियं सुखं राज्ञः प्रजानाञ्च सुखे सुखम्॥

मनु के अनुसार शासक का मुख्य उद्देश्य धर्म, अर्थ और काम की प्राप्ति में साधक होना है। अत्एव शासन के अध्यक्ष, राजा को मन्त्रियों के परामर्श से इन उद्देश्यों की प्राप्ति के लिए ही सर्वदा प्रयत्न करना चाहिए। मनु और याज्ञवल्क्य दोनों यह कहते हैं कि राजा (शासक) को अप्राप्त (भूमि और धनादि) को प्राप्त करना चाहिए। जो कुछ प्राप्त हो गया है उसकी रक्षा करनी चाहिए। जिसकी रक्षा की गयी है उसमें विभिन्न प्रकार से वृद्धि करनी चाहिए और जो कुछ वृद्धि हो उसे सुपात्रों को दान कर देना चाहिए। इस प्रकार राजा (शासक) का धन सम्बन्धी कार्य चार सूत्री हुआ (1) मनु के अनुसार शक्ति द्वारा और (याज्ञवक्ल्य के अनुसार) वैध उपायों द्वारा धन प्राप्त अथवा अर्जित करना, (2) रक्षण (3) विभिन्न प्रकार अथवा नीति से धन की वृद्धि और (4) सुपात्रों को वृद्धि का दान। मनु और याज्ञवल्क्य दोनों ही कहते हैं कि राजा को पिता के तुल्य प्रजा का पालन करना चाहिए। राजा को आवश्यकता के अनुसार कठोर और मृदु होना चाहिए। राजा को चाहिए कि वह अपने राज्य की रक्षा करे और शत्रुओं को नष्ट करे। राजा न्यायी हो और दुष्टों का दमन करे तथा उन्हें कठोर दण्ड दे। राजा को उचित कर ही वसूल करने चाहिए, परन्तु आपत्ति काल में करों का भाग बढ़ाया जा सकता है क्योंकि राजा शासन का अध्यक्ष होता है।

प्रायः सभी कार्यों में वह मन्त्रियों तथा अन्य उच्च अधिकारियों से परामर्श करे और अधिकारियों के कार्यों का स्वयं नरीक्षण करे क्योंकि निरीक्षण प्रशासन तन्त्र की आधारशिला है। राजा (शासक) को सभी प्रकार से सरकारी अधिकारियों में से भ्रष्टाचार का मूलोच्छेद करना चाहिए। मनु और याज्ञवल्क्य दोनों ही कहते है कि भ्रष्ट अधिकारियों की सम्पत्ति जब्त कर राजा उन्हें राज्य से निकाल दे। जो अधिकारी अपने कर्तव्यों का ठीक से पालन न करें उन्हें जुर्माने का दण्ड देना चाहिए। इस प्रकार सरकारी अधिकारी प्रजा की लूट-खसोट नहीं कर सकते थे। मनुस्मृति और याज्ञवल्क्यस्मृति दोनों ही राजा को उसके कर्तव्य में से प्रमुख कर्तव्य के रूप में मन्त्रियों की नियुक्ति मानते हैं।

सरकार का स्वरुप यद्यपि राजतन्त्रीय था फिर भी इसमें लोकतान्त्रिक मूल्यों का भी समावेश था। राजा को अपने दायित्यों के निर्वहन में दक्ष मन्त्रियों की मन्त्रणा लेनी होती थी। मन्त्रिपरिषद की सलाह पर ही शासन कार्य संचालित होता था। रामायण में मन्त्रियों के अतिरिक्त विद्वान् व्यक्तियों तथा प्रमुख सैनिक पदाधिकारियों का उल्लेख प्राप्त होता है जो शासन में राजा को परामर्श देते थे। राम के उत्तराधिकारी निर्वाचित होने के समय प्रमुख पुरुषों की एक सभा हुई थी। अयोध्या काण्ड में प्रशासन के 18

विभागों का उल्लेख हुआ है, जो निम्नलिखित अधिकारियों के अधीन थे—

1. मन्त्री (मुख्य सलाहकार)
2. पुरोहित
3. युवराज
4. चमूपति (मुख्य सेनापति)
5. द्वारपाल
6. अन्तर्वेशिक (अन्तः पुर का निरीक्षक)
7. कारागार अधिकारी
8. द्रव्यसंचय कृत (राजभवन का मुख्य परिचारक)
9. विनियोजक (मुख्य कार्याधिकारी)
10. प्रदेष्टा (मुख्य न्यायाधीश)
11. नगराध्यक्ष
12. कार्य-निर्माण कृत (मुख्य अभियन्ता)
13. धर्माध्यक्ष
14. सभाध्यक्ष
15. दण्डपाल
16. दुर्गपाल
17. राष्ट्रान्तपालक (सीमा रक्षक) तथा
18. अटवीपाल (अरण्य संरक्षक)

ऋग्वेद में पुरोहित, सेनानी तथा ग्रामणी इन तीनों अधिकारियों का उल्लेख मिलता है। युद्ध के समय पुरोहित राजा के साथ जाता था तथा उनकी विजय के लिये देवताओं से प्रार्थना करता था। शिक्षक, पथ-प्रदर्शक तथा मित्र के रूप में पुरोहित राजा का मुख्य साथी होता था। राजा पुरोहित का बड़ा सम्मान करते थे। उनका प्रभाव शासन पर भी था। ऋग्वेद में वशिष्ठ, विश्वामित्र जैसे पुरोहितों के नाम मिलते हैं, जिनकी बहुत अधिक प्रतिष्ठा थी। सेनानी राजा के आदेशानुसार युद्ध में कार्य करता था। शान्तिकाल में सम्भवतः उसे नागरिक कार्यों को भी करना पड़ता था। ग्रामणी प्रशासनिक और सैनिक कार्यों के लिए ग्राम का नेता होता था। वह ग्रामीण जनता के हितों का प्रतिनिधित्व करता था। स्पश (गुप्तचर) तथा दूत नामक कर्मचारियों का भी उल्लेख मिलता है। अपनी सेवाओं के बदले राजा को अपनी प्रजा से कर तथा सेवा प्राप्त करने का अधिकार था। प्रारम्भ में यह भेंट उपहार के रूप में ऐच्छिक था किन्तु धीरे-धीरे इसने नियमित कर (बलि) का रूप प्राप्त कर लिया। करों का बोझ मुख्यतः कृषकों, व्यापारियों, कलाकारों एवं शिल्पियों पर ही पड़ता था। ब्राह्मण तथा राजन्य

(क्षत्रिय वर्ग) के लोग अधिकांशतः राजकीय करों से मुक्त थे।

सूत्रकाल में विकसित न्यायदान प्रणाली का विवरण मिलता है। वेद स्मृति विद्वानों के आचरण ही विधि के स्रोत माने गये हैं। न्याय करते समय विविध जातियों एवं कुलों की प्रथाओं परम्पराओं एवं रीति-रिवाजों का पूरा ध्यान रखा जाता है। राजा ही मुख्य न्यायाधीश होता था। अपराधियों को उचित दण्ड देना उनका प्रमुख कर्तव्य था। गूढ मामले परिषद् को सौंपे जाते थे। सूत्रकालीन न्याय व्यवस्था वर्ग-भेद पर आधारित थी। एक ही अपराध में शूद्र के लिए कठोर तथा विद्वान् के लिए साधारण दण्ड दिये जाते थे।

शासन व्यवस्था के प्रसंग में नगर की व्यवस्थापिका सभा (नगर पालिका) का बहुत विस्तार से वर्णन किया गया है। उसके छह विभाग बताये गये हैं। प्रत्येक विभाग का संचालन पांच सदस्यों के हाथ में हुआ करता था। एक विभाग का कार्य कारीगरों (कलाकारों) की निगरानी करना था। दूसरे विभाग के हाथ में विदेशियों की देख-रेख तथा उनके आवास एवं अन्य सुविधाओं की व्यवस्था तीसरा विभाग जनगणना, स्वास्थ्य तथा आय-व्यय से सम्बन्धित था, चौथा विभाग मुद्रा तथा विनिमय तौल, चुंगी, पासपोर्ट का कार्य करता था, पांचवाँ विभाग निर्मित वस्तुओं की निगरानी के लिये नियुक्त था और छठा विभाग केवल 'कर' वसूली का था।

राज्य संचालन में धर्म का विशेष महत्त्व था। इसका आशय नैतिकता, सदाचार और विवेक का आश्रय लेकर सत्ता का संचालन करना था। इसीलिए राजनीति के लिए राजधर्म शब्द का भी प्रयोग होता रहा है। आचारः परमो धर्मः धर्म राज्य का सहगामी अथवा सहोदर है, क्योंकि धर्म के अभाव में राज्य का अस्तित्व नहीं है। धर्म का सामान्य अभिप्राय उपासना-आराधना-आचार सम्बन्धी विभाग है, जैसे हिन्दू-धर्म, ईसाई-धर्म, यहूदी, मुस्लिम-धर्म, बौद्ध एवं जैन धर्म। दूसरे, नैतिकता के अंग के रूप में धर्म, सद्गुण या सदाचार का पर्याय है। विधिशास्त्रीय समीक्षा में धर्म सामान्य विधि का सूचक है। न्याय तथा कर्तव्य का बोध भी धर्म से होता है। राज्य यदि विधायिनी संस्था है, न्यायप्रदायिनी तथा कर्तव्यप्रेरिका है, तो वह केवल धर्म के कारण। इसीलिये धर्मशास्त्र और नीतिशास्त्र विशद रूप से प्रत्येक क्रिया पर प्रकाश डालते हैं। मनु ने धर्म की व्याख्या करते हुए उसे राग-द्वेष से परे, सज्जन एवं विद्वानों द्वारा व्यवहृत तथा अन्तःकरण द्वारा अनुमोदित विवेक कहा है।

मनुसंहिता में देशधर्म, जातिधर्म, कुलधर्म तथा गणकर्म (समूह-धर्म) पर पूरा-पूरा प्रकाश डाला गया है। इसके साथ ही धर्म का व्यतिक्रम होने पर प्रायश्चित-विधान (पाखण्ड-धर्म) भी किया गया है। धर्म के लक्षणों को व्यक्त करते हुए मनु ने धर्म को शाश्वत तथा सार्वभौम कहा है। आपद्धर्म की व्याख्या भी की है। स्वधर्म ही व्यक्ति का सब कुछ है, धर्म का वैयक्तिक श्रेष्ठांश है, इसीलिये स्वधर्म की रक्षा हर हालत में

सर्वदा श्लाघ्य है। राजा भी धर्म की अवहेलना नहीं कर सकता। धर्म की ग्लानि अथवा अवमानना होने पर प्रलय-महाप्रलय होता है, जिसका अर्थ है पूर्ण विनाश। राजधर्म सब धर्मों में प्रधान है और सारी विधाएँ राजधर्म में ही निहित हैं। साथ ही सब लोक भी राजधर्म में निहित है। राजधर्म को सभी धर्मों में प्रधानता दी गयी है और समस्त विद्‌याओं को उसमें नियुक्त करने का उल्लेख मिलता है।

प्राचीन भारतीय साहित्य में गणतान्त्रिक व्यवस्था का पर्याप्त उद्‌धरण मिलता है। विद्‌यमान गणतन्त्रों के संदर्भ में यह कहा जा सकता है कि भारत में यह प्रयोग आदि काल से होता रहा है। महाकाव्य काल में मुख्य रूप से राजतन्त्र का वर्चस्व था। महाभारत में पांच गणतन्त्रात्मक राज्यों का भी उल्लेख मिलता है। अन्धक, वृष्णि, यादव, ठाकुर तथा भोजर इन पांचों का एक संघ था, जिसके अध्यक्ष कृष्ण थे। इस संघ के अन्तर्गत प्रत्येक गण को स्वायत्त शासन प्राप्त था। इसके अतिरिक्त कालांतर में कठ, शिवि, मालव, आर्जुनायन, काक, सनकानिक और प्रार्जुन जैसे गणतन्त्रों का उल्लेख मिलता है जिनमें से कुछ में तो प्रत्यक्ष लोकतन्त्र के सारे मानक व्यवहरित थे। वर्तमान उदारीकरण और भूमण्डलीकरण के दौर में उपभोक्तावाद, सुखवाद, भोगवाद, वैश्विक व्यापार और वैश्विक ग्राम जैसे शब्द प्रचलन में हैं। इसके लिए यदि भारतीय दर्शन पर ध्यान दें तो विदित होता है कि इस प्रकार की धारणाएं विवेच्य विषय हुआ करती थीं। चार्वाक का कथन कितना समीचीन है कि-

यावत्जीवेत् सुखम् जीवेत्, ऋणम्कृत्वा घृतम् पबित्।
भस्मीभूतस्य देहस्य, पुनरागमनम् कुतः॥

यह सुखवाद की परिणति है जिसमें ऋण लेकर भी सुख का साधन सुलभ करा लेने की बात की गई है। और आज की उदारवादी व्यवस्था भी इसी सिद्‌धान्त पर चलती है। जहां तक भूमण्डलीकरण का प्रश्न है तो इस संदर्भ में इस कथन का उल्लेख ही पर्याप्त है कि

अयम् निजः परोवेति गणना लघुचेतसाम्।
उदारचरितानाम् तु वसुधैव कुटुम्बकम्॥

जब विष्णु शर्मा ने हितोपदेश में उक्त कथन के माध्यम से यह बताने की कोशिश की कि अपने पराये के भाव से ऊपर उठकर व्यापक दृष्टि धारण करने से पूरी धरा ही एक परिवार की तरह लगती है तो निश्चित रूप से उन्होंने वर्तमान वैश्विक व्यवस्था का संकेत कर दिया था।

इस तरह स्पष्ट है कि वैदिक राजनीतिक चिंतन अत्यन्त समृद्‌ध है जिसके सिद्‌धान्त सर्वकालिक हैं। इसी तरह ईसा पूर्व वर्ष 325 में लिखित, कौटिल्य का अर्थशास्त्र, सुकरात, प्लेटो तथा अरस्तू जैसे महान यूनानी विचारकों की परिपक्व विचारधारा के

समान ही राजनीतिक विचार धारा के चरम विकास को दर्शाता है। राज राममोहन राय, दयानन्द सरस्वती, ईश्वरचन्द्र विद्यासागर, रामकृष्ण गोखले, बाल गंगाधर तिलक, अरविन्द घोष, महात्मा गांधी, भगत सिंह, जवाहरलाल नेहरू, सुभाषचन्द्र बोस, मानवेन्द्रनाथ राय, दीनदयाल उपाध्याय, भीमराव अम्बेडकर, आचार्य नरेन्द्र देव, राम मनोहर लोहिया, आचार्य विनोबा भावे और जयप्रकाश नारायण समकालीन राजनैतिक विचारधाराओं के प्रतीक-स्तम्भ हैं। वर्तमान अन्तर्राष्ट्रीय राजनीति में संघर्ष समाधान के मान्य उपायों में अहिंसा को सर्वोपरि स्थान दिया गया है। अहिंसा का यह सिद्धान्त वैदिक और बौद्ध मान्यताओं से होता हुआ गांधी के चिंतन में व्यवहारिकता की प्राप्ति करता है। अहिंसा परमोधर्मः श्रुत्युक्तः स्मार्त एव च। अर्थात् अहिंसा सर्वश्रेष्ठ धर्म है, ऐसा श्रुतियों और स्मृतियों में कहा गया है।

आज की राजनीति में सदाचार, नैतिकता, सत्य, धर्म और आदर्शों का लोप होता जा रहा है, जब कि राष्ट्रपिता महात्मा गांधी ने राजनीति में सदाचार के अनुपालन पर बल दिया था। यही विश्व में स्थायी शान्ति, प्रेम और सहयोग का मूल है। इसीलिए राजनीतिज्ञों से अपेक्षा की जाती है कि वे उनकी राजनीतिक पवित्रता का पूर्णरूपेण ध्यान रखें और सदाचार के आदर्शों का पालन करें। महात्मा गांधी का आग्रह रामराज्य की अवधारणा के प्रति है। राम उनके आदर्श थे। राम की राजनीति धर्म से अनुप्राणित थी। 'धर्म' को राजनीति से अलग करके देखा जाना वर्तमान समस्या का मूल है। धर्म निरपेक्ष राज्य का अभिप्राय यह है कि राज्य किसी धर्म के साथ पक्षपात न करे। स्वधर्म का पालन अपराध नही; अपराध तो यह है कि किसी दूसरे के धर्म से विद्वेष किया जाय। वास्तव में धर्म निरपेक्ष राज्य का यही तात्पर्य है।

राजा के सम्बन्ध में प्रचलित धारणाओं के सम्बन्ध में डॉ. अल्टेकर ने तीन स्थितियों का उल्लेख किया है, एक तो राजा धृतव्रत तथा धर्म-संरक्षक था, दूसरे वह जनसमुदाय का प्रमुख सेवक था, तीसरे राजत्व एक पवित्र न्यास की तरह था। धर्म और मर्यादा का उल्लंघन करने वाले उच्छृंखल राजाओं का वध कर देना न्यायानुमोदित था। वेन, नहुष, सुदास, सुमुख एवं निमि जैसे शासकों का अन्त कर दिया गया, क्योंकि इन्होंने वैधानिक सीमा का अतिक्रमण कर व्यक्तिगत महत्वाकांक्षा को सर्वोच्च बना लिया था। डॉ. नारायणचन्द्र वन्द्योपाध्याय के अनुसार राजतत्व की सुदृढ़ आधार राशि रखी जाने के बाद आभिजात्यतन्त्र का प्रभाव बढ़ने लगा, किन्तु जनप्रिय समितियों ने संतुलित और नियन्त्रण का कार्य किया। डॉ. काशी प्रसाद जायसवाल राजतन्त्र को विभिन्न प्रयोगों में से एक मानते हैं, क्योंकि प्राचीन व्यवस्था में उसका वंशानुक्रम रूप नहीं था, राजा निर्वाचित होते और अपदस्थ किये जाते थे। डॉ. यू.एन. घोषाल के निष्कर्षों के अनुसार वैदिक समाज कबीलों में बँटा था, राजतन्त्र उस संगठन के

लिये आवश्यक था। राजा धर्माचरण का प्रतीक था और शासन मानवोचित आदर्शों पर अधिष्ठित था। जन प्रतिनिधित्व का प्रश्न हल हो चुका था और विभिन्न वर्गों को शासन में परामर्शदायक स्थान मिला था। पुरोहित या अध्वर्यु वर्ग का महत्त्व था, वर्णाश्रम की प्रतिष्ठा थी, जीवन नियमित एवं अनुशासित था।

भारतीय राजनीति में राजा निरंकुश शासक नहीं है। उसकी व्युत्पत्ति में यह भाव निहित है कि समस्त प्रजा को प्रसन्न करने के कारण ही उसे राजा कहा जाता है। यह भी मान्यता थी कि जिसमें धर्म विराजता है वही राजा है। विधान के आचार्य मनु ने राजा के लक्षणों में कहा है कि जो सर्वगुण-सम्पन्न और शक्तिशाली हो तथा दण्ड का पालन सम्यक्-रीति से करता हो वही दण्डनीति का संचालक राजा कहलाता है। राजा शब्द (राज दृप्तौ) धातु से 'कनिन्' प्रत्यय करने से बनता है जिसका अर्थ है—चमकने वाला-प्रतापवान। भारतीय राजदर्शन के अनुशीलन से ज्ञात होता है कि राजा अपने को राज्य का प्रथम सेवक मानता है, जैसा कि कहा गया है—

शास्ताभिगोप्ता नृपतिः प्रजानां यः किं वै न पिनष्टि पिष्टम्।

श्रीमद्भागवत 5/10/23

राजा तो प्रजा का शासन तथा संरक्षण करने के लिये नियुक्त किया गया एक सेवक होता है। राजा के लक्षणों में महर्षि वाल्मीकि ने कहा है—

साम दानं क्षमाधर्मः सत्यं धृतिपराक्रमौ।
पार्थिवानां गुणाराजन्दण्डश्चाप्यपकारिषु॥

वाल्मीकि रामायण 4/17/29

अर्थात् वह साम, दान, क्षमा, धर्म, सत्य, धृति और पराक्रम से अत्याचार एवं नीच कर्म करने वालों को दण्ड देता है। भारतीय राजनीति में राजाओं को बारह दोषों से सदैव बचते रहने का आग्रह किया गया है—जो इस प्रकार है'—1. नास्तिकता, 2. असत्य भाषण, 3. क्रोध, 4. प्रमाद, 5. दीर्घसूत्रता, 6. ज्ञानी पुरुषों का संग न करना, 7. आलस्य, 8. नेत्रादि पाँचों ज्ञानेन्द्रियों के वशीभूत होना, 9. राज कार्यों के प्रति अकेले ही चिंतन करना, 10. प्रयोजन को न समझने वाले विपरीतदर्शी मूर्खों से सलाह लेना, 11. निश्चित किये हुये कार्यों को शीघ्र नहीं करना तथा 12. अपने समस्त शत्रुओं पर एक साथ ही चढ़ाई कर देना। आधुनिक वैज्ञानिक प्रगति के दौर में भी राजनीति में सदाचार और नैतिकता का समावेश अति आवश्यक है। आज विज्ञान की प्रगति ने विश्व के सभी मानदण्डों को भले ही बदल दिया है, कई राष्ट्र इन मानदण्डों को तिलांजलि दे चुके हैं फिर भी जो राष्ट्र इन सदाचार विषयक नियमों से अपने को प्रतिबद्ध रखेगा, वह कूटनीतिज्ञ पराजय का वरण नहीं करेगा। सदाचार का द्वार बन्द करने से मानवीय भावना का ह्रास होता है। पापाचार के कारण ही आज सर्वत्र अकाल, महामारी एवं

भूकम्प जैसी प्राकृतिक आपदाओं का प्रकोप है। भारतीय आध्यात्मपूर्ण राजनीति में पहले भी राजा के दोष से प्रजा की हानि का सिद्धान्त मान्य तथा प्रचलित था।

प्राचीन भारतीय राजनीति सर्वथा धर्मानुमोदित थी। उसका लक्ष्य लोक कल्याण परक हुआ करता था। आज अन्तर्राष्ट्रीय क्षेत्र में कभी-कभी राजदूतों के साथ कहीं-कहीं उचित व्यवहार नहीं किया जाता। अनैतिक साधनों के प्रयोग से विश्व में कटुता का संचार होने के पूर्ण आसार होंगे तथा साथ ही राजदूत भी अपनी मर्यादा और गरिमा से हटने में तनिक भी संकोच नहीं करेंगे। अब तो राजदूत विदेशों में अपने देश के हित के लिये असत्य वादन भी कर सकता है। इसके विपरीत श्री राम ने लंका में युद्ध अभियान आरभ करने के पूर्व अंगद को राजदूत के समस्त अधिकार देकर रावण के साथ शान्ति समझौते का प्रस्ताव भिजवाया था। इस प्रकार रामराज्य की आदर्श एवं सदाचार पूर्ण राजनीति ही विश्व को उत्कर्ष की ओर ले जा सकती है।

महात्मा गांधी भी इसीलिये रामराज्य का गुणगान किया करते थे। उनकी दृष्टि में जहाँ सबको सस्ती रोटी, सस्ता कपड़ा, सस्ता इलाज और सस्ता न्याय मिले वही रामराज्य है। स्वाधीन भारत की एक राज्य के रूप में इस प्रकार की स्थापना पर ध्यान देना चाहिए। धर्म और ईश्वर की भावना उत्पन्न हो तो राम राज्य हो सकता है। राम के समान जितेन्द्रिय, धर्मात्मा, पक्षपात विहीन शासक हों तभी सामयिक समस्याओं का निदान हो सकता है। स्वतन्त्र भारत में सभ्यता, संस्कृति और धर्म की रक्षा की आवश्यकता है। स्वत्रन्त्रता संरक्षण के लिये सरकार के साथ जनता का सद्भावपूर्ण सहयोग आवश्यक है। सभी को त्वरित, न्याय, औषधि, आहार और आवरण मिल जाये, इसके लिये प्रयत्न होना चाहिए। कदाचार, अनाचार और अतिकार पूर्णतः समाप्त होना चाहिये। भ्रष्टाचार रोकने के लिये भ्रष्टाचार निवारण समिति के सदस्य और सरकार के गुप्तचर विभाग अत्यधिक सचेष्ट और कर्तव्यनिष्ठ होने चाहिए। लोगों में धर्म की भावना का उदय होने पर ही भौतिक बुराइयों एवं दोषों का शमन किया जा सकेगा।

राजनीतिक चिंतन में कर्तव्य निर्वहन, उत्तरदायित्वबोध, नैतिकता और मानवाधिकार पर विशेष बल दिया जाना चाहिए। इन सबके लिये नीति परायण होना पड़ेगा। हर व्यक्ति को अपने-अपने कर्तव्य का ध्यान रखना होगा। नेतृत्व वर्ग राजधर्म को अपना कर्तव्य माने और उसका सम्यक पालन करें तो सामयिक समस्याओं का सम्यक समाधान होता रहेगा। भारतीय चिंतन में शान्ति एवं पर्यावरण संरक्षण के लिए विशेष आग्रह है। अन्तर्राष्ट्रीय शान्ति और मानव अस्तित्व के लिए आवश्यक है कि भारतीय चिंतन धारा को व्यापक संदर्भों में स्वीकार किया जाय। वर्तमान विश्व की आवश्यकताओं एवं अपेक्षाओं पर ध्यान देने की आवश्कता है। उसके कल्याण के लिये युक्तियुक्त, बुद्धिगम्य आर्षग्रन्थों एवं मन्त्रों द्वारा सभी राष्ट्रों को अपने अभ्युदय

में लीन होना चाहिए। यही व्यापक भारतीय दृष्टिकोण है। वास्तविक पुरुषार्थ इसी में है कि प्रवाह के साथ सामन्जस्य स्थापित कर स्वीकृत मान्यताओं को तिलांजलि न दी जाये। अस्तु भारतीय चिंतन को समग्रता में देखना चाहिए। इसकी सर्वकालिक महत्ता एवं उपादेयता पर विचार होना चाहिए। इसमें निरन्तरता, सामयिक परिवर्तन एवं समायोजन तथा आधुनिक प्रश्नों के समाधान की अद्‌भुत क्षमता है। यह सब हमारे अध्ययन एवं शोध का विषय बनना चाहिए।

□

राजदर्शन प्राच्य एवं पाश्चात्य

—ज्योति सिंह

आदि परमसत्य का निर्दोष प्रमाणात्मक अनुभव कराने वाला विचार 'दर्शन' कहलाता है। 'दृश्यते वस्तु याथात्म्यं अनेन इति दर्शनम्' अर्थात प्रभाव द्वारा आत्मानात्मा का ज्ञान जिससे होता है उसका नाम दर्शनशास्त्र है। मनु ने दर्शन को सम्यक् दर्शन मानते हुए उसे आत्म साक्षात्कार में परिलक्षित किया है। 'सम्यग्दर्शनसम्पन्नः कर्मभिर्न निबद्धयते। दर्शनेन विहीनस्तु संसार प्रतिपद्यते।'[1] अर्थात् सम्यक् दर्शन से युक्त होने पर कर्म मनुष्य को बन्धन में नहीं डालते, जिनको यह सम्यक् दृष्टि नहीं है, वे ही संसार के जाल में फंस जाते हैं। स्थूल एवं सूक्ष्म दोनों ही पदार्थों का अध्ययन दर्शन के अन्तर्गत आता है। पदार्थ के तात्विक स्वरूप के अध्ययन के साथ-साथ सत्य की खोज दर्शन है। भारतीय दर्शन का जन्म प्रकृति की गोद में हुआ। वैदिक कवियों ने कण-कण में व्याप्त प्राकृतिक सौन्दर्य को देखा। प्रकृति के विविध रूपों से प्रभावित होकर उनकी 'देवरूप' में कल्पना की। प्राकृतिक रहस्यों के प्रति जिज्ञासा से ही प्राचीनतम दर्शन का जन्म हुआ। मानसिक जिज्ञासा तदन्तर 'आत्मसाक्षात्कार' के लक्ष्य में बदल गयी। उपनिषद् में वर्णित है कि 'असतो मा सद्गमय तमसो मा ज्योतिर्गमय मृत्योर्मामृतं गमय।[2] जीवन के उस मार्ग की खोज जो सत्, प्रकाश और अमरत्व दिला सके, दर्शन का लक्ष्य है। बौद्ध दर्शन का वास्तविक लक्ष्य निर्वाण की प्राप्ति करना है, जैन दर्शन का लक्ष्य भी सब प्रकार के कर्मों का नाश करके मोक्ष प्राप्त करना है। न्याय, वैशेषिक, सांख्य, योग, मीमांसा और वेदान्त सभी आस्तिक दर्शनों का परम लक्ष्य मोक्ष ही है। भारतीय दर्शन का साधन पक्ष योग है। योग के अष्टांग साधन-यम, नियम, आसन, प्राणायाम, प्रत्याहार, धारणा, ध्यान तथा समाधि के द्वारा तन, मन, प्राण, इन्द्रियों सभी को एकाग्र कर ऐसी शक्ति उत्पन्न की जाये कि परमतत्व से एकाकार हो जाये यही भारतीय दर्शन का अभीष्ट है। वैदिक ऋषियों से लेकर पतंजलि तथा आधुनिक युग के विवेकानन्द, श्री अरविन्द तक सभी दार्शनिक पहले योगी हैं, द्रष्टा हैं,

तत्पश्चात् तार्किक विचारक हैं। योग ही परम लक्ष्य की प्राप्ति का साधन है। भारतीय दर्शन का व्यावहारिक पक्ष सिद्ध करता है कि 'दर्शन' मात्र सत्य के प्रति प्रेम नहीं अपितु सत्य का दर्शन करता है। सत्य का दर्शन अथवा साक्षात्कार मनुष्य को उस केन्द्र पर खड़ा कर देता है, जहाँ से वह सम्पूर्ण विश्व को अपना समझकर उससे तादात्म्य कर सकता है। यह तादात्म्यता जीवन को उदात्त बनाती है, तब नकारात्मक प्रवृत्तियाँ लेशमात्र नहीं रहती हैं। मूल रूप से भारतीय दर्शन का प्रमुख सिद्धान्त है कि सत्य ज्ञान द्वारा अज्ञान का आवरण मिटाये तथा हम स्वयं ज्ञान का अंश बन जायें, अर्थात् जब ज्ञाता ज्ञेय का भेद मिट जाता है वही दर्शन है, वही मोक्ष है। केवल तार्किक ज्ञान ही दर्शन नहीं है, इसके विपरीत पाश्चात्य विचारधारा में दर्शन केवल कौतूहल एवं जिज्ञासा का समाधान मात्र है। व्हाइटहेड ने पुस्तक 'नेचर एण्ड लाइफ' में लिखा है कि 'दर्शनशास्त्र आश्चर्य की उपज है'। दर्शन के लिये पाश्चात्य शब्द 'फिलोसोफी' का हिन्दी रूपान्तरण विद्यानुराग है। अर्थात ज्ञान, विवेक, तर्क दर्शन को सीमा में आते हैं। "दर्शन मनुष्य का एक निष्पक्ष बौद्धिक प्रश्न है, जिसके द्वारा यह विश्व को उसकी सम्पूर्णता से समझाने की चेष्टा करता है।[3] वस्तुतः दर्शनशास्त्र वह विज्ञान है जो सत्य से साक्षात्कार कराता है। पाश्चात्य दर्शनों में अधिकांश का जन्म कौतूहल बुद्धि एवं ज्ञान-पिपासा शान्त करने की दृष्टि से ही हुआ है। अनेक पाश्चात्य दर्शनों का प्रादुर्भाव राजनीतिक उद्देश्यों की पूर्ति के लिये भी हुआ है। वास्तव में दर्शन समाज, सभ्यता और संस्कृति की अमूल्य निधि है। किसी भी देश की सभ्यता, संस्कृति राज व्यवस्था का वास्तविक परिचय पाने के लिये उसकी दार्शनिक विचारधारा का ज्ञान आवश्यक है। दर्शन के रूप में राज्य शासन, सत्ता तथा नागरिक का अध्ययन कुछ विशिष्ट उच्च सिद्धान्त, आदर्श तथा सत्य के अन्तर्गत किया जाता है। यही कारण है कि पाश्चात्य दर्शन में इसका अध्ययन कल्पनात्मक स्वरूप भी धारण कर लेता है (जैसे कि प्लेटो की आदर्श राज्य की धारणा) और सम्पूर्ण यथार्थ का भी अध्ययन करता है, (अरस्तू का संवैधानिक राज्य) बाह्य यथार्थ के पीछे छिपे यथार्थ का अध्ययन है। इस प्रकार राजनीतिक दर्शन, विशुद्ध विज्ञान की तुलना में अधिक व्यापक तथा गम्भीर है। राजनीति समाज जीवन का एक प्रमुख अंग है। जिस प्रकार दर्शन जीवन के विविध आयाम को प्रभावित करता है, उसी प्रकार राजनीति और दर्शन के समावेश से राजनीति, राजदर्शन का स्वरूप ग्रहण करती है। शासक दर्शन के अनुरूप राजनीति का नियमन करते हैं। राजा का लक्ष्य विजय होता है, जबकि राजमर्मज्ञ का लक्ष्य सर्वजन हिताय होता है। राजनीतिक दर्शन सत्ता की लोकेष्णा, तृष्णा से बचने का साधन है। शासक को राज्य चलाना है तो उसे इन प्रलोभनों से बचना चाहिये।[4] राजदर्शन के संदर्भ में यही स्वरूप स्वीकार्य माना जा सकता है। पाश्चात्य विद्वानों के दृष्टिकोण, जो अपनी युगधारा

के परिचायक हैं, दर्शन के रूप में प्रयुक्त हैं। युग संघर्ष ने दर्शन को जन्म दिया। प्लेटो, अरस्तू का राजदर्शन यूनान के उथल पुथल का परिणाम है। प्लेटो राजकुल में शिक्षक था, इसलिये उसके आदर्श राज्य की शासन व्यवस्था में शिक्षा परमावश्यक है। शिक्षा के द्वारा ही व्यक्ति को सत् का ज्ञान हो सकता है। रिपब्लिक में शिक्षा का उद्देश्य मानव आत्मा के नेत्रों को प्रकाश की दिशा में मोड़ना है।[5] इस प्रकार वर्णित है। हेरोक्लिटिस दलित वर्ग में पैदा हुआ, इसलिये उसका दर्शन परिवर्तन प्रवर्तक हो गया, क्योंकि दलित समाज की स्थिति में परिवर्तन करना आवश्यक और अभीष्ट था। हेलूमूसियम मध्यम श्रेणी का प्रतिनिधि था, तो कार्ल मार्क्स पूँजीवाद के जन्म के समय उदीयमान श्रमिकों का प्रतिनिधि था। इसीलिए उसने समाजवाद-पूंजीवाद के संघर्ष को क्रान्तिकारी बनाया, तो यूरोप में मध्ययुगीन राजसता धर्मसत्ता (राजा-पोप) के मध्य संघर्ष ने मैकियावेली को आधुनिक राज्य का जनक बना दिया। इन विचारकों को सोच, उनका चिंतन, दर्शन तदनुरूप रहा। इस प्रकार पाश्चात्य जगत् में दर्शन "बुद्धि का विज्ञान है", जो सत्य की खोज है, चिंतन है, विचारधारा है, जो केवल 'है' का परीक्षण नहीं करता है, बल्कि इस बात की भी खोज करता है कि कैसा होना चाहिये, कैसे किया जाना चाहिये। दर्शन आदर्श मूल्य की विवेचना करता है। हैलोवेल दर्शन अर्थ की तलाश है, यह हमारे ज्ञान को कुछ विवेकशील व सार्थक प्रतिमानों में संश्लिष्ट करने का प्रयास करता है।[6]

भारतीय दर्शन की चार मुख्य शाखा हैं। अन्तिम यथार्थ का ज्ञान, ज्ञान मीमांसा, तर्कशास्त्र तथा आचार शास्त्र। राजदर्शन का सम्बन्ध इन चारों शाखाओं से है। राजदर्शन एक वृहद एवं व्यापक दृष्टिकोण है, जिसके अन्तर्गत ज्ञान की चारों शाखाएं आन्वीक्षिकी, त्रयी, वार्ता और दण्डनीति आती हैं। पाश्चात्य दर्शन का प्रादुर्भाव जिज्ञासा, ज्ञान-पिपासा की शान्ति एवं विशुद्ध राजनीतिक उद्देश्य से हुआ है, जो प्रायः मन तक पहुँचते हैं। आत्मा का विश्लेषण वहाँ देखने को नहीं मिलता है। भारतीय राज दर्शन सब विद्याओं का सार है। राजदर्शन ही मानव समाज को चतुर्पुरुषार्थ धर्म, अर्थ, काम, मोक्ष के सम्पादन में प्रवृत्त कराती है। इसका ज्ञान पाश्चात्य की भाँति केवल शासक वर्ग तक ही सीमित नहीं है, अपितु प्रत्येक मानव को इसका ज्ञान अनिवार्य है। राजदर्शन सम्पूर्ण प्राणियों के पालन पोषण, रहन-सहन तथा सुख-शान्ति की व्यवस्था के उपायों का ज्ञान करा देने वाली राजविद्या है। यह सब विद्याओं तथा सब ज्ञानों का सार है। महाभारत के शान्तिपर्व में स्वयं भीष्म ने राजदर्शन की महत्ता को प्रतिपादित करते हुए कहा है कि-

उपकाराय लोकस्य त्रिवर्गस्थापनाय च।
नवनीतं सरस्वत्या बुद्धिरेषा प्रभाविता।[7]

अर्थात् राजदर्शन का ज्ञान प्रत्येक कुटुम्बी के लिये अति आवश्यक है, क्योंकि वह अपने परिवार, कुटुम्ब का एक छोटा सा राजा है। कुटुम्ब का पालन-पोषण और उसका संयमन करना, उसे चरित्रवान बनाये रखना प्रत्येक कुटुम्बी के लिये आवश्यक एवं अनिवार्य होता है। इसी प्रकार याज्ञवलक्य स्मृति की मिताक्षरा टीका में श्री विज्ञानेश्वराचार्य ने लिखा है कि-राजदर्शन का ज्ञान केवल शासकों के लिये ही नहीं, अपितु सभी मनुष्यों के लोक व्यवहारों में भी परम उपयोगी है। साम, दाम, दण्ड और भेद ये चार उपाय केवल एक राजव्यवस्था के लिये ही नहीं, अपितु मनुष्यों के लौकिक जीवन हेतु भी व्यवहारोपयोगी है। एते सामादयो न केवल राज्य व्यवहार विषया: अपि सकललोक व्यवहारविषया:।[8] राजदर्शन का ज्ञान परिवार और लौकिक जीवन हेतु भी परम आवश्यक है। परिवार में पुत्रों को समझाने हेतु भी इसका प्रयोग किया जा सकता है। इसी श्लोक में आगे पिता अपने पुत्र को समझा रहा है, जिसमें चारों नीति देखने को मिलती है। 'अधीष्व पुत्रकाधीष्व, दास्यामि तव मोदकम्। यद्धाऽन्यस्मै पदास्यामि, कर्णमुटपाटयामि ते।'[9] बेटा पढो (साम), पढो मैं तुम्हें मोदक दूँगा (दाम) आगे, यदि तुम न पढोगे तो अन्य को दे दूँगा (भेद), अन्त में तो कान उखाड़ डालूँगा (दण्ड)। चारों नीति द्वारा बच्चों को समझाने का सरल सुगम तरीके का अवलोकन प्राच्य दर्शन में ही मिलता है, अन्यत्र नहीं। दर्शन का मुख्य उद्देश्य है—प्रत्येक मानव को पूर्णतया सुशिक्षित, चरित्रवान बनाकर पुरुषार्थों के सम्पादन में प्रवृत्त कराना। यही दृष्टिकोण भारत में राजदर्शन के साथ राजनीति शब्द से भी स्पष्ट हो जाती है। भारत के संदर्भ में राजदर्शन तथा राजनीति में बहुत अन्तर नहीं है, यद्यपि राजनीतिक सिद्धान्त को इस श्रेणी में नहीं ला सकते हैं। राजनीतिक सिद्धान्त राज्य के स्वरूप राज्य के कार्य, राज्य के अंग को लेकर पृथक-पृथक विचारधारा है। जैसे, फासीवाद, साम्यवाद, उदारवाद, समाजवाद इत्यादि। इन्हें राजदर्शन अथवा राजनीति के श्रेणी में नहीं ला सकते हैं। कोई राजनीतिक दर्शन सिद्धान्त बन सकता है, किन्तु राजनीतिक सिद्धान्त दर्शन अथवा नीति नहीं हो सकता है। नीति शब्द की उत्पत्ति है नीयते पुरुषार्थ फलाय सर्वं जगद यया सा नीतिः। जो नीति सारे जगत को प्रत्येक मानव को उसके जीवन के प्रधान उद्देश्य (चारों पुरुषार्थ) की ओर प्रवृत कराये, सत् मार्ग पर से चले वही नीति है। राज्ञो नीति राजनीतिः। अर्थात् भारतीय राजदर्शन का प्रधान उद्देश्य यह है कि भिन्न प्रकार की युक्तियों द्वारा उन्हें सही मार्ग पर ले चलना। इसीलिये सोमदेव सूरी ने अपने नीतिवाक्यामृतम् में मंगलाचरण करते हुए ग्रन्थ के प्रारम्भ में अपने गुरु देव या ईश्वर, किसी को भी नमस्कार न करके मानव के पुरुषार्थों की सिद्धि में राज्य का बहुत बड़ा महत्त्व समझकर, राज्य को ही नमस्कार किया है। अथ धर्मार्थकाममोक्षफलाय राज्याय नम:।[10]

पाश्चात्य दर्शन भौतिक पक्ष के अधिक निकट है जैसा कि डेमोक्रेटस तथा सोफिस्टों का मानना है कि 'इन्द्रियों' से ही ज्ञान उत्पन्न होता है, जो एक जगह सत्य है, वह दूसरी जगह असत्य भी हो सकता है। इनके विचार से मानव अनुभूति का ही सर्वाधिक महत्त्व है। भौतिकवादी मानते हैं कि धार्मिक पक्ष से दर्शन में प्रतिरोध पैदा होता है। वस्तुतः भौतिकवादी धर्म को विकृति के रूप में अभिव्यक्त करते हैं, जैसा कि मार्क्स तथा मध्ययुग के अधिकांश चिंतकों के दर्शन में मिलता है। जब कोई ज्ञान मानव विवेक अथवा इन्द्रियानुभूति पर ही निर्भर होगा तो ऐसे में जिस पक्ष का व्यक्ति अधिक बुद्धिमान होगा, उसी का चिंतन मान लेना पड़ेगा। ऐसी परिस्थिति में कोई एक व्यवस्था नहीं बन सकती है। कभी सत्यपक्ष सत्य रह सकता है और कभी असत्य पक्ष भी जीत सकता है और ज्ञान का स्वरूप भी अस्थिर ही रहेगा।

सुकरात के दर्शन में कुछ सीमा तक भारतीय दर्शन की झलक मिलती है। सुकरात का विचार सद्‌गुण ही ज्ञान है अर्थात् सदाचार के अनुवर्तन से ही सम्यक् ज्ञान की उत्पत्ति होती है। और वह सामान्य ज्ञान से भिन्न होता है। सद्‌गुण ही उत्कृष्ट गुण है। व्यापक विचारों से इसकी उत्पत्ति होती है। ज्ञान संशयाक्रान्त होता है कोई भी ज्ञान निश्चयात्मक नहीं होता है।[11] इसका निराकरण करते हुए सुकरात कहता है कि ईश्वर नहीं चाहते कि लोग इस विषय को जानें। इसीलिये संशयाक्रान्ति होती है और सदाचार तथा देवानुग्रह से सम्यक ज्ञान की उत्पत्ति भी सम्भव है, असम्भव नहीं।[12] भौतिकवादियों के मत में सुकरात का दर्शन नीति विषयक ही है। वैज्ञानिक अन्वेषण की अपेक्षा आध्यात्मिक पक्ष का समावेश है। अनुभूति केवल बाह्य इन्द्रियों से ही नहीं होती अपितु अन्तरात्मा से भी होती है। न्याय, सदाचार, सद्‌गुण मनुष्य के आन्तरिक गुण हैं। सुकरात के शिष्य प्लेटो के दर्शन में तत्व ज्ञान ही सत्य है, अपरिवर्तनीय है, जबकि भौतिक वस्तु एवं पदार्थ परिवर्तनशील है। अतः उसकी व्याख्या नहीं हो सकती है। तत्व ज्ञान विवेक एवं तर्क द्‌वारा प्राप्त किया जा सकता है। यह यथार्थ के संसार में परिवर्तनमान प्राकट्य का दर्शन करने की चेष्टा करता है। उसके विचार से किसी भी वस्तु में यदि कोई स्थायित्व तत्व है, तो वह प्रत्यय है। प्रत्यय ही यथार्थ है। यह है को यदि यह है की दृष्टि से देखा जाये तो इसमें कोई सन्देह नहीं कि यथार्थ प्रत्ययों को प्रतिच्छाया है। इस संसार में हम जो देखते कुछ हैं। उसकी कल्पना हमारे मस्तिष्क में पहले से ही विद्‌यमान रहती है। अतः इस प्रकार यह परिकल्पनात्मक प्रत्यय ही यथार्थ का जन्मदाता है।[13] चूंकि प्लेटो की अभिरुचि रेखागणित में थी, इसलिये काल्पनिक वस्तु की ओर उसका स्वाभाविक झुकाव रहा। अरस्तू प्लेटो के विपरीत एक यथार्थवादी चिंतक रहा है। इसलिये उसने प्लेटो के प्रत्ययवादी दृष्टिकोण को नहीं अपनाया। प्रत्ययवादी धारणा के अनुसार राज्य और व्यक्ति में कोई भेद नहीं है। राज्य व्यक्ति की आत्मा का ही विशालतम रूप है।

अरस्तू जीव विज्ञानी था। वह राज्य के विकास के संदर्भ में जीव विज्ञान के नियम को लागू करते हुए स्पष्ट करता है कि मानव का आरम्भिक विकसित रूप परिवार, परिवार का स्वाभाविक विकसित रूप समाज या जनसमुदाय है। जनसमुदाय अपने विकसित रूप में मानव को उच्चतर प्रकृति के विकास का अवसर प्रदान करता है। यही विकसित रूप राज्य है। राज्य एक नैसर्गिक जनसमुदाय है। अरस्तू ने बाह्य एवं आन्तरिक दोनों ही गुणों की व्याख्या की है। व्यापक विचारों से ही तत्वज्ञान प्राप्त होता है। व्यक्ति में नैतिक, बौद्धिक, आध्यात्मिक विकास के साथ-साथ भौतिक आवश्यकताओं की भी पूर्ति होनी चाहिये, जो यह राज्य में ही सम्भव है। अरस्तू ने राज्य को सदगुण युक्त जीवन में एक भागीदार कहा है। राज्य की श्रेष्ठता का आधार नैतिकता है, न कि शक्ति। अरस्तू के दर्शन में सभी वस्तुएं बीज रूप में अवस्थित होती है। वृक्ष की प्रारम्भिक अवस्था बीज ही होती है। उपयुक्त सामग्री से उसके आवरण का अपनयन होने पर उसकी अभिव्यक्ति हो जाती है। बुद्धिशील वस्तुओं की प्राप्ति किसी उद्देश्य से ही होती है जिसके अन्तर्गत भौतिक पक्ष, नियम कर्ता हेतु अंश है। उदाहरण बीज वृक्ष का भौतिक पक्ष, आम्र के बीज से आमवृक्ष का फलना नियम, तीसरा कर्ता जिसके प्रेरणा से क्रिया सम्पन्न हुयी, चौथा हेतु एक उद्देश्य से ही बीज की निवृत्ति होती है।[14] यह तथ्य राज्य पर लागू होता है। राज्य वह आदर्श संवास है, जो मानव के विकास क्रम का अन्तिम चरण है। इसके प्रारम्भिक का चरण परिवार, समाज तथा जनसमुदाय है। राज्य का हेतु श्रेष्ठ जीवन का निर्माण करना है। स्पष्टतः भौतिक एवं आध्यात्मिक उद्देश्यों की पूर्ति राज्य में ही सम्भव है। अरस्तू के मत से पदार्थों में जीवन के बीजाणु सर्वदा रहते हैं। संसार में वस्तु विशिष्ट या विशिष्टगुण युक्त होती है। संसार का स्वरूप बुद्धि प्रसूत नियन्त्रित है। सभी वस्तुएं नियमानुवर्ती ही हैं। अरस्तू का दर्शन अन्य पाश्चात्य दार्शनिकों की तुलना में अधिक स्पष्ट है और अधिकांश स्वरूप भारतीय दर्शन के निकट है। सर्वाभ्युदय निःश्रेयसहेतु भूत धर्म के परम सुखकर स्वरूप को भी विपरीत समझा गया। धर्म ही उसका तथा संसार के मूल परमपुरुषार्थ का एकमात्र साधन है। अभ्युदय निमार्य बुद्धिमान जन उसका सेवन करते हैं। इस प्रकार अरस्तू के दर्शन का सार तत्व सुख है, जिसे ज्ञान द्वारा जीवन को नैतिक एवं श्रेष्ठ बनाकर प्राप्त किया जा सकता है। ज्ञान से प्रसूत होने के कारण सुख अच्छा है। अज्ञान से उत्पन्न होने के कारण दुःख बुरा है।

अरस्तू के उत्तरवर्ती स्टोइक्स दर्शन में भौतिक, बौद्धिक इच्छा की तुष्टि के स्थान पर विवेक आधारित नैतिक इच्छा की तुष्टि प्राधान्य है। वास्तविक सुख आनन्द की प्राप्ति में नहीं, अपितु सद्गुणों की प्राप्ति में है। स्टोईक्स परम्परा के संस्थापक जीनों के अनुसार आदर्श राज्य में मनुष्य एक एकाकी समूह के रूप में जीवन व्यतीत करेगा,

जिसमें न उसका परिवार होगा, न सम्पत्ति और न ही कानून। यह विचार अरस्तू और प्लेटो से पृथक है कि उत्तम जीवन की प्राप्ति राज्य में ही सम्भव है, किन्तु गांधी के दर्शन के निकटस्थ है, जिसमें आदर्शवाद अराजकतावाद की धारणा पुष्ट होती है। मानव के मध्य नियामक शक्ति राज्य की अपेक्षा आचार शास्त्र (उच्च नैतिक आचरण) है। मानव समाज के मध्य प्राकृतिक असमानता के भेदों को समाप्त करना प्लेटो अरस्तू के शासक-शासितों, नागरिक-अनागरिक, मालिक-दास के मध्य भेद का शीर्ष है। सभी मानव ईश्वर की सन्तान हैं। अतः वे परस्पर भाई-भाई हैं। यदि मानव में कोई भेद तो वह विभिन्न मानवों में विवेक या अविवेक की मात्रा के अस्तित्व के कारण है।[15] वस्तुतः स्टोइक्स दर्शन ने प्रकृति जनित असमानता का खण्डन कर राजनीति में स्वतन्त्रता, समानता तथा भ्रातृत्व की धारणा के विकास में महत्त्वपूर्ण योगदान दिया है। स्टाइक्स के मत से गुण ही सुख है। गुण सुख का साधन मात्र है। यदि वह सुख का साधन न हो तो गुण ही कैसा? वास्तव में सुख-दुःख धर्माधर्ममूलक है। (सुख का मूल धर्म और दुःख का मूल अधर्म है।) व्यष्टि के पापों से व्यष्टि के दुःख और समष्टि पातकों से समष्टिजनक उपद्रवों की उत्पत्ति होती है, यह सामान्य सिद्धान्त है। मनु के मानव धर्म शास्त्र में भी उल्लिखित है कि पापी पुरुषों को सुखी और कदाचित धर्मात्माओं के दुःखी होने की शंका पर बतलाया है कि ऐसी बात देखकर भी अधर्म से बचना चाहिये क्योंकि पहले अधर्म से कभी-कभी वृद्धि देखी जाती है। क्योंकि अधर्म पृथ्वी में बोये हुए बीज की भांति तुरन्त फल नहीं देता है किन्तु कालान्तर में पापकर्ता का समूल नाश हो जाता है—

अधर्मेणैधते तावत्ततो भद्राणि पश्यति।
ततः सपत्नञ्जयति समूलस्तु विनश्यति॥
नाधर्मश्चरितो लोके सद्यः फलति गौरिव।
शनैरावर्तमानस्तु कर्तुर्मूलानि कृन्तति।
न सीदन्नपि धर्मेण मनोऽधर्मे निवेशयेत्।
अधार्मिकाणां पापानामाशु पश्यन्विपर्ययम्॥

अतः पाप एवं अधर्म का नाश अवश्यम्भावी है।[16] हॉब्स के अनुसार दर्शन, राजनीति, आचारशास्त्र, भौतिक विज्ञान, मनोविज्ञान सभी क्षेत्रों में यान्त्रिकवाद का अखण्ड साम्राज्य है। यह प्रत्यक्षवाद एवं यान्त्रिकवाद के एक विशिष्ट प्रतिनिधि हैं। हॉब्स ने राजनीतिक दर्शन पर अपने प्रसिद्ध ग्रन्थ लेवियाथन में स्पष्ट लिखा है कि "प्राकृतिक अवस्था में व्यक्ति को नैतिक-अनैतिक, अच्छा-बुरा, वैध-अवैध आदि का कुछ भी ज्ञान नहीं था। जीवन एकाकी, निर्धन, जंगली एवं क्षणिक था।" अर्थात् प्राकृतिक अवस्था मात्स्यन्याय की थी। ऐसी परिस्थिति में मनुष्य को विवेक का

आभास हुआ और दयनीय प्राकृतिक अवस्था से उबरकर मनुष्य ने विवेक से तीन नैसर्गिक नियम स्वीकार किए। प्रथम-मनुष्य को शान्ति स्थापना का प्रयत्न करना चाहिये। द्वितीय-अन्य के भी तैयार होने पर प्रत्येक व्यक्ति को शान्ति स्थापना तथा व्यक्तिगत सुरक्षा के लिये अपने सब अधिकारों के त्याग के लिये प्रस्तुत रहना चाहिये। तृतीय-प्रत्येक को समझौते का शर्त मानना चाहिये इसी के अनुसार प्राकृतिक स्थिति से मुक्त होने का प्रयत्न किया जाना चाहिए। समझौते द्वारा प्राकृतिक नागरिकों ने अपने अधिकार लेवियाथन को सौंप दिये।[17] परिणामतः हॉब्स का लेवियाथन (दीर्घकाय मानव) निरंकुश व स्वेच्छाचारी शासक बन गया। चूंकि लेवियाथन समझौते का अंग नहीं था, उसे केवल अधिकार सम्पन्न निरंकुश शासक बनाया गया। स्वेच्छाचारिता अथवा निरंकुशता की स्थिति में नागरिक को उसे प्रत्यावर्तन का अधिकार नहीं मिला। अतः हॉब्स के समझौते ने निरंकुश राजतन्त्र को जन्म दिया। वह समाज तथा राज्य दोनों का प्रतीक बन गया।

वस्तुतः हॉब्स का दर्शन प्राच्यशास्त्रों में वर्णित मात्स्यन्याय एवं तदन्तर स्थापित राजतन्त्र का ही अनुकरण है, किन्तु दोनों दर्शन में भेद भी है। भारतीय दृष्टि से मत्स्य न्याय के पूर्व सभी प्राणियों में सत्त्वगुण की प्रधानता थी। सभी प्राणिमात्र को ईश्वर का पुत्र समझा जाता था। सभी एक दूसरे के साथ समानता, स्वतन्त्रता, भ्रातृत्व का व्यवहार करते थे। कोई अपराधी व शोषक नहीं था, इसलिये राजा राज्य, दण्ड विधान की आवश्यकता नहीं थी। धर्मनियन्त्रित जनता का व्यवहार नियमानुसार था, किन्तु धीरे धीरे जब उसमें सत्त्व का ह्रास हुआ। रजोगुण, तमोगुण बढ़ा। धर्म घटा। अधर्म का विस्तार हुआ। तब मत्स्य न्याय फैला। मानव धर्मशास्त्र के अनुसार आसुरी वृत्तियों का दमन करने हेतु दण्ड (राजा) की उत्पत्ति की कल्पना की गयी और उसका निर्माण स्वयं ईश्वर ने प्राणिमात्र की रक्षा हेतु किया। राजा के निर्माण हेतु वह इन्द्र वायु, यम, सूर्य, अग्नि, वरुण, चन्द्र और कुबेर की सारभूत अंशों को निकालकर उनका संचय कर उनके संयोग से राजा का सर्जन करता है।

इन्द्रानिलयमार्काणामनेश्च वरुणस्य च।
चन्द्रविनेशयोश्चौव माहा निर्त्वत्य शाश्वतीः ॥[18]

अतः राजा देवमात्र नहीं है अपितु देव से भी महान है। क्योंकि वह देवचरित धारण करता है। किन्तु यह धर्म के अधीन है। इस दृष्टि से राज्य में राजा का स्थान सर्वोपरि नहीं है। अपितु धर्म सर्वोपरि है। राजा देव अंश धारण करने के कारण केवल सतोगुणी प्रधान है। तमोगुण अथवा रजोगुण प्राधान्य हो जाने से वह देवपद से च्युत समझा जायेगा। "तं राजा प्रणयन्सम्यक् त्रिवर्गेणाभिवर्धते। कामात्मा विषमः क्षुद्रो दण्डेनैव निहन्यते।"[19] अर्थात् राजा धर्म, अर्थ, काम इन तीनों से वृद्धि को प्राप्त होता है, जो

राजा विषयासक्त, क्रोधी, खोटे विचार का होता है, वह उसी दण्ड से मारा जाता है।

हॉब्स के अनुसार मनुष्य हिंसा के भय से अपनी स्वतन्त्रता का परित्याग कर निरंकुश शासक के शरण में जाता है। यह उसी प्रकार हुआ जैसे कोई जीव जंगली बिल्ली के भय से हिंसक शेर की शरण में चला जाये। हॉब्स का भयमूलक सिद्धान्त रूसो और लॉक से भी भिन्न है। रूसो का कथन है कि "स्वतन्त्रता प्रकृति की देन है। स्वतन्त्रता का परित्याग मनुष्यता का परित्याग है।" हॉब्स के निरंकुश राजदर्शन के सिद्धान्त का अनुसरण प्राच्य और अन्य पाश्चात्य दर्शन में देखने को नहीं मिलता है। लॉक भी समझौतावादी था। उसके अनुसार प्राकृतिक मनुष्य विवेकशील, नैतिक तथा सामाजिक प्राणी था। वह नैतिकता से पूर्ण नैतिक नियमों का अनुयायी था। हॉब्स के विपरीत लॉक की प्राकृतिक अवस्था सुख, शान्ति, स्वतन्त्रता और भ्रातृत्व की थी। लॉक का यह दृष्टिकोण भारतीय दृष्टिकोण से मिलता है। भारतीय मतानुसार पहले राज्य राजा, दण्ड विधान नहीं था, परन्तु कोई दण्डनीय भी नहीं था। सभी परस्पर एक दूसरे के पोषक थे। कोई किसी का शोषक नहीं था। सभी धर्म नियन्त्रित थे। धर्मयुक्त होकर सब आपस में काम चला लेते थे।

न वै राज्यं न राजाऽऽसीन् दण्ड्यो न दण्डिकः।
धर्मेणैव प्रजाः सर्वा रक्षन्ति स्म परस्परम्॥[20]

बाद में जैसे-जैसे धर्म का ह्रास होता गया, वैसे-वैसे अधर्म और अन्याय का प्रसार होता गया। अराजकाः प्रजाः पूर्वे विनेशुरिति नः श्रुतम्। परस्परं भक्षयन्तो मत्स्या इव जले कृशान्।[21] इसी से फिर प्रजा को सत्पथ पर चलाने के लिये राजा, राज्य और दण्ड विधान की आवश्यकता महसूस हुई। तभी धर्म, न्याय रक्षा हेतु राज्य एवं राजा का जन्म हुआ। धर्माचरण से विमुख मानव-समाज अभ्युदय और निःश्रेयसरूप दोनों प्रकार की समुन्नति से वंचित रह जाता है। अतः दोनों ही उन्नतियों से वंचित, पुरुषार्थ हीन मानव समाज को अधर्ममय अधोगति से हटाकर, पुरुषार्थ सम्पादन की ओर प्रवृत्त करा देना ही राजा और राज्य का प्रधान उद्देश्य है। ऐसा उल्लेख प्राच्य राजदर्शन में देखने को मिलता है। इस दृष्टि से मुख्यतया धर्म की सुरक्षा के लिये ही प्रजा में राजा का निर्वाचन अपेक्षित है। यह तथ्य शान्तिपर्व में पितामह भीष्म ने महाराज युधिष्ठिर को बताया है कि धर्माय राजा भवति न कामकरणाय तु। मान्धातरिति जानीहि राजा लोकस्य रक्षिता। धर्मे तिष्ठन्ति भूतानि धर्मो राजनि तिष्ठति। तं राजा साधु यः शास्ति स राजा पृथिवीपतिः।[22] अर्थात् राजा धर्म की रक्षा के लिये होता है न कि मनमानेपन अथवा स्वेच्छाचार के लिये। चूँकि समस्त प्राणी धर्म के आधार पर स्थित है और धर्म राजा पर, अर्थात शासक पर निर्भर है। अतः धर्म की रक्षा करने वाला शासक हो वास्तव में प्रजा की सच्ची रक्षा कर सकता है। धर्म से उदासीन नहीं। यही बात महर्षि कामन्दक

ने भी अपने नीतिसार में कही है कि तस्मात् धर्मं पुरस्कृत्य यतेतार्थय पार्थिव:। धर्मेण वर्द्धते राष्ट्रम् तस्य स्वादफलं श्रिय: ॥[23] अर्थात जो राजा स्वयं धर्म और नीति में पराग रहता है, उसके राष्ट्र में सम्पूर्ण प्रजा अपने-अपने कर्तव्य में, स्वधर्म में संलग्न रहती है, उसकी कीर्ति अमर हो जाती है।

लॉक के अनुसार सर्वोत्कृष्ट सत्ता जनता में निहित होती है, परन्तु स्वतन्त्रता के लिये सतर्कता आवश्यक है। उसके विचार से विवेक स्वतन्त्रता की भगिनी है। शासन के कार्यों को देखते रहना, उसमे त्रुटि होने पर विरोध करना आवश्यक है। जनता एक सुप्त सत्ताधारी है। किन्हीं विशेष परिस्थितियों में ही वह अपनी सत्ता का प्रयोग करती है। इस मत से समाज ही सर्वश्रेष्ठ है। शासक उसी के प्रति उत्तरदायी होता है और नैतिक नियमों के अधीन होता है। सरकार एक संरक्षक मात्र है, भोक्ता नहीं। राजा, राज्य का भोक्ता नहीं, किन्तु संरक्षक मात्र है। इसमें विभिन्न वर्गों के समन्वय में कोई बाधा नहीं पड़ती। चूंकि लॉक व्यक्तिगत स्वातन्त्र्य का प्रबल समर्थक था और उसने स्वतन्त्रता का आधार मानवीय ज्ञान एवं विवेक माना है। विवेक का जन्म किसी बुद्धिवाद का परिणाम नहीं है, अपितु इन्द्रियानुभव द्वारा प्राप्त होता है।[24] अत: लॉक का दर्शन विवेक मूलक है। जिसके आधार पर उसने राज्य की उत्पत्ति, राज सत्ता के स्वरूप, शासन सम्बन्धी सिद्धान्तों एवं राज्य तथा धर्म के मध्य सम्बन्धों का विवेचन किया है, इसी आधार पर राजा के दैवीय अधिकार को अविवेकमूल्य बताया है। हूकर एवं पर्क का दृष्टिकोण भी इसी प्रकार का है।

भारतीय राजनीति में प्रारम्भ से ही समाज को सर्वश्रेष्ठ माना गया है। शासक धर्म एवं समाज के प्रति उत्तरदायी है। शासक बदलते हैं, पर शासन के नियम नहीं बदलते हैं। राज्य के नियम धर्मशास्त्र के अनुकूल ही होते हैं। लॉक समाज को सत्ताधारी मानता है। साथ ही व्यक्तियों को भी उच्च स्थान देता है। वह राजा को व्यक्ति का सेवक मानता है। लॉक के अनुसार 'राज्य का कार्य सुरक्षा तक ही सीमित है। उसे नैतिकता, शिक्षा, धर्म के क्षेत्र में हस्तक्षेप नहीं करना चाहिये।' राजा का कार्य न्यायपूर्ण समाज की स्थापना करना है, किन्तु भारतीय दर्शन यह मानता है कि शासन व्यवस्था पर नियन्त्रण नीति शास्त्र तथा धर्म नियन्त्रित व्यवस्था द्वारा ही किया जा सकता है। धर्म नियन्त्रित शासन तन्त्र में जनतन्त्र एवं राजतन्त्र दोनों का समन्वय है, विरोध नहीं। धर्मशास्त्र सभी पर लागू होता है। धर्म नियन्त्रित शासन प्रजा का पोषक होता है, शोषक नहीं। राज्य का जन्म सामाजिक जीवन के संघटन को स्थायी एवं अक्षुण्ण रखने मात्र के लिये होता है। वस्तुत: भारतीय राजतन्त्रीय व्यवस्था में राजा को केवल उतना ही अधिकार प्रदान किया गया, जितना कि राजकार्य हेतु अनिवार्य था। इस प्रकार राजा निरंकुश नहीं है, उसके अधिकार सीमित हैं। यदि वह अपने अधिकारों का दुरुपयोग

करता है अथवा अपने क्षेत्राधिकार का अतिक्रमण करता है तो इस दशा में उसको राजपद से च्युत करने की क्रिया वैध समझी जायेगी। कौटिल्य अर्थशास्त्र में वर्णित हैं कि तेन भृता राजानः प्रजानां योगक्षेमवहास्तेषां किल्विषमदण्डकरा हरन्ति अयोगक्षेमवता प्रजाम् ॥[25] 'राजा के अधिकार निरपेक्ष नहीं है। राजा तभी कर का अधिकारी है, यदि वह इस धन धान्य से प्रजा के योग-क्षेम की समुचित व्यवस्था करता रहेगा।' सामाजिक अनुबन्ध द्वारा जनता ने निश्चय किया कि वह प्रजा के योग क्षेम के निमित्त निरन्तर प्रयत्नशील रहेगा। यदि राजा अपने कर्तव्य से च्युत होता है तो ऐसी परिस्थिति में प्रजा राजा को कर देना बन्द कर देगी। इस प्रकार अनुबन्ध द्वारा ही प्रजा ने अपने वित्तीय अधिकार सुरक्षित रखे तथा राजा की निरंकुशता पर प्रतिबन्ध लगा दिया। भीष्म के चिंतन में भी लोकतन्त्र की झलक देखने को मिलती है। धर्मानुकूल राजा की आज्ञा मानना ही न्यायसंगत है। राजा का कार्य यदि धर्म विरुद्ध है तो उसे राजपद से हटाया जा सकता है। राजा का धर्म प्रजा की रक्षा करना है। तद्राज्ये राज्यकामानां नान्यो धर्मः सनातनः। ऋते रक्षां तु विस्पष्टां रक्षा लोकस्य धारिणी।[26] राजा जनकल्याणकारी, लोककल्याणकारी हो अन्यथा ऐसे राजा का उसी प्रकार परित्याग कर देना चाहिये। जैसे कि समुद्र की यात्रा में टूटी हुयी नौका का करते हैं।[27] श्रेष्ठ राजा वही है जिसके राज्य में प्रजा निर्भय होकर सन्तान की भाँति जीवन यापन करती है।[28] इस प्रकार भीष्म राजा के निरकुंशता के विरोधी है, जबकि हॉब्स का दर्शन निरकुंशता का पोषक है।

रूसो का राजनीतिक दर्शन हॉब्स, लॉक की भांति व्यक्तिवादी अवधारणा पर आधारित नहीं है। अपितु यह समाज निर्माण तथा समाज की राजनीतिक सत्ता के सम्बन्ध में आदर्शवादी दार्शनिक विवेचना है। राज्य के संदर्भ में रूसो भी अनुबन्धवादी ही है, किन्तु उसके द्वारा वर्णित प्राकृतिक अवस्था में मनुष्य नेक, सुखी, सीधे, चिन्तारहित, स्वस्थ, शान्तिप्रिय, एकान्तप्रिय एवं सन्तुष्ट थे। पूर्ण समानता एवं स्वतन्त्रता व्याप्त थी, अर्थात् रूसो की प्राकृतिक अवस्था में आधुनिक बुराइयां नहीं थीं। मनुष्य नेक जंगली की भाँति था। प्राकृतिक मनुष्यों को न्याय, अन्याय तथा मृत्यु का भी ज्ञान नहीं था। रूसो की समस्या स्वतन्त्रता और सुव्यवस्था के समन्वय की थी। इसकी पूर्ति के लिये ही उसने परम्परागत अनुबन्ध का प्रयोग किया। रूसो व्यक्ति के सभी अधिकार को व्यक्ति द्वारा निर्मित संघ को समर्पित कराता है। यह संघ राज्य व्यक्ति की इच्छा से निर्मित होते हैं, जहाँ व्यक्ति के अधिकार पूर्णतः सुरक्षित है। रूसो के मतानुसार हॉब्स द्वारा लेवियाथन को अधिकारों का समर्पण, स्वतन्त्रता का परित्याग है। इस समर्पण से व्यक्ति दास तुल्य बन जाता है। रूसो लॉक की प्रतिनिधि सभा का भी विरोधी था, क्योंकि निर्वाचन व्यवस्था पर आधारित प्रतिनिधि सभा के अधीन भी नागरिक दास तुल्य ही रह जाता है। किन्तु सामान्य इच्छा द्वारा निर्मित राज्य में व्यक्ति वास्तविक

चरित्र का निर्माण करता है और स्वतन्त्रता का उपभोग करता है। राज्य के द्वारा ही व्यक्ति अपने व्यक्तित्व को प्राप्त कर सकता है। उसने बिना मनुष्य मक्खी के तुल्य है। अधिकार, कर्तव्यपरायणता, स्वतन्त्रता, आत्मोत्थान, सम्पत्ति, नैतिकता तथा न्याय-अन्याय का ज्ञान राज्य द्वारा सम्भव है। रूसो ने अपनी जनवादी राज्य संकल्पना को एक अवयवी माना है, जिसमें सत्ताधारी जनसभा इसका सिर है, नियम एवं परम्परा मस्तिष्क, न्यायाधीश, सरकारी कर्मचारी, मस्तिष्क के स्नायुः, व्यापार व्यवसाय एवं कृषि मुख तथा उदर, आय रक्त तथा नागरिक शरीर के अंगों की भाँति हैं। राज्य एवं नागरिक के मध्य अवयव एवं अवयवी के सम्बन्ध हैं। अवयवों की सुव्यवस्था अवयवी की सुव्यवस्था पर एवं अवयवी की सुव्यवस्था अवयव की सुव्यवस्था पर निर्भर है अर्थात् राज्य एवं नागरिक परस्पर पूरक हैं। सामान्य इच्छा नागरिकों के तात्विक इच्छा का प्रतिनिधित्व करती है। इस आधार पर नागरिक सदा ही राज्य हित में व्यक्तिगत हित देखेगा और वह राज्य की सामान्य इच्छा के अनुसार कार्य करेगा। इस रूप में रूसो जनवादी है, परन्तु अन्यत्र उसमें अधिनायकवाद की भी झलक देखने को मिलती है। जैसे कि राज्य द्वारा व्यक्ति को स्वतन्त्र होने के लिए बाध्य किया जाना, जब नागरिक सामान्य इच्छा का उल्लंघन करते हैं, तो उन्हें राज्य से पृथक हो जाना चाहिए।[29] यह वैसे ही हुआ जैसा कि धर्म का उल्लंघन करने पर राज्य द्वारा मृत्यु दण्ड देना, जो कि जनवादी व्यवस्था के विरुद्ध है। रूसो की नैतिक स्वतन्त्रता का दर्शन (सामान्य इच्छा का पालन) भारतीय राजदर्शन के निकट है, जहाँ आदर्श राज्य की स्थापना हेतु राजा एवं प्रजा दोनों के द्वारा नीति अनुसार कर्तव्य का पालन अपेक्षित है। किन्तु अधिनायकवाद दण्ड नीति का दुरुपयोग है। जैसा कि कौटिल्य के अर्थशास्त्र में वर्णन मिलता है कि अपराध के अनुरूप दण्डनीति का अनुसरण किया जाना चाहिये। यथा अपराध मिति कौटल्यः।[30] प्राच्य धर्मशास्त्र के अनुसार व्यक्ति द्वारा राज्य बनता है और समाज से व्यक्ति को उन्नत होने की सुविधा प्राप्त होती है। अतः व्यक्ति और समाज का विरोध नहीं समन्वय उचित है। राज्य परस्पर एक दूसरे के अन्याय तथा पापाचार को रोककर समाज में सर्वत्र शान्ति एवं व्यवस्था को कायम रखते हुए प्राणिमात्र को कष्ट से बचाते हैं। अतएव राजा वीर अस्त्र-शस्त्रों से सुसज्जित क्षात्रों के साथ धर्मरक्षार्थ अत्यन्त उग्र, तेजोमय रूप को धारण करते हुए कामक्रोध के अधीन भिन्न-भिन्न स्वभाव वाले परस्पर एक दूसरे का भक्षण करने के अभिलाषी मानवों को दुराचरण से हटाकर अपने-अपने सदाचार में प्रवृत्त कराके सारे जगत का परित्राण करता है। 'जगदेतन्निरालम्बं कामक्रोधादिभिर्बलात् नियज्जमानं निरये राज्ञा दण्डेन वार्यते।[31] महाभारत शान्तिपर्व में भी उल्लिखित है कि राजा को चाहिये कि अपनी सारी प्रजा को अपने अपने धर्म में स्थापित करके उनके द्वारा अपने-अपने

कर्तव्यों को धर्म के अनुसार शान्तिपूर्ण ढंग से करावें। स्वेषु धर्मेवस्थाप्य प्रजाः सर्वा महीपतिः। धर्मेणा सर्वकृत्यानि शमनिष्ठानी कारयेत्॥[32]

इस प्रकार लॉक एवं रूसो प्राकृत स्वर्ण युग से पतित समाज के पुरुष तथा हॉब्स का प्राकृतिक पुरुष अपनी सुख शान्ति के लिये आपसी विचार से ही राज्य निर्माण करते हैं। परन्तु भीष्म के धर्मराज से पतित मनुष्य ब्रह्मा की शरण जाकर राजनीतिशास्त्र का ज्ञान प्राप्त करते हैं और विष्णु से योग्य शासक प्राप्त करते हैं। फिर उससे समझौता करते हैं कि वह भी कभी भी नीतिशास्त्र के नियमों का उल्लंघन नहीं करेगा। रूसो के राज्य की आधारशिला सामान्य इच्छा है। किन्तु भीष्म के राज्य की आधारशिला ब्रह्मा द्वारा निर्मित विधि शास्त्र है। इस तरह भीष्म के राज्य का आधार पवित्र एवं श्रेष्ठतम विधि है। अतः भीष्म के अनुसार कृत युग में मनुष्य राजादि विहीन धर्म राज्य में ही रहते थे। सब धर्मनियन्त्रित वेदज्ञ तथा धर्मब्रह्मज्ञ थे। सब सुखी, शान्त, सन्तुष्ट एवं विविध वैभवों से पूर्ण थे। तदनन्तर कर्मानुसार आसुरी वृत्तियों का जागरण हुआ। दैवीय वृत्तियों के अभिभव हो जाने से उनका पतन हुआ और फिर उस अवस्था से खिन्न होकर पुनः धर्मनियन्त्रित राज्य की स्थापना के लिये ब्रह्मा के विचार से राजनीतिशास्त्र ग्रहण किया। पुनः उसे पूर्ण रूप से कार्यान्वित करने के लिये विष्णु से राज्य प्राप्त किया और उसको तथा अपने को वचनबद्ध करके सीमित शर्तों के साथ सामाजिक समझौता के अनुसार धर्मनियन्त्रित राजा का राज्य स्थापित किया।[33]

न वै राज्यं न राजाऽसीन् च दण्डो न दाण्डिकः। धर्मेणैव प्रजाः सर्वा रक्षन्ति स्म परस्परम्॥ पाय्मानास्तचान्योन्यं नरा धर्मेण भारत। खेदं परमुपाजग्मुस्ततस्तान् मोह आविशत्। ते मो मनुजा मनुजर्षभ। प्रतिपत्तिविमोहाश्च धर्मस्तेषामनीनशत्। स विष्णुना च देवेन शक्रेण विबुधैः सह। ऋषिभिश्च प्रजापालैर्ब्राह्मणैश्चभिषेचितः॥

भारतीय राजदर्शन में इस बात पर विशेष बल है कि राष्ट्र की सुरक्षा के लिये शासक को स्वयं योग्यतम शक्तिशाली होकर, प्रजा में शान्ति और उद्योग की सुव्यवस्था के लिये इतना प्रयत्नशील होना चाहिए कि कहीं भी अधर्म, अन्याय, भ्रष्टाचार या उद्दण्डता करने के विचार तक किसी के मन में उठने पावें। विश्व में समस्त जीव, सारा मानव समाज, सब धर्म, सभी वर्ण, सभी जाति एवं राष्ट्र, राजधर्म पर ही अवस्थित है। पितामह भीष्म धर्मराज युधिष्ठिर से कहते हैं कि सम्पूर्ण धर्मों का आधार राजधर्म है। सब धर्म उसी के अधीन हैं। सब धर्मों का अस्तित्व उसी पर निर्भर है। अतः राजधर्म का फल महाविशाल है। उसकी तुलना में अन्य सभी धर्मों के फल अत्यन्त स्वल्प है।

अल्पाश्रयानल्पफलान् वदन्ति धर्मानन्यान् धर्मविदो मनुष्याः। महाश्रयं बहुकल्याणरूपं क्षात्रं धर्मे नेतरं प्राहुरार्याः॥ सर्वे धर्मा राजधर्मप्रधानाः सर्वे वर्णाः पाल्यमाना भवन्ति, सर्वत्यागो राजधर्मेषु राजंस्त्यागं धर्मे चाहुरग्रन्यं पुराणम्॥[34]

सदाचार की रक्षा के निमित्त ही राजधर्म प्रवृत्त हुआ है, जैसा कि आचार्य कौटिल्य ने लिखा है कि-चतुर्वर्णाश्रमस्यायं लोकस्याचार रक्षणात्। नश्यतां सर्वधर्माणां राजधर्मः प्रवर्त्तकः।[35] सृष्टि के प्रारम्भ से ही सत्य प्रधान राजधर्म तत्व ही पूर्ण था, धर्म ही सबका शासक था। सम्पूर्ण प्रजा धर्म से ही परस्पर एक दूसरे की रक्षा करती थी। सब लोगों के धर्म में निरत रहने से, अन्याय और दुराचार का कहीं भी नाम निशान नहीं था। किसी का मन अधर्म की ओर प्रवृत्त ही नहीं होता था। धन और विद्या का उपार्जन, कभी भी, अधर्म से अन्याय से नहीं होता था। चतुष्पात् सकलो धर्मः सत्यं चौव कृते युगे। नाधर्मेणाऽऽममः कञ्चिन्मुष्यान् प्रति वर्तत्।।[36] राजा अथवा शासक निरंकुश, अयोग्य एवं उच्छृंखल नहीं होता था। शासक का निर्वाचन मात्र संख्याबल के आधार पर वंशानुगत परम्परा पर नहीं होता था। राजा का योग्य धर्मपरायण, विधानज्ञ, शास्त्रज्ञ, कूटनीतिज्ञ होना आवश्यक था। भारतीय आर्षग्रन्थों में राजा की योग्यता का स्पष्ट वर्णन मिलता है। कौटिल्य अर्थशास्त्र में स्पष्ट उल्लेख है कि राजा को वाग्मी, प्रगल्भ, स्मृति, मति, वीर, उन्नत चित्त, संयमी, शास्त्रज्ञ, आपातकाल में राज्य की रक्षा करने वाला, दुर्भिक्ष तथा सुभिक्ष में धान्य का उचित विनियोग करने वाला, दूरदर्शी, कूटनीतिज्ञ, कल्याणकारी, प्रजारंजक, शत्रु का दमन करने वाला, काम, क्रोध, लोभ, मोह से दूर रहने वाला, उदार चित, सदाचारी होना चाहिए।[37] राजा धर्म की रक्षा के लिए होता है, न कि मनमाने स्वेच्छाचार के लिये। समस्त प्राणी धर्म के आधार पर स्थित हैं और धर्म राजा पर अर्थात् शासक पर निर्भर है। अतः धर्म की रक्षा करने वाला शासक ही वास्तव में प्रजा की सच्ची रक्षा कर सकता है, धर्म से उदासीन नहीं। इसीलिए महर्षि कामन्दक ने नीतिसार में कहा है कि तत्मात् धर्मं पुरस्कृत्य यताचार्थ पार्थिवः। धर्मेण वद्र्धते राष्ट्रं तस्य स्वादुफलं श्रियः।।[38] अर्थात् जो स्वयं धर्म और नीति में परायण एवं रत रहता है, उसके राष्ट्र में सम्पूर्ण प्रजा अपने-अपने कर्तव्य में स्व में, संलग्न रहती है, उसकी कीर्ति अमर हो जाती है। धर्म के ह्रास और वृद्धि का सबसे प्रमुख कारण शासक ही होता है। शासक यदि धर्मपरायण हो, सचमुच धर्मात्मा हो, तब तो राष्ट्र की समस्त प्रजा भी धर्मपरायण होती है और राजा यदि धर्मपराङ्मुख हो तो प्रजा भी निश्चित ही वैसी हो जाती है क्योंकि मानव समाज का यह सहज स्वभाव है कि वह प्रायः अपने शासक के ही शील, स्वभाव, वेशभूषा, धर्म-अधर्म, आचरण और भाषण का अनुसरण किया करता है। महाभारत में स्पष्ट लिखा है कि राज्ञा हि पूजितो धर्मस्ततः सर्वत्र पूज्यते। यद् यदाचरेत राजा तत् प्रजानां स्म रोचते।[39] अर्थात् राजा द्वारा जिस धर्म का पालन किया जाता है, उसका सर्वत्र पालन होने लगता है। क्योंकि राजा जो कार्य करता है, प्रजा वर्ग को वही कार्य अच्छा लगता है। महर्षि शुक्राचार्य ने भी इसी बात को स्पष्ट शब्दों में लिखा है कि समाज के धर्म और अधर्म

की ओर प्रवृत होने में एकमात्र कारण शासक ही होता है—धर्माधर्मौ तु नृप एव हि। प्रजा के ऐहिक तथा परिलौकिक कल्याण की पूरी जिम्मेदारी राजा की ही होती है। अतः इस महान कठिन लोकोत्तर कार्यभार को वहन करने के लिए शासक को पहले अपने कर्मचारियों समेत स्वयं अपने में तदनुकूल गुणों का आधान करना चाहिए। एतदर्थ देश, काल और अवस्थानुसार संसार की परिस्थितियों और सबके आधारभूत धर्म का पूरा-पूरा होने के लिए शासक को आन्वीक्षिकी, त्रयी, वार्ता और दण्डनीति इन चार विद्याओं का पूर्ण पारंगत होकर प्रजा को तदनुकूल शिक्षा दीक्षा द्वारा विनीत कर देना चाहिए। कामन्दक ने लिखा है कि अत्यन्त विनीत शासक ही प्रजा में विनय का आधार एवं धर्म का प्रसार कर सकता है। चरित्रवान शासक ही मनुष्य समाज में पारस्परिक ईर्ष्या, द्रोह, वैर, अविश्वास, वैमनस्य, काम, क्रोध, लोभ आदि दोष का निवारण करके प्रजा को सुखी और समृद्ध बना सकता है। राजा कालस्य कारणम्।[40] आत्मानं प्रथमं राजा विनयेनोपपादयेत् ततोऽमात्यास्ततो भृत्यांस्ततः पुत्रांस्ततः प्रजाः।[41]

अतः भारतीय राजदर्शन का कार्य राजा, शासक, प्रजा सभी के अभ्युदय हेतु मार्ग प्रशस्त करना है। मनुस्मृति, महाभारत शान्तिपर्व, याज्ञवल्क्य स्मृति, शुक्रनीति, कामन्दक नीति, अर्थशास्त्र, इत्यादि आर्षग्रन्थों में दर्शन भी है, राजनीति भी है। आन्वीक्षिकी, न्यायोपहित वेदान्त विद्या, ब्रह्म विद्या, त्रयी, वेदोक्त धर्मविद्या, वार्ता, अर्थविद्या आदि सर्वपुरुषार्थयोगिनी विद्याओं का रक्षण एकमात्र राजीनति से ही सम्भव होता है। राजनीति की स्वरूपभूता दण्डनीति के विलुप्त होने से सभी विद्याएं विलुप्त हो जाती हैं। मज्जेत् त्रयी दण्डनीतौ हतायाम्।।[42] मात्स्यन्याय को समाप्त कर सर्वसामन्जस्य सर्वहित सम्पादनार्थ राज्य की स्थापना होती है। अहिंसा, सत्य, धर्म का प्रतिष्ठान तथा दण्डविधान ही मात्स्यन्याय निरोध के मूल उपाय है। आन्वीक्षिकीत्रयीवार्तानां योगक्षेमसाधनो दण्डः। अलब्धलाभार्था लब्धपरिरक्षणी रक्षितविवर्धनी वृद्धस्य तीर्थेषु प्रतिपादनी।[43] अर्थात् दण्ड ही आन्वीक्षिकी, त्रयी, वार्ता सभी के योग और क्षेम का साधन है, तथा दण्डनीति ही अप्राप्त वस्तुओं को प्राप्त कराने वाली, प्राप्त पदार्थों की रक्षा करने वाली, सुरक्षित पदार्थों में वृद्धि करने वाली और वृद्धि को प्राप्त हुए पदार्थों को उचित स्थानों में लगाने वाली होती है। दण्ड ही राजा, पुरुष, नेता, शासक तथा चारों आश्रमों के धर्म का साक्षी है—स राजा पुरुषो दण्डः स नेता शासिता च सः, चतुर्णामाश्रमाणां च धर्मस्य प्रतिभूः स्मृतः।[44] दण्ड ही प्रजा का शासक एवं रक्षक है। दण्ड ही धर्म है। उचित दण्ड प्रजा का अनुरंजन करने वाला तथा अविचारित दण्ड प्रजा का विनाशक होता है। राजा के हाथ में जो दण्ड होता है, वह दूसरों पर ही नियन्त्रण नहीं करता वरन् धर्म-विरुद्ध राजा को भी नष्ट कर देता है। दण्डनीति ही समाज के सभी वर्ग के लोगों को अपने-अपने कर्म में प्रवृत कराती है, यदि राजा इस नीति का

सम्यक् प्रयोग करता है। यह जनता को अधर्म की ओर जाने से रोकती है, जिससे प्रजा सब ओर से निर्भय तथा कुशल पूर्वक रहती है। प्रजा के योगक्षेम सर्वत्र सिद्ध होते रहते हैं—दण्डनीतिः स्वधर्मेभ्यश्चातुर्वर्ण्ये नियच्छति। प्रयुक्ता स्वामिना सम्यगधर्मेभ्यो नियच्छति।[45] अतः भारतीय आर्षग्रन्थों में सर्वप्रथम राजधर्म का ही अविर्भाव हुआ। उसके पीछे राजधर्म के अंगभूत अन्य धर्मों का प्रादुर्भाव हुआ। अराजकता, उच्छृंखल या धर्मविहीन राजा के राज्य में कोई धर्म नहीं पनप सकता। व्यक्ति, समाज, राष्ट्र के लौकिक-पारलौकिक अभ्युदय एवं निःश्रेयस के सम्पादन में होने वाले सब प्रकार के विघ्नों को रोककर सुव्यवस्था स्थापित करना, भारतीय राजधर्म, राजनीति अथवा राजदर्शन का मूलमन्त्र है। राजा के धर्म में सारे त्यागों का दर्शन होता है। राजधर्म में सारी दीक्षाओं का प्रतिपादन हो जाता है। राजधर्म में सम्पूर्ण विद्याओं का संयोग सुलभ है तथा राजधर्म में सम्पूर्ण लोकों का समावेश हो जाता है।

सर्वे त्यागा राजधर्मेषु दृष्टाः सर्वा दीक्षा राजधर्मेषु चोक्ताः।
सर्वा विद्या राजषु संप्रयुक्ताः सर्वे लोका राजधर्मे प्रविष्टाः॥[46]

निष्कर्षतः पाश्चात्य राजदर्शन चिंतनमूलक होने के कारण उसमें राज्य के स्वरूप, राजधर्म, शासक धर्म के संदर्भ में मतैक्यता का अभाव दिखता है। इसमें भिन्न-भिन्न चिंतक एक ही विषय पर मतभिन्नता रखते हुए दिखायी पड़ते हैं। राज्य इनमें आदर्श संवास भी है, कृत्रिम बुराई भी। वहीं शासक निरंकुश एवं स्वेच्छाचारी भी है, जनतान्त्रिक एवं आदर्शवादी भी है। ऐसी परिस्थिति में पाश्चात्य दर्शन को राजनीतिक विमर्श को श्रेणी में रखा जा सकता है, जहाँ एक ही विषय की विवेचना विविध तर्कसंगत तरीके से की जाती है। भारतीय प्राच्य परम्परा में राजदर्शन जिन परिस्थितियों की व्याख्या करता है, वह सम्पूर्ण मानवदर्शन है जो आदर्शमूलक है, जिसमें राज्य, राजदर्शन, राजधर्म सभी समाहित हैं और इन सबके पीछे है, लोकमंगल की कामना, जिसका उद्घोष भारतीय संस्कृति अनादिकाल से करती चली आ रही है।

सर्वे भवन्तु सुखिनः सर्वे सन्तु निरामयाः।
सर्वे भद्राणि पश्यन्तु मा कविद् दुःख भाग्भवेत्॥

संदर्भ सूची—

1. मनु. 6/74
2. वृहादरण्यकोपनिषद् 1/13/28
3. जॉर्ज एच. सेबाइन, ए हिस्ट्री ऑफ पॉलिटिकल थियरी, (चतुर्थ अंक) ऑक्सफॉड एण्ड आईबीएच पब्लिशिंग कॉरपोरेशन, प्राइवेट लिमिटेड
4. लियो स्ट्रॉस, व्हाट इन पॉलिटिकल फिलॉसोफी? इन गाउल्ड एण्ड थर्सबाई (एड्ज) कन्टेम्पॉरी पॉलिटिकल थॉट, न्यूयार्क, हाल्ट रिन्चॉर्ट एण्ड विन्स्टन, 1969, पृ. 49

5. इट्स ऑब्जेक्ट इज देयर टू बी टर्न दी आई, विच दी सॉल ऑलरेडी पजेसस, टू दी लाईट-आर. एल. नेटलशिप, लेक्चर्स ऑन दी रिपब्लिक ऑफ प्लेटो, 1955, पृ. 78
6. जे.एच. हैलोवेल, मेन करेन्ट्स इन मॉडर्न पॉलिटिकल थॉट, न्यूयार्क, हॉल्ट, राइनहार्ट एण्ड विन्स्टन, 1950, पृ. 7
7. म.शा.प. 59/76
8. या व. स्मृ. 1/346 मिताक्षरा।
9. मिताक्षरा, या.स्मृ. 1/346।
10. नी.वा. धर्म समुदेश।
11. अर्नेस्ट बार्कर, ग्रीक पॉलिटिकल थियरी : प्लेटो एण्ड हिज प्रिडिसेसर, चतुर्थ संस्करण, लन्दन, 1951
12. उपर्युक्त
13. जॉर्ज एच. सेबाइन, ऑप. सिट., पृ. 52-53
14. चन्द्रधर शर्मा: पाश्चात्य दर्शन, मनोहर प्रकाशन, वाराणसी, षष्ठम् संस्करण, 1973, पृ० 44-45
15. उपर्युक्त पृ. 49 व 50
16. मनु. 4/174, 172, 171।
17. सी.बी. मैक्फर्सन, दि पॉलिटिकल थियरी ऑफ पजेसिव इण्डिविजुअलिज्म: हॉब्स टू लॉक्स, ऑक्फोर्ड, 1962
18. मनु. 7/4।
19. मनु. 7/27।
20. म.शा.प. 59/14।
21. म.शा.प. 67/17
22. म.शा.प. 90/3/5
23. नी.सा. 1/17
24. जे. डब्ल्यू गॉफ, जॉन लॉक्स पॉलिटिकल फिलॉसोफी, 1950
25. कौ.अ. 8/13/1
26. म.शा.प. 42/57
27. म.शा.प. 44/57
28. म.शा.प. 33/57
29. रॉजर डी. मास्टर्स, दि पॉलिटिकल फिलॉसोफी ऑफ रूसो, प्रिन्सटन, 1968
30. कौ.अ. 16/7/2
31. का.नी.सा. 2/41
32. म.शा.प. 19/60
33. म.शा.प. 59/14/15/16/116
34. म.शा.प. 64/26/27
35. कौ.अ.
36. मनु. 1/87
37. कौ.अ. 6/1/6

38. नी.सा. 1/17
39. म.शा.प. 75/4
40. शु.नी. 1/18
41. का.नी. 1/25
42. म.शा.प. 63/28
43. कौ.अ. 4/4, 6/1
44. मनु. 7/17
45. म.शा.प. 69/76
46. म.शा.प. 63/29

प्राचीन भारत में राजधर्म की अवधारणा

—संजीव कुमार शर्मा

प्राचीन भारत में राजधर्म का अत्यन्त सूक्ष्म, वैदुष्यपूर्ण एवं विस्तृत वर्णन किया गया है। भारतीय राजदर्शन में प्रजा-हितैषी राजा, शासन की सुरक्षा, उन्नति, सुस्थिरता एवं प्रजा आकांक्षाओं हेतु नीतियों का निर्माण, नियोजन एवं कार्यान्वयन में जिन पद्धतियों का अनुसरण करता है, उसी को राजधर्म कहा गया है। प्राचीन भारतीय चिंतन में राजधर्म जीवन का उच्च आदर्श है, जिसमें सामाजिक, धार्मिक, नैतिक, राजनीतिक, एवं आर्थिक पक्ष सन्निहित हैं। वास्तव में प्राचीन भारतीय वाङ्मय में राजधर्म का आशय राजा एवं राजव्यवस्था से है। धर्म को सामान्यतः कर्तव्य के अर्थ में लिया गया है। भारतीय मान्यताओं के अनुसार जिसमें धर्म विचरता है, वही राजा है, क्योंकि राजा धर्म का पालन करने तथा प्रजा से धर्म का पालन कराने के लिए ही होता है। महाभारत महाकाव्य में राजा के लिए विभिन्न पर्यायवाची सम्बोधन प्राप्त होते हैं जो राजा के विराट स्वरूप एवं राज-कर्तव्यों के द्योतक हैं।[1]

महाभारत महाकाव्य में राजधर्म विषयक व्यवस्था उद्घोष करते हुए भीष्म पितामह कहते हैं कि राष्ट्र का सर्वप्रथम कर्तव्य राजा का विधिवत् राज्याभिषेक करना है। राजा रहित राज्य दुर्बल रहता है। ऐसे राज्य में दस्यु आक्रमण करते हैं।[2] जिन राष्ट्रों में कोई राजा नहीं होता, वहाँ धर्म की स्थिति नहीं रहती। अतः वहाँ के लोग एक-दूसरे को हड़पने लगते हैं। इसलिए जहाँ अराजकता हो, उस देश का सर्वथा धिक्कार है।[3] राजा का आवाहन करने से इन्द्र का आवाहन समझा जाता है। ऐश्वर्य की इच्छा रखने वाले पुरुषों को इन्द्र की भांति राजा की भी पूजा करनी उचित है। महाभारत के मत में राजा हीन राज्य में वास करना उचित नहीं है, क्योंकि वैसे राज्य में अग्निदेव भी देवताओं के निकट हव्य नहीं पहुँचाते हैं।[4] अतएव जो मनुष्य वैभववृद्धि की कामना रखते हों, उन्हें सर्वप्रथम इस भूमण्डल में प्रजाजनों पर अनुग्रह करने के लिए राजा अवश्य ही बना लेना चाहिए।[5] इस प्रकार राजा राष्ट्र की उन्नति की आरम्भिक आवश्यकता है, जो राज्य

को सबलता प्रदान करता है। महाभारत में राजधर्म की श्रेष्ठता को अतिरिक्त गम्भीरता के साथ विश्लेषित किया गया है। राज्य की सुव्यवस्था, संरक्षण एवं शान्ति का संचालन राजधर्म पर ही आधारित है।

महाभारतकार का कहना है कि यदि पृथ्वी का पालन करने वाला राजा अपने राज्य की रक्षा करता है तो समस्त आभूषणों से विभूषित सुन्दरी स्त्रियाँ किसी पुरुष को साथ लिए बिना भी निर्भय होकर मार्गों से आती जाती रहती है। जब राजा रक्षा करता है तो सभी लोग अपने धर्म का ही पालन करते हैं। कोई किसी की हिंसा नहीं करता तथा सभी एक दूसरे पर अनुग्रह करते हैं। जब राजा रक्षा करता है तो विभिन्न वर्णों के लोग नाना प्रकार के अपने कार्य-दायित्वों का अनुष्ठान करते रहते हैं और विद्वान एवं जिज्ञासु लोग पूर्ण मनोयोगपूर्वक विद्याध्ययन में लगे रहते हैं।[6] महाभारतकार का कथन है कि राजा के होने से ही सम्पूर्ण व्यवस्था सम्यक् चलायमान रह सकती है। वार्ता इस लोक का मूल है। कृषि आदि की समुचित जीविकोपार्जन व्यवस्था इस सम्पूर्ण जगत् जीवन का मूल है तथा वृष्टि आदि की हेतुभूत त्रयी विद्या से ही सदा जगत् का समुचित भरण-पोषण होता है। जब प्रजा की रक्षा में राजा संलग्न एवं सन्नद्ध रहता है, तभी वार्त्ता, त्रयी आदि सब कुछ ठीक प्रकार से चलता रहता है। जब राजा अपनी विशाल सैन्य शक्ति के सहयोग से भारी भार उठाकर प्रजा की रक्षा का दायित्व निर्वहन करता है, तब यह सम्पूर्ण जगत् प्रसन्न एवं आनन्दित होता है।[7]

महाभारतकार का मानना है कि राजा समस्त प्रजाओं की सावयव प्रस्तुति है। वह प्रजा का प्रथम अथवा प्रधान शरीर है। प्रजा भी राजा का अनुपम एवं अप्रतिम शारीरिक स्वरूप है। राजा के बिना कोई देश और वहाँ के निवासी नहीं रह सकते और देशवासियों के बिना राजा नहीं रह सकते हैं। राजा प्रजा का गुरुतर हृदय, गति, प्रतिष्ठा और उत्तम सुख है। हे नरेन्द्र! राजा का आश्रय लेने वाले मनुष्य इस लोक और परलोक दोनों पर पूर्ण विजय प्राप्त कर लेते हैं।[8]

राजधर्म के आधार पर, राजा, राजा के अधिकार एवं कर्तव्य, प्रशासनिक, न्यायिक, विधायी एवं युद्धनीति सम्बन्धी विचारों का विस्तार से वर्णन किया गया है। राजधर्मधारण राजा के द्वारा ही प्रजा धर्माचरण एवं कर्तव्य पालन की ओर उन्मुख होती है। राज्य के सर्वांगीण विकास का एकमात्र मन्त्र 'राजधर्म' ही है जिसे सर्वकल्याणकारी कहा गया है। भीष्म पितामह कहते हैं—राजा के धर्मों में सारे त्यागों का दर्शन होता है। राजधर्म में सम्पूर्ण विद्याओं का सुयोग सुलभ है तथा राजधर्म में सम्पूर्ण लोकों का समावेश हो जाता है।[9] सम्पूर्ण जीवलोक का अंतिम आश्रय राजधर्म में ही है।[10] त्रिवर्ग (धर्म, अर्थ, काम), चारों वर्णों के धर्म, आश्रम धर्म, यहां तक कि दुःखनिवृत्ति रूप मोक्षधर्म भी राजधर्म पर ही आश्रित है।[11] राजधर्म अश्वों को वश में रखने वाली बागडोर एवं

गज को अधिकार करने वाले महावत (अंकुश) के सदृश है। यह समग्र लोक को प्रतिष्ठा के अन्तर्गत ग्रहण करने में समर्थ एवं प्रभावान्वित समझा गया है।[12] राजधर्म से न केवल प्रजा कर्तव्यनिष्ठ होती है बल्कि राजधर्म प्रजा के कष्टों का निवारण करके उनके जीवन को परमगति प्रदान कर उन्नत भी करता है। जिस प्रकार सूर्य उदित होते ही समस्त तिमिर (अंधकार) को मिटा देता है, वैसे ही राजधर्म मनुष्यों के अशुभ एवं पुण्य लोकों से विमुख करने वालों अमंगल आचरणों को दूर हटाता है।[13]

राजा के महत्त्व को रेखांकित करते हुए महाभारतकार कहता है कि राजा ही सभी प्राणियों का कर्णधार (जीवनदाता) है। राजा ही उनका विनाश करने वाला है। जो राजा धर्मात्मा है, वह प्रजा का जीवनदाता है और जो राजा पापात्मा है, वह उस प्रजा का विनाशक है।[14] हे मान्धाता! कहा जाता है कि विधाता ने दुर्बल प्राणियों की रक्षा के लिए ही बलसम्पन्न राजा की सृष्टि की है। निर्बल प्राणियों का महान समुदाय राजा के बल पर टिका हुआ है।[15] हे भरत श्रेष्ठ! सत्ययुग, त्रेता, द्वापर और कलियुग—ये सबके सब राजा के आचरणों में स्थित हैं। राजा ही युगों का प्रवर्तक होने के कारण युग कहलाता है।[16]

महाभारत राजाओं का चरित्र है। राजा के धर्म में राजधर्म की सम्पूर्ण त्याग की भावना में समाहित है। भीष्म पितामह कहते हैं कि राजधर्म में समस्त त्यागों का दर्शन समाहित है। राजधर्म में सारी दीक्षाओं का प्रतिपादन हो जाता है। सम्पूर्ण विद्‌याओं का सुयोग राजधर्म में सुलभ है। समस्त लोक राजधर्म में प्रविष्ट हैं।[17] राजधर्म को क्षत्रिय धर्म का विशेषरूप माना गया है क्योंकि राज्य में शासन सामान्यत: क्षत्रिय (भावार्थ पराक्रमी) ही किया करते थे। क्षत्रियों का सामान्य धर्मपालन भी राजधर्म पर ही अवलम्बित है। इसीलिए कहा गया है—पुरातन राजधर्म, जिसे क्षात्रधर्म भी कहते हैं, यदि लुप्त हो जाए तो आश्रमों के सम्पूर्ण धर्मों का ही लोप हो जायेगा।[18] महाभारत में कहा गया है कि चारों आश्रमों के धर्म एवं चारों वर्णों के धर्म राजा पर ही आश्रित होते हैं। एक राजा में ब्राह्मण की विद्‌वत्ता एवं स्वाध्याय, क्षत्रिय का पराक्रम, वैश्यों का अर्थोपार्जन तथा शूद्र का सेवाभाव जैसे आन्तरिक गुणों को सन्निहित होना चाहिए। राजा को चारों धर्मां की रक्षा करनी चाहिए। प्रजा को धर्मसंकरता से बचाना राजा का सनातन धर्म है।[19] राजा राज्य का मूल है। जो कर्मसंकरता एवं वर्णसंकरता के प्राबल्य को समाप्त करके व्यष्टि को स्वकर्म और स्वधर्म की ओर प्रवृत्त करके एक राज्य का निर्माण करता है। राजा को समुद्र पार करने वाली नौका की उपमा देते हुए भीष्म पितामह कहते हैं—राजधर्म उस नौका के समान है जो धर्मरूपी समुद्र में स्थित है। सत्वगुण द्‌वारा वह संचालित होता है, धर्मशास्त्र ही उसे बांधने वाली रस्सी है, त्यागरूपी वायु का सहारा पाकर वह मार्ग पर शीघ्रतापूर्वक अपने गन्तव्य की ओर अग्रसर होती है। इस प्रकार संसाररूपी समुद्र का खिवैय्या राजा है जो अपने सदाचरण से प्रजा को भवसागर से पार कराता

है। यदि राजा का आचरण सर्वहितकारी हो, तभी प्रजा धर्म का सन्धान करती है।[20] राजा को व्यवहारपरक सन्तुलन की सीख देते हुए महाभारतकार का स्पष्ट परामर्श है कि जो राजा सदा सब प्रकार से कोमलतापूर्ण बर्ताव करने वाला ही होता है, उसकी आत्मा का लोग उल्लंघन कर जाते हैं और केवल कठोर बर्ताव करने से भी सब लोग उद्विग्न हो उठते हैं; अतः तुम आवश्यकतानुसार अपने व्यवहार में कठोरता और कोमलता दोनों का अवलम्बन करो।[21] परन्तु राजा को समान भाव से सभी प्रजाननों पर दृष्टि रखते हुए कार्य करना चाहिए। अतः विद्वान् राजा को चारों वर्णों पर सदा दया करनी चाहिये, धर्मात्मा और सत्यवादी नरेश ही प्रजा को प्रसन्न रख पाता है।[22] दण्ड के सन्तुलन को प्राचीन भारतीय साहित्य में अनेकानेक स्थानों पर रेखांकित करते हुए सम्यक् दण्ड की अवधारणा प्रस्तुत की गई है। भलीभाँति दण्ड धारण करने वाला राजा सदा धर्म का भागी होता है। निरन्तर दण्ड धारण किए रहना राजा के लिए उत्तम धर्म मानकर उसकी प्रशंसा की जाती है।[23]

राजा का कर्तव्यपरायण आदर्श प्रजा जीवन को नियमबद्ध, कर्तव्यबद्ध एवं धर्मबद्ध करता है। तदनुसार प्रजा धर्माचरण एवं कर्तव्यपरायण की ओर उन्मुख होती है। महाभारतकार का मानना है कि राजधर्म में राजा के गुण सन्निहित होते हैं। राजोचित गुणों से सम्पन्न व्यक्ति ही राजपद पर सुशोभित होता है। महाभारत महाकाव्य में राजा के लिए अपेक्षित, असंख्य गुणों का विधिवत उल्लेख किया गया है। भीष्म पितामह ने राजा के आचरण की उत्कृष्टता प्रदान करने वाले गुणों को छत्तीस प्रकार का बतलाया है जिन का अनुपालन करने से राजा इहलोक एवं परमलोक में सुख प्राप्त करने का अधिकारी बनता है। धर्माचरणरत राजा को राग द्वेष से शून्य होना चाहिए। राजा को धर्म पर पूर्ण श्रद्धालु और परलोक सुधारने के लिए उसे दयालु होना चाहिए। राजा क्रूरता का आश्रय लिए बिना अर्थ का अतिक्रमण किये बिना इन्द्रियों को तृप्त करे। दीनता रहित हो के प्रिय वचन कहे, शूरवीर बने और अपनी प्रशंसा न करे। उदार हो, किन्तु कृपालु को दान न दे। प्रगल्भता रखे, किन्तु दया का भाव न छोड़े। अनार्यों के साथ सन्धि न करे। बन्धुजनों के संग विग्रह न करे। अभक्त पुरुष (जो राजभक्त न हों) को गुप्तचरों के कार्यों में नियत न करे। किसी को कष्ट पहुंचाये बिना अपना कार्य न साधे।[24] राजा को चाहिए कि वह दुष्टों को अपना अभीष्ट कार्य न कहे आत्मप्रंशसी न हो। श्रेष्ठ पुरुषों से उनका धन न छीने। नीच पुरुषों का आश्रय न ले। अपराध की अच्छी तरह परीक्षा किये बिना किसी के लिए महादण्ड का प्रयोग न करे। गुप्त मन्त्रणा को प्रकट न करे। लोभियों को धन न दे। जिन्होंने कभी अपकार किया हो उन पर विश्वास न करे। स्त्रियों की सदैव रक्षा करे। स्वयं शुद्ध रहे, परन्तु निष्ठुर न बने। कामादि भोगों का अधिक सेवन न करे। शुद्ध और स्वादिष्ट भोजन करे परन्तु अहित करने वाली मधुर वस्तु कभी न खावे। उद्दण्डता

छोड़कर विनीत भाव से माननीय पुरुषों का आदर-सत्कार करे। निष्कपट भाव से गुरुजनों की सेवा करे। दम्भ त्याग कर देवताओं की पूजा करे। अनिन्दित उपायों से धन सम्पत्ति पाने की चेष्टा न करे।[25] महाभारतकार का मानना है कि राज्य संचालन एक सरल कार्य नहीं है। राज्य एक बहुत बड़ा तन्त्र है। जिन्होंने अपने मन को वश में नहीं किया है। ऐसे क्रूर स्वभाववाले राजा उस विशाल तन्त्र को संभाल नहीं सकते। इसी प्रकार जो बहुत कोमल प्रकृति के होते हैं, वे भी इसका भार वहन नहीं कर सकते। उनके लिए राज्य बड़ा भारी जंजाल हो जाता है।[26] इसलिए प्रत्येक शासक को अपने लोक व्यवहार एवं आचरण को सन्तुलित तथा समानुकूल बनाने की आवश्यकता है। इसी क्रम में महाभारतकार राजा से अपेक्षा करता है कि वह समयानुसार कठोरता तथा नमनीयता का धारण कर अपने आचरण को आवश्यकता के अनुरूप तीक्ष्ण एवं मृदु बनाता रहे। लोग सामान्यत: कोमल स्वभाव के शासक की अवहेलना करते हैं। साथ ही अत्यन्त तीक्ष्ण स्वभाव के शासक से भी लोग उद्विग्न हो जाते हैं।[27]

महाभारतकार का मानना है कि विभिन्न प्रकार के व्यवहारकुशल व्यक्तियों के ऐश्वर्य पर शासन करना जितना कठिन कार्य है उतना दुष्कर कर्म कोई दूसरा नहीं है।[28] इसलिए शासक को असाधारण गुणों से युक्त होना चाहिए। इसी को दृष्टिगत करते हुए महाभारतकार राजा से अपेक्षा करता है कि वह कार्यकुशल हो, किन्तु अवसर के ज्ञान से शून्य न हो। केवल पिण्ड छुड़ाने के लिए किसी को सान्त्वना या भरोसा न दे। किसी पर कृपा करते समय आक्षेप न करे। बिना जाने किसी पर प्रहार न करे। शत्रुओं को मारकर शोक न करे। अकस्मात् किसी पर क्रोध न करे और कोमल हो किन्तु अपकार का प्रतीकार करने वाला हो। राजा यदि इस लोक में कल्याण की स्थापना करना चाहता है, तो संयमित व्यवहार ही करे।[29] भीष्म कहते हैं कि हे युधिष्ठिर! जो राजा समस्त प्राणियों के प्रति समान भाव रखते हुए दण्ड का त्याग करता है और क्रोध को जीत कर यथार्थपूर्वक इन सब गुणों का सम्यक् पालन करता है वह इस जगत में कल्याण का अनुभव करके मृत्यु के पश्चात् स्वर्गलोक में प्रतिष्ठित होता है।[30] राजधर्म का पालन करते हुए दण्डधारण करना और प्रजापालन करना एक असामान्य दायित्व है क्योंकि सभी धर्मों में राजधर्म ही प्रधान है, क्योंकि उसके द्वारा सभी वर्णों का पालन होता है। राजन्! राजधर्मों में सभी प्रकार के त्याग का समावेश है और ऋषिगण त्याग को सर्वश्रेष्ठ एवं प्राचीन धर्म बताते हैं।[31] राजा के द्वारा शुद्ध अन्त:करण युक्त प्रसन्न भाव से समस्त चित्तवृत्तियों के निरोध और योगयुक्त समभाव आचरण की अपेक्षा करते हुए महाभारतकार का कहना है कि इस प्रकार आत्म नियन्त्रण अत्यन्त सुखपूर्वक प्रजापालन में संलिप्त रहने वाला राजा उत्तम धर्म के फल का भागी होता है।[32]

महाभारतकार का कथन है कि अरण्यों में तथा विभिन्न आश्रमों में निवास करते

हुए जो (तपस्वी) लोग धर्माचरण करते हैं और जितना धर्म पालन करते हैं, उन सबकी रक्षा करने से राजा उनसे शतगुण (सौ गुना) धर्म का भागी होता है।[33] महाभारतकार का मानना है कि देशधर्म तथा कुलधर्म का पालन करने वाला राजा सभी धर्मों व सभी आश्रमों के पुण्यफल का भागी होता है। जो राजा विहित धर्म में स्थित होकर यथार्थ रूप में उसका पालन करता है, जिस पुरुष में स्थित हुए सद्‌गुणों का कभी नाश नहीं होता, जो राजा स्थान, कुल और अवस्था का मान रखते हुए कार्य करता है। जो समय-समय पर सम्पत्ति और उपहार के द्‌वारा समस्त प्राणियों का सम्मान करता रहता है और जो राजा धर्म के दस तत्वों में स्थिर होकर सभी जीवधारियों के धर्म पर दृष्टि रखता है वह राजा सभी आश्रमों के पुण्य फल को प्राप्त करने का अधिकारी होता है।[34]

भीष्म पितामह ने राजा के व्यक्तिगत गुणों की भांति राजा के दुर्गुणों की विधिवत् व्याख्या करते हुए राजा को सभी प्रकार के व्यसनों को त्यागने का परामर्श दिया है। उन्होंने व्यसन को अठारह प्रकारों में विभाजित किया है। जिनमें इस प्रकार के व्यसन कामज (शिकार करना, जुआ खेलना, परनिन्दा करना, दिवस शयन, स्त्री सेवन, मद, वाद्‌यगीत, नृत्य और मदिरापान) एवं आठ प्रकार के क्रोधज (चुगली, साहस, द्रोह, ईर्ष्या, असूया, अर्थदूषण, वाणी की कठोरता और दण्ड की कठोरता) बताये हैं। राजा की षष्ठांशवृत्ति का उल्लेख करते हुए भी प्रजापालन और सम्यक् संरक्षण के धर्म की प्रधानता का उल्लेख किया गया है। कुरुनन्दन! बुद्‌धिमान् नरेश प्रजाजनों से उन्हीं की रक्षा के लिए उनकी आय का छठा भाग कर के रूप में ग्रहण करे।[35] इस आय को राजा को प्रजा के सर्वतामुखी कल्याण के कार्यों में व्यय करना है अत: राजा से अधोभूत संरचना के विकास की अपेक्षा की गई है। इस क्रम में महाभारतकार राजा से आग्रह करता है कि प्रत्येक नरेश को बड़ी-बड़ी सड़कें बनवानी चाहिये और जहाँ जैसी आवश्यकता हो उसके अनुसार जलक्षेत्र और बाजारों की व्यवस्था करनी चाहिए।[36]

महाभारत में राजा के कर्तव्यों का सम्यक्, व्यापक एवं विस्तृत वर्णन किया गया है। महाभारत के सभापर्व एवं शान्तिपर्व में राजा के उन कर्तव्यों का विधिवत् उल्लेख किया गया है, जिनका अनुपालन करना प्रजाहितैषी राजा के लिए अत्यन्त अनिवार्य है। महाभारत के सभापर्व में देवर्षि नारद द्‌वारा युधिष्ठिर को राजधर्म की शिक्षा प्राप्त होती है। वहीं महाभारत के शान्तिपर्व में भीष्म पितामह महाराज युधिष्ठिर का विनम्र आग्रह स्वीकार करते हुए राजधर्म पर प्रकाश डालते हैं। राजधर्म को सभी धर्मां में श्रेष्ठ माना गया है। यह सभी धर्मां का रक्षण करता है। राज्य में राजा की उपस्थिति राजा को प्राणवान् बनाती है। राज्यरूपी शरीर के सभी अंग राजा के द्‌वारा ही गतिमान होते हैं। भीष्म पितामह कहते हैं कि राष्ट्र का सर्वप्रथम कर्तव्य राजा का अभिषेक करना है। राजारहित राज्य दुर्बल रहता है। ऐसे राज्य में दस्यु आक्रमण करते हैं।[37] जिन राष्ट्रों में

कोई राजा नहीं होता, वहाँ धर्म की स्थिति नहीं रहती, अतः वहाँ के लोग एक-दूसरे को हड़पने लगते हैं, इसलिए जहाँ अराजकता हो, उस देश को सर्वथा धिक्कार है।[38] अराजकता की विकट स्थिति के पूर्ण निवारण के लिए उन्नति की कामना रखने वाले राज्य को किसी व्यक्ति को अपना राजा अवश्य ही बना लेना चाहिए। राज्य में राजा की उपस्थिति से न केवल राज्य का रक्षण होता है, बल्कि समस्त व्यवस्थाओं का क्रियान्वयन भी होता है। एक सम्प्रभु राजा, राज्य की अराजक स्थिति को व्यवस्थित, नियमित एवं नियमबद्ध व्यवस्था में परिवर्तित करता है। राजा अपनी दण्डधारी शक्तियों के माध्यम से आपसी संघर्षों पर पूर्ण विराम भी लगाता है और अपनी सुधारात्मक शक्तियों का प्रयोग करके मानव जीवन को एक नवीन दृष्टि प्रदान करता है। महाभारत में कहा गया है कि यदि इस जगत में भूतलतल पर एक दण्डधारी राजा न हो तो जिस प्रकार जल में बड़ी मछलियां छोटी मछलियों को अपना आहार बना लेती हैं उसी प्रकार प्रबल मनुष्य दुर्बल मनुष्यों को अपना आहार बना लेते हैं। अतएव ऐसे समय में सदैव शक्ति संघर्ष की चरम सीमा होती है, अपने बल का प्रयोग निरर्थक दिशा में करने के कारण ऐसे राज्य प्रायः नष्ट हो जाते हैं।[39] अतएव सदैव उन्नति की आशा रखने वाले देश को अपनी रक्षा के लिए किसी व्यक्ति को राजा अवश्य ही बना लेना चाहिए। जिनके देश में अराजकता है, उनके धन और स्त्रियां सदैव उनके ही अधिकार में रहें, यह सम्भव नहीं है।[40] अराजकता का सम्पूर्ण महाभारत में निरन्तर निषेध किया गया है। अतः कहा गया है कि कल्याण की कामना करने वाले मनुष्यों को सर्वप्रथम राजा की आवश्यकता है जिससे प्रजा पर अनुग्रह रहे। अराजकता की स्थिति में जो दास नहीं है, उसे दास बना लिया जाता है और स्त्रियों का बलपूर्वक हरण किया जाता है। इसी कारण देवताओं ने राजा की सृष्टि की है।[41] अतएव जो मनुष्य वैभव की कामना रखते हों उन्हें सर्वप्रथम इस भूमण्डल में प्रजाजनों पर अनुग्रह करने के लिए राजा अवश्य ही बना लेना चाहिए। भीष्म पितामह कहते हैं कि राजा का आवाहन करने से इन्द्र का आवाहन समझा जाता है। इससे ऐश्वर्य की इच्छा रखने वाले पुरुषों को इन्द्र की भांति राजा की भी पूजा करनी चाहिए। राजाहीन राज्य में वास करना उचित नहीं है, क्योंकि वैसे राज्य में अग्निदेव भी देवताओं के निकट हव्य नहीं पहुंचाते हैं।[42]

राजा में अपेक्षित गुणों का वर्णन करते हुए महाभारतकार का कहना है कि प्रजा की सहायता पाकर राजा दुर्धर्ष एवं प्रजा की रक्षा करने में समर्थ हो जाता है। राजा को चाहिए कि वह मुस्कराकर बातचीत करे। प्रजावर्ग के लोग यदि उससे कोई बात पूछें तो वह मधुर वाणी में उन्हें उत्तर दे। राजा को उपकार करने वालों के प्रति कृतज्ञ होना चाहिए। अपने अनुयायियों पर सुदृढ़ स्नेह रखना चाहिए। राजा उपभोग में आने वाली वस्तुओं का सम्यक् प्रकार से यथायोग्य वितरण तथा विभाजन करे। अपनी इन्द्रियों को

नियन्त्रण में रखना भी राजा का कर्तव्य है। जो लोग उसकी और अभिलाषा अथवा इच्छा से देखते हैं उन्हें सम्यक् रूप से प्रत्युत्तर देना चाहिए। राजा को चाहिए कि वह स्वभाव से मृदु, मधुर और सरल बने।[43] राजा को वेदों और वेदांगों का जानकार विद्वान्, बुद्धिमान्, तपस्वी, सदा दानशील तथा यज्ञ/कर्मशील, कर्तव्यपरायण होना चाहिए।[44] राजा की महत्ता को रेखांकित करते हुए उसे सामान्य मनुष्यों से श्रेष्ठ बताते हुए महाभारतकार का कथन है कि 'यह भी एक मनुष्य है' ऐसा समझकर कभी भी पृथ्वीपालक नरेश की अवहेलना नहीं करनी चाहिए; क्योंकि राजा मनुष्य के रूप में एक महान देवता की तरह प्रतिष्ठापित रहता है।[45]

भीष्म पितामह शान्तिपर्व के अध्याय अड़सठ में युधिष्ठिर को राजा वसुमना एवं बृहस्पति के वृतान्त से राजाविहीन समाज एवं प्रजा की हानियों एवं राजा से सुशोभित राज्य के लाभों का वर्णन करते है। कथा के अनुसार कोसलदेश के राजाओं में राजा वसुमना एक महाबुद्धिमानी, परमतेजस्वी, परमविवेकी, परमविनयी एवं सर्वलोकहितैषी राजा था। उन्होंने प्रजाहित से प्रेरित होकर बृहस्पति से राजा के समस्त कर्तव्य विषयक प्रश्नों को प्रस्तुत किया। तब बृहस्पति ने राजा वसुमना से कहा-हे महाबुद्धिमान! प्रजा जो कुछ धर्माचरण करती है, राजा ही उसका मूल है, क्योंकि राजभय से ही प्रजा एक-दूसरे को हड़प नहीं लेती है। राजा ही मर्यादा का उल्लंघन करने वाले तथा अनुचित भोगों में आसक्त हो उनकी प्राप्ति के लिए उत्कण्ठित रहने वाले सारे जगत के लोगों को धर्मानुकूल शासन द्वारा प्रसन्न रखता है और स्वयं भी प्रसन्नतापूर्वक रहकर अपने तेज से प्रकाशित होता है।[46] इस प्रकार इस संसार में सभी लोगों में निवास करने वाली शान्ति, सौहार्द्रता, सामन्जस्य एवं धर्म की उपस्थिति सभी कुछ राजा पर ही निर्भर करते हैं। राजा राज्य व्यवस्था का संरक्षक है। राजा अपनी दण्डात्मक कार्यवाही के माध्यम से ऐसी प्रजा के चित्त का शुद्धिकरण करता है, जो लोभवश राज्य की मर्यादाओं का अतिक्रमण करते हैं। इस समय राजा का राजरूप समस्त जग में प्रकट होता है जो प्रजा का रक्षक बनकर समस्त अव्यवस्थाओं का निवारण करता है। राजा के विषय में बृहस्पति आगे कहते हैं कि महाराज! जैसे सूर्य, चन्द्रमा का उदय न होने पर समस्त प्राणी घोर अंधकार में डूब जाते हैं और एक-दूसरे पर दृष्टिपात नहीं रख पाते हैं। जैसे थोड़े जल वाले तालाब में मत्स्यगण तथा रक्षक रहित उपवन में पक्षियों के झुंड बार-बार हिंसा करते हुए विचरते हैं, वे कभी तो अपने प्रहार से दूसरों को कुचलते और मथते हुए आगे बढ जाते हैं और कभी स्वयं दूसरों की चोट खाकर व्याकुल हो जाते हैं। इस प्रकार आपस में लड़ते हुए वे थोड़े ही दिनों में प्राय: संघर्ष करते हुए नष्ट हो जाते हैं।[47] वैसे ही राजा के न रहने पर प्रजा भी पालकहीन पशु की भांति घोर अन्धकार में पड़कर नष्ट हो जाती है।

यदि राजा दण्डनीति का उत्तम रीति से प्रयोग करे तो वह चारों वर्णों को अपने-अपने धर्म में बलपूर्वक लगाती है और उन्हें अधर्म की ओर जाने से रोक देती है।[48] इस प्रकार दण्डनीति के प्रभाव से जब चारों वर्णों के लोग अपने-अपने कर्मों में संलग्न रहते हैं, धर्म मर्यादा में संकीर्णता नहीं आने पाती और प्रजा सब ओर से निर्भय एवं कुशलपूर्वक रहने लगती है; तब सभी वर्णों के लोग विधिपूर्वक स्वाथ्य रक्षा का प्रयत्न करते हैं। इसी में मनुष्यों का सुख निहित है। यह तुम्हें ज्ञात होना चाहिए।[49] महाभारत में भीष्म कहते हैं कि हे नरश्रेष्ठ! तुम्हें यह ज्ञात होना चाहिए कि समस्त प्राणी दण्डनीति के आधार पर टिके हुए हैं। राजा दण्डनीति से युक्त हो और उसी के अनुसार चले-यही उसका सबसे बड़ा धर्म है।[50] यदि राजा, प्रजाजनों की रक्षा न करे तो बलवान प्रजाजन, निर्बल प्रजाजनों का घर स्त्री, धन, सम्पत्ति इत्यादि को लूट लें और अपने घर-बार की रक्षा के लिए प्रयत्न करने वालों को मार डालें। राजा रक्षा न करे तो इस जगत् में स्त्री, पुत्र, धन अथवा घर बार कोई भी ऐसा संग्रह नहीं हो सकता जिसके लिए कोई यह कह सके कि यह मेरा है। सब ओर सबकी सम्पित्त का लोप हो जाये। यदि राजा पालन न करता, तो पापचारियों द्वारा धर्माचारियों के ऊपर बहुधा अस्त्र चलते लुटेरे वाहन, वस्त्र, आभूषण और रत्नों को लूट लेते और सब कोई अधर्म का आसरा ग्रहण करते। यदि प्रजापालक राजा न हो तो दुराचारी लोग अपने माता, पिता, आचार्य, अतिथि, गुरु तथा अन्य वृद्धजनों को या तो दुःख दें अथवा उन्हें जान ही से मार डालें। यदि राजा पालन न करे तो धनवानों को प्रतिदिन वध या क्लेश उठाना पड़े। कोई भी किसी सम्पत्ति को अपना नहीं कह सकता।[51] राजा रक्षा न करता, तो सब ही अकाल असमय ही मृत्यु-मुख में पतित होते। समस्त जगत् के सब लोग ही डाकुओं के वश में हो जाते तथा सब कोई पाप के कारण घोर नरकयातनाएं सहते। यदि राजा रक्षा न करता, तो व्यभिचार से किसी को घृणा न हो, योनि दोष, कृषि और वाणिज्य कुछ भी न रहते सब नष्ट हो जाता, धर्म डूबता और वेदादि लुप्त हो जाते। राजा की रक्षा न करने से सात प्रकार के दक्षिणायुक्त यज्ञ, विवाह अथवा समाज कुछ भी विधिपूर्वक न निर्वाहित होते। राजा का शासन न रहता, तो वृषभ भी गौओं में वीर्चसिञ्चन न करते, गगरी भी न मथी जाती, इससे गोपालक लोग भी नष्ट हो जाते। राजा रक्षा न करता तो सब लोग ही भयभीत और व्याकुल होकर हाहाकार करके चेतनारहित की भांति क्षणभर में नष्ट हो जाते।[52] महाभारत में राजा का सर्वप्रथम कर्तव्य आत्मविजयी होना बताया गया है। जो राजा स्वतन्त्र को नहीं जीतता है, वह शत्रु पर विजय प्राप्त नहीं कर सकता है।[53] राजा को सबसे पहले प्रजा का रञ्जन अर्थात् प्रजा को प्रसन्न रखने की इच्छा से देवताओं और ब्राह्मणों के प्रति शास्त्रोक्त विधि के अनुसार व्यवहार करना चाहिए।[54] क्योंकि प्रजा का रञ्जन करने का कारण ही राजा का नाम राजा है।[55] राजा का धर्म

प्रजाजनों का पालन करना है। धर्म का अनुसरण करने वाले सदा धर्म को ही प्रमाण मानते हैं।[56] भीष्म पितामह युधिष्ठिर से कहते हैं कि सदा प्रजा रञ्जन में प्रवृत्त रहना, सत्य की रक्षा और प्रजा का पालन ही राजाओं का सनातन धर्म है।[57]

राजा की न्यायदृष्टि को अकलुषित, संवेदनशील, निष्पक्ष, निष्पाप तथा सन्देहरहित बनाने के लिए महाभारत के शान्तिपर्व में यह अपेक्षा की गई है कि राजा को चाहिए कि वह सर्वथा अपनी प्रजा को पुत्रों और पौत्रों की भाँति स्नेहदृष्टि से देखे, परन्तु जब न्याय करने का अवसर प्राप्त हो, तब उसे स्नेहवश पक्षपात नहीं करना चाहिए। राजा न्याय करते समय सदा वादी-प्रतिवादी की बातों को सुनने के लिए अपने पास सर्वार्थदर्शी विद्वान् पुरुषों को साथ बिठाकर रखे क्योंकि विशुद्ध न्याय पर ही राज्य प्रतिष्ठित रहता है।[58] राज्य संचालन में नियमित निरीक्षण तथा पर्यवेक्षण की उपादेयता को रेखांकित करते हुए महाभारतकार का कथन है कि सोने आदि की खान, नमक, अनाज आदि की मंडी, नाव के घाट तथा हाथियों के यूथ-इन सब स्थानों पर होने वाली आय के निरीक्षण के लिए राजा मन्त्रियों को अथवा अपने हित चिंतक विश्वसनीय व्यक्तियों को नियुक्त करे।[59] राजा को सप्तांग की रक्षा के दायित्व को बताते हुए भीष्म पितामह कहते हैं कि हे कुरुनन्दन! राजा को उचित है कि वह सात तत्वों की अवश्यमेव रक्षा करे। वे सात कौन हैं। यह मुझसे सुनो। राजा को स्वत्व, मंत्री, कोश, दण्ड (सेना), मित्र, राष्ट्र और नगर—ये राज्य के सात अंग हैं। राजा को इन सभी सातों का प्रयत्नपूर्वक पालन करना चाहिए।[60]

राजाओं के क्षात्र धर्म का वर्णन करते हुए महाभारतकार का कथन है कि युद्ध में अपने शरीर की आहुति देना, समस्त प्राणियों पर दया करना, लोक-व्यवहार का ज्ञान प्राप्त करना, प्रजा की रक्षा करना, विषादग्रस्त एवं पीड़ित मनुष्यों को दुःख और कष्ट से छुड़ाना—ये सब बातें राजाओं के क्षात्र धर्म में ही विद्यमान हैं।[61] महाभारत के शान्तिपर्व के अनुरूप राजाओं का परम धर्म तो यही है कि वे दुष्टों को दण्ड दें, सत्पुरुषों का पालन करें तथा युद्ध में कभी पीठ न दिखावें, पलायन न करें।[62] दण्ड की शक्ति को रेखांकित करते हुए द्रौपदी युद्ध के उपरान्त राज्य शासन के अधिकार से विमुख युधिष्ठिर से कहती है कि जो दण्ड देने की शक्ति नहीं रखता, उस क्षत्रिय की शोभा नहीं होती। दण्ड न देने वाला राजा इस पृथ्वी का उपभोग नहीं कर सकता। हे भारत! दण्डहीन राजा की प्रजाओं को कभी सुख नहीं मिलता है।[63] युधष्ठिर को राजधर्म में प्रवृत्त होने की सलाह देते हुए अर्जुन का कथन है कि हे कुन्तीनन्दन! कर्म कीजिए, यज्ञ कीजिए, दान दीजिए, प्रजा की रक्षा कीजिए और धर्म का निरन्तर पालन करते हुए अपने राजधर्म में प्रवृत्त रहिए। आप शत्रुओं का वध और मित्रों का संरक्षण कीजिए।[64] राजाओं के विशिष्ट गुणों का वर्णन करते हुए महाभारतकार का कथन है कि धर्म का

अनुसरण करने वाले, सत्य, दान और तप में संलग्न रहने वाले, दया आदि गुणों से युक्त, काम-क्रोध आदि दोषों से रहित, प्रजापालनपरायण, उत्तम धर्मसेवी तथा गौओं और ब्राह्यणों की रक्षा के लिए युद्ध करने वाले नरेशों ने परम उत्तम गति प्राप्त की है।[65]

महाभारतकार का कथन है कि जो क्षत्रिय नरेश राज्यसिंहासन पर स्थित होकर अपनी सम्पूर्ण इन्द्रियों को सदा अपने अधीन रखता है, प्रिय और अप्रिय को समानदृष्टि से देखता है, यज्ञ से बचे हुए अन्न का भोजन करता है, शास्त्रों के यथार्थ रहस्य को जानता है, दुष्टों का दमन और साधुपुरुषों का पालन करता है, समस्त प्रजा को धर्म के मार्ग में स्थापित करके स्वयं भी धर्मानुकूल व्यवहार करता है, वृद्धावस्था में राज्यलक्ष्मी को पुत्र के अधीन करके वन में जाकर जंगली फल मूलों का आहार करते हुए जीवन व्यतीत करता है तथा वहाँ भी शास्त्र श्रवण से ज्ञात हुए शास्त्रविहित कर्मों का आलस्य छोड़कर पालन करता है, ऐसा व्यवहार करने वाला वह राजा ही धर्म को निश्चित रूप से जानने और मानने वाला है। अतः हे कुन्तीनन्दन! तुम भी प्रयत्नपूर्वक इस धर्म का पालन करो।[66] इस प्रकार महाभारत में राजत्व का परिप्रेक्ष्य प्राचीन भारतीय राजधर्म के विविध आयामों का सूक्ष्म एवं तलस्पर्शी विवरण प्रस्तुत करता है जिसका अधिकांश भाग समकालीन राजनीतिक नेतृत्व के लिए समुपयोगी हो सकता है। अतः इस दिशा में और अधिक विश्लेषणात्मक अनुसन्धान की आवश्यकता है।

संदर्भ सूची—

1. राजा भोजो विराट् सम्राट् क्षत्रियो भूपतिर्नृपः।
   य एभिः स्तूयते शब्दैः कस्तं नार्चितुमर्हति॥
   महाभारत, शान्तिपर्व, अध्याय 68, श्लोक 54
2. राष्ट्रस्यैत् कृत्यतमं राज्ञ एवाभिषेचनम्।
   अनिन्द्रमबलं राष्ट्रं दस्यवोऽभिभवन्त्युत॥
   महाभारत, शान्तिपर्व, अध्याय 67, श्लोक 2
3. अराजकेषु राष्ट्रेषु धर्मा न व्यवतिष्ठते।
   परस्परं च खादन्ति सर्वथाधिगराजकम्॥
   महाभारत, शान्तिपर्व, अध्याय 67, श्लोक 3
4. इन्द्रमेव प्रवृणुते यद्राजानमिति श्रुतिः।
   यथैवेन्द्रस्तथा राजा संपूज्यो भूतिमिच्छता॥
   नाराजकेषु राष्ट्रेषु वस्तव्यमिति रोचये।
   नाराजकेषु राष्ट्रेषु हव्यमग्निर्वहत्युत॥
   महाभारत, शान्तिपर्व, अध्याय 67, श्लोक 4-5
5. एवं ये भूतिमिच्छेयुः पृथिव्यां मानवाः क्वचित्।
   कुर्यू राजानमेवाग्रे प्रजानुग्रहकारणात्॥
   महाभारत, शान्तिपर्व, अध्याय 67, श्लोक 33

6. स्त्रियश्चापुरुषा मार्गं सर्वालंकारभूषिताः।
निर्भयाः प्रतिपद्यन्ते यदि रक्षति भूमिपः॥
धर्ममेव प्रपद्यन्ते न हिन्सन्ति परस्परम्।
अनुगृह्णान्ति चान्योन्यं यदा रक्षति भूमिपः॥
यजन्ते च महायज्ञैस्त्रयो वर्णाः पृथग्विधः।
युक्ताश्चाधीयते विद्यां यदा रक्षति भूमिपः॥
महाभारत, शान्तिपर्व, अध्याय 68, श्लोक 32-34
7. वार्तामूलो ह्यं लोकस्त्रय्या वै धार्यते सदा।
तत् सर्वं वर्तते सम्यग् यदा रक्षति भूमिपः॥
यदा राजा धुरं श्रेष्ठामादाय वहति प्रजाः।
महता बलयोगेन तदा लोकः प्रसीदति॥
महाभारत, शान्तिपर्व, अध्याय 68, श्लोक 35-36
8. राजा प्रजानां प्रथमं शरीरं
प्रजाश्च राज्ञोऽप्रतिमं शरीरम्।
राज्ञा विहीना न भवन्ति देशा
देशैर्विहीना न नृपाः भवन्ति॥
राजा प्रजानां हृदयं गरीयो
गतिः प्रतिष्ठा सुखमुत्तमं च।
समाश्रिता लोकमिमं परं च
जयन्ति सम्यक् पुरुषाः नरेन्द्र॥
महाभारत, शान्तिपर्व, अध्याय 68, श्लोक 58-59
9. सर्वे त्यागाः राजधर्मेषु दृष्टाः
सर्वाः दीक्षाः राजधर्मेषु चोक्ताः।
सर्वा विद्या राजधर्मेषु युक्ताः
सर्वेलोकाः राजधर्मे प्रविष्टाः॥
महाभारत, शान्तिपर्व, अध्याय 63, श्लोक 29
10. सर्वस्य जीवलोकस्य राजधर्मः परायणम्।
महाभारत, शान्तिपर्व, अध्याय 55, श्लोक 3
11. त्रिवर्गो हि समासक्तो राजधर्मेषु कौरव।
मोक्षधर्मश्च विस्पष्टः सकलोऽत्र समाहितः॥
महाभारत, शान्तिपर्व, अध्याय 56, श्लोक 4
12. यथा हि रश्मयोऽश्वस्य द्विरदस्यांकुशो यथा।
नरेन्द्रधर्मा लोकस्य यथा प्रग्रहणं स्मृतम्॥
महाभारत, शान्तिपर्व, अध्याय 56, श्लोक 5
13. उदयन हि यथा सूर्या नाशयत्यशुभं तमः।
राजधर्मास्तथालोक्यां निक्षिपन्त्यशुभांगतिम्॥
महाभारत, शान्तिपर्व, अध्याय 56, श्लोक 7

14. राजैव कर्ता भूतानां राजैव च विनाशकः।
धर्मात्मा यः स कर्ता स्यादधर्मात्मा विनाशकः॥
महाभारत शान्तिपर्व, अध्याय 91, श्लोक 9
15. दुर्बलार्थं बलं सृष्टं धात्रामान्धातारुच्यते।
अबलं तु महद्भूतं यस्मिन् सर्वं प्रतिष्ठितम्॥
महाभारत, शान्तिपर्व, अध्याय 91, श्लोक 12
16. कृतं त्रेता द्वापरं च कलिश्च भरतर्षभ।
राजवृत्तनि सर्वाणि राजैव युगमुच्यते॥
महाभारत, शान्तिपर्व, अध्याय 91, श्लोक 6
17. सर्वे त्यागाः राजधर्मेषु दृष्टाः
सर्वा दीक्षाः राजधर्मेषु चोक्ताः।
सर्वा विद्या राजधर्मेषु युक्ताः
सर्वेलोका राजधर्मे प्रविष्टाः॥
महाभारत, शान्तिपर्व, अध्याय 63, श्लोक 29
18. मज्जेत् त्रयी दण्डनीतौ हतायां
सर्वे धर्माः प्रक्षयेयुर्विबुद्धाः।
सर्वे धर्माश्चाश्रमाणां हताः स्युः
क्षात्रे त्यक्ते राजधर्मे पुराणे ॥
महाभारत, शान्तिपर्व, अध्याय 63, श्लोक 28
19. चातुर्वर्ण्यस्य धर्माश्च रक्षितव्या महीक्षिताः।
धर्मसंकर रक्षाश्च राज्ञां धर्मः सनातनः॥
महाभारत, शान्तिपर्व, अध्याय 57, श्लोक 15
20. धर्मे स्थिता सत्ववीर्या धर्मसेतुवटारका।
त्यागवाताध्वगा शीघ्रा नौस्तं संतारयिष्यिति॥
महाभारत, शान्तिपर्व, अध्याय 66, श्लोक 37
21. मृदुर्हि राजा सततं लंघ्यो भवति सर्वशः।
तीक्ष्णाच्चोद्विजते लोकस्तस्मादुभयामाश्रय॥
महाभारत, शान्तिपर्व, अध्याय 56, श्लोक 21
22. तस्मान्नित्यं दया कार्या चातुर्वर्ण्ये विपश्चिता।
धर्मात्मा सत्यवाक् चैव राजा रंजयति प्रजाः॥
महाभारत, शान्तिपर्व, अध्याय 56, श्लोक 36
23. सम्यग्दण्डधरो नित्यं राजा धर्ममवाप्नुयात्।
नृपस्य सततं दण्डः सम्यग् धर्मः प्रशस्यते॥
महाभारत, शान्तिपर्व, अध्याय 69, श्लोक 30
24. अयं गुणानां षट्त्रिंशत् षट्त्रिंशद् गुणसंयुतः।
यान्गुणांस्तु गुणोपेतः कुर्वन्गुणमवाप्नुयात्॥2॥
चरेद्धर्मानकटुको मुञ्चेत् स्नेहं न चास्तिकः।
अनृशंसश्चरेदर्थं चरेत् काममनुद्धतः।3॥

प्रियं ब्रूयादकृपणः शूरः स्यादविकत्थनः।
दाता नापात्रवर्षी स्यात्प्रगल्भः स्यादनिष्ठुर।
सदंधीत न चानार्यैर्विगृहणीयान्न बन्धुभिः ॥4॥
नाभक्तं चारयेत्चारं कुर्यात् कार्यमपीडया ॥5॥
महाभारत, शान्तिपर्व, अध्याय 70, श्लोक 2-5

25. अर्थं ब्रूयान्न चासत्सु गुणान् ब्रूयान्न चात्मनः।
आदद्यान्न च साधुभ्यो नासत्पुरुषाश्रयेत् ॥6॥
नापरीक्ष्य नयेद् दण्डं न च मन्त्रं प्रकाशयेत्।
विसृजेन्न च लुब्धेभ्यो विश्वसेन्नापकारिषु ॥7॥
अनीर्षुर्गुप्तदारः स्याच्चोक्षः स्यादघृणी नृपः।
स्त्रियः सेवेत नात्यर्थं भृष्टं भुञ्जीत नाहितम् ॥8॥
अस्तब्धः पूजयेन् मान्यान् गुरून्सेवेदमायया।
अर्चेदेवानदम्भेन श्रियमिच्छेदकुत्सिताम् ॥9॥
महाभारत, शान्तिपर्व, अध्याय 70, श्लोक 6-9

26. राज्यं हि सुमहत् तन्त्रं धार्यते नाकृतात्मभिः।
न शक्यं मृदुनावोढुमायासस्थानमुत्तमम् ॥
महाभारत, शान्तिपर्व, अध्याय 58, श्लोक21

27. मृदुमप्यवमन्यन्ते तीक्ष्णादुद्विजते जनः।
मा तीक्ष्णो मा मृदुर्भूस्त्वं तीक्ष्णो भव मृदुर्भव ॥
महाभारत, शान्तिपर्व, अध्याय 103, श्लोक 34

28. न ह्यतो दुष्करं कर्म किंचिदस्ति सुरोत्तम।
यथा विविधवृत्तनामैश्वर्यममराधिप ॥
महाभारत, शान्तिपर्व, अध्याय 103, श्लोक 32

29. सेवेत प्रणयं हित्वा दक्षः स्यान्न त्वकालवित्।
सान्त्वयेन्न च मोक्षाय अनुगृह्णन्न चाक्षिपेत् ॥10॥
प्रहरन्न त्वविज्ञाय हत्वा शत्रून्न शोचयेत्।
क्रोधं कुर्यान्न चाकस्मान्मृदुः स्यान्नापकारिषु ॥11॥
एवं चरस्व राज्यस्थो यदि श्रेय इहेच्छसि।
अतोऽन्यथा नरपतिर्भयमृच्छत्यनुत्तमम् ॥12॥
इति सर्वान् गुणानेतान् यथोक्तान् योऽनुवर्तते।
अनुभूयेह भद्राणि प्रेत्य स्वर्गे महीयते ॥13॥
महाभारत, शान्तिपर्व, अध्याय 70, श्लोक 10-13

30. सर्वे धर्माः राजधर्मप्रधानाः
सर्वे वर्णाः पाल्यमानाः भवन्ति।
सर्वस्त्यागो राजधर्मेषु राजं-
स्त्यागं धर्मं चाहुरग्र्यं पुराणम् ॥
महाभारत, शान्तिपर्व, अध्याय 64, श्लोक27

31. आत्मोपमस्तु भूतेषु यो वै भवति मानवः।
न्यस्तदण्डो जितक्रोधः प्रेत्येह लभते सुखम्॥
महाभारत, शान्तिपर्व, अध्याय 66, श्लोक 36
32. सुप्रसन्नस्तु भावेन योगेन च नराधिप।
धर्मं पुरुषशार्दूल प्राप्स्यते पालने रतः॥
महाभारत, शान्तिपर्व, अध्याय 66, श्लोक 39
33. वने चरन्ति ये धर्ममाश्रमेषु च भारत।
रक्षणात् तच्छंतगुणं धर्मं प्राप्नोति पार्थिवः॥
महाभारत, शान्तिपर्व, अध्याय 66, श्लोक 41
34. देशधर्मांश्च कौन्तेय कुलधर्मांस्तथैव च।
पालयन् पुरुषव्याघ्र राजा सर्वाश्रमी भवेत्॥
महाभारत शान्तिपर्व, अध्याय 66, श्लोक 29
(साथ ही द्रष्टव्य महाभारत, शान्तिपर्व, अध्याय 66, श्लोक 4-32)
35. आददीत बलिं चापि प्रजाभ्यः कुरुनन्दन।
स षड्भागमपि प्राज्ञस्तासामेवाभिगुप्तये॥
महाभारत, शान्तिपर्व, अध्याय 69, श्लोक25
36. विशालान् राजमार्गांश्च कारयीत्नराधिपः।
प्रपाश्च विपणांश्चैव यथोदेशं समाविशेत्॥
महाभारत, शान्तिपर्व, अध्याय 69, श्लोक53
37. राष्ट्रस्यैत् कृत्यतमं राज्ञ एवाभिषेचनम्।
अनिन्द्रमबलं राष्ट्रं दस्यवोऽभिभवन्त्युत॥
महाभारत, शान्तिपर्व, अध्याय 67, श्लोक 2
38. अराजकेषु राष्ट्रेषु धर्मो न व्यवतिष्ठते।
परस्परं च खादन्ति सर्वथा धिगराजकम्॥
महाभारत, शान्तिपर्व, अध्याय 67, श्लोक 3
39. राजा चेन्न भवेल्लोके पृथिव्यां दण्डधारकः।
जले मत्स्यानिवाभक्ष्यन् दुर्बलं बलवत्तरा॥
महाभारत, शान्तिपर्व, अध्याय 67, श्लोक 11
40. तस्माद् राजैव कर्तव्यः सततं भूतिमिच्छता।
न धनार्थो न दारार्थस्तेषां येषामराजकम्॥
महाभारत, शान्तिपर्व, अध्याय 67, श्लोक 2
41. एवं ये भूतिमिच्छेयुः पृथिव्यां मानवाः क्वचित्।
कुर्यू राजानमेवाग्रे प्रजानुग्रहकारणात्॥
महाभारत, शान्तिपर्व, अध्याय 67, श्लोक 33
42. इन्द्रमेव प्रवृणुते यद्राजानमिति श्रुतिः।
यथैवेन्द्रस्तथा राजा संपूज्यो भूतिमिच्छता॥
नाराजकेषु राष्ट्रेषु वस्तव्यमिति रोचये।

नाराजकेषु राष्ट्रेषु हव्यमग्निर्वहत्युत॥
महाभारत, शान्तिपर्व, अध्याय 67, श्लोक 4-5

43. गोप्ता तस्माद् दुराधर्षः स्मितपूर्वाभिभाषिता।
आभाषितश्च मधुरं प्रत्याभाषेत मानवान्॥
कृतज्ञो दृढ़भक्तिः स्यात् संविभागी जितेन्द्रियः।
ईक्षितः प्रतिवीक्षेत मृदु वल्गु च सुष्ठु च॥
महाभारत, शान्तिपर्व, अध्याय 67, श्लोक 38-39

44. वेदवेदांगवित् प्राज्ञः सुतपस्वी नृपो भवेत्।
दानशीलश्च सततं यज्ञशीलश्च भारत॥
महाभारत, शान्तिपर्व, अध्याय 69, श्लोक 31

45. न जात्ववमन्तव्यो मनुष्य इति भूमिपः।
महती देवता ह्येषा पररूपेण तिष्ठति॥
महाभारत, शान्तिपर्व, अध्याय 68, श्लोक 40

46. राजमूलो महाप्राज्ञ धर्मो लोकस्य लक्ष्यते।
प्रजा राजभयादेव न खादन्ति परस्परम्॥
राजा ह्येवाखिलं लोकं समुदीर्णं समुत्सुकम्।
प्रसादयति धर्मेण प्रसाद्य च विराजते॥
महाभारत, शान्तिपर्व, अध्याय 68, श्लोक 8-9

47. यथा ह्यनुदये राजन्भूतानि शशिसूर्ययोः।
अन्धे तमसि मज्जेयुरपश्यन्तः परस्परम्॥
यथा ह्यनुदके मत्स्या निराक्रन्दे विहंगमाः।
विहरेयुर्यथाकामं विहिंसन्तः पुनः पुनः॥
विमथ्यातिक्रमेश्च विषह्यापि परस्परम्।
अभावमचिरेणैव गच्छेयुर्नात्र संशयः॥
महाभारत, शान्तिपर्व, अध्याय 68, श्लोक 10-12

48. दण्डनीतिः स्वधर्मेभ्यश्चातुर्वर्ण्यं नियच्छति।
प्रयुक्ता स्वामिना सम्यगधर्मेभ्यो नियच्छति॥
महाभारत, शान्तिपर्व, अध्याय 69, श्लोक76

49. चातुर्वर्ण्यं स्वकर्मस्थे मर्यादानामसंकरे।
दण्डनीतिकृते क्षेमे प्रजानामकुतोभगे॥
महाभारत, शान्तिपर्व, अध्याय 69, श्लोक77
स्वाम्ये प्रयत्नं कुर्वन्ति त्रयो वर्णा यथाविधि।
तस्मादेव मनुष्याणां सुखं विद्धि समाहितम्॥
महाभारत, शान्तिपर्व, अध्याय 69, श्लोक 78

50. यस्यां भवन्ति भूतानि तद् विद्धि मनुजर्षभ।
एष एव परो धर्मो यद् राजा दण्डनीतिमान्॥
महाभारत, शान्तिपर्व, अध्याय 69, श्लोक104

51. एवमेव बिना राज्ञा विनश्येयुरिमा: प्रजा।
अन्धे तमसि मज्जेयुरगोपा: पशवो यथा।13॥
हरेयुर्बलवन्तोऽपि दुर्बलानां परिग्रहान्।
हन्युर्व्यायच्छमानांश्च यदि राजा न पालेयत्।14
ममेदमिति लोकेऽस्मिन्न भवेत्संपरिग्रह।
न दारा न च पुत्र: स्यान्न धनं न परिग्रह: ॥
विष्वग्लोप: प्रवर्तेत यदि राजा न पालयेत्।15॥
यानं वस्त्रमलंकारान् रत्नानि विविधानि च
हरेयु: सहसा पापा यदि राजा न पालयेत्।16॥
पतेद् बहुविधं शस्त्रं बहुधा धर्मचारिषु।
अधर्म: प्रगृहीत: स्याद्यदि राजा न पालयेत्।17॥
मातरं पितरं वृद्धमाचार्यमतिथिं गुरुम्।
क्लिश्नीयुरपि हिंस्युर्वा यदि राजा न पालयेत्।18॥
वध बन्धपरिक्लेशो नित्यमर्थवतां भवेत्।
ममत्वं च न विन्देयुर्यदि राजा न पालयेत्।19॥
महाभारत, शान्तिपर्व, अध्याय 68, श्लोक 13-19

52. अन्ताश्चाकाल एवं स्युर्लोकोऽयं दस्युसाद् भवेत्।
पतेयुर्नरकं घोरं यदि राजा न पालयेत्।20॥
न योनिदोषो वर्तेत न कृषिर्न वणिक्पथ:।
मज्जेद् धर्मस्त्रयी न स्याद् यदि राजा न पालयेत्।21॥
न यज्ञा: सम्प्रवर्तेयुर्विधिवत् स्वाप्तदक्षिणा:।
न विवाहा: समाजो वा यदि राजा न पालयेत्।22॥
न वृषा: संप्रवर्तेरन् न मथ्येरंश्च गर्गरा:।
घोषा: प्रणाशं गच्छेयुर्यदि राजा न पालयेत्।23॥
त्रस्तमुद्विग्नहृदयं हाहाभूतमचेतनम्।
क्षणेन् विनशेत् सर्वं यदि राजा न पालयेत्।24॥
महाभारत, शान्तिपर्व, अध्याय 68, श्लोक 20-24

53. आत्मा जेय: सदा राज्ञा ततोजेयाश्च शत्रव:।
अजितात्मा नरपतिर्विजयेत कथंरिपून॥
महाभारत, शान्तिपर्व, अध्याय 69, श्लोक 4

54. आदावेव कुरुश्रेष्ठ राजा रंजनकाम्यया।
देवतानां द्विजानां च वर्तितव्यं यथाविधि॥
महाभारत, शान्तिपर्व, अध्याय 56, श्लोक 12

55. ततो राजेति नामास्य अनुरागादजायत॥

56. महाभारत, शान्तिपर्व, अध्याय 29, श्लोक 139

57. प्रजानां पालनं धर्मो राजा राजीवलोचन।
धर्म: प्रमाणं लोकस्य नित्यं धर्मानुवर्तिन:॥
महाभारत, शान्तिपर्व, अध्याय 32, श्लोक 2

58. लोकरञ्जनमेवात्र राज्ञां धर्मः सनातनः।
सत्यस्य रक्षणं चैव व्यवहारस्य चार्जवम्॥
महाभारत, शान्तिपर्व, अध्याय 57, श्लोक 11

59. यथा पुत्रास्तथा पौत्रा द्रष्टव्यास्ते न संशयः।
भक्तिश्चैषां न कर्तव्या व्यवहारे प्रदर्शिते॥
श्रोतुं चैव न्यसेद् राजा प्राज्ञान् सर्वार्थदर्शिनः।
व्यवहारेषु सततं तत्र राज्यं प्रतिष्ठितम्॥
महाभारत, शान्तिपर्व, अध्याय 69, श्लोक 27-28

60. आकरे लवणे शुल्क तरे नागबले तथा।
न्यसेदमात्यान् नृपतिः स्वाप्तान् वा पुरुषान् हितान्॥
महाभारत शान्तिपर्व, अध्याय 69, श्लोक 29

61. राज्ञा सप्तैव रक्ष्याणि तानि चैव निबोध मे।
आत्मामात्याश्च कोशाश्च दण्डो मित्राणि चैव हि॥
तथा जनपदाश्चैव पुरं च कुरुनंदन।
एतत् सप्तात्मकं राज्यं परिपाल्यं प्रयत्नतः॥
महाभारत, शान्तिपर्व, अध्याय 69, श्लोक 64-65

62. आत्मत्यागः सर्वभूतानुकम्पा
लोकज्ञानं पालनं मोक्षणं च।
विषण्णानां मोक्षणं पीडितानां
क्षात्रे धर्मे विद्यते पार्थिवानाम्॥
महाभारत, शान्तिपर्व, अध्याय 64, श्लोक 27

63. असतां प्रतिषेधश्च सतां च परिपालनम्।
एष राज्ञां परो धर्मः समरे चापलयानम्॥
महाभारत, शान्तिपर्व, अध्याय 14, श्लोक 16

64. नादण्डः क्षत्रियो भाति नादण्डो भूमिमश्नुते।
नादण्डस्य प्रजा राज्ञः सुखं विन्दन्ति भारत॥
महाभारत, शान्तिपर्व, अध्याय 14, श्लोक 14

65. यजं देहि प्रजां रक्ष धर्मं समनुपालय।
अमित्राञ्जहि कौन्तेय मित्राणि परिपालय॥
महाभारत, शान्तिपर्व, अध्याय 15, श्लोक 53

66. एवं धर्ममनुक्रान्ताः सत्यदानतपः पराः।
आनृशंस्यगुणैर्युक्ताः कामक्रोधविवर्जिताः॥
प्रजानां पालने युक्ता धर्ममुत्तममास्थिताः।
गोब्राह्मणार्थे युध्यन्तः प्राप्ता गतिमनुत्तमाम्॥
महाभारत, शान्तिपर्व, अध्याय 21, श्लोक 18-19

67. तस्मादेतत् प्रयत्नेन कौन्तेय प्रतिपालय।
यो हि राज्ये स्थितः शश्वद् वशी तुल्यप्रियाप्रियः॥

क्षत्रियो यज्ञशिष्टाशी राजा शास्त्रार्थतत्ववित्।
असाधुनिग्रहरतः साधूनां प्रग्रहे रतः॥
धर्मवर्त्मनि संस्थाप्य प्रजा वर्तेत धर्मतः।
पुत्रसंक्रामितश्रींश्च वने वन्येन वर्तयन्॥
विधिना श्रावणेनैव कुर्यात् कर्माण्यतन्द्रितः।
य एवं वर्तते राजन् स राजा धर्मनिश्चितः॥
महाभारत, शान्तिपर्व, अध्याय 21, श्लोक 13-16

□

कौटिल्य अर्थशास्त्र में न्याय व्यवस्था : एक विमर्श

—चंचल

न्याय प्राचीन भारतीय राजनीतिक चिंतन का केन्द्रीय तत्व रहा है। भारतीय दर्शन में प्रस्थापित न्याय का विचार मौलिक एवं विलक्षण है। भारतीय दृष्टिकोण न्याय को व्यक्ति के पारलौकिक श्रेय तथा लौकिक जीवन के प्रयोजन परक निर्वाह से सम्बद्ध करता है। इस अर्थ में न्याय नियति की सिद्धि है। न्याय की यह दार्शनिक प्रस्थापना न्याय की लौकिक, संस्थागत एवं व्यावहारिक पक्षों पर बल देने की अपेक्षा करती है। एक सम्प्रभुता सम्पन्न राज्य के अस्तित्व के लिए न्याय, कानून, दण्ड एवं सुरक्षा का सुदृढ़ होना अत्यन्त आवश्यक है। इसके अभाव में मत्स्यन्याय की स्थिति उत्पन्न हो सकती है जो राज्य की सम्प्रभुता के लिए घातक एवं विध्वंसक है।

प्राचीन भारतीय राजनीतिक चिंतन में न्याय व्यवस्था का आधार राजतन्त्रीय पद्धति था। कौटिल्य ने न्याय को राज्य का अनिवार्य दायित्व मानते हुए राजा को न्याय एवं कानून का अन्तिम एवं सर्वोच्च न्यायिक अधिकारी तथा राज्य को न्याय को सर्वोच्च स्रोत के रूप में चित्रित किया है। राजा को सर्वोच्च न्यायिक प्राधिकारी स्वीकार करते हुए उसकी न्यायिक शक्ति को विधि के अधीन माना है और राजा से यह अपेक्षा की है कि वह अपनी इस शक्ति का प्रयोग विधि के अनुसार ही करे परना वह दण्ड का भागी होगा। कौटिल्य का राजा दण्ड के रूप में धर्म, विधि और न्याय का संरक्षक है। एक सद्गुण सम्पन्न राजा को न्यायिक शक्ति का प्रयोग विवेक और विधि पर आधारित रीति के अनुसार ही करना चाहिए। कौटिल्य कालीन व्यवस्था में न्याय का मुख्य ध्येय प्रजा के जीवन, सम्पत्ति का संरक्षण करना एवं असामाजिक तत्वों को दण्डित करना ही है। इस परिप्रेक्ष्य में समुचित न्याय राज्य का प्राण है तथा राजा धर्म, विधि और न्याय का संरक्षक है जिसे न्यायिक शक्ति का प्रयोग विवेक और विधि पर आधारित रीति के अनुसार ही करना है।

कौटिल्य ने राजा को निर्देश दिया कि वह न्याय व्यवस्था का संचालन इस प्रकार करे कि पुत्र और शत्रु में किसी प्रकार का भेद न हो। 'उनके अपराध के अनुसार सामान रूप से राजा द्वारा दिया हुआ दण्ड ही इहलोक तथा परलोक दोनों की रक्षा करता है'।[1] जो राजा धर्म, व्यवहार, चरित्र और न्यायपूर्वक शासन करता है वह सारी पृथ्वी के स्वामित्व को प्राप्त करता है। कौटिल्य ने राजा को निर्देश दिया कि वह न्यायिक शक्ति का कठोरतापूर्वक एवं धर्म के अनुसार ही पालन करे। आचार्य कौटिल्य ने न्याय कार्य को मुख्य रूप से दो क्षेत्रों में विभाजित किया है। प्रथम क्षेत्र के अन्तर्गत मानव जीवन के पारस्परिक सम्पर्कों को समाविष्ट किया गया है। नागरिकों के पारपरिक सम्पर्क से उनके मध्य होने वाली कलह के मूल कारणों की खोज कर उनकी विवेचना करना और इस विवेचना के आधार पर दोषी को उसके दोष के अनुसार दण्ड विधान करना तथा निर्दोष को उसके अधिकार दिलाने की व्यवस्था करना इस क्षेत्र के अन्तर्गत समाहित किया गया है। न्याय कार्य के इस क्षेत्र को आचार्य कौटिल्य ने व्यवहार की संज्ञा दी है। व्यवहार नामक न्यायिक संज्ञा के अन्तर्गत स्त्री-पुरुष के धर्म की व्यवस्था, विवाह और उसके सम्बन्धित दायित्व और कर्तव्य की व्यवस्था, विवाह और उसके सम्बन्धित दायित्व और पुनर्विवाह व्यवस्था, दाय विभाग, अंश विभाग, पुत्र विभाग, वास्तु सम्बन्धी विवाद, कृषिभूमि सम्बन्धी विवाद, ऋण सम्बन्धी विवाद, धरोहर सम्बन्धी विवाद, दास तथा श्रमिक सम्बन्धी विधान, साझेदारी सम्बन्धी नियम, क्रय-विक्रय सम्बन्धी नियम, चोरी-डकैती बलप्रयोग सम्बन्धी विवाद, गाली-गलौच सम्बन्धी विवाद, झगड़ा तथा मारपीट सम्बन्धी विवाद आदि प्रकरण निर्धारित किए गए हैं।

न्याय के द्वितीय क्षेत्र के अन्तर्गत मानव का सम्पर्क विभिन्न राज्य कर्मचारियों, अधिकारियों एवं व्यवसायियों एवं कतिपय विशेष प्रकार के दुष्ट लोगों से होता है। मनुष्य जीवन के इस क्षेत्र में इस प्रवृत्ति के लोगों के द्वारा होने वाले शोषण एवं उत्पीड़न से बचाने के लिए न्याय व्यवस्था की आवश्यकता समझी गयी है। न्याय व्यवस्था के इस क्षेत्र को आचार्य कौटिल्य ने 'कण्टकशोधन' की संज्ञा दी है। आचार्य कौटिल्य ने 'कण्टकशोधन' नामक न्यायिक कार्य के अन्तर्गत मुख्य रूप से तीन प्रकार के विषय समाहित किए हैं। प्रथम प्रकार के विषय वे हैं जिनमें राज्य के व्यवसायियों के शोषण से प्रजा की रक्षा सम्बन्धी विभिन्न प्रकार के नियम आते हैं। द्वितीय प्रकार के विषयों में दुष्टजनों के उत्पीड़न से प्रजा की रक्षा सम्बन्धी नियम तथा तृतीय प्रकार के विषयों में राज्यकर्मियों के उत्पीड़न से प्रजा की रक्षा सम्बन्धी नियमों को अन्तनिर्हित किया गया है। इस सम्बन्ध में विशेष रूप से उल्लेखनीय तथ्य यह है कि अन्तिम दो प्रकार के विषयों में आचार्य कौटिल्य के द्वारा गुप्तचरों की तैनाती को विशेष महत्त्व दिया गया है। उनका स्पष्ट निर्देश है कि गुप्तचरों की व्यापक स्तर पर तैनाती करते हुए अपराधिक प्रवृत्ति के

व्यक्तियों की खोज करके उन्हें दण्डित करना चाहिए।

आचार्य कौटिल्य ने राजा को सर्वोच्च न्यायालय के रूप में मान्यता प्रदान की है। किसी भी राज्य के न्यायालय वहाँ के कानूनों पर आश्रित होते हैं। आचार्य कौटिल्य के अर्थशास्त्र में कानून के जो चार स्रोत धर्म, व्यवहार, चरित्र तथा राजाज्ञा माने हैं, उनमें राजाज्ञा को सर्वश्रेष्ठ बताया गया है।[2] न्यायालयों की स्थापना के सम्बन्ध में आचार्य कौटिल्य का निर्देश है कि दो जनपदों के सीमा स्थल पर (जनपद), दस गांवों के मुख्यालय (स्थानीय) पर, चार सौ गांव के मुख्यालय (संग्रहण) पर न्यायालयों की स्थापना की जानी चाहिए। जिनमें अमात्य के स्तर के तीन-तीन न्यायाधीश नियुक्त हों। कौटिल्य के अनुसार, न्यायाधीशों की नियुक्ति शासक द्वारा की जाती थी। धर्मस्थों अर्थात् न्यायाधीशों से धर्म के मर्म को पूरी तरह समझने की अपेक्षा की जाती थी।[3]

कौटिल्य के अनुसार कण्टक-शोधन न्यायालयों में न्यायाधीशों के पदों पर राज्य के उच्चस्तरीय प्रशासनिक अधिकारियों को भी नियुक्त किया जा सकता है, किन्तु ऐसे व्यक्तियों की नियुक्ति तभी की जा सकती थी जबकि वे धर्म, विधि और न्याय में पारंगत हों।[4] कौटिल्य ने न्यायिक कार्यवाहियों का संचालन किसी एक न्यायाधीश द्वारा सम्पन्न किये जाने की अपेक्षा तीन धर्मस्थ (न्यायाधीश) और तीन अमात्य द्वारा सम्पन्न किया जाना न्यायसंगत स्वीकार किया है। शासक द्वारा न्यायिक कार्य सम्पन्न करते समय आवश्यक रूप से न्याय-कार्य में पारंगत व धर्म के मर्मज्ञ व्यक्तियों के परामर्श को कौटिल्य ने अपरिहार्य माना है। कौटिल्य ने अर्थशास्त्र में स्पष्ट किया है कि क्षेत्र विवाद के विषय में निर्णय ग्राम के सामन्त और ग्राम वृद्ध मिलकर करें। यदि उनमें निर्णय के सम्बन्ध में किसी प्रकार का मतभेद होता है तो धार्मिक (शुचयों) पुरुष उस विषय पर निर्णय दें अथवा (वादी और प्रतिवादी) मध्यस्थ को नियत कर उससे निर्णय करा लें। कौटिल्य द्वारा दी गयी व्यवस्था से यह सिद्ध हो जाता है कि अर्थशास्त्र में मध्यस्थ नियत करने तथा विवाद ग्रस्त विषयों पर विशेषज्ञों का निर्णय प्राप्त किए जाने का प्रचलन था। ऐसा निर्णय वादी तथा प्रतिवादी दोनों के लिए मान्य तथा अन्तिम निर्णय होता है।

न्यायाधीशों के आचरण एवं व्यवहार के विषय में कौटिल्य कहते हैं कि न्यायाधीशों को न्याय कार्य क्षेत्र में छल का त्याग करना चाहिए। उनको समानता के गुणों को अपनाना चाहिए। अर्थात् न्याय के समक्ष प्रत्येक व्यक्ति समान है ऐसा गुण उनमें होना चाहिए।[5] वादी, प्रतिवादी एवं साथियों आदि के प्रति उनका व्यवहार शिष्ट होना चाहिए। कौटिल्य अर्थशास्त्र में स्पष्ट किया गया है कि न्यायालय में अभियुक्त को डराया, धमकाया नहीं जाना चाहिए। उसे आवश्यक स्वतन्त्रता एवं ऐसा वातावरण प्रदान करना चाहिए जिससे वह निर्भीक होकर अपने बचाव में बयान दे सके। अभियुक्त के द्वारा अपराध स्वीकार करने पर भी न्यायाधीश को उसे तब तक दण्डित नहीं करना चाहिए जब तक कि उसके

द्वारा किये गये अपराध की पुष्टि अन्य साक्षियों के माध्यम से न हो जाये। इस संदर्भ में कौटिल्य अर्थशास्त्र में 'अपील' करने का प्रावधान किया गया है। कौटिल्य उस न्यायाधीश का दण्ड विधान करते हैं जो न्यायालय में वक्तव्य देते समय वादी, प्रतिवादी अथवा साक्षी आदि को फटकार लगाता है और धमकाकर न्यायालय से बाहर निकाल देता है, अथवा उनको परेशान करता है।[6] यदि कोई न्यायाधीश किसी वाद के पक्षकारों में से किसी को धमकी दे या प्रताड़ित करे तो उसे प्रथम साहस दण्ड से पारित किया जाना चाहिए। यदि वह उनमें से किसी को भी अपशब्द बोले तब उसका दण्ड दुगुना कर देना चाहिए। इसी प्रकार यदि कोई न्यायाधीश मुकदमे के आवश्यक परिस्थितिजन्य साक्ष्यों की जांच नहीं करे, अपने कर्तव्यों के निष्पादन में अनावश्यक विलम्ब करे तो उसे उत्तम दण्ड साहस दिया जाना चाहिए। कौटिल्य के अनुसार यदि न्यायाधीश इन दोषों को दोहराये ता उसे दण्डित करने के साथ-साथ पदच्युत भी कर दिया जाना चाहिए। कौटिल्य का मत है कि यदि कोई न्यायाधीश किसी पर अनुचित अर्थदण्ड आरोपित करे तो उस पर अर्थदण्ड की तुलना में दुगना दण्ड आरोपित किया जाना चाहिए।[7]

कौटिल्य अर्थशास्त्र में न्यायाधीश जहाँ एक ओर राज्य की विधायी शक्ति को धर्म के नियन्त्रण में रखते थे वही दूसरी ओर वे स्वयं भी विधि के नियन्त्रण से परे नहीं माने गये थे। न्यायाधीश अपनी न्यायिक शक्ति का उपयोग करने में राज्य के प्रभाव नहीं अपितु नैतिक नियन्त्रण पर निर्दिष्ट होते थे। इस प्रकार धर्म राज्य की विधायी कार्यपालिका और न्यायिक शक्तियों को एक साथ मर्यादित रखने का एक माध्यम था। कौटिल्य ने धर्मस्थीय एवं कंटक शोधन दोनों ही प्रकार के न्यायालयों के लिए एक समान न्यायिक प्रक्रिया का उल्लेख किया है। कौटिल्य के अनुसार मुकद्मा दायर करते समय, वादी की प्रार्थना में वर्ष, माह, पखवाड़े और तिथि का उल्लेख किया जाना चाहिए। साथ ही विवाद की प्रकृति, विवाद के घटित होने के स्थान, यदि ऋण की मात्रा, वादी और प्रतिवादी का देश, ग्राम, जाति गोत्र, नाम, व्यवस्था आदि का स्पष्ट उल्लेख होना चाहिए। कौटिल्य के अनुसार वाद के दायर किए जाने के पश्चात् एक व्यावहारिक क्रम में वादी तथा प्रतिवादी दोनों द्वारा प्रस्तुत साक्ष्यों को अंकित कर लेना चाहिए। पक्ष और विपक्ष दोनों ओर के प्रमाणों को सुनने और उन पर विधिवत् विचार कर लेने के उपरान्त ही न्यायाधीश इस निर्णय पर पहुँच सकते हैं कि कौन पक्ष सत्य ओर कौन असत्य को ग्रहण किये हुए है। कौटिल्य ने परिस्थितिजन्य, लिखित एवं मौखिक तीन प्रकार के साक्ष्यों को स्वीकार करने का परामर्श दिया है। कौटिल्य ने लिखित साक्ष्य को मौखिक साक्ष्य की तुलना में अधिक महत्त्व दिया है।

कौटिल्य ने प्रतिपादित किया है कि साक्ष्य देने से पूर्व साक्षी को सत्य बोलने की शपथ लेनी होती थी जिससे जो साक्ष्य उनके द्वारा दी जा रही है वह सत्य एवं छल रहित रहे। यह साक्ष्य वर्ण के अनुसार ही निर्धारित थे। ब्राह्मण साक्षी से जल भरा कुम्भ और

अग्नि के समक्ष साक्ष्य लेना चाहिए।[8] क्षत्रिय वर्ण के साक्षी से कहना चाहिए यदि तुम मिथ्या साक्ष्य दोगे तो तुमको शत्रु के सम्मुख हाथ में कपोल लेकर भिक्षा मांगनी पड़ेगी।[9] इसी प्रकार वैश्य वर्ण के साक्षी से कहना चाहिए कि मिथ्या साक्ष्य देने से वह यज्ञ और धर्मशाला, आदि के निर्माण कराने में पुण्य का भागी न होगा। शूद्र वर्ण के साक्षी से कहना चाहिए कि उसके जन्मजन्मान्तर का पुण्य राजा को चला जायेगा, यदि वह मिथ्या साक्ष्य देगा। इस प्रकार साक्षियों से कहना चाहिए कि मिथ्या साक्ष्य देने से राजा का समस्त पाप तुमको लगेगा। यह धर्मयुक्त एवं भयपूर्ण व्यवस्था इसलिए कि जिससे साक्षी द्वारा वास्तविक साक्ष्य ही दें। कौटिल्य ने स्पष्टत: कहा है कि साक्षी को सत्य ही साक्ष्य देना चाहिए। यदि साक्षी सत्य की स्थापना नहीं करता है तो ऐसे साक्षी को चौबीस पण दण्ड देना चाहिए। यदि साक्षी मौन रहता है और न्यायालय में मूकवत खड़ा रहता है तो उस साक्षी पर आधा (बारह पण) दण्ड होना चाहिए।

कौटिल्य ने प्रमाणों को मुख्य रूप से तीन कोटि में परिणित किया है और उनको लिखित प्रमाण, साक्ष्य प्रमाण और भुक्ति प्रमाण के नाम से सम्बोधित किया है। इन प्रमाणों की सत्यता के लिए उन्होंने अनेक साधन और उपायों का विधान बताया है। कौटिल्य ने अर्थशास्त्र में स्पष्ट लिखा है कि लिखित प्रमाण-विवादग्रस्त विषय के निर्णय में विशेष स्थान रखते हैं। प्रत्येक युग में लिखित कोटि के प्रमाण में लोगों की आस्था अन्य प्रमाणों की अपेक्षा अधिक रही है। किसी विवादग्रस्त विषय में यदि एक भी कपट रहित लिखित प्रमाण जिस पक्ष को प्राप्त हो जाता है उस पक्ष के विरुद्ध विपक्षी चाहे जितने भी अन्य कोटि (भोग और साक्षी) के प्रमाण उपलब्ध कराए, निर्णय लिखित प्रमाण के अनुकूल ही होता है। इसके साथ ही कौटिल्य ने कतिपय लिखित प्रमाणों को अमान्य बतलाया है, जिनमें से कुछ एक लिखित प्रमाणों का उल्लेख इस प्रकार दिया है, गुप्त रीति से घर में, रात में, छल तथा एकान्त में किए गए व्यवहार सम्बन्धी लेखों को प्रमाणित न माना जाए। कौटिल्य के समय में विवादग्रस्त विषयों के निर्णय में लिखित प्रमाणों पर जनता की विशेष आस्था थी।

कौटिल्य ने दूसरी कोटि का प्रमाण 'साक्षी प्रमाण' माना है। साक्षी नियत करने में कौटिल्य ने कुछ सिद्धान्तों को अनुसरण किया है। सर्वप्रथम उन्होंने शिष्ट आचरण के सिद्धान्त का प्रतिपादन किया है। इस सिद्धान्त के अनुसार पवित्र आचरण (शुचयों) वाले पुरुष को ही साक्षी बनाना चाहिए। साक्षी प्रमाण का दूसरा सिद्धान्त घटना स्थल के सामीप्य का था। इसका आशय यह था कि विवाद सम्बन्धी घटना स्थल के समीप के ही व्यक्ति को साक्षी बनाया जाना चाहिए। जो व्यक्ति घटनास्थल से दूर का वासी था उसको साक्षी बनाया जाना वर्जित था। साक्षी की नियुक्ति के विषय में एक नियम यह भी था कि जो व्यक्ति साक्षी बनाया जाए वह पूर्व ही निर्दिष्ट किया जाना चाहिए।

लिखित प्रमाण और साक्षी प्रमाण के अतिरिक्त तीसरा प्रमाण भुक्ति (भोग) प्रमाण भी मान्य माना गया है। कौटिल्य की व्यवस्था में जो व्यक्ति अपनी सम्पत्ति दस वर्ष तक दूसरे व्यक्ति द्वारा भोगते हुए उपेक्षा की दृष्टि से देखता रहता है तो उस सम्पत्ति से पूर्व स्थायी का अधिकार हट जाता है। देश त्यागी हो अथवा विप्लव के समय दूसरे के भोग में आ गयी हो उस पर दस वर्ष तक भोगने का अधिकार का नियम मान्य नहीं समझा जाएगा। भोगने के अधिकार के अन्य उपबन्धों का विवेचन करते हुए कौटिल्य ने कतिपय प्रतिबन्धों के साथ मान्यता प्रदान की है। विवादों के निस्तारण के लिए कौटिल्य ने चार आधार प्रस्तुत किये हैं। धर्म, व्यवहार, चरित्र एवं राजाज्ञाओं को राष्ट्र के चार चरण के समान माना, इन्हीं पर समस्त राष्ट्र टिका हुआ है। कौटिल्य के अनुसार धर्म सत्य में, व्यवहार साक्षियों में, चरित्र लोगों के संग्रहित आचरण में वास करता है और राजा की आज्ञा 'शासन' है। इन चारों के आपेक्षिक महत्त्व का उल्लेख करते हुए कौटिल्य ने कहा है कि धर्म से व्यवहार, व्यवहार से चरित्र, चरित्र से राजाज्ञा अधिक महत्त्वपूर्ण है। कौटिल्य का मत है कि जो राजा धर्म, व्यवहार, चरित्र और राजाज्ञा के अनुसार न्याय की स्थापना करता है, वह चारों और समुद्र से परिवेष्टित समस्त पृथ्वी पर शासन करने में समर्थ होता है। कौटिल्य द्वारा प्रतिपादित न्याय व्यवस्था में त्वरित, उचित एवं न्यायिक विश्लेषण की न्यायिक विश्वसनीयता को स्थापित करने का प्रयास किया गया है। कौटिल्य ने न्याय व्यवस्था के अन्तर्गत दोषी न्यायाधीश के लिए भी दण्ड की व्यवस्था करके जनसाधारण की दृष्टि में न्याय के महत्त्व की वृद्धि की है। आचार्य कौटिल्य ने दण्ड एवं दण्डनीति पर सर्वाधिक बल दिया है। कौटिल्य के युग में प्रचलित चार विद्याओं-आन्वीक्षकी, त्रयी, वार्ता एवं दण्डनीति में उन्होंने 'दण्डनीति' को अन्य विधाओं के 'योगक्षेम' का साधन कहा है। उसी से अप्राप्त वस्तुओं की प्राप्ति, प्राप्त वस्तुओं की रक्षा, रक्षित वस्तुओं की वृद्धि तथा सम्वर्द्धित वस्तुओं का समुचित कार्यों में नियोजन सम्भव होता है। दण्ड का प्रयोग न करने पर बलवान निर्बल व्यक्ति के हितों का हनन करता है जबकि दण्ड द्वारा रक्षित निर्बल व्यक्ति स्वयं को स्वतन्त्र, समर्थ एवं सबल समझता है।

कौटिल्य का विश्वास है कि राजा की दण्ड व्यवस्था द्वारा रक्षित समाजों में चारों वर्ण, आश्रम, सम्पूर्ण संसार, अपने-अपने धर्मकर्मों में प्रवृत्त होकर निरन्तर अपनी अपनी मर्यादा पर बने रहते हैं। इसलिए राजा को न तो कठोर दण्ड देना चाहिए न ही मृदु दण्ड का प्रयोग करना चाहिए। अपितु राजा को अपराधी के अपराध के अनुरूप यथोचित दण्ड का प्रयोग करना चाहिए। इसके साथ ही कौटिल्य दण्ड देने में 'समानता के सिद्धान्त' को स्वीकार नहीं करते हैं। उनके अनुसार महिलाओं, बच्चों और ब्राहमणों को कम दण्ड दिया जाना चाहिए। राज्य की प्रतिष्ठा बढ़ाने के लिए राजकर्मचारियों के आधार पर उन्हें कठोर दण्ड देना चाहिए तथा दण्ड देने में पुत्र एवं शत्रु में किसी प्रकार का भेद नहीं करना

चाहिए। कौटिल्य अर्थशास्त्र में दण्ड सम्बन्धी जो विवरण प्राप्त होता है उसके आधार पर ज्ञात होता है कि तीन सिद्धान्तों प्रतिकारात्मक, निवारक एवं सुधारात्मक के आधार पर दण्ड को निर्धारित किया है। कौटिल्य ने प्रतिकारात्मक अर्थात् दण्ड के द्वारा अपराधी द्वारा किये गये कृत्य का प्रतिशोध लेना। निवारक अर्थात् दण्ड के माध्यम से लोगों के समक्ष ऐसा उदाहरण प्रस्तुत करना कि लोग अपराध में लिप्त होने का साहस ही न करें तथा सुधारात्मक अर्थात् दण्ड के माध्यम से अपराधी को उसके आचरण में सुधार का अवसर प्रदान करना है। कौटिल्य ने अपराधियों को दण्डित करने के लिए दण्ड को तीन श्रेणियों में विभाजित किया है (1) शारीरिक दण्ड (2) अर्थदण्ड (3) कारावास दण्ड। शारीरिक दण्ड के अन्तर्गत डंडे मारना, सात कोड़े मारना, हाथ-पैर बांधकर उल्टा लटका देना, नाक में नमक का पानी डालने के वर्णन के साथ-साथ अन्य प्रकार के दण्डों का भी उल्लेख मिलता है। आर्थिक दण्ड के अन्तर्गत तीन प्रकार प्रथम, मध्यम और उत्तम साहस दण्ड का वर्णन किया गया है। कारावास दण्ड में अपराधियों को जेल में रखने की व्यवस्था की है। कौटिल्य ने कहा कि कारागृह में स्त्री पुरुषों के लिए पृथक-पृथक स्थान होना चाहिए।

कौटिल्य ने शुभ अवसरों पर पुण्य आचरणधारी बन्दी बन्धनगृह को जेल से मुक्त करने के पक्ष में अपना विचार दिया है। उसके मतानुसार किसी नये प्रदेश को विजय करने पर युवराज के राज्याभिषेक पर राजपुत्रों के जन्म के उत्सव आदि पर कैदियों की सजा कम अथवा रिहा कर देना चाहिए। इसके लिए प्रतिदिन अथवा प्रति पांचवे दिन बन्धनगृह में बन्दियों का निरीक्षण होना चाहिए। इस निरीक्षण के आधार पर आचरण की शुद्धता देखकर कुछ बन्दियों को मुक्त कर देना चाहिए। इस प्रकार कौटिल्य कालीन न्याय व्यवस्था का न्याय की स्थापना में विशेष महत्त्व था। सोपानीकृत न्यायालयों का मुख्य अधिकारी 'राजा' ही था। कौटिल्य ने राजा को वर्णों का, चारों आश्रमों का, सभी लोकाचारों का तथा विनाशोन्मुख सभी धर्मों का रक्षक होने के कारण धर्म का प्रवर्तक माना है। न्याय का उद्देश्य प्रजा के जीवन तथा सम्पत्ति की रक्षा करना एवं असामाजिक तत्वों और अपराधियों को दण्डित करना ही था। न्याय व्यवस्था के समुचित संचालन से शासक का प्रयास रहता था कि प्रत्येक व्यक्ति को निष्पक्ष न्याय उपलब्ध हो। क्योंकि केवल निष्पक्ष न्याय ही जनसामान्य में उनके अधिकारों की रक्षा का विश्वास उत्पन्न करता है। कौटिल्य ने न्याय व्यवस्था में दण्ड व्यवस्था का विस्तार से वर्णन किया है। साथ ही राजा को न्यायिक शक्ति का कठोरतापूर्वक एवं धर्मानुसार पालन करने का परामर्श दिया है। आचार्य कौटिल्य का न्यायिक चिंतन का गहन अध्ययन करने के पश्चात् यही निष्कर्ष सामने प्रस्तुत होता है कि अपने अन्य चिंतन के समान ही इनका न्यायिक चिंतन अत्यन्त सुगठित, सुव्यवस्थित, पूर्ण, नियोजित, मानवीय एवं व्यावहारिक है।

संदर्भ सूची—

1. दण्डो हि केवलो लोकं परं चेमं च रक्षति।
   राजा पुत्रे च शत्रौ च यथादोषं समं धृत: ॥ कौटिल्य अर्थशास्त्र, 3/56-57/1
2. कौटिल्य अर्थशास्त्र, 3/56-57/1
3. कौटिल्य अर्थशास्त्र, 10/3
4. चतुर्वेदी, मधुकर श्याम, प्रमुख राजनीतिक विचारक, जयपुर, पृ.77
5. कौटिल्य अर्थशास्त्र, 3/9/35
6. कौटिल्य अर्थशास्त्र, 3/9/36
7. कौटिल्य अर्थशास्त्र, 4/9/42
8. ब्राह्मणोदकुम्भाग्निसकाशे साक्षिणा परिगृहीयात्। कौटिल्य अर्थशास्त्र, 3/11/44
9. राजन्य वैश्य वा मा तवेष्टापूर्तफल कपाल हस्त शत्रुबल भिक्षार्थी गच्छेरिति।
   कौटिल्य अर्थशास्त्र, 3/11/46
10. धर्मश्च व्यवहारश्च चरित्र राजशासनम्।
    विवादार्धश्चतुष्पाद परिश्म: पूर्वबाधक ॥ कौटिल्य अर्थशास्त्र, 3/11/51

□

प्राचीन भारत में जनपदीय शासन पद्धति

—राजेन्द्र भारती

प्राचीन भारतीय राजनीति व्यवस्था उन तत्वों से सराबोर है जिसमें हम यदि बारम्बार डुबकी लगायें तो हमारा नये-नये आयामों से साक्षात्कार होगा। वास्तव में भारतीय संस्कृति उन सभी आयामों से अभिभूत है जिसका प्रभाव प्राचीन समय में भी था आज भी है और कल भी रहेगा। बस आवश्यकता इतनी है कि हम परिवेश के बदलाव अनुरूप उसमें परिवर्तन के आकांक्षी हों। जनपदीय शासन पद्धति के अध्ययन से हमें ऐसे ही सभी तत्वों से साक्षात्कार होगा जिसकी आज भी आवश्यकता है बस कुछ परिवर्तनों के साथ। यह सत्य है कि यदि कोई व्यक्ति या व्यवस्था अपने जड़ को भूलती है तो उसका विकास सही दिशा में एवं स्वस्थ नहीं हो सकता। जड़ ही किसी जीव के विकास को सही रूप से आधार प्रदान करता है और उसके प्रसार में सहायता प्रदान करता है। वास्तव में जड़ ही चेतन का आधार है। इसलिए किसी भी व्यवस्था के स्वास्थ्य एवं ऊर्ध्वगामी प्रगति और विकसित होने में वहाँ की प्राचीन संस्कृति, आर्थिक, राजनीतिक, सामाजिक एवं भौतिक परिवेश का काफी महत्त्वपूर्ण योगदान रहा है।

प्राचीन भारतीय जनपदीय शासन पद्धति में हमें प्राचीन समय की राजनीतिक व्यवस्था तथा शासन व्यवस्था को एक रेखा चित्र में देखने को मिलता है। इसके अध्ययन से हमें यह भी पता चलता है कि ईसा के सदियों वर्ष पूर्व भी भारत में एक सुव्यवस्थित राजनीतिक व्यवस्था थी। यह सत्य है कि यह व्यवस्था आधुनिक लोकतान्त्रिक व्यवस्था के पूर्णतः अनुरूप तो नहीं थी फिर भी वह कुछ न कुछ हद तक आज की व्यवस्था से मिलती जुलती तो अवश्य थी। यह भी सत्य है कि प्राचीन व्यवस्था का निर्माण तत्कालीन सामाजिक एवं आर्थिक परिस्थितियों के अनुरूप हुआ था। पर यहाँ प्रश्न यह उठता है कि तब उसे पुनः अध्ययन करने की आवश्यकता क्यों पड़ी। इसका उत्तर ढूंढने में हमें बहुत दूर नहीं जाना पड़ेगा क्योंकि राजनीतिक व्यवस्था के अध्ययन में व्यवहारवाद के आगमन के बाद अध्ययन की पद्धति ही परिवर्तित हो गई।[1] व्यवहारवाद तथा उत्तर व्यवहारवाद

ने राजनीतिक व्यवस्था के अध्ययन में केवल राजनीतिक मूल्यों के अध्ययन पर ही बल नहीं दिया है बल्कि इस बात पर भी बल दिया है कि किस प्रकार राजनीतिक व्यवस्था पर सामाजिक, आर्थिक, सांस्कृतिक एवं अन्य प्रभावशाली मूल्यों का प्रभाव पड़ता है। वस्तुतः ये ही मूल्य राजनीतिक व्यवस्था के वातावरण पर अपना प्रत्यक्ष या परोक्ष प्रभाव छोड़ते हैं और साथ ही साथ उससे प्रभावित भी होते हैं और उन पर अपना प्रभाव भी छोड़ते हैं। इस अध्ययन ने राजनीतिक व्यवस्था के अध्ययन को एक नया स्वरूप प्रदान किया एवं इसे व्यक्ति सापेक्ष भी बनाया। आज सम्पूर्ण विश्व में यह प्रयास हो रहा है कि सम्पूर्ण विश्व में एक समरूप लोकतान्त्रिक व्यवस्था का निर्माण हो क्योंकि इस पर सबसे ज्यादा प्रभाव भूमण्डलीकरण एवं आधुनिक तकनीकी विकास का है। यह भी सत्य है कि सभी राष्ट्रों की राजनैतिक व्यवस्था यहाँ की सामाजिक एवं सांस्कृतिक व्यवस्था से ही निर्देशित होती है। लोकतान्त्रिक मूल्यों की स्वीकारोक्ति विश्वव्यापी है और सही मायने में यह राजनीतिक व्यवस्था के विकेन्द्रीकरण से ही सम्भव है। जहाँ एक ओर राजनीतिक विकेन्द्रीकरण की मांग प्रत्येक देशों में बढ़ रही है। वहीं भारत में इसके प्रति जागरूकता एवं इसकी स्वीकारोक्ति काफी बढ़ गयी है। परन्तु दूसरी ओर आर्थिक सत्ता का भी विकेन्द्रीकरण हो रहा है इस विरोधाभासी समय में प्राचीन भारत में स्थापित जनपदीय शासन पद्धति बहुत हद तक उस अन्तराल को पाटने का काम कर सकती है।

सामान्य प्रशासन

अति प्राचीन काल से ही भारत में ग्राम शासन व्यवस्था की धुरी रहे हैं। इसका महत्त्व उस युग में और भी अधिक था क्योंकि उस समय यातायात के साधन मंदगामी थे और कारखानों या यन्त्रों का नाम भी न था। प्राचीन भारत के जीवन में नगरों का स्थान नगण्य था। वैदिक मन्त्रों में ग्रामों की समृद्धि की प्रार्थना तो की गई है परन्तु नगरों तथा पुरों का शायद ही नाम लिया गया है। जातक कथाओं में भी किसी प्रदेश की समृद्धि के वर्णन के प्रसंग में समुद्र ग्रामों की संख्या को बड़े गर्व से रेखांकित किया गया है पर नगरों या पुरों का नाम किंचित ही लिया गया है। वैदिक एवं उत्तर वैदिक काल में ग्रामों में जनसंख्या का अधिकतर भाग निवास करता था। उस समय राजा को किसी महत्त्वपूर्ण समस्या पर विचार करना होता था तो ग्रामों के मुखिया का सम्मेलन बुलाता था। ठीक उसी प्रकार आज के युग में जिलाधीशों का सम्मेलन राज्य सरकारें बुलाती हैं या फिर आधुनिक इलेक्ट्रानिक एवं कम्प्यूटर का प्रयोग वीडियो कान्फ्रेन्सिंग द्वारा उनसे संवाद स्थापित किया करती है। प्राचीन काल में इस प्रकार के कार्य के लिए बिम्बसार जैसे शासक ग्राम के मुखिया को बुलाते थे।[2] इससे यह स्पष्ट होता है कि उस समय ग्राम ही राज्य के सामाजिक, राजनीतिक एवं आर्थिक जीवन के केन्द्र थे। राष्ट्र की समृद्धि और

शासन उन्हीं पर निर्भर थे। ग्राम का शासन ग्राम के मुखिया के निरीक्षण एवं निर्देशन में चलता था। वेदों में उसे ग्रामणी कहा गया है तथा जातक कथाओं में भी उसका उल्लेख मिलता है। साधारणत: एक ग्राम के लिए एक ही मुखिया रहता था। उसका पद आनुवंशिक था, पर राजा को यह अधिकार था कि यदि उत्तराधिकारी अयोग्य हो तो उसी वंश के किसी अन्य व्यक्ति को वह मुखिया बना दे। साधारणत: यह ब्राह्मणेत्तर जाति का ही होता था। चूंकि वह ग्राम सेना का नायकत्व करता था इसलिए सम्भवत: वह क्षत्रिय ही होता था परन्तु वैश्यों को भी इस पद को सुशोभित करते हुए पाया गया है।

मुखिया का सबसे प्रमुख कर्तव्य ग्राम की रक्षा करना था। वह ग्राम के स्वयं सेवक दल और पहरेदारों का नायक हुआ करता था।[3] मुखिया का दूसरा महत्त्वपूर्ण कार्य सरकारी करों को वसूलना था। उससे सम्बन्धित जरूरी लेख पत्र उसी के संरक्षण में रहते थे और ग्राम पंचायत के मदद से उसके आधार पर कर वसूली का काम किया करते थे। वास्तव में वह ग्राम कार्यपालिका का प्रधान होता था तथा उसे पारिश्रमिक के रूप में कर मुक्त जमीन मिलती थी जिस पर वह अनाज उगा कर अपने पारिवारिक कर्तव्यों का पालन करता था। ग्राम सभा के कार्य उप समितियों द्वारा सम्पादित होते थे। जिसके सदस्य प्राय: अवैतनिक कार्य करते थे एवं उनका कार्यकाल प्राय: एक वर्ष का होता था। समिति के सदस्य अनुचित कार्य करने पर बीच में भी हटाये जा सकते थे। ऐसी व्यवस्था बनाई गयी थी जिसमें ग्राम के सभी योग्य व्यक्ति ग्राम प्रशासन से जुट सके। जिसके लिए ऐसे नियम का प्रावधान किया गया था कि जो व्यक्ति एक बार किसी उपसमिति का सदस्य रह चुका होता था वह पुन: तीन वर्ष तक उस उप समिति का सदस्य नहीं हो सकता था। उप समितियों की संख्या और कार्य क्षेत्र प्रत्येक ग्राम की आवश्यकतानुसार भिन्न-भिन्न रहती थी। एक लेख[4] में भूमि माप समिति का पता चलता है। इसका काम भूमि की नाम जोख और वर्गीकरण करना और यह देखना था कि सरकारी नाप या भूमि कर भी उचित और न्याय सम्मत हो। एक अन्य लेख[5] में देवालय समिति का भी उल्लेख मिलता है। वहाँ विद्यालय भी थे, अत: संभवत: इसमें एक शिक्षा समिति भी रहती हो। परन्तु कार्य समिति और उसकी उपसमितियों की कार्य प्रणाली के विषय में बहुत कम जानकारी प्राप्त हुई है।

उत्तर और दक्षिण भारत में ऐसे बहुत से लेख मिले हैं जिसमें राजा द्वारा ग्राम के मुखिया और पंचायत को दिये गये आदेशों का विवरण मिलता है, जो इस बात की ओर इशारा करता है कि केन्द्रीय सरकार को ग्राम की व्यवस्था के साधारण नियन्त्रण एवं निरीक्षण का अधिकार रहता था। केन्द्रीय सरकार अपने अधिकार का प्रयोग के आलोक में कभी कभी जिले के प्रधान को पूछताछ के लिए तथा ग्राम सम्बन्धी जानकारी के लिए ग्राम के मुखिया को अपने दफ्तर बुला लेती थी या कभी कभी केन्द्रीय सरकार ग्राम

पंचायत के साधारण प्रबन्ध और हिसाब किताब के जांच के लिए निरीक्षक को भेजती थी। ग्राम प्रशासनिक कार्य में किसी भी प्रकार की गड़बड़ी करने पर ग्राम पंचायत के सदस्यों को सभा स्वयं पदच्युत कर देती थी। पर कभी कभी केन्द्रीय सरकार भी उन पर जुर्माना किया करती थी। ठीक उसी प्रकार जिस प्रकार आज भारत में 73वें संविधान अधिनियम के तहत ग्राम प्रमुख के खिलाफ अविश्वास प्रस्ताव लाकर उन्हें पदच्युत कर देती है। दो ग्राम पंचायतों में विवाद होने पर साधारणत: यह मामला केन्द्रीय सरकार के सामने पेश किया जाता था। साथ ही एक ऐसा भी उदाहरण मिलता है जिसमें दो ग्रामों के विवाद होने पर तीसरे ग्राम की पंचायत निर्णायक बनायी गयी है।[6]

उपरोक्त विवेचन से यह स्पष्ट है कि केन्द्रीय सरकार का कार्य केवल निरीक्षण एवं नियन्त्रण था, परन्तु वास्तविक रूप से राज्य सरकार के सभी कार्य तथा सुरक्षा कर संग्रहण इत्यादि ग्राम प्रशासन ही करती थी। यहां तक कि ग्राम पंचायतें अपने ग्राम प्रशासन को चलाने के लिए कर भी निर्धारित करती थी एवं उसका संग्रहण भी करती थी। ग्राम प्रशासन न्यायिक मामलों का भी निगरानी करता था। इसके कार्यों में सार्वजनिक श्रम सम्बन्धित कार्य, अकाल या अन्य प्राकृतिक दुर्घटनाओं यथा अकाल आदि का निवारण भी सम्मिलित था। ग्राम प्रशासन कुछ लोक कल्याणकारी कार्यों को भी सम्पादित करता था जिसमें प्रमुख हैं पाठशालाओं का निर्माण एवं संचालन, अनाथालयों, देवालयों आदि सम्बन्धित कार्य। इसमें कोई सन्देह नहीं कि आधुनिक काल में भारत में जितने कार्य ग्राम पंचायतों को सौंपे गये हैं उनसे कहीं ज्यादा कार्य उस समय के ग्राम पंचायत को सौंपे गये थे। वास्तव में ग्राम प्रशासन ग्रामवासियों के अभ्युदय और उनकी ग्रामीण विकास यथा नैतिक एवं धार्मिक कार्यों को सम्पादित करने में सहायता एवं निर्देशन प्रदान करता था।

न्याय प्रशासन

आधुनिक युग के न्याय व्यवस्था की भाँति प्राचीन युग की न्याय व्यवस्था में वे तत्त्व नहीं थे जिसमें न्याय प्राप्त करने के लिए व्यक्ति न्यायालय की शरण लेता था। न्यायालय थे पर व्यक्ति विशेष को अपनी क्षतिपूर्ति के लिए स्वयं ही उपाय खोजना पड़ता था। मनुस्मृति में लिखा है कि क्षतिग्रस्त मनुष्य न्यायालय में फरियाद कर सकता है या धरना दे या बल प्रयोग कर भी अपनी क्षतिपूर्ति प्राप्त कर सकता है।[7] नारद स्मृति भी तब तक बल प्रयोग को अनुचित मानती थी जब क्षतिपूर्ति विवादित विषय हो या राजा की अनुमति बल प्रयोग के लिए नहीं मिली हो।[8] प्राचीन काल में धर्मशास्त्रों में खून के लिए भी मृत मनुष्य के वर्ण के अनुसार क्षतिपूर्ति ही विहित है, न कि कारावास या मृत्युदण्ड। इससे यह स्पष्ट होता है कि हत्या जैसी गम्भीर घटनायें भी समाज या राज्य के विरुद्ध अपराध नहीं समझी जाती थी, बल्कि वैयक्तिक क्षतिपूर्ति की। धर्मशास्त्र एवं नीतिशास्त्र

के ग्रन्थ राजा को प्रधान न्यायाधीश मानते थे। राजा को यह अधिकार था कि वह चाहे जिस मामले को चाहे उस पर निर्णय करे। परन्तु व्यवहार में केवल विशेष महत्त्व के मुकदमे ही उसके सामने रखे जाते थे। राजा के सामने वे ही मामले आते ये जो अन्तिम अपील के लिए विचारार्थ थे। नारदस्मृति[9] के अनुसार ग्राम न्यायालय में निर्णय होने के बाद पीड़ित व्यक्ति नगर न्यायालय में अपील कर सकता था, नगर न्यायालय के विरुद्ध राज्य न्यायालय में अपील कर सकता था। किन्तु राजा का न्याय निर्णय ठीक हो या न हो, इसके विरुद्ध अपील नहीं की जा सकती थी।

राजा का यह कर्तव्य था कि वह न्याय करने में बिल्कुल निष्पक्ष रहे। स्मृति प्रणीत विधि नियमों के अनुसार न्यायदान करना उसका कर्तव्य था। यदि उसका व्यवहार विपरीत हो तब वह दोषी होता था। प्राचीन भारत में विधिनियम विधान सभा द्वारा निश्चित नहीं किए जाते थे। जो धार्मिक स्वरूप के होते थे वे श्रुति-स्मृतियों द्वारा निर्धारित किए जाते थे और जो व्यावहारिक स्वरूप के थे उनका ज्ञान व स्वरूप वंश धर्म जाति धर्म इत्यादि से निर्देशित होते थे। राजा को इसमें उलट फेर करने का अधिकार नहीं था। धार्मिक ग्रन्थों के अनुसार विधिनियम श्रेष्ठ माने जाते थे और राजा को भी उसका पालन करना होता था।[10]

हमारे धर्मशास्त्र के ग्रन्थों में न्याय प्रदान करने के लिए ज्यूरी पद्धति के महत्त्व को स्वीकार किया है। राजा का प्राविवाक् भी तीन, पाँच या सात सभासदों (ज्यूरर्स) को सहायता के बिना किसी मामले का विचार शुरू नहीं कर सकते थे।[11] सभासदों की संख्या विषम इसलिए रखी गयी थी कि एक मत के अभाव में बहुमत से निर्णय लिया जा सके। सभासद (ज्यूरर्स) को न्यायशास्त्र में प्रवीण होना जरूरी था।[12] राजा को तानाशाह न बनने देने के लिए भी यह निर्देशित था कि यदि राजा का मत विरुद्ध हो तथापि सभासदों का अपना धर्मशास्त्रानुमोदित मत निर्भयता से रखना आवश्यक था उनका कर्तव्य था कि धर्म विरुद्ध आचरण करने वाले राजा पर नियन्त्रण रखे और उनको अन्याय करने से रोके।[13] अनेक स्मृतियों में लिखा है कि यद्यपि राजा न्यायालय का अध्यक्ष था, फिर भी उसको न्याय निर्णय सभासद या ज्यूरर्स के मत के आधार पर ही करना चाहिए।[14] परन्तु दोषी के अपराध का दण्ड का निर्धारण राजा द्वारा ही किया जाता था।

स्मृति ग्रन्थों का कहना है कि सभासद ब्राह्मण जाति का ही होना चाहिए। चूँकि स्मृति ग्रन्थ निहित धर्मशास्त्रीय नियमों के आधार पर ही होना चाहिए था, इसलिए उन्हीं व्यक्तियों को सभासद के पद पर नियुक्त किया जाता था जिन्हें वे ज्ञान प्राप्त थे और ब्राह्मणों के साथ ऐसा सम्भव था। परन्तु जिन मामलों में धर्मशास्त्र का ज्ञान आवश्यक नहीं था जो मामले कृषक, व्यापारी, अरण्यवासियों से सम्बन्धित होते थे, उसमें सभासद भी कृषक, व्यापारी इत्यादि के जातियों का होना चाहिए ऐसा धर्मशास्त्र का मत था।[15] यह

व्यवस्था ठीक उसी प्रकार की थी जैसा आधुनिक युग में प्रशासनिक न्याय में निहित है। इसके साथ-साथ जगह-जगह पर जाकर न्याय प्रदान करने वाले भी न्यायालय रहते थे, जिसे नारद ने चलन्यायालय कहा है।[16]

उपर्युक्त सरकारी न्यायालयों के अलावा अनेक श्रेणी के गैर सरकारी न्यायालय भी प्राचीन भारतीय शासन पद्धति में विद्यमान थे जो इसकी विशिष्टता थी। गैर सरकारी न्यायालयों का वर्णन सर्वप्रथम याज्ञवल्क्य स्मृति में आता है।[17] धर्मसूत्र एवं मनुस्मृति में उनका उल्लेख नहीं है। याज्ञवल्क्य ने तीन प्रकार के गैर सरकारी न्यायालयों का वर्णन किया है जिनका नाम कुल, श्रेणी व पूग था। जो विवाद कुटुम्बों एवं परिवारों के मध्य होते थे उसे कुल न्यायालय द्वारा निपटाया जाता था। कुल न्यायालय द्वारा जब विवादों का निपटारा नहीं होता जिसके सदस्य कुटुम्ब पर कुल से होते थे। श्रेणी न्यायालय में भेज दिया जाता था। याज्ञवल्क्य के अनुसार पुग न्यायालय में अनेक जातियों के विभिन्न धन्धों से सम्बन्धित लोग मिलकर एक ही जगह पर रहने वाले लोग के बीच विवाद पर निर्णय प्रदान करते थे। ये सभी न्यायालय राज्य प्रशासन को न्याय प्रदान करने में सहायता प्रदान करते थे।

प्राचीन भारतीय जनपदीय व्यवस्था में गैर सरकारी न्यायालयों को विशेष प्रोत्साहन मिला था। जिसके पीछे कई कारण थे। प्रथम कारण था स्थानीय लोगों का न्याय प्रशासन में भागीदारी। द्वितीय विशिष्ट न्यायालय द्वारा विशिष्ट कार्यों से जुड़े व्यक्ति को सही न्याय प्रदान करना जैसा कि आजकल न्यायाधिकरणों से किया जाता है जैसे टेलिकॉम रेगुलेटरी अथॉरिटी इत्यादि। दीवानी मामलों में तो कुछ फौजदारी मामलों का निपटारा भी ग्राम पंचायतें ही करती थी। न्याय निर्णय के बारे में कुछ मूल भूत सिद्धान्त स्वीकार किए गए हैं। मामलों का विचार एकान्त में न होकर बल्कि सार्वजनिक स्थानों में व सभी लोगों के समक्ष होता था।[18] मामले जैसे दाखिल किए जाते थे वैसे ही उनकी सुनवाई होती थी। परन्तु महत्त्वपूर्ण विवाद पहले भी निपटाये जाते थे।[19] न्याय निर्णय करना तुरन्त आवश्यक था तथा सरकारी अधिकारियों को न्यायाधिकारियों के कार्यों में हस्तक्षेप करना अनुचित माना जाता था।[20] न्यायाधिकारियों को निष्पक्ष रहना अत्यावश्यक था। जब कोई मामला विचाराधीन रहता था तब वे वादी प्रतिवादियों के साथ संभाषण, भोजन इत्यादि नहीं कर सकते थे।[21] यदि कोई न्यायाधिकारी अनुचित आचरण या पक्षपात करता था, तो उसे दण्ड दिया जाता था। अपराधी यदि सिद्ध करे कि वह नाबालिग है या आत्मसंरक्षण के लिए बल प्रयोग किया था या किसी दूसरे व्यक्ति के दबाव से उसको अपराध करना पड़ा तो उसे दण्ड नहीं दिया जाता था।[22]

उपर्युक्त विवेचन के आधार पर हम कह सकते हैं कि प्राचीन जनपदीय व्यवस्था शासन को न केवल जनता के करीब लाती थी बल्कि शासन के सभी विद्या यथा

न्यायपालिका, कार्यपालिका एवं व्यवस्थापिका के साथ जनता को जोड़ती थी। यह व्यवस्था समग्र भी तथा इसमें जन सहभागिता थी। आधुनिक समय का ग्राम प्रशासन जो कि 73वें संविधान संशोधन के आधार पर कार्य कर रहा है उसमें कुछ मूलभूत कमियाँ हैं। जैसे कि न्याय प्रशासन को उससे न जोड़ना। हम पाते हैं कि आज न्यायालयों के कई मामले लम्बित रहते हैं जो कि ग्राम सभा के स्तर निपटाये जा सकते हैं। यह सत्य है कि लोक अदालतें उन्हें निपटाती हैं परन्तु साधारण विवाद या साधारण जुर्म के विवादों को यदि हम ग्राम सभा को दे दे तो लोगों का जो विश्वास जल्दी न्याय तथा सस्ता न्याय न मिलने पर न्यायपालिका पर से टूट रहा है वह कुछ हद तक ठीक हो सकता है। क्योंकि यह सत्य है कि "जस्टिस डिलेड इज जस्टिस डिनाइड।" विशिष्ट न्यायालयों का भी ग्राम या फिर जिला के स्तर पर गठित कर विवादों का जल्दी निपटारा किया जा सकता है।

संदर्भ सूची—

1. ऋग्वेद 1-114-1; 1-55-10
2. महावग्ग पंचम-1
3. प्रारम्भिक काल के लिए कुलावल ओर खर जातक देखिये। बाद के लिये देखिये यथा स्वयंन्येन सह ग्रामाध्यक्षादि सैन्यं सर्वाध्यक्षस्य भवति। सांख्तल कोमुदी पृ. 54 (झा संस्करण)
4. के.एन. शास्त्री असरि-1905
5. सौ.इ.ए.रि. 1913 सं. पृ. 262
6. सौ.इ.ए.रि. 1927 सं. पृ. 148
7. धर्मेण व्यवहारेण छले नाचरितेन च।
   प्रयुक्तं साधयेदर्थ पंचमने बलेन च॥ (8-41)
8. विवेध तु यो राज्ञे सांदिथेर्थे प्रवर्तत।
   प्रसहन स विनेय स्गात्सचर यार्थो न सिध्यति॥ (1-45)
9. ग्राम दृष्ट: पुरे याति पुरे दृष्टतु राजनि।
   राजा दृष्ट, कुदृष्टो वा नास्ति वा नारित लोनभुर्वो विधि॥ (1-30)
10. तदेव त्क्षत्रस्य क्षत्रं यद्धर्भ: वृहदारण्यक, (1-4-14)
11. लोकवेदा च धर्मज्ञ: सप्त पंच तायोपिवा।
    यत्रोपविष्टा विप्रा: स्यु: या यज्ञसदृशी सभा॥ शुक्र (4-5-26)
12. श्रृताध्ययनसंपन्न धर्मज्ञ: सत्यवादिन:।
    राज्ञा सभा सदा: कार्यारिपौ मित्रेच ये सभा:॥ याज्ञवल्क्य (2-2)
13. अधर्मत: प्रवृतं तु नोपेक्ष्येरणसभासदा:।
    उपेक्षमाण: स्तेनृपा: नरकेयात्यधौमुखा:। शुक्र (4-5-275)
14. सभ्यादिमिविनिपीत तं विधृतप्रतिवादिना।
    दृष्टवा राजा तु जायेयं प्रदधाज्जयपत्रकम्॥ शुक्र (4-5-273)
15. वणिका शिल्प्रभृतिषु कृषिगोप जीविषु।

16. प्रतिष्ठित पुरे ग्रामे चला नामप्रतिष्ठता।
मुद्रिताध्यक्षं संयुक्ता राजयुक्ता च शासितः॥ (नारद)
17. नृपेणाधिकृताः पूगाः श्रेणयोथ कुलानिच। याज्ञवल्क्य (2-29)
18. शुक्र (4-5-6)
19. न कालहरणं कार्य राज्ञा साधनदर्शने।
महान्दोषी भवेत्कालद्वर्मन्यायतिलक्षणः॥ शुक्र (4-5-167)
20. नौत्पादयेस्त्रवंय कार्य राजा वाडनस्य पुरुषः॥ मनु (8-43)
21. कात्यायन पराशरमाधवोद्धृत (3-13-5)
22. बलाद्दतं बलात्मुक्तं बलाच्च प्रतिपादितम्।
सर्वान् बलकृतानर्थानि नृतान्मनुरब्रतीत्॥ मनु (8-181)

□

वेदकालीन राजकीय प्रबन्धन

—अलका गोयल

विश्व साहित्य की सर्वप्रथम व सुसंघटित रचना वेदसंहिताओं पर सूक्ष्मतर दृष्टिपात करते हुए भारत के अतीत के गर्भ में पड़े हुए अनेक अज्ञात व अल्पज्ञात तथ्यों को प्रकाश में लाया गया है। अतएव मनु का कथन कि सर्वज्ञानमयो हि सः उचित ही प्रतीत होता है। यद्यपि पुरातन शासन व्यवस्था का क्रमबद्ध व आदर्श आकार तो नहीं पाया जाता तथापि राजनीति व शासनतन्त्र का सुनियोजित निरूपण वैदिक वाङ्मय में उपलब्ध होता है एवं इस सम्बन्ध में विधि सम्मत संस्थाएँ भी स्थापित हो चुकी थीं। वेदकालीन मन्त्रों में राज्य व राष्ट्र के मध्य कोई अन्तर स्थापित नहीं किया गया है। उक्त दोनों शब्द इतस्ततः स्फुटरूप में अनेक स्थलों पर प्राप्त होते हैं। ऋग्वेद की मात्र एक ऋचा में राज्य शब्द का प्रयोग मिलता है जबकि राष्ट्र शब्द का प्रयोग बार-बार किया गया।[1] राष्ट्र शब्द का प्रयोग राष्ट्री[2], राष्ट्रानाम्[3], राष्ट्राय[4] के रूप में हुआ है इसके अतिरिक्त राज, राजा, राट, स्वराज्य, राजसु एवं राजसि पदों के प्रयोग मिलते हैं। ये सभी पद राष्ट्र के घटक के रूप में प्रयुक्त हैं एवं राष्ट्र सम्बन्धी चिंतन में सहायक हैं। एक मन्त्र हम चतुर्थ मण्डल में देखते हैं जहाँ राष्ट्र एवं राजा दोनों शब्द प्रयुक्त हैं।

मम द्विता राष्ट्रं क्षत्रियस्य, विश्वायोर्विश्वे अमृता यथानः।
क्रतुं सचन्ते वरुणस्य देवा, राजाऽभिकृटेरूपमस्य व्रेः॥[5]

यजुर्वेद की शुक्ल एवं कृष्ण दोनों शाखाओं की संहिताओं में अनेक बार राष्ट्र शब्द का प्रयोग हुआ है। उस समय राजसूय एवं अश्वमेध यज्ञ राष्ट्र की सीमा निर्धारण करने लगे थे। यज्ञ कार्य के मूल में भी राष्ट्रीय भावना थी। यजुर्वेदिक काल में ब्राह्मणों को विशेष महत्त्व दिया गया था एवं क्षत्रियों को स्वराट् विराट् एवं अधिपति की संज्ञा दी जाती थी। इस प्रकार इस काल में राष्ट्र राजा का पालित क्षेत्र था जिसमें प्रजा अपने को सुरक्षित मानती थी एवं शक्ति द्वारा राष्ट्र की रक्षा की जाती थी।

अथर्ववेद में राष्ट्र एवं राज्य की पृथक कल्पना के बीज अंकुरित हो गये थे।

अथर्ववेद के एक मन्त्र में ऋषि उद्घोष करता है।

आ त्वा गन् राष्ट्र सह वर्चसोदिहि प्राङ्विशां पतिरेकराट् त्वं विराज।
सर्वास्त्वा राजन्प्रदिशो ह्वयन्तूपसद्यो नमस्यो भवेह॥[6]

अथर्ववेद में सजातश्रेश्ठय सूक्त, अभिवर्तराष्ट्रमणि सूक्त, संज्ञपन मन्त्र, सेना हनन सूक्त तथा यत्र-तत्र कुछ मन्त्रों के अध्ययन से एक सुसंघटित वैदिक राष्ट्र तथा उसके क्रियाकलापों का स्पष्ट रूप प्रकट होता है।

राजा व राज्य का स्वरूप

वैदिक संहिताओं में राजा का पद अत्यन्त महत्त्वपूर्ण था। ऋग्वेद में राजा का प्रयोग विभिन्न देवताओं के महत्त्व ज्ञापन में किया गया है एवं वरुण को प्रथम राजा के रूप में प्रस्तुत किया गया है। ऋग्वेद के एक मन्त्र में प्रथम राजा के चयन का वर्णन मिलता है।[7] ऐतरेय ब्राह्मण में एक कथा मिलती है कि देवासुर संग्राम में विजय के बाद सोम को अपना राजा बनाया एवं सभी दिशाओं पर विजय प्राप्त की। राजा की उत्पत्ति पर तैत्तिरीय संहिता एवं अथर्ववेद में भी प्रकाश डाला गया है।[8] राजा की उत्पत्ति के पीछे युद्ध बहुत बडा कारण प्रतीत होता है। वैदिककाल में शक्ति, वंश, और समिति द्वारा मान्य ये तीन राज के चयन के आधार माने जाते थे। तैत्तिरीय ब्राह्मण में राजा के निर्माता को रत्निन् कहा गया है। रत्निन् लोग ही राजा को राष्ट्र देते थे।[9] राजा के आत्मविश्वासी, धनवान, प्रजारंजक, कल्याणकारी आदि अनेक गुणों की चर्चा अथर्ववेद में उपलब्ध हैं। राजा राजपद की प्राप्ति के समय से अपने कर्त्तृत्व का पालन निष्ठापूर्वक करने का वचन देता था, अन्यथा प्रजा को अधिकार था कि वह उसे पुनः पदच्युत कर दे। वैदिककाल में प्रजातन्त्र की समुचित व्यवस्था थी इसका प्रबल प्रमाण राजा को अवरुद्ध या निरुद्ध करने का उल्लेख है। दुष्टीरीतु नामक कोई राजा जो दसपुरुषवंश परम्परागत राज्य से अपदस्थ कर दिया गया एवं उसने सौत्रामणी याग कर पुनः राज्यपद को प्राप्त किया।[10]

राज्य का स्वरूप

ऋग्वेद में दैवी शक्ति या युद्ध को राजतन्त्र का संस्थापक माना गया है। ऐतरेय ब्राह्मण की अष्टम पंचिका में विविध शासन प्रणालियों का विस्तृत वर्णन प्राप्त होता है। पुरुष सूक्त में विराट पुरुष से राजन्य की उत्पत्ति का उल्लेख है—बाहु राजन्यः कृतः। ऋग्वेदकाल में प्रशासन तन्त्र कबीले के प्रधान द्वारा संचालित होने का वर्णन मिलता है। आर्यों के पाँच कबीले थे, जो 'पन्चजनाः' कहलाते थे। ऋग्वेद के सप्तम मण्डल में राजतन्त्र के कई सूक्त मिलते हैं। राजतन्त्र में प्रजा प्रसन्न थी, राजा प्रजा से 'बलि' नामक चढ़ावा प्राप्त करता था जो राजस्व का आधार था। ऋग्वैदिक साहित्य में राजा

की विभिन्न उपाधियों का वर्णन भी मिलता है। ऋग्वैदिक काल से यजुर्वेदिक काल तक आते-आते प्रजातान्त्रिक संगठनों में सभा-समिति तो बनी लेकिन विदथ का अस्तित्व समाप्त प्रायः हो गया। अथर्ववैदिक काल में भी राजतन्त्र के साथ प्रजातन्त्र का भी विकास हुआ। अथर्ववेद में एक वर्णन मिलता है कि विराट् के उत्पन्न होने से प्रजा डर गयी। इसमें विराट् निरंकुश राजतन्त्र का रूप है। कालान्तर में पितरों एवं आदर्श नागरिकों की प्रेरणा तथा विद्रोह द्वारा प्रजा ने विराट् को समाप्त कर निरंकुश राजतन्त्र का अन्त कर दिया। वैदिक संहिताओं में एकात्मक एवं संघात्मक दोनों व्यवस्थाओं का उल्लेख मिलता है। सत्ता की बागडोर राजा या एक व्यक्ति में ही सुरक्षित रह जाती थी। राजा के लिए एकराट्, विराट् उपाधियाँ एकात्मकता को प्रस्तुत करती हैं। किन्तु क्षेत्रीय व्यवस्था का सार ग्रामणी, विशस्पति, सदस्पति के हाथों, न्यायसम्बन्धी कार्य प्राड्विवाक्, प्रदेश्टा के हाथों तथा कार्यपालिका की व्यवस्था समाहर्ता के हाथों में थी जो स्थानीय शासक से नियन्त्रित होते थे। स्थानीय प्रशासन के लिए सभा-समिति जैसी संस्थाएँ थी। इस प्रकार सत्ता का विकेन्द्रीकरण संघात्मकता को प्रस्तुत करता है।

शासन व्यवस्था

वैदिक साहित्य में ऋत एक महत्त्वपूर्ण शब्द है। ऋत से उचित यथायुक्त, सम्यक् न्याय, उपयुक्त, आप्त, योग्य, ईमानदार, वीर अर्थ लिया है।[11] ऋग्वेद में ऋत को कानून का पर्याय माना गया है। ऋत को नये विधायकों के सम्मुख प्रस्तुत करने का काम सोम का था।[12] वह स्वयं ऋत का अनुसरण करता तथा मन्त्रिमण्डल के अन्य देवता या मन्त्री भी ऋत का पालन करते थे।[13] देवताओं के कार्यकलापों को देखने पर यह पूर्णतः स्पष्ट है कि उस समय एक सुसंगठित सरकार थी, जिसमें प्रत्येक मन्त्री को अलग-अलग विभाग सौंपा गया था। देवताओं के कार्यक्षेत्र के आधार पर उनका स्थान निर्धारित था। अतः देवताओं को प्रथमतः तीन भागों में बाँटते हैं।

1. द्युस्थानीय
2. अन्तरिक्ष स्थानीय
3. पृथ्वी स्थानीय

मन्त्रिमण्डल एवं सम्पूर्ण सरकार का विभाजन

राष्ट्रपिता—द्यौः

राष्ट्रमाता—पृथ्वी

राष्ट्रपति—परब्रह्म प्रजापति (हिरण्यगर्भ)

उपराष्ट्रपति—परमात्मा

प्रधानमन्त्री—विष्णु

प्रधानमन्त्री के सलाहकार—विश्वेदेवा

मन्त्रिमण्डल एवं संसद्

संसद या विधान सभा के अध्यक्ष—सदस्पति

विधान सभा के उपाध्यक्ष—क्षेत्रपति

रक्षा मन्त्रालय

रक्षामन्त्री—इन्द्र

उपरक्षामन्त्री—उपेन्द्र

सेनाध्यक्ष—रुद्र

सैनिक—मरुत्गण

सैन्य सचिव—अपांनपात्

शिक्षा मन्त्रालय

शिक्षा मन्त्री—अग्नि

उपशिक्षामन्त्री—मित्र

शिक्षा सचिव—बृहस्पति

शिक्षा निदेशक—अहिर्बुधन्य

कृषि मन्त्रालय

सिंचाई एवं जलापूर्ति—पर्जन्य

सिंचाई सचिव—नदी

सिंचाई राज्यमन्त्री—आप्

स्वास्थ्य मन्त्रालय

स्वास्थ्य मन्त्री—अश्विनी कुमार

औषधि संरक्षिका—सरस्वती

पोषकतत्वसों व्यवस्थापिका—औषधि:

सहायिका—गौ

खाद्य मन्त्रालय

खाद्य मन्त्री—पूशा

विकासमन्त्री—सूर्य

ऊर्जामन्त्री—सोम

वित्त मन्त्रालय

वित्तमन्त्री—उषा

वित्त राज्य मन्त्री—पूषा

वित्त सचिव—भग

वित्त संरक्षक—हिरण्यगर्भ

उद्योग मन्त्रालय

उद्योग मन्त्री—विश्वकर्मा

शास्त्रास्त्रनिर्माणमन्त्री—त्वष्टा

कुटीर उद्योग मन्त्री—ऋभु

आवास एवं गृह निर्माण मन्त्री—वास्तोश्पति

विधि मन्त्रालय

विधि मन्त्री—वरुण

विधि सचिव—सोम एवं चन्द्रमा

संचार विभाग

संचार मन्त्री—वायु

संचार संरक्षकः—मरुत्

गृह मन्त्रालय

गृहमन्त्री—अग्नि

गुप्तचर सचिव—मातरिश्वा

गुप्तचरसचिव—क

बाल विकास सचिव जनसम्पर्क एवं विकासमन्त्री—सविता

उपर्युक्त मन्त्रिमण्डल के वर्गीकरण के आधार, उनका कार्यक्षेत्र एवं उनके विषय में प्राप्त सूक्त ही हैं। विवेचना करने पर ऐसा प्रतीत होता है कि इनमें सभी देवता विधायिका के सदस्य थे किन्तु मन्त्री व्यवस्थापिका के प्रति भी उत्तरदायी थे, जो विधायिका में नीति निर्धारण कर कार्यपालिका में उसको क्रियान्वित कराते थे। इस प्रकार उनको दोहरी भूमिका निभानी पड़ती थी।

विधायिका

वैदिककालीन संसदीय प्रणाली में द्विसदनात्मक व्यवस्था थी। पहली को सभा और दूसरी को समिति कहा गया है। ऋग्वेद में सभा का उल्लेख 8 बार एवं अथर्ववेद में 16 बार आया है, समिति का ऋग्वेद में उल्लेख मात्र प्रथम व दशम मण्डल में हुआ है। समिति में एकादश: रत्नानि राजानो राजकृत: तथा अराजानो राजकृत: में विभक्त थे। ये सदस्य प्राय: सभी वर्णों से लिये जाते थे राजा जिस कक्ष में बैठकर प्रजा के अभियोगों को देखता था उसे सभा कहा जाता था तथा सहायकों को सभ्य की संज्ञा दी जाती थी। सभा में प्रवेश की विधि पारस्कर गृह्यसूत्र में वर्णित है। सभा व समिति प्रजापति की पुत्रियाँ मानी गई हैं। सभा में ग्रामसभा से लेकर केन्द्रीय सभा तक होती थी।

सभा च मा समिति चावतां प्रजापतेर्दुहितरौ संविदाने।
येना संगच्छ उप मा च शिक्षात् चारु वदानि पितर: संगतेशु ॥[14]

मन्त्र में संविदाने शब्द का प्रयोग है अर्थात् दोनों संस्थायें पूरक हैं तथा लोकहित एवं नृपहित का कार्य सम्पादन करती थीं। सभा के सदस्यों को पितर: (पिता) कहा गया है। अत: सभा के सदस्य अनुभवी व वृद्ध व्यक्ति होते थे। सभा के सदस्य सभ्य, सभेय और सभासद कहे जाते थे तथा स्वतन्त्र विचार-विनिमय के बाद एक राय स्थापित की जाती थी।[15] अथर्ववेद में सभा को नरिश्टा अर्थात् जिसके निर्णयों का कोई उल्लंघन न करे, कहा है। समिति राष्ट्रीय स्तर की विधायिका के समान थी जिसमें सभी वर्गों का प्रतिनिधित्व होता था। इसका कार्यक्षेत्र मुख्य रूप से पूरे राष्ट्र की सामाजिक, आर्थिक व राजनीतिक व्यवस्थाओं को संभालना व निर्णय देना, राजा को कर्त्तृत्व निर्वाह न करने पर पदच्युत करना एवं पुन: राजगद्दी पर बिठाना था। समिति का अध्यक्ष ईशान जो कि राजा था तथा समिति को पर्शद कहा गया है।[16] सभा एवं समिति में यही अन्तर था कि सभा न्यायिक कार्य भी देखती थी पर समिति नहीं।[17] समिति को समस्त जनसमुदाय की संस्था माना गया है। वास्तव में दोनों विचार-विमर्शात्मक संस्थायें थीं।

कार्यपालिका

वैदिक कालीन राजनीतिक व्यवस्था की कार्यपालिका का विभिन्न रूपों में उल्लेख वेदों में प्राप्त होता है। व्यवस्था की निम्नतम इकाई ग्राम थी। इसका प्रमुख ग्रामणी राजा के निर्वाचन में भाग लेने का अधिकारी था। अत: वह राजकृत[18] कहा गया है। यजुर्वेद में सेनानी ग्रामण्यों में सेनापति के साथ उसका उल्लेख है। अनेक ग्रामों के समूह को विश्व प्रमुख को विशपति कहा जाता था जो कि नगराध्यक्ष के तुल्य होता था। इसी प्रकार विश्वों का समूह जन व जन का सर्वोच्च शासक राजा कहलाता था। ऋग्वेद और अथर्ववेद में 20 जनराज्यों का उल्लेख मिलता है।[19] अनेक जनपदों से मिलकर राष्ट्र बनता था।

ऋग्वेद और अथर्ववेद के कई सूक्तों में प्रजा के द्वारा राजा के निर्वाचन का उल्लेख है।[20] अथर्ववेद में निर्वाचकों के लिए वरुण शब्द आया है और राजा के लिए कहा है कि वरुणैः संविदानः। राजा की नियुक्ति जीवन-पर्यन्त होती थी। अतः उसे दशमीम कहा गया है। यजुर्वेद के 9वें, 10वें और 20वें अध्यायों में राज्यभिषेक का वर्णन मिलता है।[21]

शिरो मे श्रीर्यशो मुखं त्विशिः केषा व समश्रुणि।
राजा मे प्राणो अमृतं सम्राट् विराट् श्रोत्रम्॥[22]

राज्याभिषेक के समय राजसूय और वाजपेय यज्ञों का आयोजन किया जाता था। इस अवसर पर राजा सत्यनिष्ठा की शपथ लेता था। जिससे ज्ञात होता है कि देशद्रोह और जनता के साथ विश्वासघात राजा के लिए अक्षम्य अपराध थे।[23] राजा के चार कर्त्तृत्वों यथा कृषि की उन्नति, क्षेम-प्रजा का कल्याण, रयि-आर्थिक समुन्नति व पोश-देश की सुदृढता का उल्लेख अनेक वैदिक मन्त्रों में यत्र-तत्र उपलब्ध होता है।

इयं ते राड्, यन्ताऽसि यमनो ध्रुवोऽसि धरूणः।
कृत्यै त्वा, क्षेमाय त्वा, रय्यै त्वा, पोशाय त्वा॥[24]

राजा के निर्वाचकों व सहायकों को राजकृत कहा गया है। शतपथ ब्राह्मण में इनकी संख्या ग्यारह बताते हुए इन्हें एकादश रत्नानि कहा है। ये क्रमशः (1) सेनानी (2) पुरोहित (2) महिशी (महारानी) (4) सूत (इतिहास लेखक) (5) ग्रामणी (वैश्य) (6) क्षत्ता (आय-व्ययधिकारी) (7) संगृहीता (कोषाध्यक्ष) (8) भागदुध (राजस्व अधिकारी) (9) अक्षावाप (आय-व्यय निरीक्षक) (10) गोविकर्त-अरण्यपाल (11) पालागल-(विशिष्ट सन्देशवाहक) हैं।

न्यायपालिका

वैदिककाल में राष्ट्र था, राष्ट्रीय भावना थी, एक संगठित शासन था तो न्यायपालिका का होना स्वाभाविक ही है। न्यायपालिका या न्यायाधीश के रूप में इन्द्र, वरुण, बृहस्पति, सवितृ, अग्नि एवं संयुक्त न्यायपीठ के रूप में अग्निसोम एवं इन्द्रवरुण कार्य करते थे। न्यायाधीश शारीरिक मानसिक और बौद्धिक बलों से युक्त होते थे।[25] वैदिककाल में विदथ न्यायालय के नाम से जाना जाता था। ऋग्वेद में इसका उल्लेख 122 स्थलों पर और अथर्ववेद में केवल 22 स्थलों पर हुआ है। विदथ के अर्थ व स्वरूप पर विद्वानों में मत वैभिन्य पाया जाता है। ऋग्वेद में यह आकाश, वायु और पृथ्वी को वैचारिक निर्देशन देने तथा विधि को सबल बनाने का कार्य करता था।[26] विदथ में उच्च अधिकारी या न्यायाधीश दूर से आते थे जो प्रायः सामन्त या राजा होते थे। इसमें स्त्रियाँ भी भाग ले सकती थीं जबकि सभा या समिति में उन्हें जाने का अधिकार नहीं था। एक मन्त्र में विदथ में आयी हुई सूर्या से सदस्यों के समक्ष बोलने के लिए कहा गया है।[27] लेकिन

तर्क-वितर्क और अत्यधिक कोलाहल के कारण कालान्तर में यह नियम बना दिया कि वार्धक्य आने पर ही पुरुष बोलें। न्यायाधीश विद्वान व धैर्यशील थे क्योंकि निष्पक्ष न्याय देना यज्ञ के समान माना जाता था। विदथ के उल्लेखों में लगभग 25 बार सांग्रामिक घटनाओं की चर्चा है जिसमें अग्नि की विजयिनी शक्ति की स्तुति की गई है। अथर्ववेद में विदथ धार्मिक निकाय सा प्रतीत होता है क्योंकि न्यायालय द्वारा प्राप्त दण्ड का उपयोग कर लेने पर पाप नष्ट हो जाते हैं एवं मनुष्य को स्वर्ग की प्राप्ति होती है।[28] अग्नि व वरुण न्यायाधीशों का कार्य करते थे। वरुण क्षात्रधर्म के अनुसार न्यायदान में दण्ड की घोषणा करता था।[29] अपराधियों को यूप या स्तम्भ में बाँधा जाता था। न्यायदान के समय वरुण उसके अपराध की विवेचना करने के बाद पाशमुक्त करता था।

शुनः भोपो ह्यह्वद्गृभीतस्त्रिश्वादित्यं द्रपदेशु वद्धः।
अवैनं राजा वरुणः सृज्योद्विद्वाँ अदब्धो वि मुमोक्तु पाषान्।।[30]

वेदों में बृहस्पति को विधिवेता का पद प्राप्त था तथा संयुक्त खण्डपीठों का भी उल्लेख मिलता है। इस तथ्य की पुष्टि के लिए सम्राट इन्द्र एवं वरुण आदि के संयुक्त सूक्त हैं।[31] ऐसा प्रतीत होता है कि राजा या न्यायाधीश कभी-कभी सम्बद्ध विभाग के उच्चाधिकारी के मन्तव्य के साथ न्यायदान करते थे। अतः वादी या प्रतिवादी दोनों न्यायदानकर्त्ताओं से अपनी सुरक्षा या रक्षा हेतु निवेदन करते थे। न्यायाधीशों की सुरक्षा की भी समुचित व्यवस्था थी। मरुद्गण वैदिककालीन सैन्यबल के प्रतीक थे।

दण्ड व्यवस्था

वैदिक मन्त्रों में यत्र-तत्र अपराधों का परिगणन भी दृष्टिगोचर होता है। एक मन्त्र के अनुसार कामज और क्रोधज सात प्रकार के अपराध होते हैं। इनमें से एक भी अपराध करने वाला पापी माना जाता है। इन पापों से बचाने वाले अग्निदेव विद्युतरूप से अन्तरिक्ष में जल के भीतर रहते हैं। उपर्युक्त सात अपराध है—पानम्, अक्षाः, स्त्रियः, मृगयाः, दण्डः, पारुपश्यम् तथा अन्यदूषणम्। निरुक्त में भी इन सातों अपराधों की निम्नांकित रूप से परिगणना की गयी है। स्तेयं (चोरी), गुरुतल्पारोहण (गुरुपत्नीगमन), ब्रह्महत्या, भूरणहत्या, सुरापान बार-बार बुरा काम करना तथा असत्य भाषण। ऋग्वेद में जहाँ अनृतभाषण को महापाप माना गया है वहीं यजुर्वेद में मनुष्य को स्वभावतः मिथ्यावादी माना गया है। ऋग्वेद के सप्तममण्डल में ब्राह्मण से द्वेष करना, उग्रदृष्टि से देखना तथा पिशुनता जैसे बहुत से अपराधों एवं दण्डों का वर्णन राजा इन्द्र एवं सोम से किया गया है। एक अन्य मन्त्र में रसहरण, अश्व, गौ एवं मानव शरीर के शत्रु, चोर और उनके दण्ड का वर्णन किया गया है। इन्द्र जो दण्डाधिकारी था. उसने अनेक अपराधियों को दण्ड दिया जैसे वृद्ध कवश को जल में डुबोना[32] अपराधकर्म करने वालों को राक्षस की संज्ञा

दी जाती थी एवं स्त्री हो या पुरुष दोनों को प्राणदण्ड भी दिया जाता था। वेदों में अनेक प्रकार के चोरों की चर्चा मिलती है। यर्जुवेद में स्तेन, स्तायु, तस्कर, निचेरव, मुशणन्तः, परिचर एवं कुलुंच सात प्रकार के चोरों का वर्णन है।[33] वैदिक संहिताओं में अपराध एवं पाप दोनों का उल्लेख है। ऋग्वेद में अपराध के लिए आगः तथा पाप के लिए एनस् पद का प्रयोग मिलता है। तेत्तरीय संहिता में ब्राह्मणों को दण्ड की सीमा से परे रखा गया था। सम्भवतया तत्कालीन ब्राह्मण समाज अत्यन्त सदाचारी एवं धर्मप्राण रहा हो। ब्राह्मण की अवध्यता का उल्लेख अथर्ववेद में भी हुआ है। कहा गया है कि जिस तरह टूटी नाव जल में डूब जाती है उसी प्रकार ब्राह्मण की हत्या करने वाले राष्ट्र का नाश हो जाता है।

तद्वे राष्ट्रमास्रवति नावं भिन्नभिवोदकम्।
ब्रह्माणं यत्र हिंसन्ति तद् राष्ट्रं हन्तिदुच्छुना ॥[34]

काठक संहिता जो कि कृष्ण यजुर्वेद की संहिता है, उसमें मन्त्र एवं ब्राह्मण दोनों मिश्रित हैं, वहाँ कहा गया है कि दण्ड का अध्यक्ष क्षत्रिय होता है। वैदिककाल में दण्ड के भागी राजा एवं प्रजा दोनों होती थी क्योंकि जब राजा प्रजा की सेवा में उपेक्षा या अन्याय करता था या समुचित रूप से शासन नहीं करता था तो उसे दण्डस्वरूप पदच्युत कर देने की व्यवस्था थी। पुनः जब वह अपने में संशोधन कर ले तो उसे सौत्रामणि धारण कराकर राजपद पर प्रतिस्थापित किया जाता था।[35] वैदिककाल में द्यूत-क्रीडा, स्त्री-व्यभिचार एवं ब्राह्मणहत्या की घोर निन्दा की गई है।

राजस्व व्यवस्था

अर्थ ही राजशक्ति को स्थिरता प्रदान करता है यजुर्वेद में श्री और लक्ष्मी को राजा (विराट पुरुष) की दो पत्नियाँ कहा गया है।[36] भागदुध अर्थात् कर वसूल करने वाला राजा मन्त्रियों, रत्नियों या उच्च अधिकारियों में से एक था। आय विभाग का दूसरा मुख्य अधिकारी कोषाधिकारी अथवा संगृहीता था। ऋग्वेद के दसवें मण्डल में राजा को प्रजा से एकमात्र कर लेने वाला बताया गया है इस कर को बलि कहा गया है। मन्त्र में राजा के लिए उग्रः शब्द का उल्लेख है, इससे ज्ञात होता है कि उग्र और तेजस्वी राजा ही प्रजा से कर सरलता से वसूल कर सकता था। कर शुल्क (चुंगी) के रूप में भी वसूला जाता था जैसे नावों से नदी पार करने पर (तटकर), कृषि कार्य हेतु नाली आदि के द्वारा जल लेने पर दूध और घी की बिक्री पर ग्वालों आदि से। अथर्ववेद में उल्लेख है कि ब्राह्मणों पर किसी प्रकार का कर लगाते हैं, वे पापी होते हैं।[37] अथर्ववेद में राजा को गाँवों, घोडों व गायों में भाग मिलता था। गौतम सूत्र के अनुसार, राजा उपज का दशमांश, अष्ठांश वा षष्ठांश, शिल्पियों से एक मास में एक दिन का कार्य, वाणिज्य का बीसवाँ भाग आदि ले सकता था।

इस प्रकार आज की व्यवस्थाओं के बीज हमारे वैदिक साहित्य ही है। वैदिक संहिताओं के वर्णन यह सिद्ध करते हैं कि इन ग्रन्थों के पूर्व से ही राष्ट्र-राजव्यवस्था-राजा-दण्ड आदि का विधान था क्योंकि वेदों में अनेक राष्ट्रों, राजाओं तथा राजनीतिक पहलुओं का उल्लेख मिलता है यह चिंतनधारा वैदिककाल से लेकर सब तक शाश्वत प्रवाहित होती रही है।

संदर्भ सूची—

1. ऋ. 10/174/1, अथर्व. 11/17, 3/4/2, में सं. 1/11/4, से. सं. 3/4/8/1
2. ऋ. 6/4/55
3. ऋ. 7/34/1
4. ऋ. 10/174/1
5. ऋ. 4.42.1
6. अथर्ववेद 3.4.1
7. राजा वि वस्य भुवनस्य—ऋ. 10/168/2
8. तैत्तिरीय संहिता 2/4/2 एवं अथर्व. 15/8
9. रत्निनामेतानि हविवाशि भवन्ति एते वै राष्ट्रस्य प्रदातारः॥ तै.ब्रा.
10. अस्मे वो अस्त्विन्द्रियमस्मे तृम्णुमुत् क्रतुरस्मेवर्चांसि सन्तुवः॥ वा.सं. 9/22
11. संस्कृत इंग्लिश कोश मोनियर विलियम्स
12. नयन्नृतस्य प्रशिशो नवीयसी: ऋ. 9/86/22
13. ऋतस्य देवा अनुवृता ऋ. 1/62/2
14. अथर्ववेद 7/12/9
15. ते में सन्तु सवाचस, अथर्व. 7/12/2
16. अस्याः पर्शद ईशानः सहसा दुष्टरो जन इति। पार.गृह. 3/13/4
17. द हिरोइक ऐज, पृ. 384 द्वारा चौडविक
18. ये राजानो राजकृतः सूता ग्रामण्य व ये। अथर्व. 3/5/7
19. आ त्वागन् राष्ट्र विश्वांपतिरेकराट् त्वं वि राज। अथर्व. 3/4/9
20. ऋ. 10/173/1 से 6, अथर्व. 3/4/1 से 7
21. दशमीमग्रः सुमना वशेह। अथर्व. 3/4/07
22. यजु. 20/5
23. शुक्ल यजु. 22/22 आ ब्रह्मन..... योगक्षेमो नः कल्पताम्।
24. यजु. 9/22
25. 24/ऋ./15/8
26. बहवः सूरचक्षसोऽग्नि जिव्हा ऋतावृधः। ऋ. 7/66/10
27. ऋ. 10/85/26
28. अथर्ववेद 18/1/20
29. कदा क्षयश्रियं नरमा वरुणं करामहे। मृडीकायोरुचक्षसम् 1/25/5

30. ऋ. 1/24/13
31. ऋ. 1/17/2
32. ऋ. 6/7/5
33. रुद्राध्याय
34. अथर्ववेद 5/13/8
35. भातपथ ब्रा. 514/213 514/417
36. श्री च ते लक्ष्मी च पत्न्यौ, यजु. 3122
37. ये वाऽस्मिन् शुल्कमीशिरेण अथर्व. 5/19/3

□

प्राचीन भारत की न्यायिक व्यवस्था में लोककल्याण

—चंचल

प्राचीन भारतीय चिंतन की समस्त व्यवस्थाओं का प्राण उसकी न्याय व्यवस्था ही है। प्राचीन भारतीय समाजों में सुख, शान्ति, सुव्यवस्था, स्थिरता, न्याय-अन्याय के मध्य भेद निर्धारण करने, दोषी को दण्डित करने एवं विधि की व्याख्या करने के लिए न्याय-व्यवस्था की स्थापना हुई। न्याय व्यवस्था ने नागरिकों के अधिकार एवं कर्तव्यों को विधि द्वारा स्पष्ट करके उसकी सीमा का निर्धारण किया जिससे प्रत्येक व्यक्ति के अधिकारों का संरक्षण हुआ और दूसरे के अधिकारों पर प्रभुत्व जमाने की प्रवृत्ति का ह्रास हुआ। प्राचीन भारतीय शासन प्रणाली का स्वरूप राजतन्त्रीय था इसी कारण न्याय व्यवस्था में राजा का स्थान सर्वोत्तम है। प्राचीन भारतीय वाङ्मय के चिंतकों ने राजा को यही आदेश दिया कि वह प्रजा को सन्तुष्ट रखे एवं प्रत्येक व्यक्ति के लिए न्याय को वितरित करे अर्थात् न्याय की समुचित व्यवस्था करना ही राजा का कर्तव्य है। महाभारत के शान्तिपर्व में भीष्म ने न्याय की महत्ता को अभिव्यक्त करते हुए कहा कि विधि के शासन में रहने से लोग सुखी रहते हैं।[1] मनु ने भी न्यायप्रिय राजा की प्रशंसा करते हुए कहा कि न्यायपूर्ण व्यवहार से राजा का संसार में यश फैलता है।[2] आचार्य कौटिल्य ने न्याय के लिए व्यवहार शब्द का प्रयोग करते हुए कहा है कि धर्म, व्यवहार, चरित्र और न्यायपूर्वक शासन करता हुआ राजा सारी पृथ्वी का स्वामित्व प्राप्त करता है।[3] आचार्य शुक्र की दृष्टि में राजा का प्रमुख कर्तव्य दुष्ट-निग्रह (दुष्टों को दण्डित) करना एवं प्रजा की रक्षा करना है। उचित एवं अनुचित का अनुशीलन करके राजा प्रजा को सत्कर्म में नियोजित करने के लिए जिस कार्य का सम्पादन करता है वह व्यवहार है।[4] इस प्रकार सभी चिंतकों ने राजा को न्याय की व्यवस्था का दायित्व प्रदान किया है। राजा के लिए स्पष्ट घोषणा की गई कि वह न्याय का धारण धर्मानुसार एवं निष्पक्षतापूर्वक ही करे।

महाभारत महाकाव्य में वर्णित है कि जब न्याय व्यवस्था का उचित प्रबन्ध नहीं होता तब राजा को स्वर्ग एवं यश की प्राप्ति नहीं हो सकती।[5] आचार्य मनु के मत में धर्मविरुद्ध दिया गया दण्ड राजा के यश एवं कीर्ति का नाश करने वाला तथा परलोक में दूसरे धर्म से प्राप्त होने वाले स्वर्ग का प्रतिबंधक है।[6] इसी प्रकार कौटिल्य ने कहा कि राजा अपनी प्रजा को न्याय प्रदान नहीं करता वह शीघ्र नष्ट हो जाता है। राजा से यह अपेक्षा की गई है कि वह अपनी अपनी न्यायिक शक्ति का प्रयोग विधि के अनुरूप ही करे अन्यथा दण्ड का भागी होगा।[7] आचार्य शुक्र ने अन्यायी राजा के दुष्परिणाम का स्पष्टीकरण करते हुए कहा है कि जो राजा दण्डनीति का समुचित रूप से पालन नहीं करता है, उचित दण्ड नहीं देता तथा अनावश्यक रूप से अधिक दण्ड देने का अभ्यासी होता है, उस राजा का क्षय अवश्यम्भावी है।[8] इस प्रकार राजा का न्यायिक कर्तव्य यही है कि वह अपराध की गुरुता और लघुता देखकर ही न्याय करे क्योंकि न्यायपूर्ण समाज में ही व्यक्ति का जीवन पोषित होता है।

महाभारत में पितामह भीष्म ने न्याय व्यवस्था के संदर्भ में कहा है कि राज्य में धर्मशास्त्रों के अनुसार न्याय व्यवस्था की स्थापना होनी चाहिए जिससे सभी के साथ समान व्यवहार किया जा सके।[9] भीष्म ने विधि के चार स्रोत—देव स्रोत, आर्ष स्रोत, लोक सम्मत स्रोत एवं संस्था सम्मत स्रोत बताये है। देव सम्मत स्रोत स्वयं ब्रह्म[10] द्वारा निर्मित विधियाँ है। आर्ष स्रोत में ऐसे नियम है जिन्हें मानव जीवन को देशकाल और परिस्थिति के अनुसार अनुशासित करने के लिए ऋषि मुनियों (बृहस्पति, शुक्र, भीष्म)[11] ने बनाया था। लोक सम्मत स्रोत में विधियों का निर्माण जनता[12] की सम्मति से हुआ है। अन्तिम संस्था सम्मत स्रोत प्राचीनकाल की संस्था द्वारा निर्मित नियम तथा कुल, धर्म, जाति धर्म, एवं देश धर्म पर आधारित है। इस प्रकार महाभारत काल में विधियों के निर्माण उपरोक्त आधारों पर किया गया था। ये प्रथायें एवं परम्परायें कालान्तर में राज्य द्वारा मान्यता प्राप्त कर लेती और फिर विधि का स्वरूप धारण कर लेती थीं।

मनुस्मृति में राज्य द्वारा लागू किये जाने नियमों को धर्म कहा है। इस धर्म के चार स्रोत वेद, स्मृति, सदाचार और आत्मप्रियता (मन की प्रसन्नता) बताये गये हैं।[13] इन सभी स्रोतों में मनु ने वेद एवं स्मृति का यथावत उल्लेख किया है किन्तु अन्तिम दो सदाचार एवं आत्मप्रियता के विषय में केवल यही वर्णन किया है। आचार्य कौटिल्य ने न्याय के चार स्रोत धर्म, व्यवहार, चरित्र और राजाज्ञा का वर्णन करते हुए कहा है कि ये विवाद के निर्णायक साधन होने के कारण राष्ट्र के चार पैर माने जाते हैं। इन्ही पर सारा राज्य टिका है। इन सभी प्रकारों में धर्म से व्यवहार, व्यवहार से चरित्र और चरित्र की अपेक्षा राजाज्ञा श्रेष्ठ है।[14] कौटिल्य के अनुसार धर्म सत्य में, व्यवहार साक्षियों में, चरित्र समाज के जीवन में और राजाज्ञा राजकीय शासन में स्थिर रहती है। परिस्थितियों के

आधार पर राजा विवादों पर निर्णय किया करते थे। आचार्य शुक्र ने विधि के आधार के लिए श्रुति, स्मृति और आचार को स्वीकृति प्रदान की है।[15] शुक्र के इन स्रोतों के अलावा राजाज्ञा को भी विधि का स्रोत माना गया है। अतएव प्राचीन भारतीय न्यायिक व्यवस्था में कानून का आधार परम्परागत धर्म, प्रथायें, व्यवहार एवं चरित्र हैं जो राजा की आज्ञा में परिलक्षित होता है।

महाभारत महाकाव्य में न्यायिक संगठन (विशेष न्यायालय, पृथक् न्यायाधीश एवं न्यायिक कार्मिक वर्ग) का स्पष्ट विवेचन नहीं किया गया है। महाभारत के विभिन्न प्रसंगों से यही ज्ञात होता है कि समस्त न्यायिक कार्यों का संचालन राजा के द्वारा ही होता था। राजा ही यथेष्ठ धर्म (श्रुति, स्मृति एवं शिष्टाचार पर आधारित) का संरक्षक एवं दण्डधर था। इसका आशय यह नहीं है कि न्यायिक व्यवस्था में अन्य अधिकारियों की उपस्थिति की उपेक्षा की गई है। भीष्म पितामह ने राजा को स्पष्ट निर्देश दिया है कि वह न्यायधारण करते समय अपने साथ तत्वदर्शी विद्वानों को रखे जिससे प्रजा को विशुद्ध न्याय की प्राप्ति हो सके, क्योंकि यही राज्य के स्थायित्व का आधार है।[16] न्यायिक प्रक्रिया में विद्वानों के परामर्श का विशेष महत्त्व था। इसीलिए राजा को निर्देश दिया गया है कि वह अनेक तत्वदर्शी श्रेष्ठ विद्वानों के साथ सलाह करके ही अभियुक्त के कथित अपराध, देशकाल, न्याय और अन्याय आदि की विवेचना करने के पश्चात् ही शस्त्रानुसार दण्ड दे।[17] इस प्रकार विदित होता है कि महाभारतकाल में न्यायिक शक्तियों का प्रधान 'राजा' अपराधियों के विवादों का निर्णय विद्वत सम्मति से शास्त्रानुसार करता है।

मनुस्मृति में न्यायिक व्यवस्था के संगठन का स्पष्ट वर्णन किया गया है। न्याय की सबसे बड़ी संस्था 'धर्मसंस्था' का प्रधान राजा होता था। धर्मसभा का एक अध्यक्ष होता था जिसे 'धर्मस्थ' कहा गया है।[18] इसके अतिरिक्त न्यायिक कार्यों में सहयोग देने के लिए तीन अन्य न्यायाधीश होते थे। राजा की अनुपस्थिति में राजा द्वारा नियुक्त विद्वान ब्राह्मण न्यायिक कार्यों को पूर्ण करता था।[19] मनु ने राजा की अनुपस्थिति में शूद्र जाति के व्यक्ति को अनिवार्यतः अनुपयुक्त माना है।[20] मनु ने न्यायाधीश की योग्यता को निर्धारित करते हुए कहा है कि न्यायाधीश वह व्यक्ति होना चाहिए जो बाहरी चिह्नों, स्वर, वर्ण, इंगित, आकार, नेत्र और चेष्टा भाषण मुख के विकारों से मनोभाव को जानकर निर्णय कर सके। मनु ने न्यायाधीशों को निर्देश दिया कि वे अर्थ, अनर्थ और केवल धर्म एवं अधर्म का भली-भाँति जानकर वर्णक्रम से न्यायप्रार्थियों के सब कार्यों को करे।[21] इस प्रकार महर्षि मनु न्यायाधीश पद की गरिमा को ध्यान में रखकर न्यायाधीशों के लिए अपेक्षित योग्यता की अनिवार्यता निश्चित करते हैं।

आचार्य कौटिल्य ने न्यायालयों का विवेचन दो मुख्य प्रकार धर्मस्थीय एवं कण्टकशोधन न्यायालय के रूप में किया है। धर्मस्थीय न्यायालय से आशय नागरिकों

के पारस्परिक व्यवहार से उत्पन्न होने वाले विवादों से है। इसके अन्तर्गत विवाह, दाय विभाग, उत्तराधिकार, संविदा, गाँव का बंदोबस्त, मजदूरी नियम, क्रय-विक्रय बयाना, साझेदारी, कन्या प्रकर्म इत्यांदि विषयों को सम्मिलित किया गया है। कण्टकशोधन न्यायालय का उद्देश्य राजा तथा राज्य को कण्टकों अर्थात् शत्रुओं से दूर करना था। इसके अन्तर्गत शिल्पियों की धूर्तता से प्रजाजनों को बचाना, व्यापारियों की ठगी से बचाव, दैवीय आपत्ति से प्रजा की रक्षा, अकस्मात् मृत्यु के कारणों की जाँच-परख, उच्चाधिकारियों से सम्बन्धित इत्यादि विवाद सम्मिलित थे। कण्टकशोधन न्यायालय के माध्यम से एक ओर राज्य के विरुद्ध किए जाने वाले अपराधों पर चिंतन-मनन किया जाता था। वहीं दूसरी ओर राज्य के व्यवसायियों एवं कर्मचारियों के शोषण और उत्पीड़न से प्रजा की रक्षा की व्यवस्था की जाती थी।

आचार्य कौटिल्य ने विकेन्द्रित न्यायिक प्रणाली को महत्त्व प्रदान किया है। कौटिल्य ने प्रत्येक राज्य के चार स्थानों पर न्यायालय की स्थापना का सुझाव दिया है। ये चार प्रकार-जनपद न्यायालय, संग्रहण न्यायालय (800 ग्रामों का मुख्यालय), द्रोणमुख न्यायालय (400 ग्रामों का मुख्यालय), स्थानीय न्यायालय (100 ग्रामों का न्यायालय) है। इन न्यायालयों में तीन धर्मस्थ (न्यायाधीश) और तीन अमात्यों की नियुक्ति की गई है।[22] न्यायाधीशों की नियुक्ति राजा के द्वारा ही की जाती थी। इस प्रकार आचार्य कौटिल्य ने न केवल न्यायालयों के प्रकारों में विकेन्द्रित व्यवस्था को अपनाया अपितु न्यायिक निर्णयों के लिए एक न्यायाधीश को अनुचित मानते हुए अन्य को भी सम्मिलित किया। कौटिल्य एक यथार्थवादी चिंतक थे वे भली-भाँति जानते थे कि शक्ति के बँटवारे से निरकुंशता पर नियन्त्रण स्थापित होता है।

आचार्य शुक्र ने न्यायिक व्यवस्था में न्यायालयों को दो भागों स्थानीय न्यायालय (अशासकीय न्यायालय) एवं राज्याधीन न्यायालय (शासकीय न्यायालय) में विभक्त किया है। स्थानीय न्यायालय से अभिप्राय ऐसे न्यायालयों से है जिनका निर्माण स्थानीय संस्थाओं द्वारा किया जाता था। आचार्य शुक्र ने स्थानीय न्यायालय को तीन शाखाओं कुल, श्रेणी एवं गण में विभक्त किया है जिन्हें सरकार द्वारा स्वतन्त्रतापूर्वक न्यायिक कार्य करने की मान्यता प्राप्त थी।[23] शुक्र ने इन तीनों प्रकार के न्यायालय को क्रमानुसार एक को दूसरे की अपेक्षा अधिक अधिकार युक्त माना है। कुल न्यायालय प्रत्येक कुल के निजी आचार, नियम इत्यादि पर आधारित थे। कुल न्यायालय रिश्तेदारों के मध्य समझौता कराने का कार्य करते थे। श्रेणी न्यायालय क्षेत्रीय समस्याओं का निवारण किया करते थे। साधारणतः श्रेणी न्यायालय से अभिप्राय एक ही प्रकार की वृत्ति या शिल्प करने वाले संघ या समुदाय से था।[24] श्रेणी न्यायालय द्वारा दिये गये निर्णयों से असन्तुष्ट पक्ष इसके विरुद्ध अपील गण न्यायालय में कर सकता था। शुक्र द्वारा वर्णित कुल, श्रेणी एवं गण

न्यायालयों को डकैती, चोरी इत्यादि जैसे जघन्य अपराधों को सुनने का अधिकार नहीं था।[25] इस प्रकार आचार्य शुक्र ने त्वरित न्याय प्रदान करने के लिए स्थानीय न्यायालयों की व्यवस्था की है।

आचार्य शुक्र ने राज्याधीन, न्यायालयों को चार प्रकारों-सभ्य न्यायालय, अध्यक्ष न्यायालय, सहस्राधिपति न्यायालय एवं राजा की न्याय सभा में विभाजित किया है। सभ्य न्यायालय में न्यायिक अधिकारियों की सदस्य संख्या तीन, पाँच अथवा सात होती थी। इन न्यायाधीशों की योग्यता का निर्धारण करते हुए आचार्य शुक्र कहते हैं कि व्यवहार का विशेषज्ञ, बुद्धमान, चरित्र, शील तथा गुण से युक्त, शत्रु तथा मित्र के साथ समान व्यवहार करने वाले (राग-द्वेष से रहित) धर्म को जानने वाले, सत्यवादी, आलस्य से रहित, क्रोध, काम तथा लोभ को जीतने वाले, प्रिय वचन बोलने वाले ऐसे सभी जातियों के व्यक्तियों को न्यायालय में न्यायाधीश नियुक्त करना चाहिए।[26] इस प्रकार यहाँ यह तथ्य स्मरणीय है कि शुक्र न्यायाधीश की नियुक्ति के आधार जाति बन्धन की अपेक्षा योग्यता को निर्धारित करते हैं। शुक्र द्वारा वर्णित अध्यक्ष न्यायालय सभ्य न्यायालय की अपेक्षा उच्च श्रेणी का न्यायालय है। इसमें मुख्य न्यायाधीश को अध्यक्ष कहा जाता है। इसके विषय में कोई विस्तृत एवं स्पष्ट जानकारी शुक्रनीति में वर्णित नहीं है। सहस्राधिपति न्यायालय सबसे छोटा न्यायालय है। इस न्यायालय में गाँव और पुरों के अपराध से सम्बन्धी विवादों की सुनवाई की जाती थी। राजा की न्यायसभा अतिरिक्त अन्य न्यायालयों की तुलना में श्रेष्ठ है। राजा की न्यायसभा को सर्वोच्च न्यायालय के रूप में स्वीकार किया गया है। यह न्याय की अन्तिम संस्था थी इसे प्रारम्भिक एवं अपीलीय दोनों प्रकार के क्षेत्राधिकार प्राप्त थे। सर्वोच्च न्यायालय के अन्तर्गत राजा को विवाद का निर्णय करने का अधिकार प्राप्त नहीं था। राज्य की न्यायसभा में प्राड्विवाक, अमात्य, ब्राह्मण और पुरोहित के साथ करता था।[27] इस प्रकार आचार्य शुक्र ने न्यायिक व्यवस्था में राजा को सर्वोच्च अधिकारी मानते हुए उसके निर्णय को अन्तिम निर्णय माना है। राजा की न्यायिक शक्तियों में राज्य की न्यायसभा के परामर्श का विशेष महत्त्व था। राजा सभासदों की सम्मति के बिना विवेकसम्मत निर्णय नहीं ले सकता था।

न्यायिक प्रक्रिया के विषय में महाभारतकाल में स्पष्ट वर्णन उपलब्ध नहीं है। महाभारतकाल में न्यायिक प्रक्रिया के राजा ही धर्म का रक्षक है वह स्वयं अभियोग की सुनवाई करता था। जब कोई अभियोग राजा के समक्ष उपस्थित होता था तब यर्थाथता की परीक्षा के लिए साक्षी को बुलाया जाता था तथा साक्षी के साक्ष्यों की जाँच निष्पक्षता के साथ की जाती थी। यदि किसी विवाद में कोई साक्षी उपलब्ध नहीं होता था और उस विषय में पैरवी करने वाला कोई स्वामी न हो तब राजा स्वयं ही विवाद की जाँच-पड़ताल करके अपराधी को दण्डित करता था। राजा का कर्तव्य था कि वह आयु, शक्ति और

काल के अनुरूप ही दण्ड प्रदान करे।[28] एक प्रसंग में कहा गया कि यदि अपराधी धनी हो तो उसे सम्पत्ति से वंचित कर देना चाहिए और वह निर्धन हो तो उसे कारागृह में बन्द करके दण्ड देना चाहिए। इसके अतिरिक्त यदि अपराधी राजा के वध, आग लगाने एवं चोरी की इच्छा रखता हो तो वध दण्ड देना ही उचित है।[29] एक स्थल पर कहा गया है कि न्यायिक प्रक्रिया के अन्तर्गत धर्म के अनुसार अभियोग का निर्णय करना राजा का कार्य था परन्तु धर्म विषयक संशय का निराकरण करना परिषद् का कार्य था। इस परिषद् के सदस्यों की नियुक्ति धर्म के ज्ञाता विद्वान ब्राह्मणों की होती थी। महर्षि व्यास कहते हैं कि धर्म के निर्णय में सन्देह उत्पन्न हो तो दस वेद-शास्त्राज्ञ अथवा तीन धर्म-पाठक ब्राह्मण जो निर्णय दें उसी को धर्म मानना चाहिए। अतएव राजा सदैव परामर्श से ही न्याय का धारण करता था।

महर्षि मनु ने न्यायपालिका के कार्यक्षेत्र से सम्बन्धित वाद के दो प्रकार हिंसा से सम्बन्धित (फौजदारी), देय धन या भूमि आदि को अदा न करने (दीवानी) से सम्बन्धित वाद बताये हैं। मनु ने इन विवादों के 18 कारणों[30] का विवेचन करके न्यायपालिका के क्षेत्र व्यवहार को इन्ही विषयों तक सीमित किया है। न्यायपालिका की प्रक्रिया में मनु ने राजा को निर्देश दिया है कि वह न्यायासन पर स्थित होकर सत्य, धन, आत्मा, साक्षी, देश, रूप और काल सब को ध्यान में रखकर ही न्याय प्रदान करे। मनुस्मृति में विवाद के विषयों के सत्य का ज्ञान प्राप्त करने के लिए मानुष प्रमाण एवं दिव्य प्रमाण का आश्रय लेना उचित माना है। मनु ने मानुष प्रमाण की तीन श्रेणियाँ क्रमशः लेख साक्ष्य और मुक्ति बतायी है। लेख से अभिप्राय विवाद से सम्बन्धित लिखित प्रमाणों से है। मनु ने लेखों की जाँच में सर्तकता बरतने का आग्रह किया है। साक्ष्यों के प्रमाण में विवादास्पद मामले में कम से कम तीन साक्ष्यों के साक्ष्य को लेना उचित माना गया है किन्तु यदि वादी एवं प्रतिवादी के साक्षियों के साक्ष्य को मानने का ही निर्देश दिया गया है। श्रेष्ठ साक्षी की श्रेणी में मनु ने गृहस्थ, पुत्रवान, स्वदेशीवासी, क्षत्रिय, वैश्य और शूद्र को सम्मिलित किया है। इनमें भी मनु ने उसी साक्षी को श्रेष्ठ कहा है जिसने वास्तव में घटना अपनी आँखों से प्रत्यक्ष रूप में देखा हो या कानों से सुना हो। मनु ने ऐसे व्यक्तियों को साक्षी न बनाने का सुझाव दिया है जो दास, लोकनिन्दित, कुटकर्मकर्त्ता, निषिद्धकार्यकर्त्ता, वृद्ध, बालक, अशक्त, चाण्डाल, विकेलेन्द्रिय, आर्त, उन्मत्त, कापर, विश्रान्त, क्लान्त, कामातुर, क्षुब्ध आदि हो।[31] मनु के भुक्ति प्रमाण से तात्पर्य यदि किसी व्यक्ति की वस्तु कोई अन्य व्यक्ति दस वर्षों तक उपभोग करे तब मालिक को प्रतिवाद करने का हक नहीं है क्योंकि उस परिस्थिति में अमुक वस्तु उपयोगकर्त्ता की ही होगी।

मनु ने साक्ष्य से पूर्व वर्णानुसार शपथ लेने का स्वरूप निश्चित किया है। ब्राह्मण वर्ण का सत्य की शपथ, क्षत्रिय को वाहन या आयुध की शपथ, वैश्य को गौ, बीज

और स्वर्ण की शपथ तथा निम्न वर्ण शूद्र को इन सबकी शपथ पक्ष रखने से पूर्व लेनी चाहिए।[32] मनु ने झूठी गवाही एवं मिथ्या साक्ष्य देने वालों के लिए कठोर दण्ड की व्यवस्था की है। मनु ने ब्राह्मण को छोड़कर शेष तीनों वर्णों को राजा द्वारा दण्डित करके देश से निकालने का आदेश दिया है। मनु के प्रमाण का दूसरा प्रकार दिव्य प्रमाण है। दिव्य प्रमाण का प्रयोग मानुष प्रमाण के अभाव में करने की व्यवस्था थी। मनु ने राजा को निर्देश दिया कि वह यथोचित न्याय ही प्रदान करे।

आचार्य कौटिल्य ने न्यायिक प्रक्रिया के अन्तर्गत दोनों प्रकार के न्यायालय धर्मस्थीय एवं कंटकशोधन की समान प्रक्रिया का विवेचन किया है। कौटिल्य ने न्यायालय में वाद के प्रस्तुत करने से पूर्व तिथि, करण (विवाद विषय) अधिकरण (घटनास्थल), ऋण, वादी एवं दोनों पक्षों युक्तियों एवं प्रत्युक्तियों का पूर्ण विवरण अंकित करने का निर्देश दिया है।[33] कौटिल्य ने महर्षि मनु के समान साक्ष्य के तीन प्रमाण-लिखित प्रमाण, साक्षी प्रमाण एवं भोग (कब्जा) प्रमाण में विभक्त किया है। इन प्रमाणों की सत्यता सिद्ध होने पर ही इन उपायों का प्रयोग विवाद में करने का विधान बताया है।

कौटिल्य के अनुसार किसी वाद की सत्यता की पुष्टि में पाँच तथ्यों से सहायता प्राप्त होती है। प्रथम प्रत्यक्ष देखा गया अपराध, द्वितीय अपराधी की स्वीकारोक्ति, तृतीय सरलता से जिरह, चतुर्थ सरलता के कारणों का पता लगाना और अन्तिम शपथ। जब उपयुक्त प्रमाणों तथा तथ्यों के आधार पर भी अपराध का निर्णय न हो सके तब गुप्तचरों के माध्यम से राजा (धर्मस्थ) को निर्णय देना चाहिए। कौटिल्य ने विवाद में ऐसे साक्ष्यों को उपर्युक्त माना जो विश्वसनीय एवं चरित्रवान हों। कौटिल्य ने किसी पक्ष के व्यक्ति के साथ सहायक, ऋणदाता, ऋण लेने वाला, शत्रु से सम्बन्धित राज्य द्वारा दण्डित के साक्ष्य को स्वीकार करना उचित नहीं माना है। ब्राह्मण, मुखिया, कोढ़ी, पतित, अंधे, बहरे, गूंगे आदि के विषयों में कौटिल्य का मत है कि ऐसे व्यक्ति केवल अपने ही वर्ग के वादों में साक्ष्य देने के लिए सक्षम हैं। इस प्रकार कौटिल्य ने विवादों की प्रक्रिया में साक्ष्यों की सत्यता को विशेष महत्त्व दिया है।

आचार्य शुक्र की न्यायिक व्यवस्था में वाद एवं मुकदमों को 'व्यवहार मुकदमा'[34] कहा गया है। आचार्य शुक्र ने न्यायिक प्रक्रिया का क्रमबद्ध उल्लेख करते हुए कहा कि सर्वप्रथम आरोप पत्र को प्रस्तुत करना चाहिए इसे 'आवेदन पत्र' कहा गया। उसके पश्चात् राजा द्वारा मुकदमा देखा जाना चाहिए[35] तथा वादी के स्वाभाविक रीति से मुकदमे का कारण पूछा जाना चाहिए।[36] आवेदन पत्र की परीक्षा में अतिरिक्त बातों को बाहर निकालकर वादी के हस्ताक्षर या अगूँठा लगवाना चाहिए। तत्पश्चात् राजा उस पर राज्य की मुहर लगा देता है। राजा की अनुपस्थिति में प्राड्विवाक को यह समस्त कार्य करना चाहिए।[37] शुक्र के विवाद के कारण की सत्यता की जाँच में मनु एवं कौटिल्य की भाँति

तीन प्रमाण साक्ष्य, लिखित एवं भोग (कब्जा) बताये हैं। शुक्र के मत में विवाद के ये तीन प्रमाण तीन विधि हैं। इनका प्रयोग क्रम से करना चाहिए किन्तु इन तीनों प्रमाणों के अभाव में गुप्तचर के साक्ष्यों का आश्रय लेना ही उचित है।

शुक्र ने न्यायिक प्रक्रिया में पक्षपात व्यवहार का निवारण करने के लिए कहा है कि राजा को विवादों की सुनवाई सदैव खुले में करनी चाहिए एकान्त में नहीं। राजा का कर्तव्य है कि वह क्रोध एवं लोभ से रहित होकर धर्मशास्त्रानुसार प्राड्विवाक, अमात्य, ब्राह्मण, पुरोहित आदि की उपस्थिति में स्थिर और शान्त बुद्धि से निर्लाभी मुकदमों को देखे। इनके साथ ही पचास प्रकार के छलों, दस प्रकार के अपराधों और राजा द्वारा ज्ञेय बाइस पदों से सम्बन्धित मामलों को जासूस या मुखाबिर द्वारा यथाविधि जानकारी प्राप्त करके राजा या अधिकारियों द्वारा स्वत: ही मुकदमा दायर कर देना चाहिए। इस प्रकार शुक्र की न्यायिक प्रक्रिया में मानवतावादी पक्ष का समावेश किया गया है।

शुक्र ने न्यायिक प्रक्रिया के अन्तर्गत झूठी गवाही एवं झूठे प्रमाण प्रस्तुत करने की गवाही को स्वीकार न करके उन्हें दुगुना दण्ड प्रदान करने का निर्देश दिया है। शुक्र ने साक्षी बनने के लिए किसी वर्ण विशेष का वर्णन नहीं किया है। साक्षी के मतों में यदि भिन्नता हो तब शुक्र ने विवादों का निवारण बहुमत द्वारा करने के लिए कहा है। इस प्रकार आचार्य शुक्र ने न्यायिक प्रक्रिया कौटिल्य एवं मनु से विभिन्न विषयों पर समानता रखते हुए भी अपनी अद्भुत समझ का परिचय दिया है।

प्राचीन भारत की न्यायिक व्यवस्था में दण्ड का स्थान बहुत ऊँचा था। दण्ड को 'महान देवता' की उपमा प्रदान की गई है। दण्ड की उपयोगिता का मूल कारण यह भी था कि दण्ड के द्वारा व्यक्तियों को उनके स्वधर्म परिपालन में स्थिर किया जाता था। दण्ड व्यक्तियों को धर्मानुकूल आचरण करने के लिए प्रेरित करता था। राजा का पुनीत कर्तव्य था कि वह प्रजा को धर्मपालन करने के लिए प्रेरित करे एवं यदि कोई व्यक्ति धर्मविरुद्ध आचरण करे तो उसे दण्ड देकर उचित मार्ग पर लाये किन्तु राजा को केवल धर्मस्थ न्याय का धारण करके ही दण्ड शक्ति का प्रयोग करने का अधिकार था। इसके विपरीत यदि राजा दण्ड का धारण करता था तो प्रजा राजा के आदेश का विरोध करती थी और राजा के यश का नाश होता था। भारतीय परम्परा के अन्तर्गत दण्ड धर्म के अधीन था। धर्म से ही सारे संव्यवहार संचालित होते थे। दण्ड का महत्त्व इतना अधिक था कि व्यक्ति के जीवन की चार विद्याओं में आन्वीक्षिकी, त्रयी और वार्ता को दण्ड के अधीन माना गया है। इसके साथ ही राजा मानव जीवन में पुरुषार्थ की प्राप्ति में दण्डनीति का आश्रय लेकर ही धर्म, अर्थ और काम का सम्यक् पालन करके जीवन के ध्येय को प्राप्त करता था। दण्ड राजा की अनुपम शक्ति है जिसके प्रयोग से न केवल प्रजा की रक्षा होती है बल्कि प्रजा अपने धर्म का पालन करने में भी प्रेरित होती है। राजा को यह आदेश दिया

गया था कि वह सम्यक् दण्ड का पालन करे क्योंकि उचित दण्ड से न केवल न्याय प्राप्त होता है बल्कि सुख की भी अनुभूति होती है। दण्ड शक्ति की प्रभावकता का महत्त्व दण्ड के उचित पालन में निहित है। उचित दण्ड समाज में स्थिरता प्रदान करता है। अतएव राजा का कर्तव्य है कि वह विदत् पुरुषों से चिंतन करके एवं न्याय अन्याय के भेद को जानकर ही दण्ड शक्ति का प्रयोग करे।

महाभारत महाकाव्य में दण्ड की विशद् व्याख्या उपलब्ध है। महाभारत में दण्ड की परिभाषा, स्वरूप, प्रभाव एवं महत्त्व का तर्कसंगत विवेचन किया गया है। महाभारत के शान्तिपर्व में दण्ड को परिभाषित करते हुए कहा गया है कि शासक के प्रजारक्षक दायित्व दण्ड के नाम से जाने गये हैं।[38] दण्ड सम्पूर्ण जगत को नियमों के अन्दर रखने वाला है तथा इसका मुख्य उद्देश्य प्रजा को दुष्टों की उद्दंडता से बचाना है।[39] इस प्रकार प्रकृति के नियमों में बाँधकर रखते हुए दुष्ट प्रवृत्ति के लोगों के अत्याचार से संरक्षण करने वाले उपाय का नाम 'दण्ड' है। दमन एवं दण्ड की प्रक्रिया का नाम दण्ड है।

महाभारत में दण्ड की उत्पत्ति का कारण दैवीय अनुग्रह है इसीलिए दण्ड को महान देवता माना गया है। शान्तिपर्व में दण्ड को 'चतुदैष्ट' कहा गया है। प्रजा समूह से धन वसूल करना, राज्य से कर लेना, वादी प्रतिवादी से दूना धन ग्रहण करना और कायर ब्राह्मणों से सर्वस्व वसूल करना, यही दण्ड का चतुर्भुज रूप है। वादी-प्रतिवादी निवेदन और उत्तर दान आदि आठ प्रकार के कारणों से दण्ड भ्रमण करता है, इसी कारण दण्ड को 'अष्टपाद' कहा गया है। शान्तिपर्व में दण्ड की कान्ति का वर्णन करते हुए कहा गया है—

नीलोत्पलदलश्यामश्चत्तुर्दंष्टश्चत्तुर्भुजः।
अष्टपात्रैकनयनः शंकुकर्णोर्ध्वरोमवान्॥
जटी द्विवजिहस्ताभ्रास्यो मृगराजतनुच्छदः।
एतद्रूपं विभर्त्युगं दण्डो नित्यं दुराधरः॥[40]

दण्ड नीलोत्पल के समान श्याम है, इसके चार भुजा, आठ पद, और अनेक नयन है। इसके कर्ण खूँटे के समान और रोये ऊपर की ओर उठे हैं। सिर पर जटा और मुख पर जिह्वा है। मुख का रंग ताम्र के समान और शरीर व्याघ्र चर्म से आच्छादित है। इस प्रकार दुर्धर्ष दण्ड सदा भयंकर रूप धारण किये रहता है। इसके अतिरिक्त दण्ड को अनेक नामों में अभिव्यक्त किया गया है।[41]

महाभारत महाकाव्य में दण्ड की महत्ता का विवेचन करते हुए अर्जुन कहते हैं कि दण्ड समस्त प्रजा का शासन और पालन करता है। सम्पूर्ण प्राणियों की निद्रावस्था में दण्ड जागता रहता है, इसी कारण पण्डित लोग दण्ड को ही धर्म कहकर वर्णन करते हैं। दण्ड ही धर्म, अर्थ और काम का रक्षक है। इसी से दण्ड त्रिवर्ग में वर्णित हुआ है।

प्रजाओं के धनधान्य आदि सब कुछ दण्ड से ही रक्षित होते हैं।[42] इस प्रकार दण्ड शासन का प्रहरी है जो प्रजा की रक्षा करता है। महाभारत में स्पष्टत: कहा गया कि दण्ड की शक्ति राजा में निहित है। राजा का कर्तव्य है कि वह सम्यक्, न्यायोचित एवं पक्षपातरहित होकर धर्मानुसार दण्ड प्रदान करे। महाभारत में दण्ड अपराध, देशकाल एवं परिस्थिति के अनुरूप ही प्रदान करने का आग्रह किया गया है। महाभारत में दण्ड के विभिन्न प्रकारों वाक्दण्ड, धनदण्ड, कामदण्ड तथा वधदण्ड का उल्लेख किया गया है।

दण्ड के सभी सिद्धान्तों महाभारत में सुधारात्मक दण्ड को विशेष महत्त्व प्रदान किया गया है। भीष्म के अनुसार यदि कोई व्यक्ति चोरी करता है तब राजा को उसके भरण-पोषण की व्यवस्था करनी चाहिए क्योंकि यदि ब्राह्मण चोर बन जायेगा तो उसमें राजा का ही दोष है। परन्तु यदि राजा उसके भरण-पोषण की व्यवस्था कर दे और उसके पश्चात् भी वह पूर्ववत् चोरी करता रहे तो उसे बन्धु बान्धव सहित देश से निष्कासित कर दे।[43] महाभारत में अनेक ऐसे प्रसंग हैं जिनमें अपराधियों को क्षमा[44] प्रदान की गई है। इस प्रकार महाभारत महाकाव्य में दण्ड की उत्पत्ति सर्वरक्षण एवं सर्वकल्याण की भावना से हुई जो दुष्टों को दण्डित करके सृष्टि में धर्म की प्रस्थापना करता है।

महर्षि मनु ने दण्ड को न्याय का प्रस्थापक मानते हुए राजा से न्यायपूर्ण व्यवहार करने का आग्रह किया है। मनु ने कहा कि देश, काल, शक्ति, विद्या का विचार करके ही राजा को अन्याय करने वाले व्यक्तियों को उचित दण्ड देना चाहिए। मनु ने दण्ड की व्याख्या करते हुए कहा कि दण्ड का धृति और समीक्षा के साथ प्रयोग करने से प्रजा का रंजन होता है किन्तु असम्यक् प्रयोग करने से सर्वनाश हो सकता है इसीलिए राजा को दण्ड का सम्यक् प्रयोग करना चाहिए।

मनु ने चार प्रकार के दण्ड-वाग्दण्ड (प्रथम अपराधी को), धिग्दण्ड (दुष्कर्म अपराधी को), धनदण्ड (आर्थिक जुर्माने) एवं वधदण्ड (शारीरिक ताड़ना) के अतिरिक्त कारगार दण्ड, जाति बहिष्कार दण्ड, प्रायश्चित दण्ड, निर्वासन दण्ड, और सम्पत्ति दण्ड का उल्लेख किया है। मनु की दण्ड व्यवस्था में दण्ड के तीन उद्देश्य थे—प्रतिशोधात्मक, निवृत्तात्मक एवं सुधारात्मक। मनु की दण्ड व्यवस्था में राजा को निर्देश दिया गया कि वह अपराध की गुरुता एवं लघुता को देखकर ही दण्ड प्रदान करे। मनु ने दण्ड की विशिष्टता का वर्णन करते हुए कहा है कि दण्ड वास्तव में राजा है, पुरुष है, नेता है, शासक है और वही चारों आश्रमों के धर्म का प्रतिभू है। दण्ड सब प्रजाओं पर शासन करता है। दण्ड ही सबकी रक्षा करता है, दण्ड ही रक्षकों के निद्रित होने पर जागा रहता है, इसलिए ज्ञानी पुरुष दण्ड को ही धर्म कहते हैं। विचारपूर्वक दिया हुआ दण्ड सब प्रजाओं का प्रसन्न करता है, बिना विचार किए दण्ड का विधान करने से वह सब प्रकार के नाश करता है।[45] उचित रीति से दण्ड विधान करता हुआ राजा धर्म, अर्थ,

काम इन तीनों की वृद्धि को प्राप्त होता है। जो राजा विषयाक्त, क्रोधी, खोटे विचार का होता है वह उसी दण्ड से मारा जाता है।[46] अतएव राजा को धर्मस्वरूप दण्ड को ही धारण करना चाहिए।

आचार्य कौटिल्य ने दण्ड की उचित व्यवस्था करना राजा का एक महत्त्वपूर्ण कर्तव्य माना है। कौटिल्य ने दण्ड को धर्म, अर्थ, काम का रक्षक कहा है और राजा द्वारा इसके सम्यक् प्रयोग पर बल दिया है।[48] कौटिल्य के अनुसार दण्ड अप्राप्त वस्तु को प्राप्त कराता है और उसकी रक्षा करता है। उसकी रक्षा करता है। रक्षित वस्तु का बढ़ाता है और बढ़ी हुई वस्तु का सुपात्रों में वितरण कर सम्यक् उपयोग करता है।[49] समाज और सामाजिक व्यवहार दण्ड पर ही निर्भर है। अत: दण्ड का उचित प्रयोग आवश्यक है। इसीलिए दण्ड न तो औचित्य से अधिक होना चाहिए न ही औचित्य से कम। यथोचित दण्ड देने वाला राजा ही पूज्य होता है।

आचार्य कौटिल्य ने अपराधियों के लिए तीन प्रकार के दण्ड कायदण्ड, अर्थदण्ड एवं बन्धनागार दण्ड की व्यवस्था की है। कौटिल्य ने कारागार में रहने वाले अपराधियों की व्यवस्था में स्त्री एवं पुरुषों के लिए पृथक्-पृथक् करने का परामर्श दिया है। कौटिल्य शुभ अवसरों पर कैदियों को जेल से मुक्त करने के पक्ष में है। इसके साथ ही किसी नये प्रदेश में विजय प्राप्त करने पर, युवराज के राज्याभिषेक पर, राजपुत्र के जन्म के उत्सव आदि पर कैदियों की सजा कम अथवा रिहा कर देना चाहिए। कौटिल्य के अनुसार दण्ड का निश्चय करने में अपराध की मात्रा, अपराध की परिस्थिति, अपराधी की सामर्थ्य, अपराधी का वर्ण, लिंग, अवस्था, अपराधी की आयु तथा सुधार की स्थिति को ध्यान में रखा जाता था। वर्णित व्यवस्था में लिंग, वर्ण एवं आयु के आधार पर यह ज्ञात होता है कि कौटिल्य दण्ड देने में समानता के सिद्धान्त पर विश्वास नहीं रखते हैं। महिलाओं, बच्चों एवं ब्राह्मणों को कम दण्ड देने का विधान किया है। कौटिल्य ने दण्ड के सिद्धान्तों का विवरण मनु के समान ही किया है। केवल वे मनु की भाँति दण्ड के आध्यात्मिक एवं नैतिक प्रयोजन को स्वीकार नहीं करते हैं। इस प्रकार कौटिल्य की दण्ड व्यवस्था में मानव अपराध का कोई पक्ष ऐसा नहीं है जिसका विवेचन न किया गया हो।

आचार्य शुक्र ने दण्ड की अन्तिम शक्ति राजा को प्रदान की है। शुक्र ने दण्ड को ऐसा साधन माना है जिससे असत् आचरण से निवृत्ति होती है। दण्ड के महत्त्व को व्यक्त करते हुए आचार्य शुक्र ने कहा है कि दण्ड के भय से प्रजा अपने धर्मों में निरत रहती है तथा विभिन्न प्रकार के अवैध, अनैतिक, समाजविरोधी कृत्यों से विमुख रहती है। शुक्र की दण्ड व्यवस्था निरोधात्मक एवं सुधारात्मक सिद्धान्तों पर आधारित है। शुक्र ने दण्ड के अनेक प्रकारों का विवेचन करते हुए शासक द्वारा समुचित दण्ड प्रदान करने की आवश्यकता का प्रतिपादन किया है। आचार्य शुक्र ने अपराधों के चार

भेदों-कायिक, वाचिक, मानसिक एवं सांसर्गित को स्वीकार किया है।[49] कायिक श्रेणी में शारीरिक आघात द्वारा किये जाने वाले अपराधों को स्वीकार किया गया। वाचिक श्रेणी के अन्तर्गत वाणी द्वारा किये जाने वाले अपराधों को सम्मिलित किया गया है। मानसिक श्रेणी के अन्तर्गत मन से किये जाने वाले अपराध को शामिल किया गया है। सांसर्गिक अपराध की श्रेणी में ऐसे अपराध सम्मिलित किए गये जो किसी अपराध के आपराधिक कृत्यों में साथ रहने अथवा प्रत्यक्ष या परोक्ष सहायता पहुँचाने के द्वारा किए जाते हैं। शुक्र ने इन चार प्रकारों के अतिरिक्त अपराधों के संदर्भ में दो सामान्य उपश्रेणियों—वुहिकृत (जानबूझकर किये गये अपराध), अवुहिकृत (बिना किसी निर्धारित मन्तव्य के अनायास हो गये अपराध) की गणना की है। इन सभी अपराधों को शुक्र ने पुनः दो भेद-कारित (स्वयं किया गया या करवाया गया अपराध) एवं अनुमोदित (स्वयं व्यक्तिगत न भाग ले) में विभक्त किया है। उपरोक्त समस्त श्रेणियों के अपराधों को अपराधों की आवृत्ति एवं अन्तराल के आधार पर चार श्रेणियों—सुकृत्कृत (एक बार किया गया अपराध), असकृत्कृत (बार-बार किया गया अपराध), अभ्यस्तकृत (निरन्तर किया गया अपराध) एवं स्वभावकृत (सामान्यतः अपराध में वृत्ति हो जाने) में विभाजित किया है।[50] अपराध की विभिन्न श्रेणियों का अध्ययन करने के पश्चात् यह ज्ञात होता है कि शुक्र मानव स्वभाव की दुष्प्रवृत्ति को भली-भाँति जानते थे। उन्होंने अपने वर्गीकरण में ऐसे अपराधों का भी उल्लेख किया है जो जानबूझकर किये जाते हैं। इस आधार पर हम कह सकते हैं कि शुक्र ने अपराधों के प्रकारों में व्यवस्थित वर्गीकरण प्रस्तुत किया है। शुक्र का आपराधिक वर्गीकरण अपराधी के दण्ड को निश्चित करता है जिससे वह मनुष्य जिसके विरुद्ध आपराधिक कार्य हुआ है, उसे त्वरित न्याय प्राप्त होता है। आचार्य शुक्र ने दण्ड के स्वरूप अपराधी को प्राणदण्ड न देने की अनुशंसा की है किन्तु राजद्रोह जैसे गम्भीर अपराध में प्राण दण्ड देने का निर्देश दिया है।

उपरोक्त विवेचित शुक्र की न्याय व्यवस्था के विषय में कहा जा सकता है कि शुक्र ने मनु एवं कौटिल्य के बहुत सारे विचारों को अपनाने के बाद भी अपने युग से अग्रगामी होने का प्रमाण प्रस्तुत किया है। शुक्र ने न्यायाधीशों की नियुक्ति के विषय में कहा है कि विशेषज्ञ, विद्वान, चरित्रवान, शीलगुण से सम्पन्न, सत्यवादी, आलस्यरहित, काम-क्रोध, लोभ पर विजय प्राप्त करने वाले, मधुर भाषी को न्यायाधीश बनना चाहिए। शुक्र ने न्यायाधीशों की चारित्रिक योग्यता के पश्चात् न्यायाधीशों की शैक्षिक योग्यता को मान्यता प्रदान करके पेशागत योग्यता के समक्ष वर्ण जाति को नगण्य माना है। आचार्य शुक्र ने न्यायिक व्यवस्था के सर्वोच्च पद पर 'राजा' को स्थान प्रदान करके न्याय की असीम शक्तियाँ राजा में निहित कीं किन्तु राजा को प्राड्विवाक, अमात्य, पुरोहित से परामर्श करके ही न्यायिक कार्यों को सम्पन्न अधिकार प्रदान किया है। शुक्र ने राजा से

आग्रह किया है कि वह न्यायिक कार्यवाही को एकान्त स्थान पर न करे। प्रजा को निष्पक्ष न्याय प्रदान करने के लिए यह एक उपयोगी निर्णय था। यथोचित दण्ड प्रदान करने का निर्देश स्पष्ट करता है कि शुक्र की न्याय व्यवस्था में अपराधी को अपराध की लघुता एवं गम्भीरता के अनुरूप दण्ड प्रदान किया जाता था। इस प्रकार शुक्र द्वारा वर्णित न्यायिक व्यवस्था सृष्टि के स्थायित्व और सभ्यता की उन्नति तथा विकास के साथ आबद्ध है।

संदर्भ सूची—

1. महाभारत शान्तिपर्व, 59/18-19
2. मनुस्मृति, 8/2
3. कौटिल्य अर्थशास्त्र, 3/1/1
4. शुक्रनीति 4/527
5. महाभारत शान्तिपर्व, 69/32
6. मनुस्मृति, 8/127
7. मधुमुकुल चतुर्वेदी, प्राचीन भारतीय राज्यव्यवस्था, राज पब्लिशिंग हाऊस, जयपुर, पृ. 209
8. शुक्रनीति, 4/528
9. महाभारत शान्तिपर्व, 59/20
10. महाभारत शान्तिपर्व, 59/29
11. महाभारत शान्तिपर्व, 59/86
12. महाभारत शान्तिपर्व, 67/19
13. मनुस्मृति, 2/12
14. कौटिल्य अर्थशास्त्र 3/1/2
15. कृष्णकुमार आयुर्वेदालंकार, 'प्राचीन भारत का संविधान और न्याय व्यवस्था', राष्ट्रीय संस्कृत संस्थान, नई दिल्ली, प्रथम संस्करण, 2005, पृ. 76
16. महाभारत शान्तिपर्व (गीता.) 69/28
17. महाभारत अनुशासन पर्व, 145 पृ. 5949
18. मनुस्मृति, 8/9
19. मनुस्मृति, 8/20
20. मनुस्मृति, 8/25-26
21. मनुस्मृति, 8/24
22. कौटिल्य अर्थशास्त्र, 3/1/1
23. शुक्रनीति, 4/5/29
24. विप्लव, अर्थशास्त्र एवं शुक्रनीति में जनतन्त्र, अंकित पब्लिशिंग हाउस, नई दिल्ली, 2015, पृ. 269
25. पूर्वाक्त, 270
26. शुक्रनीति, 4/5/16-17
27. शुक्रनीति 4/5/28

28. महाभारत शान्तिपर्व, 267/3
29. महाभारत शान्तिपर्व, 69/125
30. मनुस्मृति, 8/4-7
31. मनुस्मृति, 8/73
32. मनुस्मृति, 8/113
33. कौटिल्य अर्थशास्त्र, 3/1/56-57
34. शुक्रनीति, 4/43
35. शुक्रनीति, 4/57
36. शुक्रनीति, 4/58-59
37. शुक्रनीति, 4/62
38. महाभारत शान्तिपर्व, 21/54
39. महाभारत शान्तिपर्व, 21/14
40. महाभारत शान्तिपर्व, 121/13-15
41. महाभारत शान्तिपर्व, 25/33
42. महाभारत शान्तिपर्व, 25/2-4
43. महाभारत शान्तिपर्व, 267/14-15
44. महाभारत शान्तिपर्व, 29/25
45. मनुस्मृति, 7/17-19
46. मनुस्मृति, 7/27
47. कौटिल्य अर्थशास्त्र, 1/3/5
48. कौटिल्य अर्थशास्त्र, 1/3/2
49. शुक्रनीति, 4/98
50. शुक्रनीति, 4/69

□

वाल्मीकीय रामायण में राजधर्म

—धनंजय वासुदेव द्विवेदी

आदिकवि वाल्मीकि का सरस्वती-निष्यन्द श्रीमद्रामायण समस्त भूमण्डल में आदिकाव्य माना जाता है। यह आदिकाव्य महान् कवि की अतुलनीय कृति है जिसमें एक ओर उनकी विलक्षण काव्यप्रतिभा का दर्शन प्राप्त होता है तो दूसरी ओर भारतीय परम्पराओं और विचारों का विवेचन प्राप्त होता है। यह काव्य गुणों का पुंज है। अत: लोकप्रिय, अजर, अमर, दिव्य तथा कल्याणकर है। वाल्मीकीय रामायण मानव-जीवन, मानव-सभ्यता, मानव-संस्कृति, मानव-आदर्श, मानव-चरित्र, मानव-व्यवहार का अनुपम विचार स्रोत है। रामायण में वर्णित राजनीति, धर्मनीति, समाज नीति, युद्धनीति प्रभृति का वर्णन अत्यन्त उपयोगी है।

भारतीय परम्परा में धर्मशास्त्र का स्थान अत्यन्त महत्त्वपूर्ण है। धर्मशास्त्रों में राजधर्म की चर्चा प्राप्त होती है। राजधर्म को सभी धर्मों का सारभूत कहा जाता है। राजधर्म जगत् का सर्वश्रेष्ठ धर्म है। उसका सेवन करने वाले मानवमात्र की रक्षा करते हैं। संसार में जितने धर्म हैं वे राजधर्म से ही सुरक्षित रह सकते हैं। महाभारत में कहा गया है कि जैसे हाथी के पदचिह्न में सभी प्राणियों के पदचिह्न विलीन हो जाते हैं, उसी प्रकार सब धर्मों को सभी अवस्थाओं में राजधर्म के भीतर ही समाविष्ट मानना चाहिए।[1] राजा के धर्मों में सारे त्यागों का दर्शन होता है, राजधर्मों में सारी दीक्षाओं का प्रतिपादन हो जाता है, राजधर्म में सम्पूर्ण विद्याओं का संयोग सुलभ है तथा राजधर्म में सम्पूर्ण लोकों का समावेश हो जाता है—

सर्वे त्यागा राजधर्मेषु दृष्टाः सर्वा दीक्षा राजधर्मेषु चोक्ताः।
सर्वा विद्या राजधर्मेषु युक्ताः सर्वे लोका राजधर्मे प्रविष्टाः॥[2]

राजधर्म के अन्तर्गत शासन के विविध पक्षों का विवेचन प्राप्त होता है। वाल्मीकीय रामायण में रामकथा के व्याज से तत्कालीन राजधर्म के विविध पक्षों पर प्रकाश पड़ता है। यद्यपि राज्य का स्वरूप राजतन्त्र था परन्तु राजनीतिक व्यवस्था में लोकाराधन को

सर्वोच्च स्थान प्राप्त था। वर्तमान काल में राजनीति में व्याप्त विसंगतियों को दूर करने में भी रामायण में प्रतिपादित राजधर्म सिद्धान्त अत्यन्त उपयोगी हो सकते हैं।

राजा की आवश्यकता

प्राचीन काल में राजतन्त्रीय शासन पद्धति का ही बहुशः उल्लेख प्राप्त होता है जिसका प्रधान राजा ही होता है। अतएव राजा के महत्त्व और उसके दायित्वों का उल्लेख संस्कृत ग्रन्थों में प्राप्त होता है। मनुस्मृति का अभिमत है कि राजा से हीन होने के कारण सब ओर से भय एवं अस्थिरता की स्थिति उत्पन्न हो सकती है। अतः ब्रह्माजी ने राजा को रचा।[3] मनुस्मृति में ही कहा गया है कि प्रभु ने इन्द्र, वायु, यम, रवि, वरुण, चन्द्र और कुबेर इन आठ लोकपालों के अंशों से राजा को बनाया है।[4] वाल्मीकीय रामायण में राजा के महत्त्व की विस्तृत विवेचना प्राप्त होती है। राम के वनवास के पश्चात् राजा दशरथ के दिवंगत हो जाने के अनन्तर मुनिगण ब्रह्मर्षि वशिष्ठ के समीप जाते हैं। वहीं पर राज्य संचालन में राजा की आवश्यकता का विस्तृत विवेचन है। कहा गया है कि राजा के बिना राज्य नष्ट हो जाता है। जहाँ कोई राजा नहीं होता, ऐसे जनपद में विद्युन्मालाओं से अलंकृत महान् गर्जन करने वाला मेघ पृथिवी पर दिव्य जल की वर्षा नहीं करता है। जिस जनपद में कोई राजा नहीं होता, वहाँ के खेतों में मुट्ठी-के-मुट्ठी बीज नहीं बिखेरे जाते। राजा से रहित देश में पिता पुत्र के वश में नहीं रहते। राजाहीन देश में धन अपना नहीं होता है। राजारहित देश में महान् भय बना रहता है। बिना राजा के राज्य में मनुष्य कोई पंचायत भवन नहीं बनवाते, रमणीय उद्यान का भी निर्माण नहीं करवाते तथा हर्ष और उत्साह के साथ पुण्यगृह (धर्मशाला, मन्दिर आदि) भी नहीं बनवाते हैं। बिना राजा के राज्य में वादी और प्रतिवादी के विवाद का सन्तोषजनक निपटारा नहीं हो पाता अथवा व्यापारियों को लाभ नहीं होता। कथा सुनने की इच्छावाले लोग कथावाचक पौराणिकों की कथाओं से प्रसन्न नहीं होते। बिना राजा के राज्य में धनी लोग सुरक्षित नहीं रह पाते तथा कृषि और गोरक्षा से जीवन-निर्वाह करने वाले वैश्य भी दरवाजा खोलकर नहीं सो पाते हैं। अराजक देश में लोगों को अप्राप्त वस्तु की प्राप्ति और प्राप्त वस्तु की रक्षा नहीं हो पाती। राजा के न रहने पर सेना भी युद्ध में शत्रुओं का सामना नहीं करती। बिना राजा के राज्य में लोग वस्त्राभूषणों से विभूषित हो हृष्ट-पुष्ट उत्तम घोड़ों तथा रथों द्वारा सहसा यात्रा नहीं करते हैं क्योंकि उन्हें लुटेरों का भय बना रहता है। राजा से रहित राज्य में शास्त्रों के विशिष्ट विद्वान् मनुष्य वनों एवं उपवनों में शास्त्रों की व्याख्या करते हुए ठहर नहीं पाते हैं। जहाँ अराजकता फैल जाती है, उस जनपद में मन को वश में रखनेवाले लोग देवताओं की पूजा के लिए फूल, मिठाई और दक्षिणा की व्यवस्था नहीं करते हैं। जैसे जल के बिना नदियाँ, घास के बिना वन और ग्वालों के बिना गौओं की शोभा नहीं होती, उसी प्रकार

राजा के बिना राज्य शोभा नहीं पाता है। राजा के न रहने पर राज्य में किसी भी मनुष्य की कोई भी वस्तु अपनी नहीं रह जाती है। जैसे मत्स्य एक-दूसरे को खा जाते हैं, उसी प्रकार अराजक देश के लोग सदा एक-दूसरे को खाते-लूटते-खसोटते रहते हैं। जैसे दृष्टि सदा ही शरीर के हित में प्रवृत्त रहती है, उसी प्रकार राजा राज्य के भीतर सत्य और धर्म का प्रवर्तक होता है। राजा ही सत्य और धर्म है। राजा ही कुलवानों का कुल है। राजा ही माता और पिता है तथा राजा ही मनुष्यों का हित साधन करने वाला है। राजा ही मनुष्यों का हित करने वाला है। राजा अपने महान् चरित्र से यम, कुबेर, इन्द्र और महाबली वरुण से भी बढ़ जाते हैं। (यमराज केवल दण्ड देते हैं, कुबेर केवल धन देते हैं, इन्द्र केवल पालन करते हैं और वरुण केवल सदाचार में नियन्त्रित होते है, परन्तु एक श्रेष्ठ राजा में ये चारों गुण विद्‌यमान रहते हैं। अत: वह इनसे बढ़ जाता है।) यदि संसार में भले-बुरे का विभाग करने वाला राजा न हो तो यह सारा जगत् अन्धकार से आच्छन्न-सा हो जायेगा।[5]

राजा के गुण

प्राचीन भारत में राजाओं से यह अपेक्षा की जाती थी के वे गुणों के आगार बनें, दोषयुक्त न बनें। गुणयुक्त राजा सर्वदा यश का भागी होता है वहीं दोषयुक्त राजा नष्ट हो जाते हैं।[6] वाल्मीकीय रामायण के सम्यक् अनुशीलन के अनन्तर यह कहा जा सकता है तत्कालीन स्थापित मान्यताओं के अनुसार राजा को गुणवान्, वीर्यवान्, धर्मज्ञ, उपकार मानने वाला, सत्यवक्ता, दृढ़प्रतिज्ञ, सदाचार से युक्त, समस्त प्राणियों का हितसाधक, विद्‌वान्, सामर्थ्यशाली, मन पर अधिकार रखने वाला, क्रोध को जीतने वाला, किसी की भी निन्दा न करने वाला, महाबलवान्, धैर्यवान्, जितेन्द्रिय, बुद्‌धिमान्, नीतिज्ञ, कुशल वक्ता, धर्म का ज्ञाता, सत्यप्रतिज्ञ, प्रजा के हित-साधन में लगा रहने वाला, यशस्वी, ज्ञानी, पवित्र, शास्त्रज्ञ, स्मरण शक्ति से युक्त, उदार हृदय, सब में समान भाव रखने वाला, गम्भीर, आदि होना चाहिए।[7]

रघुकुलशिरोमणि राम के गुणों के व्याज से भी राजा के गुणों को रेखांकित किया गया है। वे सत्यवादी, सत्यपरायण और सत्पुरुष हैं। उन्होंने अर्थ के साथ धर्म को भी प्रतिष्ठित किया है। वे प्रजा को सुख देने में चन्द्रमा की और क्षमारूपी गुण में पृथिवी की समानता रखते हैं। बुद्‌धि में बृहस्पति और बल-पराक्रम में साक्षात् शचीपति इन्द्र के समान हैं।[8] श्रीराम धर्मज्ञ, सत्यप्रतिज्ञ, शीलवान्, अदोषदर्शी, शान्ति, दीन-दु:खियों को सान्त्वना प्रदान करने वाले, मृदुभाषी, कृतज्ञ, जितेन्द्रिय, कोमल स्वभाव वाले, स्थिरबुद्‌धि, सदा कल्याणकारी, असूयारहित, समस्त प्राणियों के प्रति प्रिय वचन बोलने वाले और सत्यवादी हैं—

धर्मज्ञ: सत्यसन्धश्च शीलवाननसूयक:।
क्षान्त: सान्त्वयिता श्लक्ष्ण: कृतज्ञो विजितेन्द्रिय:॥
मृदुश्च स्थिरचित्तश्च सदा भव्योऽनसूयक:।
प्रियवादी च भूतानां सत्यवादी च राघव:॥[7]

श्रीराम ने कुशल प्रश्न के व्याज से भरत को राजनीति का सुन्दर उपदेश दिया है। श्रीराम द्वारा भरत से किए गए प्रश्न राजधर्म का मानक स्थापित करते हैं। इस प्रकरण के माध्यम से श्रीराम ने यह सन्देश दिया है कि राजा को उत्तम कुल में उत्पन्न, विनयसम्पन्न, बहुश्रुत, किसी के दोष न देखने वाले तथा शास्त्रोक्त धर्मों पर निरन्तर दृष्टि रखने वाले पुरोहित का सत्कार करना चाहिए। देवताओं, पितरों, भृत्यों, गुरुजनों, पिता के समान आदरणीय वृद्धों, वैद्यों और ब्राह्मणों का सम्मान करना चाहिए। शूरवीर, शास्त्रज्ञ, जितेन्द्रिय, कुलीन तथा बाहरी चेष्टाओं से ही मन को समझ लेने वाले व्यक्तियों को ही मन्त्री बनाना चाहिए। अच्छी मन्त्रणा ही राजाओं की विजय का मूल कारण है। वह भी तभी सफल हो सकती है, जब नीतिशास्त्रनिपुण अमात्य उसे सर्वथा गुप्त रखें। राजा को अमसय निद्रा के वशीभूत नहीं होना चाहिए। उसे प्रात:काल समय पर जाग जाना चाहिए। रात के पिछले प्रहर में अर्थसिद्धि के उपाय पर विचार करना चाहिए। शुभ कार्य के आरम्भ में कोई विलम्ब नहीं करना चाहिए। सहस्रों मूर्खों को अपने पास रखने से अच्छा एक विद्वान् को ही रखना चाहिए। यदि राजा हजार या दस हजार मूर्खों को अपने पास रख ले तो भी उनसे अवसर पर कोई अच्छी सहायता नहीं मिलती। यदि एक मन्त्री भी मेधावी, शूरवीर, चतुर एवं नीतिज्ञ हो तो वह राजा या राजकुमार को बहुत बड़ी सम्पत्ति की प्राप्ति करा सकता है। प्रधान व्यक्तियों को प्रधान, मध्यम श्रेणी के मनुष्यों को मध्यम एवं छोटी श्रेणी के लोगों को छोटे ही कामों नियुक्त करना चाहिए। जो घूस न लेते हों अथवा निश्चल हों, तथा बाहर-भीतर से पवित्र एवं श्रेष्ठ हों, ऐसे अमात्यों को उत्तम कार्यों में नियुक्त करना चाहिए। अनावश्यक प्रजाजनों को कठोर दण्ड नहीं देना चाहिए। ऐसे दण्ड से प्रजा उद्विग्न हो जाती है। आवश्यकता से अधिक कर लेने पर प्रजा राजा का अनादर करने लगती है। सदा सन्तुष्ट रहने वाले शूर-वीर, धैर्यवान्, बुद्धिमान्, पवित्र, कुलीन एवं अपने में अनुराग रखने वाले, रणकर्मरक्ष पुरुष को सेनापति बनाना चाहिए। प्रधान सेनापति को बलवान्, युद्धकुशल और पराक्रमी होना चाहिए। उनके शौर्य की भलीभाँति परीक्षा कर लेनी चाहिए। उनका यथायोग्य सत्कार करना चाहिए। सैनिकों को देने के लिए नियत किया हुआ समुचित वेतन और भत्ता समय पर दे देना चाहिए। विलम्ब नहीं करना चाहिए। विलम्ब अनर्थ का कारण हो सकता है। राजदूत के पद पर ऐसे व्यक्ति की नियुक्ति करनी चाहिए जो अपने ही देश का निवासी हो, विद्वान्, कुशल एवं प्रतिभाशाली हो और जैसा कहा जाए, वैसी ही बात दूसरे तक

पहुँचा दे तथा सदसद्विवेकयुक्त हो। नास्तिक ब्राह्मणों का संग नहीं करना चाहिए क्योंकि वे परमार्थ की ओर से विचलित करने में कुशल होते हैं। उनका ज्ञान वेदविरुद्ध होने के कारण दूषित होता है और वे प्रमाणभूत प्रधान धर्मशास्त्रों के होते हुए भी तार्किक बुद्धि का आश्रय लेकर व्यर्थ बकवाद किया करते हैं। कृषि और गोरक्षा से आजीविका चलाने वालों को प्रीतिपात्र बनाना चाहिए। कृषि और व्यापार को प्रश्रय देना चाहिए। ऐसा करने से लोक सुखी और उन्नतिशील बनता है। प्रजा के भरण-पोषण में सदा उद्यत रहना चाहिए। राजा को अपने राज्य में निवास करने वाले सब लोगों का धर्मानुसार पालन करना चाहिए। राजा को यह सुनिश्चित करना चाहिए कि स्त्रियाँ असन्तुष्ट न रहें। उनकी रक्षा का समुचित प्रबन्ध किया जाना चाहिए। कर्मचारियों के विषय में मध्यम स्थिति का अवलम्बन करना चाहिए क्योंकि यह अर्थसिद्धि का कारण होता है। आय अधिक और व्यय कम रखना चाहिए। कोषागार का धन अपात्रों के हाथ में नहीं जाना चाहिए। गुरुजनों, वृद्धों, तपस्वियों, देवताओं, अतिथियों, चैत्य वृक्षों और समस्त पूर्णकाम ब्राह्मणों को नमस्कार करना चाहिए। देवता, पितर, ब्राह्मण, अभ्यागत, योद्धा तथा मित्रों के लिए धन खर्च करना चाहिए। राजा को चाहिए कि वह लोभवश किसी निर्दाष को दण्ड नहीं दे। निरपराध होने पर भी जिन्हें मिथ्या दोष लगाकर दण्ड दिया जाता है, उन मनुष्यों की आखों से जो आँसू गिरते हैं, वे पक्षपातपूर्ण शासन करने वाले राजा के पुत्र और पशुओं को नष्ट कर देते हैं। वृद्ध पुरुषों, बालकों और प्रधान वैद्यों का आन्तरिक अनुराग, मधुर वचन और धनदान-इन तीन के द्वारा सम्मान करना चाहिए। जिसका अपराध सिद्ध हो गया है, ऐसे अपराधी को धन के लालच से नहीं छोड़ देना चाहिए। अर्थ के द्वारा धर्म को अथवा धर्म के द्वारा अर्थ को हानि नहीं पहुँचानी चाहिए। आसक्ति और लोभरूप काम के द्वारा धर्म और अर्थ दोनों में बाधा नहीं पहुँचानी चाहिए। समय का सम्यक् विभाजन करके उसे धर्म, अर्थ और काम का यथायोग्य सेवन करना चाहिए।[10]

जो राजा चौदहों विद्याओं में सुशिक्षित और नीति का अनुसरण करने वाला होता है, वह दीर्घकाल तक राज्य का शासन करता है। वह शत्रुओं को भी वश कर लेता है। जो समय के अनुसार आवश्यक होने पर शत्रुओं के साथ सन्धि और विग्रह करता है तथा अपने पक्ष की वृद्धि में लगा रहता है, वह महान् ऐश्वर्य का भागी होता है।[11] जो राजा 'कब प्रत्युपकार करना चाहिए' इस बात को जानकर मित्रों के प्रति सदा साधुतापूर्ण व्यवहार करता है, उसके राज्य, यश और प्रताप की वृद्धि होती है। जिस राजा का कोश, सेना, मित्र और अपना शरीर-ये सब समान रूप से उसके वश में रहते हैं, वह विशाल राज्य का पालन एवं उपभोग करता है।[12] जिसमें नीति, विनय, सत्य और पराक्रम आदि सभी राजोचित गुण यथावत्-रूप से देखे जाएं, वही देश-काल-तत्त्व को जानने वाला राजा होता है।[13] इन्द्रियनिग्रह, मन का संयम, क्षमा, धर्म, सत्य, पराक्रम तथा

अपराधियों को दण्ड देना ये राजा के गुण हैं।[14] राजा का यह कर्तव्य है कि वह दुष्टों के निग्रह तथा साधु पुरुषों के प्रति अनुग्रह करने में तत्पर रहे।[15] राजाओं को स्वेच्छाचारी नहीं होना चाहिए।[16] राजा का स्वर स्निग्धता और गम्भीरता आदि गुणों से युक्त होना चाहिए।[17] शौर्य राजा का महत्त्वपूर्ण गुण होता है। वस्तुतः जगत् के धर्मपूर्वक संरक्षण का भारी भार राजाओं के शौर्य आदि प्रभावों से ही उठाना सम्भव है।[18] सद्गुणों से युक्त राजा प्रजाजनों के लिए प्राणों से भी प्रिय होता है।[19] वाल्मीकीय रामायण में राजाओं की तीन कोटियाँ बताई गई हैं— उत्तम, मध्यम और अधम। जो राजा मन्त्र निर्णय में समर्थ मित्रों, समान दुःख-सुखवाले बान्धवों और उनसे भी बढ़कर अपने हितकारियों के साथ सलाह करके कार्य का आरम्भ करता है तथा दैव के सहारे प्रयत्न करता है, वह उत्तम राजा कहलाता है। जो अकेला ही अपने कर्तव्य का विचार करता है, अकेला ही धर्म में मन लगाता है और अकेला ही सब काम करता है, उसे मध्यम श्रेणी का राजा कहा जाता है। जो गुण-दोष का विचार न करके दैव का भी आश्रय छोड़कर केवल करूँगा, इसी बुद्धि से कार्य आरम्भ करता है और फिर उसकी उपेक्षा करता है, वह अधम कोटि का राजा होता है।[20]

राजा की न्यायपरायणता

समुचित रीति से किया गया न्याय प्रजा और राष्ट्र के हित में होता है। वाल्मीकीय रामायण में बताया गया है कि राजा को न्याय के सिद्धान्तों का पालन करना चाहिए। कहा गया है कि जो राजा सब राजकार्य न्यायपूर्वक करता है, उसकी बुद्धि निश्चयपूर्ण होने के कारण उसे पछताना नहीं पड़ता है। जो कर्म उचित उपाय का अवलम्बन किए बिना ही किए जाते हैं तथा जो लोक और शास्त्र के विपरीत होते हैं, वे पापकर्म उसी तरह दोष की प्राप्ति कराते हैं, जैसे अपवित्र आभिचारिक यज्ञों में होमे गये हविष्य। जो पहले करने योग्य कार्यों को पीछे करना चाहता है और पीछे करने योग्य काम पहले ही कर डालता है, वह नीति और अनीति को नहीं जानता।[21] राजा को चाहिए कि वह काम और क्रोध से उत्पन्न होने वाले व्यसनों का सर्वथा त्याग कर दे। परोक्षवृत्ति से (अर्थात् गुप्तचरों द्वारा यथार्थ बातों का पता लगाकर) तथा प्रत्यक्षवृत्ति से (अर्थात् राज्यसभा में सामने आकर कहने वाली जनता के मुख से उनके वृत्तान्तों को प्रत्यक्ष देख-सुनकर) न्याय विचार में तत्पर होना चाहिए।[22]

त्रिवर्ग तथा राजा

त्रिवर्ग के अन्तर्गत धर्म, अर्थ और काम आते हैं। राजा को धर्म, अर्थ और काम रूपी पुरुषार्थों का सम्पादन करने वाला होना चाहिए।[23] जिनकी शास्त्रों में चर्चा नहीं है,

ऐसे धर्म, अर्थ अथवा काम का भी श्रेष्ठ पुरुष केवल राजा की देखादेखी आचरण करने लगते हैं, अतः राजा को चाहिए कि वह अनुचित या अशास्त्रीय कर्म में प्रवृत्त न हो। राजा धर्म और काम का प्रवर्तक तथा द्रव्यों की उत्तम निधि है, अतः धर्म, सदाचार अथवा पाप-इनकी प्रवृत्ति का मूल कारण राजा ही है।[24] धर्म सम्पूर्ण जगत् को धारण करता है, इसीलिए उसका नाम धर्म है। धर्म ने ही समस्त प्रजा को धारण कर रखा है, क्योंकि वही चराचर प्राणियों सहित सारी त्रिलोकी का आधार है।[25] राजा को अपने धर्म का परित्याग नहीं करना चाहिए। अधर्म में प्रवृत्त नहीं होना चाहिए। वचनभंग करना गर्हित कार्य है। 'मैं अमुक कार्य करूँगा'-ऐसी प्रतिज्ञा करके भी जो उस वचन का पालन नहीं करता, उसके यज्ञ-यागादि इष्ट तथा बावली-तालाब बनवाने आदि पूर्त कर्मों के पुण्य का नाश हो जाता है।[26] जो राजा अधर्म में स्थित होकर उपकारी मित्रों से सामने की हुई अपनी प्रतिज्ञा को झूठी कर देता है, उससे बढ़कर क्रूर कोई दूसरा नहीं होता।[27] जो राजा पहले मित्रों के द्वारा अपना कार्य सिद्ध करके बदले में उन मित्रों पर उपकार नहीं करता, वह कृतघ्न और सब प्राणियों के लिए वध्य है।[28] जिस राज्य में धर्म की मर्यादा नहीं रहती वहाँ निवास करने योग्य नहीं होता है। जो धर्म, अर्थ और काम के लिए समय का विभाग करके सदा उचित समय पर उनका न्याययुक्त सेवन करता है, वही श्रेष्ठ राजा होता है। किन्तु जो धर्म-अर्थ का त्याग करके केवल काम का सेवन करता है, वह वृक्ष की अगली शाखा पर सोये हुए मनुष्य के समान है। गिरने पर ही उसकी आँख खुलती है—

धर्ममर्थं च कामं च काले यस्तु निषेवते॥
विभज्य सततं वीर स राजा हरिसत्तम।
हित्वा धर्मं तथार्थं च कामं यस्तु निषेवते॥
स वृक्षाग्रे यथा सुप्तः पतितः प्रतिबुध्यते।[30]

धर्म से राज, धन और सुख की प्राप्ति होती है। अधर्म से केवल दुःख ही भोगना पड़ता है, अतः सुख के लिए धर्म का आचरण करना चाहिए। पाप कर्मों का सर्वथा त्याग कर देना चाहिए। पाप का फल केवल दुःख है और उसे स्वयं ही यहाँ भोगना पड़ता है।[31] जो राजा शत्रुओं के वध और मित्रों के संग्रह में संलग्न रहकर योग्य समय पर धर्म, अर्थ और काम का न्याययुक्त सेवन करता है, वह धर्म के फल का भागी होता है।[32]

राजा और लोकाराधन

राजा का यह दायित्व होता है कि वह सर्वदा प्रजा के कल्याण में तत्पर रहे। मनुस्मृति में कहा गया है कि जैसे वर्षा ऋतु के चार महीनों में इन्द्र वर्षा करता है वैसे राजा को अपने राज्य में प्रजाओं की इच्छाओं को पूर्ण करना चाहिए।[33] जैसे स्थावर जंगमादिकों को समानता के साथ पृथिवी धारण करती है, वैसे ही राजा को सभी प्राणियों

का समान बुद्धि से पोषण करना चाहिए।[34] वाल्मीकीय रामायण में लोकाराधन अर्थात् प्रजा का कल्याण सर्वोपरि है। कहा गया है कि प्रजापालन रूप धर्म राजा को परलोक में उत्तम फल देने वाला होता है। प्रजाजनों की रक्षा से होने वाला उत्कृष्ट धर्म इहलोक और परलोक में भी सुख देने वाला होता है।[35] प्रजारंजन राजा के लिए सर्वाधिक महत्त्वपूर्ण है। प्रजापालक नरेश को प्रजाजनों की रक्षा के लिए क्रूरतापूर्ण या क्रूरतारहित, पातकयुक्त अथवा सदोष कर्म भी करना पड़े तो कर लेना चाहिए। यह बात सदा राजा को ध्यान में रखनी चाहिए—

नृशंसमनृशंसं वा प्रजारक्षणकारणात्।
पातकं वा सदोषं वा कर्तव्यं रक्षता सदा॥[36]

राजा को प्रजा के सर्वविध कल्याण के लिए प्रवृत्त होना चाहिए तथा उनके समस्त प्रिय तथा हितकर कार्य करने लगे।[37] श्रेष्ठ राजा प्रजा का पुत्र की भाँति पालन तथा रक्षा करता है।[38] रामायण में कहा गया है कि जो राजा प्रजा से उसकी आय का छठा भाग लेकर भी प्रजावर्ग की रक्षा नहीं करता है वह अधर्मी होता है।[39] महाभारत में भी इसी ओर संकेत किया गया है।[40] इसके विपरीत जो राजा प्रजा की रक्षा के कार्य में संलग्न हो अपने राज्य में निवास करने वाले सब लोगों को प्राणों के समान अथवा प्राणों से भी अधिक प्रिय पुत्रों के समान समझकर सदा सावधानी के साथ उनकी रक्षा करता है, वह बहुत वर्षों तक स्थिर रहने वाली अक्षय कीर्ति पाता है और अन्त में ब्रह्मलोक में जाकर वहाँ भी विशेष सम्मान का भागी होता है—

युंजानः स्वानिव प्राणान् प्राणैरिष्टान् सुतानिव।
नित्ययुक्तः सदा रक्षन् सर्वान् विषयवासिनः॥
प्राप्नोति शाश्वतीं राम कीर्तिं स बहुवार्षिकीम्।
ब्रह्मणः स्थानमासाद्य तत्र चापि महीयते॥[41]

राजकुमारों का भी यह कर्तव्य है कि वे पुरवासियों को अपने द्वारा होने वाले दुःखों से मुक्त करें, न कि अपना दुःख देकर उन्हें और दुःखी बना दें।[42] जो राजा प्रतिदिन पुरवासियों के कार्य नहीं करता, वह निःसन्देह सब ओर से निश्छिद्र अतएव वायुसंचार से रहित घोर नरक में पड़ता है।[43] रामायण में तो यहाँ तक कहा गया है कि जो राजा सदैव क्रूरतापूर्ण कर्म करता है, जो समस्त प्राणियों को उद्वेग में डालने वाला है, जो पापाचारी है, जो लोकविरोधी कठोर कर्म करने वाला है, उसका वध कर देना चाहिए।[44]

रामायणकालीन दण्डव्यवस्था

शासन व्यवस्था के सम्यक् संचालन के निमित्त दण्ड व्यवस्था की आवश्यकता पर भारतीय परम्परा में बहुत बल दिया गया है। महाभारत के अनुसार यदि दण्डनीति नष्ट हो

जाए तो आश्रमों के सम्पूर्ण धर्मों का ही लोप हो जायेगा।[45] मनुस्मृति के अनुसार शास्त्र के अनुसार विचारपूर्वक दिया हुआ दण्ड प्रजाओं को प्रसन्न करता है और बिना विचारे दिया हुआ दण्ड तो प्रयोक्ता को सब ओर से नष्ट कर देता है।[46] यदि राजा आलस्यहीन होकर अपराधियों को दण्ड न दे, तो बलवान प्राणी दुर्बलों को समाप्त कर देंगे।[47] परन्तु, मनुस्मृति में यह स्पष्ट किया गया है कि सत्यवादी, शास्त्रोक्त कार्य करने वाले चतुर और धर्म, अर्थ एवं काम के जानने वाले राजा को ही दण्ड देने का अधिकारी है।[48] अतः राजा को इन गुणों से युक्त होना चाहिए। रामायण में कहा गया है कि जो व्यक्ति लोकाचार से भ्रष्ट होकर लोकविरुद्ध आचरण करता है, उसे रोकने या राह पर लाने के लिए दण्ड के सिवा और कोई उपाय नहीं है।[49] अतः राजा को चाहिए कि वह अपराध के अनुसार ही उचित दण्ड दे।[50] यदि राजा पापी को उचित दण्ड नहीं देता तो उसे स्वयं उसके पाप का फल भोगना पड़ता है। यदि राजा दण्ड देने में प्रमाद कर जाएं तो उन्हें दूसरे के किए हुए पाप भी भोगने पड़ते हैं तथा उसके लिए जब वे प्रायश्चित कर लेते हैं तभी उनका दोष शान्त होता है।[51]

दण्ड धारण करने वाला राजा धर्म का पालक, महायशस्वी, जनसमुदाय को शरण देने वाला, माननीय, पूजनीय और सबका गुरु है। प्रजा की रक्षा राजा का परम धर्म है।[52] रामायण के अनुसार अपराधी मनुष्यों पर जिस दण्ड का प्रयोग किया जाता है, वह विधिपूर्वक दिया हुआ दण्ड राजा को स्वर्गलोक में पहुँचा देता है। दण्ड का समुचित प्रयोग करने वाले राजा को संसार में परम धर्म की प्राप्ति होती है।[53] जो दण्डनीय पुरुष को दण्ड देता है तथा जो दण्ड का अधिकारी होकर दण्ड भोगता है, उनमें दण्डनीय व्यक्ति अपने-अपने अपराध के फलस्वरूप शासक का दिया हुआ दण्ड भोगकर तथा दण्ड देनेवाला शासक उसके पास फलभोग में कारण-निमित्त बनकर कृतार्थ हो जाते हैं—अपना-अपना कर्तव्य पूरा कर लेने के कारण कर्मरूप ऋण से मुक्त हो जाते हैं। अतः वे दुःखी नहीं होते हैं।[54] जो पुरुष अपनी कन्या, बहिन अथवा छोटे भाई की स्त्री के पास कामबुद्धि से जाता है, उसका वध करना उपयुक्त दण्ड माना गया है—

औरसीं भगिनीं वापि भार्यां वाप्यनुजस्य यः।
प्रचरेत नरः कामात् तस्य दण्डो वधः स्मृतः॥[55]

राजा को चाहिए कि जो शास्त्र के अनुसार प्राणदण्ड पाने का अधिकारी है, उनका नियमपूर्वक वध कर देना चाहिए।[56] धर्म में स्थित रहने वाले राजा को पराई स्त्री का स्पर्श नहीं करना चाहिए। परायी स्त्री के स्पर्श से नीच गति प्राप्त होती है। जैसे पराये पुरुष के स्पर्श से अपनी स्त्री की रक्षा की जाती है, उसी प्रकार दूसरों की स्त्रियों की भी रक्षा करनी चाहिए।[57] राजा को चाहिए कि वह कामासक्त स्वेच्छाचारी पुरुषों के निग्रह में सदैव तत्पर

रहे।[58] राजा को सत्पुरुषों के संग्रह और पालन तथा दुष्ट पुरुषों के निग्रह के अवसरों का सम्यक् ज्ञान होना चाहिए। उसे धन के आय के उपायों को अच्छी तरह जानना चाहिए। शास्त्रवर्णित व्यय कर्म का भी उन्हें ज्ञान होना चाहिए।[59]

राजा और बुद्धिकौशलयुक्त प्रशासन

राज्य संचालन में बुद्धिकौशल की अपेक्षा होती है। इसका प्रतिपादन रामायण में प्राप्त होता है। जो राजा बुद्धि-बल का आश्रय नहीं लेता, वह सम्पूर्ण प्रजा पर शासन नहीं कर सकता। बुद्धि और विज्ञान से सम्पन्न होकर दूसरे की चेष्टाओं के द्वारा उनका मनोभाव समझना चाहिए। छद्मवेष में विचरने वाले शत्रुओं को विशेषरूप से पहचानने की चेष्टा करनी चाहिए क्योंकि वे दूसरों पर अपना विश्वास जमा लेते हैं, परन्तु स्वयं किसी का विश्वास नहीं करते हैं और अवसर पाते ही उन विश्वासी पुरुषों पर ही प्रहार कर बैठते हैं।[60] राजा को चाहिए कि वह मन्त्री, सेनापति आदि समस्त अधिकारियों तथा प्रजाजनों को सदा प्रसन्न रखे। जो राजा कोष्ठागार तथा शस्त्रागार आदि के द्वारा उपयोगी वस्तुओं का बहुत बड़ा संग्रह करके मन्त्री, सेनापति और प्रजा आदि समस्त प्रकृतियों को प्रिय मावनकर उन्हें अपने प्रति अनुरक्त एवं प्रसन्न रखते हुए पृथिवी का पालन करता है, उसके मित्र उसी प्रकार आनन्दित होते हैं, जैसे अमृत को पाकर देवता प्रसन्न हुए थे—

अमात्यप्रभृतीः सर्वाः प्रजाश्चैवानुरंजय।
कोष्ठागारायुधागारैः कृत्वा संनिचयान् बहून्॥
इष्टानुरक्तप्रकृतिर्यः पलयति मेदिनीम्।
तस्य नन्दन्ति मित्राणि लब्ध्वामृतमिवामराः॥[61]

सुहृदों, मन्त्रियों और वेदवेत्ताओं से परामर्श लिए बिना ही किया गया कार्य अनर्थ का हेतु हो सकता है। अतः परामर्श अवश्य लेना चाहिए।[62] सेना-संचालन की नीति में राजा को निपुण होना चाहिए।[63]

राजा के दोष और उसका प्रभाव

नास्तिकता, असत्य-भाषण, क्रोध, प्रमाद, दीर्घसूत्रता, ज्ञानी पुरुषों का संग न करना, आलस्य, नेत्र आदि पाँचों इन्द्रियों के वशीभूत होना, राजकार्यों के विषय में अकेले ही विचार करना, प्रयोजन को न समझने वाले विपरीतदर्शी मूर्खों से परामर्श लेना, निश्चित किए गए कार्यों का शीघ्र प्रारम्भ न करना, गुप्त मन्त्रणा को सुरक्षित न रखकर प्रकट कर देना, मांगलिक कार्यों का अनुष्ठान न करना तथा सब शत्रुओं पर एक साथ चढ़ाई कर देना-ये राजा के चौदह दोष हैं—

नास्तिक्यमनृतं क्रोधं प्रमादं दीर्घसूत्रताम्।
अदर्शनं ज्ञानवतामालस्यं पंचवृत्तिताम्॥
एकचिंतनमर्थानामनर्थज्ञैश्च मन्त्रणम्।
निश्चितानामनारम्भं मन्त्रस्यापरिरक्षणम्॥
मंगलाद्यप्रयोगं च प्रत्युत्थानं च सर्वतः।
कच्चित त्वं वर्जयस्येतान् राजदोषांचतुर्दश॥[64]

जो राजा निम्न श्रेणी के भोगों में आसक्त हो स्वेच्छाचारी और लोभी हो जाता है, उसे मरघट की आग के समान हेय मानकर प्रजा उसका अधिक आदर नहीं करती है—

सक्तं ग्राम्येषु भोगेषु कामवृत्तं महीपतिम्।
लुब्धम् न बहु मन्यन्ते श्माशानाग्निमिव प्रजाः॥[65]

जो राजा ठीक समय पर स्वयं ही अपने कार्यों का सम्पादन नहीं करता है, वह राज्य और उन कार्यों के साथ नष्ट हो जाता है। प्रजाजनों को जिसका दर्शन दुर्लभ हो जाता है और कमिनी आदि भोगों में आसक्त होने के कारण अपनी स्वाधीनता खो बैठता है, ऐसे राजा को प्रजा दूर से ही त्याग देती है।[66] जो राजा कठोरतापूर्ण बर्ताव करता है या तीखे स्वभाव का परिचय देता है, सेवकों को बहुत कमवेतन देता है, प्रमाद में पड़ा और गर्व में भरा रहता है तथा स्वभाव से ही शठ होता है, उसके संकट में पड़ने पर सभी प्राणी उसका साथ छोड़ देते हैं—उसकी सहायता के लिए आगे नहीं बढ़ते हैं। जो अत्यन्त अभिमानी, अपनाने के अयोग्य, आप ही अपने को बहुत बड़ा मानने वाला और क्रोधी होता है ऐसे नरेश को संकट में आत्मीय जन भी मार डालते हैं। जो राजा अपने कर्तव्य पालन अथवा करने योग्य कार्यों का सम्पादन नहीं करता तथा भय के अवसर पर भयभीत नहीं होता अर्थात् अपनी रक्षा के लिए सावधान नहीं होता, वह शीघ्र ही राज्य से भ्रष्ट एवं दीन होकर भूतल पर तिनकों की तरह उपेक्षणीय हो जाता है।[67] स्वेच्छाचारी और उच्छृङ्खल राजा को पाकर राज्य नष्ट हो जाता है। जो राजा दुराचारी, पापपूर्ण विचार रखने वाला और खोटी बुद्धि वाला होता है, वह अपना, अपने स्वजनों का तथा समूचे राष्ट्र का भी विनाश कर देता है।[68] राजा के दोष से दूसरे लोगों को भी कष्ट भोगना पड़ता है।[69] जिस राजा का स्वभाव अत्यन्त तीखा हो, जो जनता के अत्यन्त प्रतिकूल चलने वाला और उद्दण्ड हो, ऐसे राजा से राज्य की रक्षा नहीं हो सकती है।[70] प्रतिकूल बर्ताव और तीखे स्वभाव वाले राजा से रक्षित होने वाली प्रजा उसी प्रकार वृद्धि को नहीं प्राप्त होती है, जैसे गीदड़ या भेड़िए से पालित होने वाली भेड़ें।[71]

मन्त्री और उनका गुण

लोकाराधन में निरत नरेश का सबसे बड़ा सहायक मन्त्री होता है। राजा को

मन्त्रणा देकर राज्य की सुचारु व्यवस्था में सहायता करने वाले व्यक्ति के लिए मन्त्री, अमात्य तथा सचिव-ये तीन पर्याय नाम रामायण में प्रयुक्त हुए हैं। वाल्मीकीय रामायण में कहा गया है कि मन्त्रियों को विद्वान्, विनयशील, सलज्ज, कार्यकुशल, जितेन्द्रिय, श्रीसम्पन्न, महात्मा, शस्त्रविद्या के ज्ञाता, सुदृढ़, पराक्रमी, यशस्वी, समस्त राजकार्यों में सावधान, राजा की आज्ञा के अनुसार कार्य करने वाला, तेजस्वी, क्षमाशील, कीर्तिमान्, व्यवहारकुशल तथा मुस्कराकर बात करने वाला होना चाहिए। स्वार्थ के वशीभूत होकर भी असत्यभाषण नहीं करना चाहिए। उनमें सदा शौर्य एवं उत्साह भरा होना चाहिए। सत्पुरुषों की रक्षा करना भी उनका परम गुण माना जाता था। यदि शत्रु ने भी अपराध नहीं किया है तो मन्त्री को उसकी हिंसा नहीं करनी चाहिए। मन्त्रियों के भाव शुद्ध और विचार एक होने चाहिए। मन्त्रियों को उत्तम व्रत का पलन करते हुए राजा के हित के विषय में सोचना चाहिए। नीतिरूपी नेत्रों से देखते हुए उन्हें सदा सजग रहना चाहिए। सन्धि और विग्रह के उपयोग और अवसर का ज्ञान मन्त्रियों को होना चाहिए। वस्तुतः मन्त्रियों को मन्त्रणा को गुप्त रखते हुए राज्य के हितसाधन में संलग्न रहना चाहिए। उन्हें राजा के प्रति अनुरक्त, कार्यकुशल और शक्तिशाली होना चाहिए।[72] वे मन्त्री दण्डनीय होते है जो कुमार्ग पर जाते हुए राजा को नहीं रोकते हैं। अच्छे मन्त्रियों को चाहिए कि जो राजा स्वेच्छाचारी होकर कुमार्ग पर चले लगे, उसे सब प्रकार से वे रोकें।[73] धर्म और यश की प्राप्ति का मूल कारण राजा ही है, अतः मन्त्रियों को चाहिए कि सभी अवस्थाओं में राजा की रक्षा की जाए—

राजमूलो हि धर्मश्च यशश्च जयतां वरः।
तस्मात् सर्वास्ववास्थासु रक्षतितव्या नराधिपः॥[74]

सच्चा मन्त्री वही है जो अपने और शत्रु-पक्ष के बल पराक्रम को समझकर तथा दोनों पक्षों की स्थिति, हानि और वृद्धि का अपने बुद्धि के द्वारा विचार करके जो स्वामी के लिए हितकर और उचित हो वही बात कहे—

परस्य वीर्यं स्वबलं च बुद्ध्वा स्थानं क्षयं चौव तथैव वृद्धिम्।
तथा स्वपक्षेऽप्यनुमृश्य बुद्ध्या वदेत् क्षमं स्वामिहितं स मन्त्री॥[75]

जो मन्त्री तीखे उपाय का उपदेश करते हैं, वे अपनी सलाह मानने वाले उस राजा के साथ ही दुःख भोगते हैं, जैसे जिनके सारथि मूर्ख हों, ऐसे रथ नीची-ऊँची भूमि में जाने पर सारथियों के साथ संकट में पड़ जाते है।[76]

दूत एवं गुप्तचर व्यवस्था

रामायण के अनुशीलन से यह ज्ञात होता है कि उस काल में गुप्तचरों का अत्यधिक महत्त्व था। जो राज्य की देख-भाल के लिए गुप्तचरों को नियुक्त नहीं करता है, ऐसे राजा

को प्रजा दूर से ही त्याग देती है।[77] गुप्तचरों की सहायता से राजालोग दूर-दूर के सारे कार्यों की देखभाल करते रहते हैं, इसीलिए वे दीर्घदर्शी या दूरदर्शी कहलाते हैं—

यस्मात् पश्यन्ति दूरस्थान् सर्वानर्थान् नराधिपाः।
चारेण तस्मादुच्यते राजानो दीर्घचक्षुषः॥[78]

शत्रुभूत राजाओं को प्राकृत वेशभूषा वाले मनुष्यों अर्थात् गुप्तचरों द्वारा जानने का प्रयत्न करना चाहिए।[79] दूसरे राजा क्या करते हैं, क्या कर चुके हैं और क्या करना चाहते हैं—ये सभी बातें गुप्तचरों द्वारा महाराज दशरथ को ज्ञात रहती थीं—

तेषामविदितं किंचित् स्वेषु नास्ति परेषु वा।
क्रियमाणं कृतं वापि चारेणापि चिकीर्षितम्॥[80]

रामायण काल में ऐसे लोगों को गुप्तचर का दायित्व दिया जाता था जो विश्वासपात्र, शूरवीर, धीर एवं निर्भय होते थे।[81] रामायणकाल में मित्र अथवा शत्रु राजाओं के पास दूत भेजकर अपनी बात सुनाने के प्रसंग प्राप्त होते हैं। दूत को निर्भीक, धीर, पराक्रमी और विवेकी होना चाहिए। दूत को सर्वथा सचेष्ट रहना चाहिए। रामायण के अनुसार कई बार कातर अथवा अविवेकपूर्ण कार्य करने वाले दूत के हाथ में पड़कर देश और काल के विपरीत व्यवहार होने के कारण बने-बनाए काम भी बिगड़ जाते हैं।[82] दूत के सम्बन्ध में रामायण में कहा गया है कि दूतों का वध नहीं किया जाना चाहिए। दूत तो वही कहता है, जैसा कहने के लिए उसे बताया गया होता है। उसका कर्तव्य है कि वह अपने स्वामी के अभिप्राय का ज्ञान करा दे। दूत का महान् अपराध होने पर भी शास्त्र में उसके वध का विधान नहीं किया गया है। उसके किसी अंग को विकृत कर देना मात्र ही बताया गया है—

दूतवध्या न दृष्टा हि राजशास्त्रेषु राक्षस।
दूतेन वेदितव्यं च यथाभिहितवादिना॥
सुमहत्यपराधेऽपि दूतस्यातुलविक्रम।
विरूपकरणं दृष्टं न वधोऽस्ति हि शास्त्रतः॥[83]

श्रेष्ठ राजाओं को दूत का वध नहीं करना चाहिए।[84] सत्पुरुषों का कथन है कि दूत कहीं किसी समय भी वध करने के योग्य नहीं होते।[85] दूत सदा पराधीन होता है, अतः वह वध के योग्य नहीं होता है।[86]

निष्कर्षतः कहा जा सकता है कि वाल्मीकीय रामायण में राजधर्म के विविध पक्षों का विस्तृत विवेचन प्राप्त होता है। राजा के गुणों, दोषों, कर्तव्यों का जो विवेचन किया गया है वह वर्तमान संदर्भों में भी प्रासंगिक है। रामायणकाल में प्रजा का कल्याण ही राजधर्म का मुख्य उद्देश्य था। प्रजा के हितों के विपरीत आचरण करने वाला राजा लोकनिन्दा का पात्र होता था। राजा के गुप्तचर, मन्त्री और दूत का व्यवहार कैसा होना

चाहिए, इसका निदर्शन वाल्मीकीय रामायण में प्राप्त होता है। निःसन्देह रामायण हमारी आचार संहिता है जिसका पालन सभी के द्वारा अपेक्षित है।

संदर्भ सूची—

1. महाभारत-शान्तिपर्व/63/24-25
2. तत्रैव-शान्तिपर्व/63/29
3. मनुस्मृति-7/3
4. तत्रैव-7/4-5
5. वाल्मीकीय रामायण-2/67/9-36
6. मनुस्मृति-7/39-41
7. वाल्मीकीय रामायण-1/1/2-20
8. तत्रैव-2/2/30-31
9. तत्रैव-2/2/32
10. तत्रैव-2/100/11-64
11. तत्रैव-6/35/7-8
12. तत्रैव-4/29/10-11
13. तत्रैव-4/18/8
14. तत्रैव-4/17/19
15. तत्रैव-4/18/7
16. तत्रैव-4/17/32
17. तत्रैव-2/2/3
18. तत्रैव-2/2/9
19. तत्रैव-2/1/19
20. तत्रैव-6/6/8-10
21. तत्रैव-6/12/30-32
22. तत्रैव-2/3/43
23. तत्रैव-1/6/5
24. तत्रैव-3/50/10
25. तत्रैव-7/प्रक्षिप्त-2/7
26. तत्रैव-1/19/6-8
27. तत्रैव-4/34/8
28. तत्रैव-4/34/10
29. तत्रैव-2/48/21
30. तत्रैव-4/38/20-22
31. तत्रैव-7/15/26
32. तत्रैव-4/38/23
33. मनुस्मृति-9/304

34. तत्रैव-9/311
35. वाल्मीकीय रामायण-7/प्रक्षिप्त-2/8-9
36. तत्रैव-1/25/18
37. तत्रैव-1/77/21-22
38. तत्रैव-2/2/4, 6
39. तत्रैव-2/75/25; 3/6/11
40. महाभारत-शान्तिपर्व/24/12
41. वाल्मीकीय रामायण-3/6/12-13
42. तत्रैव-2/46/23
43. तत्रैव-7/53/6
44. तत्रैव-3/29/3-4
45. महाभारत-शान्तिपर्व/63/28
46. मनुस्मृति-7/19
47. तत्रैव-7/20
48. तत्रैव-7/26
49. वाल्मीकीय रामायण-4/18/21
50. तत्रैव-3/65/10
51. तत्रैव-4/18/32, 34
52. तत्रैव-3/1/18-20
53. तत्रैव-7/79/10-11
54. तत्रैव-4/18/61
55. तत्रैव-4/18/22-23
56. तत्रैव-2/2/46
57. तत्रैव-3/50/6-8
58. तत्रैव-4/18/25
59. तत्रैव-2/1/26
60. तत्रैव-4/2/18, 22
61. तत्रैव-2/3/44-45
62. तत्रैव-2/59/19
63. तत्रैव-2/1/29
64. तत्रैव-2/100/65-67
65. तत्रैव-3/33/3
66. तत्रैव-3/33/5
67. तत्रैव-3/33/15-17
68. तत्रैव-3/37/6-7
69. तत्रैव-3/41/9
70. तत्रैव-3/41/11

71. तत्रैव-3/41/14
72. तत्रैव-1/7/1-24
73. तत्रैव-3/41/6-7
74. तत्रैव-3/41/10
75. तत्रैव-6/14/22
76. तत्रैव-3/41/12
77. तत्रैव-3/33/5
78. तत्रैव-3/33/10
79. तत्रैव-4/2/23
80. तत्रैव-1/7/9
81. तत्रैव-6/29/18
82. तत्रैव-5/2/39-40
83. तत्रैव-5/58/149-150
84. तत्रैव-5/52/5
85. तत्रैव-5/52/13
86. तत्रैव-5/52/21

□

प्राचीन भारत की प्रशासनिक व्यवस्था एवं लोक कल्याण

—चंचल

प्राचीन भारत में राज्य के संचालन के लिए सप्तांग अंगों के समान मन्त्रिपरिषद् की अनिवार्यता एवं सहयोग का विधिवत उल्लेख किया है। भीष्म पितामह के शब्दों में सम्पूर्ण सद्‌गुणों से सम्पन्न एक ही व्यक्ति हो ऐसा सम्भव नहीं है अतएव राज्य के सम्यक संचालन हेतु राजा के लिए आवश्यक है कि वह विविध विषयों के ज्ञाता, अनुभवी एवं विभिन्न गुणों से सुशोभित पुरुषों के सहयोग एवं परामर्श से ही कार्य का सम्पादन करे।

भीष्म पितामह ने युधिष्ठिर को राजधर्म का उपदेश देते हुए कहा है 'मन्त्रिणां मन्त्रमूलं हि राज्ञो राष्ट्र विवर्धते' अर्थात् राज्य का मूल राजा के मन्त्रियों की सद्‌मन्त्रणा ही होती है।[1] राज्य के लिए मन्त्रियों की महत्ता को स्वीकार करते हुए महर्षि मनु ने भी स्वीकार किया है कि सरल से सरल कार्य भी अकेला पुरुष सिद्‌ध करने में समर्थ नहीं होता, तो विशेष फल देने वाले राज्य सम्बन्धी कार्य अकेला मनुष्य सिद्‌ध करने में कैसे समर्थ हो सकता है।[2] इसलिए साथ बैठकर राजा को राज्य के कार्य का चिंतन करना चाहिए। आचार्य कौटिल्य राजतन्त्र व्यवस्था के प्रबल समर्थक थे। फिर भी उन्होंने स्पष्ट किया कि राजा को प्रत्येक महत्त्वपूर्ण कार्य मन्त्रिपरिषद् के परामर्शनुसार ही करने चाहिए और सन्दिग्ध और विवादग्रस्त विषयों में जो बहुमत द्‌वारा समर्पित है उसी के अनुसार करना चाहिए।[3] शुक्रनीति में मन्त्रिपरिषद् की अनिवार्यता के लिए आदेश दिया गया है कि कार्य छोटे से छोटा भी हो परन्तु उसे सहायक के बिना अकेले कोई पुरुष सहजता से नहीं कर सकता है फिर महान अभ्युदय वाले राज्यकार्य को चलाना कैसे सहज हो सकता है अर्थात् यह एक असम्भव कार्य है। इसीलिए सभी विद्‌याओं में कुशल एवं भली-भाँति मन्त्रणा करने वाला भी अकेला राजा मन्त्रियों के साथ बिना सलाह किये बिना किसी

व्यवहार के विषय में कभी विचारना (निर्णय) नहीं लेना चाहिए। बुद्धिमान राजा को सदैव अपने अधिकारीगण, अमात्यादि, मन्त्रीगण और कौंसिल सदस्य (अध्यक्ष जन) की सम्मति पर स्थिर होकर ही कार्य को करना चाहिए। राजा को कभी भी अपने ही मत का अनुसरण नहीं करना चाहिए। राजा के स्वेच्छाचारी हो जाने पर राज्य छिन्न-भिन्न हो जाता है और उसकी प्रजा तथा अमात्य आदि प्रकृति वर्ग उससे अलग हो जाता है। भिन्न भिन्न पुरुषों के व्यवहार में भिन्न-भिन्न विचित्रता एवं महत्ता (साहस, छल, बल एवं गुरुता एवं लघुता) पाई जाती है अतः राजा को राज्य की उन्नति के लिए ऐसे सहायकों की सहायता लेनी चाहिए जो कार्य में विद्वान एवं बुद्धिमान हों। इस प्रकार राजशास्त्र के प्रणेताओं ने राजा के लिए मन्त्रणा करना राजा का परम कर्तव्य माना तथा राजा से विनम्र आग्रह किया कि वह कोई भी कार्य मन्त्रिपरिषद् के परामर्श के बिना से पूर्ण न करे।

प्राचीन भारतीय वाङ्मय में मन्त्रिपरिषद के निर्माण का परम उद्देश्य राज्य संचालन हेतु शासन सम्बन्धी विषयों में सत्य मन्त्रणा की प्राप्ति करना था। महाभारत में राज्य के लिए केवल मन्त्रियों के महत्त्व को ही नहीं स्पष्ट किया गया था बल्कि एक सुसंगठित एवं समुचित प्रतिनिधित्व प्रदान करने वाला संस्थागत स्वरूप का प्रतिपादन किया गया था। पितामह भीष्म मन्त्रिपरिषद की रूपरेखा में चारों वर्णों को प्रतिनिधित्व प्रदान करना उचित समझते थे। इसलिए भीष्म ने कहा है कि योग्यता के सामान्य मापदण्डों के आधार बनाकर, मन्त्रिपरिषद् में ब्राह्मणों, क्षत्रियों, वैश्यों, शूद्रों तथा सूत जाति के व्यक्तियों को नियुक्त करना चाहिए।[4] भीष्म पितामह ने मन्त्रिपरिषद में 37 सदस्यों को नियुक्त करने का विधान किया तथा निर्देश दिया कि मन्त्रिपरिषद के सदस्यों की नियुक्ति में चारों वर्णों के अलग-अलग व्यक्ति होने चाहिए। इन सदस्यों की नियुक्ति के आधार पर स्पष्ट करते हुए कहा गया कि वेद के ज्ञाता, प्रगल्भ, पवित्र आचरणधारी चार ब्राह्मण स्नातक, भुजाओं में शस्त्रधारण करने वाले बलवान आठ क्षत्रिय, वित्तयुक्त इक्कीस वैश्य, नित्य अपने कर्म में रत पवित्र और विनीत तीन शूद्र और आठ गुणों से युक्त (सेवा, श्रवण, ग्रहण, धारण, ऊहन, उपोहन, विज्ञान और तत्वज्ञान) से युक्त एक सूत। संख्या गणना की दृष्टि से वैश्य वर्ण के सदस्यों की संख्या अन्य वर्णों की अपेक्षा अधिक है इसका कारण सम्भवतः आर्थिक कार्यभार ही होगा। महाभारत में एक अन्य स्थल पर राज्य मन्त्रियों की संख्या आठ आवश्यक बताई गई है।[5]

आचार्य मनु ने मन्त्रियों की संख्या 7-8 निर्धारित की है।[6] कौटिल्य अर्थशास्त्र में मन्त्रियों को राज्यरूपी गाड़ी का दूसरा पहिया माना गया है। जिसके अभाव में राज्यरूपी गाड़ी को संचालित नहीं किया जा सकता है।[7] कौटिल्य के मत में मन्त्रणा के लिए केवल 3 या 4 मन्त्रियों की नियुक्ति उचित है। जो परिस्थिति एवं आवश्यकतानुसार घटाई या बढ़ाई जा सकती है।[8] शुक्रनीति में राजा को मिलाकर ग्यारह या नौ सदस्यों

की संख्या निर्धारित की है। मनु और कौटिल्य ने आवश्यतानुसार संख्या निर्धारित करने पर बल दिया। महाभारत महाकाव्य में शासन के संगठन को 18 तीर्थों में व्यक्त किया गया है। महाभारत में उनके नामों का विधिवत् उल्लेख नहीं किया है, किन्तु महाभारत के टीकाकारों ने इन तीर्थों (विभागों) का क्रम इस प्रकार निर्धारित किया है—मन्त्री, पुरोहित, युवराज, सेनापति, द्वारपाल, अन्तर्वैशिक, कारागाराध्यक्ष, कोषाध्यक्ष, सचिव, प्रदेष्टा, नगराध्यक्ष, कार्य निर्माणकर्त्ता, धर्माध्यक्ष, सभाध्यक्ष, दण्डपाल, दुर्गपाल, राज्य सीमापाल एवं वनरक्षक। मनुस्मृति में राज्य की पदसोपानीय प्रशासनिक व्यवस्था में राजा, मन्त्रिपरिषद्, नौकरशाही के रूप में सचिव के तत्पश्चात् विभिन्न विभागों के अध्यक्षों के स्तर आता है। इनमें अध्यक्ष सीधे राजा के प्रति सम्बद्ध न होकर विभाग के मन्त्रियों एवं सचिवों के प्रति उत्तरदायी होते हैं। लेकिन उनकी नियुक्ति सीधे राजा द्वारा होती है। मनुस्मृति में अध्यक्षों की सूची का वर्णन उपलब्ध नहीं हैं।[9]

आचार्य कौटिल्य ने शासन के पदाधिकारियों के संगठन को 'अष्टादश' तीर्थ कहा है। इनका क्रम मन्त्री, पुरोहित, सेनापति, युवराज, दौणरिक, अंतवैशिक, प्रशास्ता, समाहर्त्ता, सन्निधाता, प्रदेष्टा, नायक, पौर, व्यावहारिक, कर्मांतिक, दण्डपाल, अन्तपाल, दुर्गपाल, एवं आटविक है। इनके अतिरिक्त कौटिल्य में अन्य अधिकारियों का उल्लेख करके उनकी तीन श्रेणियाँ निर्धारित की है। उन्हीं के अनुसार उनके वेतन एवं भत्ते निर्धारित किए हैं। आचार्य शुक्र ने शासक के अधिकारियों को 'प्रकृति' की संज्ञा प्रदान की है। उनके अनुसार पुरोहित, प्रतिनिधि, प्रधान, सचिव, मन्त्री, प्राड्विवाक, पंडित, सुमंत्रक, अमात्य एवं दूत में दस राजा की प्रकृति हैं।[10] सभी शास्त्रों में शासन संगठन में सर्वाधिक महत्त्व पुरोहित को प्रदान किया। मन्त्रिपरिषद के सदस्यों की योग्यता के विषय में महाभारत में पितामह भीष्म कहते हैं कि मन्त्रिपरिषद के सदस्य सुपरीक्षित होने चाहिए।[11] महाभारत में परीक्षा प्रणाली द्वारा मन्त्रियों की नियुक्ति का प्रमाण प्राप्त होता है। महाभारत में उपधा प्रणाली का प्रचलन था जिसमें धर्मापधा, कामोपधा, अर्थोपधा, भयोपधा परीक्षा के माध्यम से राज्य के पदाधिकारी नियुक्त किया जाता है। मनुस्मृति में वर्णित है राजा वंशक्रमागत शास्त्रज्ञाता, शूरवीर, निशाना मारने वाला (शस्त्र चलाने में निपुण) उत्तम वंश में उत्पन्न और परीक्षित शपथ ग्रहण आदि से परीक्षा किये गये को मन्त्री नियुक्त करे।[12] अतएव महर्षि मनु पद नियुक्ति से पूर्व परीक्षा प्रणाली को समर्थन प्रदान करते हैं। आचार्य कौटिल्य ने अमात्य पद पर नियुक्त होने वाले व्यक्ति के लिए पहले सामान्य पद पर नियुक्त होना उचित माना है। इसके उपरान्त धर्मोपधा, अर्थोंपधा, कामोपधा एवं भयोपधा की गुप्त परीक्षा के माध्यम से ही उन्हें धर्मस्थानीय एवं कण्टकशोधन कार्यों में नियुक्त करने का परामर्श दिया है।[13] शुक्र मन्त्रिपरिषद की सदस्यता के लिए ही नहीं अपितु राज्य के समस्त कर्मचारियों की नियुक्ति के निमित्त अभ्यर्थी की परीक्षा लेने का

विधान करते हुए कहते हैं कि किसी व्यक्ति के विद्याध्ययन काल समाप्त हो जाने के उपरान्त उसकी भली-भाँति परीक्षा लेकर उस व्यक्ति का उसकी योग्यता एवं सामर्थ्य के अनुरूप कार्य में नियुक्त कर देना चाहिए।

प्राचीन भारत में राज्य के पदाधिकारियों की नियुक्ति में कुलीनता एवं पैतृकता का सिद्धान्त व्यापक महत्त्व रखते थे।[14] मन्त्रिपरिषद् की नियुक्ति में कुलीनता के महत्त्व का वर्णन करते हुए स्वयं भीष्म ने कहा था 'कुलीनः कुलसम्पन्नस्तितिक्षुर्पक्ष आत्मवान्' अर्थात् मन्त्रिपरिषद् का सदस्य कुलीन कुल पैदा हुआ पुरुष होना चाहिए।[15] मनुस्मृति में स्पष्टतः कहा गया है कि मन्त्रिपरिषद से कुलीन सात या आठ सदस्यों को ही नियुक्त करे। कौटिल्य ने उत्तम कुल में उत्पन्न व्यक्तियों को अमात्य पद के लिए योग्य माना है।[16] शुक्र ने कहा है कि राजा को ऐसे व्यक्तियों को सहायक नियुक्त करना चाहिए जो कुल, गुण और शील से बड़े हों और शूर, राजभक्त, प्रियभाषी, हितकारक उपदेश देने वाले, क्लेश सहने वाले, सदा धर्म पर चलने वाले, कुमार्गगामी राजा को अपनी बुद्धि बल से कुमार्ग से हटाने में समर्थ, पवित्र, आचरण तथा विचार वाले तथा काम, क्रोध एवं लोभ आलस्य से हीन हों।[17] राजशास्त्र के प्रणेताओं ने पैतृक सिद्धान्त को नियुक्ति में महत्त्व प्रदान किया है।

प्राचीन भारतीय वाङ्मय में चारित्रिक योग्यता को नियुक्ति के लिए सबसे महत्त्वपूर्ण माना है। महाभारत में चारित्रिक योगयता का विधिवत उल्लेख शान्तिपर्व में भीष्म एवं युधिष्ठिर के संवादों में दिखाई देता है। भीष्म कहते हैं कि शूर, परम अनुभवी, सन्तुष्ट, महान उत्साही और ब्राह्मण स्वभाव वाले व्यक्ति को मन्त्रिपद देना चाहिए। मन्त्री में देशकाल के अनुसार कुशलतापूर्वक कार्य करने की योग्यता होनी चाहिए और उसको अपने स्वामी का हितैषी होना चाहिए। जो समर्थ पुरुष का सम्मान करते स्पद्र्धाहीन पुरुष के विषय में स्पद्र्धा नहीं करते काम, क्रोध, भय और लोभ के वश में होकर धर्म नहीं त्यागते तथा अभिमान रहित, सत्यवादी, क्षमाशील, जितात्मा, मानी और सब अवस्था में परीक्षायुक्त है वही तुम्हारे मन्त्र सहायक हों।[18] इसी प्रसंग में वह युधिष्ठिर को उपदेश देते हैं कि हे राजन्! उन्नतिशील, ऐश्वर्य की इच्छा रखने वाले राजा लोग आत्मीय, कुलीन, स्वदेशीय आदि विषयों के वश में न होने वाले, व्यभिचार रहित और भली-भाँति परीक्षा किए हुए पुरुषों के साथ सम्बन्ध और अत्यन्त श्रेष्ठ योनि से उत्पन्न हुए वेद जानने वाले परम पारंगत और अभिमानरहित मनुष्यों को ही मन्त्री नियुक्त करें। जिसमें बुद्धि, विनययुक्त, उत्तम स्वभाव, तेज, धीरज, क्षमा, पवित्रता, अनुराग, मर्यादा और धारणा के ये सब गुण विद्यमान हों।[19] इस प्रकार भीष्म ने चारित्रिक योग्यता के महत्त्व को नियुक्ति में महत्त्वपूर्ण माना है।

महर्षि मनु ने मन्त्रियों की चारित्रिक योग्यता को बल प्रदान करते हुए कहा है कि

राजा को सभी मन्त्रियों में से विद्वान धर्मादियुक्त विशिष्ट एक ब्राह्मण के साथ षड्गुण्य (सन्धि, विग्रह, यान, आसन, द्वैधीभाव और संश्रय) से युक्त श्रेष्ठ मन्त्र (गुप्त विचार) की मन्त्रणा (विचार विनिमय) करना चाहिए। इनके अलावा राजा अन्य शुद्ध हृदय वाले, बुद्धिमान, स्थिरचित्त द्रव्य के उपार्जन की युक्ति जानने वाले, धन धान्य उत्पन्न करने वाले सुपरीक्षित मनुष्यों को मन्त्री नियुक्त करे।[20] इस प्रकार मनु भी राजकल्याण के लिए मन्त्रियों की योग्यता को निश्चित करते हैं।

कौटिल्य ने अमात्य की नियुक्ति में अमात्य के चारित्रिक गुणों को 'आत्मसम्पन्न' गुण कहकर व्यक्त किया है। उनके अनुसार स्वदेश में उत्पन्न, कुलीन वंश से सम्प्रद, अवगुण शून्य, निपुणसवार एवं ललितकलाओं का ज्ञाता, अर्थशास्त्र का विद्वान, बुद्धिमान, स्मरण शक्ति सम्पन्न, चतुर, वाकपटु, प्रगल्भ (दबंग) प्रतिवाद तथा प्रतिकार करने में समर्थ, उत्साही, प्रभावशाली, सहिष्णु, पवित्र, मित्रता के योग्य, दृढ़, स्वामिभक्त, सुशील, समर्थ, स्वस्थ, धैर्यवान, निरभिमानी, स्थिर प्रकृति, प्रियदर्शी और दोषवृत्तिरहित पुरुष को ही अमात्य बनाना चाहिए यही अमात्य का सम्प्रद है।[21] आचार्य शुक्र ने भी दृढ़मत के साथ चारित्रिक योग्यता को नियुक्ति का प्रमुख आधार बताया है।

उपर्युक्त समस्त विवेचन से स्पष्ट होता है कि महाभारत, मनुस्मृति, कौटिल्य अर्थशास्त्र एवं शुक्रनीति में मन्त्रियों की नियुक्ति का आधार उनकी परीक्षा, कुलीनता, पैतृकता, स्थायी निवास, लोकप्रियता एवं चारित्रिक योग्यता ही थी। प्राचीन परम्परा इस तथ्य की ओर संकेत करती है कि प्रत्येक पद की एक गरिमा होती है जिसके लिए विभिन्न गुणों का होना अपेक्षित है। राज्य के सभी अंग एवं प्रशासन के संगठन के पदाधिकारी अपने दायित्वों का निर्वाह प्रवीणता से केवल तभी कर सकते हैं जब कि उनमें उक्त विभाग के दायित्वों को संभालने की योग्यता हो। अतएव नियुक्ति का अधिकार राज्यव्यवस्था का वर्तमान एवं भविष्य निश्चित करता है। इसीलिए इस कार्य में राजा को पूर्ण सतर्कता बरतनी ही चाहिए।

प्राचीन भारतीय राजव्यवस्था में प्रशासनिक प्रक्रिया को विस्तारपूर्वक स्पष्ट किया गया है। महाभारत में पुरोहित के कार्यों की मीमांसा करते हुए उसके दायित्वों में राजा के सत्कर्मों में लगाने एवं असत्कर्मों से दूर रखने के दायित्व को महत्त्वपूर्ण माना गया है।[22] पुरोहित को निर्देश देते हुए कहा गया है कि वह भिन्न-भिन्न प्रकार के निमित्तों और उत्पातों के रहस्य शत्रुपक्ष की विनाश प्रणाली का पर्याप्त ज्ञान रखे। मनु राज्य के आध्यात्मिक कल्याण एवं धार्मिक कार्यों के अनुष्ठान में पुरोहित की नियुक्ति करता है। पुरोहित की राजनीतिक स्थिति के विषय में मनु स्पष्टतः कुछ नहीं कहा है। कौटिल्य की प्रशासनिक संरचना में पुरोहित का महत्त्वपूर्ण स्थान है। पुरोहित राजा को धर्म एवं नीति के विषय में यज्ञ, उपासना इत्यादि करने की सलाह देता है। पुरोहित को उच्च कुलोत्पन्न,

ब्राह्मण, शीलगुण सम्पन्न, वेदों, शास्त्रों, ज्योतिष एवं दण्डनीति में पारंगत होना चाहिए। कौटिल्य अर्थशास्त्र में राजा के लिए पुरोहित का अनुकरण करना अनिवार्य था। कौटिल्य ने कहा है कि जैसे आचार्य के पीछे शिष्य, पिता के पीछे पुत्र और स्वामी के पीछे भृत्य चलता है वैसे ही राजा को पुरोहित का अनुगामी होना चाहिए।[23] शुक्रनीति में पुरोहित के चारित्रिक एवं नैतिक गुणों[24] का विधिवत उल्लेख किया गया है। शुक्रनीति में स्पष्टतः कहा गया है कि पुरोहित का मुख्य कार्य शासन को नियन्त्रण में रखना है। यही उसके पद की एवं पद के साथ जुड़ी हुई प्रतिष्ठा का आधार है।[25]

महर्षि मनु ने पुरोहित पर राजनियन्त्रण की व्यवस्था की है। उनके अनुसार

पिताऽऽचार्यः सुहृन्माता भार्या पुत्रः पुरोहितः।
नादण्ड्यो नामो राज्ञोऽस्ति यः स्वधर्मे न तिष्ठति॥[26]

अर्थात् यदि पुरोहित राज्य एवं समाज के विपरीत कार्य करे तो राजा उसे अमात्यों एवं न्यायाधीशों के समान ही दण्डित करे। आचार्य कौटिल्य मनु के मत को सहमति प्रदान करते हुए कहते कि यदि पुरोहित अपराध में पकड़ा जाये तो राजा उसे बन्दी बना ले अथवा राज्य से निर्वासित कर दे।[27] इस प्रकार प्राचीन परम्परा में कोई भी पद भले ही उसका धार्मिक महत्त्व क्यों न हो राज्य उसके अपकृत्यों पर सदैव अंकुश लगाता है अर्थात् राज्य के कल्याण से ऊपर कुछ भी नहीं है।

प्राचीन भारतीय परम्परा में मन्त्रियों के परामर्श से कार्य का प्रारम्भ करना उचित माना जाता था। महाभारतकाल में मन्त्री से अपेक्षा की गई कि वह मनोयोगपूर्वक विचार करने के पश्चात् ही राजा को उचित परामर्श दे, क्योंकि उसके परामर्श ही राज्य की उन्नति तथा प्रजा को अपने अनुकूल बनाने का प्रमुख आधार है।[28] मनुस्मृति में राजा को प्रत्येक कार्य प्रारम्भ करने से पूर्व उस कार्य के विषय में अपने मन्त्री से निश्चय कर लेने का निर्देश दिया गया है।[29] कौटिल्य ने भी राजा के कार्यों में मन्त्रियों की सलाह को महत्त्वपूर्ण माना है। कौटिल्य कहते हैं कि राज्य के सभी कार्य मन्त्रियों की उपस्थिति में ही होने चाहिए। यदि कोई अनुपस्थित हो तो उसकी सम्मति लिखकर माँग लेनी चाहिए। आकस्मिक घटना या किसी बड़े भय के समय राजा को अपनी छोटी मन्त्रिपरिषद् एवं बड़ी मन्त्रिपरिषद् के मन्त्रियों को बुलावा भेजना चाहिए और जो बहुमत से निर्णय हो उसे ही कार्यान्वित करना चाहिए।[30] आचार्य शुक्र ने मन्त्री की भूमिका को परामर्शदात्री माना है। उनके अनुसार राजा की उपस्थिति में मन्त्रिगण सच्ची बात नहीं कह पाते अतः मन्त्री अपने-अपने मत प्रमाण सहित राजा को लिखकर भेजे जिससे राजा बहुमत की इच्छा को जान सके।[31]

राजा एवं मन्त्रियों के परामर्श वार्त्ता की 'गोपनीयता' को महत्त्वपूर्ण माना गया है। महाभारत ने भीष्म पितामह कहते हैं कि मन्त्र गुप्त रहना चाहिए। मन्त्रियों के द्वारा दी गयी

उत्तम मन्त्रणा पर ही राज्य का जीवन स्थिर होता है। इसी आश्रय से राजा लोक-कल्याण के महान भार को धारण करने में समर्थ होता है। मन्त्रियों के द्वारा निश्चित किया गया मन्त्र तब तक गुप्त ही रहना चाहिए जब तक कि उसको क्रियात्मक स्वरूप न प्रदान कर दिया जाये।[32] मनुस्मृति में मन्त्रणा के स्थान एकान्त एवं सुरक्षित होने की बात कही गयी है। राजा मन्त्रियों के साथ मन्त्रणा करने के लिए पर्वत का ऊपरी भाग जो निर्जन एवं एकान्त हो चयनित करे। मन्त्रणा के समय जड़, मूक, बहरे, अतिवृद्ध, स्त्री, म्लेच्छ, रोगी, अंगहीन तथा पशु-पक्षियों (सुग्गा-तोता-मैना) को हटा देना चाहिए क्योंकि अपमानित होने पर ये लोग मन्त्र का भेद प्रकट कर देते हैं।[33] यही कारण है कि मनु ने राजकीय कार्यों में गोपनीयता को बनाये रखने की अनुशंसा की है। आचार्य शुक्र ने मन्त्रियों को निर्देश दिया है कि वे राजा के गुप्त कार्य या विचार को किसी के समक्ष प्रकाशित न करे।[34] इस प्रकार सभी राज-प्रणेताओं ने राज्य के पदाधिकारियों के दायित्वों के उल्लेख नीति-निर्माण, नीति क्रियान्वयन एवं राजकीय शक्ति पर नियन्त्रण के संदर्भ में ही किया है। प्रशासनिक अधिकारी के अधिकार एवं कर्तव्य जहाँ एक ओर राजा की परामर्शदात्री संस्था में विशेष भूमिका निभाते हैं वहीं दूसरी और प्रजा के साथ प्रत्यक्ष सम्बन्ध स्थापित कर उनकी भावनाओं को जानकर राजकीय निर्णयों को प्रभावित करते हैं।

भारतीय प्राचीन परम्परा में राज्य कर्मचारियों के लिए निश्चित वेतनमान निर्धारित था। महाभारत के शान्तिपर्व में कहा गया है कि 'राजा को राज्य की सब आय अपने ही लिए नहीं रखनी चाहिए, राजकर्मचारियों को भी उसका अंश देना चाहिए। राजा के समान वे भी वेतन और भोग के अधिकारी हैं।[35] ग्रामिक अधिकारियों के वेतन और भत्ते वर्णन भी महाभारत महाकाव्य में उपलब्ध हैं। भृत्यों का वेतन निर्धारित करते हुए विदुर ने कहा है कि भृत्यों का वेतन उनकी योग्यता, कार्य एवं राजकीय आय-व्यय को ध्यान में रखकर ही देना चाहिए।[36] राजा का पुनीत कर्तव्य था कि वह भृत्यों का वेतन निर्धारित समय पर ही दे। उत्तम कार्य को करने वाले भृत्य को पुरस्कार से सम्मानित करने की भी व्यवस्था थी। इस प्रकार जिन लोगों की राजसेवा में ही मृत्यु हो जाती थी उनके आश्रितों के लिए भरण-पोषण का भी विधान था।[37] अतएव महाभारतकाल में राजसेवा के बदले वेतन की व्यवस्था थी। मनुस्मृति में वेतन का विवेचन करते हुए कहा गया है कि मनु ने प्रजा कार्य के निमित्त कर के रूप में राजा का वेतन (छठा, आठवां या बारहवां भाग) निर्धारित किया है। यदि राजा प्रजा सहयोग क्षेम कार्य में प्रमाद करता है तब वह अपने वेतन के रूप में कर पाने के अधिकार से वंचित हो जाता है। बल्कि उसे प्रजा के अधर्म का षष्ठभाग प्राप्त होता है। राजा प्रशासनिक व्यवस्था का प्रमुख होता है। मनु के अनुसार दस ग्रामों के अधिकारी को भूमि का कुल वेतन रूप में दिया जाये बीस ग्राम के अधिकारियों को पाँच कुल, एक सौ ग्राम के अधिकारी को एक (मध्यम) ग्राम का

भूमिकर तथा एक सहस्र ग्रामों के बड़े अधिकारी को एक नगर का कर मिलना चाहिए।[38]

आचार्य कौटिल्य राज्य के समस्त अधिकारियों एवं कर्मचारियों को उनके पद, कार्य एवं योग्यतानुसार वेतन प्रदान करने के पक्षधर हैं। कौटिल्य का सुझाव था कि अधिकारियों को पर्याप्त वेतन दिया जाये जिससे वे अपने परिवार का भरण-पोषण कर सकें। राज्य में कर्मचारियों एवं अधिकारियों के लिए पर्याप्त वेतन की व्यवस्था अधिकारियों को कुपित होने से बचाती है। कौटिल्य ने पदानुसार वेतन का विभाजन इस प्रकार किया है ऋत्विक, आचार्य, मन्त्री, पुरोहित, युवराज, राजमाता, पटरानी इत्यादि को 48,000 पण, दौवारिक, अंतर्वैशिक प्रशास्ता, समाहर्त्ता, सन्निधाता आदि को 24,000 पण, कुमार, कुमारमाता, नायक, पौर, व्यावहारिक, कार्मीन्तिक, अन्तपाल इत्यादि को 12,000 पण, प्रदेष्टा आदि को 8,000 पण, चित्रकार, गणक एवं कथावाचक आदि को 500 पण, कारीगर एवं शिल्पी को 120 पण तथा चौकीदार, गौरक्षक, सामान्य कर्मचारियों को 60 पण वेतन देना चाहिए।[39] कौटिल्य ने वेतन का समय निर्धारित करके कहा है कि तीन सौ चौवन दिन-रात का एक कर्म-संवत्सर होता है। उसकी समाप्ति आषाढ़ी पूर्णिमा को समझना चाहिए। इसी वर्ष गणना के हिसाब से राज्य के प्रत्येक अध्यक्ष को वेतन देना चाहिए।[40] किन्तु यदि अध्यक्ष की नियुक्ति वर्ष के मध्य में हुई है तो उसको कम वेतन और यदि उसने पूरे वर्ष कार्य किया है तो उसे पूरा वेतन ही देना चाहिए। प्रत्येक कर्मचारी के कार्य का ब्यौरा उसकी उपस्थिति-पंजिका से देखना चाहिए।[41] कौटिल्य ने जहाँ वेतन को समयानुसार प्रदान करने के निर्देश दिया है साथ ही कार्य के अनुसार वेतन प्रदान करने को आवश्यक मानते हुए कहा है कि वेतन के बदले में यथेष्ट श्रम की आवश्यकता होती है। कौटिल्य श्रम एवं वेतन में कठोर नीति का समर्थन करते हुए कहा है कि यदि कर्मचारी कार्य ठीक प्रकार से न करे या बिगाड़ दे तब उन्हें मजदूरी न दी जाये और उन पर दुगुना जुर्माना लगा दिया जाये।[42] शुक्रनीति में राज्य कर्मियों के वेतन का निर्धारण सामान्य सिद्धान्त पर किया है। आचार्य शुक्र ने पदोन्नति की व्यवस्था करते हुए कहा कि जब कोई कार्मिक अपने अनुभव के आधार पर अपने पद से श्रेष्ठ होता जाये तो उसे उत्तरोत्तर श्रेष्ठ पद पर नियुक्त करे। इसके साथ ही राजकीय कर्मचारियों को अधिलाभ, बोनस एवं अनुतोष प्रदान करने के लिए भी कहा गया है। इस प्रकार विदित होता है कि प्राचीन भारत में राज्य के विभिन्न पदों के लिए वेतन की व्यवस्था स्पष्ट, व्यवस्थित एवं तर्कसंगत थी।

प्राचीन भारत की प्रशासकीय व्यवस्था का अध्ययन करने के पश्चात् यह कहना समीचीन ही प्रतीत होता है कि राजव्यवस्था के अन्तर्गत सर्वोच्च अधिकारी 'राजा' एवं अधिकारियों के मध्य पारस्परिक सहयोग एवं सद्भावना उच्च स्तर पर थी। राजा प्रत्येक कार्य मन्त्रिगण के परामर्श से करता था तथा मन्त्रिगण राजा की आज्ञा से ही राज्य के

दायित्वों को पूर्ण करते थे। प्राचीन व्यवस्था की विशेषता यही है कि इसमें कोई भी व्यक्ति नीति एवं धर्म से श्रेष्ठ नहीं है। राजा एवं पदाधिकारियों के पारस्परिक व्यवहार में आत्मनिर्भरता है जो राज्य को सशक्त स्वरूप प्रदान करती है।

संदर्भ सूची—

1. महाभारत शान्तिपर्व, 83/48
2. मनुस्मृति, 7/55-56
3. कौटिल्य अर्थशास्त्र, प्रकरण 10, अध्याय 14
4. महाभारत शान्तिपर्व, 85/7-11
5. महाभारत शान्तिपर्व, 106/11
6. मनुस्मृति, 7/54
7. कौटिल्य अर्थशास्त्र, 6/1
8. कौटिल्य अर्थशास्त्र, 15/56
9. कौशल किशोर मिश्र, मनुस्मृति में राज्य और सुशासन, राहुल पब्लिशिंग हाउस, मेरठ, प्रथम संस्करण-2012
10. शुक्रनीति 2/71-72
11. महाभारत शान्तिपर्व, 83/19
12. मनुस्मृति, 7/54
13. कौटिल्य अर्थशास्त्र, 1/9/1-6
14. श्यामलाल पाण्डेय, भीष्म का राजधर्म, पृ. 57
15. महाभारत शान्तिपर्व, 83/16
16. मनुस्मृति, 7/54
17. शुक्रनीति, 2/8-9
18. महाभारत शान्तिपर्व, 83/13/15
19. महाभारत शान्तिपर्व, 83/19-20
20. मनुस्मृति, 7/59-60
21. कौटिल्य अर्थशास्त्र, 1/8/1
22. महाभारत शान्तिपर्व, 72/1
23. कौटिल्य अर्थशास्त्र, 1/8/2
24. शुक्रनीति, 2/78-80
25. शुक्रनीति, 2/82
26. मनुस्मृति, 8/335
27. कौटिल्य अर्थशास्त्र, 9/3
28. महाभारत, शान्तिपर्व, 83/27
29. मनुस्मृति, 7/59
30. पी.वी. काणे, धर्मशास्त्र का इतिहास, (द्वितीय भाग), उत्तर प्रदेश हिन्दी संस्थान, लखनऊ, चतुर्थ संस्करण, 1992, पृ. 626

31. शुक्रनीति, 1/364-366
32. महाभारत शान्तिपर्व, 83/48-49
33. मनुस्मृति, 7/147, 149-150
34. शुक्रनीति, 2/233
35. महाभारत, शान्तिपर्व, 57/25-26, उद्योग 38/24
36. महाभारत, उद्योगपर्व, 37/22
37. महाभारत, उद्योगपर्व, 5/44
38. कमलेश शर्मा, प्राचीन भारत में राजनीतिक एवं विधिक विचार, आर.बी.एस. पब्लिशर्स, जयपुर, प्रथम संस्करण, 2007, पृ. 57, 55
39. विप्लव, अर्थशास्त्र एवं शुक्रनीति में जनतंत्र, अंकित पब्लिशिंग हाउस, नई दिल्ली प्रथम संस्करण, 2015, पृ. 169
40. पूर्वोक्त, पृ. 170
41. कौटिल्य अर्थशास्त्र, 2/7
42. कौटिल्य अर्थशास्त्र, 4/1/76

□

प्राचीन भारतीय दण्ड व्यवस्था

—मधुमुकुल चतुर्वेदी

भारतीय चिंतन में जीवन के विविध पक्षों को पृथक्-पृथक् करके नहीं देखा गया है अपितु जीवन पर पूरी समग्रता से विचार किया गया है। भारतीय चिंतन के अनुसार लौकिक व पारलौकिक पक्ष मानव जीवन की यात्रा के दो पड़ाव हैं। लौकिक जीवन के अन्त को मनुष्य की जीवन यात्रा का पूर्ण विराम नहीं माना गया अपितु उसे एक रूपान्तर माना गया है। अत: भारतीय दृष्टिकोण से लौकिक व पारलौकिक के मध्य कोई अन्तर्विरोध नहीं है। जीवन के चार पुरुषार्थ धर्म, अर्थ, काम तथा मोक्ष में से मोक्ष को जीवन का अन्तिम लक्ष्य स्वीकार किया गया है। जहाँ अन्य तीन पुरुषार्थ लौकिक पुरुषार्थ हैं, वहीं मोक्ष पारलौकिक पुरुषार्थ है। इस पारलौकिक पुरुषार्थ को प्राप्त करने का साधन, माध्यम एवं आधार धर्म को माना गया है क्योंकि मृत्यु के पश्चात् अन्य सभी वस्तुऐं यहीं रह जाती हैं सिर्फ धर्म ही मनुष्य के साथ रहता है। अत: मनुष्य को जीवन पर्यन्त धर्म का संचय करते रहना चाहिये।

धर्म प्राचीन भारतीय चिंतन का केन्द्रीय और आधारभूत तत्व है। प्राचीन भारतीय चिंतन के प्रतिनिधि स्रोतों में धर्म की अभिभावी सत्ता को बहुविध स्पष्ट किया गया है। स्मृतियों, महाकाव्यों और नीतिशास्त्रों, सभी में निरपवाद धर्म को राज्य के अस्तित्व के आधार के रूप में चित्रित किया गया है। भारतीय ग्रन्थों में राज्य सत्ता को धर्म पर इस अर्थ में निर्भर माना गया है कि वस्तुत: धर्म ही राज्य के अस्तित्व का मूल प्रयोजन है क्योंकि राज्य की रचना ही धर्म की सुरक्षा के लिए की गयी है। भारतीय ग्रन्थों में धर्म के वास्तविक स्वरूप और राज्य सत्ता से उसके सम्बन्ध के निरूपण के क्रम में यह सतर्कता आवश्यक है कि भारतीय चिंतन परम्परा में प्रयुक्त शब्द 'धर्म' अंग्रेजी के शब्द 'रिलीजन' का किसी भी अर्थ में पर्याय नहीं है। भारतीय ग्रन्थों में धर्म की जो विशद व्याख्या उपलब्ध है, उसमें कहीं भी धर्म को आराधना की किसी पद्धति अथवा किसी पन्थिक मत के पर्यायवाची के रूप में प्रयुक्त नहीं किया गया है। धर्म की विराट परिधि

में नैतिक नियमों, व्यवस्था के मूल आधारों, सामाजिक और राजनीतिक व्यवस्था के आधारभूत नियमों, व्यक्तिगत और सामाजिक आचरण की नैतिक अपेक्षाओं, परम्पराओं तथा राज्य निर्मित विधि तक को सम्मिलित किया गया है। भारतीय चिंतन परम्परा में धर्म नैतिक नियमों के संग्रह के रूप में, राज्य की पूर्ववर्ती अनुशास्ति के रूप में व्यक्त होता है। अत: धर्म को राज्य सत्ता के संव्यवहार के औचित्य के मापदण्ड के रूप में भी चित्रित किया गया है।

प्राय: सभी भारतीय ग्रन्थों में राज्य से पूर्व की जिस अवस्था का चित्रण किया गया है उसे मात्स्य न्याय की संज्ञा दी गयी है अर्थात् उस अवस्था में औचित्य और न्याय के कोई मापदण्ड प्रवर्तित नहीं थे। किन्तु इसका यह अर्थ नहीं है कि ऐसे मापदण्ड अस्तित्व में ही नहीं थे। भारतीय आचार्यों की परिकल्पना में धर्म के रूप में व्यक्तिगत और सामूहिक आचरण के सिद्धान्त अभिव्यक्त तो थे किन्तु समस्या उन मापदण्डों को व्यवहार में प्रवर्तित करने के लिए प्राधिकृत संस्थागत निकाय के अस्तित्व में नहीं होने की थी। मात्स्य न्याय की अवस्था एक ऐसी स्थिति को व्यक्त करती है जिसमें आचरण के निर्धारित मापदण्डों और औचित्य के सार्वभौम मूल्यों की अपेक्षा स्वार्थ अभिभावी तत्व हो जाये तथा उद्देश्यों की सिद्धि के लिए भौतिक बल का प्रयोग किया जाये। इस प्रकार मात्स्य न्याय में स्वार्थ और भौतिक शक्ति का संयोग स्वयं इस औचित्य का आधार मान लिया जाता है क्योंकि औचित्य के नैतिक और मूल्य आधारित मापदण्डों को प्रवर्तित करवाने के लिए ऐसी किसी सत्ता का अस्तित्व नहीं होता जो उन मूल्यों की संस्थापना के लिए भौतिक सामर्थ्य रखती हो। महाभारत में राज्य के अस्तित्व से पूर्व की अवस्थाओं के दो रूपों को चित्रित किया गया है। प्रारम्भ में व्यक्ति सद्भावपूर्वक पारस्परिक व्यवहार करते थे और जीवन सुव्यवस्थित और सुखमय था। मानवीय व्यवहार धर्म से निर्दिष्ट और नियन्त्रित होता था। महाभारत में धर्म के जो अनेक लक्षण प्रतिपादित किये गये हैं, उनमें धर्म के सामाजिक महत्त्व को प्रतिपादित करने वाली यह स्थिति उल्लेखनीय है कि धर्म व्यक्तियों को न केवल दूसरों के कार्यां में हस्तक्षेप न करने की मर्यादा को आत्मसात करने हेतु प्रेरित करता था, अपितु व्यक्तियों का दूसरों के कर्तव्यपालन में सहायक होना भी धर्म की अनुपालना का आवश्यक स्तर था। महाभारत के वर्णन के अनुसार धर्म की यह प्राकृतिक सत्ता दीर्घकाल तक स्थापित नहीं रह सकी और इसे चुनौतियाँ प्राप्त होने लगीं। जहाँ धर्म व्यवस्था और औचित्यपूर्ण न्याय को सुनिश्चित करता था, वहीं धर्म के लोप के कारण 'मात्स्य न्याय' प्रचलित हो गया। अव्यवस्था और अराजकता का साम्राज्य स्थापित हो गया। राज्य के अस्तित्व में आने से पूर्व और धर्म की सत्ता के लोप के पश्चात् के मध्य का यह काल मानव समुदाय के लिए दारुण दुर्दशा का काल था। मनुष्य धर्म की प्राकृतिक सत्ता के स्वत: प्रवर्तित होने की स्थिति में इन दुर्दशाओं से मुक्त

था किन्तु एक बार धर्म की प्राकृतिक सत्ता को चुनौती मिल ज़ाने के पश्चात् यह अनिवार्य था कि धर्म के सिद्धान्तों को कार्यशील करने और उन्हें प्रवर्तित करने के लिए धर्म के नैतिक तत्व के साथ कोई भौतिक अवलम्ब भी हो। इस भौतिक अवलम्ब को भारतीय चिंतन में 'दण्ड' के नाम से विभूषित किया गया है।

दण्ड वह भौतिक शक्ति है जिसका धर्म की प्रतिष्ठा के लिए प्रयुक्त किया जाना अभीष्ट है। मात्स्य न्याय की अवस्था में भी शक्ति का प्रयोग तो था किन्तु शक्ति का प्रयोग धर्म के संरक्षण के लिए नहीं, अपितु स्वार्थ की सिद्धि के लिए था। अतः दण्ड को शक्ति का पर्याय नहीं माना जा सकता। दण्ड को शक्ति के प्रयोग की आधारहीन तथा अनौचित्यपूर्ण अनुमति के रूप में भी स्वीकार नहीं किया जा सकता। प्रयोजन और परिमाण शक्ति के साथ संयुक्त होकर उसे 'दण्ड' के रूप में एक विशिष्ट स्तर प्रदान करते हैं। शक्ति के उसी प्रयोग को दण्ड की परिधि में स्वीकार किया जा सकता है जो प्रयोजन की दृष्टि से धर्म के हित में की गयी हो यह दण्ड का नैतिक स्तर है। दण्ड के पीछे जो भौतिक शक्ति क्रियाशील हो, उसकी सार्थकता के लिए यह अनिवार्य है कि वह परिमाण में उन व्यक्तियों की पृथक अथवा समवेत शक्तियों से अधिक हो, जो स्वार्थगत प्रयोजनां से धर्म की मान्यता को चुनौती दे रहे हों, यह दण्ड का भौतिक पक्ष है। दण्ड धर्म का भौतिक अवलम्ब है, किन्तु यह दण्ड भी स्वतः क्रियाशील नहीं हो सकता। इसकी स्वतः क्रियाशीलता की जो सीमाऐं हैं वे व्यावहारिक भी हैं और सैद्धान्तिक भी। व्यावहारिक दृष्टि से दण्ड को क्रियाशीलता के लिए किसी विशिष्ट, स्पष्ट भौतिक उपादान की अपेक्षा है, वहीं सैद्धान्तिक दृष्टि से किसी भी बल प्रयोग और दण्ड के मध्य विभेद के लिए यह आवश्यक है कि दण्ड को क्रियाशील करने वाला तत्व इस हेतु अधिकृत किया जाये। अर्थात् दण्ड को एक प्राधिकृत, सचेष्ट, सजग और समर्थ अभिकर्ता की अपेक्षा है। राज्य इस अपेक्षा की पूर्ति का माध्यम है। धर्म, दण्ड और राज्य की यह पारस्परिकता ही वस्तुतः प्राचीन भारतीय चिंतन में राज्य के औचित्य को निर्धारित करने हेतु प्रामाणिक आधार के रूप में समझी जा सकती है।

वैदिक कालीन दण्ड व्यवस्था

वैदिक कालीन साहित्य के अध्ययन से ज्ञात होता है कि वैदिक कालीन दण्ड व्यवस्था कठोर थी। कौटुम्बिक परिधि से लेकर राजकीय परिधि तक सर्वत्र कठोर दण्ड का विधान था। ऋजाश्व की आँखें उसके पिता ने केवल इसलिए फोड़ दी थीं कि वह प्रजा की भेडों को मार डालता था। पुरोहित को भी मृत्युदण्ड दिया जाता था यदि वह अपने राजा के प्रति विद्रोह करता था।[1] तैत्तरीय संहिता में विविध अपराधों के लिए अलग-अलग दण्डों का विधान मिलता है। छान्दोग्य उपनिषद के अनुसार अग्नि परीक्षा आदि

दिव्य उपायों से अपराधियों का परीक्षण होता था। अग्नि परीक्षा से यदि सिद्‌ध होता था कि अभियुक्त ने अपराध किया है तो उसे मार डाला जाता था।[2] वेद में अपराधियों के नाम भी बताये गये हैं अर्थात् जिस प्रकार का अपराध घटित हुआ है उसी के अनुसार अपराधियों का नाम रखा गया है। ऋग्वेद[3] और अथर्ववेद[4] के सूक्तों में अपराधियों के नाम इस प्रकार गिनाये गये हैं—राक्षस, अत्री, अधंशस, दुष्कृत, स्तेन, रिपु, यातुधान तथा असत्यवादी। इन आठ नामों के अतिरिक्त और भी नाम राक्षस सूक्त में आये हैं। ऋग्वेद[5] और अथर्ववेद[6] के अनेक सूक्तों में राक्षसों अर्थात् प्रजापीड़क दुष्कर्मी लोगों को दण्डित करने का वर्णन है किन्तु वेद दण्ड देने की व्यवस्था को आदर्श नहीं मानते हैं। इस प्रकार के दण्ड विधान से अपराध पर अंकुश भले ही लगे किन्तु अपराध नष्ट नहीं होता है और जब तक किसी समाज से अपराध सर्वथा ही नष्ट नहीं हो जाते तब तक उस समाज को आदर्श समाज नहीं कहा जा सकता। ऋग्वेद ओर अथर्ववेद के इन सूक्तों में राक्षस पुरुषों को कठोर दण्ड देने के विधान के साथ ही समाज में से अपराध को सर्वथा नष्ट करने के उपायों का भी वर्णन है। इन सूक्तों में वर्णन है कि अज्ञानता के कारण व्यक्ति बुरा व्यवहार करता है यदि इन का यह अज्ञान दूर कर दिया जाये तो ये दुष्ट व अपराध करने वाले नहीं रहेंगे। इसका एक ही उपाय है कि ज्ञान के प्रत्येक विषय का गम्भीर तत्व ज्ञान समाज में फैला दिया जाये। समाज की ऐसी आदर्श तत्व ज्ञानमयी अवस्था में राक्षस उत्पन्न नहीं हो सकते। अतः समाज को राक्षसों का भय नहीं रहेगा।

वेदो में सोम का वर्णन एक न्यायाधीश के रूप मे किया गया है। ऋग्वेद में वर्णन है कि उत्कृष्ट विज्ञान को जानने वाले सोम नामक जन के पास सत्य व असत्य वचन अपनी-अपनी विजय के लिए स्पर्धा करते हुए आते हैं। उनमें से जो सत्य है, जो सीधा व सरल है, सोम उसकी रक्षा करता है और जो असत्य है उसे दण्डित करता है। झगड़ने वाले लोगों की वचनों की सत्यता तथा असत्यता का निर्णय सोम करता है और सोम ही यह निर्णय करता है कि अपराध के अनुसार किसको मृत्युदण्ड दिया जावे और किसको कारागार में डालना चाहिए। सोम से अपराध व दण्ड का निर्णय हो जाने के पश्चात् अपराधी सम्राट इन्द्र के बन्धन में पड़ जाते हैं। अर्थात् न्याय का काम सोम का है और शासन का काम इन्द्र का है। सोम जो दण्ड निर्धारित कर देता है इन्द्र उसको क्रियान्वित करता है।[7] इन्द्र, सोम द्‌वारा निर्धारित किया गया दण्ड ही अपराधियों को देता है। एक अन्य सूक्त में कहा गया है कि हे ऐश्वर्यशाली इन्द्र, तू अपने सोम द्‌वारा तीक्ष्ण किये हुए और अपराधी पर फेंक कर मारे जाने वाले हथियारों को सुधार कर ठीक कर ले, अपनी व्यवहार कुशलता से उसे चला और अपने उस वज्र से पूर्व, पश्चिम, उत्तर, दक्षिण सब कहीं राक्षस पुरुषों को मार डाल।''[8]

मनुस्मृति में दण्ड व्यवस्था

हिन्दू विधिक साहित्य तीन वर्गों में विभाजित है। प्रथम धर्मसूत्र, द्वितीय धर्मशास्त्र व तृतीय टीकायें हैं। इन तीनों में धर्मशास्त्रों का अधिक महत्त्व है। धर्मशास्त्रों में सर्वप्रमुख स्थान मनुस्मृति का है। मनुस्मृति में वर्णित दण्ड व्यवस्था मुख्यत: वैदिक कालीन दण्ड व्यवस्था पर ही आधारित है। मनुस्मृति में कहा गया है कि जिसका दण्ड सदा उद्यत है, उससे सब जगत डरता है तथा सब जगत को राजा दण्ड से ही अपने अधीन करता है। साथ ही राजा को अपने विरोधी को भी साम, दाम, दण्ड व भेद इन उपायों से वश में लाना चाहिए।[9] ग्रन्थ में धर्म का क्रियान्वयन दण्ड द्वारा ही बताया गया है साथ ही सम्पूर्ण सामाजिक व्यवस्था के लिए भी दण्ड को परम आवश्यक माना है। दण्ड के अभाव में धर्म का क्रियान्वयन असम्भव है। इस लोक में ही नहीं बल्कि परलोक में भी व्यक्ति धर्म का पालन दण्ड के कारण ही करते हैं।[10] ग्रन्थ में प्रजा के आपसी विवाद के 18 विषय बताये गये हैं—

1. ऋणदान अर्थात् उधार लेना।
2. निक्षेप अर्थात् धरोहर को हड़पना।
3. अस्वामी विक्रय अर्थात् स्वामी की आज्ञा के बिना बेच देना।
4. संयम समुत्थान अर्थात् साझेदारी करके व्यापार में हानि करना।
5. दान की घोषणा करके देने से इंकार करना।
6. कार्मिकों तथा श्रमिकों को वेतन कम देना।
7. संविदा का उल्लंघन करना।
8. क्रय विक्रय सम्बन्धित विवाद।
9. पशु स्वामी तथा पशु पालक का विवाद।
10. सीमा से सम्बन्धित विवाद।
11. शारीरिक दण्ड तथा मारपीट सम्बन्धित विवाद।
12. अपशब्दों तथा गालीगलौच से उत्पन्न विवाद।
13. चोरी सम्बन्धी विवाद।
14. डकैती तथा बलपूर्वक सम्पत्ति को क्षति पहुँचाने वाले अपराध।
15. व्यभिचार सम्बन्धी अपराध।
16. स्त्री व पुरुष के पारस्परिक दायित्वों से सम्बन्धित विवाद।
17. सम्पत्ति के उत्तराधिकार एवं विभाजन से सम्बन्धित विवाद।
18. जुआ खेलना तथा द्रव्य आदि दाँव पर लगाकर पशु पक्षी को लड़ाना।[11]

राजा से कहा गया है कि इन ऋणदान आदि[18] व्यवहारों के स्थानों से आने वाले विवादों में नित्यधर्म का आश्रय लेकर कार्य का निर्णय करे तथा जो विवाद के विषय

उपर्युक्त[18] विषयों में नहीं आते हैं वे प्रकीर्णक अर्थात् बचे हुए विषय हैं। जब दूसरे कामों की आवश्यकता या रोग आदि के कारण राजा अपने कामों को न देख सके तो राजा इन कार्यां को देखने के लिए योग्य ब्राह्मणों को नियुक्त करे।[12] मनुस्मृति में दण्ड व्यवस्था को न्याय व्यवस्था के साथ मिलाकर विवेचित किया गया है। राजा से कहा गया है कि उसे वादी-प्रतिवादी के मध्य एक के सत्य कहने से और दूसरे के असत्य कहने से इस धर्म से, पीड़ा देने वाले काँटे के समान, अधर्म को निकाल देना चाहिए अन्यथा उस अधर्म रूपी राज्य के लिए राजा स्वयं उत्तरदायी होता है।[13] मनुस्मृति की न्याय व्यवस्था का अवलोकन करने से एक महत्त्वपूर्ण बात यह विदित होती है कि इसमें राजा से कहा गया है कि वह वादी-प्रतिवादी की मनोवैज्ञानिक क्रियाओं पर भी ध्यान देता रहे ताकि निर्णय में सत्यता का समावेश सम्भव हो सके। मनुस्मृति में जिस प्रकार साक्ष्य प्रणाली का व्यापक वर्णन है उससे आधुनिक साक्ष्य प्रणाली की कमियों को भी दूर किया जा सकता है। वर्तमान न्याय प्रणाली में अनेक बार न्यायाधीश के समक्ष दोनों पक्षों की ओर से ऐसे साक्ष्य प्रस्तुत किये जाते हैं कि यह निश्चित कर पाना कठिन होता है कि कौन सा पक्ष सत्य है। मनुस्मृति में इस समस्या के लिए कहा गया है कि अगर राजा (न्यायाधीश) के समक्ष ऐसी परिस्थितियाँ उत्पन्न हो जायें तो प्रथम तो साक्षियों की संख्या, दूसरे साक्षी की योग्यता व गुणता आदि को प्राथमिकता देकर व्यवहार का निर्णय करना चाहिए। इसके अतिरिक्त ग्रन्थ में जिस प्रकार राजा धर्म के द्वारा, स्वर्ग नरक की धारणा तथा पाप आदि से साक्षी को सत्यता प्रकट करने हेतु बाध्य करता है, अगर वर्तमान में न्यायिक प्रणाली में इस नैतिक व धार्मिक सत्ता द्वारा साक्षी को सत्य कहने हेतु बल डाला जाये तो वर्तमान न्याय प्रणाली में पूर्णरूप से न्याय हो सकता है।

मनुस्मृति में राजा की उत्पत्ति को दैवीय बताते हुए उसकी सर्वोच्चता को प्रतिष्ठित किया गया है किन्तु साथ ही यह भी कहा गया है कि जिस धर्म के कारण राजा तेजोन्मय है तथा इस धर्म को राजा ही निश्चित व स्थापित करता है परन्तु राजा को भी इस धर्म का कभी उल्लंघन नहीं करना चाहिए।[14] राजा को अपने कार्यों को करने के लिए तथा सब प्राणियों की रक्षा करने के लिए ब्रह्मा ने धर्मस्वरूप दण्ड को बनाया है।[15] ग्रन्थ में दण्ड को राजा से ऊपर माना है। परन्तु साथ ही दण्ड का धर्मस्वरूप होना भी अनिवार्य माना है तथा राजा अपने कार्यों का क्रियान्वयन भी दण्ड के माध्यम से ही कर सकता है। दण्ड ही वास्तव में राजा है वही चारों आश्रमों का धर्म है। दण्ड ही सम्पूर्ण प्रजा पर शासन करता है और दण्ड ही सम्पूर्ण प्रजा की रक्षा करता है। मनुस्मृति में कहा गया है कि राजा अपराध के अनुसार व अपराधी की सामर्थ्य को देखकर दण्ड का प्रयोग करे। राजा द्वारा दण्ड का समुचित रीति से प्रयोग किया जाना अपेक्षित है। दण्डशक्ति का अनुचित रीति या मनमाने ढंग से किया गया प्रयोग राजा के लिए इस लोक में अपयश

तथा परलोक में नरक गमन का कारक बनेगा।[16] मनु ने दण्ड के चार प्रकारों का उल्लेख किया है प्रथम वाक् दण्ड अर्थात् अपराधी को धर्मसभा में उसके द्वारा किये गये अपराध के लिए समझाना और उससे यह वचन लेना कि वह भविष्य में कोई अपराध नहीं करेगा। द्वितीय धिक् दण्ड अर्थात् धर्मसभा में अपराधी को अपारध हेतु धिक्कारना, लज्जित करना और भविष्य में अपराध करने पर कठोर दण्ड की चेतावनी देना। तृतीय अर्थदण्ड अर्थात् अपराधी द्वारा किये गये अपराध के लिए उसे आर्थिक दण्ड देना तथा चतुर्थ भौतिक दण्ड अर्थात् अपराधी को शारीरिक प्रताड़ना देना, उसका अंग विच्छेद करना या प्राण दण्ड देना।[17] मनु ने किसी व्यक्ति द्वारा प्रथम बार अपराध करने को प्रथम साहस दूसरी बार अपराध किये जाने को मध्यम साहस तथा बार-बार अपराध किये जाने को उत्तम साहस कहा है और इसी उत्तरोत्तर क्रम में दण्ड की मात्रा में निरन्तर वृद्धि का सुझाव दिया है। मनुस्मृति मे पशु पक्षियों को मारने पर भी दण्ड देने का प्रावधान है। यह व्यवस्था वर्तमान समय की पर्यावरण संरक्षण विधियों के समान ही प्रतीत होती है। मनुस्मृति में उल्लेखनीय बात यह है कि राजा को दण्ड का स्वामी होते हुये भी दण्ड के अधीन माना है। ग्रन्थ में राजा के लिए भी दण्ड का प्रावधान है। ग्रन्थ में कहा गया है कि जिस अपराध में एक सामान्य जन को एक पण दण्ड का प्रावधान है यदि वही अपराध राजा स्वयं करता है तो उसे एक हजार पण दण्ड का पात्र माना गया है। दण्ड की यह राशि राजा या तो जल में डाल देवे या ब्राह्मणों को दे दे।[18] आधुनिक न्याय व्यवस्था की भाँति मनुस्मृति में भी व्यक्ति के आत्मरक्षा के अधिकार को महत्त्व दिया गया है। ग्रन्थ में कहा गया है कि गुरु, बालक, वृद्ध, विद्वान, ब्राह्मण आदि कोई मारने के लिए आता हो और भागने से भी यदि व्यक्ति अपना बचाव न कर सके तो बिना सोच विचार के अपनी आत्मरक्षा के लिए आक्रमणकारी को मार देवे। इस प्रकार मनुष्य को मारने वाले आततायी को मारने से अधर्म, दण्ड तथा प्रायश्चित आदि का दोष भी नहीं लगता है।[19] मनुस्मृति में वर्णित दण्ड के प्रकारों की समीक्षा से ज्ञात होता है कि इसमें अर्थदण्ड, वाक्दण्ड, कारागार दण्ड, वध दण्ड, देश निष्कासन आदि सभी प्रकार के दण्डों का उल्लेख है। दण्ड के उद्देश्यों की दृष्टि से कहा जा सकता है कि मनुस्मृति में मुख्यतः दण्ड का निवारणात्मक, प्रतिकारात्मक, निरोधक व क्षतिपूर्ति सिद्धान्त का अधिक समावेश पाया जाता है।

महाभारत में दण्ड व्यवस्था

प्राचीन भारतीय शासन पद्धति के अध्ययन हेतु महाभारत एक महत्त्वपूर्ण स्रोत है। महाभारत में राजनीतिक विचारों की दृष्टि से शान्तिपर्व का विशेष महत्त्व है। शान्तिपर्व में वर्णित विचार मुख्यतः भीष्म पितामह द्वारा प्रतिपादित विचार हैं। शान्तिपर्व में दण्डनीति, राजधर्म, शासन पद्धति, अन्तर्राज्य सम्बन्ध आदि के विषय में महत्त्वपूर्ण विचार मिलते

हैं। महाभारत में दण्ड का अर्थ नीतिसार की भाँति दमन (नियन्त्रण) से लिया गया है। शान्तिपर्व में लिखा है कि दुष्टों का दमन व उनको दण्डित करने के कारण पण्डितों ने इसका नाम दण्ड रखा है।[20] भीष्म पितामह ने कहा है कि इस लोक में जिसमें सब अधिकार रहें, उस अवधारणा को ही दण्ड कहा जाता है।[21] दण्ड नीति के बारे में महाभारत में कहा गया है कि जो शास्त्र दण्ड देने की व्यवस्था करता है वह दण्डनीति शास्त्र कहलाता है। शान्तिपर्व में दण्ड की उत्पत्ति के सम्बन्ध में कहा गया है कि प्रारम्भ में ब्रह्मा जी ने उस समय फैली अराजकता का अन्त करके समाज व्यवस्था पुनः स्थापित करने के बाद एक लाख श्लोकों में विशाल राजशास्त्र की रचना की। इसे क्रमशः शिव, विशालाक्ष, इन्द्र, ब्रहस्पति तथा शुक्र ने संक्षिप्त किया। शान्तिपर्व में न्याय दान अथवा दण्ड व्यवस्था को राजा का ही कार्य माना गया है तथा यह प्रतिपादित किया गया है कि प्रजापालन के निमित्त राजदण्ड धारण करना ही क्षत्रिय धर्म है।[22] सम्पूर्ण न्याय व्यवस्था का प्रमुख निर्णायक एवं सर्वोच्च अधिकारी शासक को मानते हुए महाभारत में स्पष्ट घोषणा की गयी है कि वह धर्म के अनुसार ही निष्पक्ष न्याय प्रदान करे।[23] शान्तिपर्व में भीष्म पितामह ने कहा है कि दण्ड, उद्दण्ड मनुष्यों का दमन करता है और दुष्टों को दण्डित करता है। इस दमन और दण्ड प्रक्रिया के कारण ही विद्वान पुरुष उसे दण्ड कहते हैं। मनुष्यों को प्रमाद से बचाने तथा उनके धन की रक्षा के लिए लोक में जो मर्यादा स्थापित की गयी है उसी का नाम दण्ड है।[24] महाभारत में दण्ड को अनेक नामों से अभिव्यक्त किया गया है। जैसे- असि, विशन, धर्म, तीक्ष्ण, वर्मा, विजय, शास्ता, व्यवहार, सनातन शास्त्र, ब्रह्मण, मन्य, प्राग्वदंतावर, धर्मपाल, अक्षर, देव, सत्याग, नित्याग, अग्रज, असंग, रुद्रतनय, मनु, ज्येष्ठ तथा शिवशंकर आदि।[25] दण्ड के विभिन्न स्वरूपों का वर्णन करते हुए महाभारत में कहा गया है अर्थ-अनर्थ, सुख-दुख, धर्म-अधर्म, बल-अबल, दुर्भाग्य-सौभाग्य, पुण्य-पाप, गुण-अवगुण, काम-अकाम, ऋतुकाल, दिन-रात, क्षण, प्रमाद-अप्रमाद, हर्ष-क्रोध, देव, पुरुषार्थ, बन्ध, मोक्ष, भय, अभय, हिंसा-अहिंसा, तप, यज्ञ, संयम, विष-अविष, आदि-अन्त, मध्य, कार्य, विस्तार, मद, असावधानता, दर्प, दम्भ, धैर्य, नीति-अनीति, शक्ति-अशक्ति, मनस्तब्धता, व्यय-अव्यय, विनयदान, काल-अकाल, सत्य-असत्य, ज्ञान, श्रद्धा-अश्रद्धा, अकर्मण्यता, उद्योग, लाभ-हानि, जय-पराजय, तीक्ष्णता-मृदुलता, मृत्यु, जाना-अनजाना, विरोध-अविरोध, कर्तव्य-अकर्तव्य, सबलता-निर्बलता, असूया-अनसूया, लज्जा, सम्पत्ति-विपत्ति, स्थान, तेज, कर्म, पाण्डित्य, वाक्, शक्ति तथा तत्त्व दोष ये सब दण्ड के ही रूप हैं।[26]

दण्ड के निवास को शासक में मानते हुए महाभारत में स्पष्ट घोषणा की गयी है कि दण्ड अन्ततः शासक में ही विहित रहता है। अतः दण्ड देने हेतु केवल वही प्राधिकृत है। शान्तिपर्व में उल्लेख है कि रक्षा रूपी प्रयोजन सिद्ध करने वाला दण्ड ईश्वर ने राजा

को प्रदान किया है।[27] जिस राज्य में शासक, दुष्ट और दुराचारियों को दण्ड द्वारा वश में नहीं रखते वहाँ प्रजा उद्विग्न हो उठती है। साधारण प्रजा ही नहीं, साधु व ब्राह्मण भी राजा का अनुसरण नहीं करते हैं और अन्ततोगत्वा वही अपनी प्रजा के कोप का भागी होता है।[28] दण्ड के प्रभाव से चारों वर्णों के लोग अपने कार्य में संलग्न रहते हैं, धर्म, मर्यादा में संकीर्णता नहीं आ पाती है और प्रजा सब ओर से निर्भय एवं सकुशल रहने लगती है।[29] दण्ड की शक्ति के सम्यक् व निष्पक्ष संव्यवहार की अपेक्षा करते हुए राजा को परामर्श दिया गया है कि वह माता-पिता, स्त्री, पुरोहित या अन्य कोई भी प्रिय से प्रिय व्यक्ति यदि क्रिया या वाणी द्वारा कोई अपराध करता है तो उसे अपराध के अनुसार यथा योग्य दण्ड दे। साथ में यह भी घोषणा की गयी है कि यदि ब्राह्मण द्वारा ब्रह्म हत्या, गुरु पत्नी गमन, भ्रूण हत्या तथा राजद्रोह जैसा घोर अपराध भी कर दिया जाये तो उसे प्राण दण्ड नहीं देना चाहिए।[30] शान्तिपर्व में वर्णानुसार दण्ड देने की व्यवस्था मिलती है। ग्रन्थ में उल्लेख है कि अपराधी ब्राह्मण के लिए वाणी द्वारा अपमानित करना, क्षत्रिय को निर्वाह मात्र के लिए धन देकर शेष सम्पत्ति का हरण और वैश्य की समस्त सम्पत्ति का अपहरण पर्याप्त दण्ड है। ब्राह्मणों की दण्डनीयता के विषय में महाभारत में दो मत हैं—एक मत उनको अदण्डनीय मानता है जबकि दूसरा दण्डनीय।[31] महाभारत में ब्रह्म हत्या, गुरुपत्नि गमन, भ्रूण हत्या, राजद्रोह, परस्त्री गमन, वेद विद्या के अध्ययन-अध्यापन में बाधा उपस्थित करना, राजकीय कोष से किसी मन्त्री द्वारा धन अपहरण करना, मन्त्रियों का अनादर करना, राजकार्यों में बाधा डालना, चोरी करना गाँव में आग लगाना, व्यभिचार द्वारा वर्ण संकरता फैलाने का प्रयास करना आदि को विषेष अपराध मानकर इनका दोष सिद्ध होने पर अपराधी को प्राण दण्ड देने का परामर्श शासक को दिया गया है।[32] मत्त, उन्मत्त, संस्कार प्रतारक, शठ, लम्पट, जुआरी, कृत्रिम लेखक व घूसखोर श्रेणियों के अपराधियों को धनदण्ड देने का परामर्श महाभारत में दिया गया है। शराब खाना खोलने वालों, वेश्याओं तथा उनके दलालों को भी दण्ड देने का परामर्श महाभारत में दिया गया है।[33] शान्तिपर्व में दण्ड के तीन भेदों का उल्लेख है। प्रथम भर्तृ प्रत्यय दण्ड अर्थात् स्वामी अथवा विचारक के विश्वास के अनुसार उत्पन्न होने वाला व्यवहार। द्वितीय वेद प्रत्यय दण्ड अर्थात् वेद प्रतिपादित दोष के अनुकूल आचरण करने वाले अपराधी के लिए उत्पन्न होने वाला व्यवहार। तृतीय मौल दण्ड अर्थात् कुलाचार भंग किये जाने के अपराध पर किया जाने वाला व्यवहार।[34] शान्तिपर्व में वाक् दण्ड, धन दण्ड, कार्य दण्ड तथा वध दण्ड एवं हिरण्य दण्ड का भी उल्लेख किया गया है। ग्रन्थ में अपराधी और अपराध के अनुरूप दण्ड देने की व्यवस्था दी गयी है जैसे धनी अपराधी को उसकी सम्पत्ति से वंचित कर देना चाहिए निर्धन को बन्धन दण्ड और दुराचारी को कार्य दण्ड द्वारा सन्मार्ग पर लाना। अपराध की गुरुता के अनुरूप कठोर दण्ड देने की व्यवस्था है।

जैसे व्यभिचारी स्त्री को कुत्ते से नुचवाना तथा व्यभिचारी पुरुष को तप्त लौह की खाट पर लिटा कर भस्म करना। राजा का वध करने, चोरी के अपराध तथा आग लगाने पर वध दण्ड ही उपयुक्त माना गया है।[35] शान्तिपर्व में कहा गया है कि धर्म का विनाश चाहने वाले तथा अधर्म के प्रवर्तक दुरात्माओं का वध करना उचित है। यदि एक व्यक्ति को मारकर कुटुम्ब का क्लेश दूर हो जाये और एक कुल का नाश करने से समस्त राष्ट्र सुखी हो जाये तो ऐसा करना धर्मनाशक नहीं, धर्मपोषक है। दूत, पिता, गुरु, परोपकारी तथा ब्राह्मण आदि अवध्य माने गये हैं। स्त्रियाँ तथा जो सबका अतिथि सत्कार करते हों उनका वध नहीं करना चाहिए।[36]

महाभारत में अपराधियों को क्षमा प्रदान करने की व्यवस्था भी थी। यदि कोई अज्ञानवश अपराध करे तो वह क्षमा का पात्र है किन्तु यदि जानबूझ कर अपराध करे तो उसे अवश्य दण्ड देना चाहिए। यदि कोई व्यक्ति अनेक बार अपराध करे तो उसे गुरुतर दण्ड प्रदान करना चाहिए। अपराधी ने पहले कोई उपकार किया हो तो उसे यथासम्भव क्षमा प्रदान करनी चाहिए।[37] शान्ति पर्व में चार प्रकार के अपराधों का विभिन्न प्रसंगों में उल्लेख किया गया है—प्रथम कायिक अर्थात् शारीरिक आघात के द्वारा किये जाने वाले अपराध। द्वितीय मानसिक अर्थात् मन में अपराध की प्रवृत्ति को धारण करना। तृतीय सांसर्गिक अर्थात् ऐसे अपराध जो किसी अपराधी के आपराधिक कृत्य में संसर्ग करने अथवा प्रत्यक्ष व परोक्ष सहायता पहुँचाकर किये जाते हैं। चतुर्थ वाचिक अर्थात् वाणी द्वारा किये गये अपराध।[38] दण्ड मुख्यत: चार प्रकार के थे—प्रथम शारीरिक कष्ट, द्वितीय बन्धन, तृतीय विरूपकरण तथा चतुर्थ वध दण्ड। यदि पापी किसी पुरोहित की शरण लेकर कहता कि मैं पुन: पाप नहीं करूँगा तो उसे छुटकारा मिल जाता था। वानप्रस्थी व ब्राह्मण को भी अपराध करने पर राजदण्ड भोगना पड़ता था। महाभारत में दण्ड में वर्ण को ध्यान में रखने के बावजूद भी समानता का नियम पाया जाता था। महाभारत में भीष्म ने युधिष्ठर को इस सम्बन्ध में कहा है कि कभी अनुचित न्याय न करो अन्यथा प्रजा तुम्हें छोड़ देगी। राजा को दीन दुखियों का पक्ष लेना चाहिए न कि उनके विरोधी धनिकों का।[39] महाभारत में दण्ड व धर्म के बीच घनिष्ठता को स्वीकारा गया है। दण्ड के द्वारा ही धर्म का पालन सम्भव होता है उसी प्रकार दण्ड भी धर्म के अनुकूल होना चाहिए। राजा को केवल धर्म का अनुवर्ती होना चाहिए, धर्म से उत्तम दूसरा कुछ भी नहीं है।[40] धर्म की उपेक्षा करके दण्ड देने वाला राजा स्वेच्छाचारी बन जाता है और अपनी लोकप्रियता खोने लगता है। हालांकि दण्ड के द्वारा ही राजा अपनी सत्ता का प्रयोग करता था किन्तु महाभारत में राजा की स्वेच्छाचारिता तथा निरंकुशता का समर्थन नहीं किया गया है। अपितु राजा को भी दण्ड और धर्म के अधीन स्वीकार किया गया है। महाभारत में दण्ड की प्रतिशोधात्मक भावना का अभाव है। ग्रन्थ में दण्ड का मुख्य

उद्देश्य सुधारात्मक प्रतीत होता है। धर्म में लगाना ही दण्ड का उद्देश्य है। दण्ड के दो ही प्रमुख कार्य हैं— लोक रक्षा तथा स्वधर्मपालन।[41] महाभारत में वर्णित वर्णानुसार दण्ड की व्यवस्था आधुनिक युग में अनुचित तथा पक्षपातपूर्ण प्रतीत होती है किन्तु न्याय के संदर्भ में समानता का सिद्धान्त तथा शासक को भी दण्ड के अधीन मानना वर्तमान समय के समानता के अधिकार तथा न्यायपालिका की सर्वोच्चता के सिद्धान्त से साम्यता रखता प्रतीत होता है।

शुक्रनीति में दण्ड व्यवस्था

शुक्रनीति में राजा को दण्ड शक्ति का धारक बताया गया है। राजा को ही समस्त धर्मों का एक मात्र रक्षक माना गया है और कहा गया है कि जो राजा दण्डनीति का समुचित रूप से पालन नहीं करता अर्थात् दण्डनीय को दण्ड नहीं देता है, दण्ड के अयोग्य को दण्ड देता है तथा अनावश्यक रूप से अधिक दण्ड देने का अभ्यासी होता है, उसका क्षय अवश्यम्भावी है। शुक्र ने दण्ड के अनेक प्रकारों का उल्लेख किया है जैसे—फटकारना, बांध देना, नष्ट करना, पुर से निष्कासित कर देना, दाग लगाना, द्रव्य हरण कर लेना, गधे पर चढाना, अंगछेदन करना तथा वध करना। वध को अन्तिम विकल्प माना गया है। दण्ड को परिभाषित करते हुये ऐसे उपाय को दण्ड माना गया है जिससे मनुष्य का भली भाँति दमन होता है।[42] शुक्र ने दण्ड को ऐसा साधन माना है जिससे असत् आचरण से निवृत्ति होती है।[43] दण्ड के भय से प्रजा अपने धर्म में संलग्न रहती है तथा विभिन्न प्रकार के अवैध, अनैतिक व समाज विरोधी कृत्यों से विमुख रहती है। शासक को परामर्श दिया गया है कि वह दण्ड शक्ति के प्रयोग में असावधानी व शिथिलता न बरते। शुक्रनीति में दण्ड सिद्धान्त के विषय में उल्लेख है कि दण्ड पारण में निष्पक्षता का हर परिस्थिति में पालन किया जाना चाहिए। अपराध करने पर गुरुजनों को भी दण्डित किया जा सकता है।[44] दण्ड की मात्रा और प्रकृति का निर्धारण अपराध की गुरुता और प्रकृति पर निर्भर होना चाहिए।[45] दण्ड का पारण न्यायिक अधिकारी की निजी इच्छा, पूर्वाग्रहों अथवा मनोवृत्तियों से प्रभावित नहीं होना चाहिए। दण्ड के पारण में मानवीय संवेगों को नहीं अपितु तर्क, तथ्य, विधि के प्रावधानों व साक्ष्य को ही आधार माना जाना चाहिए। दण्ड का पारण अपराधी के विरुद्ध दोष सिद्ध होने पर ही किया जा सकता है। इस प्रक्रिया में अपराधी को स्वयं को निर्दोष सिद्ध करने का पूरा अवसर प्रदान करना चाहिए तथा समुचित साक्ष्य के आधार पर ही उसके दोष का निर्धारण किया जाना चाहिए। शुक्रनीति में वर्णित इस दण्ड सिद्धान्त से वर्तमान समय की न्यायिक प्रक्रिया पर्याप्त साम्यता रखती है। दण्ड के प्रयोजन के सम्बन्ध में शुक्रनीति में दण्ड के निवारक अर्थात् दण्ड के माध्यम से लोगों के मध्य ऐसा उदाहरण प्रस्तुत करना कि लोग अपराध

करने का साहस भी न कर सकें, प्रतिकारात्मक अर्थात् दण्ड के द्वारा अपराधी द्वारा किये गये कृत्य का प्रतिशोध लेना तथा सुधारात्मक अर्थात् दण्ड के माध्यम से अपराधी को उसके आचरण में सुधार का अवसर प्रदान करना, तीनों प्रकार के प्रयोजनों को स्वीकार किया गया है।

शुक्रनीति में अपराधों के चार प्रमुख भेदों को स्वीकार किया गया है—कायिक अर्थात् शारीरिक आघात द्वारा किये जाने वाले अपराध, वाचिक अर्थात् वाणी द्वारा किये गये अपराध, मानसिक अर्थात् आपराधिक मन्तव्य धारण करना भले ही अपराध वास्तव में घटित न हुआ हो तथा सांसर्गिक अर्थात् आपराधिक कृत्य में साथ रहना या प्रत्यक्ष अथवा परोक्ष रूप से अपराध में सहयोग करना।[46] अपराधों की इन चार श्रेणियों को पुनः दो श्रेणियों में विभाजित किया है—प्रथम वृहिकृत अर्थात् जानबूझकर किये गये अपराध तथा द्वितीय अवृहिकृत अर्थात् बिना किसी निश्चित मन्तव्य के अनायास हो गये अपराध। इस सभी प्रकार के अपराधों के पुनः दो भेद स्वीकार किये गये हैं प्रथम कारितः अर्थात् स्वयं किया गया अथवा करवाया गया अपराध तथा द्वितीय अनुमोदितः अर्थात ऐसा अपराध जिसमें अपराधी ने स्वयं व्यक्तिशः भाग न लिया हो किन्तु अपराध उसकी अनुमति से किया गया हो। इन सभी अपराधों को उनकी आवृत्ति व अन्तराल के आधार पर चार श्रेणियों में विभाजित किया गया है—प्रथम सृत्कृत्कृत अर्थात् एक बार किया गया अपराध, द्वितीय असृत्कृत्कृत अर्थात् बार-बार किया गया अपराध, तृतीय अभ्यस्तकृत अर्थात् निरन्तर किया गया अपराध तथा चतुर्थ स्वभावकृत अर्थात् किसी व्यक्ति की सामान्यतः अपराध में प्रवृत्ति हो जाना। शुक्रनीति में सामाजिक, आर्थिक, नैतिक, राजनैतिक, न्यायिक व प्रशासनिक समस्त प्रकार के अपराधों को महत्त्व प्रदान करते हुए उनके प्रतिकार की अपेक्षा की गयी है। यह अपेक्षा की गयी है कि किसी अपराधी के लिए दण्ड की मात्रा व प्रकृति का निर्धारण करते समय अपराधों के इन समस्त वर्गीकरणों पर ध्यान दिया जाना चाहिए। ग्रन्थ में सामान्यतः प्राणदण्ड न देने का प्रावधान किया गया है।[47] केवल राजद्रोह जैसे गम्भीर अपराधों के लिए वध दण्ड के औचित्य का प्रतिपादन किया गया है। ऐसे अपराधों के लिए प्राण दण्ड को शुक्र ने दण्ड के पारण की सामान्य न्यायिक प्रक्रिया से भी मुक्त किया है।[48]

कौटिल्यीय अर्थशास्त्र में दण्ड व्यवस्था

प्राचीन भारत के राजशास्त्रियों में कौटिल्य का स्थान सबसे प्रमुख है तथा उसे शासन कला और कूटनीति का एक महान प्रतिपादक माना जाता है। कौटिल्य का अर्थशास्त्र राजशास्त्र का एक महत्त्वपूर्ण ग्रन्थ है। 15 अधिकरणों में विभक्त अर्थशास्त्र में दण्ड व दण्डनीति के बारे में व्यापक वर्णन है। अर्थशास्त्र में राज्य की उत्पत्ति के साथ

दण्ड की उत्पत्ति को बताया गया है। अर्थशास्त्र में यद्यपि महाभारत की भाँति राज्य से पूर्व धर्म के अस्तित्व में होने का कोई विस्तृत वर्णन नहीं मिलता तथापि अर्थशास्त्र के अनेक प्रसंग राज्य से पूर्व धर्म की विद्यमान सत्ता को प्रकारान्तर से स्पष्ट करते हैं। धर्म की राज्य से पूर्ववर्ती सत्ता की मान्यता का आभास अर्थशास्त्र के इस दृष्टिकोण से पुष्ट होता है कि राज्य को धर्म का निर्धारक घोषित नहीं किया गया है अपितु राजा की भूमिका, धर्म के अनुकूल प्रजा के व्यवहार को मर्यादित करने तक सीमित है। कौटिल्य ने दण्डनीति का अर्थ बताते हुए लिखा है कि शासन (दण्ड) को प्रतिपादित करने वाली नीति दण्डनीति कहलाती है।[49] कौटिल्य के अनुसार मनु, बृहस्पति व शुक्राचार्य द्वारा मान्य चार विधाओं में दण्डनीति एक है।[50] दण्ड का सम्बन्ध उन सभी साधनों से है जिनसे वस्तुओं का अर्जन, रक्षण, वृद्धि व वितरण किया जाता है।[51] कौटिल्य दण्ड नीति को केवल दण्ड देने वाली शक्ति से ही सम्बन्धित नहीं मानना अपितु उसे सम्पूर्ण सामाजिक व राजनीतिक सम्बन्धों से सम्बन्धित मानता है जिसमें अन्य बातों के अतिरिक्त राजा, उसके मन्त्री तथा सेना आदि शामिल हैं। अर्थशास्त्र में एक स्थल पर व्यक्त हुआ है कि जब राजा द्वारा मर्यादा की स्थापना कर दी गयी हो और वर्णाश्रम धर्म की पालना को सुनिश्चित कर दिया गया हो तो दण्ड द्वारा सुरक्षित होकर जगत प्रसन्न रहता है और कभी पीडित नहीं होता है।[52] दण्ड के माध्यम से राज्य द्वारा सुरक्षित हुए चारों वर्ण और आश्रम अपने-अपने धर्म व कर्म में संलग्न रहते हैं तथा अपने मार्ग पर चलते हैं।[53] कौटिल्य के अनुसार आन्वीक्षकी, त्रयी, वार्ता व दण्ड नीति ये चार विद्याऐं है। सांख्य, योग व नास्तिक दर्शन ये आन्वीक्षकी विद्या के अन्तर्गत आते हैं। त्रयी में धर्म-अधर्म का, वार्ता में अर्थ-अनर्थ का और दण्डनीति में सुशासन व कुशासन का ज्ञान प्रतिपादित है।[54] आन्वीक्षकी, त्रयी व वार्ता इन सभी की सुख समृद्धि दण्ड पर निर्भर है। दण्डनीति ही अप्राप्त वस्तुओं को प्राप्त करती है, प्राप्त वस्तुओं की रक्षा करती है, रक्षित वस्तुओं की वृद्धि करती है और वही अभिवृद्धि वस्तुओं को समुचित कार्यों में लगाने का निर्देश करती है। उसी पर संसार की सारी लोक यात्रा निर्भर है। इसलिए लोक को समुचित मार्ग पर ले चलने की इच्छा रखने वाला राजा सदा ही दण्ड के प्रयोग के लिए प्रस्तुत रहे।[55] कौटिल्य के अनुसार धर्म के साथ ही प्रजा की रक्षा करना भी राजा का धर्म है। इसी से राजा को स्वर्ग की प्राप्ति होती है। जो राजा प्रजा की रक्षा नहीं करता या व्यर्थ पीड़ा पहुँचाता है उसको भी दण्ड देना चाहिए। दण्ड ही इस लोक व परलोक की रक्षा करता है। इसी से राजा, पुत्र व शत्रुओं को उनके दोष के अनुसार दण्ड दिया जाता है। जो राजा धर्म, व्यवहार, चरित्र व न्याय के अनुसार प्रजा का पालन करता है वह चारों ओर समुद्र से घिरी हुई इस पृथ्वी का शासन करने में समर्थ होता है।

अर्थशास्त्र में राजा को सर्वोच्च न्यायिक अधिकारी तथा राज्य को न्याय का स्रोत

माना गया है। राजा की न्यायिक शक्ति को कौटिल्य ने विधि के अधीन माना है और राजा से यह अपेक्षा की है कि वह न्यायिक शक्ति का प्रयोग संस्थागत रूप में तथा विधि द्वारा स्थापित प्रक्रिया के अनुसार ही करे क्योंकि न्यायिक शक्ति राजा की निजी शक्ति नहीं है अपितु एक संस्थागत शक्ति है।[56] कौटिल्य ने दो प्रकार के न्यायालयों का उल्लेख किया है धर्मस्थीय तथा कण्टक शोधन। धर्मस्थीय न्यायालयों के क्षेत्राधिकार में सभी प्रकार के दीवानी तथा ऐसे छोटे फौजदारी मामलों को शामिल किया गया है जिसमें व्यक्ति का अपराध उसकी निजी स्थिति अथवा किसी समझौते के उल्लंघन के कारण उत्पन्न हुआ हो। कण्टक शोधन न्यायालयों के अन्तर्गत सभी फौजदारी मामलों ओर उन अपराधों को शामिल किया गया है जो राज्य के अधिकारियों या किसी व्यवसाय में संलग्न व्यक्तियों द्वारा किये गये हों। अर्थशास्त्र में वर्णित यह न्यायिक व्यवस्था वर्तमान न्यायिक व्यवस्था जैसी ही प्रतीत होती है। अर्थशास्त्र में राजा से यह अपेक्षा की गयी है कि वह न्यायाधीश के पद पर ऐसे व्यक्तियों की नियुक्ति करे जिनमें धर्म के मर्म को समझने की क्षमता हो, वे विधि और न्याय में पारंगत हों तथा उनकी निष्ठा निष्पक्षता एवं ईमानदारी सन्देह से परे हो। न्यायिक कार्यों को किसी एक न्यायाधीश द्वारा सम्पन्न किये जाने की अपेक्षा न्यायाधीशों से गठित न्यायिक पीठ द्वारा किया जाना उचित माना गया है। किसी न्यायालय द्वारा किये गये निर्णय के विरुद्ध अपील राजा को ही की जा सकती है जिसका आदेश अन्तिम होगा। किन्तु राजा से यह अपेक्षित है कि वह न्यायिक दायित्व के निर्वहन में धर्म, विधि एवं न्याय में पारंगत व्यक्तियों से अवश्य परामर्श ले।[57] अर्थशास्त्र में स्थानीय और क्षेत्रीय न्यायालयों का भी उल्लेख किया गया है। कौटिल्य ने न्यायाधीशों को भी अपने कर्तव्यों की अवहेलना करने अथवा पक्षपातपूर्ण आचरण करने पर दण्ड का पात्र माना है। न्यायाधीश अपने न्यायिक दायित्वों का निष्पक्षता पूर्वक निर्वाह कर सकें इसके लिए कौटिल्य ने न्यायपालिका को कार्यपालिका से पृथक् रखने की अपेक्षा की है।

अपराध को परिभाषित करते हुये कौटिल्य ने लिखा है कि ऐसा कोई भी कृत्य जिससे राज्य की विधि और सामाजिक नियमों का उल्लंघन हो अथवा जानबूझकर किसी को क्षति पहुँचायी गयी हो, अपराध है। कौटिल्य के अनुसार दण्ड अत्यधिक कठोर या अत्यधिक अल्प नहीं होना चाहिए। दण्ड की मात्रा और प्रकृति अपराध की गम्भीरता और परिस्थिति पर आधारित होनी चाहिए। केवल दोषसिद्ध अपराधी को ही दण्डित किया जावे। दण्ड के विषय में समानता का दृष्टिकोण अपनाया जावे अर्थात् राज्य की विधि के सम्मुख सभी समान हों। अपराध का प्रमाणीकरण एवं दण्ड का निर्धारण निर्धारित प्रक्रिया के अनुसार ही किया जाना चाहिए और इस प्रक्रिया में सभी पक्षों जैसे—वादी, प्रतिवादी, अभियोक्ता, अभियुक्त और न्याय के अधिकारी आदि के अधिकारों एवं मर्यादाओं की स्पष्ट परिभाषा हो। कौटिल्य ने दण्ड के तीन प्रयोजनों को स्वीकार किया है—प्रथम

प्रतिकारात्मक अर्थात् दण्ड के द्वारा अपराधी द्वारा किये गये कृत्य का प्रतिशोध लेना। द्वितीय निवारक अर्थात् दण्ड के माध्यम से लोगों के समक्ष ऐसा उदाहरण प्रस्तुत करना कि लोग अपराध करने का साहस ही न करें तथा तृतीय सुधारक अर्थात् दण्ड के माध्यम से अपराधी को उसके आचरण में सुधार करने का अवसर प्रदान करना। कौटिल्य के ये विचार वर्तमान समय में भी प्रासंगिक लगते हैं। कौटिल्य ने अपराधों की पाँच श्रेणियाँ मानी हैं—प्रथम, व्यक्तियों के शरीर अथवा सम्पत्ति को क्षति पहुँचाने से सम्बन्धित अपराध, द्वितीय, सामाजिक अपराध, तृतीय, आर्थिक अपराध, चतुर्थ, कर्मचारियों द्वारा किये गये अपराध तथा पंचम, राजद्रोह। इनमें से प्रथम चार के लिए कौटिल्य ने मुकदमे द्वारा अपराध का विनिश्चयकर दण्ड का निर्धारण किये जाने का आग्रह किया है जिसमें अर्थदण्ड एवं शारीरिक दण्ड शामिल हैं। अन्तिम श्रेणी के अपराध के लिए बिना कोई मुकदमा चलाये ही प्राण दण्ड देना उचित माना गया है।

आधुनिक राजनैतिक अवधारणाओं के संदर्भ में प्राचीन भारतीय चिंतन के दण्ड व दण्डनीति विषयक विचारों का महत्त्व इस दृष्टि से सुस्थापित है कि ये विचार सम्प्रभुता, अधिकार व राज्य के कर्तव्यों आदि के संदर्भ में भारतीय दृष्टिकोण को भली भाँति स्पष्ट करते हैं। प्राचीन भारतीय चिंतन में आधुनिक युग की भाँति दण्ड के सुधारवादी प्रयोजन पर विशेष जोर नहीं दिया गया तथा दण्ड का मुख्य उद्देश्य प्रतिकारात्मक और निवारक माना गया है तथापि कारागृह आदि में अपराधी के सुधार हेतु भी आग्रह किया गया है। आधुनिक दण्ड व्यवस्था की अपेक्षा प्राचीन भारतीय दण्ड व्यवस्था को कठोर कहा जा सकता है।

संदर्भ सूची—

1. वैदिक इण्डेक्स, भाग-2, पृ. 84
2. छान्दोग्य उपनिषद, अध्याय-6, श्लोक 16
3. ऋग्वेद, 7.10.4
4. अथर्ववेद, 8.4
5. ऋग्वेद, 10.87, 7, 104
6. अथर्ववेद, 8.3, 8.4
7. ऋग्वेद, 7.104.12, 7.104.9, 7.104, 13
8. ऋग्वेद, 1, 15.5, 2.365, 10.16,6
9. मनुस्मृति, अध्याय 9, श्लोक 3 व 7
10. मनुस्मृति, अध्याय 9, श्लोक 1
11. मनुस्मृति, अध्याय 8, श्लोक 4 व 7
12. मनुस्मृति, अध्याय 8, श्लोक 8
13. मनुस्मृति, अध्याय 8, श्लोक 12

14. मनुस्मृति, अध्याय 7, श्लोक 13
15. मनुस्मृति, अध्याय 7, श्लोक 14
16. मनुस्मृति, अध्याय 8, श्लोक 128
17. मनुस्मृति, अध्याय 8, श्लोक 129 व 130
18. मनुस्मृति, अध्याय 8, श्लोक 336
19. मनुस्मृति, अध्याय 8, श्लोक 350, 351
20. शान्तिपर्व, अध्याय 15, श्लोक 8
21. शान्तिपर्व, अध्याय 59, श्लोक 79
22. शान्तिपर्व, अध्याय 23, श्लोक 19
23. शान्तिपर्व, अध्याय 122, श्लोक 47
24. शान्तिपर्व, अध्याय 23, श्लोक 47 तथा अध्याय 15, श्लोक 8-10
25. शान्तिपर्व, अध्याय 121, श्लोक 20,22
26. शान्तिपर्व, अध्याय 121, श्लोक 25,33
27. शान्तिपर्व, अध्याय 23, श्लोक 47 तथा अध्याय 121, श्लोक 40-42
28. शान्तिपर्व, अध्याय 24, श्लोक 30 तथा अध्याय 126, श्लोक 17-18
29. शान्तिपर्व, अध्याय 69, श्लोक 77, 78
30. शान्तिपर्व, अध्याय 91, श्लोक 25 तथा अध्याय 56, श्लोक 12, 31
31. शान्तिपर्व, अध्याय 59, श्लोक 9 तथा अध्याय 132, श्लोक 16
32. शान्तिपर्व, अध्याय 56, श्लोक 31, 32, अध्याय 82, श्लोक 61, अध्याय 89, श्लोक 8, अध्याय 59, श्लोक 52 तथा अध्याय 85, श्लोक 22
33. शान्तिपर्व, अध्याय 69, श्लोक, 29, तथा अध्याय 85, श्लोक 20
34. शान्तिपर्व, अध्याय 121, श्लोक, 50-52
35. शान्तिपर्व, अध्याय 160, श्लोक 68 तथा अध्याय 86, श्लोक 19-20
36. शान्तिपर्व, अध्याय 34, श्लोक 18-19
37. शान्तिपर्व, अध्याय 29, श्लोक 25-31
38. शान्तिपर्व, अध्याय 83, श्लोक 52
39. शान्तिपर्व, अध्याय 86, श्लोक 23
40. शान्तिपर्व, अध्याय 93, श्लोक 6
41. शान्तिपर्व, अध्याय 159, श्लोक 11-13
42. शुक्रनीति, अध्याय 4, श्लोक 43
43. शुक्रनीति, अध्याय 4, श्लोक 44
44. शुक्रनीति, अध्याय 4, श्लोक 50
45. शुक्रनीति, अध्याय 4,, श्लोक 52
46. शुक्रनीति, अध्याय 4, श्लोक 98
47. शुक्रनीति, अध्याय 4 श्लोक 92
48. शुक्रनीति, अध्याय 4, श्लोक 11
49. अर्थशास्त्र, 1/3/1

50. अर्थशास्त्र, 1/1/1
51. अर्थशास्त्र, 1/3/2
52. अर्थशास्त्र, 1/1/17
53. अर्थशास्त्र, 1/4/19
54. अर्थशास्त्र, 1/1/176
55. अर्थशास्त्र, 1/3/2
56. अर्थशास्त्र, 3/1/50, 52-53
57. अर्थशास्त्र, 3/1/10-12

□

प्राचीन साहित्य में राज्य एवं राजनीतिक तथ्यों का तुलनात्मक आकलन

—अलका गोयल

संस्कृत साहित्य की विभिन्न विधाओं में राज्य राजनीति और राजनीतिक संस्कृति का समृद्ध चित्रण उपलब्ध है लेकिन प्राचीन भारतीय साहित्य में राजनीतिक चिंतन पर मनन करते हुए विद्वत्जनों ने महाकाव्यों, नीति ग्रन्थों व स्मृतियों से भिन्न साहित्य पर पर्याप्त ध्यान केन्द्रित नहीं किया।

राज्य का स्वरूप

रामायण में राज्य को एक उद्देश्यपूर्ण संस्था के रूप में चित्रित किया गया है और उत्पत्ति के सम्बन्ध में स्पष्टता न होते हुए भी संविदात्मक आधार स्पष्ट किया गया है जो कि तत्वतः स्मृतियों व नीति ग्रन्थों में व्यक्त दृष्टिकोण से पर्याप्त सादृश्य रखता है। मनुस्मृति में प्रकटतः राज्य के दैवीय उत्पत्ति के सिद्धान्त का प्रतिपादन किया है।[1] तथापि यह दैवीय सिद्धान्त राज्य के संविदात्मक आधार की सम्भावनाएँ अनिवार्यतः समाविष्ट करता है। अन्य प्राचीन भारतीय ग्रन्थों के समान मनुस्मृति में राज्य के स्थान पर राजा की उत्पत्ति का विवरण प्राप्त होता है।[2] ग्रन्थ में यह स्पष्टतः कहा गया है कि राजा को देवताओं के नित्य सारभूत अंशों से निर्मित किया गया है। अतः उसे अपने शासकीय दायित्वों के अनुपालन में उनके गुणों को परिलक्षित करना चाहिए। याज्ञवल्क्य-स्मृति में राज्य की उत्पत्ति के मूल विचार के साथ धर्म व दण्ड दोनों के अनिवार्य संयोग के द्वारा राज्य के संविदात्मक स्वरूप को ही स्पष्ट करने का प्रयत्न किया है। महाभारत में चित्रित राज्य से पूर्व की अवस्था एक संगठित व कार्यशील सामाजिक व्यवस्था थी जिसका आधार धर्म था।[3] धीरे-धीरे धर्म के लोप के साथ ही मत्स्य न्याय प्रचलित हो गया अतः पुनः धर्म के सिद्धान्तों को कार्यशील बनाने और उन्हें प्रवर्तित करने के लिए भौतिक

अवलम्ब की आवश्यकता थी।[4] राज्य की उत्पत्ति उसी भौतिक अवलम्ब की खोज का परिणाम थी। यद्‌यपि महाभारत भी मुख्यत: राज्य के संविदात्मक पक्ष को पदस्थापित करता है तथापि ग्रन्थ में विभिन्न स्फुट प्रसंगों में राज्य की उत्पत्ति के प्रक्रियात्मक पक्षों के वर्णन के क्रम में ईश्वरीय हस्तक्षेप का संकेत दिया गया है। ग्रन्थ में राज्य को प्रयोजनहीन स्वयंभू संस्था के रूप में चित्रित न कर उत्पत्ति में संविदा का संकेत देकर तथा राज्य को धर्म की पुन: प्रतिष्ठा के लिए उत्तरदायी बताकर ग्रन्थ में राज्य के लोक कल्याणकारी व सकारात्मक चरित्र को प्रतिपादित किया गया है।[5] शुक्रनीतिसार में मात्र एक ऐसा प्रसंग है जिसे राज्य की उत्पत्ति से सम्बन्धित माना जा सकता है जिसमें कहा है कि प्रजाओं से अपना वार्षिक कर वेतन के रूप में स्वीकार करने से स्वामी के रूप में स्थित राजा को ब्रह्मा ने प्रजाओं के पालनार्थ सेवक बनाया है।[6] इस प्रकार शुक्रनीति भी राज्य के संविदात्मक आधार को ही स्पष्ट करती है। कौटिल्य के अर्थशास्त्र में व्यक्ति के आचरण पर बाह्यकारी नियन्त्रण आरोपित करने वाली एक प्रयोजनपरक संस्था के रूप में राज्य का अस्तित्व प्रजा द्‌वारा शासकीय आज्ञाकारिता को शिरोधार्य करने का प्रस्ताव और मनु के द्‌वारा इस प्रस्ताव की स्वीकृति का सहज परिणाम है। अर्थशास्त्र का मुख्य उद्‌देश्य राज्य की उत्पत्ति की प्रक्रिया वर्णित करना नहीं, अपितु शासकीय प्राधिकार के मूल स्रोत के उद्‌घाटन के माध्यम से राजकीय दायित्वों की प्रकृति और परिधि को परिभाषित करना व राजसत्ता के संविदात्मक स्वरूप को स्पष्ट करना है।[7] ज्ञान की शाखाओं में अर्थशास्त्र त्रयी व वार्ता मानव जीवन के क्रमश: नैतिक और भौतिक प्रयोजनों को, आन्वीक्षकी औचित्य के मापदण्डों को तथा दण्डनीति प्रवर्तन के संस्थागत माध्यम को व्यक्त करता है।[8] इस संदर्भ में यह ध्यान देने योग्य है कि भारतीय ग्रन्थों में राज्य के साथ जिस दिव्यता का अनिवार्यत: संयोग किया गया है वह पाश्चात्य दर्शन में प्रचलित 'डिवाइन राइट ऑफ द किंग' का पर्याय नहीं है।

राज्य की सप्तांग प्रकृति

नीतिग्रन्थों, स्मृतियों व अन्य महाकाव्य महाभारत एवं रामायण में भी राज्य की सप्तांग प्रकृति का चित्रण उपलब्ध है। मनुस्मृति में इन अंगों को प्रकृति की संज्ञा दी गई है।[9] मनु ने इन प्रकृतियों के महत्त्व के स्वतन्त्र प्रतिपादन के साथ ही उनके तुलनात्मक महत्त्व का भी निर्धारण किया है।[10] राजा को शीर्षस्थ एवं मन्त्री को सर्वाधिक महत्त्वपूर्ण प्रकृति के रूप में स्थान दिया है। ग्रन्थ में अन्य प्रकृतियों को समुचित प्रयोजन परक और राज्य के हित में प्रयोग के लिए समान उत्तरदायी माना है। महाभारत में भी राज्य के सप्तांग सिद्‌धान्त का वर्णन है किन्तु इसमें अंगों की सापेक्ष वरीयता का विवेचन नहीं किया गया है। शुक्रनीतिसार में राजा, मन्त्री, मित्र, कोष, राष्ट्र, दुर्ग और सेना नामक सातों अंगों

को सावयव मानते हुए राज्य की तुलना शरीर से की है जिसमें राजा को सिर, मन्त्री को नेत्र, मित्र को कर्ण, कोष को मुख, बल को मन, दुर्ग को दोनों हाथ तथा राष्ट्र को दोनों पैर माना गया है। एक अन्य प्रसंग में राज्य की तुलना वृक्ष से की है। भारतीय प्राचीन ग्रन्थों में राज्य की सप्तांग प्रकृति के विवेचन में इन्हें वस्तुत: शासन से सम्बन्धित संसाधन माना है। ये अंग समग्रत: राज्य की प्रकृति को व्यक्त नहीं करते। इन ग्रन्थों में धर्म व दण्ड संयुक्त रूप से सम्प्रभुता जैसी धारणा की ओर संकेत करते हैं। अत: राज्य की प्रकृति के विवेचन में धर्म व दण्ड की पारस्परिकता के सैद्धान्तिक व संस्थागत आयामों को सम्मिलित किया जाना आवश्यक है।[11]

शासक की दिव्यता

ग्रन्थों में राजा की तुलना देवताओं से अवश्य की गई है लेकिन यह तुलना राजा की दिव्यता के विचार का प्रतिपादन करने के उद्देश्य से नहीं, अपितु राजा से देवताओं के विशिष्ट गुणों को धारण करने की अपेक्षा से अभिप्रेत है। रामायण में राजा से क्षमा, तेज, वेग और गम्भीरता के गुणों को धारण करने की अपेक्षा की गई है तथा इस संदर्भ में उसकी तुलना क्रमश: पृथ्वी, सूर्य, वायु तथा समुद्र से की गई है।[12] राजा के युद्ध में अविचल रहने की क्षमता तथा सौम्यता की तुलना शंकर व चन्द्रमा से, पराक्रम, बुद्धि व प्रजापालन की विष्णु, बृहस्पति व प्रजापति से की गई है।[13] शुक्रनीतिसार में मनुस्मृति से भिन्न मत का प्रतिपादन हुआ है। इसमें राजा के साथ देवत्व की अनिवार्य सम्बद्धता का प्रतिपादन नहीं किया गया है। मनुस्मृति में राजा को देवांश मानते हुए शासन का किसी भी अवस्था में तिरस्कार वर्जित है। शुक्रनीति में शासकों को उनके गुणों और आचरण के आधार पर विभिन्न श्रेणियों में वर्गीकृत किया गया है। शासक के गुणों के आधार पर उन्हें सात्विक, राजस व तापस तीनों कोटियों में माना जा सकता है। शुक्रनीति शासक में दिव्यगुणों के विधान द्वारा शासक की दिव्यता को नहीं अपितु उसके दायित्वों की दिव्यता का स्पष्टीकरण करती है। याज्ञवल्क्य स्मृति, अर्थशास्त्र आदि ग्रन्थों में शासकीय प्राधिकार अथवा शासकीय दायित्वों की अभिव्यक्ति के क्रम में दैवीय तत्व के प्रसंग अनुपलब्ध हैं।[14] अर्थशास्त्र में शासक के द्वारा अपने दायित्वों का पालन न करने तथा शक्तियों के दुरुपयोग के विरुद्ध गम्भीर चेतावनी दी गई है।[15]

शासकीय उत्तराधिकार व शासक का चयन

उत्तराधिकारी के चयन को राजा के स्वविवेकाधीन व्यक्तिगत निर्णय का प्रश्न नहीं माना गया। यद्यपि अन्य पुत्रों की तुलना में ज्येष्ठ पुत्र को वरीयता प्रदान किए जाने की परम्परा अवश्य थी लेकिन इस पद को धारण करने वाले को अपनी योग्यता प्रमाणित

करनी होती थी। रामायण में भगवान राम के राज्याभिषेक के सम्बन्ध में निर्णय सभा द्वारा स्वीकृत था जबकि भरत के राज्यभिषेक का निर्णय दशरथ द्वारा स्वविवेक से लिया गया जिसकी प्रजा द्वारा तीव्र भर्त्सना की गई। ग्रन्थ में दो राजाओं के मध्य संघर्ष अथवा युद्ध के पश्चात् पराजित राज्य के शासक का चयन करने के सम्बन्ध में विजेता के अधिकार को मान्यता दी गई है। शुक्रनीतिसार में एक राजा के जीवित रहते हुए ही उत्तराधिकारी के प्रश्न को सुनिश्चित कर दिए जाने पर बल दिया गया है।[16] ग्रन्थ में शासकीय उत्तराधिकार के लिए पात्र व्यक्तियों को उत्तराधिकारी के रूप में मान्यता को सुनिश्चित वरीयताक्रम पर आधारित किया गया है।[17] ग्रन्थ में यह भी कहा गया है कि यदि ज्येष्ठ पुत्र में कोई निर्योग्यता यथा कोढी, मूर्ख, अन्धा या नपुसंकता विद्यमान हो तो उसे उत्तराधिकार हेतु अयोग्य घोषित किया जाना चाहिए तथा किसी कनिष्ठ को उत्तराधिकारी मनोनीत किया जाना चाहिए। कनिष्ठ व्यक्तियों में क्रमशः छोटे भाई, उसके पुत्र, भाई के पुत्र, पुत्री के पुत्र को शासन का उत्तराधिकारी बनाने की अभिशंसा की गई है।[18] राज्य का विभाजन करने की बात हर हाल में निषेध की है। मनुस्मृति, अर्थशास्त्र व महाभारत जैसे ग्रन्थों में शासकीय उत्तराधिकार के प्रश्न पर किसी सामान्य सिद्धान्त का प्रतिपादन नहीं किया गया है।

शासकीय दायित्वों की परिधि

मनुस्मृति में राजकीय दायित्वों की परिधि में प्रजा की भौतिक सुरक्षा व प्रजा के कल्याण के लिए अनेक गतिविधियों को सम्पादित करना शामिल किया गया है।[19] रामायण में शासन के विस्तृत कार्यक्षेत्र का प्रतिपादन करते हुए प्रजा के कल्याण के लिए शासक से व्यापक सकारात्मक दायित्वों के निर्वहन की अपेक्षा की गई है। याज्ञवल्क्य स्मृति में भी मनुस्मृति के समान प्रजा पालन व रक्षा को मुख्य दायित्व मानते हुए अन्य कल्याणकारी गतिविधियों का संचालन भी राज्य का दायित्व माना गया है। महाभारत में शासन के दायित्वों में प्रजापालन, प्रजारक्षण, प्रजारंजन, सामाजिक व्यवस्था का नियमन, न्याय व्यवस्था का संचालन आदि की व्यापक विवेचना की गई है।[20] महाभारत में सामाजिक व्यवस्था के विनियमन के क्रम में शासक से सामाजिक संगठन के मूलभूत सिद्धान्तों में हस्तक्षेप की अपेक्षा नहीं की गई है। शुक्रनीतिसार में शासकीय दायित्वों की एक अत्यन्त विस्तृत सूची का उल्लेख मिलता है। शुक्रनीति प्रजा की रक्षा, आर्थिक समृद्धि तथा विभिन्न व्यापारिक गतिविधियों के विनियमन द्वारा नागरिकों के जीवन निर्वाह के शासकीय दायित्वों के साथ ही संस्कृति, विज्ञान, कला, शिक्षा आदि की प्रगति के सम्बन्ध में राजकीय दायित्व की सम्यक् मीमांसा करती है। अर्थशास्त्र में शासक के इन दायित्वों के निर्वाह का परामर्श ही नहीं अपितु इन दायित्वों के विभिन्न आयामों की सटीक व्याख्या व विस्तृत विवेचन भी प्रदान किया गया है।

शासक पर नियन्त्रण

रामायण में शासकीय शक्ति के प्रयोग की दृष्टि से शासक पर जागरूक जनमत के नियन्त्रण की आवश्यकता को भी रेखांकित किया गया है ताकि वह अपनी मर्यादाओं व दायित्वों से विमुख न हो सके। मनुस्मृति में राजा पर नियन्त्रण की आवश्यकता को तो प्रतिपादित किया गया है परन्तु शासक को लौकिक नियन्त्रणों से लगभग मुक्त रखा गया तथा सैद्धान्तिक व नैतिक प्रतिबन्धों पर अधिक बल दिया गया है। धर्म व राजसता के सम्बन्ध के विषय में मनुस्मृति में प्रस्तुत की गई योजना रामायण, महाभारत एवं अर्थशास्त्र से भिन्नता लिए हुए है इनमें जहाँ धर्म को शासकीय आचरण के औचित्य का मापदण्ड मानते हुए बाद में उसे एक सम्प्रभु शक्ति के रूप में स्वीकार किया गया है वहीं मनुस्मृति में धर्म को सम्प्रभु शक्ति के रूप में स्वीकार किया गया है जो किसी अर्थ में धर्म का अधीनस्थ नहीं है वरन् धर्म का संरक्षक है। राजा के आचरण से भ्रष्ट होने पर धर्म नहीं, दण्ड ही राजा को दण्डित कर सकता है।[21] रामायण के समान चेतावनियों के पश्चात् भी मनुस्मृति में राजकीय आचरण पर प्रजा का कोई नियन्त्रण स्थापित नहीं किया गया है। जहाँ मनुस्मृति में राजा को प्रजा के प्रति नहीं ईश्वर के प्रति उत्तरदायी माना है वहीं रामायण में स्पष्ट रूप से राजा की प्रजा के प्रति उत्तरदेयता को चित्रित किया गया है। अर्थशास्त्र में तो मर्यादाहीन शासक की तुलना में अराजकता को प्रजा के हित में श्रेष्ठ माना गया है।[22] महाभारत में शासन पर नियन्त्रण के भौतिक, सैद्धान्तिक, संस्थागत व व्यावहारिक संदर्भों को पर्याप्त विस्तार व स्पष्टता के साथ चित्रित किया गया है। ग्रन्थ में राज्य के अस्तित्व के औचित्य का आधार प्रजा के आचरण के धर्मानुकूल नियमन को माना गया है। धर्म का लोप होने पर बहुत सी बुराइयों का उदय होता है अत: धर्म की पुनर्स्थापना के लिए राजा को तुरन्त प्रयास करने होंगे। राज्य अपने अस्तित्व के साथ ही प्रजा के प्रति इस दृष्टि से वचनबद्ध है कि वह धर्म को सुरक्षित व सुनिश्चित करेगा। अर्थशास्त्र में कहा गया है कि मानव के लौकिक व्यवहार का धर्मानुकूल नियमन राज्य का दायित्व है। राजा अपने इस दायित्व का स्वेच्छापूर्वक निर्वाह नहीं कर सकता वरन् उसे स्वयं अनुशासन व सदाचार के नियमों के अधीन रहते हुए कार्य करना होगा।[23] राजा धर्म के अनुसार कर्तव्य का निर्वाह करेगा। धर्म की व्याख्या का अधिकार राजा का नहीं है। वरन् धर्म कुछ सार्वभौमिक सिद्धान्तों का संग्रह है जिनसे समस्त व्यक्ति तथा स्वयं राजा भी बाध्य है। इस प्रकार यदि नीति व धर्म का राजा द्वारा पालन किए जाने के कौटिल्य के आग्रह को ध्यान में रखा जाए तो स्पष्ट रूप से धर्म के विचार के द्वारा अर्थशास्त्र व्यक्ति के शासन के स्थान पर विधि के शासन पर बल देता प्रतीत होता है।[24] शुक्रनीतिसार में शासकीय शक्ति के मर्यादित व्यवहार की आवश्यकता का प्रतिपादन करते हुए शासक पर नियन्त्रण के नैतिक, सैद्धान्तिक व संस्थागत उपायों को समान

महत्त्व के साथ चित्रित किया गया है। शुक्रनीति में मनुस्मृति के समान राजा को अनिवार्य देवत्व का प्रतिपादन नहीं किया गया है।[25] शासकों को देवांश तथा राक्षसांश के रूप में वर्गीकरण के माध्यम से शुक्रनीति में यह स्पष्ट कर दिया गया है कि कोई शासक दिव्य कहलाने का अधिकारी तभी हो सकता है जब वह अपने दायित्वों का दिव्य नीति से निर्वाह करे।[26] शासक दण्ड की शक्ति का प्रयोग उसी स्थिति में कर सकता है जब वह स्वयं धर्म के पालन के प्रति निष्ठावान हो।[27] शुक्रनीति में शासक पर संस्थागत नियन्त्रण आरोपित करते हुए सभी विधाओं में कुशल और विवकेशील शासक को भी मन्त्रियों के परामर्श से ही कार्य करने का परामर्श दिया गया है।[28]

शासन का संगठन व प्रशासनिक व्यवस्था

रामायण में मन्त्रिपरिषद व सभा जैसी संस्थाओं को नीति निर्णयों के लिए प्राधिकृत निकायों के रूप में प्रतिष्ठित किया गया है तथा नीति निर्णयों की शक्ति केवल राजा के हाथ में केन्द्रित न कर यह निहित किया गया है कि इस शक्ति का उपयोग शासक अनिवार्यतः शासकीय अभिकरणों के साथ मिलकर करे। मनुस्मृति में मन्त्रिपरिषद् शब्द का उल्लेख नहीं किया गया है अपितु शासक को मन्त्रणा के लिए सात-आठ योग्य मन्त्री नियुक्त करने के लिए निर्देशित किया गया है।[29] महाभारत में मन्त्रिपरिषद के संस्थागत व संरचनात्मक पक्षों का व्यापक व सटीक वर्णन उपलब्ध है। ग्रन्थ में राजा से मन्त्रिपरिषद् में समाज के सारे वर्गों को समुचित प्रतिनिधित्व प्रदान करने की अपेक्षा की गई है। ग्रन्थ में 37 सदस्यीय मन्त्रिमण्डल में विभिन्न वर्गों की संख्या में क्रमशः ब्राहमण-4, क्षत्रिय-8, वैश्य-21, शूद्र-3 व सूत-1 को सम्मिलित किया गया है।[30] राजा को परामर्श दिया गया है कि मन्त्रणा को गुप्त रखने के लिए वह छः मन्त्रियों के साथ मन्त्रणा करे।[31] अर्थशास्त्र में कौटिल्य ने कहा है कि राजा को तीन या चार मन्त्रियों के साथ मन्त्रणा करनी चाहिए।[32] परन्तु समय, परिस्थिति और आवश्यकता के अनुसार मन्त्रियों की संख्या में कमी या वृद्धि की जा सकती है। प्रशासनिक कुशलता व प्रशासन की आवश्यकता को ध्यान में रखकर कौटिल्य प्रति तीसरे, पाँचवें, सातवें, दसवें वर्ष मन्त्रियों के विभागों को बदलने का परामर्श देते हैं।[33] गुणों के आधार पर कौटिल्य ने मन्त्रियों को अहम, मध्यम व क्षुद्र तीन श्रेणियों में विभाजित किया है। कौटिल्य ने पृथक पृथक 18 तीर्थों में प्रशासनिक व्यवस्था को बाँटते हुए उनके सक्षम अधिकारी नियुक्त करने के लिए कहा है। शुक्रनीतिसार में शासन के संगठनात्मक व संस्थागत पक्षों के सम्बन्ध में व्यवस्थित दृष्टिकोण प्रस्तुत किया गया है। ग्रन्थ में पुरोहित, प्रतिनिधि, प्रधान, सचिव, मन्त्री, प्राड्विवाक, पण्डित, सुमन्त्र, अमात्य व दूत को शासन के संगठन में महत्त्वपूर्ण पदाधिकारी माना गया है।[34] महाभारत, मनुस्मृति और अर्थशास्त्र में मन्त्रियों

के नैतिक तथा चारित्रिक गुणों पर अधिक बल दिया है। मनुस्मृति में मन्त्री के लिए जातिगत योग्यता होना अनिवार्य है। वहीं महाभारत में शूद्र व सूत जाति को मन्त्रिमण्डल में अनिवार्य प्रतिनिधित्व दिए जाने पर बल दिया है। रामायण में प्रशासनिक व्यवस्था के संगठनात्मक पक्षों के सम्बन्ध में व्यवस्थित विवेचन उपलब्ध नहीं है। लेकिन कार्मिक पक्षों पर स्पष्ट दृष्टि का प्रतिपादन करते हुए उनके चयन परीक्षण, वेतन, नीति, आचार संहिता आदि पक्षों पर विभिन्न प्रसंगों में एक स्पष्ट नीति बताई गई है। मनुस्मृति में राज्य के शासन को दो भागों पुर व राष्ट्र में विभाजित कर प्रशासन के नगरीय एवं ग्रामीण दो स्वरूपों पर प्रकाश डाला गया है। एक ग्राम सबसे छोटी इकाई फिर क्रमशः 10, 20,100 व 1000 ग्रामों के पृथक पृथक संगठनों की व्यवस्था की गई है। याज्ञवल्क्य-स्मृति में ग्रामीण स्तर से लेकर केन्द्रीय स्तर तक शासन की इकाईयों की पूरी शृंखला का चित्रण किया गया है। निम्न स्तर पर ग्रामीण, संस्था, समूह फिर उत्तरोतर क्रमशः कुल, जाति, श्रेणी, गण व जनपद के रूप शासन की विभिन्न इकाईयों के क्रम का प्रतिपादन किया है।[35] महाभारत में प्रशासनिक संगठन की एक सुस्पष्ट योजना का उल्लेख मिलता है। अर्थशास्त्र में स्पष्टतः निम्न स्तर से लेकर शीर्ष स्तर तक शासन की शक्ति को भली भाँति व्यवस्थित करने के लिए एक सुस्पष्ट योजना प्रस्तुत की गई है। अमात्य व मन्त्रीपद के व्यक्तियों का पर्याप्त परीक्षण करके ही निर्धारित योग्यतानुसार पद देने के लिए कहा गया है।[36] कौटिल्य ने अपने ग्रन्थ में विभिन्न श्रेणियों के अधिकारियों एवं कर्मचारियों के लिए उनके कार्यों एवं योग्यताओं के अनुसार भिन्न-भिन्न वेतन दरें निर्धारित की है। आवश्यकता होने पर कर्मचारियों को अग्रिम वेतन देने का परामर्श दिया है।[37] शुक्रनीति में बहुस्तरीय प्रशासनिक व्यवस्था का प्रतिपादन किया गया है। जाति तथा विशेषतः चरित्र तथा कार्यक्षमता के आधार पर कार्मिकों की नियुक्ति किए जाने की आवश्यकता का प्रतिपादन किया गया है। शुक्रनीति में एक पद पर तीन अधिकारियों की नियुक्ति करने, समय-समय पर इनके कर्मों का परीक्षण करते रहने तथा एक निश्चित समय के पश्चात् अधिकारियों के स्थानान्तरण करने के सम्बन्ध में निर्देश भी उपलब्ध होते हैं। आकस्मिक स्थिति में तदर्थ नियुक्ति की भी व्यवस्था की गई है। वेतनमान तीन आधारों कार्यमान, कार्यकरण व कालमान के आधार पर होगा।[38] शुक्रनीति में यह दृढ़ता से प्रतिपादन किया गया है कि कर्मचारियों को इतना वेतन अवश्य मिले किवह अपने आश्रितों का पालन भली भांति कर सके, अन्यथा वह भ्रष्टाचार की ओर प्रवृत्त होता है।[39]

न्याय व न्यायिक प्रशासन

रामायण में न्याय व्यवस्था का स्पष्ट प्रतिपादन करते हुए उसे धर्मशास्त्रों व विधि पर आधारित माना है। विधि का उल्लंघन करने पर शासक भी दण्डनीय होता है। अतः

न्यायिक शक्ति के संस्थागत सम्यक् व्यवहार पर बल दिया है। मनुस्मृति में न्यायाधीशों के लिए विशिष्ट योग्यताएँ निर्धारित की है। समस्त प्रकार के वादों पर विचार ब्राह्मण तथा शास्त्रों को सम्यक रूप से समझने वाले अन्य मन्त्रियों के द्वारा किया जाना चाहिए।[40] यद्यपि क्षत्रियों व वैश्यों को न्यायाधीश के पद पर नियुक्ति की सम्भावना को स्वीकार किया है लेकिन शूद्र को न्यायाधीश के रूप में पूर्णत: अनुपयुक्त माना है। शासक को न्यायिक कार्यां के निरीक्षण हेतु न्यायसभा में सदैव ब्राह्मणों व पार्षदों के साथ बैठने का परामर्श दिया है।[41] मनु ने समाज की विधि के विरुद्ध की गई गतिविधियों को अपराध की संज्ञा दी है। अपराधी के सामाजिक स्तर को दण्ड की मात्रा व गुरुता का निर्धारक तत्व माना है। अपराध के अनुसार शूद्र, वैश्य, क्षत्रिय और ब्राह्मण उत्तरोत्तर अधिक दण्डनीय होते हैं। मनु निवारक दण्ड का समर्थक है। अर्थशास्त्र में न्यायिक शक्ति को शासक में निहित माना है तथा न्यायिक निर्णय के चार सम्भावित आधारों धर्म, व्यवहार, चरित्र तथा राजकीय विधि में से राजकीय विधि को अन्य स्रोतों की तुलना में अधिक महत्त्वपूर्ण माना है।[42] कौटिल्य यह स्पष्टत: प्रतिपादित करते हैं कि राजा की न्यायिक शक्ति पर संस्थागत नियन्त्रण अनिवार्य है तथा राजा को न्यायिक शक्ति का प्रयोग विवेक और विधि पर आधारित रीति के अनुसार करना चाहिए।[43] कौटिल्य ने दो प्रकार के न्यायालय धर्मस्थलीय तथा कण्टकशोधन का उल्लेख किया है। शुक्रनीति में न्यायालयों को दो मुख्य शाखाओं में विभक्त किया गया है। प्रथम शाखा में वे न्यायालय आते हैं जिनका निर्माण स्थानीय संस्थाओं के रूप में माना गया है।[44] स्थानीय न्यायालय कुल, श्रेणी और गण है।[45] दूसरी शाखा के अन्तर्गत उन न्यायालयों को स्थान दिया है जिन पर राज्य का प्रत्यक्ष नियन्त्रण रहता है। दण्ड देने के लिए केवल शासक ही प्राधिकृत है। दण्ड के पारण के समय दण्ड के परिणाम व प्रकृति का निर्धारण करने के संदर्भ में अपराधों की प्रमुख श्रेणियों से दण्ड को सम्बद्ध करने के लिए विस्तृत नियमों का प्रतिपादन किया गया है।[46]

अन्तर्राज्य सम्बन्ध

रामायण में अन्तर्राज्य सम्बन्धों के सैद्धान्तिक प्रारूप में मण्डल सिद्धान्त, षड्गुण नीति व उपायों का प्रतिपादन किया गया है। दूत व्यवस्था व गुप्तचर व्यवस्था की संस्थापना व संचालन के सम्बन्ध में व्यापक निर्देश उपलब्ध हैं। शुक्रनीति में परराष्ट्र नीति के संचालन हेतु सैद्धान्तिक प्रारूप व प्रक्रिया तथा व्यवहार के सिद्धान्तों का उल्लेख हैं। शुक्र ने शासक द्वारा अन्य राज्यों के प्रति व्यावहारिक नीति के निरूपण के लिए राज्यों के विवेकसम्मत वर्गीकरण को आवश्यक माना है। मण्डल सिद्धान्त के द्वारा शुक्र ने चारों दिशाओं में चार श्रेणी मित्र, शत्रु, मध्यम एवं उदासीन राजाओं का होना बताया

है। अर्थशास्त्र में कौटिल्य ने राज्य मण्डल की कुल 72 प्रकृतियों का उल्लेख किया एवं इसके केन्द्र बिन्दु जिसके सम्बन्ध में अन्य राजाओं का नामकरण किया जाता था, को विजिगीषु कहा गया है। शत्रु से निपटने के लिए उपायों का उल्लेख भी किया गया है। शुक्रनीति में उपायों के महत्त्व को इंगित करते हुए कहा गया है कि असम्भव प्रतीत होने वाले दृश्य की साधना भी उपायों से की जा सकती है।[47] मनुस्मृति में भी उपायों के लिए कहा है कि उपायों के समुचित प्रयोग से अन्य राजाओं की शक्ति को कम किया जा सकता है। महाभारत में उपायों की उपादेयता को लेकर कहा है कि उनके समुचित प्रयोग से दुर्बल राजा भी सबल राजा को पराजित कर सकता है।[48] कौटिल्य इन चारों उपायों का अवसर के अनुरूप ही उपयोग करने का निर्देश देते हैं।[49] कौटिल्य किसी विशिष्ट उपाय का प्रयोग परिस्थिति सापेक्ष मानते हैं। शुक्र, कौटिल्य व मनु द्वारा पर-राष्ट्र नीति के सैद्धान्तिक प्रारूप में षड्गुणों को भी महत्त्व दिया गया है। शुक्रनीति भारतीय परम्परा का सम्भवतः एकमात्र ग्रन्थ है जिसमें युद्ध को पारिभाषित करने का प्रयत्न किया गया है। मनु ने युद्ध की तुलना में सन्धि को वरीयता दी है। मनु का मत है कि राजा कम हानि होने की स्थिति में सन्धि नीति को अपनाए।[50] याज्ञवल्क्य स्मृति में धर्मयुद्ध को प्रोत्साहन देते हुए वीरगति प्राप्त व्यक्तियों को योगियों के समान स्वर्ग के योग्य माना है।[51] प्रजा की रक्षा हेतु राजा द्वारा दूसरे राष्ट्र को युद्ध द्वारा वश में करना उपयुक्त है। साम्राज्य विस्तार की दृष्टि से नहीं। अर्थशास्त्र में युद्ध की प्रवृत्ति का जनकल्याण व राष्ट्र की रक्षा के लिए आवश्यकतानुसार ही समर्थन किया गया है।[52] मनुस्मृति युद्ध में नैतिकता एवं धर्म के निर्वाह को महत्त्व दिया है। मनुस्मृति में दूत व्यवस्था से सम्बन्धित आदर्श नियमों का उल्लेख मिलता है। दूत सुहृद भेद व मेल दोनों ही करवा सकता है। याज्ञवल्क्य स्मृति में दूत व्यवस्था का उल्लेख नहीं किया गया है। शुक्रनीति में राज्य के लिए आवश्यक दस प्रकृतियों में दूत का भी उल्लेख किया गया है।[53] अर्थशास्त्र में राजनय के संगठित स्वरूप का विवरण मिलता है। महाभारत में दूतों की योग्यता सम्बन्धी उल्लेख उद्योग पर्व व शान्ति पर्व में उपलब्ध होते हैं। उद्योगपर्व में उपलब्ध प्रसंगों से स्पष्ट होता है कि पाण्डव दूत कृष्ण को दुर्योधन ने यथाविधि सम्मानित किया था।[54] मनुस्मृति में गुप्तचर व्यवस्था का वर्णन अष्टविधि कर्म के अन्तर्गत माना गया है गुप्तचरों की योग्यता, कार्य आदि का विस्तृत वर्णन महाभारत में अनेक स्थलों पर उपलब्ध होता है।[55]

इस प्रकार राज्य व राजनीति से सम्बन्धित विभिन्न प्राचीन भारतीय ग्रन्थों के विभिन्न राजनीतिक क्षेत्रों में तुलनात्मक अध्ययन से यह निष्कर्ष निकलता है कि ये सभी ग्रन्थ भारतीय राजनीतिक व्यवस्था के सम्बन्ध में पर्याप्त एवं समृद्ध साहित्य से परिपूर्ण हैं तथा इनके आधार पर तत्कालीन भारतीय राजनीतिक व्यवस्थाओं का समुचित तुलनात्मक आकलन किया जा सकता है।

संदर्भ सूची—

1. मनुस्मृति, अध्याय-7, श्लोक 3
2. श्रीमती कुलकिरण, शुक्रनीतिसार में राज्य व्यवस्था, पृ. 20
3. चतुर्वेदी, मधुकर श्याम, प्राचीन भारत में राजव्यवस्था, पृ. 7
4. उपर्युक्त पृ. 37
5. कुलकिरण, शुक्रनीतिसार में राजव्यवस्था, पृ. 23
6. शुक्रनीति, प्रथम अध्याय-8
7. कुलकिरण, शुक्रनीतिसार में राजव्यवस्था, पृ. 21
8. उपर्युक्त, पृ. 38
9. उपर्युक्त, पृ. 254
10. उपर्युक्त, पृ. 295
11. उपर्युक्त, पृ. 32
12. रामायण, उत्तरकाण्ड-37:6
13. उपर्युक्त 37:7
14. कुलकिरण, शुक्रनीति सार में राज्य व्यवस्था, पृ. 50
15. कौटिल्य अर्थशास्त्र चाणक्य प्रर्णित सूत्रम्-14
16. शुक्रनीतिसार, प्रथम अध्याय-14,15
17. उपर्युक्त, द्वितीय अध्याय-14,15
18. उपर्युक्त, प्रथम अध्याय, 343, 344
19. याज्ञवलक्य स्मृति, आचाराध्याय, राजधर्म, प्रकरण, 325
20. अनुशासन गीता, 145, पृ. 59-50
21. चतुर्वेदी मधुकर श्याम, प्राचीन भारत में राजव्यवस्था, पृ. 15
22. अर्थशास्त्र चाणक्य प्रणीत सूत्रम-41
23. चतुव्रेदी, मधुकर श्याम, प्राचीन भारत में राजव्यवस्था, पृ. 3
24. उपर्युक्त, पृ. 42
25. मनुस्मृति, सप्तम अध्याय-06
26. कुलकिरण, उपर्युक्त, पृ. 333
27. शुक्रनीतिसार, प्रथम अध्याय-25
28. उपर्युक्त, द्वितीय अध्याय-2
29. उपर्युक्त, पृ. 66
30. महाभारत, शान्तिपर्व, अध्याय 65, 7-11
31. उपर्युक्त 83:36
32. कौटिल्य, अर्थशास्त्र, प्रथम अधिकरण 15:56
33. जायसवाल, के.पी., हिन्दू पौलिटी, पृ. 291-292 (हिन्दी अनुवाद)
34. शुक्रनीतिसार
35. याज्ञवलक्य स्मृति, व्यवहार अध्याय-188
36. अर्थशास्त्र, अधिकरण-श्लोक 8:8

37. उपर्युक्त, तृतीय अधिकरण 14.70
38. उपर्युक्त, द्वितीय अध्याय ख 395
39. उपर्युक्त, 402-403
40. मनुस्मृति, अष्टम अध्याय श्लोक-1
41. मनुस्मृति, अष्टम अध्याय-2
42. अर्थशास्त्र, 3.1, 51-52
43. अर्थशास्त्र, चाणक्य प्रणीत सूत्रम्
44. शुक्रनीतिसार, 41, श्लोक 18-23,29
45. उपर्युक्त सार 41 राज. 30
34. शुक्रनीतिसार, मिश्र प्रकरण 69
35. उपर्युक्त, पृ. 25
36. महाभारत, शान्ति पर्व, 151-52
37. अर्थशास्त्र, अधिकरण, 13-अध्याय 4
38. मनुस्मृति, 7/169
39. याज्ञवलक्य स्मृति, 1/राज/324
40. महाभारत, शान्ति पर्व 103/7
41. कुलकिरण, शोधप्रबन्ध, पृ. 266
42. महाभारत, अध्याय 85-86
43. महाभारत, शान्ति पर्व, 57/39, 58/5, 80/20, 50/5

□

प्राचीन हिन्दू धार्मिक ग्रन्थों में दैवी अधिकार का सिद्धान्त

—बिपिन दूबे

राज्य संस्था की उत्पत्ति ईश्वर द्वारा है। राजा जिस अधिकार से राज्य पर शासन करता है वह उसे ईश्वर से ही प्राप्त होता है, और इसी कारण राजा को दैवी समझना चाहिए।[1] यह सिद्धांत भी भारत के प्राचीन ग्रन्थों में विद्यमान हैं। मनुस्मृति के अनुसार संसार की रक्षा के लिए प्रभु ने ईश्वर की सृष्टि की।[2] ईश्वर ने राजा का निर्माण इन्द्र, अग्नि, सूर्य, वायु, और कुबेर आदि देवताओं से अंश लेकर किया। इसलिए वह सबकी आँखों और मनों को सूर्य के समान अपने तेज से लिप्त करता है और पृथ्वी पर कोई भी व्यक्ति उसकी ओर आँख उठाकर नहीं देख सकता है। राजा अपने प्रभाव के कारण ही स्वयं अग्नि, वायु, सूर्य, सोम (चन्द्रमा), कुबेर, वरुण और महेन्द्र होता है।[3] यदि कोई बालक भी राजा हो, तो यह समझ कर उसका अपमान नहीं करना चाहिए कि वह जो अभी बालक ही हैं। क्योंकि नर के रूप मे वस्तुतः वह एक महती देवता ही होता है।[4] मनु ने यहाँ स्पष्ट रूप से इस सिद्धांत का प्रतिपादन किया है कि राजा देखने में यद्यपि एक साधारण मनुष्य प्रतीत होता है, पर वास्तव में उसे एक महान् देवता समझना चाहिए। मनु की युक्ति के अनुसार यह सही भी है, क्योंकि उसका निर्माण इन्द्र, मित्र, वरुण, सूर्य, वायु आदि देवताओं के अंश लेकर किया गया होता है। मत्स्यपुराण में भी यही उत्पत्ति सिद्धांत प्रतिपादित है। वहाँ लिखा है कि सब प्राणियों की रक्षा के प्रयोजन से और न्यायपूर्वक दण्ड के प्रणयन के लिए देवताओं के अंश लेकर स्वयम्भू ने राजा की सृष्टि की है।[5]

शान्तिपर्व में एक स्थान पर देवों और नरदेवों (राजाओं) को एकतुल्य कहा गया है।[6] शान्तिपर्व के उसी अध्याय में यह कथा उल्लिखित है कि सब देव लोग प्रजापति विष्णु की सेवा में उपस्थित हुए, और उन्होंने उनसे पूछा कि क्या मनुष्यों में ऐसा व्यक्ति

है, जो उनसे श्रेष्ठ स्थान प्राप्त करने योग्य है। इस पर प्रभु नारायण ने एक मानस पुत्र उत्पन्न किया, जिसका नाम विरजस था पर उसने मनुष्यों का राजा होना स्वीकार नहीं किया। इस पर उनका पुत्र कीर्तिमान राजा बन गया और फिर क्रमशः कर्दम, अनड़ और अतिबल राजा बने। इस कथा के अनुसार भगवान विष्णु द्वारा मनुष्यों को राजा को निर्धारित किया जाना सूचित किया है।[7] महाभारत में अन्यत्र राजा के दैवी होने की बात अधिक स्पष्ट रुप से उल्लिखित है। राजा भी एक मनुष्य है, यह समझकर उसका अपमान नहीं करना चाहिए, क्योंकि वह मनुष्य के रुप में वस्तुतः एक महती देवता होता है। समय के अनुसार उसके पाँच रूप होते है, अग्नि, सूर्य, मृत्यु, कुबेर और यम के। जब वह अपने महान् तेज द्वारा पापी लोगों का दहन करता है, तो वह अग्नि का रूप प्राप्त करता है।[8] इसी ढंग से राजा के सूर्य आदि रूपों को भी महाभारत में प्रकट किया गया है।[9]

इसमें सन्देह नहीं है कि भारत के प्राचीन साहित्य में राजा के दैवीय होने के निर्देशों की सत्ता है। पर इस कारण भारत के प्राचीन राजा अपने को कभी इस ढंग से दैवीय नहीं समझते थे जैसा कि इंग्लैन्ड के स्टुअर्ट राजा समझते थे। राज्य संस्था और राजा के ईश्वर द्वारा प्रादुर्भूत होने की बात भारत की प्राचीन विचार सरणि के सर्वथा अनुकूल थी। इस देश में सृष्टि, ज्ञान, आदि सभी का उद्‌गम ईश्वर द्वारा माना जाता था। न केवल वेद शास्त्र अपितु राजनीति, आयुर्वेद, संगीत, शिल्पशास्त्र आदि सभी का मूल ईश्वर में है। यह प्राचीन भारतीयों का विश्वास था। इसी कारण उन्होंने यह भी प्रतिपादित किया कि दण्डनीति ब्रह्मा ने उपदिष्ट की और इसके अनुसार राजा की उत्पत्ति भी प्रभु द्वारा ही की गई।

दैवीय उत्पत्ति के सिद्धान्त के सम्बन्ध में सर्वप्रमुख समस्या यह है कि देवत्व किसे मिला है। उस व्यक्ति को, राजा को, जो राजा होता है या उस पद को, जो उसे प्रदान किया जाता है। कुछ प्राचीन भारतीय इतिहासकार इस बात से सहमत हैं कि देवत्व राजपद को प्राप्त था न कि राजा को। सेन की भी यही धारणा है। वे मानते हैं कि देवत्व द्वारा निर्धारित कार्यभार इस उच्च पदस्थ व्यक्ति को प्रदान किया जाता है।[10] इसके पीछे उनका तर्क है कि यदि देवत्व व्यक्ति में होता जो राजा को गद्दी से उतारने, नरक में जाने या हत्या करने की बात भारतीय इतिहास में क्यों आई थी।[11] यहाँ अनैतिक राजा को राजा माना ही नहीं जाता था। देवत्व के कारण राजा को अनीति पूर्ण आचरण तथा जनता का उत्पीड़न करने की छूट किसी शास्त्रकार ने नहीं दी है। नहुष और वेन यद्‌यपि दैवीय शासक थे पर राज्य के प्रति उनका अनैतिक आचरण उन्हें बचा नहीं सका। अल्टेकर के अनुसार हिन्दू विचारकों ने देवत्व की वकालत राजा के व्यक्ति के रूप में न करके उसके पद के लिए की। उसी से राजा और कुछ देवताओं के कार्यों में समरूपता बतायी गयी है।[12] पर वह राजा के देवत्व का विकास का एक स्तर हो सकता है उसकी अन्तिम

परणति नहीं। लगता है कि देवत्व प्रदत्त इस पद पर आसीन होने वालों में भी देवत्व की कल्पना की गई थी। तभी उसमें देवता के अंशों के गुण के समन्वय और देवता द्वारा प्रतिष्ठित किये जाने की बात की गई है।

ऐतिहासिक क्रम में वैदिक ग्रन्थों में एक ऋग्वैदिक ऋचा में त्रसदस्यु नामक राजा को न केवल इन्द्र और वरुण कहा गया है बल्कि उसे एक श्रेष्ठ देवता के रुप में स्वीकार किया गया है।[13] सर्वप्रथम ऋग्वेद में राज्याभिषेक संस्कार में राजा की दैवीय नियुक्ति की बात आती है। यहाँ कहा गया है कि यह व्यक्ति इन्द्र द्वारा नियुक्त है तथा यज्ञों द्वारा सुरक्षित किया गया है। सभी लोगों को इसकी कामना करनी चाहिए और इसको पद से गिरने नहीं देना चाहिए।[14] यहाँ स्पष्ट है कि इन्द्र ने राजा को नियुक्त किया है और दूसरे देवताओं से इसके राज्य के स्थायित्व के लिए प्रार्थना की है। अथर्ववेद की ऋचा में राजा अपने को केवल देवताओं का भागीदार मात्र ही नहीं मानता बल्कि अपनी प्रधानता को इन्द्र से भी अधिक बताया है।[15] इन आधारों पर डॉ. वर्मा के अनुसार वेदों में भौतिक राजाओं की दैवीय उपलब्धियों और विशेषताओं का उल्लेख मिलता है।[16] पर डॉ. अल्टेकर के विचार में राजा में देवत्व की भावना वैदिक काल में उतनी नहीं दिखती जितनी प्रथम शताब्दी के भारतीय शासकों में पाई जाती है।

ब्राह्मण ग्रन्थों में वर्णित है कि देवासुर संग्राम में असुर विजयी होते जा रहे थे। क्यांकि असुरों के पास एक नायक था। जबकि देवताओं में इसका अभाव था। इसलिए सभी वर्गो के बीच एकता नहीं हो पाती थी। तब युद्ध में सफलता पाने के लिए प्रजापति के साथ देवताओं में यही एक वीर, शक्तिशाली, श्रेष्ठ और कोई भी कार्य करने में कुशल था। तब सबकी सहमति से इन्द्र का राज्याभिषेक हुआ।[18] एक उल्लेख तैत्तरीय ब्राह्मण[19] से भी प्राप्त होता है, जहाँ कहा गया है कि प्रजापति ने देवताओं में सबसे युवा इन्द्र को देवताओं का राजा नियुक्त किया। पर देवताओं ने इन्द्र से कहा कि तुमसे तो हम लोग श्रेष्ठ हैं। तब इन्द्र ने प्रजापति को यह वृत्तान्त सुनाकर उनसे सूर्य की चमक माँगी। उससे युक्त होने पर देवताओं ने उन्हें अपना राजा स्वीकार किया। उसकी पुष्टि राजा द्वारा किये जाने वाले राजसूय, अश्वमेध यज्ञों के विवरणों से होती है जिनका उद्देश्य था न केवल देवताओं का आशीर्वाद लेना बल्कि उनसे राजा की क्षमता प्राप्त करना।[20] शतपथ ब्राह्मण में सूर्य को संसार का व्यवस्थापक कहा गया है, भले वह अच्छे या बुरे रुप में व्यवस्था करे।[21] इसी ग्रन्थ में दूसरे स्थल पर कहा गया है कि यज्ञकर्ता इन्द्र है क्योंकि वही प्रथम क्षत्रिय है और दूसरे याज्ञिक।[22] ऐतरेय ब्राह्मण तो स्पष्ट कहता है कि राजा देवताओं द्वारा नियुक्त होता है।[23] वृहदारण्यक उपनिषद् में कहा गया है कि प्रारम्भ में संसार में केवल एक ब्रह्म था। एक होने से वह अपना विस्तार नहीं कर सकता था। अतः उसने अपने एक उच्च क्षत्रिय वर्ग को बनाया जो देवताओं में क्षत्रिय (शासक) थे। जैसे इन्द्र, वरुण, सोम, रुद्र, परजन्य,

यम, मरुत, ईशान। इस प्रकार तब क्षत्रिय (शासक) में कोई ऊँचा नहीं था। अतः क्षत्रियों की उत्पत्ति भी दैवीय है। पर इसके साथ यह भी कहना उचित है कि क्षत्रिय अपने साधन स्वरूप ब्राह्मणों पर ही निर्भर करते हैं।[25] तैत्तरीय संहिता[26] से ज्ञात होता है कि ऐसा व्यक्ति याज्ञिक के पद को प्राप्त करता है तथा अपने समकक्ष लोगों में विशिष्ट स्थान धारण करता है। किन्तु यह विवरण राजा में वंशानुगत देवत्व के परिचायक नहीं है। यह अधिकार केवल यज्ञ करने वाले राजा को ही प्राप्त होता था।[27] इससे लगता है कि दैवीय उत्पत्ति के सिद्धांत के पीछे राजकीय या सामाजिक सहसम्बन्ध समाहित था। दूसरे यह भी दिखता है कि देवत्व का विचार यहाँ कुछ निश्चित आदर्शों पर टिका था। रामायण के विवरण के अनुसार बहुत सारे लोग ब्रह्मा के पास जाकर बोले कि जिस प्रकार इन्द्र देवताओं का राजा है उन्हें भी वैसा राजा चाहिए। इस पर देवताओं ने अपने गुणों में से कुछ-कुछ राजा नियुक्त व्यक्ति को दिया। तब ब्रह्मा ने भी नाद किया और यह ब्रह्मा द्वारा नियुक्त राजा का नाम हुआ।[28] यहाँ सही रूप से राज्य पद की दैवीय नियुक्ति संकेत प्राप्त होता है।

महाभारत में वर्णित है कि जब लोग चीता तथा दूसरे माँस भक्षी जीवों की तरह आत्म नियन्त्रण खो चुके थे तो उन्हे नियन्त्रित रखने के लिए ब्रह्मा ने एक राजा बनाया।[29] शान्तिपर्व में इस प्रकार के दो प्रसंग राजत्व की उत्पत्ति पर प्रकाश डालते हैं। प्रथम का ज्ञान युधिष्ठिर द्वारा भीष्म से पूछे गये प्रश्न से होता है कि राजन् यह संसार कब उत्पन्न हुआ तथा किस कारण से एक व्यक्ति शक्ति और ज्ञान सम्पन्न बहुतों पर शासन करता है।[30] भीष्म ने बताया कि वेन के दाहिने हाथ में घाव से पृथु उत्पन्न हुआ जिसे ऋषियों ने राजधर्म की शिक्षा दी। राजा होते ही पृथ्वी अकाल, विरोध, विपदा, और रोग मुक्त हो गई। उसमें सभी जीवों की सम्मुन्नति के लिए उन्हे धर्म के आचरण हेतु बाध्य किया। अतः वह राजन् कहलाया। उसकी कोई क्षति न पहुँचावे इसलिए विष्णु स्वयं उसके शरीर में प्रविष्ट हो गये। राजा बनने के पूर्व उससे देवर्षियों ने समझौता किया था कि वह उनके शरण में रहेगा तथा नियमों का उल्लंघन कर स्वेच्छाचारी नहीं बनेगा। बाद के अंशों में कहा गया है कि वह जो अपने गुणों की कमी के कारण स्वर्ग से तिरोहित होता है राजा होता है। ऐसा व्यक्ति पृथ्वी पर विष्णु का अंश होता है। इसी कारण सभी उसकी आज्ञा का पालन करते हैं।[31] कोई उसका विरोध नहीं करता।[32] यहाँ दोनों ही प्रसंगों में देवताओं द्वारा राजा की नियुक्ति की बात की गई है। वह राजा के दैवीय उत्पत्ति की ओर संकेत करता है। यहाँ दो बातों से कि वह नियमों का उल्लंघन नहीं करेगा तथा स्वेच्छाचारी नहीं बनेगा, लगता है कि समझौते के आधार पर राजा नियुक्त हुआ था तथा विष्णु का उसके शरीर में प्रवेश करना तथा विष्णु द्वारा उसे पृथ्वी पर भेजना दैवीय उत्पत्ति की ओर संकेत हैं। ये दोनों सिद्धान्त एक साथ कैसे स्वीकार किए जाएँ।[33] इसके उत्तर में भण्डारकर का मत है कि यह समझौता पृथु का मनुष्य से नहीं बल्कि देवताओं और ऋषियों के साथ हुआ था। अतः

यह नरदेव था। इसके तथा देवता के बीच अन्तर नहीं दीखता।[34] अतः दैवीय उत्पत्ति स्पष्ट है पर पारस्परिक समझौते के अन्तर के प्रसंग की अनदेखी नहीं की जा सकती।

शान्तिपर्व के एक प्रसंग में राजा को सनातन देव कहा गया है। वही महादेवता जो मनुष्य रुप में पृथ्वी पर विचरण करता है।[35] यही विचार मनु का भी है।[36] इसी पर्व में राजा को पंचदेव, अग्नि, आदित्य, मृत्यु, कुबेर तथा यम को कहा गया है।[37] वह अपने शासन काल में परिस्थिति के अनुसार इन देवताओं का पृथक्-पृथक् रूप तथा गुण धारण करता है। पर भीष्म के अनुसार सभी राजाओं के सामने देवता भी आदरपूर्वक झुकते हैं, ऐसा यहाँ कहा गया है। धर्मानुसार शासन करने वाला राजा ही मनुष्यों के लिए देवता हेता है। वह न अपने कार्यों के लिए देवता के प्रति उतरदायी होता है और न उनका प्रतिनिधि ही होता है। यही पाश्चात्य विश्व के देवत्व और भारतीय देवत्व के बीच का अन्तर है।

स्मृतियों से भी राजा के दैवीय उत्पत्ति की इस बात ज्ञात होती है। मनुस्मृति में वर्णित है कि प्रभु ने अपनी शक्ति के द्वारा अग्नि, वायु, इन्द्र, सूर्य, यम, वरुण, चन्द्र और कुबेर इन आठ देवताओं में कुछ-कुछ गुणों को लेकर जन-कल्याण हेतु राजा का सृजन किया है। पर जो व्यक्ति दोषयुक्त होता है वह उससे घृणा करता है।[38] किन्तु राजा के क्रोध से वह विनष्ट हो जाता है क्योकि ऐसे व्यक्ति का विनाश राजा निश्चय ही करता है। मनु ने माना है कि राजा का स्थान पविव्र होता है, चाहे वह बालक ही क्यों न हो वह पृथ्वी पर देव रूप में विद्यमान होता है। श्रेष्ठदेव ब्रह्मा द्वारा निर्मित तथा दिक्पालों और देवताओं के अंशों से वह युक्त होता है। इस दृष्टि से दैवीय उत्पत्ति का सिद्धान्त मेल खाता है कि राजा ईश्वर का प्रतिनिधि है। मनुष्य का उस पर कोई बन्धन नहीं है तथा वह अपने कार्यो के लिए आदि देवता के प्रति उत्तरदायी है।

पुराणों में भी इसका उल्लेख मिलता है। अग्निपुराण[40] में भी दैवीय उत्पत्ति की प्रतिस्थापना करते हुए कहा गया है कि पृथु को सर्वोपरि स्थापित करने के बाद भगवान हरि और ब्रह्मा ने राजत्व को दूसरों को बांटा। भगवान हरि ने ब्राह्मणों और वनस्पतियों के राजा चन्द्रमा को बनाया। वरुण को जल का, सम्पत्ति का श्रवण को और सूर्य का विष्णु को। मत्स्यपुराण में कहा गया है कि इन्द्र, अग्नि, मरुत, यम, सूर्य, वरुण एवं कुबेर के प्रमुख अंशों से विधाता ने राजा की रचना की थी।[41] वायुपुराण का कहना है कि अतीत और भविष्य के मन्वन्तरों में चक्रवर्ती राजा उत्पन्न हुए होंगे तथा उनमें विष्णु का अंश होगा।[42] भागवतपुराण में भी राजा के देवांशों की चर्चा की गई है।[43] इन्हीं के आधारों पर कालान्तर के क्षत्रिय राजकुलों को सूर्य तथा चन्द्र के वंशों से सम्बन्धित कहा गया। स्मृतियों में भी राजा के देवत्व का उल्लेख है। मनु के अनुसार विधाता ने उपर वर्णित आठ देवों के अंशों को मिलाकर राजा की रचना की। अतः राजा उसकी महिमा के कारण वह सभी जीवों से आगे बढ़ जाता है।[44] बालक राजा को भी मानव समझकर

अपमान नहीं करना चाहिए क्योकि वह नर रूप में देवता है। नारद स्मृति में भी देव तत्वों से राजा की रचना की बात स्वीकार की गई है।

शुक्रनीति में केवल दैवीय उत्पत्ति का ही एकमात्र सिद्धान्त माना गया है। इसके अनुसार राजा आठ प्रधान देवताओं का समुच्चय होता है। इन आठों के गुण राज्य संचालन में सहायक होता है। इन्द्र, वरुण, अग्नि, सूर्य, वायु, यम, चन्द्र और कुबेर इन आठ के अंशों में यहाँ राजा की निष्पत्ति बताई गई है। इस प्रकार थोड़े से राजाओं को देवत्व की प्रतिष्ठा दी है। इस दृष्टि से उन्होंने जिस दैवीय उत्पत्ति सिद्धान्त का प्रतिपादन किया है उसका राज्यशास्त्र के इतिहास में पृथक् स्थान है। उसकी समता तत्सम्बन्धी अन्य सिद्धान्तों से नहीं की जा सकती है। यह शुक्र की मौलिक देन है। पर आगे एक स्थान पर शुक्र यह कहते हैं कि प्रजा विरोधी राजा अधार्मिक है। पुरोहित को चाहिए कि ऐसे राजा को हटाकर जनता की अनुमति से राजकुल में उत्पन्न किसी दूसरे व्यक्ति को इस पद पर स्थापित करे। यहाँ शुक्र ने राजा के गुणों पर बल दिया है न कि उसके अप्रतिहत अधिकारों को। इसी से जनता की इच्छा राजपद से उपर बताई गई है एवं इसके अधिकारों पर जनता का अंकुश स्वीकार किया गया है। अतः इसे पूर्ण दैवीय सिद्धान्त न मान कर जनभावना के साथ जोड़ना उचित है क्योकि देवांशयुक्त राजा को भी जनता द्वारा दण्डित किये जाने की बात की गई है।

संदर्भ सूची—

1. स्वाभागभृत्या दास्यत्वे प्रजानां च नृपं कृतः।
   ब्रह्मणा स्वामिरूपस्तु पालनार्थ हि सर्वदा॥ शुक्र, 1/188
2. मनुस्मृति, 7/6
3. इन्द्रानिजयमार्कणमग्नेश्च वरुणस्य च।
   चन्द्रवितेशयोष्च्चैव मात्रा निर्हत्य शाश्वती॥
   तपत्यादित्यवच्चैष चक्षूषि मनांसि च।
   न चैन भुवि शक्नोति कच्चिदप्यभिवीक्षिमुत् ॥ मनु. 7/4-6
4. सोऽग्निर्भवति वायुश्च सोऽर्कः सोमः स धर्मराट्।
   स कुबेरः स वरुण स महेन्द्रः प्रभावतः। मनु. 7/4-7
5. दण्ड प्रणयपार्थाय सर्वभूतादि गुप्तये॥
   देवभागानुपादाय सर्वभूतादि गुप्तये॥ मत्स्य पुराण, 226/1
6. ततो जगति राजेन्द्र सततं शब्दितं बुधः।
   देवाश्च नरदेवाश्चं तुल्या इति विशांपते॥ महाभारत, शान्ति 48/153
7. महाभारत, शान्ति पर्व, 66/65-100
8. नहि जात्ववमन्तव्यो मनुष्य इति भूमिपः।
   महतो देवता ह्येषा नर रूपेण तिष्ठति॥

कुरुते पञ्च रूपाणि कालयुक्तानि यः सदा।
भावत्यग्नि स्ताऽऽदित्यो मृत्युवैश्रवणो यमः॥
यदाऽह्यासीदतः पापानुइहम्युग्रेन तेजसा।
मिथ्योपचारितो राजा तदा भवतिः॥ महाभारत, शान्ति 67/401-42

9. महाभारत, शान्तिपर्व, 67/43-48
10. सेन, ए.के., हिन्दू पॉलिटिकल थॉट, पृ. 57
11. वही
12. अल्टेकर, ए.एस., स्टेट एण्ड गवर्नमेन्ट इन एन्शियेन्ट इण्डिया, पृ. 61
13. ऋग्वेद, 4/42
14. ऋग्वेद, 10/173
15. ऋग्वेद, 6/86
16. वर्मा, बी.पी., हिन्दू पॉलिटिकल थॉट, पृ. 221
17. अल्टेकर, ए.एस., पूर्वोक्त, पृ. 84
18. ऐतरेय ब्राह्मण, 1/14/23
19. तैत्तरीय ब्राह्मण, 2/2/10/1-7
20. वर्मा, वी.पी., पूर्वोक्त ग्रंथ-222
21. शतपथ ब्राह्मण, 2/6/3/8
22. वही, 5/4/3/4
23. ऐतरेय ब्राह्मण, 1/14/23
24. वृहदारण्यक उपनिषद, 1/4/11
25. पूर्वोक्त ग्रंथ-14
26. तैत्तरीय संहिता, 2/2/1/6
27. वर्मा, वी.पी., पूर्वोक्त, पृ. 224
28. वाल्मीकि रामायण, उत्तर काण्ड 85
29. महाभारत, शान्तिपर्व 220/7
30. वही, 59/5
31. महाभारत, शान्तिपर्व 59/127
32. वही, 59/133-5
33. हिन्दू राज्य और समाज, शिवस्वरुप सहाय, पृ. 7
34. भण्डारकर, डी.आर., सम ऑस्पेक्ट्स ऑफ हिन्दू पॉलिटी, पृ. 151-152, शर्मा, रामशरण, पॉलिटिकल आइडियाज एण्ड इंस्टीट्यूशन्स इन एन्शियेन्ट इण्डिया, पृ. 56
35. महाभारत, शान्तिपर्व 65/29
36. मनुस्मृति, 8/7
37. महाभारत, शान्तिपर्व 68/41
38. मनुस्मृति, 8/7
39. राज्यशास्त्र के प्रेरणा, डॉ. श्यामलाल पाण्डेय, पृ. 101-1
40. अग्निपुराण, XIX/19.28

41. मतस्यपुराण, 226/1
42. वायुपुराण, 57/72
43. भागवतपुराण, 4/14/26-7
44. मनुस्मृति, 7/4-5
45. शुक्रनीति, 1/71

□

नीतिवाक्यामृतम् में राज्य और राजनीतिक परम्परा का अध्ययन

—कौशल किशोर मिश्र

सोमदेवसूरि के 'नीतिवाक्यामृतम्' का प्रतिपाद्य विषय राजनीति है। सारा ग्रन्थ गद्यशैली में सूत्र पद्धति से लिखित 32 समुदेशों में विभक्त है। 'कौटिलीय अर्थशास्त्र' की भूमिका में श्रीयुत रामशास्त्री लिखते हैं कि "यशोधर महाराज के समकालिक सोमदेव सूरि ने जो 'नीतिवाक्यामृतम्' नामक ग्रन्थ लिखा है। उसके पद और वाक्यों की शैली की परीक्षा से यह निःसन्देह कहा जा सकता है कि वह भी कामन्दक के नीतिसार के समान 'कौटिलीय अर्थशास्त्र' का ही संक्षिप्त रूप है।" जहाँ तक यशोधर का प्रश्न है, वे जैनियों के पुराणपुरुष हैं। इनका परिचय सोमदेव से भी पूर्ववर्ती कवि पुष्यन्त वच्छराय ने दिया है। यद्यपि 'कौटलीय अर्थशास्त्र' के कुछ वाक्यों को सोमदेव ने ज्यों का त्यों ग्रहण कर लिया है।[1] तथापि यह नहीं कहा जा सकता कि 'नौतिवाक्यामृतम्' सारमात्र है। उन्होंने अपने दूसरे ग्रन्थ 'यशस्तिलकचम्पू' में गुरु, शुक्र, विशालाक्ष, भारद्वाज के शास्त्रों का उल्लेख किया है।[2] 'नीतिवाक्यामृतम्' में भी उन्होंने स्मृतिकारों का उल्लेख किया है।[3] सूरि ने अपने पूर्ववर्ती सभी आचार्यों के मत का अध्ययन तथा उनका संग्रह किया है। कहाँ-कहीं तो जैन-विचारों के साथ समन्वय करने में आचायों से मतभेद भी व्यक्त किया है, किन्तु यह मतभेद प्रासंगिक है। उससे हमें भारतीय राजनीति का एकात्मकता में कोई विघ्न नहीं ज्ञात होता। सम्पूर्ण ग्रन्थ की मीमांसा हम यहाँ नहीं कर सकते उसके दो विषय 'राजतन्त्र' और 'राज्य के क्षेत्र' का हम यहाँ परिचय दे रहे हैं। ऐसा करने में हम अपनी समालोचना न प्रस्तुत कर विषय ज्यों का त्यों मूल रूप से प्रस्तुत कर रहे हैं।

अनुकूल में मित्र तथा प्रतिकूल में शत्रु के समान होना राजा या राज्य का स्वरूप है।[4] वह परमदेवता के समान है।[5] आत्मा, मन वायु, पृथ्वी आदि तत्वों की समता प्राप्त करना 'अध्यात्मयोग' कहलाता है।[6] इस प्रकार की साधना करने वाला राजा अध्यात्मज्ञ

है। अतएव उसे सहज, शरीर, मानस, आगन्तुक इत्यादि दोषों का बन्धन नहीं होता।[7] यहाँ यह स्मरण रखना आवश्यक है कि यह नियम अध्यात्मज्ञ राजा के लिए ही है। सामान्य राजा के लिए दोषों का दण्ड विहित है। राजा में ब्रह्मा, विष्णु और शंकर का साक्षात् निवास रहता है।[8] अतएव चित्रगत राजा का भी अपमान नहीं करना चाहिए। वह पृथ्वी पर देवता स्वरूप है।[9] राजा का धर्म दुष्टों का निग्रह और शिष्टों का परिपालन है।[10] इस प्रकार का परिपालक राजा अपने धर्म का पालन करता हुआ सबका गुरु है।[11] फलतः वह वर्णाश्रमधर्म का छठा भाग लेता है।[12] संन्यासी, यति और तपस्वी भी अपने उच्छ का छठा भाग राजा को देते हैं।[13] राजा की आज्ञा अलङ्घ्य प्रकार है।[14] युवराज भी उसका अपवाद नहीं हो सकता।[15] इस प्रकार राजा के हाथ में सर्वोच्च शक्ति और दैवी सिद्धान्त का प्रतिपादन सोमदेव सूरि के द्वारा प्रतीत होता है। इसी प्रकार को स्वीकृति अन्य हिन्दू राजनीतिज्ञों ने भी दी है। लेकिन इसके साथ इसका दूसरा पक्ष भी है, जिससे पाश्चात्य ढंग के देवी अधिकार की तुलना का प्रश्न ही नहीं उठता। इसका स्पष्टीकरण हमें राजा के कर्तव्य के अध्ययन के बाद होता है।

प्रजा पालन ही राजाओं का यज्ञ है।[16] वह गुण और दोष में तुला दण्ड के समान है। अपने और दोष के कारण ही वह प्रजा में गौरव और लाघव प्राप्त कर सकता है। वह राजकुल गुण में उत्पन्न होने के कारण ही ब्रह्मा, विष्णु और शंकर की प्रतिमा नहीं है। यदि ब्रह्मचर्याश्रम एवं ब्रह्मनिष्णात गुरुकुल में सम्यक् प्रकार से विद्याध्ययन करता है तो विष्णु के समान, यदि उसका राज्याभिषेक हो गया है और वह प्रजा रंजन कर रहा है तो ब्रह्मा के समान, यदि उसने परमैश्वर्य की प्राप्ति राष्ट्रकण्टकों, दुष्टों का उच्छेद, विजय के द्वारा की है तो वह पिनाकपाणि भगवान् शंकर के समान है।[17] इस प्रकार हम देखते हैं कि दैवी अधिकार के प्रतिपादन के 'जन्मसिद्ध अधिकार' की गन्ध भी उपर्युक्त सिद्धान्त में नहीं है। इतना आवश्यक है कि कर्तव्य पालन करता हुआ राजा देवता के समान है। सोमदेव ने तो उसी भूमि को सनाथ माना है, जहाँ आसुर वृत्ति नहीं है।[18] अविचारपूर्ण दूसरे के मत से कार्य करना, बिना पूर्ण परीक्षा के दण्ड देना आसुरी वृत्ति है।[19]

केवल उत्तम कुल में उत्पन्न होने से ही राजा नायक पद प्राप्त नहीं कर सकता। मूर्ख राजा की अपेक्षा यही अच्छा है कि संसार अराजक ही रहे।[20] वह राजा व्यर्थ है जो प्रजा का रक्षण न करे।[21] दुर्विनीत राजा होने पर प्रजा के नाश के अतिरिक्त और कुछ सम्भव नहीं है।[22] विद्या-वृद्ध-संयोग से हीन राजा निरंकुश गज की तरह विनष्ट हो जाता है।[23] अतएव यह आवश्यक है कि राजा की शिक्षा की व्यवस्था की जाय। सोमदेव ने इस पर ध्यान दिया है। उत्तराधिकारी के लिए यह आवश्यक नहीं है कि वह राजवंश में उत्पन्न हो। शिक्षा और सदाचारविहीन होने पर राजपुत्र नायक पद नहीं प्राप्त कर सकता।[24] स्वजाति-संस्कार से ही को राज्य में अधिकार नहीं है।[25] अदीन को योग्य पुत्र के अभाव

में, जब तक दूसरा योग्य पुत्र नहीं उत्पन्न होता है राज्य कार्य का अवसर मिलना चाहिए। लेकिन योग्य, लक्षणयुक्त पुत्र होते ही उसे हटा देना चाहिए।[26] विनय साधु-सङ्गति-युक्त ही राजकुमार होता है।[27] अन्यथा स्वयं के साथ ही वह राजवंश को भी समाप्त कर देता है।[28] आप्तपुरुष तथा विद्या-वृद्ध से शिक्षित राजकुमार माता-पिता के हर्ष के कारण होते हैं।[29] उनके लिए माता-पिता ही परमदेव हैं।[30] उनकी प्रसन्नता से ही राज्य का लाभ होता है।[31] पुत्र, भ्राता, विमातापुत्र, चाचा, गोत्रिय, कन्यापुत्र, आगन्तुक, उत्तरोत्तर क्रम से एक-एक के अभाव में उत्तराधिकार के अधिकारी हैं।[32] औरस, क्षेत्रज, दत्त, कृत्रिम, गूढोत्पन्न, अपविद्ध, ये छह पुत्र दायाद और पिण्डदान की योग्यता रखते हैं।

सोमदेव ने वर्णों का वृत्ति विभाग स्वीकार किया है। यदि वर्णाधर्म का लोप हो जाये, तो इस स्थिति में उसकी शुद्धि के लिए वे त्रयी को आधार मानते हैं।[33] प्रजाओं के संस्कार, धर्म के सांकर्य से रक्षा तथा त्रिवर्ग में योग स्थापित करना राजा का कर्तव्य है।[34] जो राजा इस प्रकार प्रजा की रक्षा नहीं करता, वह राजा ही नहीं है।[35] अपने धर्म का पालन करता हुआ राजा सबका गुरु है।[36] राजा काल का कारण होता है। जब वह स्वधर्म का पालन नहीं करता तब राष्ट्र में विप्लव, दुर्भिक्ष इत्यादि का प्रसार होता है।[37] यदि राजा में ही स्वार्थ का विकास होता है, तो जनकल्याण कैसे सम्भव है? यदि समुद्र को ही पिपासा लगती है, तो संसार में जल की क्या गति होगी।[38] अतएव वृद्ध, बाल, व्याधि से क्षीण तथा पशुओं की शुश्रूषा का भार राजा पर होना चाहिए। राजा का कर्तव्य है कि वह उनका पोषण बन्धुओं की तरह करे।[39] चौर, चरट (देश-निष्कासित), मन्नप (माप-कारक), आटविक (अरण्य-निवासी), तलार (स्थान-रक्षक), अक्षशालिक, ग्राम-कूट, वार्द्धपिक (जो अन्नसंग्रह करके दुर्भिक्ष की कामना करते हैं) राष्ट्रकण्ट हैं।[40] राजा का कर्तव्य है कि वह इनका उन्मूलन करे।[41] राष्ट्र के कण्टकों के विनाश के लिए वह लोकायतिकों जैसा व्यवहार करे।[42] राजा की दण्डनीति प्रजारक्षण के लिए होनी चाहिए, न कि अपने धनवृद्धि के लिए।[43] वह तो राजा ही नहीं है, जो अपने जीवन-रक्षण के लिए प्रजा में दोषों का अन्वेषण करता है।[44] दुष्प्रणीत दण्ड काम, क्रोध अथवा अज्ञान से सर्वत्र विद्वेष की वृद्धि करता है। अप्रणीत दण्ड 'मास्त्यन्याय' उत्पन्न करता है।[45] राजनीतिक व्यवस्था के पूर्ण विवरण के लिए आवश्यक है कि राजा के मन्त्रिपरिषद, न्यायसभा, प्रजा, पुरोहित, अमात्य, राज-कर्मचारी, वैदेशिक सम्बन्ध, कुटुम्ब, इत्यादि सम्बन्धों को पूर्णता प्रदान की जाय। राष्ट्र, देश, विषय, मण्डल, जनपद, दरद निगम के संगठन से राज्य पूर्ण होता है।[46] सोमदेव ने इनको व्याख्या पूर्वाचार्य-सम्मत ही की है। अमात्यादि प्रकृतियां बिना स्वामी के निष्क्रिय होती हैं।[47] राजा उनका स्वामी होता है। राजा के पृथ्वी-पालनोचित कर्म को 'राज्य' कहते हैं।[48] पृथ्वी का तात्पर्य है, वर्णाश्रमवती, धान्य, हिरण्य, पशु, कुप्य (खनिज पदार्थ) इत्यादि प्रदान करने वाली। यहाँ टीकाकारों ने उपर्युक्त गुण-विशिष्ट पृथ्वी को भी

राज्य कहा है।[49] जिसका समर्थन भृगु के वाक्य से भी हो जाता है।[50] यहाँ यह स्मरणीय है कि जैन राजनीतिज्ञ ने वर्णाश्रम को राज्य का अभिन्न अंग माना है। जनपद की व्याख्या करते हुए उन्होंने 'जन' का तात्पर्य 'वर्णाश्रमलक्षण' ही स्वीकार किया है।[51] राज्य का मूल है क्रम और विक्रम।[52] क्रम शब्द का तात्पर्य है पितृ-पैतामहिक राज्य। विक्रम का अर्थ है शौर्य लोक-व्यवहार के पालन से 'क्रम' की वृद्धि होती है।[53] अभिमान का अभाव और विनय की वृद्धि विक्रम का अलङ्कार है।[54] यदि इनका पालन नहीं हुआ तो इसका परिणाम राज्य के लिए भयंकर होता है।[55] सिंह की तरह केवल पौरुष से ही कल्याण नहीं होता।[56] जहाँ प्रयोजन की सिद्धि नेत्रों से नहीं दिखाई पड़ती, वहाँ शास्त्र तृतीय लोचन हैं।[57] जिसने शास्त्रों का अध्ययन नहीं किया, यह अन्धा है।[58] इस प्रकार सोमदेव भी शास्त्रों को राज्य और व्यक्ति से ऊपर मानते हैं। अध्यात्मविषय में आन्वीक्षिकी, यज्ञादि में त्रयी, कृषिकर्मादि में वार्ता, साधु-पालन, दुष्टनिग्रह में दण्डनीति की प्रमुखता रखना राज्य का कर्तव्य है।[59] यह नहीं होना चाहिए कि दण्डनीति पर स्थिर राज्य आन्वीक्षिकी, त्रयी और वार्ता में हस्तक्षेप करे। बालक, व्याधि से क्षीण तथा पशुओं का राज्य (राजा) बान्धवों की तरह पोषण करे।[60] प्राचीन राज्य-व्यवस्था में उत्पादन के साधनों पर राज्य का 'अधिकार' नहीं था। कुछ अंशों में नियन्त्रण अवश्य था। कुछ अंश उतना ही, जितने का सामाजिक और राष्ट्ररक्षा (सैनिक) के महत्त्व से सम्बन्ध था। अतिभार और महान् मार्ग पशुओं के अकाल मरण का कारण है। इस पर राज्य का नियन्त्रण होना चाहिए।[61] शुल्क वृद्धि और बाल पण्यग्रहण से अन्तर्देशीय तथा अन्ताराष्ट्रिय व्यापार में हानि होती है।[62] वणिक जन तुला में भी चोरी करते हैं। उनके व्यवहार तत्स्थानीय तथा आगतों को कष्ट देते है।[63] चोरी-प्रयुक्त क्रीत सम्पत्ति राज्य की है।[64] सर्प दंष्ट्रा से विक्षत को अपनी ही अंगुलि काटनी पड़ जाती है।[65] अतएव ऐसे समाज विरोधी तत्वों के विनाश में राज्य को अधिकार है। अपराधियों के दण्ड से प्राप्त, घृत, मृत, विस्मृत, चौर, पारदारिक (सुत-पत्यादि दायाद के अधिकार से रहित स्त्री का धन, रक्षक से हीन कन्या का धन) तथा प्रजा-विप्लव से प्राप्त द्रव्यों को राज्य अपने कोश में न रखे।[66] देव, द्विज, वणिकों की धर्मकार्य और भोग से अनुपयुक्त, परिजन इत्यादि से अवशिष्ट सम्पत्ति से कोषवृद्धि करे। इसी प्रकार विधवा, धर्माधिष्ठानकारी, ग्रामकूर, विश्वासघाती पाखण्डियों की सम्पत्ति से कोषवृद्धि करे। अतिरिक्त सम्पत्ति में भी 'प्रत्यादान' की योजना आवश्यक है। समूह और जनपदों से प्रार्थनापूर्वक अतिरिक्त का विभाग करके कोषवृद्धि करनी चाहिए। मन्त्री, पुरोहित, सामन्त, भूपालों से जिनकी सम्पत्ति में अतिरिक्त योजना सम्भव हो कोषवृद्धि राज्य विनयपूर्वक कर सकता है।[67] देशानुरूप ही कर ग्रहण करना चाहिए।[68]

राज्य में लगे हुए लोगों की वृत्ति यदि राजा नहीं देता, तो वह दण्डनीय है।[69] दुष्टजनों मे साधुजनों की रक्षा राज्य का प्रथम कर्तव्य है।[70] दूसरे के क्षेत्र (खेत पर जो

खेती करता है, वह सम्पूर्ण फल का नहीं, अपितु अपने भाग का भागी होता है।[71] समाज की मर्यादा का रक्षण राज्य के लिए आवश्यक है। यदि देश में वर्णसंकरता की वृद्धि होती है, तो ऐसे राज्य में रहना ही नहीं चाहिए। जिस देश में जीविका की प्राप्ति नहीं है, वह देश ही नहीं है।[72] इस प्रकार हमने राजा के स्वरूप और राज्य के क्षेत्र को ग्रन्थकार के शब्दों में ही सामने रखने का प्रयास किया है। इस पर 'नीतिवाक्यामृतम्' में ही और सामग्री मिल सकती है। सम्पूर्ण विवेचन के बाद हमें प्रकृत विषय पर प्रकाश पड़ता दिखाई देता है। इसका निष्कर्ष विद्वानों के अपने दृष्टिकोण पर अधिक निर्भर करता है। लेकिन हमें तटस्थ बुद्धि से तुलनात्मक अध्ययन करना चाहिए।

संदर्भ सूची—

1. नीति, 9/4, 12, 28, 11/1, 149, 10/32, 33, 31/1, अर्थशास्त्र, पृ. 9, 10, 15-16 18, 26, 154। शामशास्त्री।
2. यशस्तिलक, आ. 4. पृ. 100 का श्लोक मनु. 6/66 का है। इसी प्रकार आश्वास 4, पृ. 90, 91, 116, 127, 149 के सभी श्लोक मनु के ज्यों के त्यों हैं।
3. नीति, 31/27।
4. नीति, 5/1।
5. राजा हि परमं दैवतं नासौ कस्मैचित्प्रणमत्यन्यत्र गुरुजनेभ्य: 5/67।
6. नीति, 6/2।
7. अध्यात्मशो हि राजा सहजशारीरमानसागन्तुभिर्दोषैर्न वध्यते। 6/21 नीति
8. नीति, 29/16।
9. चित्रगतमपि राजानं नावमन्येत क्षात्रं हि तेजो महती सत्पुरुष देवतास्वरूपेण 32/66 नीति
10. नीति, 5/2
11. नीति, 7/22
12. नीति, 7/22
13. नीति, 7/24
14. नीति, 17/25
15. नीति, 17/26
16. नीति, 28/1
17. नीति, 29/17, 18, 19
18. नीति, 29/96
19. नीति, 29/97
20. वरमराजकं भुवनं न तु मूर्ख राजा। 5/37 नीति
21. नीति, 7/21
22. नीति, 5/38
23. नीति, 5/62
24. असंस्कारं रत्नमिव सुजातमपि राजपुत्रं नायकपदायामनन्ति साधव: 5/38 नीति

25. नीति, 24/691
26. नीति, 24/70
27. नीति, 24/71
28. नीति, 24/72
29. नीति, 24/73
30. नीति, 24/74
31. नीति, 24/75
32. नीति, 24/76
33. वर्णाश्रमाणां स्वाचारप्रच्यवने प्रीतो विशुद्धिः 7/19 नीति
34. नीति, 7/20
35. स किं राजा यो न रक्षति प्रजाम् 7/22 नीति
36. नीति, 8/61
37. नीति, 8/7
38. नीति, 8/9
39. नीति, 8/21
40. नीति, 8/22
41. नीति, 6/33
42. प्रजापालनाय राज्ञा दण्डः प्रणीयते न धनार्थम् 9/3/15-9/4 नीति
43. नीति, 9/7
44. जनपद समुद्देश, 19, नीति
45. नीति, 24/5
46. नीति, 5/4
47. नीति, 5/5
48. नीति, 19/5
49. वर्णाश्रमसमोपेता सर्वकामान् प्रयच्छति।
34. या भूमिर्भूपते राज्यं प्रोक्ता सत्या विडम्बना, नीति
50. नीति, 5/23
51. नीति, 5/27
52. नीति, 5/28
53. नीति, 5/29
54. नीति, 5/32
55. नीति, 5/34
56. नीति, 5/35
57. नीति, 5/60
58. नीति, 8/9
59. नीति, 8/10
60. नीति, 8/12

61. नीति, 8/4
62. नीति, 8/16
63. नीति, 8/18
64. नीति, 8/39
65. नीति, 8/26
66. नीति, 95 वर्तमान राज्य के क्षेत्र से तुलनीय ये सब अब राज्यकोष में आते हैं।
67. नीति, 21/14; 26/42
68. नीति, 22/21
69. नीति, 24/77
70. नीति, 24/25 यह सूत्र वैयक्तिक सम्पत्ति सम्बन्धी था, किन्तु इससे राज्यनियम पर प्रभाव पड़ता है।
71. नीति, 26/55
72. स किं देशो यत्र नास्त्यात्मनो वृतिः। नीति, 27/8

□

मनु व कौटिल्य के चिंतन में राजा एवं मन्त्रिपरिषद्

—अपर्णा वत्स
—अंजली चौधरी

भारतीय राजनीतिक विचारकों द्वारा राज्य के कई प्रकार के सम्बन्धों में मत भिन्नता पाई जाती है। परन्तु राजवंश के अस्तित्व एवं पहचान के सम्बन्ध में मतैक्य पाया जाता है। राजसत्ता की उत्पत्ति का दैवी सिद्धान्त, चर्च एवं राज्य के मध्य संघर्ष की लम्बी कहानी का परिणाम है। ईसाईयों द्वारा अपनी परम्परा की रक्षा हेतु चर्च जैसी संस्था का संघठन किया था। चर्च के मुख्य अधिकारी पोप थे। पोप को ईश्वर का प्रतिनिधि स्वीकार करते हुए उसे सर्वशक्तिमान, स्वीकार किया गया। मध्ययुग के प्रारम्भ एवं ईसाई धर्म की स्थापना के समय राजा एवं राजसत्ता के दैवी सिद्धान्त को जन्म दिया। अराजकता की स्थिति समाज में उत्पन्न हो जाने के कारण सामाजिक व्यवस्था का संचालन सुचारु रूप से नहीं हो पा रहा था। मत्स्य न्याय चरितार्थ था। उससे मुक्ति पाने हेतु शासन संस्थाओं का उद्भव हुआ और संस्थाओं का अध्यक्ष नियुक्त किया जाने लगा, संस्थाएँ कुल से प्रारम्भ होकर राष्ट्र के रूप में विकसित होने लगीं। प्रारम्भिक काल में राजा का पद जनतन्त्रात्मक था। राजा का चुनाव प्रजा द्वारा किया जाता था। देवों द्वारा प्रजापति से अपने राजा के चुनाव की याचना किए जाने पर प्रजापति द्वारा कहा गया कि तुम स्वयं अपने राजा का चुनाव अथवा सृजन कर लो। धीरे-धीरे यह राज पद आनुवांशिक हो गया। शतपथ ब्राह्मण में दस पीढ़ियों तक शासन करने वाले दुष्टरीतु पौसायन का उल्लेख मिलता है। वहीं ऐतरेय ब्राह्मण में राजा को भावी राजा का पिता बताया गया है। उपलब्ध प्रमाणों के आधार स्वरूप स्पष्ट है कि राज पद पर ज्येष्ठ पुत्र का अधिकार होता था। इस आधार पर पुत्र को पराक्रम की परम्परा को आगे बढ़ाने वाला कहा गया है।[1] एक अन्य स्थान पर कहा गया है कि मेरा पुत्र शौर्य युक्त कार्यों को अक्षुण्ण बनाये

रखे।[2] आनुवांशिक रूप से पिता, पुत्र एवं पौत्र का उत्तरदायित्व संभालने का उल्लेख शतपथ ब्राह्मण के ही एक उदाहरण में मिलता है।[3] निरुक्त में वर्णित देवापि एवं शान्तनु की कथा से ऐसी पुष्टि होती है कि छोटे भाई शान्तनु द्वारा राज्य पर अधिकार कर लिया गया वहीं बड़े भाई देवापि को तप करना पड़ा। इन कारणों से देवगण रुष्ट हो गए तथा शान्तनु के राज्य में 12 वर्षों तक वृष्टि न होने पर ब्राह्मणों द्वारा शान्तनु से कहा गया कि "आपने अपने बड़े भाई का अधिकार हर लिया है, इसी से ऐसा हुआ है।" शान्तनु द्वारा बड़े भाई को राज पद देने की इच्छा होने के पश्चात् भी देवापि द्वारा राज पद के स्थान पर पुरोहित पद स्वीकार किए जाने के बाद यज्ञ सम्पन्न होने पर वर्षोष्टि यज्ञ कराने से खूब वर्षा हुई।[4] कथानक के माध्यम से सिद्ध होता है कि राज पद का अधिकारी ज्येष्ठ पुत्र होता है। जिन जनपदों में आनुवांशिक प्रणाली नहीं थी, उनमें प्रजा एवं उसके प्रतिनिधियों द्वारा राजा का चयन किया जाता था। वैदिक काल से ही राजा के चयन की प्रक्रिया प्रारम्भ हो गई थी। राजा के चयन के लिए व्यक्ति में आवश्यक योग्यता होने पर ही वह राज पद के लिए चयनित होता था।[5] इन योग्यताओं में व्यक्ति यशस्वी, तेजस्वी, शक्तिशाली, विधि का नियामक, शत्रुओं से रक्षा करने वाला होता था क्योंकि राजा को ही शत्रुओं को नष्ट करने वाला एवं सेना का नेतृत्व करने वाला माना गया है। अतः तैत्तरीय ब्राह्मण में कहा गया है—नाराजकस्य युद्धमस्ति।[6] अर्थात् राजा रहित सेना युद्ध नहीं कर सकती। तैत्तरीय ब्राह्मण में कहा गया है कि सोम राजा युद्ध में अतिरस्करणीय है। वह अपनी सेना का पालन करने के साथ ही युद्ध की रक्षा करता है।[7] न केवल सोम विषयक अपितु राज्य विषयक सभी वर्णनों में युद्ध विजय को राजा का प्रथम कर्तव्य बताया गया है। ब्राह्मण ग्रन्थों के रचना काल में राजा की नियुक्ति सम्बन्धी सिद्धान्तों में राजतन्त्रात्मक शासन पद्धति में राजा के ज्येष्ठ पुत्र को राज पद का अधिकारी माना जाता था वहीं जनतन्त्रात्मक प्रणाली में राजा के लिए कुछ विशेष योग्यताएँ निर्धारित थीं। राजपद की नियुक्ति हेतु महत्त्वपूर्ण यह था कि व्यक्ति क्षत्रिय वर्ण का हो। ब्राह्मण, वैश्य एवं शूद्र को राजा नहीं बनाया जाता था। अतः राजा को क्षत्रिय वर्ण के विशेषण, क्षत्र, राजन्य, क्षत्रिय, आदि दिए गए।

वैदिक ऋषियों द्वारा अनुभव किया गया कि आर्य संस्कृति एवं सभ्यता के रक्षार्थ एवं प्रचार व विकास के लिए राजा होना एवं उसके महान कार्य आवश्यक हैं। ब्राह्मण ग्रन्थों में भी जहाँ कहीं भी राजा अथवा उसके पद का उल्लेख है वहाँ पर उसके प्रति महान आदर व सम्मान प्रदर्शित किया गया है। राजा को सब प्राणियों में मूर्धाभिषिक्त एवं सम्मानीय प्रतिपादित करते हुए कहा गया है कि-सर्वेषां भूतानां मूर्धा राजा भवति।[8] प्रजा की सहमति के बिना राजपद पर राजा अधिष्ठित नहीं हो सकता वह चाहे निर्वाचित हो अथवा वंशानुगत हो। क्योंकि राज्याभिषेक यज्ञ के अवसर पर वह जनप्रतिनिधियों

के समक्ष निश्चित भाषा में शपथ ग्रहण करता था। साथ ही कुछ वचन पुरोहित को देता था, जिसका पालन करना उसका कर्तव्य था। यदि वह प्रतिज्ञा को भंग करता था तो उसे पदच्युत कर दिया जाता था।[9] भारत में दैवी सिद्धान्त जिसमें राजा को देवता के रूप में स्वीकार किया गया है, उसका मूल वेदों से ही प्रारम्भ होता है। ऋग्वेद की कुछ ऋचाओं के आधार पर राजा के दैवी या अर्ध दैवी भावना का समर्थन किया गया। ऋग्वेद में त्रसदस्यु को इन्द्र एवं वरुण के समान कहते हुए उसे अर्ध-देवता कहा गया है।[10] पुरुकुत्सु के पुत्र त्रसदस्यु ने स्वयं को वरुण, इन्द्र आदि के रूप में देखा।[11] राजा त्रसदस्यु कहते हैं कि देव लोग वरुण की शक्ति पर निर्भर करते हैं, किन्तु मैं लोगों का राजा हूँ। मैं इन्द्र एवं वरुण हूँ। मै विशाल एवं गम्भीर, स्वर्ग एवं पृथ्वी हूँ। मैं अदिति का पुत्र हूँ। राजा स्वयं को वैदिक देवों में सर्वश्रेष्ठ स्वीकार करता है। एन0सी0 सेन ऋग्वेद के उद्धरणों में राजा की तुलना इन्द्र एवं वरुण से करते हैं न कि उसे देवता के रूप में मानते हैं।[12] युद्ध के समय राजा सेना का प्रधान एवं जनता का संरक्षक था।[13] शान्तिकाल में अपनी मर्यादा की रक्षा एवं प्रजा से आदर प्राप्त करता था।[14] वह ऋत एवं राष्ट्र का संरक्षक (ऋतस्य गोपा:) रहता था।[15] इसी के साथ वह विश का पालनकर्ता भी था।[16] ऋग्वेद में ऋत के संरक्षण के माध्यम से राजा में दैवी गुण प्रतिष्ठित होते गए। वरुण देवताओं में धर्म का संरक्षण करते हैं तथा राजा भी वरुण के समान ही धर्म की रक्षा करता है।[17] ऋग्वेद में वर्णित दैवी उद्धरण से तात्पर्य सामाजिक संगठनों में राजा को प्रधान शासक और समाज का संरक्षक मानने से था जिससे राजा सेना का प्रधान, राष्ट्र का संरक्षक, विधि एवं व्यवस्था का पालक, ऋत एवं कानून के पालक के नाते ही इन्द्र या अन्य देवों के समान था। सर्वत्र वह सामाजिक विधि से शासित एवं उसके प्रति उत्तरदायी था।[18] अथर्ववेद में राजा परीक्षित मृत्यों के देवता कहे गये हैं।[19] ऋचा में मृत्यों के देव की उपाधि राजा की प्रशंसा हेतु की गई है। अत: अथर्ववेद के दैवी उद्धरण राजा की सर्वोच्चता स्थापित करते हैं। अथर्ववेद में वर्णित तमाम उद्धरणों से तात्पर्य समाज एवं विधि द्वारा प्रदत्त दायित्व निर्वाह की बात राजा की प्रशंसा करना है।[20]

ब्राह्मण काल में सामाजिक स्थिति में और परिवर्तन हुआ जिससे वैदिक समाज में अवैदिक समाजों का श्री सम्मिश्रण हो रहा था और उनके आक्रमण की सम्भावना बनी रहती थी। सामाजिक सम्मिश्रण में कहीं धर्म का रूप न परिवर्तित हो जाए इसका भय था। अतएव धर्म के व्याख्याकार ब्राह्मणों की रक्षा करना राजा का कर्तव्य हो गया। धर्म राजशक्ति के आवरण में आवेष्ठित होने लगा। राजशक्ति के पार्श्ववर्ती रत्निन् जैसी संस्था वर्गीय एवं राजा वंशानुगत हो गया तथा वह धर्मपति हो जाता है।[21] धार्मिक विचारों तथा विधि आदि के बढ़ने से ऐसा वातावरण बनने लगा जिससे राजा के देवत्व के पनपने का अवसर मिला था।[22] ब्राह्मणों द्वारा स्वयं को 'भूदेव' अर्थात देवत्व होने का दावा

करने पर वे राजा की भी देवत्व से वंचित नहीं कर सकते थे क्योंकि राजा द्वारा ही उनके विशेषाधिकारों की रक्षा होती थी। इन परिस्थितियों के कारण ऐसा वातावरण उत्पन्न हुआ जो राजा के देवत्व की भावना के विकास में सहायक सिद्ध एवं अनुकूल था।

कौटिल्य राजतन्त्रीय व्यवस्था के समर्थक हैं। उनके द्वारा अर्थशास्त्र में राजतन्त्र की उत्पत्ति हेतु किसी निश्चित सिद्धान्त का प्रतिपादन नहीं किया गया है। राजा की उत्पत्ति की आकस्मिक चर्चा हेतु उसने कहा है कि आदिम काल की स्थिति से मुक्ति पाने हेतु लोगों द्वारा आपसी समझौते द्वारा वैवस्वत् मनु को राजा बनाया गया। प्राचीन भारत के प्रथम राजा की उत्पत्ति मत्स्य न्याय के सिद्धान्त से ऊबे हुए लोगों के आपसी समझौते से हुई। अपनी सुरक्षा के एवज में अपनी उपज का छठांश एवं विक्रय द्रव्य का दशांश उसी के साथ नकद रुपये कर के रूप में देना स्वीकार किया और राजा से यह अपेक्षा की कि वह प्रजा से कर के रूप में यह भाग लेकर उनके योगक्षेम के दायित्व का निर्वहन करेगा। राजा की योग्यता एवं शक्ति पर ही शासन की सफलता निर्भर करती है। मनुष्यों की आपसी सहमति के परिणामस्वरूप राजा अस्तित्व में आया जिसे कौटिल्य ने भी स्वीकार किया कौटिल्य की प्रणाली में राजा शासन तन्त्र की धुरी है तथा वह शासन संचालन में सक्रिय रूप से भाग एवं शासन को गति प्रदान करने का कार्य करता है। कौटिल्य मानते हैं कि राजा की सम्पन्नता एवं समृद्धि पर ही प्रजा की सम्पन्नता निर्भर करती है। राज्य में केन्द्रभूत राजा ही था यदि राजा उद्यमी एवं उत्थानशील होता है तो प्रजा भी ऐसे गुण रखती होगी वहीं यदि राजा प्रभावी प्रमादी होगा तो प्रजा भी वैसी हो जाती है।[23] ब्राह्मण काल में राजा को देवता मानने की कुछ प्रथा सी रही थी। देवत्व से तात्पर्य राजा के देवता बनाने से नहीं था केवल उसके गौरव व उसकी महत्ता को अभिज्ञापित कर देने से था। ब्राह्मण काल में राजा की दैवी उत्पत्ति का जो सिद्धान्त पाया जाता था, वह एक व्यक्ति की अपेक्षा राजा के पद में ही होता था।[24] वरुण को 'धृतव्रत' एवं इन्द्र को 'विधि का संरक्षक' कहा गया। इसी प्रकार राजा मनुष्यों का पालक होने से 'धर्म का संरक्षक' ही होता है। ब्राह्मण काल में सर्वश्रेष्ठता का बाह्य प्रतीक विधि है। राजा का स्वयं का अस्तित्व विधि पालन में है।[25] राजशक्ति के साथ (धर्म) और सामाजिक शक्तियों (धार्मिक कर्मकाण्ड) का समन्वय होता है। 'राजत्व' को दैवी बनाने वालों ने उसे लौकिकता एवं सामाजिकता से परे नहीं जाने दिया।[26] राजा को इन्द्र कहने का तात्पर्य यह था कि उसमें इन्द्र जैसी क्षमता और शौर्य था। वह अपने गुणों एवं सामर्थ्य के कारण इन्द्र तुल्य हो जाता है किन्तु स्वयं इन्द्र तो राजा नहीं हो जाता। राजा का देवत्व हेतु नहीं परिणाम है और उत्तरवैदिक काल में राजसत्ता पूर्णत: मानवीय एवं लौकिक बनी रही।

ब्राह्मण काल के पश्चात् देश में अवैदिक सम्प्रदायों एवं विदेशी जातियों का उदय एवं प्रवेश होता है। राजशक्ति अपने अनुकूल कर अपने सम्प्रदायों के विकास

की मनोवृत्ति से राज्य एवं राजा की प्रतिष्ठा उच्चतम हो गयी। राज्य, धर्म एवं राजा में एकरूपता स्थापित होने वाली अशोक की परम्परा विकसित होती है उसके राज्य में धर्म समाविष्ट हुआ था, धर्म में राज्य नहीं। इसमें राजा के दैवी सिद्धान्त का विशेष रूप सामने आया यद्यपि वेदों में राजा के दैवी स्वरूप का मूल था एवं उसका विकास भी हो रहा था तथापि अब उसका सम्बन्ध राजा के रूप में नहीं अधिकार के क्षेत्र से भी सम्बद्ध हो जाता है।[27] वहीं सूत्रकाल में प्रवेश करने पर स्पष्ट दिखाई पड़ता है कि समाज की बिखरी शक्तियाँ शासन में राजतन्त्र के विकास में सहायक हैं। सभा, समिति व रत्नियों का लोप होकर राजा पर केवल धर्म का नियन्त्रण रह जाता है। वैदिकों द्वारा भी राज्यशक्ति को महत्त्व दिया गया जिसके परिणामस्वरूप धर्म की रक्षा समाज से न होकर राजा से ही सम्भव हो सकी।

अर्थशास्त्र के काल में सामाजिक ढाँचा बदला तथा राजशक्ति केन्द्रीय हुई। चारों वर्ण एवं आश्रम अपने संयमन हेतु राजा की अपेक्षा करते हैं जिसका परिणाम यह हुआ कि राजा धर्मों के लोप हो जाने पर धर्म का प्रवर्तक माना गया। अब धर्म का प्रवर्तक शिष्ट न होकर राजा बनता है। कौटिल्य द्वारा राजा के वैयक्तिक सम्पत्ति सम्बन्धी नियमों में संशोधन किया, जिसमें राज्य की शक्ति का विकास होता दिखाई पड़ता है। अर्थशास्त्र में राजा की उत्पत्ति का विवरण तो नहीं है परन्तु उसके दैवी स्वरूप का कूटनीतिक प्रयोग किया गया है। कौटिल्य के अनुसार राज पद इन्द्र एवं यम का पद है। वहीं प्रत्यक्ष रूप से लोगों को दण्ड एवं पुरस्कार देता है। उसकी अवज्ञा करने वालों की स्वयं दैव की ओर से दण्ड मिलता है। अतः राजाओं का कभी अपमान नहीं करना चाहिए।[28] प्राप्त विवरणों के आधार पर राजा की आवश्यकता बताते हुए कहा गया है कि शान्ति हेतु राजा आवश्यक है अन्यथा मात्स्य न्याय की स्थिति उत्पन्न होगी।[29] अतः राजा या राज्य शक्ति से परे कोई नहीं। महाकाव्यों में भी राजा की स्थिति महत्वता एवं अधिकार का पूर्ववर्ती विश्लेषण मिलता है। रामायण में लिखा है कि राजा की हिंसा नहीं होनी चाहिए क्योंकि राजा देवता है। वह मानव का रूप धारण कर पृथ्वी पर विचरण करता है।[30] महाभारत में राजा को मनुष्य के रूप में देवता समान माना गया है।[31] परिस्थितियों के अनुरूप राजा अलग-अलग रूप में धारण करते है जिसमें राजा के साथ मिथ्या व्यवहार करके उसे ठगे जाने पर वह अग्नि रूप धारण कर अपने उग्र तेज से समीप आये पातकियों की जलाकर भस्म कर देता है।[32] राजा गुप्तचरों द्वारा समस्त प्रजा की रक्षा करता हुआ सूर्य का रूप धारण करता है।[33] राजा कुपित होकर जब शुद्धाचारी सैकड़ों मनुष्यों एवं अपने पुत्र-पौत्र मन्त्रियों का संहार कर डालता है, तब वह मृत्यु रूप धारण करता है। समस्त अधार्मिक को कठोर दण्ड देकर सद्मार्ग पर ले आता है तथा धर्मात्माओं का अनुग्रह करता है तब वह यमराज माना जाता है।[34] राजा उपकारी एवं धनी रूपी जल धाराओं से प्रजा को तृप्त

करके एवं अपकार करने वाले दुष्टों के नाना प्रकार के रत्न छीनता है। किसी राज-हितैषी को धन देता है, किसी राज-विद्रोही का धन अपहरण करता है, तब वह पृथ्वी पालक नरेश इस संसार में कुबेर रूप धारण करता है।[35] देवता तुल्य कार्य किए जाने के कारण उसे पृथ्वी पर देवता के समान सम्मान एवं आदर्श स्वरूप समझा जाता है। देवत्व राजा के पद में होता था न कि उसके व्यक्तित्व में। वही राजा देवता तुल्य समझा गया जिसका जीवन स्वार्थ चिंतन से मुक्त हो साथ जिसका लक्ष्य जीवन का आदर्श हो।

युधिष्ठिर द्वारा भीष्म से यह प्रश्न पूछा गया कि 'राजा' शब्द की उत्पत्ति कैसे हुई। साथ ही सम्पूर्ण जगत एक ही व्यक्ति को देवता मानकर नतमस्तक हो जाता है तो इसका कोई स्वल्प कारण नहीं हो सकता है। भीष्म ने कहा कि न पहले हो राज्य था, न कोई राजा और न ही कोई दण्ड देने वाला। समस्त प्रजा धर्म के माध्यम से ही एक-दूसरे की रक्षा करती थी। आगे चलकर एक अव्यवस्था का जन्म हुआ। ऐसी परिस्थितियाँ देख देवताओं द्वारा ब्रह्मा जी से प्रार्थना की कि मनुष्यों में सर्वश्रेष्ठ पद प्राप्ति के अधिकारी का नाम बताइए। तब नारद जी द्वारा सोच विचारकर मानस पुत्र विराज को राजा बनाया गया। मानस पुत्र का आशय ब्रह्मा का पुत्र कदाचित भी नहीं था। विराज के वंशज वेन का शासन नृशंसता का प्रतीक था। परिणामत: उसकी हत्या कर दी गई। वेन की दिवंगति के अनन्तर पृथु शासक हुआ, जो कि धार्मिक एवं बहुश्रुत था।[36] सत्य तो यह है कि प्रजा का सर्वांगीण हित ही राजा के देवत्व स्वरूप का हेतु था।

वेदों से स्मृति काल तक राजा के रूप में परिवर्तन होता गया। समाज में परिवर्तन के साथ ही उसके विभिन्न घटकों एवं विधि में परिवर्तन होता रहा। जिसका प्रभाव राजशक्ति पर भी पड़ा। वेदों में वह जनता द्वारा चुना जाता था। वहीं स्मृतिकाल में वह जनता पर शासन करने वालों की नियुक्ति करता। साथ ही जनता उसकी आज्ञा पालन हेतु बाध्य हो जाती। स्मृति काल तक राजकृत संस्था रत्नियों से आगे बढ़कर अन्त हो जाती थी। स्मृति काल में ही राजा के दैवी रूप की स्थापना सम्भव हो सकी। कुछ सामाजिक परिस्थितियाँ भी दैवी भावना के समर्थन में सहायक रहीं। मौर्यकाल में यवन, शक, शुंग, कण्व, आन्ध्र, चेट, कुषाण, वाकाटक, भारशिव, आदि ऐसी जातियाँ थीं, जिनके साथ वैदिक समाज का सदस्य होने की समस्या आ गयी। अशोक के पतन एवं वैदिक मर्यादाओं के पुनरुत्थान के साथ ही वैदिकों ने नया रूप अपनाया। जिन अवैदिक जातियों को उनके द्वारा बहिष्कृत किया था, वे बौद्धों से मर्यादित होकर बौद्ध बन गयी थीं। राजाओं द्वारा बौद्ध धर्म के प्रचार के साथ ही वैदिकों के उन्मूलन का भी प्रयास किया गया। ऐसी स्थिति से समाज में रक्षा का प्रश्न आ गया। इसके साथ संघर्ष में राजा मध्यस्थ होता और वही सामना भी कर सकता था। अत: राजा के दैवी सिद्धान्त का समर्थन व्यापक रूप से हुआ। जातियाँ भी राजा के समक्ष नतमस्तक होने को अपमान नहीं समझती थी और उनका

सामाजिक समन्वय भी सम्भव हो सका। मनु का मत है कि राजा दैवी गुणों से युक्त होने के साथ-साथ सभी जड़ चेतन को अपने वश में रखने हेतु समर्थ होता था। सूर्य के समान ही वह सबके मन को तपाता था। अतः उसके विद्रोह की सम्भावना ही नहीं होती थी। दैवीय गुणों से युक्त व्यक्तित्व के कारण ही राजा सामाजिक तत्वों में स्थित घातक तत्वों को दबाये रखने में सफल होता था। आवश्यकतानुसार विभिन्न शक्ति क्षमताओं का आश्रय राजा द्वारा लिया जाना चाहिए। देश काल तथा परिस्थितियों को ध्यान में रखकर राजा आठ देवताओं का कार्य धर्म-सिद्धि के निमित्त करता है। दैवी स्वरूप में धर्म रक्षा राजा का महत्त्वपूर्ण कर्तव्य है।[38] मनुस्मृति में धर्म राज्य का वास्तविक सम्प्रभु है। अतः राजा के देवत्व पर जोर दिया गया है न कि राजा के दैवी अधिकार पर।

राजा के गुण अधिकार कर्तव्य एवं अनुशासन

राजा के सर्वोच्च स्थान एवं महत्त्व को ध्यान में रखकर कौटिल्य द्वारा कहा गया कि इस पद पर आसीन व्यक्ति को राजा के रूप में सर्वगुणसम्पन्न, धर्म परायण और साथ ही परोपकारी होना चाहिए। अर्थशास्त्र के छठे अधिकरण में प्रथम अध्याय में राजा के गुणों पर विस्तारपूर्वक प्रकाश डाला गया है। जिसमें राजा के गुणों में उसे उच्चादर्शयुक्त, उत्साही, शीघ्र कार्य करने वाला, समर्थ सामन्तों से युक्त, दृढ़ निश्चयी एवं विद्या व्यसनी आदि राजा के चरित्र के प्रधान गुण बताए गए हैं।[39] इसके अतिरिक्त राजा को शास्त्र ज्ञान, प्रत्येक बात को ग्रहण करने तथा ग्रहण की गई बात को याद रखना, तर्क-वितर्क के साथ किसी बात की जड़ तक पहुँचकर उसमें निहित अच्छे गुणों को ग्रहण कर बुरे पक्ष का त्याग करना आदि गुणों का धारक भी होना है। राजा के चरित्र की पूंजी यह है कि राजा को वाग्मी, प्रगल्भ, स्मरणशील, विपत्ति के समय सेना की रक्षा करने वाला, लज्जावान, दुर्भिक्ष सुभिक्ष के समय अन्न आदि का उचित विनियोग करने वाला, दीर्घदर्शी, दूरदर्शी अपनी सेना के युद्धोचित देशकाल, उत्साह एवं कार्य को स्वयं देखने वाला, संधियों के प्रयोगों के समझने वाला युद्ध में चतुर, प्रजा को कष्ट दिए बिना कोष को बढ़ाने वाला, प्रियभाषी, आदि गुणों से सम्पन्न राजा आत्म सम्पन्न राजा कहा जा सकता है।

राजा की शिक्षा-दीक्षा

कौटिल्य द्वारा इस तथ्य को स्वीकार किया गया है कि राजा में सभी गुणों का मिलना असम्भव है। अतः कुछ गुण तो उसमें विद्यमान होते हैं तथा कुछ पैदा किए जा सकते हैं, यदि कुलीन एवं होनहार बालक को बचपन से उचित शिक्षा प्रदान की जाए तो उसे आदर्श राजा बनाने के लिए तैयार किया जा सकता है। कौटिल्य द्वारा अर्थशास्त्र में शिक्षा का विस्तार से वर्णन करते हुए, बचपन एवं युवावस्था में राजकुल के सदस्यों को

दिए जाने वाली शिक्षा का वर्णन किया गया है। भलीभाँति शिक्षा प्राप्त प्रजा के हित में संलग्न एवं उसकी रक्षा करता हुआ राजा चिरकाल तक एवं निष्कलंक पृथ्वी का उपभोग करता है। अशिक्षित राजकुमार, घुन लगी लकड़ी के समान है, जो स्वयं को स्वयं ही शीघ्र नष्ट कर लेती है, ठीक वैसे ही जैसे अशिक्षित राजकुमार राजकुल को बिना युद्ध के स्वयं ही नष्ट कर लेता है। कौटिल्य के अनुसार राजा शास्त्रों के ज्ञान के साथ-साथ इन्द्रियजय करके चिरकाल तक पृथ्वी पर निष्कण्टक राज्य भोग कर सकता है। कान, त्वचा, नेत्र, भीम और नासिका को उनके विषयों शब्दों, स्पर्श रूप, रस एवं गन्ध में प्रवृत्त न होने देना ही इन्द्रियजय कहलाता है। राजा द्वारा छः शत्रुओं काम, क्रोध, लोभ, मान मद और हर्ष पर विजय प्राप्त करनी चाहिए। राजा को सलाह दी जाती है कि वह आचरण को सही रखे तथा सज्जनों की संगति में रहे। पराई स्त्री, पराया धन एवं हिंसा प्रवृत्ति को सर्वथा त्याग करे। राजा ही राज्य एवं समाज को नेतृत्व प्रदान करने का कार्य करता है। राजा ही कार्यपालिका का एकमात्र अधिष्ठान है। साथ ही वह विधि एवं व्यवस्था को बनाये रखता है। विधि के माध्यम से जनमत का समर्थन प्राप्त कर अपनी नीतियों को क्रियान्वित करने का उद्यम करता है। प्रशासन में नियुक्तियाँ एवं विदेशों से सम्बन्ध, युद्ध एवं शान्ति के प्रश्न को हल करने में अपनी सशक्त भूमिका प्रस्तुत करता है। व्यक्ति, समाज एवं राज्य के आर्थिक विकास में निर्देशन का कार्य करता है। मनु द्वारा राजा की कार्यपालिका के दो पहलू माने गए हैं। राज्य की सुरक्षा और सुरक्षा के क्रम में दण्ड की व्यवस्था। सुरक्षा एवं दण्ड एक-दूसरे से सम्बद्ध हैं। सुरक्षा हेतु राजा को दण्ड का उचित प्रयोग का अधिकार है। इसी से वह वर्ण व्यवस्था की अशुचिता को रोकता है और बलवानों के विरुद्ध कमजोर की रक्षा करता है। वस्तुतः राजा ही सुशासन का मूल है।

राजा दण्ड देने का अधिकारी

सामाजिक वातावरण की शुद्धि हेतु राजा को अपराधी तथा उसके सहयोगियों को दण्डित करने का अधिकार है। धर्म का उचित पालन न करने वालों को भी राजा दण्ड देने का अधिकारी है। देश में आन्तरिक बिखराव की स्थिति, समाज में व्याप्त अपराध एवं अपराध निमूर्लन में राजा महत्त्वपूर्ण साधन बन जाता है। मनु राजा को व्यक्ति की धार्मिक, सामाजिक एवं राजनीतिक स्वतन्त्रता के क्षेत्र में एक सीमा तक हस्तक्षेप का अधिकार देते हैं। धर्म के नाम पर अपराध करने वालों पर मनु कठोर दण्ड की व्यवस्था करते हैं। धर्म की आड़ में देश, जाति एवं कुल को विखण्डित नहीं किया जा सकता था। ऐसा करना राजद्रोह ही नहीं अपितु उसके लिए मृत्यु दण्ड तक की व्यवस्था की जा सकती थी। राजा को किसी भी प्रकार के असामाजिक कार्यों, चाहे वे अवैयक्तिक क्यों न हो, दण्ड शक्ति से रोकने का अधिकार है। पापबुद्धियों एवं गुप्त रूप से विचरण करने

वाले असामाजिकों को दण्डित कर राजा अपराध पर नियन्त्रण करता है। इस नियन्त्रण से राज्य में सुशासन की स्थापना होती है। आपराधिक व्यक्ति का उत्तरदायित्व उन सब पर माना गया जिनसे वह सम्बद्ध है। अतः अपराधी के साथ उसके साथी को भी राजा दण्ड देने का अधिकारी है।[40] सुरक्षा की दृष्टि से सबसे महत्त्वपूर्ण पहलू नाबालिगों एवं उनकी सम्पत्ति की सुरक्षा का दायित्व राजा का होता है। असहाय स्त्रियों की सम्पत्ति का अपहरण करने वाले व्यक्तियों तथा उनके सम्बन्धियों को दण्डित करने का अधिकार राजा को है। मनु की भाँति कौटिल्य भी कार्यपालिका शक्ति के रूप में राजा द्वारा सुरक्षा का कर्तव्य निभाना महत्त्वपूर्ण समझते हैं। राजा प्रजा की समृद्धि हेतु पूर्णतः उत्तरदायी है। मनु की अपेक्षा कौटिल्य राजा के कार्यपालिका शक्ति का विकास अधिक करते हैं। अतः मनु जिस सुशासन की पृष्ठभूमि तैयार करते हैं, कौटिल्य उस पर प्रासाद खड़ा करते हैं। चूँकि वैदिक काल से ही राजा द्वारा महत्त्वपूर्ण कर्तव्यों का निर्वाह होता रहा है। अतः इस कर्तव्य के निर्वाह हेतु राजा कर्मों के माध्यम से जिस व्रत को धारण कर उसका पालन करता है, उसे धृतवृतः कहा जाता है। ब्राह्मण ग्रन्थों में राजा के कर्तव्य निम्न प्रकार वर्णित हैं—

1. **प्रजा को भ्रम मुक्त करना :** अराजकता की स्थिति से मुक्ति पाने हेतु भयमुक्त वातावरण को समाप्त करने के लिए राज्य में जनता द्वारा राजपद का निर्माण किया गया जिसमें राजा का वरण किया गया था। राजा का मुख्य कर्तव्य अपने अधीन प्रजा को निर्भय बनाना था।[41]
2. **दुष्टों को दण्ड एवं युद्ध :** राजा का महत्त्वपूर्ण कर्तव्य प्रजा का रक्षण तथा दुष्टों को दण्डित करना था। वेदों में उल्लेख है कि जिस प्रकार मैं चोर एवं तस्करों को अग्नि के मुख में रखता हूँ उसी प्रकार हे राजन्! आप भी उन्हें नष्ट करे दें। राजा का मुख्य कर्तव्य युद्ध करके राज्य को शत्रुरहित तथा सुरक्षित करना होता है। युद्ध में सेना का नेतृत्व करना राजा का दायित्व है क्योंकि उसके अभाव में सेना भाग खड़ी होती थी। राज्याभिषेक के बाद शत्रु पर विजय प्राप्त करने के लिए विजयाभियान प्रारम्भ किया जाता था। धर्मसूत्रकारों द्वारा राजा को सुरक्षा कार्यों का संवाहक बताया गया है जिसके लिए उसे प्रजा की सुरक्षा का छठा भाग प्राप्त होता था।
3. **भौतिक सुख साधनों में वृद्धि :** प्रजा की भौतिक उन्नति हेतु राजा को सजग व सचेष्ट रहना होता था। जिसके लिए वह शत्रुओं से युद्ध करता था तथा विजित प्रदेशों को राज्य में सम्मिलित कर समृद्धि करता था।[42] राज्य का प्रधान कर्तव्य राज्य की समृद्धि करना बताया है। तैत्तरीय ब्राह्मण में उल्लेख मिलता है कि हमको सब प्रकार से सुन्दर धन प्राप्त कराओ जो हमारी पुष्टि

और यश को बढ़ाने वाला हो। वैदिक संहिताओं में स्थान-स्थान पर सुख साधनों की वृद्धि के साथ ही ऐश्वर्य आदि की प्राप्ति हेतु प्रार्थना की गई है।[43]

4. **कृषि विकास एवं उसकी समृद्धि :** राष्ट्र को सब प्रकार से समृद्धशाली बनाने का कर्तव्य एक राजा का होता है। तत्कालीन समाज में आय का प्रमुख साधन कृषि होने के कारण राज्यभिषेक यज्ञों में अन्न की बहुत प्रशंसा की गई है। साम्राज्य अभिषेक के लिए किए गए वाजपेय यज्ञ के माध्यम से राजा को अन्न का महत्त्व समझाते हुए कृषि कर्म करने के लिए प्रेरित किया गया है। 'वाज' का अर्थ बताते हुए कहा गया है कि "अन्नं वै वाजः अन्नं वाड एष उज्जयति यो वा वाजपेयेन यजते" अर्थात वाज ही अन्न है और जो वाजपेय यज्ञ करता है, वह अन्न की समृद्धि करता है।" अन्न को ही प्रजा का आधार बताया गया है। ऐतरेय ब्राह्मण में कहा गया है कि "अन्नं ह प्राणः" अर्थात अन्न ही प्राण है। जब राजा प्रथम बार सिंहासन ग्रहण करता है तो उससे पुरोहित कहता था कि "कृषि कर्म के लिए कल्याण के लिए, समृद्धि एवं पोषण के लिए राज्य तुम्हें दिया जाता है।" तत्कालीन समाज में चूँकि सामाजिक प्रतिष्ठा का आधार अन्न था। अतः कृषि को अत्यधिक महत्त्व प्रदान किया जाता था।

5. **सार्वजनिक कल्याण :** प्रजा के सार्वजनिक कल्याण की व्यवस्था का कर्तव्य राजा को सौंपा गया। उसी के द्वारा प्रजा के लिए श्रेय एवं प्रेय दोनों मार्गों को प्रशस्त करने का प्रयत्न किया जाता था। राज्याभिषेक के अवसर पर ब्राह्मण पुरोहित द्वारा राजा को वचनबद्ध किया जाता था कि उसके द्वारा उसके अधीन प्रजा का वह सार्वजनिक कल्याण सम्पादन में प्रमाद नहीं होगा। यजुर्वेद के एक मन्त्र में कहा भी गया है कि हे राजन्। तेज की प्राप्ति हेतु, ब्रह्म की प्राप्ति हेतु, अविद्या और रोग निवारण हेतु, पराक्रम के लिए, यश के लिए, अन्नादि की बुद्धि के लिए, विद्युत के समान बल के लिए, राज्य श्री के लिए, ऐसे ही सार्वजनिक कल्याण के लिए तेरा राज्याभिषेक कर रहा हूँ।[44]

6. **न्याय व्यवस्था :** न्यायाधीश के पद पर राजा स्वयं आसीन होता था। न्यायाधीश के रूप में राजा प्रजा को दण्डित करता था तथा स्वयं विधि के अधीन रहता था। अतः विधि को क्षत्र का भी क्षत्र बतलाया गया है।[45] न्याय व्यवस्था का आधार सामाजिक, नियम, लिखित संविधान एवं कुल परम्पराएं थीं। यदि कोई व्यक्ति दण्ड से बच जाता था तो उसके पुत्र को दण्ड दिया जाता था। यदि पुत्र भी किसी प्रकार बच जाता था तो उसके पौत्र को दण्ड दिया जाता था। अतः कठोर दण्ड का विधान आर्थिक अपराधों के लिए किया गया था।

7. **धर्म की रक्षा :** धर्म की रक्षा करना राजा के महत्त्वपूर्ण कर्तव्यों में परिगणित किया गया है। धार्मिक कृत्यों के अवसर पर उपस्थित हुए विघ्नों को दूर करना, धर्म के संरक्षक ब्राह्मण, विद्वान, ऋषि एवं महर्षियों की सब प्रकार से रक्षा करना, राजा का मुख्य कर्तव्य था। अत: राजा को ब्राह्मण एवं धर्म का रक्षक कहा जाता था।[46]

8. **ज्ञान प्रसार कार्य :** अज्ञानता मनुष्य का प्रबलतम शत्रु है। ज्ञानविहीन मनुष्य अन्धकार से ग्रस्त होकर अपने पथ से भ्रष्ट हो जाता है तथा वह अपने मार्ग से भटक जाता है। इसलिए स्थान-स्थान पर बुद्धि की प्राप्ति एवं उसके सुविकास की भी याचना की गई है। ऋग्वेद में राजा को अग्निस्वरूप मानकर स्पष्ट रूप से कहा गया है कि वह अपने अधीन प्रजा में अज्ञान का नाश कर ज्ञान का प्रसार करता है। इसके अतिरिक्त शरणागत की रक्षा का दायित्व भी राजा वहन करता था, तत्कालीन समाज में वृहद् यज्ञों के आयोजन की परम्परा थी, जिसमें राजा को आर्थिक और भूमि दान के दायित्वों का निर्वाह करना होता था।[47]

राजा की शक्ति एवं अधिकार

राजा शक्ति एवं अधिकारों की दृष्टि से पर्याप्त सामर्थ्यशाली था। राज पद के वंशानुगत होने के कारण राजा की शक्ति में अतिशय वृद्धि हुई। साधना मार्ग से ही राजा में दैवी गुणों का आधान सम्भव है। साधना के बिना दैवीय गुणों की प्राप्ति असम्भव है। दैवीय गुणों के कारण सामान्य जनता राजा को दैवी शक्ति से युक्त मानने लगी। दैवीय शक्ति के कारण राजा अकेला होने के बावजूद भी बहुतों पर शासन करता था। शतपथ ब्राह्मण में स्पष्ट कहा गया है कि राजा शक्तिशाली होते हुए भी पृथ्वी से भयभीत रहता है कि कहीं पृथ्वी उसे पद भ्रष्ट न कर दे। राजा पृथ्वी अर्थात राष्ट्र के साथ मैत्रीपूर्ण सम्बन्ध स्थापित करते हुए कहता था कि "पृथ्वी तू मेरी माता है, न तू मेरी हत्या कर, न मैं तुम्हारी हत्या करूँ।" इसी प्रसंग में राज्याभिषेक के समय राजा द्वारा की गई प्रतिज्ञा विशेष रूप से महत्त्वपूर्ण है। राजा श्रद्धापूर्वक प्रतिज्ञा करता था कि "जिस रात्रि (समय) में, मैं पैदा हुआ हूँ तथा जिस रात्रि (समय) में मैं मरूँगा, इन दोनों के बीच जितने भी यज्ञ, अनुष्ठान मैंने किए हैं, यदि तुमसे द्रोह करूँ, तो उनसे तथा स्वर्गलोक और अपनी सन्तान से वंचित हो जाऊँ।[48] अत: प्रतिज्ञा द्वारा राजा पुरोहित के नियन्त्रण में रहकर कार्य करता था। पुरोहित मन्त्रिमण्डल का महत्त्वपूर्ण सदस्य होता था। अथर्ववेद में उल्लेख मिलता है कि अधर्मिक राजा के राज्य में वर्षा नहीं होती तथा उसे समिति एवं मित्र-वर्ग का सहयोग प्राप्त नहीं होता।

राजा एवं प्रजा का सम्बन्ध

वैदिक काल में राजा के प्रजा के मनोरंजन एवं सुरक्षा के लिए प्रयत्न करता था। ब्राह्मण काल में यह परम्परा अक्षुण्ण थी। परन्तु इस काल में राज पद की स्थिति महत्त्वपूर्ण, सुदृढ़ एवं आनुवंशिक होती जा रही थी। राजा एवं प्रजा के सम्बन्धों में अन्तर आना स्वाभाविक था। प्रजा द्वारा राजा का विशेष सम्मान किया जाता था। राजा को ऊँचे आसन पर बैठाकर प्रजा उसके सामने नीचे बैठती थी। राजा के स्वागत में उसको पुष्पाहार पहनाया जाता था। राजा यदि किसी के घर जाता था तो उसके सम्मान में लोग विशेष रूप से प्रयत्नशील रहते थे। उनके मन में भय जैसी स्थिति भी रहती थी कि यदि राजा के स्वागत में कहीं कमी रह गयी तो वह क्रोधित होकर हमारी हानि कर देगा।[49] इससे विदित होता है कि राज्य शक्ति का प्रभाव वृद्धि पर था। राजा की प्रसन्नता एवं क्रोध प्रजा के सुख-दुख का हेतु बन जाता था। वैदिक वाङ्मय में कहा गया कि राजा की शक्ति प्रजा में निहित है। प्रजा को राजा के अनुकूल बनाने की प्रक्रिया यज्ञ द्वारा सम्पन्न की जाती थी, राज्याभिषेक के समय प्रजा के प्रतिनिधि भी अभिषेक कराते थे।[51] राज्य का संवर्धन प्रजा द्वारा होता था। शतपथ ब्राह्मण में उल्लेख है कि—हे मातृभूमि! तू मेरी हिंसा मत कर और मैं भी तेरी हिंसा न करूँ।[52] इस प्रकार राजा और प्रजा दोनों परस्पर एक-दूसरे की रक्षा करें। एक अन्य स्थल पर विचार व्यक्त करते हुए कहा गया है कि-हे राजन्! तू इस पृथ्वी माता को संतृप्त एवं उग्र तेज से शोकयुक्त मत कर। अतः इस प्रसंग में राजा द्वारा किए जाने वाले तेज उत्पीड़न की निन्दा की गई है। तैतरीय ब्राह्मण में प्रजा विद्रोह का उल्लेख करते हुए कहा है कि प्रजा राजा के विरुद्ध होकर कर देना बन्द कर देती थी, तब राजा विघन नामक यज्ञ करता था। शतपथ में कहा है—"पृथग् ह वै इमाः प्रजा स्युः नवै आत्ता स्यात नैव आघ स्यात।"[53] इसकी व्याख्या करते हुए आचार्य सायण लिखते हैं—"सर्वाः प्रजाः राज्ञः सकाशात् पृथक स्वतन्त्रा एवं भवेयुः तथा च राजा नैवात्ता स्थात् राज्यमपि नैव भाग्यं भवेदित्यर्थः।" राज्य में किसी प्रकार का उपद्रव न हो, इस कामना से जनता को उपदेश दिया जाता था।

संगच्छध्वं संवदध्वं सं वो मनासि जानताम्।
देवा भाग यथापूर्वे संजानाना उपासते।
समानो मन्त्रः समितिः समानि।
समानं मनः सह चिन्त्तमेषाम्॥
समानं केतो अभि सं रभध्वम्।
संज्ञानेन वो हविषा यजामः ।।[54]

राजा एवं प्रजा दोनों में परस्पर प्रेम के माध्यम से ही राज्य का कुशल संचालन सम्भव है। राज्यरूपी रथ दो परिस्थितियों जिसमें द्रोह प्रजा द्वारा हो अथवा द्रोह राजा द्वारा

दोनों में संचालन असम्भव है। अत: वेद मन्त्र में उपदेश दिया गया है कि—हे राजन! तू क्षत्र (क्षात्र बल) का आधार है, तू क्षत्र का केन्द्र स्थान है। इसलिए किसी व्यक्ति को भी तेरी हिंसा नहीं करनी चाहिए और तू भी हिंसा मत कर। अत: ऐसी प्रार्थना की गई है कि राजा और प्रजा दोनों वैर त्याग कर परस्पर रक्षा में प्रवृत्त रहे।

मन्त्रिपरिषद्

कार्यपालिका प्रधान होने से मनुस्मृति में राजा प्रशासन का अध्यक्ष है। पूरा प्रशासनिक ढाँचा उसी पर आधारित है। सम्पूर्ण प्रशासनिक कार्य उसी के नाम पर सम्पादित होते हैं। प्रशासनिक क्रियाकलाप राजा द्वारा नियुक्त अधिकारी द्वारा सम्पन्न किए जाते हैं। अत: प्रशासन सम्बन्धी सभी नियुक्तियों का एकमात्र अधिकार उसी को है। नियुक्तियाँ पूर्वाग्रह निरपेक्ष होती हैं। राजा द्वारा सर्वप्रथम प्रशासनिक अध्यक्ष के रूप में मन्त्रिपरिषद की नियुक्ति की जाती है। बिना मन्त्रिपरिषद के राजा राज्य का विशाल कार्य सम्पन्न नहीं कर सकता। इस सम्बन्ध में धर्मशास्त्र, अर्थशास्त्र एवं राजनीति शास्त्र सम्बन्धी सभी ग्रन्थ एकमत हैं। प्रशासन का सम्पूर्ण कार्य राजा द्वारा स्वयं सम्पन्न करने को मनु मूर्खता मानते हैं।[55] कौटिल्य के मतानुसार राजा के लिए आवश्यक है कि वह मन्त्रियों की नियुक्ति एवं उसकी सलाह के अनुरूप कार्य करे क्योंकि प्रशासन रूपी रथ एक पहिए से नहीं चल सकता। याज्ञवल्क्य का मानना है कि राजा ज्ञानी, वंश परम्परागत, धैर्यवान एवं पवित्र मन वाले व्यक्तियों को मन्त्री नियुक्त करे। उनके साथ राज्य के क्रियाकलापों पर विचार कर तदनुसार अपना कार्य सम्पन्न करे। महाभारत में राजा को मन्त्रिपरिषद की नियुक्ति का एकमेव अधिकार है। राजा राज्य की सारी गुप्त मन्त्रणा मन्त्रिपरिषद् से करने को बाध्य है। मनु का मत है कि राजा द्वारा राज्य के बड़े उत्तरदायित्व पूर्ण कार्यों के सम्पादन में सहायकों की आवश्यकता होती है क्योंकि एक व्यक्ति के लिए सहज कार्य भी कठिन है। महाभारत में मनु का यह वचन ज्यों का त्यों उद्धृत है।[56] मनुस्मृति में राजा को अपने सहायकों के रूप में मन्त्रियों या सचिवों की नियुक्ति का एकमात्र अधिकार है। ऐसी कोई केन्द्रीय संस्था नहीं है, जिसके प्रति मन्त्री पूर्ण रूप से उत्तरदायी होते हैं। मन्त्री प्रत्यक्ष रूप से राजा के प्रति उत्तरदायी हैं एवं प्रत्यक्ष रूप से जनमत के प्रति मन्त्रियों को किसी वैधानिक बल का सहारा नहीं है।[57] मनु द्वारा नीतियों के निर्माण एवं उसके क्रियान्वयन की अन्तिम शक्ति राजा को दी है। राज्य के कार्य सम्पादन में राजा संयुक्त रूप से या व्यक्तिगत रूप में मन्त्रियों से सलाह लेता है। मनु सिद्धान्त एवं व्यवहार दोनों में शक्ति का केन्द्र राजा को मानते हैं। मन्त्रियों द्वारा जहाँ एक ओर राजा को सलाह दी जाती है, वहीं दूसरी ओर उसके निर्देशों का पालन प्रशासनिक आवश्यकतानुसार करते हैं। मनु द्वारा राजा के लिए अलग से किसी सलाहकार संस्था की आवश्यकता स्पष्ट नहीं की है। इस

संदर्भ में टीकाकारों द्वारा मनु की गलत व्याख्या प्रस्तुत की है। परन्तु राजा एवं मन्त्रियों के सम्बन्ध से राज्य की निरपेक्षता स्थापित नहीं होती क्योंकि राजा के लिए आवश्यक है कि वह वृद्ध मन्त्री विद्वान, विश्वासी ब्राह्मण मन्त्री की सलाहों का पालन करे। मनु ने तो यहाँ तक माना है कि उसके ऊपर मुख्यतः सम्पूर्ण राज्य के कार्यों का भार छोड़कर स्वयं कुछ निश्चित कार्य का सम्पादन करे।

मनुस्मृति में राजा को मन्त्रियों के अलावा अन्य प्रशासनिक अधिकारियों की नियुक्ति का अधिकार है। इसके सम्बन्ध में मनु के टीकाकारों का गहरा विरोधाभास है। कुल्लूक अन्य प्रशासनिक व्यक्तियों को कर्म सचिव के रूप में उद्धृत करते हैं। वूलर इन्हें सचिव मानते हैं।[58] मनु प्रशासन के सभी तत्वों को इस तरह स्पष्ट करते हैं कि राजा प्रशासन का सर्वोच्च अधिकारी है। मन्त्री एवं उसके पश्चात् सचिव राजा की सहायता में कार्यरत होते हैं। सचिवों के विभागों का वितरण राजा करता है। प्रशासन में सुशासन के लिए किसी प्रकार का आरक्षण नहीं, अपितु योग्यता, कर्मठता, ज्ञान एवं संवेदनशीलता आधार होना चाहिए। कौटिल्यकृत अर्थशास्त्र में भी पहले अधिकरण में मन्त्रिपरिषद का विस्तारपूर्वक उल्लेख मिलता है। चूंकि राज्य का कार्य बहुत व्यापक है, वह एक साथ तथा एक स्थान पर होना असम्भव है। ऐसी परिस्थिति में राजा कितना भी बुद्धिमान, चतुर एवं दक्ष क्यों न हो, वह सभी कार्य स्वयं नहीं कर सकता है। उसे सहायता की आवश्यकता होती है। महाभारत में एक स्थान पर कहा गया है कि जिस प्रकार पशु बादलों पर, ब्राह्मण वेदों पर एवं पत्नी पति पर निर्भर रहती है उसी प्रकार राजा भी संचालन के लिए मन्त्रिपरिषद पर निर्भर रहता है। महाभारत में मन्त्रिपरिषद में मन्त्रियों की संख्या आठ बतलायी गयी है। मनु ने बारह, बृहस्पति ने सोलह एवं शुक्राचार्य ने बीस मन्त्रियों को मन्त्रिपरिषद में सम्मिलित करने का निर्देश दिया है। कौटिल्य द्वारा मन्त्रिपरिषद की कोई निश्चित संख्या निर्धारित नहीं की गयी है। उनका मानना है कि कार्य करने वाले पुरुष की सामर्थ्य के अनुसार ही उनकी संख्या नियत होनी चाहिए। अतः कौटिल्य द्वारा राज्य के आकार एवं आवश्यकता के अनुसार ही मन्त्रिपरिषद् की संख्या निर्धारित करने का परामर्श दिया है।

मन्त्री राजा की आँख एवं कान होते हैं। ऐसा कहा गया है कि देवराज इन्द्र की मन्त्रिपरिषद् में एक हजार ऋषि थे, जो उसके कामों का निर्देशन करते थे। अतः दो आँखों वाले इन्द्र को सहस्राक्ष अर्थात् हजार आँखों वाला कहा गया है। मन्त्रिपरिषद जो बात पता नहीं हो उसे ज्ञात करने, जो ज्ञात है उसे निश्चित करने, जिस बात में दुविधा एवं संशय हो, उसे दूर करके, जो बात आंशिक तौर पर ज्ञात हो, उसे पूरी तरह से जानने का काम करती है। कौटिल्य द्वारा मन्त्रिपरिषद् की बैठक गोपनीय तरीके से आयोजित करने का निर्देश दिया गया है। मन्त्रिपरिषद् की बैठक गुप्त स्थानों पर ही होनी चाहिए एवं इसकी सभी कार्यवाहियाँ गोपनीय होनी चाहिए। पशु पक्षियों का प्रवेश भी मन्त्रणा

स्थल पर निषिद्ध कर दिया गया है। गोपनीयता भंग होने से राजा एवं राज्य दोनों पर खतरे की सम्भावना बढ़ जाती है। कौटिल्य द्वारा सलाह दी गयी कि गोपनीयता भंग करने वाले व्यक्ति को तत्काल ही मरवा देना चाहिए। आधुनिक काल में भी मन्त्रिपरिषद की गोपनीयता पर बल दिया जाता है। कौटिल्य द्वारा गोपनीय बातों के प्रकट होने के प्रकारों का उल्लेख किया गया है। कौटिल्यानुसार मन्त्रियों की असावधानी, मद्यपान, सोते समय आकस्मिक प्रलाप एवं विषय-भोग की लालसा के कारण गोपनीयता भंग होती है। आड़ में छिपकर सुनने वाला एवं मन्त्रणाकाल में अपमानित हुआ व्यक्ति भी गुप्त मन्त्रणा को सबके सामने प्रकट कर सकता है। ऐसी स्थिति में कौटिल्य द्वारा राजा को यह निर्देश दिया गया है कि राजा को गुप्त रहस्यों को बहुत सावधानी से रक्षा करनी चाहिए। गुप्त मन्त्रणा के समय उपस्थित रहने वाले मन्त्रियों की संख्या के विषय में कौटिल्य द्वारा अपना विचार व्यक्त किया गया है।[59]

कौटिल्य द्वारा मन्त्रिपरिषद के सदस्य मन्त्रियों की श्रेणियों का भी उल्लेख किया गया है। रामायण महाकाव्य में मन्त्रियों की तीन श्रेणियों का उल्लेख है—मुख्य, मध्यम और जघन्य। शुक्राचार्य द्वारा भी मन्त्रियों की तीन श्रेणियों का उल्लेख किया गया है। कौटिल्य द्वारा मंत्रियों की श्रेणियों का उल्लेख तो नहीं किया गया है पर मन्त्रिमण्डल के अन्तर्गत दो भागों-अन्तर भाग एवं बाह्य भाग की चर्चा अवश्य की गई है। अन्तर भाग नीतियों का निर्धारण कर उसके अनुरूप कार्यों की रूपरेखा तैयार करता है। बाह्य भाग द्वारा निर्धारित नीतियों और कार्यक्रमों को क्रियान्वित किया जाता है। वर्तमान समय में मन्त्रिपरिषद के अन्तर्गत मन्त्रियों का एक छोटा समूह होता है। जिसे आन्तरिक मन्त्रिमण्डल कहा जाता है। ऐसे राजा के प्रति विद्रोह की सम्भावना सदैव बनी रहती थी, जो राजा मन्त्रिपरिषद की राय को स्वीकार नहीं करता था। उसका विनाश अवश्यभावी है। कौटिल्य की मान्यता है कि मन्त्रिपरिषद् राजा के ऊपर एक राजनीतिक अंकुश है। कौटिल्य द्वारा प्रस्तुत मन्त्रिपरिषद् का गठन, उसकी स्थिति एवं कार्यों सम्बन्धी विवरण को देखकर वर्तमान मन्त्रिपरिषद् के साथ उसकी तुलना समीचीन प्रतीत होती है। अत: यह कहना अधिक सही होगा कि कौटिल्य के मन्त्रिपरिषद् की तुलना आधुनिक मन्त्रिपरिषद् के साथ विशेष संदर्भों में की जा सकती है। कौटिल्य के समय में संसदीय प्रणाली का विकास नहीं हो पाया था, इसलिए उसके समय की मन्त्रिपरिषद् का सिद्धान्त या आधार आज से बिल्कुल पृथक् था। आधुनिक युग में सैद्धान्तिक रूप से मन्त्रिपरिषद् की नियुक्ति का अधिकार राष्ट्राध्यक्ष को प्राप्त है, पर उसके द्वारा इस अधिकार का प्रयोग किए जाने पर कुछ प्रतिबन्ध हैं। वह निर्धारित शर्तों को पूरा करने वालों को ही मन्त्रिपरिषद् का सदस्य चुन सकता है। मंत्रिपरिषद् द्वारा लिये गए निर्णयों एवं उसके द्वारा पारित प्रस्तावों पर राजा की सहमति आवश्यक थी। शुक्राचार्य का कथन है कि राजा को

मन्त्रिपरिषद् के निर्णयों या प्रस्तावों की आलोचना करने का अधिकार नहीं था।

आधुनिक युग में मन्त्रिपरिषद की नियुक्ति का आधार सैद्धान्तिक रूप से राष्ट्राध्यक्ष को प्राप्त है परन्तु आधुनिक मन्त्रिपरिषद् में प्रधानमन्त्री का महत्त्वपूर्ण स्थान है। वह मन्त्रिपरिषद् की धुरी एवं केन्द्र बिन्दु है। कौटिल्य द्वारा प्रधानमन्त्री शब्द का प्रयोग नहीं किया गया परन्तु अर्थशास्त्र के विवरणों से यह संकेत मिलता है कि उस समय प्रधानमन्त्री का पद भी रहता होगा। सम्भवतः राजा का सर्वाधिक प्रिय एवं निकटतम व्यक्ति ही प्रधानमन्त्री अथवा महा-अमात्य के रूप में कार्य किया करता था। कौटिल्य एवं आधुनिक युग के मन्त्रिपरिषद की अवधारणा में मौलिक अन्तर है। आधुनिक एवं कौटिल्य की मन्त्रिपरिषद् की अवधारणा में कुछ संदर्भों में समानता भी पायी जाती है। मन्त्रिपरिषद् की कार्यपद्धति के संदर्भ में दोनों में समानता दृष्टिगोचर होती है। दोनों ही काल के मन्त्रिपरिषद् में निर्णय बहुमत के आधार पर किये जाते हैं। आधुनिक युग की मन्त्रिपरिषद् के गोपनीयता के सिद्धान्त को कौटिल्य ने भी बहुत अधिक महत्त्व दिया है। वह गोपनीयता के सिद्धान्त के अनुपालन की दिशा में इस सीमा तक आगे बढ़ जाता है कि मन्त्रिपरिषद् की बैठकों के मध्य पशु-पक्षियों के प्रवेश को भी वर्जित कर दिया है। आधुनिक मन्त्रिपरिषद के निर्णयों की भांति कौटिल्य द्वारा भी मन्त्रिपरिषद में लिये गए निर्णयों को महत्त्व देने का अनुदेश दिया है। इस प्रकार आधुनिक एवं प्राचीन भारत की मन्त्रिपरिषद् की कार्यपद्धति में बहुत सारी समानताएँ पायी जाती हैं। समस्त समानताओं के बाद भी प्रामाणिक रूप से यह नहीं कहा जा सकता है कि वर्तमान समय की मन्त्रिपरिषद् की अवधारणा का विकास कौटिल्य के विचारों से प्रभावित होकर हुआ है।[60]

संदर्भ सूची—

1. शत.ब्रा., 12.4.5.1, अुस्टरीतुर्ह पौसांयनो दशपुरुषं राज्यपद।
2. ऐत.ब्रा., 38.3 राजानं।
3. तद्योऽस्य पुत्रः प्रियतमो भवति इदं मेऽयं वीर्य पुत्रोऽनुसंतनवत्। शत.ब्रा. 5.3.4.6
4. अथ पुत्रस्य नाम गृह्णाति। इदं में वीर्य पुत्रोऽनुसंतनव दिति, वही, 1.7.4.11
5. पितैवाग्रे अथ पौत्रः वही, 1.3.4.4, वही, 1.4.2.10
6. निरुक्त, 2.2.3
7. तै.ब्रा., 2.2.7.2, ऐत.ब्रा., 37.1
8. अषाढं युत्सु पृतनासु पप्रिम...भरेषुजाम् सुक्षितिम्। तै.ब्रा., 2.4.3.6
9. न वे ब्राह्मणोराज्यायालय। शत.ब्रा., 5.1.1.12
10. शत.ब्रा., 14.2.9.2
11. विशेष विवेचन दृष्टव्य राज्याभिषेक एवं राजनीतिक यज्ञ अध्याय।
12. ऋग्वेद, 4/42/991
13. कतं सचन्ते वरूणस्य देवा राज। भिकृष्टे॥ ऋग्वेद, 4/42/3/41

14. एन.सी. सेनगुप्ता, इवोलुशन ऑफ एनसिऐन्ट इण्डियन लॉ, पृ. 36, 38
15. ऋग्वेद, 3/43/51
16. ऋग्वेद, 716613, 10117312
17. ऋग्वेद, 4/4/31
18. ऋग्वेद, 7/9/85/
19. डॉ. हरिहरनाथ त्रिपाठी, भारतीय विचारधारा, पृ. 20
20. या देवो मत्यनि अधि। अथर्ववेद, 10/127/7/
21. अल्तेकर, प्राचीन भारतीय शासन पद्धति, पृ. 65
22. तैत्तरीय ब्राह्मण, 1710/2/
23. महा.शा., 85/7-11
24. यू. एन. घोषाल, हिन्दू पॉलिटिकल थियरी, चैप्टर-द्वितीय
25. चार्ल्स ड्रेकमेयर, किंगशिप एण्ड कम्यूनिटी इन अर्ली इण्डियन, पृ. 34
26. ऐतरेय ब्राह्मण, 8/221
27. बी.के. सरकार, पॉजिटिव बैकग्राउण्ड ऑफ हिन्दू सोशियोलॉजी, अंक-प्रथम, पृ. 152
28. हरिहरनाथ त्रिपाठी, प्राचीन भारत में राज्य एवं न्यायपालिका, पृ. 36
29. के.पी. जायसवाल, हिन्दू राज्यतंत्र, द्वितीय खण्ड (हिन्दी संस्करण), पृ. 52
30. अन्जया, नेचर एण्ड ग्राउण्ड ऑफ पॉलिटिकल ऑब्लिगेशन इन दी हिन्दू स्टेट, पृ. 14
31. तान्नहिंस्यान्न च कोशेन्नाक्षिपेन्न प्रियं वदेत
32. कुरुते पंचरूपाणि कालयुक्तानि यः सदा।
33. यदा ह्सीदतः पापान्दहत्युग्रेण प्रेजसा।
34. अशुचींरचय यदा कुद्धः सिठौती शतशो नरान्।
35. य एष राजा-राजेतिशब्दरचरति भारत कथमेष समुत्पन्नस्तन्मे कूहि पितामह, महा.शा. 59/5/
36. मिलोबीः नेचर ऑफ स्टेट, पृ. 22
37. राधा कुमुद मुकर्जी, चन्द्र गुप्त मौर्या एण्ड हिज टाइम, पृ. 19
38. न हि दण्डाद्वते शक्यः कर्तु पापविनिग्रहः।
    स्तेनानां पापबुद्धिनां निमृतं चरतांक्षितों॥ मनु 9/263
39. कौ. 1/6
40. तै.ब्रा. 2.4.2.7
41. यामिदं राजा संग्राम जित्वाउदाकुरूते। शत.ब्रा. 3.2.4.14
42. यजु. 9.221
43. यजु. 20.3 - भेषज्येन प्रेजसे ब्रह्मवर्चसायामिषिज्जामि।
44. ब्राह्मणस्य शोप्ताऽजनि धर्मस्य गोप्ताऽजनिः ऐत.ब्रा. 38.1, 39.3
45. ऋग्वेद 6.9.1
46. तस्मादेकः सन् बहुनामीष्टे।
47. ऐत.ब्रा. 3.21
48. शत.ब्रा. 4.2.7.6
49. तैतरीय 1.8.8.51

50. तैतरीय ब्रा0 1.7.6.7
51. शत.ब्रा. 5.3.5.21 यजु. 12.15
52. शत.ब्रा. 1.2.5.15
53. सोऽसहायेन मूढेन लब्धेनाकृतबुद्धिना।
न शक्योन्यायतो नेतु सवतेन विषयेषु च॥ मनु. 7/30
54. महा.शा. 80/1
55. अल्तेकर, प्राचीन भारतीय शासन पद्धति, पृ. 133
56. बैतेयी, आर.के., रिकन्स्ट्रक्शन ऑफ दि ऑरिजिनल इण्टरप्रिटेशन ऑफ मनुस्मृति, अहमदाबाद, 1970 पृ. 256
57. भुल्लर, लॉ ऑफ मनु, पृ. 225
58. अर्थशास्त्र 1/15
59. शुक्रनीति सार-2.109
60. शुक्रनीति सार-2.362.69

□

महाभारत में वर्णित विविध गीताओं में राजधर्म : एक अध्ययन

—डॉली जैन

सम्पूर्ण संस्कृत वाङ्मय में महाभारत का अत्यधिक गौरवपूर्ण स्थान है। महाभारत की महत्ता के कारण उसके विषय में साहित्य जगत् में यह उक्ति प्रसिद्ध हुई—

धर्मे चार्थे च कामे च मोक्षे च भरतर्षभ।
यदिहास्ति तदन्यत्र यन्नेहास्ति तन्न क्वचित्॥

अर्थात् हे भरत श्रेष्ठ! धर्म, अर्थ, काम व मोक्ष के विषय में जो यहाँ है, वह अन्यत्र भी है, जो यहाँ नहीं है, वह कहीं नहीं है। महाभारत को न केवल पंचम वेद कहा गया है, अपितु अपनी महत्ता एवं गुरुता की दृष्टि से वेदों से भी श्रेष्ठ माना गया है। जिस प्रकार वैदिक साहित्य का दार्शनिक अंश उपनिषद् के नाम से जाना जाता है, वैसे ही महाभारत का महत्त्वपूर्ण दार्शनिक अंश गीता नाम से प्रख्यात है। महाभारत की गीताओं के इस महत्त्व को यह श्लोक स्पष्ट करता है—

पाराशर्यवचः सरोजममलं गीतार्थगन्धोत्कटम्,
नानाख्यानककेसरं हरिकथासम्बोधनाबोधितम्।
लोके सज्जनषट्पदैरहरहः पेपीयमानं मुदा,
भूयाद् भारतपङ्कजं कलिमलप्रध्वंसि नः श्रेयसे॥

भविष्यपुराण 1.4

पराशर मुनि के पुत्र व्यास का वचन है कि (महाभारत) ऐसा अमल कमल है जिसमें गीतार्थ उत्कट गन्ध विद्यमान है। अनेक आख्यान केशर हैं जो हरिकथा के सम्यक्बोधन से आबोधित (शिक्षित) ज्ञान शक्ति सम्पन्न हैं। लोक में सत्पुरुष रूप षट्पदों द्वारा प्रतिदिन बड़े चाव से इसके मकरन्द का रसपान किया जाता है। इस प्रकार यह महाभारत रूप अमल कमल इस कलिकाल के मल को नष्ट करने वाला हमारे कल्याण के लिए हो।

महाभारत में श्रीमद्भगवद्गीता के अतिरिक्त अन्य अनेक गीताएँ उपलब्ध होतीं हैं। ये गीताएँ महाभारत में विविध पर्वों में विद्यमान हैं। शान्तिपर्व में पराशर गीता, शम्पाक गीता, बोध्य गीता, हारीत गीता, वृत्र गीता, हंस गीता, विचख्नु गीता, षड्ज गीता, उतथ्य गीता, ऋषभ गीता व वामदेव गीता हैं। आश्वमेधिक पर्व में कश्यप गीता, ब्राह्मण गीता, अम्बरीष गीता व गुरुशिष्य गीता हैं। वन पर्व में मार्कण्डेय गीता व अष्टावक्र गीता हैं। उद्योग पर्व में सनत्सुजातीय गीता व स्त्री पर्व में विदुर गीता है। इस प्रकार कुल 20 गीताएँ इस आलेख का विषय हैं। प्रत्येक राष्ट्र को उन्नत तथा सुव्यवस्थित करने के लिए उपयुक्त शासन प्रणाली की आवश्यकता होती है। प्राचीन संस्कृत ग्रन्थों में उपयुक्त शासन प्रणाली से राज्य-संचालन के निर्देश दिए गए हैं। राज्य संचालन के ढंग को ही राजनीति या राजशास्त्र कहते हैं। राजनीतिशास्त्र की शिक्षा पाकर ही राजा राज्य की व्यवस्था करने में, आर्थिक विकास करने में, प्रजाजनों को नियन्त्रित करने में, धर्म-अर्थ-काम त्रिवर्ग से मोक्ष का मार्ग प्रशस्त करने में प्रशंसनीय सफलता प्राप्त करता है। राजधर्म को धर्मशास्त्र के अन्तर्गत ही माना जाता है, क्योंकि धर्मशास्त्र सामान्य धर्माचरण के अतिरिक्त राजा के आचरण को भी धर्माचरण मानते हैं। राजधर्म के समुचित उपयोग से ही राजा प्रजा एवं राज्य को धारण करता है। महाभारत में वर्णित गीताओं में राजधर्म विषयक पर्याप्त सामग्री प्राप्त होती है जिसे निम्न बिन्दुओं में देखा जा सकता है—

राजा धर्म का स्वरूप

राजा को साक्षात् धर्म का स्वरूप कहा गया है। जिसमें धर्म विराज रहा हो, वही राजा है और जिसमें धर्म (वृष) का लय हो गया हो, उसे देवता लोग वृषल मानते हैं। वृष भगवान् धर्म का नाम है, जो धर्म के विषय में अलम् कह देता है, उसे देवता वृषल समझते हैं।[1] जो सद्धर्म के पालन पूर्वक प्रजा का शासन करता है, वही राजा है।[2] अन्यत्र कहा गया है कि जैसे देवलोक में सूर्य अपने तेज से सम्पूर्ण अन्धकार का नाश करता है। उसी प्रकार राजा इस पृथ्वी पर रहकर अधर्मों को सर्वथा हटा देता है।[3] राजा धर्म का पालन और प्रचार करने के लिए ही होता है, विषय सुखों का उपभोग करने के लिए नहीं। सम्पूर्ण प्राणी धर्म के आधार पर स्थित हैं और धर्म राजा के ऊपर प्रतिष्ठित है। जो राजा अच्छी तरह धर्म का पालन और उसके अनुकूल शासन करता है, वही दीर्घकाल तक इस पृथ्वी का स्वामी बना रहता है। यदि राजा धर्माचरण करता है तो देवता बन जाता है अन्यथा वह नरक में गिरता है।[4] जो राजा धर्म को अर्थसिद्धि की अपेक्षा बड़ा मानकर, धर्म को बढ़ाने में अपने मन और बुद्धि का उपयोग करता है, वह धर्म के कारण शोभा पाता है। इसके विपरीत जो राजा अधर्म पर दृष्टि रखकर बलपूर्वक उसमें प्रवृत्त होता है, उसे धर्म और अर्थ दोनों पुरुषार्थ शीघ्र छोड़कर चल देते हैं।[5]

राजा की आवश्यकता

राजा की आवश्यकता के विषय में गीताओं में कहा गया है कि विधाता ने दुर्बल प्राणियों की रक्षा के लिए ही बल-सम्पन्न राजा की सृष्टि की है। निर्बल प्राणियों का समुदाय राजा के बल पर ही टिका हुआ है।[6] राजा की प्रधानता के कारण उसे प्रजापति कहा गया है।[7] यदि अपमानित, हताहत और गाली-गलौज से तिरस्कृत होने वाला दुर्बल मनुष्य राजा को अपने रक्षक के रूप में नहीं उपलब्ध कर पाता तो वहाँ दैव का दिया हुआ दण्ड राजा को मार डालता है।[8] राजा के महत्त्व व आवश्यकता के कारण उसे प्रजापति, विराट्, सम्राट, क्षत्रिय, भूपति, नृप आदि शब्दों से सम्बोधित किया गया है। उसे पुरायोनि (प्रथम कारण), युधाजित् (संग्राम विजयी), अभिया (रक्षा के लिए सर्वत्र गमन करने वाला), मुदित (प्रसन्न), भव (ईश्वर), स्वर्णेता (स्वर्ग की प्राप्ति कराने वाला), सहजित् (तत्काल विजय करने वाला) तथा बभ्रु (विष्णु)-आदि नामों से सम्बोधित किया गया है। राजा सत्य का कारण व सत्यधर्म में प्रवृत्ति कराने वाला है। अधर्म से डरे हुए ऋषियों ने अपना ब्रह्मबल भी क्षत्रियों में स्थापित कर दिया था।[9]

राजा के गुण

राज्य का सुचारु संचालन करने के लिए राजा में अनेक गुणों की अपेक्षा की गई है। राजा मिथ्या भाषण करना छोड़ दे, बिना याचना या प्रार्थना किए ही दूसरों का प्रिय करे। किसी भी कामना, क्रोध या द्वेष से भी धर्म का त्याग न करे।[10] विद्वान् राजा छल-कपट छोड़ कर बर्ताव करे। सत्य को कभी न छोड़े। इन्द्रिय-संयम, धर्माचरण, सुशीलता, क्षत्रिय धर्म तथा प्रजा के हित का कभी परित्याग न करे। किसी के प्रश्न का उत्तर देने में संकोच न करे, बिना विचारे कुछ न बोले, शीघ्रता न करे, किसी की निन्दा न करे। ऐसे व्यवहार से शत्रु भी वश में हो जाता है।[11] जो पुरुष दानशील हो, सबके लिए सम्यक् विभागपूर्वक आवश्यक वस्तुओं का वितरण करने वाला, मृदुल स्वभाव, शुद्ध आचार-विचार वाला तथा मनुष्यों का त्याग न करने वाला हो, वही राजा बनने योग्य है।[12] राजा क्षमा, विवेक, धृति और बुद्धि की शिक्षा ग्रहण करने वाला हो। वह समस्त प्राणियों की और भलाई-बुराई को भी जानने वाला हो। वह समस्त प्राणियों को अपने अनुकूल बनाए रखे, वह दान दे और मीठे वचन बोलने वाला हो। वह प्रजा की रक्षा करने वाला हो।[13] राजा बुद्धिमान व शूरवीर होने के साथ-साथ दण्ड देने की नीति को भी जानने वाला हो।[14] राजा का ऐश्वर्य बढ़ाने के लिए उसमें कुछ गुणों होना आवश्यक है यथा-समस्त प्राणियों को अपने पक्ष में मिलाए रखना, दान देना, मीठे वचन बोलना, प्रमाद का त्याग करना तथा बाहर और भीतर से पवित्रता रखना।[15] कल्याणकारी गुणों को ग्रहण करने वाला, अनिन्दक, जितेन्द्रिय और बुद्धिमान राजा उसी प्रकार वृद्धि को प्राप्त होता है जैसे नदियों के प्रवाह से समुद्र।[16]

राजा के कर्तव्य अथवा धर्म

गीताओं में राजा के कर्तव्यों का व राजधर्म का बहुत विस्तार से विवेचन किया गया है। राजा के लिए धर्म का आचरण करना व अर्थ सम्बन्धी कार्यों को देखना परम कर्तव्य कहा गया है।[17] चिरकाल तक राज-सिंहासन पर बने रहने के लिए राजा को अधर्म व दर्प का सेवन नहीं करना चाहिए।[18] राजा को अर्थसिद्धि की चेष्टा करनी चाहिए।[19] राजा को एक बार कैद किए गए मन्त्री से, पराई स्त्रियों से, दुर्गम पर्वत से, हाथी, घोड़े और सर्पों से बचकर रहना चाहिए। कृपणता, अभिमान, दम्भ और क्रोध का भी वह परित्याग कर दे।[20] राजा को शत्रुओं को जीतना चाहिए। वह प्रजा का न्याय पूर्वक पालन करे। नाना प्रकार के यज्ञों द्वारा अग्निदेव को तृप्त करे तथा अन्त में वानप्रस्थ आश्रम के अनुकूल आचरण करे।[21] ब्राह्मणों की रक्षा करना भी राजा का कर्तव्य है क्योंकि राजा धर्मपालन के इच्छुक होते हैं और ब्राह्मण धर्म के सेतु होते हैं।[22] राजा को प्रमाद नहीं करना चाहिए अन्यथा चारों वर्ण, चारों वेद और चारों आश्रम सभी मोह में पड़ जाते हैं।[23] राजधर्म का विवेचन उतथ्य गीता में विस्तार से किया गया है। सब को यथायोग्य विभाग देकर स्वयं उपभोग करना, मन्त्रियों का अनादर नहीं करना व शत्रुओं को मारना राजधर्म कहलाता है। मन, वाणी व शरीर के द्वारा सबकी रक्षा करना, डाकू व लुटेरों को मार भगाना, पुत्र के व किसी अन्य प्रिय से प्रिय व्यक्ति के भी क्रिया व वाणी द्वारा किए गए अपराध को समान करके यथायोग्य दण्ड देना राजधर्म कहलाता है।[24] व्यापारियों की पुत्र के समान रक्षा करना, धर्म की मर्यादा को भंग न करना राजधर्म है। यज्ञों का श्रद्धापूर्वक आयोजन करना, दीन, अनाथ और वृद्धों के आँसू पोंछना राजधर्म है।[25] राजा को यमराज के समान सब प्राणियों पर बिना किसी भेदभाव के समान रूप से शासन करना चाहिए।[26] राजा दुष्टों को दण्ड देने के कारण यम तथा धार्मिकों पर अनुग्रह करने के कारण परमेश्वर के समान है।[27]

राज्य के विविध तत्त्व

राज्य के विविध तत्त्वों का उल्लेख भी इन गीताओं में किया गया है। यदि राजा का देश समृद्धिशाली, धन-धान्य से सम्पन्न, राजा को प्रिय मानने वाले मनुष्यों से परिपूर्ण और हृष्ट-पुष्ट मन्त्रियों से सुशोभित है तो ही उसकी जड़ मजबूत हो सकती है।[28] शत्रु पर विजय प्राप्त करने के लिए सेना भी सन्तुष्ट होनी चाहिए।[29] राजा को मूर्ख, इन्द्रियलोलुप, लोभ, दुराचारी, शठ, कपटी, हिंसक, दुर्बुद्धि, शास्त्रों के ज्ञान से शून्य, शराबी, जुआरी, स्त्री-लम्पट व मृगयासक्त पुरुष को महत्त्वपूर्ण कार्यों में नियुक्त नहीं करना चाहिए।[30] रक्षा के स्थान दुर्ग आदि, धर्म के अनुसार राज्य का शासन, मन्त्र-चिंतन तथा यथासमय सबको सुख प्रदान करना—इन पाँचों के द्वारा राज्य की वृद्धि होती है।[31] राजा को नीतियों के प्रयोग के विषय में भी मार्गदर्शन दिया गया है कि शत्रुपक्ष की सेना के प्रबल होने पर

पहले साम-नीति का प्रयोग करना उचित है। उसके विफल होने पर धन या उपहार देने की नीति को अपनाना चाहिए। दान-नीति में भी भेद-नीति का समावेश हो। यदि साम, दान और भेद तीनों का प्रयोग निष्फल हो जाए तो फिर दण्ड-नीति का ही प्रयोग करना चाहिए।[32] इस प्रकार गीताओं में राजधर्म का विवेचन किया गया है। निष्कर्ष रूप से निम्न बिन्दुओं में देखा जा सकता है—

1. राजा को साक्षात् धर्म का स्वरूप कहा गया है। राजा धर्म का पालन व प्रचार करने के लिए होता है, विषय सुखों का उपभोग करने के लिए नहीं।
2. दुर्बल प्राणियों की रक्षा के लिए राजा की आवश्यकता प्रतिपादित की गई है। राजा के इसी महत्त्व व आवश्यकता के कारण उसे प्रजापति, विराट्, युधाजित् (संग्राम विजयी), अभिया (रक्षा के लिए सर्वत्र गमन करने वाल) कह कर सम्बोधित किया गया है।
3. राजा के कर्तव्य व गुणों का सविस्तार विवेचन किया गया है जो वर्तमान नेताओं के लिए अनुकरणीय हो सकता है।

संदर्भ सूची—

1. यस्मिन् धर्मो विराजेत तं राजानं प्रचक्षते।
   यस्मिन् विलीयते धर्मस्य देवा वृषलं विदुः॥
   वृषो हि भगवान् धर्मो यस्तस्य कुरुते ह्यलम्।
   वृषलं तं विदुर्देवास्तस्माद्धर्मं विवर्धयेत्॥
   महाभारत-शान्तिपर्व-राजधर्मानुशसनपर्व-उतथ्यगीता-90/15, 16
2. तस्माद्धि राजशार्दूल धर्मः श्रेष्ठतरः समृतः।
   स राजा यः प्रजाः शास्ति साधुकृत् पुरुषर्षभ॥
   महाभारत-शान्तिपर्व-राजधर्मानुशासनपर्व-उतथ्यगीता-90/20
3. धर्माय राजा भवति न कामकरणाय तु।
   मान्धातारिति जानी हि राजालोकस्य रक्षिता॥
   राजा चरति चेद् धर्मं देवत्वायैव कल्पते।
   स चेद्धर्मं चरति नरकायैव गच्छति॥
   धर्मे तिष्ठन्ति भूतानि धर्मो राजनि तिष्ठति।
   महाभारत-शान्तिपर्व-राजधर्मानुशासनपर्व-उतथ्यगीता-90/3-5
   धर्ममेवानुवर्तस्व न धर्माद् विद्यते परम्।
   धर्मे स्थिता हि राजानो जयन्ति पृथिवीमिमाम्॥
   महाभारत-शान्तिपर्व-राजधर्मानुशासनपर्व-वामदेवगीता-92/6
4. आदित्यो दिवि देवेषु तमो नुदति तेजसा।
   तथैव नृपतिर्भूमावधर्मान्नुदते भृशम्॥
   महाभारत-वनपर्व-मार्कण्डेयगीता-185/30

5. अर्थसिद्धेः परं धर्मं मन्यते यो महीपतेः।
वृद्धयां च कुरुते बुद्धिं स धर्मेण विराजते॥
अधर्मदर्शी यो राजा बलादेव प्रवर्तते।
क्षिप्रमेवापयातोऽस्मादुभौ प्रथममध्यमौ॥
महाभारत-शान्तिपर्व-राजधर्मानुशासनपर्व-वामदेवगीता-92/7, 8

6. दुर्बलार्थं बलं सृष्टं धात्रा मान्धातरुच्यते।
अबलं तु महद्भूतं यस्मिन् सर्वं प्रतिष्ठितम्॥
महाभारत-शान्तिपर्व-राजधर्मानुशासनपर्व-वामदेवगीता-92/12

7. ततो राज्ञः प्रधानत्वं शास्त्रप्रामाण्यदर्शनात्।
उत्तरः सिद्ध्यते पक्षो येन राजेति भाषितम्॥
महाभारत-वनपर्व-मार्कण्डेयगीता-185/31

8. विमानितो हतः क्रुष्टस्त्रातारं चेन्न विन्दति।
अमानुषकृतस्तत्र दण्डो हन्ति नराधिपम्॥
महाभारत-शान्तिपर्व-राजधर्मानुशासनपर्व-उतथ्यगीता-91/18

9. प्रजापतिर्विराट् सम्राट् क्षत्रियो भूपतिर्नृपः।
य एभिः स्तूयते शब्दैः कस्तं नार्चितुमर्हति॥
पुरायोनिर्युधाजिज्ज अभिया मुदितो भवः।
स्वर्णेता सहजिद् बभ्रुरिति राजाभिधीयते॥
सत्ययोनिः पुराविच्च सत्यधर्मप्रवर्तकः।
अधर्मादृषयो भीता बलं क्षत्रे समादधन्॥
महाभारत-वनपर्व-मार्कण्डेयगीतापर्व-185/27-29

10. मृषावादं परिहरेत् कुर्यात् प्रियमयाचितः।
न कामान्न च संरम्भान्न द्वेषाद् धर्ममुत्सृजेत्॥
महाभारत-शान्तिपर्व-राजधर्मानुशासनपर्व-वामदेवगीता-93/9

11. अमाययैव वर्तेत न च सत्यं त्यजेद् बुधः।
दमं धर्मं च शीलं च क्षत्रधर्मं प्रजाहितम्॥
नापत्रपेत प्रश्नेषु नाविभाव्यां गिरं सृजेत्।
न त्वरेत न चासूयेत् तथा संगृह्यते परः॥
महाभारत-शान्तिपर्व-राजधर्मानुशासनपर्व-वामदेवगीता-93/10

12. दातारं संविभक्तारं मार्दवोपगतं शुचिम्।
असंत्यक्तमनुष्यं च तं जनाः कुर्वते नृपम्॥
महाभारत-शान्तिपर्व-राजधर्मानुशासनपर्व-वामदेवगीता-93/27

13. अप्रमादेन शिक्षेथाः क्षमां बुद्धिं धृतिं मतिम्।
भूतानां चैव जिज्ञासा साध्वसाधु च सर्वदा॥
संग्रहः सर्वभूतानां दानं च मधुरं वचः।
पौरजानपदाश्चैव गोप्तव्यास्ते यथासुखम्॥
महाभारत-शान्तिपर्व-राजधर्मानुशासनपर्व-उतथ्यगीता-91/46, 47

14. तद्दण्डविन्नृपः प्राज्ञः शूरः शक्नोति रक्षितुम्।
न हि शक्यमदण्डेन क्लीबेनाबुद्धिनापि वा॥
महाभारत-शान्तिपर्व-राजधर्मानुशासनपर्व-उतथ्यगीता-91/49

15. त्यजन्ति दारान् पुत्रांश्च मनुष्याः परिपूजिताः।
संग्रहश्चैव भूतानां दानं च मधुरा च वाक्॥
अप्रमादश्च शौचं च राज्ञो भूतिकरं महत्।
एतेभ्यश्चैव मान्धातः सततं मा प्रमादिथाः॥
महाभारत-शान्तिपर्व-राजधर्मानुशासनपर्व-उतथ्यगीता-91/53, 54

16. अथाददानः कल्याणमनसूयुर्जितेन्द्रियः।
वर्धते मतिमान् राजा स्रोतोभिरिव सागरः॥
महाभारत-शान्तिपर्व-राजधर्मानुशासनपर्व-वामदेवगीता-92/11

17. गुरुप्रधानो धर्मेषु स्वयमर्थानवेक्षिता।
धर्मप्रधानो लाभेषु स चिरं सुखमश्नुते।
महाभारत-शान्तिपर्व-राजधर्मानुशासनपर्व-वामदेवगीता - 92/19

18. स यथा दर्पसहितमधर्मं नानुसेवते।
तथा वर्तस्व मान्धातश्चिरं चेत् स्थातुमिच्छति॥
महाभारत-शान्तिपर्व-राजधर्मानुशासनपर्व-उतथ्यगीता-90/29

19. अर्थानामननुष्ठाता कामचारी विकत्थनः।
अपि सर्वां महीं लब्ध्वा क्षिप्रमेव विनश्यति॥
महाभारत-शान्तिपर्व-राजधर्मानुशासनपर्व-वामदेवगीता-92/10

20. निगृहीतादमात्याच्च स्त्रीभ्यश्चैव विशेषतः।
पर्वताद् विषमाद् दुर्गाद्हस्तिनोऽश्वात् सरीसृपात्॥
एतेभ्यो नित्ययत्तः स्यान्नक्तं चर्यां च वर्जयेत्।
अत्यागं चाभिमानं च दम्भं क्रोधं च वर्जयेत्॥
महाभारत-शान्तिपर्व-राजधर्मानुशासनपर्व-उतथ्यगीता-91/31, 32

21. राज्ञा जेतव्याः शत्रवश्चोन्नताश्च
सम्यक् कर्तव्यं पालनं च प्रजानाम्।
अग्निश्चेयो बहुभिश्चापि यज्ञै-
रन्त्ये मध्ये वा वनमाश्रित्य स्थेयम्॥
महाभारत-शान्तिपर्व-मोक्षधर्मपर्व-पराशरगीता-291/22

22. धर्मकामाश्च राजानो ब्राह्मणा धर्मसेतवः।
तस्माद् राजा द्विजातीनां प्रयतेत स्म रक्षणे॥
महाभारत-आश्वमेधिकपर्व-अनुगीतापर्व-गुरुशिष्यगीता-43/17

23. चातुर्वर्ण्यं तथा वेदाश्चातुराश्रम्यमेव च।
सर्वे प्रमुह्यते ह्येतद् यदा राजा प्रमाद्यति॥
महाभारत-शान्तिपर्व-राजधर्मानुशासनपर्व-उतथ्यगीता-91/7

24. संविभज्य यदा भुङ्क्ते नामात्यानवमन्यते।
निहन्ति बलिनं दृप्तं स राज्ञो धर्म उच्चयते॥
त्रायते हि यदा सर्वं वाचा कायेन कर्मणा।
पुत्रस्यापि न मृष्येच्च स राज्ञो धर्म उच्यते॥
यदा रक्षति राष्ट्राणि यदा दस्यूनपोहति।
यदा जयति संग्रामे स राज्ञो धर्म उच्यते॥
पापमाचरतो यत्र कर्मणा व्याहृतेन वा।
प्रियस्यापि न मृष्येत स राज्ञो धर्म उच्यते॥
महाभारत-शान्तिपर्व-राजधर्मानुशासनपर्व-उतथ्यगीता-91/31, 32, 34, 35

25. यदा शारणिकान् राजा पुत्रवत् परिरक्षति।
भिनत्ति च न मर्यादां स राज्ञो धर्म उच्यते॥
यदाऽऽप्तदक्षिणैर्यज्ञैर्यजते श्रद्धयान्वितः।
कामद्वेषवनादृत्य स राज्ञो धर्म उच्यते॥
कृपणानाथवृद्धानां यदाश्रु परिमार्जति।
हर्षं संजनयन् नृणां स राज्ञो धर्म उच्यते॥
महाभारत-शान्तिपर्व-राजधर्मानुशासनपर्व-उतथ्यगीता-91/36-38

26. यमो यच्छति भूतानि सर्वाण्येवाविशेषतः।
तथा राज्ञानुकर्तव्यं यन्तव्या विधिवत् प्रजाः॥
महाभारत-शान्तिपर्व-राजधर्मानुशासनपर्व-उतथ्यगीता-91/44

27. यमो राजा धार्मिकाणां मान्धातः परमेश्वरः।
संयच्छन् भवति प्राणानसंयच्छंस्तु पातुकः॥
महाभारत-शान्तिपर्व-राजधर्मानुशासनपर्व-उतथ्यगीता-91/42

28. यस्य स्फीतो जनपदः सम्पन्नः प्रियराजकः।
संतुष्टपुष्टसचिवो दृढमूलः स पार्थिवः॥
महाभारत-शान्तिपर्व-राजधर्मानुशासनपर्व-वामदेवगीता-94/3

29. यस्य योधाः सुसंतुष्टाः सान्त्विताः सूपधास्थिताः।
अल्पेनापि स दण्डेन महीं जयति पार्थिवः॥
महाभारत-शान्तिपर्व-राजधर्मानुशासनपर्व-वामदेवगीता-94/4

30. मूढमैन्द्रियकं लुब्धमनार्यचरितं शठम्।
अनतीतोपधं हिंस्रं दुर्बुद्धिमबहुश्रुतम्॥
त्यक्तोदात्तं मद्यरतं द्यूतस्त्रीमृगयापरम्।
कार्ये महति युञ्जानो हीयते नृपतिः श्रिया॥
महाभारत-शान्तिपर्व-राजधर्मानुशासनपर्व-वामदेवगीता-93/16, 17

31. रक्षाधिकरणं युद्धं तथा धर्मानुशासनम्।
मन्त्रचिन्ता सुखं काले पञ्चभिर्वर्धते मही॥
महाभारत-शान्तिपर्व-राजधर्मानुशासनपर्व-वामदेवगीता-93/24

32. दण्डो हि बलवान् यत्र तत्र साम प्रयुज्यते।
प्रदानं सामपूर्वं च भेदमूलं प्रशस्यते।
त्रयाणां विफलं कर्म यदा पश्येत भूमिपः।
रन्ध्रं ज्ञात्वा ततो दण्डं प्रयुक्तजीताविचारयन्॥
महाभारत-शान्तिपर्व-राजधर्मानुशासनपर्व-वामदेवगीता-94/4 के बाद दो श्लोक

□

महाभारत महाकाव्य में स्त्रियों की दशा एवं दिशा

—चंचल

भारतीय परम्परा में स्त्रियों को गौरवपूर्ण स्थान प्राप्त था। वह सामाजिक, धार्मिक, आर्थिक एवं राजनीतिक क्षेत्रों में पुरुषों के समान ही अपनी सक्षमतानुसार अपने कर्तव्यों का निर्वाह करती है। भारतीय स्त्री को पुत्री, बहन, पत्नी एवं माता के रूप में अनेक अधिकार प्राप्त है जो उसके महत्त्व को दर्शाते हैं। भारतीय परम्परा में स्त्री का स्थान इतना प्रभावशाली था कि वह समाज में पूजनीय एवं पुण्यशाली मानी जाती थी। स्त्री के बिना पुरुष का जीवन अपूर्ण माना जाता था। वह पुरुष की सहधर्मिणी थी। प्राचीन मान्यताओं के अनुसार बिना स्त्री के कोई यज्ञ पूर्ण नहीं हो सकता था। स्त्रियों के व्यवहार में अनेक स्वतन्त्रतायें थी किन्तु अपने स्वाभाविक गुण एवं उनकी शारीरिक दुर्बलताओं के कारण स्त्री की सुरक्षा एवं निर्वाह का दायित्व पुरुषों पर निर्भर था। पुरुषों का कर्तव्य था कि वे स्त्रियों का भरण-पोषण करें। महाभारत महाकाव्य में स्त्रियों का स्थान अत्यन्त महत्त्वपूर्ण था।

महाभारत महाकाव्य में स्त्रियों का चरित्र साहस, निर्भीकता, वाक्पटुता एवं ओजस्विता के गुणों से परिपूर्ण था। महाभारत में अनेक स्त्री पात्र क्रमशः योगिनी सुलभा, ब्रह्मवादिनी प्रभास पत्नी, राजन्या विदुला, शकुन्तला, सावित्री, शिवा, ब्रह्मज्ञा गौतमी, आचार्य अरुन्धती, पतिव्रता शांडली, ब्राह्मणी, जाबाला, शिखण्डी, गंगा, सत्यवती, गान्धारी, कुन्ती, उत्तरा एवं माधवी का वर्णन किया गया है। इन सभी महान स्त्रियों में शकुन्तला, गान्धारी, कुन्ती एवं द्रौपदी का विशेष स्थान है।

महाभारत महाकाव्य में कहा गया है कि सत्य से बढ़कर कोई धर्म नहीं है और माता से बढ़कर कोई गुरु (नास्ति मातृसमो गुरुः) नहीं है।[1] इस आधार पर कहा जा सकता है कि महाभारतकाल में स्त्रियों के लिए शिक्षा की व्यवस्था थी। उस समय कन्या

की शिक्षा-दीक्षा कन्या पूर्णतः उसके अभिभावकों पर ही निर्भर थी। इस तथ्य के बारे में एक प्रसंग यह है कि आचार्य गौतम ने शिष्य उतक के समावर्तन के समय कहा था कि मेरी कन्या के अतिरिक्त दूसरी कोई कुमारी तुम्हारी पत्नी बनने के योग्य नहीं है। उतक दीर्घकाल तक गुरु के घर रहकर अनेक विद्याओं के पंडित बने थे। अतएव प्रतीत होता है कि आचार्य ने पहले से ही कन्या को पढ़ा-लिखाकर शिष्य की उपयुक्त पत्नी योग्य बना दिया था। इस उक्ति से यही सिद्ध होता है।[2] शकुन्तला ने पिता से ही उच्च शिक्षा ग्रहण की थी। शिखंडी ने कन्या रूप में ही अपनी धनुविद्या एवं शिल्पादि विद्याओं की शिक्षा ली थी। गान्धारी अपने पितृगृह में प्रतिदिन शिव की उपासना करती थी।[3] गान्धारी के विषय में व्यासदेव ने कहा था कि 'गान्धारी महाप्रजा, बुद्धिमती, धर्मार्थदर्शिनी एवं अच्छे बुरे की विवेचना में निपुण थी।'[4] पाण्डवों की माता कुन्ती अथर्ववेद में निष्णात थी।[5] धर्मशास्त्र एवं राजनीति का ज्ञान रखने वाली कोई दूसरी महिला द्रोपदी की तुलना में महाभारतकाल में नहीं थी। द्रोपदी की उच्च शिक्षा का बोध युधिष्ठिर के साथ उनके कथोपकथन एवं स्वयं को जुऐ में दाँव पर लगाने पर नारीत्व की मर्यादा के निर्भीक स्वरों से होता है। द्रोपदी महाभारत महाकाव्य का एक ऐसा पात्र है जो सामान्य धर्म, पातिव्रत्य धर्म एवं राजधर्म का भली-भाँति ज्ञान रखती थी। विराट राजा की पुत्री उत्तरा एवं उनकी सखियों ने गीत, नृत्य एवं वाद्य की शिक्षा वृहन्नला (अर्जुन) से ली थी जब वह अज्ञात वास में थे। आचार्या अरुन्धति भी अपने पति महर्षि वशिष्ठ समान ज्ञानी महिला थी।[6] महाभारत में स्त्रियों को ब्रह्मज्ञान प्राप्ति का भी अधिकार प्राप्त था। महाभारत में सुलभा नामक योगिनी की कथा है कि वह राजा जनक की सभा में उनके ब्रह्मज्ञान की परीक्षा लेने गयी थी और उसने राजा जनक के समक्ष ब्रह्मज्ञान का वर्णन किया था। इस प्रकार स्पष्ट है कि महाभारतकाल में कन्याओं को पिता के सानिध्य में रहकर शिक्षा प्राप्त करने का अधिकार था। केवल नैष्ठिक ब्रह्मचर्य व्रत का पालन करने वाली स्त्रियां गुरू से शिक्षा प्राप्त करती थी। राजा जनक के सामने सुलभा ने अपना परिचय देते हुए कहा था—राजन्, मैंने प्रधान नाम राजर्षि के वंश में जन्म लिया है। मैं ब्रह्म हूँ। मुझे अपने उपयुक्त वर नहीं मिला। मैंने गुरुजनों से विद्या ग्रहण की। अब नैष्ठिक ब्रह्मचर्य का अवलम्बन लेकर एकाकिनी भ्रमण कर रही हूँ। मैंने सुना था कि आप मोक्षधर्म में प्रवीण हैं, इसलिए आपसे मिलने आई हूँ।[7]

महाभारत में स्त्रियाँ को अत्यन्त आदरणीय स्थान प्राप्त है। महाभारत में स्त्रियों को सम्पूर्ण जीवन किसी न किसी पुरुष के सान्निध्य में व्यतीत करने के लिए कहा गया है—

पिता रक्षति कौमारे भर्ता रक्षति यौवने।
पुत्राश्चच् स्थाविरे भावे न स्त्री स्वातंत्र्यमर्हति॥[8]

अर्थात् कुमारावस्था में स्त्री की रक्षा उसका पिता करता है, यौवनावस्था में पति उसका रक्षक है और वृद्धावस्था में पुत्रगण उसकी रक्षा करते हैं। अतः कभी भी उसे

स्वतन्त्र नहीं रखना चाहिए। भारतीय समाज की विशेषता यही है कि इसमें स्त्रियों के लिए संरक्षण का भाव है जो पुरुषों को स्त्री के प्रति पूर्ण करने होते हैं। इस प्रकार स्त्री की पुरुषों के प्रति निर्भरता से न केवल उन्हें सामाजिक प्रतिष्ठा प्राप्त होती है अपितु आर्थिक सुरक्षा भी सुनिश्चित होती है। महाभारत में स्त्रियों को पूजनीय, महाभाग्यवान, पवित्र एवं घर की लक्ष्मी कहा गया है, इसलिए राजा का दायित्व है कि वह उनकी यत्नपूर्वक रक्षा करे।[9] भीष्म पितामह ने स्त्रियों की महिमा के विषय में युधिष्ठिर एवं अन्य पुरुषों को शिक्षा देते हुए कहा है कि स्त्रियाँ सम्मान पाने योग्य हैं। अतः तुम सब लोग उनका सम्मान करो क्योंकि स्त्री जाति ही धर्म की सिद्धि का मूल कारण है। तुम्हारे रतिभोग परिचर्या और सेवा सब स्त्रियों के अधीन हैं।[10] अतएव अपना कल्याण चाहने वाले पिता, भाई तथा पति को स्त्रियों को सदा वस्त्रालंकारों से सुशोभित करना चाहिए।[11] जहाँ स्त्रियों का आदर होता है वहाँ देवता लोग प्रसन्नतापूर्वक निवास करते है और जहाँ इनका अनादर होता है। वहाँ सारी धार्मिक क्रियायें निष्फल हो जाती है।[12] हे भरतनन्दन! स्त्रियाँ ही घर की लक्ष्मी हैं अतः उन्नति की अभिलाषा वाले पुरुषों को उनका भली-भाँति सत्कार करना चाहिए। अपने वश में रखकर उनका पालन करने से स्त्री श्री लक्ष्मी का स्वरूप बन जाती है।[13]

महाभारत में ऐसे अनेक प्रसंग हैं जिसमें स्त्रियों को अवध्य कहा गया है। वकासुर की कथा में जब असुर के भोजन के लिए ब्राह्मण की बारी आई तब पति के जीवन की रक्षा हेतु उसकी धर्मपत्नी ने स्वयं अपने पति के स्थान पर भक्षण के लिए जाने का प्रस्ताव रखा। ब्राह्मणी ने अपने पति ब्राह्मण को समझाते हुए कहा कि धर्मज्ञ विद्वानों ने धर्मनिर्णयों के प्रसंग में नारी को अवध्य कहा है। प्राणनाथ! राक्षसों को भी लोग धर्मज्ञ (धर्म का ज्ञान रखने वाले) कहते हैं। अर्थात् यदि राक्षसों ने धर्म का विचार किया, तब मेरे प्राण सुरक्षित बचने की सम्भावना है। इस प्रकरण में राक्षसों के द्वारा स्त्री की अवध्यता को स्वीकार करके ब्राह्मणी का भक्षण न करना स्त्रियों के प्रति आदर को दर्शाता है। इसी प्रकार जब महाराज कंस ने आकाशवाणी से सुना कि बहन देवकी के पुत्र के हाथों उसकी मृत्यु निश्चित है तब उसने अपनी बहन देवकी के वध का प्रयत्न किया। तब वसुदेव ने महाराज कंस से कहा कि पृथ्वीपते! प्रायः सभी धर्मों में नारी को अवध्य कहा गया है।[14] अतएव महाभारत में नारी का वध करना एक निन्दनीय अपराध घोषित करके नारी के जीवन को सुरक्षित किया गया है।[15] महाभारत में उल्लेख है 'स्त्रियः च परिपदतेऽतिवेलम्'। अर्थात् स्त्री को गाली देने वाला नरकगामी होता है। अतएव स्त्री से किसी प्रकार का दुर्वचन नहीं करना चाहिए। इस प्रकार महाभारत में स्त्रियों की सम्मानपूर्ण स्थिति थी।

महाभारतकाल में जहाँ एक ओर स्त्री के सम्मान को कल्याण, समृद्धि, प्रतिष्ठा एवं उन्नति के संदर्भ में व्यक्त किया गया है वही दूसरी ओर अनेक प्रसंग ऐसे हैं जिनमें स्त्री को सम्मान प्राप्त होने के बावजूद भी नारी की घोर निन्दा की गई है। नारद पंचकूड़ा-संवाद में

नारद को स्त्रियों के स्वभाव विषय में प्रश्न के उत्तर में पंचचूड़या ने नारी के जिस स्वरूप का वर्णन किया, उसके अनुसार कुलीन, रूपवती और सनाथ युवतियाँ भी मर्यादा में नहीं रहती है।[16] स्त्रियों से बढ़कर पापिष्ठ दूसरा कोई नहीं है। स्त्रियाँ सारे दोषों की जड़ हैं।[17] उसे पाप-पुण्य, धर्म अधर्म आदि का तनिक भी ज्ञान नहीं होता। स्त्रियों के लिए कोई भी पुरुष ऐसा नहीं है जो अगम्य हो।[18] वे कुबड़े, अंधे, गूंगे, बौने और मूर्ख के साथ भी संयुक्त हो जाती हैं।[19] पुरुषों के न मिलने से, घर के दूसरे लोगों के भय से तथा वध और बन्धन के डर से स्त्रियाँ सुरक्षित रहती हैं।[20] मनुष्य के चरित्र जितने भी प्रकार के दोष रचे गये हैं, वे सब नारी के चरित्र में भी रचे गये हैं। अर्थात् विधाता ने सम्पूर्ण सृष्टि की रचना की है। उनमें स्त्रियों के भी स्वाभाविक दोष है।[21] महाभारतकाल में नारी निन्दा प्रसंग में कहा गया है—

यदि जिह्वा साहस्त्रं स्याजीवेच्च शारदां शतम्।
अनन्यकर्मां स्त्री दोषानुक्त्वा निधनं ब्रजेत्॥[22]

अर्थात् यदि कोई हजार जिह्वा वाला हो, उसे सौ वर्षों का आयुष भी प्राप्त हो और उसके पास नारी-निन्दा के अतिरिक्त अन्य कोई कार्य भी न हो। फिर भी वह नारी की निन्दा सम्पूर्ण रूप में करने के पूर्व ही मरण को प्राप्त हो जायेगा। महाभारत में एक स्थान पर पितामह भीष्म ने नारी को संयमरहिता कहा जिस कारण वह दुरक्षणीय रही है। उनका कथन है—

न तासां रक्षणं शक्य कर्तु पुंसा कवंचम्।
अपि विश्वकृता तात:! कृतस्य पुरुषेरिह॥
वाचा च वध वन्धैर्ना क्लैशैवां विविधेस्तथा।
न शक्यो रक्षितुम् नार्यास्ताहि नित्यमसंयता॥[23]

पुरुष किसी भी प्रकार से नारी का रक्षण नहीं कर सकता। जब विधाता ही रक्षा करने में असमर्थ है तो मनुष्य भला कैसे कर सकता है। वचन से, वध से, बन्धनों से विधि-क्लेशों से नारी की चौकसी नहीं की जा सकती है, क्योंकि वे सदा असंयत हैं। महाभारत काल में भले ही कुछ स्त्रियों को पापी मानते हुए उनकी तुलना जलती हुई आग, माया, उस्तरे की धार, विष तथा सर्प से की गई हो,[24] किन्तु सामान्य स्त्री के रूप में उसे बहुत आदर प्रदान किया गया है। महाभारतकाल में स्त्री के सम्मान से गृह में देवता का वास बताया गया है। स्त्री को माता के रूप में श्रेष्ठ गुरु की उपाधि प्रदान की गई है। भारतीय संस्कृति में स्त्री का महत्त्व इतना अधिक है कि कोई भी धर्म स्त्री के सहयोग के बिना अधूरा है। स्त्री की प्रजनन शक्ति से ही सृष्टि का विस्तार होता है। इस आधार पर भी स्त्री ईश्वर की अप्रतिम रचना है जिसका संरक्षण करना पुरुष का दायित्व है। महाभारतकाल में स्त्रियों का जीवन सदैव एक समान प्रतीत नहीं होता है। इस काल में नारी की महत्ता इतनी अधिक थी कि उसे न केवल शिक्षा प्राप्त करने का अधिकार

था अपितु अपने प्रति होने वाले पुरुष के अत्याचार को प्रकट करने का भी अधिकार था। महाभारतकाल की विदुषी स्त्रियों के गुणों की महानता इतनी थी कि वर्तमान में भी इन महान नारियों के चरित्र का उदाहरण प्रस्तुत किया जाता है। अतएव यह कहना उचित ही प्रतीत होता है कि महाभारतकाल में स्त्रियों का स्थान न केवल सम्मानजनक एवं आदरणीय था अपितु अविस्मरणीय था जो स्त्री की दृष्टि में श्रेष्ठता सुनिश्चित करता है।

भारतीय समाज में विवाह एक महत्त्वपूर्ण संस्था है। भारतीय समाज में विवाह की प्रथा अनादिकाल से प्रचलित है। भारतीय परिवेश में विवाह संस्कार को मान्यता देने का मूल भाव व्यक्ति की काम प्रवृत्ति को इस प्रकार नियमित एवं संयमित करना रहा है कि यौन सम्बन्धों की स्वेच्छाचारिता को नियन्त्रित किया जा सके। जिससे व्यक्ति का समाज जीवन व्यवस्थित एवं सुखपूर्ण बना रहे। महाभारत में विवाह मर्यादा की स्थापना के संकेत श्वेतकेतु की कथा में दिखाई देते हैं। एक दिन ऋषि उद्दालक के पुत्र श्वेतकेतु अपनी माता के पास बैठे हुए थे। उनके पिता की उपस्थिति में एक ब्राह्मण आया और उनकी माँ का हाथ पकड़कर बोला चलो, तुम मेरे साथ चलो। श्वेतकेतु को कुपित देखकर उनके पिता ने आक्षेप करने की बजाए अपने रुष्ट पुत्र से कहा—वत्स, क्रुद्ध मत होओ। स्त्रियाँ भी गाय की तरह आवरणहीन एवं स्वैचारिणी होती हैं। कुपित श्वेतकेतु ने तत्काल स्त्री एवं पुरुष के लिए नियम बना दिया कि एक स्त्री एक ही पुरुष की पत्नी हो कर रहे। उन्होंने कहा कि जो स्त्री अपने पति को छोड़ कर अन्य पुरुष से संसर्ग करेगी उसे गर्भहत्या जैसा घोर पाप लगेगा।[25] इस प्रकार श्वेतकेतु द्वारा निर्मित विवाह नियमों से विवाह संस्कार को सामाजिक गरिमा प्रदान की गई तथा चरित्र पतन पर नियन्त्रण सम्भव हुआ है। महाभारत महाकाव्य में विवाह संस्कार को एक पवित्र, पुण्य एवं धार्मिक अनुष्ठान माना गया है। इसकी पुष्टि इसी तथ्य से होती है कि महाभारत के प्रथम पर्व आदिपर्व का प्रथम अध्याय विवाह की अपरिहार्य आवश्यकता से प्रारम्भ होता है। महाभारत के आदिपर्व में विवाह के प्रकारों का उल्लेख करते हुए कहा गया है कि स्वयंभू मनु ने आठ प्रकार के विवाहों की व्यवस्था की है।[26] ये विवाह, क्रमशः ब्राह्म, देव, आर्ष, प्रजापत्य, असुर, गान्धर्व, राक्षस एवं पैशाच हैं। विद्या, आचरण, बुद्धि, वंश और शील से सम्पन्न वर को कन्या का संरक्षक देना ब्राह्म विवाह है। वेदी पर बैठे ऋत्विक् का अलंकार के साथ कन्यादान करना देव विवाह है। कन्या का शुल्क रूप में वर से दो गायें लेकर कन्यादान करना आर्ष विवाह है। वर को धनसम्पत्ति से सन्तुष्ट करके साथ-साथ धर्माचरण करो कहकर मन्त्रों के साथ कन्यादान करना प्रजापत्य विवाह है। कन्यादाता को बहुत सा धन देकर विवाह करना असुर विवाह है। वर एवं कन्या के परस्पर प्रणय के फलस्वरूप जो विवाह संयोग हो, वह गान्धर्व विवाह है। बलपूर्वक कन्या को ले आना राक्षस विवाह है। सुप्त से आवृत्त (बेहोश, मद पी हुई, अज्ञान) कन्या से संगम करना

पैशाच विवाह है। इन सभी विवाह के प्रकारों में ब्रह्म विवाह, देव विवाह एवं प्रजापत्य को धर्म सम्मत माना है जबकि आर्ष विवाह एवं असुर विवाह जिनमें कन्या पक्ष को वर पक्ष के द्वारा धन प्रदान किया जाता है को धर्मसम्मत नहीं माना गया है। शेष तीन विवाहों में गान्धर्व और राक्षस विवाह को क्षत्रियों के लिए अधर्मकारक नहीं हैं जबकि पैशाच विवाह को सर्वथा परिज्याज्य माना गया है।[27] ब्राह्म विवाह को आठों प्रकार के विवाह में श्रेष्ठ समझा जाता है। ब्राह्म विवाह की महत्ता के विषय में महाभारत में कहा गया है कि जो ब्राह्म विवाह से कन्यादान करते हैं वे इस लोक में दास, दासी, क्षेत्र, अंलकार आदि उपभोग्य वस्तुओं को प्राप्त करते हैं एवं मृत्यु के बाद इन्द्रलोक में वास करते हैं।[28]

महाभारत में विवाह की आयु के संदर्भ में दो बातें उल्लेखनीय हैं। प्रथम तीस वर्ष का वर दस वर्ष की वयस्का, द्वितीय इक्कीस वर्ष का वर और सात वर्ष की नग्निका (अनागतयौवना कुमारी) से पाणिग्रहण करे। महाभारत में पुरुष की आयु के विषय में आचार्य गौतम के कथन से ज्ञात होता है कि पुरुष सोलह वर्ष की अवस्था में विवाह कर सकता है। आचार्य गौतम ने समावर्तन काल में प्रौढ़ शिष्य उतक से कहा था कि 'यदि तुम आज पोडश वर्षीय युवक होते तो मैं अपनी कन्या को तुम्हें समर्पित कर देता।[29] महाभारत में विवाह को एक महत्त्वपूर्ण संस्कार माना गया है। कन्या के अभिभावकों को कन्या का विवाह उसके चारित्रिक गुणों को ध्यान में रखते हुए उपर्युक्त वर से करना चाहिए। महाभारत के अनुशासन पर्व में कहा गया है कि जो अपनी रूपवती कन्या की उम्र अधिक हो जाने पर भी किसी योग्य वर से उसका विवाह नहीं करता, वह ब्रह्म हत्या के पाप का भागी होता है।[30] इसी प्रकार सावित्री के पिता अश्वपति ने वर का निश्चय करते समय सावित्री को निर्देश देते हुए कहा था कि 'जो पिता यथासमय कन्या का विवाह नहीं करता, वह समाज में निन्दनीय है।'[31] महाभारत महाकाव्य में स्त्रियों को अनेक विषयों में स्वतन्त्रता प्रदान की गई है। महाभारत में स्त्रियों से कहा गया है कि पितगृह में ऋतुमती होने के बाद तीन साल तक कन्या प्रतीक्षा करे कि पिता उसके लिए उपयुक्त व ढूंढने में समर्थ होता है या नहीं। तीन साल बाद पिता की अनुमति की प्रतीक्षा किए बिना अपने लिए सुयोग्य वर का चयन करे।[32] महाभारत में स्त्रियों का स्वभाव अत्यन्त निर्भीक था। ऐसे अनेक प्रसंग हैं जब स्त्रियों ने स्वयं के अधिकारों की अवहेलना होने पर विरोध प्रकट किया है। विवाह के संदर्भ में स्वयंवर प्रथा एवं अभिभावकों द्वारा चयनित वर का वरण करने के दृष्टांत मिलते हैं। इसके साथ ही ऋषि कुणि गर्ग की पुत्री का वर्णन भी मिलता है जिसने विवाह के प्रसंग में अपने पिता के आदेश को अस्वीकार कर दिया था।[33] विवाह के संदर्भ में केवल नग्निका कन्या के विवाह को छोड़कर शेष सभी विवाहों में स्त्रियाँ अत्यन्त कौमारावस्था में नहीं थी। दम्पती, सावित्री, शकुन्तला, देवयानी, शर्मिष्ठा, उलूपी, द्रौपदी एवं सुभद्रा का विवाह इसके प्रत्यक्ष प्रमाण हैं।

महाभारत के काल में असवर्ण विवाह से अनुलोम एवं प्रतिलोम विवाह का प्रचलन बढ़ गया। उस समय वर्णव्यवस्था को विशेष महत्त्व प्रदान किया गया था। चारों वर्णों में ब्राह्मण के लिए ब्राह्मण, क्षत्रिय एवं वैश्य वर्ण में विवाह करना निषिद्ध नहीं था। क्षत्रिय वर्ण स्वयं के वर्ण में एवं वैश्य वर्ण में विवाह करते थे जबकि वैश्य एवं शूद्र वर्णों को दूसरे वर्णों में विवाह करने का कोई नियम नहीं था। यदि कोई वर्ण विवाह के लिए निम्नतर वर्णों की कन्या का वरण करता है तो वह अनुलोम विवाह है। इसी प्रकार निम्न वर्ण वाले व्यक्ति का अपने से उच्चतर वर्ण में कन्या का वरण करना प्रतिलोम विवाह है। महाभारत में प्रतिलोम विवाह को अत्यन्त निन्दनीय माना गया हे। द्रौपदी के स्वयंवर में जब कर्ण ने लक्ष्यभेद के उद्देश्य से धनुष पर बाण चढ़ाया तब द्रोपदी ने उच्च स्वर में कहा—'नाहं वरयामि सूतम्' अर्थात् मैं सूतपुत्र का वरण नहीं करूँगी।[34] इस प्रकार प्रतिलोम विवाह शास्त्रसम्मत नहीं थे। महाभारत में अनुलोम विवाह शास्त्रसम्मत नहीं थे। तथापि महाभारत में अनुलोम विवाह के अनेक उदाहरण हैं—पराशर एवं सत्यवती का विवाह, अगत्स्य और लोपमुद्रा विवाह, च्यवनऋषि सुकन्या विवाह, ऋष्यशृंग और शान्ता विवाह, ऋचीक और गाधिकन्या विवाह और जमदग्नि और रेणुका विवाह। इस प्रकार कह सकते हैं कि महाभारत में अनुलोम विवाह निन्दनीय नहीं था।

महाभारतकाल में विवाह संस्कार का प्रधान उद्देश्य परिवार एवं वंश की समृद्धि के लिए श्रेष्ठ सन्तानोत्पत्ति करना है। पुत्र लाभ के विषय में अनेक उदाहरण प्रस्तुत किए गये हैं।[35] इस प्रधान उद्देश्य की पूर्ति के लिए स्त्री एवं पुरुष दोनों के गुणों की अनुरूपता[36] एवं कुल की सादृश्यता[37] के आधार पर विवाह करने पर बल दिया गया है। महाभारत में पुत्र की महत्ता का वर्णन इतना विशद् किया गया है कि सन्तानोत्पत्ति विवाह का अनिवार्य लक्षण ही प्रतीत होता है। पुत्र शब्द का अर्थ बताते हुए कहा गया है कि इहलोक एवं परलोक दोनों में जो समस्त अकल्याणों से रक्षा करे वही पुत्र का पुत्रत्व है।[38] महाभारत में बारह प्रकार के पुत्रों का वर्णन किया गया है। स्वयंजात (विवाहिता पत्नी से उत्पन्न), प्रणीत (विवाहिता पत्नी से किसी उत्तम पुरुष द्वारा उत्पन्न), परिक्रीत (पुरुष द्वारा स्वपत्नी से दूसरे पुरुष को धन द्वारा प्रलोभित करके उत्पन्न कराया गया पुत्र), पौनर्भव (दूसरे की पत्नी को पुरुष द्वितीय बार स्त्रीरूप में ग्रहण करके उत्पन्न पुत्र), कानीन (विवाह से पूर्व ही कुमारी के गर्भ से उत्पन्न पुत्र), स्वैरिणीज (विवाहिता स्वैरिणी महिला के गर्भ में पति के अलावा कोई समान जातीय पुरुष जिस पुत्र को उत्पन्न करे), दत्त (अभिभावक द्वारा किसी सन्तानहीन को दान में दिया गया पुत्र), क्रीत (मूल्य के विनिमय से खरीदा गया पुत्र), कृत्रिम (किसी की शरण में जाकर स्वतः को उसकी सन्तान घोषित करने वाला पुत्र), सहोढ़ (विवाह के समय गर्भवती से उत्पन्न पुत्र), ज्ञातिरेता (भिन्न वर्ण स्त्री से उत्पन्न), हीनयोनिवृत्त (निम्न कुल वर्णों से उत्पन्न

पुत्र)। इन बारह प्रकार के पुत्रों में प्रारम्भिक छह प्रकार के पुत्रों बधुदायाद कहा गया है, जिन्हें पिता की सम्पत्ति में उत्तराधिकार प्रदान किया गया है जबकि शेष छह प्रकार के अबुदायाद पुत्रों के पिता की सम्पत्ति से वंचित रखा गया है।

महाभारत में स्त्रियों के लिए पातिव्रत्य धर्म का बहुत महत्त्व था। महाभारत में पत्नी को पति की अर्धांगिनी, सर्वश्रेष्ठ मित्र, धर्म, अर्थ, काम एवं मोक्ष का साधन कहा गया है।[39] पतिव्रता स्त्री के कर्तव्यों का वर्णन करते हुए भीष्म पितामह ने युधिष्ठिर से कहा कि पतिव्रता स्त्री वही है जो उत्तमव्रत का पालन करती है, बिना पति को भोजन कराये भोजन नहीं करती, पति को नहलाये बिना स्नान नहीं करती, पति के सो जाने पर शयन करती है यही पतिव्रता के धर्म है। महाभारत में पतिसेवा को एक पुण्य कर्म माना गया है। वकासुरव्रत में ब्राह्मणी ने अपने पति से कहा-

यज्ञैस्तपोभिर्नियमैर्दानैश्च विविधैस्तथा।
विशिष्यते स्त्रिया भर्तृनित्यं प्रियहिते स्थितिः ॥[40]

अर्थात् जो स्त्री सदा अपने पति के प्रिय और हित कार्यों में लगी रहती है, यह उसके लिए बड़े-बड़े यज्ञों, तपस्याओं, नियमों और नाना प्रकार के दानों से बढ़कर है। इसी प्रकार कण्व ऋषि ने पुत्री शकुन्तला की विदाई के समय स्त्रियों के पतिव्रत धर्म एवं कर्तव्यों का वर्णन करते हुए कहा है कि-

सा भार्या या गृहे दक्षा सा भार्या या प्रजावती।
सा भार्या या पतिप्राणा सा भार्या या पतिव्रता ॥[41]

अतएव भार्या वही है जो घर के कामकाज में कुशल हो, सन्तानवती हो, पति को प्राणों के सम्मान प्रिय मानती हो तथा जो पतिव्रता हो। पतिव्रता स्त्रियों के धर्म का वर्णन करते हुए पार्वती ने पतिव्रता नारी के लक्षण बताते हुए कहा कि जो हृदय अनुराग के कारण स्वामी के अधीन रहती है, अपने चित्त को प्रसन्न रखती है, देवता के समान पति की सेवा और परिचर्या करती है। उत्तमव्रत का आश्रय लेती है पति के लिए सुखदायक सुन्दर वेष धारण करती है, जिसका चित्त पति के सिवा और कही नहीं लगता, पति के समक्ष प्रसन्नवदन रहने वाली वही स्त्री पतिव्रता है।[42] पतिव्रता स्त्रियों के कर्तव्य के विषय में सत्यभामा के पूछने पर द्रोपदी ने बताया कि 'पतिव्रता स्त्रियां पति के शयन के बाद शयन करती है, भोजन, स्नान आदि सारे कार्य पति के बाद करती हैं, पति की इच्छा के विरुद्ध आभूषण नहीं पहनती और कभी किसी की निन्दा नहीं करती।'[43] महाभारत में पति सेवा को देवता के समान आदर प्रदान किया गया है। स्त्रियों का धर्म एवं कर्तव्य अपने शरीर को मन कर्म एवं वचन सभी प्रकार से पवित्र बनाये हुए पातिव्रत का पालन करना था। पतिधर्म की महत्ता के विषय में युधिष्ठिर ने भी कहा है कि जो स्त्री सदैव सतर्क होकर धर्ममार्ग पर चलती है, वह नारियों में अरुन्धति के समान आदरणीय होती है और

स्वर्गलोक में भी प्रतिष्ठा को प्राप्त करती है।[44] इस प्रकार महाभारतकाल में विवाह जैसी महत्त्वपूर्ण संस्था के नियमों के अनुपालन में स्त्री का महत्त्वपूर्ण योगदान है वह पुरुष के साथ रहकर धर्माचरण करती है।

महाभारतकाल में बहुविवाह का प्रचलन था किन्तु फिर भी एक पत्नीत्व की प्रशंसा की गई है। पतिव्रता स्त्रियों के लिए एक पति के वरण का नियम था। यदि उसके पति की मृत्यु भी हो जाय तब भी उसे दूसरे पति का वरण नहीं करना चाहिए और नियमों में रहकर अपने बच्चों का पालन-पोषण करना चाहिए। महाभारत के पर्वों में देवर को पति के रूप में ग्रहण करने का वर्णन प्राप्त है।[45] ऐसे विवाहों के विवाहित को पुनर्भः एवं इनसे उत्पन्न संतानों को पौनर्भव कहा गया है।[46] महाभारत में द्रोपदी विवाह को द्रोपदी के शिव वरदान के संदर्भ में पंचपति वरण को उचित माना गया है। अतएव द्रोपदी विवाह के आधार पर यह नहीं कह सकते कि बहुपति प्रथा का प्रचलन था। महाभारत में पुरुषों के लिए बहुपत्नी विवाह का प्रचलन था किन्तु बिना विवाह किए किसी स्त्री के सम्बन्ध रखना पापजनक एवं अत्यन्त निन्दनीय माना गया है। महाभारत मे बलात्कार से भी नारी को दूषित माना गया है। महाभारतकाल में स्त्रियों के प्रति हीन-भावना नहीं थी। उस समय किसी भी परिस्थिति में पति को पत्नी का ताड़न करने का अधिकार नहीं था। पत्नी का उत्पीड़न एक निन्दनीय कार्य माना गया है। महाभारत में स्पष्टतः कहा गया है कि पापी घरों में स्त्रियां पीटी जाती है।[47] स्त्रियों पर अत्याचार करने वाला धर्मपतित होता है।[48] इस घोर पाप का प्रायश्चित कभी नहीं हो सकता तथा परलोक में भी उसकी दुर्गति होती है।[49]

इस प्रकार यह कहना उचित ही प्रतीत होता है कि महाभारतकाल में स्त्रियों को विशेष सम्मान, आदर प्राप्त था। स्त्रियों के प्रति दुर्व्यवहार को पाप माना गया तथा पुरुष का कर्तव्य था कि वह स्त्री का भरण-पोषण उचित रूप में करे। नारी के सम्मान को महत्त्व प्रदान करके नारी को पुरुष के समान अधिकार प्रदान किए गए हैं। महाभारतकालीन स्त्रियों का स्वभाव उनके निर्णय लेने की क्षमता एवं चारित्रिक गुणों के आधार पर कहा जा सकता है कि उन्हें अपने धर्म का पालन करते हुए स्वेच्छा से जीवन यापन करने का अधिकार था। महाराज युधिष्ठिर के द्वारा अपनी पत्नी को भरी सभा में जुए में दाँव पर लगाने वाले प्रसंग ने भारतीय पुरुषों के मन में स्त्री को स्वयं की सम्पत्ति समझने की प्रवृत्ति को बढ़ाया है। इस प्रसंग में अनैतिक कृत्य के प्रति सभा में उपस्थित विद्वत् जनों की मौन धारण करने की विवशता ने सिद्ध कर दिया कि स्त्री पुरुष की सम्पत्ति ही है एवं नारी का सम्मान पुरुष के सम्मान से श्रेष्ठ नहीं है। सभा पर्व के इस प्रसंग ने महाभारतकालीन नारियों की स्वतन्त्रता, अधिकार एवं धर्म पर प्रश्नचिह्न अवश्य लगाया है। वर्तमान में भी इस पूरे दृष्टान्त की कटु आलोचना सुनायी पड़ती है।

संदर्भ सूची—

1. महाभारत, शान्तिपर्व, 342-18
2. सुखमय भट्टाचार्य, महाभारतकालीन समाज, लोकभारती प्रकाशन, इलाहाबाद, पृ. 133
3. महाभारत, आदिपर्व, 110/1
4. महाप्रज्ञा बुद्धिमत्ती देवी धर्मार्थदर्शिनी।
आगमापायतत्वज्ञा कच्चिदेषा न शोचति॥ महाभारत, आश्वमेधिकपर्व, 28/5 आदिपर्व, 110
5. सत्यकेतु विद्यालंकार, प्राचीन भारत का धार्मिक, सामाजिक और आर्थिक जीवन, श्री सरस्वती सदन, नई दिल्ली, पृ. 208
6. समानशीला वीर्येण वशिष्ठस्य महात्मनः। महाभारत, अनुशासनपर्व, 136/2
7. महाभारत, शान्तिपर्व, 320।
8. महाभारत, अनुशासनपर्व, 46/14
9. महाभारत, उद्योगपर्व 38/11
10. महाभारत, अनुशासनपर्व, 46/9-12
11. महाभारत, अनुशासनपर्व, 46/3
12. स्त्रियो यत्र च पूजयन्ते रमन्ते देवता।
अपूजिताश्च यत्रैता सर्वास्तत्राफला क्रिया॥ महाभारत, अनुशासनपर्व, 5
13. महाभारत, अनुशासपर्व, 15
14. महाभारत, आदिपर्व, 157/31
15. अहिस्यां प्रमदामातु सर्वधर्मेषु पार्थिव।
अकस्मादबलां नारी हन्तासीमांमनागसीम्॥ महाभारत, सभापर्व, 22/36
16. महाभारत, अनुशासनपर्व, 38/11
17. महाभारत, अनुशासनपर्व, 38/12
18. महाभारत, अनुशासनपर्व/17/38
19. अपि ताः सम्प्रसजन्ते कुब्जान्धजड़वामनेः। महाभारत, अनुशासनपर्व, /20, अनुशासनपर्व, 38/23
20. महाभारत, अनुशासनपर्व, 38/30
21. महाभारत, शान्तिपर्व, 74/9
22. महाभारत, अनुशासनपर्व, 74/9
23. महाभारत, अनुशासनपर्व, 38/12-19
24. महाभारत, आदिपर्व, 122/3/21
25. महाभारत, आदिपर्व, 73/8/9, 102/12/16
26. पैशाचश्चासुरश्चैव न कर्तव्यो कथञ्चन॥ महाभारत, आदिपर्व, 73/11
27. महाभारत, वनपर्व 176/15
28. दासी दासमलकारान् क्षेत्राणि च गृहाणि च।
ब्रह्मदेया सुतां दत्वा प्राप्नोति मनुजर्षभ॥ महाभारत, अनुशासनपर्व, 57/25
29. युवा षोडशवर्षो हि यद्यद्य भविता भवान्। इत्यादि। महाभारत, आश्वमेधिकपर्व, 56/22
30. महाभारत, अनुशासनपर्व, 24/9
31. किमर्थ युवती भद्रै न चैनां संप्रयच्छसि।

अप्रदाता पिता वाच्य:। महाभारत, वनपर्व, 292/4, 292/35

32. त्रीणि वर्षान्युदीक्षेत कन्या ऋतुमती सती।
चतुर्थेत्वथ सम्प्राप्ते स्वयं भर्तारमर्ज्जयते॥ महाभारत, अनुशासनपर्व/44/16
33. महाभारत, शल्यपर्व, 532/6-8
34. महाभारत, आदिपर्व, 187/23
35. महाभारत, शान्तिपर्व/150/14, आदिपर्व 74/49, 66, आदिपर्व, 120/30, आदिपर्व 74/38, आदिपर्व 74/98, वनपर्व 191/4, आदिपर्व, 74/111, आदिपर्व 100/68, अनुशासनपर्व, 79/19/37
36. महाभारत, अनुशासनपर्व, 235/69
37. महाभारत, अनुशासनपर्व, 104/35
38. सर्वथा तारयेत पुत्र पुत्र इत्युच्यते बुधै:। महाभारत, आदिपर्व, 159/5
39. महाभारत, आदिपर्व, 74/40
40. महाभारत, आदिपर्व, अध्याय 157/24
41. महाभारत, आदिपर्व, 74/40
42. महाभारत, अनुशासनपर्व 146/41-42
43. महाभारत, वनपर्व, 234/38
44. महाभारत, अनुशासनपर्व, 123/20
45. महाभारत, आदिपर्व, 120/35, शान्तिपर्व, 72/12, अनुशासनपर्व, 8/22, 44/52
46. महाभारत, शान्तिपर्व, 195/5
47. महाभारत, अनुशासनपर्व, 127/3
48. महाभारत, अनुशासनपर्व, 193/26
49. महाभारत, अनुशासनपर्व, 111/1/17-18

□

प्राचीन भारतीय विधि की व्यावहारिकता का विश्लेषणात्मक अध्ययन

—अर्चना गुप्ता

प्राचीन भारतीय न्यायविदों ने न्याय को धर्म का ही एक भाग माना है, जिसका प्रारम्भिक स्वरूप धर्मसूत्रों एवं स्मृतियों में पाया जाता है, जो दूसरे अर्थों में मानव-आचार संहिता है। धर्मशास्त्रकारों के अनुसार प्राचीन भारतीय न्याय के मूल स्रोत वेद (श्रुति), स्मृति, धर्मशास्त्रग्रन्थ, सदाचार एवं परिषद् हैं। पुराण, न्याय मीमांसा पर की गई टीकाऐं भी प्राचीन भारतीय न्याय-प्रशासन पर प्रकाश डालती हैं और विधि की व्यावहारिकता को सिद्ध करती हैं। वेदों में विधि के स्रोत निहित हैं। प्राचीन भारतीय न्याय प्रशासन ऋत से प्रारम्भ होता है। वैदिक काल में विधि ऋत के रूप में ही थी।[1] उसकी शक्ति सर्वोच्च थी तथा उसी के आधार पर समाज को संगठित करने का प्रयास किया गया। मानव कल्याण के सभी पदार्थ ऋत में निहित रहते हैं और ऋत द्वारा ही उनका मानव कल्याण के हित में विनियोग होता है।[2] स्मृतियों के अध्ययन से यह स्पष्ट हो जाता है कि प्राचीन भारतीय विधि काल्पनिक नहीं थी बल्कि व्यवहार में प्रचलित थी। स्मृतियों में विधि के लिए 'व्यवहार' शब्द का प्रयोग किया गया है। मनु के अनुसार इसका अर्थ है—झगड़ा या वाद।[3] सर्वप्रथम मनुस्मृति में अठारह विषयों अथवा व्यवहार पदों के नाम गिनाएँ गए हैं। वे इस प्रकार हैं—ऋणादान, निक्षेप, अस्वामिविक्रय, सम्भूयसमुत्थान, दत्तस्यानपाकर्म, वेतनादान, संविद्व्यतिक्रम, क्रयविक्रयानुशय स्वामिपालविवाद, सीमाविवाद, वाक्पारुष्य, दण्डपारुष्य, स्तेय, साहस, स्त्रीपुत्रधर्म, विभाग, धूतसमाह्वय।[4] मनुस्मृति में व्यवहार सम्बन्धी विस्तृत विवरण अध्याय ८ व अध्याय ९ में दिया गया है। न्याय व्यवस्था पर मनु का विवरण बहुत रोचक और व्यवस्थित तरीके से दिया गया है। मनु विश्व के सर्वप्रथम विधि-प्रणेता के रूप में सर्वमान्य हैं। इतना ही नहीं इस स्मृति का प्रचार सुदूर पूर्वी द्वीपों में भी था। वर्मा का 'धम्मथट्' मनुस्मृति पर ही केन्द्रित है।

मनु ने अपराध 5 प्रकार के माने हैं, यथा-वाक्पारुष्य, दण्डपारुष्य, स्तेय, स्त्री संग्रहण तथा अन्य दण्ड। अपशब्दों के प्रयोग अथवा मन में क्षोभ उत्पन्न करने वाले शब्दों को वाक्पारुष्य कहा गया है। किसी को हाथ, पैर, मुद्रा, डण्डा, कीचड़, आदि से पीड़ा पहुँचाना दण्डपारुष्य है। स्तेय का तात्पर्य चोरी से है। मनु ने चोरी के दो रूप बताए हैं। प्रच्छन्न और अप्रच्छन्न चोरी अर्थात् सामने व पीठ पीछे छिपकर चोरी करने वाले। मनु का यह भी कहना है कि चोर की चोरी सिद्ध होने पर ही चोर को मृत्युदण्ड दिया जाए अन्यथा नहीं। चोर को आश्रय देने वाले को भी वध योग्य माना गया है।[5] मनुस्मृति के अध्याय 8 के श्लोक संख्या 352 से 387 में परस्त्री व्यभिचार करने वालों के संदर्भ में चर्चा करते हुए राजा को यह अधिकार दिया है कि वह ऐसे लोगों का अंग-भंग करके देश से निकाल दे।[6] मनु ने अन्य अपराधों में रिश्वत लेना, यातायात में किसी को चोट मारना और उसका मर जाना, वैद्य की असावधानी से मृत्यु आदि होना, असत्य गवाही देना आदि अनगिनत अपराध गिनाए हैं। सभी के लिए दण्ड की व्यवस्था भी तदनुसार ही बताई है। मनुस्मृति में न्याय तथा विधि सम्बन्धी प्रगतिशील विचारधारा है। मनुस्मृति में राजा प्रारम्भिक एवं अन्तिम न्यायालय है। सर्वोच्च न्यायालय के रूप में राजा दण्ड देने का अन्तिम अधिकारी है। राजा की भूमिका आधुनिक सुप्रीम कोर्ट जैसा ही है।[7] इस प्रकार न्याय व्यवस्था की सम्पूर्ण कार्यवाही के संचालन का अधिकार राजा को प्राप्त है। मनुस्मृति में सक्रिय-न्यायपालिका एवं 'न्यायिक-सक्रियता' का रूप पाया जाता है।[8] स्मृति साहित्य में मनुस्मृति के बाद दूसरी महत्त्वपूर्ण स्मृति जो प्राचीन भारतीय न्याय प्रशासन के विविध आयामों पर प्रकाश डालती है, याज्ञवल्क्य स्मृति है। याज्ञवल्क्य स्मृति के दूसरे भाग में प्राचीन भारतीय न्याय प्रशासन पर प्रकाश डाला गया है। इसमें लगभग 1000 श्लोक हैं, इसकी भाषा एवं शैली परिष्कृत है। मनु ने केवल 'व्यवहार' पदों का नाम ही दर्शाया है, जबकि यह स्मृति उन 'व्यवहार' पदों की व्याख्या भी करती है। न्यायिक परिभाषायें इसमें अधिक स्पष्ट हैं, इस कारण प्राचीन भारतीय न्याय प्रशासन के अध्ययन के लिए यह एक अद्विवतीय ग्रन्थ है। उत्तराधिकार के नियमों का प्रतिपादन करते हुये याज्ञवल्क्य ने पुत्रहीन विधवा को सर्वोच्च स्थान पर रखा है। मनु केवल प्रत्यक्ष प्रमाण को उचित ठहराते हैं जबकि याज्ञवल्क्य परिस्थितिक प्रमाणों को भी उपयोगी मानते हैं, क्योंकि प्रत्यक्ष प्रमाण हर स्थिति में सम्भव नहीं हो सकते। याज्ञवल्क्य ने सम्पूर्ण विधिशास्त्र या कानून को विभिन्न प्रकार के विवादों को दृष्टिगत रखते हुए 18 शीर्षकों में बाँटा है तथा इसमें सम्मिलित न हो सकने योग्य विधि के लिए 'प्रकीर्णक' नामक व्यवहार पद की कल्पना की है। मिताक्षरा के अनुसार जिनका निर्णय राजा स्वमत से ही कर सकता था, वे प्रकीर्णक कहे गये हैं।[9] इसमें जिन विषयों को शामिल किया गया है उनका सम्बन्ध समाज की मूलभूत धारणा या व्यवस्था से न होकर व्यक्ति के व्यावहारिक तथा

दैनिक जीवन से था। याज्ञवल्क्य स्मृति में केवल पूर्ववर्ती आचार्यों के मतों का ही समर्थन नहीं किया गया है वरन् परिवर्तनशीलता को स्वीकारते हुए नवीन मान्यताओं का समावेश भी किया गया है। याज्ञवल्क्य विधि की प्रासंगिकता आज भी बनी हुई है। याज्ञवल्क्य द्वारा प्रदत्त व्यवहार के वर्गीकरण व आधुनिक हिन्दू कानून में काफी साम्य है। याज्ञवल्क्य के समय में विधि का विकास व्यापक क्षेत्र तक हो चुका था। इन्होंने समाज के सभी वर्गों के संदर्भ में विधि का निर्माण किया। विधि के क्षेत्र में वर्ण विभेद की धारणा से मनु की भाँति याज्ञवल्क्य भी ग्रस्त रहे हैं, किन्तु उनका इस क्षेत्र में उल्लेखनीय योगदान यह रहा है कि उन्होंने स्त्री को विधिक व्यक्तित्व प्रदान कराया। याज्ञवल्क्य ने ही सर्वप्रथम स्त्री के साम्पत्तिक अधिकारों की घोषणा की।[10] प्राचीन भारतीय न्याय प्रशासन की दृष्टि से 'नारद स्मृति' भी महत्त्वपूर्ण स्थान रखती है। नारद नाम भारतीय समाज का चिरपरिचित नाम है। बहुत ही कम लोगों को यह जानकारी होगी कि नारद ने अपने धर्मशास्त्र की रचना द्वारा उन विदेशी तथा उनके अनुयायी देशी आलोचकों का मुँह बंद कर दिया है जिनका आरोप था कि भारतीयों में व्यवहारिक विधिशास्त्र तथा उसकी प्रक्रिया का अभाव है।[11] यह न्याय प्रशासन के सिद्धांतों पर विशेष प्रकाश डालती है। 18 व्यवहारपदों का उल्लेख इस स्मृति में विस्तृत रूप से मिलता है। नारद परीक्षण के 7 प्रकारों का उल्लेख करते हैं।[12] न्याय से सम्बन्धित नियम नारद स्मृति में अधिक क्रमबद्ध, तर्कसंगत एवं व्याख्यात्मक है। दण्ड निर्धारण में नारद ने परोक्ष एवं प्रत्यक्ष दोनों प्रकार के साक्ष्यों की महत्ता को स्वीकार किया है। इस प्रकार यह ग्रन्थ प्राचीन भारतीय विधि एवं न्याय प्रशासन पर तत्कालीन राजनैतिक एवं सामाजिक संस्थाओं के परिप्रेक्ष्य में एक नया प्रकाश डालता है।

प्रसिद्ध पाश्चात्य विचारक कार्ल मार्क्स ने 1876 ई. में अपने जॉली द्वारा अनूदित ग्रन्थ एशियाटिक मोड ऑफ प्रोडक्शन में नारदस्मृति का उपयोग किया है। इतना ही नहीं अगस्ते बार्थ का तो विचार यह है कि प्रत्येक विधिशास्त्र को इस स्मृति का पूर्णरूप से अध्ययन करना चाहिए क्योंकि इसमें पारिभाषिक शब्दों का न केवल तात्विक विश्लेषण है बल्कि इसमें एक विधि-सम्बन्धी सुविचारित योजना भी है। के.वी. रंगस्वामी ने भी, जिन्होंने बृहस्पति को ही सर्वमान्य माना है, यह कहने में संकोच नहीं किया है कि नारद स्मृति स्पष्ट रूप से प्रयोगकर्त्ताओं के लिए उपयोगी है।[13] विधि शास्त्र के लेखकों में नारद की इतनी ख्याति थी कि उनके ग्रंथ के लगभग आधे अंश उद्धरणों के रूप में परवर्ती मध्यकालीन एवं वर्तमान निबंधकारों एवं टीकाकारों में प्राप्त होते हैं। नारद स्मृति में 18 व्यवहारपदों का वर्णन मिलता है जो निम्न प्रकार से हैं—ऋणादान, निक्षेप, सम्भूय समुत्थान, दत्ताप्रदानिक, अभ्युपेत्याशुश्रुषा, वेतनस्यानपाकर्म, अस्वामिविक्रय, क्रीतानुशण, विक्रीयासम्प्रदान, समस्यानपाकर्म, क्षेत्रजविवाद, स्त्रीपुंसयोग, दायभाग, साहस, वाकपारुष्य, दण्डपारुष्य, द्यूतसमाह्वय, प्रकीर्णक। इसके पश्चात् परिशिष्ट में

स्तेय, दिव्य आदि हैं[14] जिससे यह ज्ञात होता है कि इस काल में न्याय-प्रशासन का महत्त्व अधिक था। नारद ने व्यावहारिक विधि का विशद् वर्णन किया है जो अनेक बातों में मनु से भिन्न है।

प्राचीन भारतीय विधि एवं न्याय प्रशासन की दृष्टि से बृहस्पति स्मृति महत्त्वपूर्ण है। बृहस्पति लोकायत शास्त्र के प्रणेता माने जाते हैं।[15] लोकायत सामाजिक शासन व्यवस्था का मेरुदण्ड माना गया है। बृहस्पति के उल्लेख से यह स्पष्ट है कि वैदिक मर्यादाओं की रक्षा, समाज का गठन, अपराध-नियन्त्रण तथा न्याय प्रणाली पर आधारित जीवन की व्यवस्था के लिए बुद्धि एवं पौरुष दोनों की आवश्यकता है क्योंकि लोकहित के बिना व्यक्ति हित की रक्षा सम्भव नहीं है। धर्मशास्त्र प्रणेताओं में बृहस्पति का नाम अत्यन्त दक्ष-व्यक्ति के रूप में प्राप्त होता है जिन्होंने मनु का अनुसरण करते हुए उनमें दृष्ट अनेक विसंगतियों को, सामाजिक व्यवहार के निकष पर कस कर, विश्लेषित तथा परिमार्जित किया है। वे युगानुरूप तथा युग-द्रष्टा हैं। सर्वप्रथम बृहस्पति ने ही व्यवहार के 18 पदों का (14 धन सम्बंधी तथा 4 हिंसा सम्बंधी) धन तथा हिंसा के दो खण्डों में विभाजन किया है। स्त्रियों के अधिकार के विषय में बृहस्पति का दृष्टिकोण चमत्कारपूर्ण है। बृहस्पति ने युक्तिहीन न्याय की भर्त्सना की है। उनके अनुसार निर्णय केवल शास्त्र के ही आधार पर नहीं होना चाहिए, प्रत्युत्त युक्ति के अनुसार होना चाहिए। इन्होंने व्यवहार सम्बन्धी सभी विधियों की विधिवत व्यवस्था की है और इस भाँति वे आधुनिक न्याय-प्रणाली के अत्यंत समीप हैं।[16]

प्राचीन भारतीय विधि स्रोतों में कात्यायन का भी विशेष महत्त्व है। कात्यायन ने व्यवहार की दो शाखाएँ मानी हैं—धर्मशास्त्र (धार्मिक कानून) व अर्थशास्त्र (राजशास्त्र)। वर्तमान कात्यायन स्मृति का बहुत सा भाग दीवानी विषयों से ही सम्बन्धित है। फौजदारी विषयों पर विवरण बहुत कम है। उन्होंने ही सर्वप्रथम अध्यग्नि, अध्यावहनिक, प्रीतिदत्त, शुल्क, अन्वाध्य, सौदायिक नामक स्त्रीधन के प्रकारों की चर्चा की। कात्यायन स्मृति में व्यवहार सम्बन्धी कुछ नई संज्ञाएं भी दी गई हैं, जैसे—पश्चात्कार, जयपत्र आदि। वादी एवं प्रतिवादी के मध्य विवाद के परिणामस्वरूप दिया गया निर्णय जयपत्र कहा जाता है। ऐसे में यदि कोई व्यक्ति अपने पक्ष के समर्थन में दुर्बल तर्क उपस्थित करता है और निर्णय के बाद प्रबल तर्क देता है तो उसे ऐसा करने की अनुमति नहीं दी जा सकती है।[17] कात्यायन स्मृति में दीवानी एवं फौजदारी के विषयों में अन्तर स्थापित करते हुए 18 व्यवहारपदों का उल्लेख किया गया है। आचार, व्यवहार, धर्म एवं राज-प्रशासन की व्याख्या उन्होंने विशद् रूप में प्रस्तुत की है।[18] कात्यायन ने साक्षी के लिए योग्यता एवं अयोग्यता को भी महत्त्व दिया है।[19] न्याय एवं न्याय-प्रक्रिया के नये आयामों का समावेश कर कात्यायन ने न्याय-व्यवस्था को अधिक संगठित बनाने का प्रयास किया है।

कात्यायन में प्रतिपादित कुछ नियम आधुनिक न्याय-व्यवस्था से अधिक साम्यता रखते हैं। यथा जब कोई प्रतिवादी अपने पक्ष में सबल प्रमाणों को छोड़कर हल्के प्रमाणों को प्रस्तुत करे तो उसे बाद में सबल प्रमाणों को प्रस्तुत करने से वंचित कर देना चाहिए, यह उल्लेख आधुनिक भारतीय प्रक्रिया संहिता के निकट है।[20] कात्यायन ने न्याय प्रशासन के क्षेत्र में कुछ महत्त्वपूर्ण नवीन मापदण्ड प्रस्तुत किए हैं। 'शौर्यधन' एवं 'भार्याधना' की भी व्याख्या विशेष रूप से उल्लेखनीय है।[21] कात्यायन ने 'विद्याधन' की भी व्याख्या प्रस्तुत की है।[22] टीकाकारों द्वारा उद्धृत कात्यायन के श्लोकों की संख्या 900 से अधिक है। कुछ न्याय सम्बन्धी उनकी व्याख्याएँ अद्भुत हैं, यथा अगर कोई व्यक्ति किसी जानवर की हत्या करता है तो उसे उसके मूल्य के बराबर या उसी तरह का एक दूसरा जानवर जुर्माने के रूप में देना होगा,[23] यदि कोई व्यक्ति किसी प्रकार की रिश्वत या घूस स्वीकार करता है तो उसे उस राशि का 11 गुना दण्ड के रूप में देना होगा।[24] इन विवरणों से स्पष्ट है कि कात्यायन द्वारा न्याय-प्रशासन के क्षेत्र में किये गये ये कार्य एवं सुझाव प्राचीन भारतीय न्याय-व्यवस्था के लिए निश्चित रूप से एक उपयोगी आधार प्रमाणित हुये होंगे। पराशर एवं व्यास स्मृतियों में भी प्राचीन भारतीय न्याय व्यवस्था पर प्रकाश डाला गया है। पराशर स्मृति एक प्राचीन स्मृति है। याज्ञवल्क्य ने पराशर को प्राचीन धर्म प्रवक्ताओं में गिना है तथा गरुड़ पुराण में 39 श्लोकों में इसका सार संग्रहीत है।[25] वर्तमान पराशर स्मृति में 12 अध्याय तथा 593 श्लोक हैं। इसके टीकाकार माधव ने अपनी ओर से व्यवहार सम्बन्धी विवेचन जोड़कर इसकी उपयोगिता और भी बढ़ा दी है।

जीवानन्द एवं आनन्दाश्रम के संग्रहों में महर्षि व्यास के नाम की एक स्मृति मिलती है जिसमें चार अध्याय तथा 250 श्लोक हैं। व्यास ने वाराणसी में इस स्मृति की रचना की है, ऐसा स्मृति से ही ज्ञात होता है।[26] इस स्मृति में 16 संस्कार, ब्रह्मचारी के कर्तव्य, ब्राह्मण, क्षत्रिय तथा वैश्य कन्या से विवाह कर सकता है शूद्र से नहीं, पत्नी धर्म, गृहस्थाश्रम, दान की प्रशंसा आदि का विशद् विवेचन मिलता है, जिससे तत्कालीन भारतीय न्याय व्यवस्था को जाना जा सकता है। कौटिल्य का अर्थशास्त्र भी प्राचीन विधि व्यवस्था की व्यावहारिकता को सिद्ध करता है। कौटिल्य अर्थशास्त्र में कानून के चार आधार प्रतिपादित किये गये हैं—1. धर्म, 2. व्यवहार, 3. चरित्र और 4. राजशासन। कौटिल्य ने कहा कि धर्म सत्य पर आश्रित होता है, व्यवहार साक्षियों पर, चरित्र मनुष्यों के समूहों में चली आ रही प्रथाओं पर निर्भर करता है और राजा की आज्ञाओं को शासन कहते हैं।[27] उन्होंने यह भी कहा है कि राजा को कानून का प्रशासन, धर्म, व्यवहार, लोकाचार तथा न्याय के अनुसार करना चाहिए। अर्थशास्त्र के अनुसार विवादों का निर्णय धर्म, व्यवहार, चरित्र और शासन वाले चतुष्पाद कानून, द्वारा होता था।[28] राजाज्ञा को चरित्र और व्यवहार के ऊपर मान्यता दी जाती थी। कौटिल्य ने स्पष्ट रूप से लिखा है

कि यदि शास्त्र और धर्म-न्याय में विरोध हो तो धर्म न्याय को ही प्रमाण मानना चाहिए, शास्त्र को नहीं।[29] कौटिल्य से पूर्व श्रुति, स्मृति, विवेक और सदाचार कानून के मुख्य स्रोत थे, किन्तु कौटिल्य ऐसे प्रमुख विचारक हैं जिन्होंने राजा को कानून का स्रोत माना और राज्य में वैधानिक कानून को मान्यता दी।[30] कौटिल्य के अनुसार कानून केवल राजनय सिद्धान्तों का ही पाठ नहीं पढ़ाता, वरन् वह सांस्कृतिक और सामाजिक स्तर को भी ऊँचा उठाता है। कानून राजा और सामान्य स्वीकृति द्वारा लागू होता है। कौटिल्य ने राजा को वरुण के समान सर्वोत्कृष्ट नैतिक न्यायाधीश बताया है। कौटिल्य अर्थशास्त्र में न्याय के लिए विभिन्न स्तरों पर अनेक प्रकार के न्यायालयों का उल्लेख किया गया है। सबसे छोटे न्यायालय ग्रामों के थे। ग्राम सभाओं में राजा की ओर से न्यायाधीशों की नियुक्ति नहीं होती थी। ग्रामिक ग्रामवृद्धों के साथ मिलकर न्याय सम्बन्धी कार्य करते थे। न्याय की सर्वोच्च सत्ता राजा के हाथ में थी, जो किसी के मामले में अन्तिम निर्णय का अधिकार रखता था। ग्रामसंघ और राजा के निर्णय के अतिरिक्त अन्य सभी न्यायालयों धर्मस्थनीय एवं कण्टकशोधन दो प्रकार के थे। धर्मस्थनीय न्यायालयों के न्यायाधीश धर्मस्थ या व्यावहारिक कहलाते थे और कष्टकशोधन न्यायालयों के न्यायाधीशों की संज्ञा प्रदेष्टा थी।[31]

कौटिल्य के अनुसार धर्मस्थनीय और कण्टकशोधन न्यायालयों में न्यायाधीशों के पद पर राजा को अमात्यों की नियुक्ति करनी चाहिए, जो धर्मोपधा अर्थात् धर्म-प्रलोभन द्वारा शुद्ध-चरित्र सिद्ध हुए हैं। अर्थशास्त्र में न्यायिक अधिकारियों के कुशल, ज्ञानवान तथा स्थिर होने पर बल दिया गया है। ये लोभी और निर्धन नहीं होने चाहिए। अर्थशास्त्र में न्यायाधीशों को धर्मपालक कहा गया है। न्याय प्रदान करने में उन्हें निष्पक्ष होना चाहिए। धर्मस्थीय न्यायालय में न्यायाधीशों को व्यक्तियों या व्यक्ति समूहों के पारस्परिक व्यवहार सम्बन्धी विवाद, ऋण सम्बन्धी विवाद, क्रय-विक्रय सम्बन्धी विवाद, सम्पत्ति सम्बन्धी विवाद, चोरी और लूट सम्बन्धी विवाद इत्यादि पर निर्णय देने का अधिकार था। कण्टकशोधन न्यायालयों के न्यायाधीशों को शिल्पियों और कारीगरों की रक्षा और उनसे दूसरों की रक्षा, प्राकृतिक विपत्तियों का निवारण, कन्या पर बलात्कार का विवाद, मर्यादा का अतिक्रमण करने पर दण्ड की व्यवस्था इत्यादि पर निर्णय देने का अधिकार था। कौटिल्य ने सामाजिक एवं राष्ट्रीय हित की अवहेलना कर अपने स्वार्थ की पूर्ति करने वाले को 'कण्टक' कहा है। उनसे समाज और राष्ट्र की रक्षा करना 'कण्टकशोधन' न्यायालय का कार्य था। भारतीय न्यायपालिका में कौटिल्य का यह प्रथम सफल प्रयोग था, जिससे उन्होंने उस युग की समस्या का व्यावहारिक समाधान किया। इसीलिए मेगस्थनीज को उस काल में भारत में अपराध दृष्टिगोचर नहीं हुए।[32]

न्याय व्यवस्था के दृष्टिकोण से रामायण व महाभारत विशेष महत्त्वपूर्ण हैं। इनमें

प्राचीन भारत की न्याय व्यवस्था का सच्चा स्वरूप दिखाई देता है। रामायण में न्याय व्यवस्था के आदर्श रूप का परिचय, रामराज्य के वर्णन प्रसंग में प्राप्त होता है।[33] न्यायालय की बैठक सभाभवन में प्रतिदिन प्रातःकाल हुआ करती थी। जिस आसन पर बैठकर राजा मुकदमों का फैसला करता था वह धर्मासन कहलाता था।[34] न्यायाधीशों के लिए रामायण में धर्मपालक शब्द आया है। कानून व राजनीति के विशिष्ट ज्ञान के कारण ही वे इस पद पर नियुक्त किये जाते थे। उनसे पक्षपात और रिश्वत से बचे रहने की अपेक्षा की जाती थी।[35] सर्वोच्च न्यायालय का अध्यक्ष स्वयं राजा होता था। उसके अतिरिक्त अन्य न्यायाधीश भी होते थे। रामायण में राजा को यह परामर्श दिया गया है कि न्याय करते समय वह अपने सहयोगियों, मन्त्री, पुरोहित, सभा व न्याय सभा के सदस्यों का अवश्य ही परामर्श स्वीकार करे। राजा अपराधी को स्वेच्छा से या मनमाने ढंग से दण्ड नहीं दे सकता था। न्यायाधीशों से तुरन्त न्याय की अपेक्षा की जाती थी। न्यायालय में शिकायत लेकर आने वाले व्यक्ति के तुरन्त प्रवेश की व्यवस्था रहती थी। न्याय कार्य में विलम्ब होने पर शाप का भय बना रहता था।[36] रामायण के प्रसंग में यह मत उद्धृत किया गया है कि जब हनुमान को बन्दी बनाकर रावण के समक्ष प्रस्तुत किया गया तो रावण ने हनुमान को मृत्युदण्ड का आदेश दिया। लेकिन सभा के सदस्य विभीषण ने रावण को यह परामर्श दिया कि हनुमान के अपराध के अनुसार, अपराध की प्रकृति को देखते हुए तथा हनुमान की दूत की स्थिति को देखते हुए मृत्यु दण्ड देना उचित नहीं है। विभीषण ने रावण को हनुमान के अपराध को इंगित करते हुए कहा कि हनुमान को मृत्यु दण्ड की बजाय अंग-भंग का दण्ड देना ही न्यायोचित है। रावण ने विभीषण के मत को स्वीकार करते हुए हनुमान को मृत्यु दण्ड के बजाय अंग-भंग का दण्ड देते हुए पूँछ में आग लगाने का दण्ड दिया।[37] इस बात से यह स्पष्ट होता है कि राजा को न्याय सभा में बैठे विद्वानों का परामर्श अवश्य लेना होता था। रामायण में न्यायिक अधिकारियों को न्याय को संव्यवहार में लाते समय आचार संहिता पर बल दिया गया है। रामायण में न्यायिक अधिकारियों के लिए आचार संहिता का उल्लेख करते हुए कहा गया है कि न्यायाधीश को सत्यवादी, शालीन, शास्त्रों का ज्ञाता, वादी-प्रतिवादी के भावों को समझने वाला, शान्त हृदय व विद्वान होना चाहिये।[38] न्यायसभा में कार्यार्थी बेरोकटोक आते-जाते थे। राजा का त्वरित एवं कठोर न्याय-शासन लोगों को एक दूसरे का सम्मान करने को प्रेरित करता था।[39] इसलिए लोग मुकदमेबाजी का कम ही आश्रय लेते थे।[40] रामराज्य की अदालतों में अधिक काम नहीं था। वाल्मीकि ने राजद्रोह, झूठी गवाही, कुमारिकाओं का बलात्कार, परायी स्त्रियों का अपहरण, न्यास सम्पत्ति का दुरुपयोग, चोरी, डकैती, ब्रह्ममहत्या, सैनिकों को निर्धारित वेतन न देना, युद्ध में पीठ दिखाकर भागना, बालकों, स्त्रियों, वृद्धों और राजाओं की हत्या, आग लगाना, जलाशय में विष मिला देना आदि

कृत्यों को अपराधों की श्रेणी में रखा है।[41] इन अपराधों का दण्ड यातना मात्र देने से लेकर प्राणदण्ड तक होता था। तत्कालीन न्याय व्यवस्था का एक स्पष्ट सिद्धान्त यह था कि योग्य न्यायाधीशों द्वारा जाँच-पड़ताल कराये बिना अभियुक्त को दण्ड नहीं दिया जाता था। उस समय की मान्यता थी कि निरपराध के दण्डित होने पर उसकी आँखों के आँसू राजा के धन्य धान्य और पुत्र का नाश कर देते हैं।[42] इसी प्रकार के न्यायिक आदर्श सिद्धान्तों का उल्लेख रामायण के अनेक प्रसंगों में मिलता है।[43] इन प्रसंगों से ज्ञात होता है कि रामायण न्याय व्यवस्था के आधारभूत ग्रन्थों में मुख्य था। इसमें वर्णित रामराज्य की न्याय प्रणाली को लोग आदर्श मानते थे।

महाभारत में न्याय व्यवस्था का वही स्वरूप दिखायी देता है जो मनुस्मृति और रामायण की परम्परा में वर्णित है। धर्मानुसार चलने वाले राजा के लिए माता-पिता, भार्या, पुरोहित कोई अदण्ड्य नहीं है।[44] महाभारत में न्यायाधीश, वादी-प्रतिवादी, साक्ष्य, निर्णय, दण्ड आदि का विस्तृत वर्णन मिलता है। न्यायालय का दूसरा नाम धर्मासन था। कहा गया है कि धर्मासन पर बैठकर जो राजा या मन्त्री मर्यादा की रक्षा नहीं करता वह अन्त काल तक नरक की यन्त्रणा भोगता है।[45] वादी-प्रतिवादी दोनो की सब बातें सुनने के बाद यथोचित न्याय करने के लिए न्याय परायण स्वार्थ दर्शित व्यक्ति को न्यायासन पर बैठाया जाता था।[46] वादी अपने पक्ष में साक्ष्य भी प्रस्तुत करता था। झूठी गवाही देना पाप था।[47] अपराधी के दण्ड विधान का भी वर्णन मिलता है।[48] शूली पर चढाकर दण्ड देना सबसे कठोर माना जाता था।[49] महाभारत में भीष्म ने दण्ड व्यवस्था का विवेचन करते हुए स्पष्ट लिखा है कि दण्ड उद्दण्ड व्यक्तियों का दमन करता है। मनुष्यों को प्रमाद से बचाने तथा उनके धन की रक्षा करने के लिए लोक में जो मर्यादा स्थापित की गई है, उसी का नाम दण्ड है।[50] महर्षि व्यास के अनुसार दण्ड देना राजा का धर्म है। अतः राजा इस दण्ड रूपी धर्म का पालन करते समय न्यायोचित और पक्षपात रहित रहकर ही दण्ड को धारण करता है।[51] महाभारत में यह व्यक्त हुआ है कि यदि एक व्यक्ति को मारकर कुटुम्ब का क्लेश दूर हो जाये और एक कुल का नाश करने से समस्त राष्ट्र सुखी हो जाये तो ऐसा करना धर्म नाशन नहीं धर्म पोषक है।[52] दण्ड की समानता के सिद्धान्त को अपनाते हुए, जो राजा प्रिय व अप्रिय के प्रति समान भाव रखकर किसी के प्रति पक्षपात न करते हुए दण्ड नीति का भली-भांति प्रयोग करते हुए प्रजा की रक्षा करता है तो वह परम धर्म का कार्य करता है।[53] राजा को यह निर्देश दिया गया है कि वह दण्ड नीति का प्रयोग इस प्रकार करे कि जिससे, सामाजिक, आर्थिक न्याय को कोई क्षति न पहुँचे और साथ में शान्ति व्यवस्था स्थापित हो सके।[54] महाभारत में यह अभिव्यक्त हुआ है कि राजा के लिए सभी अभियोगों का निर्णय करना सम्भव नहीं था, अतः शान्ति पर्व में भीष्म के कथन से यह अनुमान लगाया जा सकता है कि राजा के अतिरिक्त अमात्य तथा राजकुमार को

भी न्याय करने का अधिकार था।[55] न्यायिक अधिकारियों के लिए आवश्यक गुणों का उल्लेख भी मिलता है। महाभारत में न्यायालयों की कार्य प्रणाली की जानकारी मिलती है। वादी प्रतिवादी अपने साक्षियों सहित उपस्थित होकर अपना पक्ष प्रस्तुत करते थे। उभय पक्ष का उत्तर-प्रतिउत्तर सुनने के पश्चात् ही उनसे साक्ष्य मांगा जाता था। सामुद्रिक चोर, जुआरी, अरिमित्र आदि को साक्षी नहीं माना जा सकता था। मिथ्या साक्षी देना निन्दनीय ही नहीं दण्डनीय भी माना गया है।[56]

महाभारत में न्याय व्यवस्था का सर्वोच्च अधिकारी राजा स्वयं होता था। उसके दैनिक कार्य में न्याय करने का भी समय निश्चित था। व्यास के अनुसार न्याय करते समय राजा को अपने समक्ष तत्त्वदर्शी विद्वानों को रखना चाहिए। अनुशासन पर्व में कहा गया है कि अनेक तत्त्वदर्शी श्रेष्ठ पुरुषों के साथ परामर्श करके अभियुक्त के कथित अपराध, देशकाल, न्याय और अन्याय आदि की विवेचना करने के पश्चात् ही शास्त्रानुसार राजा दण्ड देवे। महाभारत में शपथ का भी उल्लेख मिलता है। सप्त-ऋषियों पर चोरी का अभियोग लगाया गया था परन्तु शपथ लेने पर वह निर्दोष मान लिए गए थे।[57] भारतीय परम्परा में लिखित अठारह महापुराण भी प्राचीन भारतीय न्याय परम्परा पर प्रकाश डालते हैं। भारतीय जीवन दर्शन को इन पुराणों ने विशेष प्रभावित किया है। इसलिए न्याय के क्षेत्र में इन्हें भी स्रोत के रुप में स्वीकार किया गया है।

आचार्य शुक्र ने न्याय को समाज जीवन का अंग माना है। उनके अनुसार न्याय में शीघ्रता, सरलता, सुगमता और मितव्ययता आवश्यक है। शुक्रनीति के अनुसार प्रजा में न्याय-वितरण के कार्य का सम्पादन कुछ सिद्धान्तों के आधार पर होना चाहिए। इससे न्याय को सर्वत्र मान्यता मिलती है। शुक्र के अनुसार राजा को चाहिए कि वह देश, जाति, जनपद, कुल और श्रेणियों का लोकरीति और शास्त्रों में प्रतिपादित युक्तियों के अनुसार निरीक्षण करके अपने धर्म का पालन करे। इन परम्परागत धर्मों (कानूनों) को शुक्र ने 'देश दृष्ट' और वेदशास्त्र द्वारा प्रतिपादित धर्म को 'शास्त्र-दृष्ट' कहा है। इन कानूनों के अतिरिक्त राजा द्वारा लागू किये जाने वाले कानूनों के सम्बन्ध में शुक्र ने लिखा है कि राजा को चाहिए कि अपने शासन (राजाज्ञा) को लिखकर चौराहों पर लगवा दे जिससे उनका पालन करने में प्रजा से चूक न हो।[58] प्राचीनकाल में सत्-असत् एवं साधु-असाधु की जानकारी कर सत्कार और दण्ड की व्यवस्था करने के उद्देश्य से ही न्याय की स्थापना की गयी थी। इसीलिए आचार्य शुक्र ने दुष्ट-निग्रह को राजा का प्रमुख कर्तव्य माना है। शुक्रनीति की न्याय व्यवस्था क्रमबद्ध और निश्चित प्रक्रिया पर आधारित है। आचार्य शुक्र ने न्याय के महत्त्व के आधार पर न्याय व्यवस्था को तार्किक और व्यावहारिक दोनों कसौटियों पर कसते हुए प्रतिपादित किया है। महर्षि शुक्र ने राजा को निर्देश दिया है कि उसको विवादग्रस्त विषयों में मात्र लेख, साक्षी एवं भोग के आधार

पर ही नहीं अपितु देशकाल आदि धर्मों को भी दृष्टि में रखकर निर्णय करना चाहिए।[59]

शुक्रनीति की भांति कामन्दकीय नीतिसार के अध्ययन से भी विधि की व्यावहारिकता स्पष्ट हो जाती है। कामन्दकीय नीतिसार शुद्ध राजनीति प्रधान ग्रन्थ है। राज्य एवं शासन व्यवस्था से सम्बद्ध रखने वाली प्राय: सभी आवश्यक बातों का विवेचन इस ग्रन्थ में किया गया है। कामन्दक ने राजा को न्यायपूर्वक व्यवहार करने का आदेश दिया है। उनका कथन है कि यदि राजा न्याय के पथ का अनुसरण करता है तो उसको एवं उसकी प्रजा को धर्म, अर्थ और काम की प्राप्ति होती है और यदि वह इसके विपरीत आचरण करता है तो इनका विनाश होता है। राजा को न्याय-व्यवस्था का सर्वोच्च अधिकारी मानते हुए भी उस पर अनेक नियन्त्रण स्थापित कर, उसे निरंकुश होने से रोका गया है। कामन्दकीय नीतिसार को 19 विभिन्न प्रमुख सर्गों में व्यवस्थित किया गया है जिसमें से द्वितीय व तृतीय सर्ग प्राचीन भारतीय न्याय एवं दण्ड व्यवस्था पर प्रकाश डालते हैं। यह ग्रन्थ सुशासन, पारदर्शिता, भ्रष्टाचार, अपराध-मुक्त एवं स्वच्छ राजनीति का सैद्धान्तिक एवं व्यावहारिक पक्ष प्रस्तुत करता है।[60]

धर्मशास्त्रों में प्रतिपादित विधि-विधान तथा उनके व्यवहार में प्रयोग करने की जिन प्रक्रियाओं का प्रतिपादन सूक्ष्मतम रूप में किया गया है, उनके व्यावहारिक रूप का कोई भी निरपेक्ष व्यक्ति अपलाप नहीं कर सकता। डॉ मुखर्जी का विभिन्न प्रकार के न्यायाधिकरणों तथा विभिन्न परिभाषिक शब्दों के प्रयोग को ध्यान में रखकर दिया गया वक्तव्य इस बात का प्रबल प्रमाण है कि विधि-सम्बन्धी अनेक संस्थाओं का अस्तित्व था। वे काल्पनिक नहीं थी। डॉ. जायसवाल ने मेगस्थनीज का उद्धरण देते हुए यह प्रमाणित किया है कि 300 वर्ष ईसा-पूर्व कौटिल्य की राज-व्यवस्था प्रचलित थी। विसेन्ट स्मिथ ने भी दण्ड-विधि के विषय में मेगस्थनीज के विचारों को भारत के सम्बन्ध में प्रामाणिक माना है। ईसा की 5वीं शताब्दी में बौद्ध-यात्री फाह्यान भारत आया था और उसका कथन है कि भारत में चीन की अपेक्षा दण्ड मृदु था।[61] अधिकांश अपराधों में अपराधों की तीव्रता के आधार पर विभिन्न मात्रा में अर्थ-दण्ड नियत किया जाता था। मृत्युदण्ड का प्राय: अभाव सा प्रतीत होता है। सप्तम शताब्दी के द्वितीय खण्ड में ह्वेनसाँग का भारत में आगमन हुआ था। ह्वेनसाँग लिखता है कि उस समय भारत में अपराधों की संख्या बहुत कम थी। मृच्छकटिकम् नाटक का न्यायालयीय दृश्य वास्तविक प्रक्रिया का निदर्शन है। वैसे ही राजतरंगिणी अपराधान्वेषण के विषय में प्रामाणिक तथ्यान्वेषण की प्रक्रिया का उल्लेख करती है। इस प्रकार सामान्य दृष्टिपात से यह प्रमाणित होता है कि भारतीय विधि-नियम काल्पनिक नहीं बल्कि प्रचलन तथा व्यवहार में प्रतिष्ठित थे और दण्ड-विधान के विषय में उन्होंने आधुनिक सिद्धान्तों से भी अधिक दृढ़तापूर्वक अपने सिद्धान्तों का अनुपालन किया है।[62]

बृहदारण्यकोपनिषद् में विधि की जो परिभाषा की गयी है और उसकी प्रशंसा विलियम जोन्स ने जिस रूप में की है, उसका अनुसरण करते हुए आर0 सी0 दत्त लिखते हैं "विश्व के किसी भी विधिशास्त्री ने इससे बढ़कर कोई परिभाषा नहीं दी।" के0ए0 नीलकान्त ने भी यही मत व्यक्त किया है। उपनिषद् में की गयी विधि की परिभाषा से इस प्रकार का निष्कर्ष प्रस्तुत होता है—(क) विधि क्षत्र का भी क्षत्र है, (ख) विधि से उच्च कुछ नहीं है, (ग) विधि से ही निर्बल, सबल पर शासन करता है, (घ) राजा भी विधि के आधार पर क्रियाशील होता है अर्थात् विधि से ही शक्ति प्राप्त करता है, (ङ) विधि और सत्य दोनों एक हैं और (च) दोनों का मूल मानव समाज है।[63] विधि की सम्प्रभुता एवं समाज-परकता की इससे स्पष्ट व्याख्या और क्या हो सकती है?

संदर्भ सूची—

1. तिवारी, रामनिवास, हिन्दू विधि विवेक, पिलग्रिम्स बुक हाउस, वाराणसी, 2007, पृ. 25
2. ऋग्वेद, 1/65/3-4
3. मनु., 8/4
4. मनु., 8/1, 9/251
5. मनु., 9/270
6. मनु., 8/352
7. मिश्र, कौशल किशोर, मनुस्मृति में राज्य और सुशासन, राहुल पब्लिशिंग हाउस, मेरठ, 2012, पृ. 177
8. मिश्र, कौशल किशोर, वही, पृ. 175
9. मिताक्षरा, 2/295
10. शर्मा, रघुनन्दन प्रसाद, स्मृतियों में भारतीय जीवन पद्धति, सांस्कृतिक गौरव संस्थान, नई दिल्ली, 2001, पृ. 224
11. शर्मा, रघुनन्दन प्रसाद, वही, पृ. 224
12. काणे, पी.वी., धर्मशास्त्र का इतिहास, (अनुवाद अर्जुन चौबे कश्यप), हिन्दी समिति, सूचना विभाग, लखनऊ, भाग-1, 1965, पृ. 56
13. वृहस्पति, पृ. 136, उद्धृत, रामनिवास तिवारी, वही, पृ. 96
14. तिवारी, रामनिवास, वही, पृ. 99
15. तिवारी, रामनिवास, वही, पृ. 100
16. काणे, पी.वी., वही, भाग-1, पृ. 57
17. काणे, पी.वी., वही, भाग-1, पृ. 58
18. कात्यायन स्मृति पृ. 20, 30, 35, 51
19. वही, पृ. 644, 645
20. वही, पृ. 221
21. वही, पृ. 876-880
22. वही, पृ. 530

23. काणे, पी.वी., वही, भाग-1, पृ. 215
24. वही, पृ. 220-21
25. तिवारी रामनिवास, वही, पृ. 93
26. वाराणस्यां सुखासीनं वेदव्यासं तपोनिधिम्।
पप्रच्छुर्मनयोंऽभेत्यधर्मान् वर्णव्यवस्थितान्॥ व्या. स्मृ. 1/1.उद्धृत्, तिवारी, रामनिवास, वही, पृ. 105
27. कौटिलीयम् अर्थशास्त्रम् 3/1
28. विवादार्थ चतुष्पाद, पश्चिम पूर्ववाधक:॥ पूर्ववत् 3/1
29. शास्त्रं विप्रतिपद्येत धर्मन्यायेन केनचित्।
न्यायस्तत्र प्रमाणं स्यात् तत्र पाठो हि नश्यति॥ कौ. 3/1
30. अग्रवाल, कमलेश, कौटिल्य अर्थशास्त्र एवं शुक्रनीति की राज्य संस्थाएँ, राधा पब्लिकेशन्स, नई दिल्ली, 2008, पृ. 111
31. अग्रवाल, कमलेश, कौटिल्य अर्थशास्त्र एवं शुक्रनीति की राज्य संस्थाएँ, पृ. 114
32. अग्रवाल, कमलेश, वही, पृ. 116
33. रामायण, 7/59-60
34. रामायण, 7/59/22
35. रामायण, 2/75/58
36. रामायण, 7/55/15-17
37. सुन्दरकाण्ड, श्लोक 2, 14, 15, 52वाँ सर्ग सम्पूर्ण।
38. उत्तरकाण्ड, श्लोक 6, 74वाँ सर्ग।
39. राममेवानुवश्यन्तो नाम्यहिसन् परस्परम्। रामायण, 6/128/100
40. दृश्यते न च कार्यार्थी रामे राज्यं प्राशासति। रामायण 7/59/10
41. बद्धस्य बध्यस्त यथा निशान्ते राजोपरोधादिव तस्करस्य। रामायण 5/28/7
42. रामायण 2/100/59
43. रामायण, 2/100/56-58
44. महाभारत, शांति. 21/60
45. महाभारत, शांति. 85/16-17
46. महाभारत, शांति. 24/18
47. महाभारत, शांति. 7/3-4, अनुशासन पर्व, 3/130
48. महाभारत, शांति. 106/70-71
49. महाभारत, शांति. 61/30
50. महाभारत, शांति. 15/8-10
51. महाभारत, शांति. 121/47
52. महाभारत, शांति. 34/18-19
53. महाभारत, शांति. 121/10-11
54. झा, राकेश कुमार, शर्मा, महेन्द्र सिंह, प्राचीन भारतीय चिंतन में प्रशासनिक नियंत्रण का स्वरूप, रितु पब्लिकेशन्स, जयपुर, 2006, पृ. 135

55. महाभारत, शांति. 86/15-16
56. महाभारत, उद्योगपर्व, श्लोक 35, 37
57. महाभारत, अनुशासन पर्व, श्लोक 95, 13-15
58. अग्रवाल, कमलेश, कौटिल्य अर्थशास्त्र एवं शुक्रनीति की राज्य व्यवस्थाएं, पृ. 118
59. मिश्र, कौशल किशोर, कामन्दकीय नीतिसार में राज्य व्यवस्था एवं सुशासन, राहुल पब्लिशिंग हाउस, मेरठ, 2012, पृ. 43
60. मिश्र, कौशल किशोर, वही, पृ. 43
61. तिवारी, रामनिवास, हिन्दू विधि विवेक, पृ. 376
62. तिवारी, रामनिवास, हिन्दू विधि विवेक, पृ. 377
63. वृ.आ.उ. 1/4/11-14, उद्धृत, त्रिपाठी, हरिहरनाथ, प्राचीन भारत में राज्य व न्यायपालिका, मोतीलाल बनारसीदास, दिल्ली, 1965, पृ. 328

□

भारतीय राज चिंतकों के षाड्गुण्य नीति विषयक विचार

—दिनकर त्रिपाठी

भारत अनेक छोटे-छोटे राज्यों में विभक्त रहा, जिनमें राजतन्त्रात्मक शासन प्रणाली प्रचलित थी। प्रायः सभी राज्य अपनी सीमा और शक्ति विस्तार की लिप्सा रखते थे। इस कारण इनमें परस्पर युद्ध सम्भव रहा जिनमें परस्पर संघर्ष, संधि और विग्रह भी होता रहा। प्राचीन भारतीय इतिहास के कतिपय ऐसे विजिगीषु चक्रवर्ती राजाओं के उदाहरण भी प्राप्त होते हैं, जिन्होंने अपनी शक्ति एवं राज्यविस्तरण के साथ सम्पूर्ण भारत को एक शासन सूत्र में बांधने का स्तुत्य प्रयास किया, किन्तु उनका यह प्रयास चिरस्थायी नहीं रह सका। उनके पश्चात् पुनः भारतीय राजनीतिक क्षितिज अनेक छोटे-छोटे राज्यों गणराज्य अथवा महाजनपद रूपी तारा मण्डलों में विघटित हो गया।[1] यही कारण है कि वैदिक ऋचाओं से लेकर परवर्ती सम्पूर्ण भारतीय साहित्य के विविध संदर्भों से अनेक प्रकार के राजकुलों का संज्ञान आज हमें प्राप्त होता है जिन्हें राष्ट्र नहीं जा सकता। प्रो0 पी0वी0 काणे का यह विचार है कि किसी राष्ट्र के लिए किसी परिमाप की भूमि एवं बड़ी जनसंख्या की आवश्यकता पड़ती है। थोड़ी सी जनसंख्या एवं कुछ ग्रामों से राष्ट्र का निर्माण नहीं होता। ऊपर जिन राष्ट्रों के नाम आये हैं, उनकी सीमाओं में विजय-पराजय के फलस्वरूप बहुत से परिवर्तन होते रहे हैं। प्राचीन भारत में आधुनिक राष्ट्रीयता की भावना नहीं थी। ग्रन्थकारों ने राज्य का नाम लिया और राष्ट्र को उसका एक तत्त्व माना है, किन्तु उन लोगों में राष्ट्रीयता की भावना का पूर्ण अभाव था और उन्होंने राष्ट्रीय एकता के लिए कोई प्रयत्न भी नहीं किया। आजकल जिसे हम राष्ट्र कहते हैं, वह एक नैतिक एवं आन्तरिक अनुभूति का विषय है। इस रूप में केवल 17वीं-18वीं शताब्दियों में कुछ दिनों के लिए महाराष्ट्रियों एवं सिखों ने राष्ट्रीयता की भावना जाग्रत कर रखी थी। पूरे भारत वर्ष में धर्म, दर्शन, साहित्यिक विधियों (प्रणालियों), कलात्मक विधियों, पूजा की

विधियों, तीर्थस्थानों की श्रद्धा आदि में एकरूपता थी, किन्तु इन कारणों से भारत वर्ष में राष्ट्रीय एकता की भावना को जन्म न मिल सका।[2] तथापि प्राचीन भारत का आर्यावर्त और दक्षिणापथ नामक दो भागों में आर्य और अनार्यों के युद्ध इस तथ्य के प्रमाण स्वरूप उदाहरण अवश्य हैं, जिनमें परस्पर संघर्ष होता रहा। आर्यों का विजिगीषु होना, यह भी संकेत करता है कि इनमें परस्पर संघर्ष अवश्य होते रहे। आर्यावर्त को राष्ट्र के रूप में भारतीय साहित्य में आदर के साथ उल्लेख किया गया। जो वस्तुतः धर्मिक भावना से ही था, न कि राजनीतिक दृष्टि से। किन्तु चक्रवर्ती राजाओं के अस्तित्व की संकल्पना से यह अवश्य पुष्ट होता है कि वे सम्पूर्ण भरत को एक शासन-सूत्र में आबद्ध किये हुए थे। प्राचीनकालीन स्वराष्ट्र, एकराष्ट्र, सम्राट तथा अधिराष्ट्रादि उपाधियां भी इस तथ्य की पुष्टि करती हैं। चाहे राष्ट्रीयता के अन्तर्गत राजनीतिक तत्वों का समावेश उनमें भले न हुआ रहा हो। क्योंकि वर्तमान युगीन राष्ट्रीयता के सभी तत्व उस समय उद्भूत नहीं हो पाये थे, फिर भी राजतन्त्रात्मक शासन वाले राज्यों की जो अनेकताओं की स्थितियां प्राचीन भारत में थी, वे परराष्ट्र सम्बन्ध के विषय-विवेचन हेतु हमें पूर्ण रूप में उपयुक्त सामग्री प्रस्तुत करती हैं। क्योंकि राजाओं के यह आवश्यक था कि वे अपने शत्रुओं को पराजित करने अथवा उनसे आत्म सुरक्षा हेतु युद्ध ही नहीं, अपितु मैत्री सम्बन्ध भी बनाये जिससे तत्कालीन राज्यों द्वारा अपनी सुरक्षा और शान्तिस्थिति को बनाये रखने का प्रयास किया जाता था। वेदों से लेकर परवर्ती भारतीय साहित्य में परराष्ट्र अथवा अन्तर्राष्ट्रीय सम्बन्ध विषयक अनुचिंतन पर्याप्त रूप में उपलब्ध होता है। जैसा कि प्रो0 अल्तेकर ने लिखा है कि यह समझ लेना भूल होगी कि राज्य के भीतर शान्ति का प्रतिपादन करने वाले प्राचीन मनीषी विभिन्न राज्यों के मध्य परस्पर शान्ति स्थापना की ओर उदासीन रहे। लगभग सब ने महत्वाकांक्षी राजाओं को यथासम्भव युद्ध से दूर रहने और शान्तिमय उपायों से ही अभीष्ट सिद्धि का रत्न करने का उपदेश दिया है। प्राचीन भारतीय जानते थे कि युद्ध का एकदम त्याग कर देना सम्भव नहीं, अतः युद्ध की सम्भावना यथासम्भव कम करने के लिए उन्होंने विविध राज्यों का 'मण्डल' बनाकर उनमें शक्ति संतुलन कायम रखने की व्यवस्था की थी। विस्तार नीति से अपनी रक्षा हेतु अन्य समान या न्यूनाधिक बलवाले राज्यों से मैत्री स्थापित करके ऐसा मण्डल बनाने की सलाह दी है। जिस पर आक्रमण करने का शत्रु को साहस ही न हो।[3] इस प्रकार भारतीय राजनीतिक चिंतकों का उक्त परिस्थितियों ने अन्तर्राष्ट्रीय सम्बन्धों की विवेचना करने के लिए तथ्य एवं प्रेरणा प्रदान किया है। अतः विचारकों ने अन्तर्राष्ट्रीय नीति निर्धारण सम्बन्धी तीन प्रमुख स्तम्भों का क्रमशः षाड्गुण्य नीति, मण्डल सिद्धान्त और उपाय के रूप में उल्लेख किया है। इनके अन्तर्गत राज्यों के परस्पर सम्बन्ध सम्यक् रूप में प्रतिपादित होते हैं। इन्हीं के विवेचनों से राजाओं के शान्ति काल और युद्धकाल के सम्बन्ध भी स्पष्ट होते हैं। अन्तर्राष्ट्रीय

सम्बन्ध के षाड्गुण्य नीति विषयक भारतीय राज चिंतकों के विचारों को अध्ययन करने पर ज्ञात होता है कि भारतीय राज चिंतकों अन्तराष्ट्रीय नीति निर्धारण हेतु षाड्गुण्य को आधार माना है जिसके आधार पर राजा को अन्तर्राष्ट्रीय सम्बन्धों को बनाना चाहिए। आचार्य कौटिल्य के विचार में षाड्गुण्य अन्तर्राष्ट्रीय सम्बन्धों का आधार है।[4] षाड्गुण्य के अन्तर्गत सन्धि, विग्रह, यान, आसन, संश्रय, तथा द्वैधी भाव ये छः गुण आते हैं। सन्धि का अर्थ शत्रु से मेल करना, विग्रह का तात्पर्य शत्रु से विरोध करना, यान का अर्थ शत्रु पर आक्रमण करना, आसन का अर्थ युद्ध की प्रतीक्षा करना, संश्रय का तात्पर्य बलवान राजा की शरण में जाना तथा द्वैधी भाव का अर्थ दोमुखी नीति का अनुसरण करना है। इन्हीं छः मूल आधारों पर राष्ट्रों का पारस्परिक सम्बन्ध चलते रहते हैं।[5] कामन्दक इन छः गुणों को अपनी स्वीकृति प्रदान करते हुए कहते हैं कि कुछ विद्वानों ने विग्रह और सन्धि इन्हीं दोनों गुणों को ही मान्यता प्रदान की है। कोई राजा जब किसी राजा से विग्रह कर उस पर आक्रमण करता है, तब यान और वह अपनी सीमा पर आक्रमण हेतु अथवा शत्रु आक्रमण से बचाव हेतु अपनी सीमा का सुदृढ़ीकरण करता है, तब आसन होता है। इसी भाँति बिना सन्धि के न आसन और न ही द्वैधी भाव का प्रयोग सम्भव है। ये दोनों सन्धि के पृथक्-पृथक् रूप कहे जा सकते हैं।[6] इतना ही नहीं आचार्य बृहस्पति मत को सादर उद्धृत करते हुए आचार्य कामन्दक ने गुणों की संख्या सन्धि, विग्रह और संश्रय के रूप में तीन ही मानी हैं किन्तु सर्वान्त में कामन्दक ने आचार्य कौटिल्य के मत को उद्धृत करते हुए कहा है कि विग्रह ही एक मात्र गुण है, जिससे सन्धि आदि सभी गुण उत्पन्न होकर अवस्था भेद से भिन्न-भिन्न रूप धारण करते हैं।[7] इन सभी गुणों का उपयोग किस प्रकार किया जाय? इसका विवेचन करते हुए आचार्य कौटिल्य ने कहा है कि यदि कोई राजा अपने को शत्रु से निर्बल माने तो सन्धि, अधिक बल सम्पन्न हो तो विग्रह और यदि दोनों की स्थिति सामान्य हो, तो राजा को आसन नीति का सहारा लेना चाहिए। यदि राजा अपनी शक्ति, देशकाल और परिस्थिति को अपने अनुकूल पाये तो यान गुण का तथा शक्ति हीनता की स्थिति में संश्रय और सहायता की अपेक्षा की स्थिति में द्वैधी भाव गुण को उसे आश्रय लेना चाहिए। इस प्रकार षाड्गुण्य व्यवस्था के अनुपालन से कोई भी राज्य सुदृढ़ होता है।

भारतीय राजचिंतक आचार्य कौटिल्य ने अपनी पुस्तक अर्थशास्त्र में राष्ट्र नीति या पड़ोसी राष्ट्रों के प्रति किस प्रकार की व्यवहार नीति हो या षाड्गुण्य नीति के विषय में वृहद रूप में वर्णित किया है कि इसी प्रकार मनु ने अपनी पुस्तक मनुस्मृति में भी षाड्गुण्य नीति को माना है। इसका सविस्तार वर्णन महाभारत में भी प्राप्त होता रहा है। आचार्य कौटिल्य ने परराष्ट्र नीति की आधारशिला सन्धि, विग्रह यान आसन, संश्रय और द्वैधीभाव सहित छः गुणों से युक्त बताया है। जबकि वातव्याधि ने पर राष्ट्र नीति की

आधारशिला सन्धि और विग्रह नामक दो गुणों को ही बताया है। शेष चार गुणों को इन गुणों के विभिन्न पहलू बताया।

सन्धि

ज्ञातव्य है कि भारतीय राज चिंतकों ने परम्परा का पोषण करते हुए राजाओं को पूर्व विवेचित गुणों का उपयोग करने का निर्देश किया है। आचार्य कामन्दक ने सन्धि के प्रयोग के विषय में यथापरिस्थिति को महत्त्व दिया है जो उनकी आचार्य परम्परा में है।[8] ज्ञातव्य है कि सन्धि के प्रकार में विभिन्न भारतीय राज चिंतकों में तो मत भिन्नता विद्यमान है। आचार्य मनु की मान्यता में विहित सन्धि के दो प्रकार, तो आचार्य कामन्दक ने 16 प्रकार की सन्धियों को प्रस्तुत किया है। जिनमें कौटिल्य की ही अभिमत कतिपय सन्धियाँ हैं। किन्तु अन्य सभी सन्धियाँ कपाल, उपहार, सन्तान, उन्यास, प्रतीकार, संयोग, पुरुषान्तर, अट्टष्टपुरुष, उपग्रह, स्वादिष्ट, परिक्रय आत्मामिष, उच्छिव्र, प्रदूषण तथा स्कन्धोपनयन सन्धि।[9] इतना ही नहीं अपितु कामन्दक ने कतिपय अन्य राजशास्त्रियों के विचारों को प्रस्तुत करते हुए मात्र 4 प्रकार की सन्धि का उल्लेख किया है, जिनके नाम परस्परोपकार, मैत्र, सम्बन्धज तथा उपहार हैं।[10] किन्तु यह मत स्वयं कामन्दक को स्वीकार नहीं हैं। क्योंकि आचार्य कामन्दक ने आगे कहा है कि उनमें मात्र मैत्र सन्धि को छोड़कर शेष सभी सन्धियाँ उपहार सन्धि में समाहित हो जाती हैं। जब बलशाली शत्रु निर्बल राज्य पर आक्रमण करता है, तब वह बिना उपहार प्राप्त किये वापस नहीं जाता।[11]

आचार्य शुक्र ने षाड्गुण्य विवेचन प्रसंग में सन्धि का लक्षण बताते हुए लिखा है कि जिस क्रिया के द्वारा बलवान शत्रु निश्चित मित्र भाव को प्राप्त करे उसे सन्धि कहते हैं।[12] विरुद्व आचरण द्वारा वैर भाव रखने को विग्रह, शत्रु पर चढ़ाई करने को यान, शत्रु की अपेक्षा कर युद्ध संभार सहित अपने आसन पर स्थित रहना आसन, किसी प्रबल राज्य से आश्रय लेने को समाश्रय तथा अपनी स्वार्थ साधना हेतु सेना को टुकड़ी-टुकड़ी करके व्यवस्थित रखने को द्वैधी भाव कहा जाता है।[13] इसका विस्तृत विवेचन शुक्र ने प्रस्तुत करते हुए यानादि का अति सूक्ष्म वर्णन किया है जो आचार्य कामन्दक के समतुल्य ही है। यद्यपि इसी भांति सन्धि जैसे प्रकरण पर आचार्य शुक्र ने उपहार सन्धि की सर्वश्रेष्ठता को कामन्दक की विचार सरिणी में ही प्रस्तुत किया है।[14] आचार्य शुक्र ने सन्धि योग्य पुरुषों के निर्देश में मात्र इतना ही कहा है कि बहुत बलवान द्वारा आक्रमण करने पर जब उससे प्रतीकार का कोई उपाय न दिखाई पड़े, तो आपत्ति ग्रस्त राजा को सुसमय की प्रतीक्षा करते हुए सन्धि कर लेना चाहिए। इसके अतिरिक्त शुक्र ने निकटवर्ती अनार्य राजा से भी सन्धि करने का निर्देश किया है। नहीं तो वह हानि पहुंचा देगा। जो

कामन्दक की अवधारणा से पूर्णत: मिलता है।[15] आचार्य कामन्दक ने सन्धि हेतु ऐसे सात पक्षों का निर्देश किया है, जिनसे सन्धि की जानी चाहिए। उनके नाम सत्यवादी, आर्य, धार्मिक, अनार्य, भ्रातृसंघातन, बलयुक्त और बहुविजयी हैं। इसी भांति आचार्य कामन्दक ने बलवान राजा के साथ सन्धि करने का आदेश देते हुए ऐसे अनेक उदाहरणों को प्रस्तुत किया है और जिनसे यह सिद्ध भी किया है हवा के सम्मुख कहीं मेघ टिकता है'? तथा यह भी कहा है कि आवश्यकतानुसार दुर्बल शत्रु के साथ भी सन्धि कर लेनी चाहिए। यह बात वैसे ही है जैसे घाव में ठंडे जल की एक बूँद भी कष्टदायक सिद्ध होती है। उसी भांति विपत्ति ग्रस्त राजा को बलहीन शत्रु भी हानि पहुंचा सकता है।[17] कामन्दक ने इसी तथ्य के स्पष्टीकरण हेतु सुन्द और उपसुन्द नामक परस्पर विरोधियों का दृष्टान्त प्रस्तुत किया है जो आपस में ही विनष्ट हो गये।[18] इतना ही नहीं अपितु कामन्दक ने सन्धि के अयोग्य 20 पक्षों का उदाहरण सहित विस्तृत उल्लेख किया है।[19]

विग्रह

षाड्गुण्य तन्त्र में विग्रह को द्वितीय स्थान प्राप्त है। कौटिल्य ने कहा है कि अपकारो विग्रहः अर्थात् एक दूसरे के अपकार में लगना विग्रह कहलाता है।[20] कामन्दक के अनुसार क्रोध सन्तप्त दो राजाओं अथवा व्यक्तियों का परस्पर अपकार में जुड़ना विग्रह कहलाता है।[21] जबकि शुक्र ने विग्रह का लक्षण प्रस्तुत करते हुए कहा है कि जिस क्रिया से शत्रु पीड़ित किया जाये अथवा अधीन बनाया जाय उसे विग्रह कहते हैं।[22] अर्थात् विरुद्ध आचरण द्वारा वैर भाव रखने अथवा वैर उत्पन्न करने को विग्रह कहते हैं। उक्त परिभाषाओं के आधार पर निष्कर्षत: कहा जा सकता है कि दो राजाओं में परस्पर वैर होना और जिसका परिणाम युद्ध होना है, विग्रह कहलाता है। वस्तुतः विजिगीषु के निकटवर्ती राजा उसके स्वाभाविक शत्रु होते हैं। जिनसे ही विग्रह उत्पन्न होता है। परिणामस्वरूप युद्ध होता है। इसीलिए प्राचीन राजनीतिक विचारकों ने विग्रह से पूर्व सन्धि का आश्रय ग्रहण करना उचित माना है। साथ ही सारी नीतियों द्वारा विग्रह रोकने हेतु प्रयास करने का निर्देश दिया। सारी नीतियों के असफल होने पर ही विग्रह नीति का प्रयोग करना चाहिए। जैसे भगवान श्री राम ने विग्रह रोकने के लिए अंगद को रावण के पास भेजा था। श्री कृष्ण भगवान भी सन्धि प्रस्ताव को लेकर कौरवों की सभा में पधारे थे। उक्त दोनों ने विग्रह रोकने का प्रथमतः प्रयास किया था। विग्रह नाश का कारण होता है। आचार्य कामन्दक के विचार में विग्रह के कारण मित्र, धन, अपना शरीर, कीर्ति और राज्य भी सन्दिग्ध हो जाते हैं इसीलिए वेंतवृत्ति को अपनाकर राजाओं को विग्रह से बचना चाहिए। विग्रह के कारणों की प्राचीन विचारकों ने पर्याप्त समीक्षा की है। व्यास के अनुसार इसके पाँच कारण है,

जिन्हें क्रमशः स्त्री, भूमि, कठोरवाणी, व्यक्तिगत द्वेष और कभी का किया हुआ अपराध माना है।[23] जबकि कामन्दक ने विग्रह के बीस कारणों (विग्रहयोनयः) को बतलाया है, जिनमें राज्य, स्त्री, स्थान, देश का अपहरण, ज्ञान और बल का अपहरण, मद-अभिमान, मानमद के वशीभूत होना, पीड़ा, विषयज्ञानार्थ, शक्तिधर्माणाविद्यात् अर्थात् ज्ञान अर्थव्यवस्था त्रिशक्ति तथा धार्मिक व्यवस्था को नष्ट करना, दैवीय प्रकोप, मित्रार्थ अवमान, बन्धुविनाश, भूतानुग्रहविच्छेद, मण्डलभूषण और एकार्थभिनिवेशितव्य आदि का क्रमशः उल्लेख किया है।[24] इसी के साथ आचार्य कामन्दक ने अपने पूर्ववर्ती विचारकों के मतों का उल्लेख किया है जिनके द्वारा प्रस्तुत कारणों के प्रकार भिन्न-भिन्न हैं। आचार्य कामन्दक द्वारा निर्दिष्ट कारणों से साम्य रखते हुए आठ प्रकार के कारणों को सोमेश्वर भी प्रस्तुत किया है।[25] आचार्य शुक्र ने विग्रह के क्रमशः शत्रुसेना तथा मित्रसेना से रहित होना, अपने दुर्ग में घिर जाना, दुर्गति में पड़ जाना, अत्यन्त विषयासक्त हो जाना, प्रजाओं की सम्पत्ति को लूट लेने की स्थिति तथा मन्त्रियों एवं सेनाओं में बिलगाव हो जाना आदि कारणों का उल्लेख किया है। साथ ही शुक्र ने निरुपाय की स्थिति में विग्रह करने को उचित ठहराया है। बलवान शत्रु के साथ दुर्बल राजा को कदापि विग्रह न करने की चेतावनी भी दी है। आगे भी कहा है कि ऐसे राजा के साथ विग्रह वालों का सर्वनाश हो जाता है।[26] कामन्दक ने ऐसे अनेक उपायों का भी उल्लेख किया है, जिनसे विग्रह का शमन सम्भव है। जैसे राज्य, स्त्री, स्थान एवं देश अपहरण की स्थिति में यदि विग्रह समाप्त किया जाना।[27] देश की अनुकूलता का सम्यक् परीक्षण करके विग्रह नीति अपनाने का भी निर्देश कामन्दक ने प्रस्तुत किया है। उनके अनुसार राजाओं को विग्रह नीति तभी अपनाना चाहिये, जब यह सुनिश्चित हो जाय कि मेरा राज्य समृद्ध है। सेना प्रबल है। प्रकृति मण्डल तथा मित्र और आक्रन्दादि अनुरक्त हैं। इस समय शत्रु की स्थिति उक्त से पूर्णतया विपरीत है।[28] इसके अतिरिक्त कामन्दक ने उन परिस्थितियों की भी गवेषणा की है, जिनके अस्तित्व में विग्रह नीति कदापि नहीं अपनाना चाहिये। जैसे—विग्रह नीति प्रयोग से असफलता अथवा आंशिक सफलता अथवा सन्दिग्धता की स्थिति, हानि प्राप्त होने की सम्भावना की स्थिति और भावी लाभ की आशाहीनता की स्थिति, साथ ही ऐसी स्थिति भी जिसमें विग्रह नीति अपनाने से वर्तमान में तो लाभ सम्भव है, किन्तु भविष्य में हानि सम्भावित हो। अतः कामन्दक मत में विग्रह नीति का तभी प्रयोग करना चाहिए, जब वर्तमान और भविष्य दोनों में यह लाभप्रद होने की स्थिति में दिखायी पड़े।[29] ज्ञातव्य है कि आचार्य कामन्दक ने देवी सम्पदा सम्पन्न सबल राष्ट्रों से विग्रह नीति को न अपनाने का संकेत बहुशः प्रस्तुत किया है। सामनीति से विग्रह को शान्त करने का निर्देश भी कामन्दक ने दिया है।[30]

यान

यान शब्द का तात्पर्य वास्तविक आक्रमण से है। यान विग्रह से आगे की स्थिति है। यह नीति तभी लागू की जानी चाहिए जब राजा सुदृढ़ स्थिति में हो और आक्रमण ही अन्तिम विकल्प हो। आचार्य कौटिल्य ने अपनी पुस्तक अर्थशास्त्र में कहा है कि यदि राजा समझे कि शत्रु के कर्मों का नाश यान से हो सकेगा और मैंने अपने कर्मों की रक्षा का पूरा प्रबन्ध कर दिया है तो यान का आश्रय लेकर अपनी उन्नति करे। मनु ने अपनी पुस्तक मनुस्मृति में यान के दो भेद बताये हैं जो इस प्रकार हैं—

1. जब शत्रु को आपत्ति ग्रस्त देखकर सुदृढ़ राज्य स्वबल पर आक्रमण करता है तो यह यान का प्रथम रूप होता है।
2. जब विषिगीषु राज्य असमर्थ होते हुए भी मित्र राज्य की सहायता प्राप्त कर आक्रमण करे तो यह यान का दूसरा रूप होता है।

यान किस परिस्थिति में किया जाए इस पर आचार्य कौटिल्य ने कहा है कि जब राजा देखे कि शत्रु व्यसनों में फंसा है, उसका प्रकृतिमंडल भी व्यसनों में उलझा है, अपनी सेनाओं से पीड़ित उसकी प्रजा उससे विरक्त हो गई है, राजा स्वयं उत्साहहीन है, प्रकृतिमंडल में परस्पर कलह है, उसको लोभ देकर फोड़ा जा सकता है, शत्रु, अग्नि, जल, व्याधि, संक्रामक रोग के कारण वह अपने वाहन, कर्मचारी और कोष की रक्षा न कर सकने के कारण क्षीण हो चुका है तो ऐसी दशाओं में विग्रह करके चढ़ाई (यान) कर दे।[31]

आसन या तटस्थता

विजय की इच्छा रखने वाला राज्य अर्थात विजिगीषु राज्य किसी अच्छे समय की प्रतीक्षा में तटस्थ रहे या चुपचाप बैठ जाए तो वह आसन या तटस्थता कहलाता है। कौटिल्य के अनुसार राज्य का मुखिया आसन नीति को स्वीकार कर तभी रहता है जब वह यह समझता है कि वह शत्रु को नष्ट करने में असमर्थ है और शत्रु भी इतना मजबूत नहीं है कि वह उसके राज्य को नष्ट कर सके।[32] आसन की स्थिति में राज्य का मुखिया राज्य को सशक्त करने के लिए हर सम्भव प्रयास भी करता है और शत्रु राज्य को शान्त रखता है। आसन नीति अल्पकाल के लिए अपनाई जाने वाली स्थिति है। आसन के दो प्रकार हैं जो इस प्रकार हैं—

(i) विग्रह आसन— विजिगीषु एवं अरिराज्य दोनों ही सन्धि करने की इच्छा रखते हों और दोनों परस्पर नष्ट करने की क्षमता न रखते हो तो कुछ अवधि के लिए युद्ध कर आसन (चुपचाप) हो जाते हैं। इसे विग्रह आसन कहते हैं।

(ii) सन्धाय आसन— विजिगीषु एवं अरि राज्य दोनों सन्धि कर आसन (चुपचाप) रहे उसे सन्धाय आसन कहते हैं।

संश्रय

संश्रय का तात्पर्य शक्तिशाली राजा का शरण लेना। किन्तु इस विषय का सदैव ध्यान रखना चाहिए कि वह अरि से अधिक शक्तिशाली रहे। यदि ऐसा नहीं रहेगा तो अरि कभी उन दोनों पर आक्रमण कर सकता है। ऐसी स्थित पर कौटिल्य का मत है कि यदि ऐसा बलवान राजा कोई न मिले, तो अपने शत्रु राजा का ही आश्रय लेना चाहिए।[33]

द्वैधी भाव

आचार्य मनु की रचना मनुस्मृति के अनुसार अपने से अधिक सशक्त अरि से रक्षा के लिए अपनाई जाने वाली रणनीति के एक रूप को द्वैधी भाव कहते हैं। कौटिल्य के अनुसार विजिगीषु राजा एक राज्य से विग्रह कर उसे नष्ट कर सकता है या विजय प्राप्त कर सकता है और एक राज्य से सन्धि कर अपना स्वार्थ सिद्ध कर सकता है।[34] तो वह द्वैधी भाव नीति का पालन करता है। दूसारों शब्दों में इसे इस प्रकार कहा जा सकता है सशक्त राजा के साथ संधि एवं दुर्बल राजा के साथ विग्रह करना ही द्वैधी भाव है। निष्कर्षतः कहा जा सकता है कि भारतीय राज चिंतकों के षाड्गुण्य विषय विचारों के अध्ययन से पता चलता है कि यह नीति विवेक, वास्तविकता और दूरदर्शिता का परिचालक है तथा उसकी अमरता मानव सभ्यता के साथ सुरक्षित है।

संदर्भ सूची—

1. ऋग्वेद 1.108.8, 5.30.12, 8.7.29, 8.10.5, अर्थवेद 5.30.5, 9.14, कौटिलीय अर्थशास्त्र 3.83.17 तैत्तिरीय ब्राम्हण-1.8.4, ऐतरेय ब्राम्हण-38.3 गोपथ ब्राम्हण-2.10, बौधायन गृह्यसूत्र-1.1.7
2. पी.वी. काणे, धर्मशास्त्र का इतिहास (हिन्दी अनु.), उ.प्र. हिन्दी संस्थान, लखनऊ 1982, भाग-2, पृ. 642
3. अ.स. अलतेकर, प्राचीन भारतीय शासन पद्धति (छठा संस्करण), भारती भण्डार, लीडर प्रेस, प्रयागराज, 1982, पृ.224
4. कौटिलीय अर्थशास्त्र-7.1.1
5. कौटिलीय अर्थशास्त्र-7.1.2-5, कामन्दकीय नीतिसार-11.35-36, शुक्रनीति-4.7.232-34, नीतिवाक्यामृतम्-29.37, या.स्मृ-1.47, मनु-7.160
6. कामन्दकीय नीतिसार-11.35-37
7. वही-11.40
8. कामन्दकीय नीतिसार-9.1, कौटिलीय अर्थशास्त्र-7.1, मानसोल्लास-2.12.7.25
9. कामन्दकीय नीतिसार-9.5-20
10. वही-9.23
11. वही-9.21-23
12. शुक्रनीति-4.7.233-34 याभिः क्रियाभिर्बलवान मित्रतां याति वैरिषु।

सा क्रिया सन्धिरित्युक्ता विमृशते तां यत्नतः ॥

13. वही-4.7.235-60
14. वही-4.7238-39
15. वही-4.3.237-38 कामन्दकीय नीतिसार-9.1
16. कामन्दकीय नीतिसार-9.34 सत्यार्यो धार्मिकनार्या भ्रातसंघातवान बली।
    अनेकविजयी चेति सन्धयाः सप्तकीर्तिताः ॥
17. वही-9.44-53, 9.63
18. कामन्दकीय नीतिसार- 9.60-62
19. वही-9.24-42
20. कौटिलीय अर्थशास्त्र- 7.17 नीतिवाक्यामृतम्- 29.31- अपकारो विग्रहः।
    याज्ञवल्क्यस्मृति-1.347 (मिताक्षराटीका), रामायण-100.69
21. कामन्दकीय नीतिसार- 10.1
22. शुक्रनीति-4.5.234-35
23. महाभारत शान्ति पर्व- 139.42
24. कामन्दकीय नीतिसार-10.3-5
25. मानसोल्लास-2.12.734-42
26. शुक्रनीति-4.7.249-253
27. कामन्दकीय नीतिसार-10.6-16
28. वही-10.27-30, कौटिलीय अर्थशास्त्र-7.1.48-52, मानसोल्लास-2.12.743-44
    नीतिवाक्यामृतम्-29.47-48, मनु.-7.170
29. कामन्दकीय नीतिसार-10.19-26
30. वही-18.4-5
31. कौटिलीय अर्थशास्त्र-7.4
32. कौटिलीय अर्थशास्त्र-7.1
33. कौटिलीय अर्थशास्त्र-7.2
34. कौटिलीय अर्थशास्त्र-7.1

□

भारतीय राजनीति में न्याय का प्राचीन व वर्तमान स्वरूप

—अर्चना गुप्ता

न्याय का सम्बन्ध मानव संस्कृति के साथ अनन्य रूप से जुड़ा हुआ है। मानव जैसे-जैसे युगों के साथ अपने को जोड़ते हुए विकास करता गया, वह लगभग उसी क्रम में असभ्य से सभ्य भी होता गया। वस्तुतः प्राचीन भारत में अस्तित्व में रही न्याय की परम्परा उतनी ही पुरानी है जितनी कि मानवता। भारत की समृद्ध एवं उज्ज्वल न्याय परम्परा की नींव प्राचीन काल में ही पड़ी। भारतीय विधि विश्व की प्राचीनतम जीवित योजना है। प्राचीन भारतीय विधि का मूल उत्स ऋत है। न्याय के प्राचीन स्वरूप का वर्णन निम्न बिन्दुओं के अन्तर्गत किया जा सकता है—

1. न्याय व्यवस्था धर्म से सम्बद्ध

प्राचीन भारतीय न्याय व्यवस्था धर्म से आबद्ध थी। 'धर्म' समस्त भारतीय शास्त्रीय चिंतन में आधारभूत सम्प्रत्यय रहा है। भारतीय संस्कृति में 'धर्म' का तात्पर्य कर्मकाण्डों से नहीं है बल्कि धर्म सदाचार व कर्तव्यों के पालन में निहित है। इस रूप में जिसका जो भी कर्तव्य है, उसका निष्ठापूर्वक पालन ही उसके लिए धर्म कहा जा सकता है। समाज में न्याय की स्थापना तभी हो सकती है जब प्रत्येक व्यक्ति अपने निर्धारित कर्तव्यों का निष्ठापूर्वक पालन करें। न्याय में ही धर्म का तत्व निहित है। जब दण्ड द्वारा अशुभ का परिहार किया जाता है तब भी धर्म की स्थापना ही लक्ष्य होता है। वस्तुतः न्याय की अवधारणा धर्म की स्थापना को ही लक्ष्य करके विकसित की गयी है। प्राचीन भारत में न्यायालयों के लिए 'धर्माधिकरण' एवं 'धर्म सभा' जैसे शब्द प्रयुक्त होते थे, तो न्यायाधीशों को 'धर्माधिकारी' कहा जाता था। न्यायाधीश के आसन को 'धर्मासन' कहा जाता था। इन तथ्यों से ध्वनित होता है कि धर्म व न्याय एक दूसरे में समाहित थे।

2. न्यायाधीशों की नियुक्ति योग्यता के आधार पर

न्यायाधीश के गुणों का वर्णन बहुधा मिलता है। आपस्तम्बधर्मसूत्र[1] के अनुसार न्यायाधीशों में विद्या, कुलीन वंशोत्पत्ति, वृद्धावस्था, चातुर्य तथा धर्म के प्रति सावधानी होनी चाहिए। नारद के अनुसार न्यायाधीश को अठारहों सम्पत्ति-विवाद सम्बन्धी कानूनों में, उनके 8000 उपभेदों, आन्वीक्षिकी, वेद एवं स्मृतियों में पारंगत होना चाहिए। जिस प्रकार वैद्य शल्य चिकित्सा में पारंगत होने के कारण शल्य-प्रयोग से शरीर से घुसे लोहे के टुकड़े को निकाल देता है, उसी प्रकार कुशल न्यायाधीश को पेचीदे मामलों में से धोखे की बातें अलग निकाल देनी चाहिए। कौटिल्य[2] ने अमात्यों की नियुक्ति के लिए धर्म, अर्थ, काम एवं भय के अवसरों में प्रलोभन आदि से परीक्षा लेने की सम्मति दी है, किन्तु मन्त्रियों के लिए सत्यता (ईमानदारी) एवं विश्वासपात्रता की जाँच सभी प्रकार की परीक्षाओं के सम्मिलित रूप में आवश्यक मानी है। इस प्रकार की जाँच प्रणाली को उपधा कहते हैं। नीतिवाक्यामृत[3] ने 'उपधा' की परिभाषा की है। कई प्रकार के उपायों से (गुप्तचरों द्वारा) धर्म, अर्थ, काम एवं भय के अवसरों में मनुष्यों का परीक्षण ही उपधा है।

3. न्यायिक कार्यों में पारदर्शिता व निष्पक्षता

निष्पक्ष न्याय करना एवं अपराधी को दण्ड देना राजा के प्रमुख कार्यों में था। राजा न्याय का स्रोत माना जाता था। कौटिल्य[4] ने लिखा है कि दिन के दूसरे भाग में राजा को पौर-जनपदों (नगरवासियों एवं ग्रामवासियों) के झगड़ों को निपटाना चाहिए। मनु[5] ने भी लिखा है कि लोगों के झगड़ों को निपटाने की इच्छा से राजा को ब्राह्मणों एवं मन्त्रियों के साथ सभा (न्याय-भवन) में प्रवेश करना चाहिए और प्रति दिन झगड़ों के कारणों को तय करना चाहिए तथा निष्पक्ष रूप से न्याय करना चाहिए। स्पष्ट है, न्यायानुशासन एक बहुत ही पवित्र कर्तव्य था। मनु[6] ने कहा है कि जो राजा निरपराध को दण्डित करता है और अपराधी को छोड़ देता है वह पाप करता है, निन्दा का भागी होता है और नरक में जाता है। वसिष्ठ[7] ने अपराधी के छूट जाने पर राजा को एक दिन तथा पुरोहित की तीन दिन उपवास करने को कहा है तथा निरपराधी को दण्डित करने पर राजा को तीन दिन उपवास तथा पुरोहित को कृच्छ प्रायश्चित करने को कहा है। राजा ही न्याय की सबसे बड़ी कचहरी या अदालत था। राजा न्यायपालिका का प्रधान था, किन्तु वह मनमानी नहीं कर सकता था। कानून सम्बन्धी मामलों में राजा या न्यायाधीश को धर्मशास्त्र के नियमों के अनुसार चलना पड़ता था। कात्यायन ने धर्मशास्त्र द्वारा निर्धारित नियमों के विरोध में नियम बनाने अथवा नियम देने वाले राजाओं को सावधान किया है।

4. न्यायाधीशों की जवाबदेही सुनिश्चित

न्याय-कार्य मुख्यत: राजा के अधीन था। राजा प्रारम्भिक एवं अन्तिम न्यायालय था। स्मृतियों एवं निबन्धों का कहना है कि अकेला राजा न्याय कार्य नहीं कर सकता। उसे अन्य लोगों की सहायता से न्याय करना चाहिए। मनु[8] एवं याज्ञवल्क्य[9] का मत है कि राजा को बिना भड़कीले वस्त्र धारण किये, विद्वान ब्राह्मणों एवं मन्त्रियों के साथ सभा (न्याय-कक्ष) में प्रवेश करना चाहिए तथा उसे क्रोधपूर्ण मनोभाव एवं लालच से दूर हटकर धर्मशास्त्रों के नियमों के आधार पर न्याय करना चाहिए। यही बात कात्यायन ने भी कही है और जोड़ा है कि जो राजा न्यायाधीश मन्त्रियों, विद्वान ब्राह्मणों, पुरोहित एवं सभ्यों की उपस्थिति में विवाद-निर्णय करता है, वह स्वर्ग का भागी होता है। राजा को स्वयं अपने से निर्णय नहीं करना होता था, प्रत्युत उसे न्यायाधीश से सम्मति लेकर ऐसा करना पड़ता था, किन्तु सम्मति लेने के उपरान्त वास्तविक उत्तरदायित्व उसी का माना जाता था। न्याय-व्यवस्था के संचालन में इस बात पर विशेष ध्यान दिया जाता रहा कि जो अदण्ड्य हैं वे दण्डित और जो दण्ड्य हैं वे मुक्त न हो जायें। इसका उत्तरदायित्व राजा पर था।[10] यदि इस प्रकार की घटना घटित हो जाए तो राजा के साथ मन्त्री, पुरोहित सभी उत्तरदायी होते और उन्हें दण्डस्वरूप प्रायश्चित करना पड़ता।

5. अयोग्य न्यायाधीशों पर दण्डात्मक कारवाई

शुक्रनीतिसार[11] में आया है कि वह राजा जो प्रजा को कष्ट देता है या धर्म के नाश का कारण बनता है, अवश्य ही राक्षसों का अंश होता है। मनु[12] ने कहा है कि जो राजा प्रजा को पीड़ा देता है वह अपना जीवन, कुटुम्ब एवं राज्य खो देता है। प्राचीन साहित्य में ऐसे राजाओं की गाथाएँ पायी गयी हैं जो अपने अत्याचार के फलस्वरूप मार डाले गये थे। राजा वेन को ब्राह्मणों ने मार डाला क्योंकि वह देवद्रोही था, अपने लिए यज्ञ कराना चाहता था और अधर्मपालक था।[13] प्रजापीड़क, अत्याचारी एवं भ्रष्ट राजाओं को मार डालने की बात अनुशासनपर्व[14] में भी पायी जाती है। मनु[15] का कहना है कि यदि दण्ड के सिद्धान्त भली-भाँति कार्यान्वित हों तो तीनों पुरुषार्थों की उन्नति होती है, किन्तु यदि व्यभिचारी, दुष्ट एवं अन्यायी राजा दण्ड धारण करे तो वह दण्ड उसी पर घूम जाता है और उसके सम्बन्धियों के साथ उसका नाश कर देता है। कामन्दक ने लिखा है कि मूर्खतापूर्वक दण्ड धारण करने से मुनि लोगों का भी नाश हो जाता है। शांतिपर्व[16] में घोषित हुआ है कि झूठे एवं दुष्ट मन्त्रियों वाले तथा अधार्मिक राजा को मार डालना चाहिए।

6. दण्ड का समुचित प्रयोग

प्राचीन भारतीय न्याय व्यवस्था में राजा को दण्डधर की उपाधि दी गयी है।[17] शांति

पर्व में दण्डनीति को राजधर्म से मिला दिया गया है। कौटिल्य[18] ने कहा है कि—"दण्ड वह साधन है जिसके द्वारा आन्वीक्षिकी, त्रयी एवं वार्ता का स्थायित्व एवं रक्षण अथवा योगक्षेम होता है, जिसके द्वारा अलब्ध की प्राप्ति होती है, लब्ध का परिरक्षण होता है, रक्षित का विवर्धन होता है और विवर्धित (बढ़ी हुई सम्पत्ति) का सुपात्रों में बँटवारा होता है।" शान्तिपर्व[19] का कहना है कि दण्डनीति राजा का विशिष्ट व्यापार है। वनपर्व[20] में आया है कि बिना दण्डनीति के सारा विश्व अपने बन्धन तोड़ डालेगा। शान्तिपर्व में कहा गया है कि दण्डनीति सम्पूर्ण विश्व का आश्रय है और वह देवी सरस्वती द्वारा उत्पन्न की गयी है। कौटिल्य का कहना है कि "जब दण्ड का प्रयोग नहीं होता तब मात्स्य न्याय की दशा उत्पन्न हो जाती है, क्योंकि दण्डधर के अभाव में बलवान दुर्बल को खा डालता है।"[21]

7. मुकदमों का त्वरित निपटारा

प्राचीन भारतीय न्याय व्यवस्था की एक प्रमुख विशेषता त्वरित न्याय की व्यवस्था थी और यह माना जाता था कि न्याय में विलम्ब नहीं होना चाहिए। राजा न्यायाधीशों से तुरन्त न्याय की अपेक्षा करता था। न्यायालय में शिकायत लेकर आने वाले व्यक्ति के तुरन्त प्रवेश की व्यवस्था रहती थी। न्याय करने में विलम्ब होने पर शाप का भय बना रहता था। राजा नृग ने अपने द्वार पर दो ब्राह्मण कार्यार्थियों को बहुत देर तक ठहराए रखा था वह ब्राह्मणों के गाय-सम्बन्धी झगड़े का निपटारा नहीं कर पाये। इसी कारण राजा नृग को गिरगिट हो जाने के शाप का भागी होना पड़ा। कौटिल्य ने भी इस विषय में लिखा है—जब राजा कचहरी में रहे तो कार्यार्थियों (निपटारा कराने के लिए आये हुए लोगों अर्थात् मुवक्किलों) को द्वार पर बहुत देर तक नहीं खड़ा रहने दे, क्योंकि राजा तक पहुँच न हो सकने के कारण, राजा के आस-पास के लोग उचित एवं अनुचित कार्यों में गड़बड़ी उत्पन्न कर देंगे और प्रजा में असन्तोष होगा, फलतः राजा शत्रु के हाथ में चला जाएगा।[22]

8. न्यायिक-प्रक्रिया में शुद्धता

न्यायपालिका भ्रष्टाचार से मुक्त रहे तथा न्यायिक कार्यों में शुद्धता बनी रहे, इसके लिए कौटिल्य ने समाहर्ता की व्यवस्था की थी। समाहर्ता अपने गुप्तचरों द्वारा ऐसे लोगों का पता लगाता रहता था, जो न्याय व शासन व्यवस्था को दूषित करने का कार्य करते थे। वेश परिवर्तित कर गुप्तचर लोग ग्रामों के राजकर्मचारियों की सच्चाई एवं बेईमानी का पता लगाते रहते थे। इन विषयों में अपराधी सिद्ध होने पर सामान्यतः देश-निष्कासन का दण्ड मिलता था। गुप्तचरों द्वारा तथा साधुओं महात्माओं के वेश में एजेन्टों द्वारा नवयुवकों का

पता लगाया जाता था जो चोरी एवं डकैती करने की ओर झुकाव रखते थे। कौटिल्य[23] ने लिखा है कि समाहर्ता को सभी विभागों के अध्यक्षों एवं उनके अधीन राजकर्मचारियों के ऊपर नियन्त्रण रखना चाहिए। जो लोग राज्य की खानों की सामग्रियों एवं रत्नों को चुराते थे या ले लेते थे उन्हें फाँसी का दण्ड मिलता था। कौटिल्य[24] ने समाहर्ता के लिए यह कर्तव्य निर्धारित किया है कि वह गुप्तचरों द्वारा धर्मस्थों (न्यायाधीशों), प्रदेष्टाओं (मजिस्ट्रेटों) की सच्चाई (इमानदारी) की परख किया करें और दोष मिलने पर उनके लिए दण्ड की व्यवस्था करें।

9. राजा पर धर्म का नियन्त्रण

कार्यपालिका व न्यायपालिका का प्रधान होते हुए भी राजा मनमानी नहीं कर सकता था। राजा पर नियन्त्रण था और राजा की सीमाएँ भी थीं। यह नियन्त्रण तथा सीमाएँ कई प्रकार की थीं। कात्यायन[25] का कहना है कि जो राजा बिना सोचे-समझे क्रोध करता है वह अर्ध कल्प तक नरक भोगता है। राजा पर धर्म का इतना दबाव था कि उसका राजा पर मनोवैज्ञानिक प्रभाव पड़ता ही था। दण्ड को दैवी शक्ति प्राप्त थी। अतः वह बुरे राजाओं पर स्वयं घहरा सकता था। यह एक गहरा विश्वास था कि शास्त्रों के नियम दैवी हैं और राजा से बहुत ऊपर हैं। धर्म-पालन सभी के लिए सामाजिक एवं सांस्कृतिक महत्त्व रखता था और राजा इससे अपने को बरी नहीं कर सकता था। धर्म से बढ़कर कुछ नहीं है।[26] धर्म के बल पर एक निर्बल व्यक्ति भी सबल पर अधिकार कर सकता है। जो धर्म है वही सत्य है। धर्म एवं सत्य एक ही है।[27] कामन्दक ने कहा है कि यवन राजा ने भूतल पर बहुत दिनों तक शासन किया क्योंकि उसने धर्म की आज्ञाओं के अनुसार राज्य चलाया। न्याय शासन में राजा को निर्भीक न्यायाधीश एवं सभ्यों के नियन्त्रण के अनुसार चलना पड़ता था।[28]

10. सस्ता व सुलभ न्याय

प्राचीन भारत में मारपीट या फौजदारी के विवादों में कोई न्यायालय शुल्क नहीं देना पड़ता था। जो अपराधी सिद्ध होता था उसे स्मृतियों द्वारा निर्धारित एवं निर्णीत दण्ड भरना पड़ता था। यही बात माल के विवादों में भी लागू होती थीं और आरम्भ में कुछ भी नहीं देना पड़ता था। कौटिल्य[29], याज्ञवल्क्य, विष्णुधर्मसूत्र, नारद आदि के कुछ नियमों द्वारा यह प्रकट होता है कि विवाद के निर्णय के उपरान्त कुछ ऐसा धन देना पड़ता था जिसे हम न्यायालय शुल्क की संज्ञा दे सकते हैं। मनु[30] ने भी उस विषय में नियम दिए हैं। आजकल न्यायालय शुल्क आदि इतना अधिक है और विवाद निर्णय में इतना समय लगता है कि वादी एवं प्रतिवादी नष्टप्राय हो जाते हैं। आजकल उचित रसीदी टिकट न

लगने पर आवेदन अस्वीकृत हो जाते हैं। प्राचीन भारत में इस विषय में सुविधाएँ प्राप्त थीं और विवादों के निर्णय में अधिक समय नहीं लगता था। कौटिल्य, मनु, याज्ञवल्क्य ने विवाद के स्थगन आदि की ओर संकेत किया है।[31] गौतम व स्मृतिचन्द्रिका ने विवाद स्थगन के विषय में नियम दिए हैं।[32] देरी करने से न्याय की मृत्यु हो जाती है।

11. स्थानीय अदालतों की व्यवस्था

ग्राम अदालतें प्राचीन भारतीय न्याय व्यवस्था का आधार रही हैं। प्राचीन भारत में बड़े-बड़े मुकदमों का निपटारा गाँव की पंचायतों द्‌वारा ही कर दिया जाता था। ग्राम स्तर पर न्यायिक इकाइयाँ पंचायतों एवं महापंचायतों के रूप में सक्रिय थीं। याज्ञवल्क्य एवं नारद का कहना है कि मुकदमों का फैसला कुलों (गाँव की पंचायतों), श्रेणियों, सभाओं (पूगों) तथा गणों द्‌वारा होता था। कुल न्यायालय से श्रेणी न्यायालय में, श्रेणी न्यायालय से पूग न्यायालय में, पूग न्यायालय से प्राड्विवाक् के न्यायालय में और अंत में प्राड्विवाक् के न्यायालय से राजा के सामने अपील की जा सकती थी। इस प्रकार उच्च से निम्न न्यायालयों का क्रम इस प्रकार था—राजा, न्यायाधीश, गण, पूग, श्रेणी एवं कुल।[33] कौटिल्य ने अर्थशास्त्र में स्थानीय न्यायालयों का वर्णन किया है। कौटिल्य के अनुसार जनपद सन्धि, संग्रहण, द्रोणमुख और स्थानीय चार न्यायालय नीचे से केन्द्र तक थे। तीन धर्मस्थ (विधिज्ञ) और तीन न्यायाधीश प्रत्येक न्यायालय में नियुक्त किये जाते थे। जनपद सन्धि में दो राज्यों एवं जनपदों की सीमा के विवाद रखे जाते थे। संग्रहण 10 ग्राम, द्रोणमुख 400 ग्राम और स्थानीय 800 ग्रामों का न्यायालय था। न्यायाधीश निर्णय में विधि के अतिरिक्त देश, काल और वर्गों के आचार को प्राथमिकता देते थे। दायभाग में देश के जाति, संघ और गाँवों के नियम के अनुसार ही निर्णय किया जा सकता था। सामान्यतया निर्णय के आधार धर्म, व्यवहार, चरित्र और राजशासन थे।[34] स्थानीय न्यायालयों को महत्त्व देते हुए बृहस्पति तो यहाँ तक कहते हैं कि जंगल में रहने वाले के लिए जंगल में, योद्‌धाओं के लिए युद्‌ध कैम्पों में, व्यापारियों के लिए कारवाँ में ही न्यायालय होने चाहिए।[35]

12. 'न्याय आपके द्‌वार' की धारणा

प्राचीन भारत की न्याय व्यवस्था की सबसे बड़ी विशिष्टता यह थी कि इसके साथ यह अवधारणा जुड़ी थी कि न्याय को गरीब तक पहुँचना ही चाहिए। तब न्याय पाने के लिए आर्थिक पक्ष सबल होना आवश्यक नहीं था। बिना किसी भेदभाव के सभी को न्याय दिया जाता था। हमारी पंचायतें ऐसा करते हुए 'न्याय आपके द्‌वार' की अवधारणा को साकार करती थीं। इसके लिए पक्षकारों को कोई खर्च वहन नहीं करना पड़ता था

और न ही आज की तरह कोर्ट-कचहरियों व वकीलों के चक्कर लगाने पड़ते थे। न्याय सर्वसुलभ था और गरीब की पहुँच में था। राजा न्यायाधीशों से तुरन्त न्याय की अपेक्षा करता था। न्यायालय में शिकायत लेकर आने वाले व्यक्ति के तुरन्त प्रवेश की व्यवस्था रहती थी। तब पंचायतें आज की तरह मुकदमों के बोझ में दबी नहीं रहती थीं। एक-दो पंचायतों में ही गम्भीर से गम्भीर मामलों का निपटारा हो जाता था। यह एक तरह की उच्च कोटि की सामाजिक न्याय व्यवस्था थी जिसमें पंचायतों को कोई मानदेय नहीं दिया जाता था। उनका निर्णय सहर्ष स्वीकार कर लिया जाता था।[36]

न्याय का वर्तमान स्वरूप

ब्रिटिश हुकूमत के प्रादुर्भाव के साथ हमारे देश में संवैधानिक न्याय व्यवस्था ने कदम रखा। भारत की प्राचीन न्याय व्यवस्था से इतर यह एक अलग किस्म की व्यवस्था थी, जिसमें कोर्ट थे, जज थे, हाकिम थे और बैरिस्टर थे। बस यहाँ से ही भारत की प्राचीन न्याय व्यवस्था का स्वरूप बिगड़ा और धन, दूरी व अशिक्षा जैसी बातें न्याय के मार्ग में बाधक बनने लगीं। कोर्ट-कचहरियों के चक्कर बढ़ने लगे तथा तारीखों का सिलसिला बढ़ने लगा। जो परम तत्व न्याय को वास्तव में न्याय बनाते थे, वे उससे दूर हो चले। कहने का आशय यह है कि न्याय न तो त्वरित रहा और न ही गरीब की पहुँच में। न्याय को गरीब तक पहुँचना ही चाहिए की अवधारणा खण्डित हो गई। अनुभवी लोग कोर्ट-कचहरी को तबाही के अड्डे बताकर इनका चक्कर लगाने से बचने की सलाह देने लगे। स्लीमैन ने कहा है—भारतीय पीपल के पेड़ के नीचे बैठ कर जो विवाद सुलझा लेते थे, उसके लिए वे बाद में लन्दन तक दौड़ने लगे। स्लीमैन का यह कथन भारत की बिगड़ती हुई न्यायिक व्यवस्था को स्पष्ट कर रहा है।[37] आजादी के बाद यह सोचा गया था कि हम प्राचीन भारतीय न्यायिक मूल्यों को ध्यान में रखकर नये सिरे से भारतीय न्याय व्यवस्था को व्यवस्थित करेंगे और यहाँ के ग्रामीण परिवेश को ध्यान में रखकर ऐसा बंदोबस्त करेंगे कि धन, दूरी व अशिक्षा जैसी बातें न्याय के मार्ग में बाधक न बनें। न्याय त्वरित हो और गरीब की पहुँच में हो। इसे दुर्भाग्य व देश के कर्णधारों की अदूरदर्शिता ही कहेंगे कि आज की न्याय व्यवस्था को प्राचीन भारत की न्याय व्यवस्था का संस्पर्श नहीं मिल पाया। स्वतन्त्रता के बाद भी हमने वादों के निपटाने का वहीं ढाँचा अपना लिया जो औपनिवेशिक काल में था। इस औपनिवेशिक काल की न्याय व्यवस्था को हू-ब-हू अपनाने के कारण यहाँ न्याय की प्राचीन स्रोत रहीं पंचायतें इस संदर्भ में प्रभावहीन हो गई। वहीं धनहीनता और अशिक्षा जैसी बातें न्याय मार्ग में बाधक बनने लगी हैं। पंचायत रूपी ग्राम अदालतें प्राय: अप्रासंगिक हो चलीं और न्याय के मन्दिरों का स्वरूप बड़ा ही भयावह होता चला गया। न्यायपालिका में व्याप्त भ्रष्टाचार, भाई-भतीजावाद, बेहद

धीमी और बहुत लम्बी न्याय-प्रक्रिया, बहुत ही ज्यादा महंगा अदालती खर्च, न्यायालयों की भारी कमी, पारदर्शिता की कमी और कर्मचारियों के भ्रष्ट आचरण ने समूची न्याय प्रणाली को दूषित बना डाला है।

विलम्बित न्याय अन्याय है—यह एक न्यायिक सूत्र है। इसका मूल भाव यह है कि पीड़ित को युक्तियुक्त समय के भीतर न्याय सुलभ होना चाहिए। समय से न्याय न मिलना, व्यवहारतः न्याय से वंचित करने जैसा है। दूसरे शब्दों में, विलम्बित न्याय, उपचार विहीनता के समान है। त्वरित न्याय की आवश्यकता को रेखांकित करते हुए, भारत के प्रथम प्रधानमन्त्री जवाहर लाल नेहरू ने पंजाब उच्च न्यायालय के सदस्यों को सम्बोधित करते हुए यह कहा था कि भारत में न्याय त्वरित तथा सस्ता होना चाहिए। मुकदमेबाजी एक रोग की भाँति है। इसे पहले फैलने देना और उसके बाद चिकित्सक की तलाश में भागना अच्छा नहीं है। मुकदमों का निस्तारण त्वरित होना चाहिए, क्योंकि विलम्बित न्याय, न्याय से इंकार करने के समान है।[38] भारत में आज की स्थिति में करोड़ों विवाद अदालतों में लम्बित हैं, जिनके निराकरण में, यदि कोई नया मामला दाखिल न हो तो 24 वर्ष लगेंगे। और जिस तरह से विवाद दर्ज हो रहे हैं वैसे ही होते रहे तो वर्ष 2030 में भारत की अदालतों में 24 करोड़ विवाद लंबित होंगे।[39] यह एक भयावह स्थिति है। भोपाल गैस कांड का निर्णय आने में पचीस वर्ष लग गये और इस अवधि में न्याय की प्रतीक्षा करते-करते अनेक लोग चल बसे। न्याय के नाम पर अब सिर्फ तारीखें मिलती है। निर्धन का तो जिक्र ही क्या करना आज आम व्यक्ति भी न्याय से वंचित है। एक कहावत प्रचलित है कि भारत में न्याय केवल वही व्यक्ति प्राप्त कर सकता है जिसके लोहे के (न थकने वाले) पैर व सोने के (न खत्म होने वाला धन) हाथ हों।[40]

भारत की जटिल, खर्चीली, थकाने वाली व उबाऊ न्याय प्रक्रिया के बारे में एक अन्य कहावत यह भी प्रचलित है कि आप अपने जीवनकाल में मुकदमा दायर कर उसकी वसीयत तो करा सकते हैं किन्तु अपने जीवनकाल में न्याय प्राप्त नहीं कर सकते। कुछ लोग युवा अवस्था में न्याय की लड़ाई शुरू करते हैं, मगर बुढ़ापे तक उन्हें न्याय नहीं मिलता। कभी-कभी तो दूसरी पीढ़ी को न्याय की इस मंथर लड़ाई को जारी रखना पड़ता है। न्याय से जुड़ी यह बोझिलता निरन्तर बढ़ती जा रही है। न्याय मिलने की समय सीमा तय न किए जाने से अदालतों पर मुकदमों का बोझ बढ़ता जा रहा है। यह हमारे देश का दुर्भाग्य है कि आज की न्याय प्रणाली त्वरित न्याय की कसौटी पर खरी नहीं उतर रही है। न्यायिक प्रणाली में बढ़ते भ्रष्टाचार के कारण न्यायपालिका की विश्वसनीयता घटी है। महाभियोग के प्रस्ताव के दायरे में आए पी0डी0 दिनकरन एवं सौमित्र सेन के प्रकरण इसके उदाहरण हैं। जिस देश में न्याय व न्याय व्यवस्था से जुड़े उच्च आदर्श व मानक रहें हों, वहाँ इस तरह की गिरावट यकीनन कष्टप्रद है। इन परिस्थितियों में न्याय

प्रणाली में ढांचागत सुधार एवं पारदर्शिता के लिए न्यायिक सुधार आवश्यक हो गये हैं।

भारत सरकार द्वारा न्यायिक प्रणाली में सुधार एवं पारदर्शिता लाने की दृष्टि से अनेक कदम उठाए गए हैं। न्यायिक सुधारों को अधिक प्रभावी बनाने के लिए कुछ सुझाव निम्न है—

- ग्राम अदालतों की स्थापना की जाए।
- न्यायालयों में अवकाश कम किए जाएं।
- उन न्यायाधीशों को पुरस्कृत एवं प्रोत्साहित किया जाए जो अधिक से अधिक मुकदमों का निपटारा कम से कम समय में करते हों।
- न्यायाधीशों की निगरानी के लिए एक तन्त्र विकसित किया जाए।
- अदालती प्रक्रियाओं को पारदर्शी बनाया जाए।
- कानूनी पेचीदगियों को कम कर न्याय प्रक्रिया को आसान बनाया जाए।

जस्टिस पाल ने बिल्कुल सही कहा है कि प्रत्येक न्यायाधीश की व्यक्तिगत ईमानदारी और साख ही न्यायिक प्रक्रिया की स्वतन्त्रता और विश्वसनीयता कायम रख सकती है। न्यायपालिका में व्याप्त भ्रष्टाचार का समग्र भारतीय ढांचे पर बड़ा घातक प्रभाव पड़ रहा है। इससे लोकतान्त्रिक विधान और संविधान की शुचिता का मखौल उड़ रहा है। देश को इस कैंसर से ईमानदारी और प्रतिबद्धता के साथ निपटना होगा। हमारे देश में पंच को परमेश्वर मानने की परम्परा रही है। ऐसे में न्यायिक सुधारों के जरिये न्याय व्यवस्था की खोई हुई गरिमा को वापस लाना होगा और इससे जुड़ी आदर्श स्थितियाँ निर्मित करनी होंगी।

संदर्भ सूची—

1. आपस्तम्बधर्मसूत्र, 2/11/29-5
2. अर्थशास्त्र, 1/10
3. नीतिवाक्यामृत, पृ. 111
4. अर्थशास्त्र, 1/19
5. मनुस्मृति, 8/1-3
6. मनुस्मृति, 8/128
7. वशिष्ठ, 19/40-42
8. मनुस्मृति 8/12
9. याज्ञ. 2/1
10. मनुस्मृति 8/128
11. शुक्रनीतिसार, 1/70
12. मनुस्मृति, 7/111-112
13. शांति. 59-93, भागवत पुराण 4/14

14. अनुशासनपर्व, 61/32-33
15. मनुस्मृति, 7/27-28
16. शांतिपर्व, 92/19
17. शांति. 67/16, कामन्दक 1/1 एवं गौतम 11/28
18. अर्थशास्त्र, 1/4
19. शांतिपर्व, 69/104
20. वनपर्व, 150/32
21. अर्थशास्त्र, 1/4, 1/13
22. अर्थशास्त्र, 1/19
23. अर्थशास्त्र, 4/9
24. अर्थशास्त्र, 4/4
25. कात्यायन, 10
26. बृहदारण्यकोपनिषद् 1/4/11-14
27. बृहदारण्यक 1/4/14
28. कामन्दक, 1/14
29. अर्थशास्त्र, 3/1
30. मनुस्मृति, 8/59 एवं 139
31. कौटिल्य, 3/1, मनु., 8/28, याज्ञ0 2/12
32. गौतम, 13/28-30, स्मृतिचन्द्रिका, 2, पृ. 42
33. परमात्मा शरण, प्राचीन भारत में राजनीतिक विचार एवं संस्थाएँ, पृ. 427
34. हरिहरनाथ, त्रिपाठी, प्राचीन भारत में राज्य व न्यायपालिका, पृ. 169, अर्थशास्त्र, 3/1/1
35. कमलेश शर्मा, प्राचीन भारत में राजनीतिक एवं विधिक विचार, पृ. 209
36. अनिल अग्रवाल, परीक्षा मंथन, पृ. 84
37. हरिहरनाथ त्रिपाठी, प्राचीन भारत में राज्य व न्यायपालिका, पृ. 16
38. अनिल अग्रवाल, परीक्षा मंथन, निबंध शृंखला-3, पृ. 79
39. सचिन कुमार जैन, हिन्दी लेख न्याय के बिना अधिकार की व्याख्या संभव नहीं।
40. शर्मा, मनी राम (11 फरवरी 2014) हिन्दी लेख-निर्धन को कानूनी सहायता के नाम पर क्रूर मजाक

□

प्राचीन भारत में अन्तर्राष्ट्रीय नीति

—कौशल किशोर मिश्र

कूटनीति शब्द का प्रयोग 'डिप्लोमेसी' के लिए किया जाता है। डिप्लोमेसी व्यापक शब्द है। कूटनीति उसके समग्र अंश का भाव ग्रहण करने में असमर्थ है। डिप्लोमेसी के लिए प्राचीन भारत में 'उपाय' शब्द का प्रयोग किया गया है, उसमें कूटनीति अंग मात्र है। उपाय के विश्लेषण से इसका स्पष्टीकरण हो जाता है। राष्ट्रीय और अन्तर्राष्ट्रीय शक्ति विकास के लिए राजा के लिए शक्ति, बल और उपाय तीन माध्यम हैं। शक्ति तीन है, उत्साह, प्रभु और मन्त्र।[1] पूर्वाचार्यों का खंडन करते हुए कौटिल्य लिखते हैं कि प्रभु शक्ति उत्साह शक्ति से महान है और मन्त्र शक्ति प्रभु शक्ति से भी महान होती है।[2] सन्धि विग्रह आदि का उचित प्रयोग करना मन्त्र शक्ति है।[3] कोष एवं सैन्य शक्ति का विधिवत प्रयोग उत्साह शक्ति है। प्रभु और उत्साह राजा के व्यक्तित्व पर विशेष निर्भर करती हैं। बल पांच प्रकार का होता है, बाहुबल, अमात्य बल, धन एवं लाभ बल, अभिजात बल और प्रज्ञाबल[4] उपाय का प्रयोग बल एवं शक्ति के विकास, विपक्षी के बल और शक्ति के ह्रास के लिए होता है। खारवेल के हाथीगुम्फा लेख से स्पष्ट होता है कि ईसा से शताब्दियों पूर्व उपाय का प्रयोग नीति में व्यापक हो चुका था।[5] उपाय सामान्यतया चार प्रकार का होता है। साम, दाम, भेद और दण्ड[6]। कहीं-कहीं सात उपायों का भी उल्लेख मिलता है।[6] इनमें माया, उपेक्षा और इन्द्रजाल पृथकतः जोड़ दिया जाता है।[7] बृहस्पति ने इन्द्रजाल के स्थान पर वध दिया है। वनपर्व में पाँच उपाय माने गये हैं और उसमें उपेक्षा को स्वतन्त्र स्थान दिया गया है।[8] चार उपायों के अतिरिक्त सरस्वती विलास ने माया, अक्ष और इन्द्रजाल को भी उपाय माना है।[9] माया में रूप परिवर्तन करना या विपक्षी के सामने अपशकुन प्रस्तुत करा देना है। भीम ने कीचक के सामने रूप परिवर्तन की माया का प्रयोग किया था।[10] इन्द्रजाल भी माया का विकसित रूप है, इसमें विपक्षी के सामने अलौकिक आकृतियाँ प्रस्तुत करना, ऊपर से रक्त आदि की वर्षा करना सम्मिलित है। लंका में माया और

इन्द्रजाल का राक्षसों ने अधिक प्रयोग किया था। राम पक्ष के ही लोगों का रूप धारण कर वानरों के सामने समस्या प्रस्तुत कर दी कि कौन स्वपक्षीय है कौन परपक्षीय।

मुख्यतः चार उपाय हैं। इनसे परपक्ष की तीन शक्तियाँ, पंचबल और सप्तप्रकृतियों का नाश करना चाहिए।[11] उपायों के प्रयोग में भी क्रम-व्यवस्था पायी जाती है। प्रयत्न यही किया जाता था कि प्रथम तीन से कार्य हो जाय तो दण्ड उपाय का समाश्रय न लिया जाय। यदि तीनों असफल हो जाते हैं तो बाध्य होकर चतुर्थ उपाय का प्रयोग करना पड़ जाता है।[12] शान्ति पर्व में भी कहा गया है कि दण्ड नीति की उपेक्षा ही करनी चाहिए। यदि अनिवार्य हो जाय तभी इसका प्रयोग करे। हनुमान ने लंका में देखा कि रावण की शक्ति, बल और प्रकृतियाँ इतनी संगठित हैं कि साम, दान और विभेद के प्रयोग से स्वयं विनष्ट हो जाने का भय है तो उन्होंने उपाय में अन्तिम दण्ड से ही नीति प्रारम्भ किया, अन्यथा क्रमशः प्रयोग करना चाहिए था।[13] शक्ति, बल और सप्त प्रकृतियों की रावण के प्रति (स्वामी) अनुरक्तता रावण की लोक प्रियता पर प्रकाश डालती हैं। लंका में केवल विभीषण भेद नीति में आया, वह भी राज्य लोभ से; अन्यथा राम की नीति का लंका पर कोई प्रभाव नहीं पड़ा। अन्तिम काल में राम को दण्ड नीति का ही प्रयोग करना पड़ा। अपने पुत्रों को सन्देश देते हुए कुन्ती ने कहा था, कृषि और भिक्षा तुम्हारे लिए निषिद्ध है। तुम क्षत्रिय हो, बाहु शक्ति से राष्ट्र की रक्षा करने वाले।[14] दान एवं बल आदि नीति से राज्य प्राप्त करना चाहिए। अतएव पिता का अंश प्राप्त करना आवश्यक है।[15] कुन्ती ने दण्ड का उल्लेख नहीं किया; किन्तु आवश्यकता पड़ने पर उसके आश्रय का निषेध भी नहीं किया। वह किसी प्रकार पिता के अंश प्राप्ति की बात करती है तो इसका स्पष्ट अर्थ है कि साम, दान एवं भेद नीति के असफल हो जाने के बाद दण्ड नीति का आश्रय लेने का भी निर्देश करती है।[16]

वैर उत्पत्ति के कारण शान्तिपर्व में पाँच माने गये हैं। कृत, वास्तुज, वाग्ज, समपत्न और अपराधज।[17] स्त्रीकृत वैर शिशुपाल और कृष्ण में था। कौरव पांडवों का संघर्ष वस्तु जन्य था। द्रुपद और द्रोण पहले मित्र थे किन्तु परस्पर बातचीत में अपशब्दों के प्रयोग होने से वैर उत्पन्न हो गया। समपत्न शत्रुता अहिनकुल आदि की होती है। अपराध से उत्पन्न शत्रुता सर्वत्र सामान्य रूप में हुआ करती है। इन हेतुओं से उत्पन्न वैर में दण्ड का ही प्रयोग नहीं करना चाहिए। महान से महान सेना होते हुए प्रयास करना चाहिए कि साम आदि उपायों से ही विजय प्राप्त हो जाय। यदि इन उपकरणों से विजय नहीं मिल रही है तो युद्ध करना आवश्यक होता है। किन्तु युद्ध से प्राप्त विजय को उत्तम विजय न मान उसे निकृष्ट ही कहा गया है।[18]

उपायों में साम को प्रथम स्थान दिया गया है। साम नीति से कार्य सिद्ध हो जाय तो सर्वोत्तम। किन्तु उग्र विरोध और मनोमालिन्य की स्थिति आ जाने पर साम नीति से

कार्य नहीं चल पाता और अन्य उपायों का अनुसरण करना पड़ता है। शत्रु विजिगीषु पापात्मका है, किन्तु बलवान है, तो उससे युद्ध न करना चाहिए और दान देकर अपनी सम्प्रभुता की रक्षा करनी चाहिए। दान का अनुवाद उत्कोच दिया जाता है किन्तु उसका अनुवाद उपहार, भेंट आदि ही करना उपयुक्त है। दान में भूमि, हिरण, पशु आदि सब कुछ माना जाता है। अश्वत्थामा ने मणि दान देकर अपनी जान बचायी थी। विराट् ने कन्या दान दिया था।[19] साम एवं दान नीति के असफल हो जाने पर भेद नीति का प्रयोग करना आवश्यक हो जाता है। भेद सबसे महान अस्त्र माना गया है।[20] कृष्ण ने दुर्योधन के दरबार में दुर्योधन के साथ साम नीति का प्रयोग किया। उसका प्रभाव न होने पर दान की बात उठायी। कृष्ण ने प्रस्ताव रखा कि पांडव-भीष्म, धृतराष्ट्र और विदुर के नीचे रह कर जीवन बिताएँगे। राज्य के स्थान पर पाँच गाँव ही पर्याप्त होगा, परन्तु इसका भी फल न होने पर भेद नीति का प्रयोग किया। राजाओं को बुला कर दुर्योधन के सम्बन्ध में भय, निन्दा और हीनता का प्रदर्शन किया। भेद में इन तत्वों का प्रयोग आवश्यक होता है। इसके भी असफल होने पर कृष्ण ने दण्ड का प्रयोग ही उचित समझा।[21]

भेद नीति के प्रयोग के लिए अपेक्षित अवसर और गुण का वर्णन बृहस्पति ने इन्द्र से किया है। उनके अनुसार शत्रु के साथ मृदु वाणी और उत्तम व्यवहार करे। शत्रु किसी प्रकार शंकित न हो। शत्रु के प्रताप के अवसर पर या अन्य हेतुओं से दीर्घकाल तक धैर्य धारण करे। अवसर की प्रतीक्षा करनी चाहिए। भेद नीति के प्रयोग का अवसर आ जाने पर शत्रु पर निर्दय होकर प्रहार करना चाहिए। भेद नीति का अवसर रहते हुए साम एवं दान की आवश्यकता नहीं। भेद नीति में ही चार विभाग का परिगणन किया है। वे इस नीति के साधन हैं। भेद नीति के प्रयोक्ता में काम, क्रोध, अहंकार आदि न होना चाहिए। उसमें वाणी की परुषता कथमपि न आनी चाहिए। आप्त पुरुष भी इस नीति का प्रयोग कर सकते हैं।[22] स्थित प्रज्ञ में भेद नीति का प्रयोग नहीं हो पाता। कर्ण जैसे मनीषी मित्र पर कृष्ण जैसे कूटनीतिज्ञ का प्रयोग सफल नहीं हो सका।

दण्ड अन्तिम स्थिति है। जब किसी भी नीति से कार्य नहीं हो पाता तब दण्ड का आश्रय लिया जाता है।[23] दण्ड में विभिन्न दण्डों के अनन्तर वध दण्ड आता है। श्यापथ, दान, विष आदि उसके भेद होते हैं। कूटपूर्ण ढंग से भी दण्ड दिया जाता है।[24] ढोंग करने वाले गुरु को भी दण्ड का विधान किया गया है।[25] इसी प्रकार धर्म का ढोंग करने वाले तथाकथित ढोंगियों को भी कठोर दण्ड दिया जाना आवश्यक होता है।[26] नास्तिक और चोर के साथ निर्धन को भी निवास न करने देने का विधान किया गया है।[27] राष्ट्र में दूष्य (पाँचवाँ दस्ता) के दण्ड पर विशेष व्यवस्था की गयी है।[28] कणिक ने धृतराष्ट्र को पांडवों पर विजय का प्रकार बताते समय दण्ड पर बड़ा जोर दिया है।

इस प्रकार उपाय के विभिन्न अंगों के प्रयोग, आवश्यकता, अवसर और क्रम

देखने से विदित होता है कि दण्ड या युद्ध उपाय के अन्तिम चरण हैं। उनका प्रयोग तभी किया जा सकता था, जब अन्य मार्ग से कार्य नहीं चल सकता। बौद्धों ने इन उपायों के स्थान पर दस नीतियों का प्रयोग किया और उसका आधार अतिनैतिकता पूर्ण बना दिया। इसका परिणाम यह हुआ कि वैदिक परम्परा से आने वाले उपाय को अनैतिक भी कहने का साहस होने लगा। वास्तविकता यह है कि वैदिक परम्परा व्यावहारिक है, केवल काल्पनिक आदर्श प्रस्तुत करना उसका उद्देश्य नहीं। अतएव मानव स्वभाव और सामाजिक स्थिति के साथ उसने समन्वय किया और उसके संचालन के लिए आवश्यक तत्त्वों की प्रतिष्ठा की। बौद्धों ने अपने आदर्श का व्यवहार ज्यों का त्यों कभी नहीं किया। अशोक की धम्म विजय में भी बौद्ध दर्शन के तत्त्वों को कौटिल्य की परम्परा से व्यावहारिक रूप दिया जा सका। उसकी भी परम्परा नहीं चल सकी। थोड़े काल के लिए उसके प्रयोग का अवसर इसलिए आया कि चन्द्रगुप्त ने शान्ति के लिए उसे अवसर प्रदान किया था। अन्यथा व्यवहार में उपाय के सर्वांगीण अंगों का प्रयोग आवश्यक हो जाता है।

युद्ध और उसका आधार

वेदों में प्रागैतिहासिक काल जैसी किसी स्थिति का संकेत नहीं मिलता। उपलब्ध वर्णन व्यवस्थित समाज और सरकार की सूचना देते हैं। काव्यों, धर्म-शास्त्रों एवं अर्थशास्त्रों में मात्स्यन्याय की स्थिति का चित्रण है; किन्तु वह काल आदर्श के स्खलन का है। दोनों वर्णनों में समन्वय नहीं मिलता। ऋग्वेद में पौराणिक जैसा काल विभाग भी नहीं है। इस प्रकार दोनों विचारधाराओं में समन्वय करना कठिन हो जाता है। वेदों में मानव-समाज का सूत्र जहाँ से प्रारम्भ होता है, उसमें युद्धशील समूह था।[29] किन्तु यह मात्स्यन्याय की स्थिति नहीं है। यह आदि काल में विभिन्न समाजों के संघर्ष और संरक्षण की स्थिति थी। सुश्रवा ने 60,000 सेना के साथ बीस राजाओं से युद्ध किया। दिवोदास ने दास, शंबर एवं परियों से तो युद्ध किया ही, वैदिक समाज के नेता तुर्वश, यदु और पुरु से भी उन्हें युद्ध करना पड़ा।[29] विपाशा और शुतुद्रि के पास दिवोदास के पौत्र सुदास ने भी युद्ध किया था। वृष्णि, अनु, यदु, आदि से सुदास के स्थान पर विश्वामित्र ने युद्ध किया। युद्ध की विशेषता से सुदास को मंडलाधिप कहा गया है।

ऋग्वेद में युद्ध की अधिक स्थिति बनी रही। युद्ध-देवता और इन्द्र की अमोघ शक्ति का वर्णन और स्तुति मिलती है। इन्द्र में उन समग्र शक्तियों का आधार किया गया जो एक सैनिक प्रधान में अपेक्षित होती हैं।[30] इस प्रकार यह सिद्ध होता है कि आक्रमण और आत्मरक्षा दोनों कारणों से प्राचीन समाज में युद्ध होता रहा। उसके नियम थे। उन नियमों का पालन आन्तरिक और बाह्य शत्रुओं के लिए दो प्रकार का था। संघर्षशील वैदिक

समाज उस काल में सार्वभौम अहिंसा का पालन करने में असमर्थ था। उसने एक अंग ही क्षत्रिय के रूप में युद्ध के लिए सुरक्षित कर दिया। प्रारम्भिक समाजों में युद्ध के कुछ निश्चित कारण थे। सम्पत्ति प्राप्त करना मुख्य कार्य था।[31] सम्पत्ति में मुख्यतया, स्त्री, गाय तथा अन्य चल सम्पत्ति मानी जाती थी। इस काल में भूमि के लिए युद्ध का विशेष दबाव नहीं था। द्वितीय चरण में विभिन्न समाजों की सीमा का उल्लंघन युद्ध का कारण बना। अब कोष, स्त्री, रथ, पशु आदि के लिए युद्ध हो रहे थे। एक बात ध्यान देने की है कि विधि के व्यवहार पर सदा जोर दिया जाता था। विधि का उल्लंघन दण्ड और युद्ध का कारण था। इससे यह भी स्पष्ट हो जाता है कि उस काल में विभिन्न विधिसंहिता का पालन करने वाले समाज थे और एक दूसरे को हेय समझते थे। अवैदिक समाजों को ऋग्वेद में 'अनव्रत' 'अपव्रत' कहा गया है। मित्र की सहायता में भी युद्ध हुआ करते थे।[32]

शत्रु और मित्र को युद्ध का कारण बताते हुए महाभारत में कहा गया है कि सबसे बड़ा मित्र धन है और धन को उत्पन्न करने वाला है क्षेत्र। अतएव क्षेत्र के लिए शत्रु मित्र आते जाते रहते हैं।[33] इन कारणों से अतिरिक्त युद्ध सम्बन्धी महत्त्वाकांक्षा भी युद्ध का कारण थी। यह स्थिति सातवीं शती तक विकसित ही होती गयी और अन्त में पतन का कारण भी बनी। स्वयं अपने अपमान या पिता के अपमान का बदला अवश्य लिया जाता। इससे विशाल युद्ध उठ जाते। ऋग्वेद से लेकर गुप्त काल तक विशाल कालक्रम से स्थिति में परिवर्तन आ गया; किन्तु दिग्विजय के माध्यम से संवैधानिक एकता स्थापित करने के लिए दिग्विजय का महत्त्व था और इसके लिए राजसूय, अश्वमेध एवं विश्वजित यज्ञ किये जाते। सभी राज्यों को स्वतन्त्र रखते हुए उनमें परस्पर संवैधानिक एकता स्थापित करना ही सम्राट् और चक्रवर्ती पद का अर्थ था। इस प्रकार व्यापक युद्ध संवैधानिक एकता के लिए होते थे। किसी राज्य पर आक्रमण करने के कुछ विशेष कारण थे। कोई शक्तिशाली राष्ट्र शक्तिसम्पन्न होकर शान्ति एवं संविधान का उल्लंघन करने वाला हो तो उस पर आक्रमण कर प्रारम्भ में ही दबा दिया जाता। आक्रामक शक्ति से आत्मरक्षा के लिए पहले स्वयं आक्रमण कर दे। मानवतावादी आदर्शों की रक्षा के लिए भी आक्रमण किये जाते थे। कृष्ण ने शिशुपाल और जरासन्ध पर इसी उद्देश्य से आक्रमण किये थे।[34] किसी राज्य में निरन्तर अनुचित एवं भ्रष्ट शासन चल रहा हो तो उचित शासन की स्थापना के लिए उस राज्य पर आक्रमण किया जा सकता था।[35] शक्ति-सन्तुलन स्थापित करने के लिए भी आक्रमण सम्भव था।[36] सभी राज्य समान नहीं थे। उनके तीन स्तर थे ज्यायान, हीन और सम। प्रत्येक राज्य अपना स्तर उच्च करने के लिए प्रयत्न करते थे। उनकी उपाधि विश्वराट्, सार्वभौम, एकराट्, स्वराट्, सम्राट, विराट् और सर्वराट् थीं इसके लिए वे राजसूय आदि यज्ञ और ऐन्द्रमहाभिषेक आदि करते थे।[37]

सभी राज्य सम्प्रभु नहीं थे। 'स्वराज' को सम्प्रभु राज्य कहा जाता। जिस जनपद में

जनसंख्या न हो तो केवल क्षेत्र से उसे जनपद या राज्य नहीं माना जा सकता।[38] जनपद के लिए क्षेत्र एवं जनसंख्या के अतिरिक्त संविधान में श्रद्धा अर्थात् संवैधानिक एकता आवश्यक थी।[39] इस के जनपद से युक्त राज्य सम्प्रभु एवं दृढ़ माना जाता।[40] आटविक राज्यों में जनसंख्या की अपेक्षा क्षेत्र का अधिक महत्त्व था। आटविक राज्यों का ध्वंस समुद्रगुप्त ने किया था।[41] सभ्यराज्यों में भी कई प्रकार के राज्य थे। सामन्त राज्य राष्ट्रमंडल में उच्च स्थान नहीं रखते थे।[42] करद राज्य के अतिरिक्त संरक्षित राज्य भी थे।[43] संरक्षित राज्य दो प्रकार के थे। राजा से त्रसित होकर अन्य राजा से आश्रय ग्रहण करने एवं भविष्य की आशंका पर माश्रयण ग्रहण करने वाले।[44] कौटिल्य संरक्षित राज्यों के उत्सवों में उपस्थित होते थे। स्वतन्त्र राज्य भी तब तक सम्प्रभु एवं समानस्तरीय स्वतन्त्र राज्य नहीं माने जाते, जब तक अन्य राज्यों से उन्हें मान्यता न मिल जाती—यस्मै वै राजानो राजानमनुमन्यन्ते स राजा भवति, न स यस्मै न। बड़े बड़े सम्प्रभु राज्यों की स्वीकृति प्राप्त राज्यों को ही अश्वमेध आदि यज्ञों में बुलाया जा सकता और उन्हें स्थान मिलता। इस प्रकार राज्य, सम्प्रभुता एवं संविधान से सम्बद्ध युद्धों का विवरण एक ओर अन्तर्राष्ट्रीय विधान का आधार प्रस्तुत करता है और दूसरी ओर युद्ध के उद्देश्य पर भी प्रकाश डालता है।

दैविक, आसुर और मानुष तीन प्रकार के युद्ध थे। दैविक में दैव शक्ति से युद्ध होता, आसुर में विषाक्त अस्त्रों से। मानुष में उरू, कक्ष, प्रतिग्रह से अर्थात् मल्ल युद्ध कहा जाता। आसुर में प्रकाश, कूट और तूष्णीम युद्ध होते। तूष्णीम युद्ध चाणक्य और राक्षस का हुआ था। कौटिल्य ने कूट युद्ध पर बल दिया है।[45] क्षत्रियों से युद्ध में विजय न हो तो राष्ट्र एवं धर्म रक्षा के लिए ब्राह्मण भी युद्ध कर सकता था।[46] शत्रु उन्मूलन के सिद्धान्त मान लेने से अवसर पड़ने पर किसी समय युद्ध की घोषणा की जा सकती थी।[47] शत्रु के अशुभ चिंतन में यहाँ तक सोचा जाता था कि उनकी विधवाएँ रोती रहें।[48] वैदिक सभा संघर्षपूर्ण समाज की सूचना देती है। अन्तर बाह्य संघर्ष चलता रहा। अतएव उद्देश्य प्राप्ति के लिए युद्ध आवश्यक माना गया। कृष्ण ने मानव स्वभाव संघर्षपूर्ण माना। क्षात्र धर्म ही युद्ध करना है।[49] उसके पालन में पाप से मुक्ति सम्भव है।[50] कृष्ण के अतिरिक्त वेदों ने भी सभ्यता का विकास युद्ध से माना है।[51] मनु ने क्षत्रिय को युद्ध में मरना स्वर्ग का द्वार बता युद्ध को पुण्यमय ही नहीं वैधानिक बना दिया।[52] महाभारत में युद्ध को यज्ञ कहा गया।[53] अन्यत्र भी युद्ध को पुण्य फलदाता ही कहा गया है।[54] युद्ध आत्मरक्षा और आक्रमण दोनों उद्देश्यों से होता रहा। यदि आक्रमण हो जाता है तो उससे रक्षा करना आवश्यक था। साम्राज्य विस्तार के लिए भी युद्ध होता रहा। महाभारत और रामायण दोनों युद्ध आत्मरक्षार्थ हुए हैं। रामायण में राम ने लंका विजय की; किन्तु साम्राज्य स्थापन के लिए नहीं, अपनी मर्यादा एवं सीता की प्राप्ति के लिए। युद्ध के पूर्व उन्होंने शान्तिदूत के माध्यम से शान्तिपूर्वक ही स्थिति सुलझाने का प्रयास किया। पांडवों

ने भी कृष्ण को शान्ति स्थापनार्थ दूत बना कर भेजा और चाहा कि उनका मूलाधिकार उपलब्ध हो जाय और युद्ध न हो; किन्तु असफलता मिलने पर ही युद्ध की घोषणा करनी पड़ी। लेकिन आत्मरक्षा के अतिरिक्त आक्रमण के माध्यम से भी युद्ध होते रहे। अश्वमेध जैसे यज्ञ आत्म-रक्षा के लिए नहीं थे।

अश्वमेध यज्ञ मूलतः धार्मिक कृत्य माना गया है और इसके द्वारा स्वर्ग की प्राप्ति कही गयी—स्वर्ग कामाऽश्वमेधं यजेत्। उससे पापों से मुक्ति और स्वर्ग की प्राप्ति होती है।[55] किन्तु आगे चलकर अश्वमेध यज्ञ राजनीतिक सम्प्रभुता स्थापित करने का माध्यम हो गया। उस समय आध्यात्मिक और राजनीतिक दोनों उद्देश्यों में समन्वय हो जाता है। काशी प्रसाद जायसवाल ने माना है कि अन्त में उसका आध्यात्मिक पक्ष समाप्त-सा हो गया और राजनीतिक शेष रह गया। राजसूय यज्ञ के माध्यम से भी आक्रमण की दिशा प्रशस्त होती गयी। इन यज्ञों के माध्यम से सम्प्रभुता का विस्तार किया जाता।[56] इससे आक्रमण को भी पवित्र बनाने का प्रयास किया गया[57] राम एवं युधिष्ठिर आदि के बाद भी अश्वमेध और राजसूय यज्ञ का क्रम चलता रहा। महाभारत युद्ध के बाद जैसा आर्थिक संकट आया, उसे युद्ध का समर्थन करना कठिन हो गया। कर्मकांड तथा युद्धगत भीषण संहार से अहिंसा सिद्धान्त के लिए पृष्ठभूमि दृढ़ होने लगी। उन्होंने अश्वमेध जैसे यज्ञों की निन्दा भी की।[58] किन्तु अशोक के बाद पुष्यमित्र ने वैदिक धर्म का पुनरुत्थान और अश्वमेध यज्ञ किया।[59] इस काल में बौद्ध एवं वैदिक प्रभाव का संघर्ष चलता रहा। कनिष्क के उदय पर अहिंसा की नीति में अश्वमेध आदि का प्रभाव समाप्त होता है। किन्तु उसके बाद भारशिव ने पुनः वैदिक मर्यादा की स्थापना का प्रयास किया।[60] उसने भी अश्वमेध यज्ञ किया।[61] यह परम्परा वाकाटकों से होती हुई समुद्रगुप्त तक चलती रही। इसका परिणाम जहाँ कुशाणों को प्रभावहीन करना था, वहीं शकों को भारतीय राजाओं के सामने नतमस्तक भी कराना था।[62] दक्षिण के पल्लवों में वैदिक परम्परा अश्वमेध के रूप में व्यक्त होती है।[63] दिग्विजय की परम्परा हर्षवर्धनकाल तक सफलता के साथ चलती रही। इससे देश में सैनिक जागरण बना रहा। बाह्य आक्रमण के साथ महत्वाकांक्षा की धारणा में यह आवश्यक हो गया कि क्षात्र-शक्ति का जागरण किया जाय।

इस प्रकार के विश्लेषण का तात्पर्य यह नहीं कि युद्ध को भारतीय विचारक अनिवार्य और उत्तम मानते थे। उपाय में व साम, दान, विभेद और दण्ड में दण्ड को अन्तिम स्थिति मानते थे। मनु के अनुसार साम, दान या विभेद से शत्रु पर विजय प्राप्त करने का प्रयास करे। जहाँ तक हो सके युद्ध का उपयोग न हो। युद्ध में जय-पराजय निश्चित नहीं रही। जब किसी उपाय से विजय सम्भव न हो तब युद्ध का मार्ग ग्रहण करना चाहिए।[64] महाभारत में भी कहा गया है कि अधैर्यवान व्यक्ति ही युद्ध से विजय की बात सोचते हैं।[65] राजा बिना युद्ध के ही विजय प्राप्त करे।[66] युद्ध से प्राप्त विजय मध्यम है,

युद्ध का उद्देश्य भी प्राण रक्षण ही होना चाहिए।[67] धर्म युद्ध के लिए प्रस्तुत नियम युद्ध का मानवीय पक्ष प्रस्तुत करते हैं और उस युद्ध को ही पवित्र एवं यज्ञ कहा गया है।[68]

कौटिल्य साम्राज्यवादी और युद्ध के व्याख्याकार कहे जाते हैं। किन्तु परराष्ट्रनीति में उन्होंने भी शान्ति को प्राथमिकता दी है। कूटयुद्ध को वे सदा दूर करना चाहते हैं। वे शान्ति के मार्ग से ही अपना लक्ष्य प्राप्त करने का प्रयास करते हैं। याज्ञवल्क्य भी युद्ध को अन्तिम अस्त्र के रूप में मान्यता देते हैं।[69] कामन्दक के अनुसार युद्ध उभय पक्ष के लिए हानिप्रद है, अतएव शान्ति वार्ता से ही समस्या का समाधान करना चाहिए।[70] अनावश्यक युद्ध की प्राय: निन्दा ही मिलती है।[71] कौटिल्य इस बात में विश्वास करते हैं कि रक्षा के लिए शस्त्र एवं अर्थ की सम्यक् व्यवस्था होनी चाहिए। शस्त्रार्थ रक्षिते देशे शास्त्रचिन्ता प्रवर्तते। राजकुमार की शिक्षा में वे सैनिक शिक्षा अनिवार्य मानते हैं; किन्तु नाश नहीं, निर्माण के लिए। युद्ध के महान दार्शनिक कृष्ण ने भी सभी उपायों के असफल हो जाने पर ही युद्ध का मार्ग ग्रहण किया। कृष्ण के अतिरिक्त संजय से भी युधिष्ठिर ने जो शान्ति सन्देश दिया था उसमें युद्ध के न उठने की सर्वसम्भव बातें कही गयी थीं। कृष्ण से भी उनके सन्देश शान्तिमूलक ही थे, किन्तु युद्धोद्यत दुर्योधन से विवश होकर पांडवों को युद्ध की घोषणा करनी ही पड़ी।

युद्ध के आधार और उद्देश्य समझने के लिए अन्तर्राष्ट्रीय नियमों की पृष्ठभूमि पर भी ध्यान देना आवश्यक है। मनु आर्यावर्त के अतिरिक्त सम्प्रभु देश को म्लेच्छ भूमि कहते हैं। वे इन म्लेच्छ देशों के आन्तरिक मामलों में हस्तक्षेप का निषेध करते हैं। यहां तक कि द्विजाति को उस देश में जाने पर भी प्रतिबन्ध लगाते हैं। उनके अनुसार विजित राष्ट्र की किसी भी व्यवस्था में हस्तक्षेप न कर वहाँ की परम्परा, आचार आदि का विकास होते रहने देना चाहिए। युद्ध की घोषणा में शान्तिकालीन नियमों की अवहेलना होती, इसकी सूचना दुंदुभि बजाकर दी जाती है। युद्ध के पूर्व उभय पक्ष के योद्धा एक दूसरे से प्रेम-पूर्वक मिलते और प्रेम से वार्ता करते। युद्ध काल में भी कौरव पांडव स्नेहपूर्वक मिलते रहे। युद्ध के नियम इस प्रकार थे जिसमें अमानवीय तत्वों को आधार नहीं माना जा सकता। व्यक्ति व्यवहार में यदि उसका उल्लंघन करता है तो इसका दायित्व नियम पर नहीं होता। हीन साधनों को भी उच्च साध्य के लिए ही ग्रहण करना पड़ता। स्पष्ट है कि युद्ध साधन है पवित्र उद्देश्यों की प्राप्ति के लिए; उसे अमानवीय भावों के विकास में लगाना भारतीयों को इष्ट नहीं।

विश्वराज्य

'सर्वे मनुष्या: मम प्रजा भव' की घोषणा करने वाले अशोक के सामने सिकन्दर महान की महत्वाकांक्षा थी, किन्तु वह उस आदर्श को अपने मार्ग से प्राप्त करना

चाहता है।[72] उसका लक्ष्य शक्ति, ध्वंस, विनाश से विश्व साम्राज्य की स्थापना के स्थान पर प्रेम-राज्य की स्थापना करना था। अपने आदर्श में समग्र विश्व में कल्याण और समृद्धि के लिए प्रयास करता रहा। वह चाहता था 'मनुष्य मेरे प्रयासों से यहाँ सुख शान्ति एवं अपरलोक में स्वर्ग प्राप्त कर सके।'[73] उसने विश्व-राज्य की जो कल्पना की उसमें देश, जाति या धर्म के आधार पर द्वैध नहीं था। सब समान थे, सब में सहज भ्रातृता थी। वह जानता था कि विश्व-राज्य और सहज-भ्रातृता दोनों परस्पर एक दूसरे के पूरक और अनिवार्य हैं। उन्हें अलग कर लक्ष्य की प्राप्ति नहीं की जा सकती। अशोक ने अपने शिलालेखों में लोक शब्द का प्रयोग 'विश्व' के लिए किया है[74] जिसमें मनुष्य के साथ ही प्राणी मात्र का ग्रहण किया गया। मनुष्य के स्थान पर उसने 'भूतानामहिंसा' शब्द का प्रयोग किया। सड़कों पर लगाये गये वृक्ष मनुष्यों के लिए ही नहीं पशुओं के लिए भी थे।[75] वह पशुओं एवं मनुष्यों के लिए समान रूप से औषधालय की व्यवस्था करता है।[76] ऐसे औषधालयों की स्थापना अपने ही राज्य में नहीं पांडव, सत्यपुत्र, केरलपुत्र, ताम्रपर्णी आदि में भी करता है; क्योंकि उसका उद्देश्य विश्व है न कि अपना ही साम्राज्य। अपने पड़ोसी यवन (ग्रीक) राज्य में भी उसने सुविधाएं दीं। पड़ोसी यवनों में तुरुमाय, अन्तिकोन, माग और अलिक सुन्दर थे।[77] 'अविहिंसा भूतानाम्' का सिद्धान्त अशोक ने 'सर्वे मनुष्या:' में चरितार्थ किया। उसका मुख्य उद्देश्य 'धार्मिक धर्मराज्य' स्थापित करना था। इसके लिए दो मार्ग थे। अर्हत या चक्रवर्त्तिधार्मिकधर्मराज। चक्रवर्तिधार्मिक धर्मराज में भी खड्ग से नहीं, प्रेम रूपी खड्ग से विजय करना था।[78] एक बार बुद्ध ने स्वयं अपने को शील एवं धर्म का चक्रवर्ती कहा था। उन्होंने कहा 'राजा का रथ चक्र धर्मचक्र है।'[79] चक्रवर्ती सिंहनाद सुत्त में ऐसे कितने ही चक्रवर्तियों का उल्लेख है। चक्रवर्तियों को दी गयी विशेषता का निष्कर्ष है कि वे विनाश नहीं धर्म-विजय से चक्रवर्ती थे। अशोक की धर्मविजय अपने पड़ोसियों पर धर्म की थी ध्वंस की नहीं। इस प्रकार से वास्तविक विश्वराज्य स्थापित हो सकता था।

भारतीय भूगोल के अनुसार विश्व में जम्बू, प्लक्ष, शाल्मली, कुश, क्रौंच, शक और पुष्कर द्वीप माने गये हैं। जम्बू में भारत, किंपुरुष, हरिवंश, इलावर्त, राम्यक, हिरणामय, उत्तरकुरु, भद्रसेन और केतुमाल नव खंड हैं। प्रियव्रत ने अपने सात पुत्रों को सात द्वीप में एक-एक के अनुसार शासन सौंपा।[80] सभी में भारतवर्ष को कर्म और पुण्य भूमि माना गया है।[81] यह भूगोल या इतिहास कितना तथ्यपूर्ण है इस विवाद में न पड़ हमें इस बात पर ध्यान देना चाहिए कि मनुष्यों के सम्बन्ध किस आधार पर प्रतिष्ठित हैं। प्रियव्रत अपने सन्देश पृथ्वी पर उसी प्रकार ले जाना चाहते हैं जैसे द्वितीय सूर्य।[82] इस कथन से विश्व राज्य का भाव तो व्यक्त ही होता है। सभी सम्राट विश्व राज्य में

विश्व संस्कृति की बात भी मानते और क्रियान्वयन के लिए प्रयास करते हैं। 'कृण्वन्तो विश्वमार्यम्' की घोषणा का यही तात्पर्य है। विश्व की जो भी रूपरेखा रही हो किन्तु वे राजनीतिक, प्रशासनिक एवं सांस्कृतिक एकता का प्रयास करते हैं और प्राणिमात्र के कल्याण का आदर्श सामने रखते हैं।

भारत में विश्वराज्य की ऐतिहासिकता का प्रमाण न मिले किन्तु सार्वभौम, एकराट् और सम्राट् आदि घोषणाएं और राजसूय, अश्वमेध एवं विश्वजित् यज्ञ इस कल्पना के व्यावहारिक रूप हैं। इन महत्वाकांक्षाओं एवं संस्कारों के पीछे विश्व की राज्य की पूर्ण रूपरेखा प्रस्तुत होती है।[83] भारत में ऐसे किसी भी राष्ट्रवाद का व्यवहार नहीं हुआ जिससे विश्व सम्बन्धों के विकास में बाधा हो। पश्चिम एशिया, सुदूर पूर्व और प्रशान्त महासागर की संस्कृतियों में भारतीय प्रभाव इस बात का प्रत्यक्ष प्रमाण है कि वहाँ भारतीय जीवनधारा विश्व राज्य का स्वप्न साकार करती रही है। ईसा से 24 वर्ष पूर्व पांडव राजा पोरस का दूत रोम के राजा आगस्टस एवं स्पेन के राजा के दरबार में इसी सन्देश के साथ गया था। स्ट्रैबो कुछ ब्राह्मणों का भी उल्लेख रोम के दरबार में करता है। इतिहासकार निकोलस डेमस्कस ने सीरिया में ब्राह्मणों का वर्णन किया है, जिन्होंने मैत्री सम्बन्ध स्थापित करने में योग दिया।[84] प्राचीन भारत में विश्व के किसी स्थान में जाने का निषेध नहीं था और वे अपने उद्देश्य की सफलता में सदा कार्यरत थे। इसमें उन्हें सफलता भी मिली। विश्व में भ्रातृत्व का सन्देश दिया जिसकी पृष्ठभूमि विश्वराज्य की कल्पना थी। भारशिव संघ कल्पना में राज्यों की परस्पर स्वतन्त्रता का भाव था। वे शिव की छाया के नीचे संगठित होते। सभी गण अपने सिक्कों का प्रयोग भी कर सकते थे। सामूहिक सुरक्षा की भावना के साथ परस्पर सम्प्रभुता की सुरक्षा करते हुए यौधेय, मद्रक और मालवों के संघ स्थापित हुए। एकराट् का तात्पर्य दूसरे की सम्प्रभुता नष्ट न कर दिशा निर्देश करना था। इस प्रकार के संघों से निर्बल राष्ट्रों को विकास करने और स्वयं संरक्षित होने का अवसर मिलता। विदेशी शक्तियों ने भी इस प्रकार की व्यवस्था से प्रभावित होकर भारत में आने पर इस प्रकार के संघटन में अपने को मिलाया। भारत ने आक्रामक किन्तु असभ्य (शान्ति के उद्देश्यों को न समझने वाली) जातियों के अपने में मिलाया। यवन, शक आदि जातियाँ इस में विलीन हो गयीं और सभ्यता के विकास के नियमों को स्वीकार कर लिया। ग्वालियर राज्य में भिलसा के पास बसनगर के शिलाखंड से ज्ञात होता है कि यूनानी राजा अन्तिलकिडस ने हिन्दू विचार ग्रहण कर लिया और शान्ति सन्धि की। उसका दूत हिलोडोरस 'भागवतधर्मपालक' कहा गया है। अनाक्रमण, शान्तिनीति और परस्पर संरक्षण के साथ अपनी सम्प्रभुता का प्रयोग मानवता के विकास में लगाने की भारतीय नीति ने यूनानियों को अपनी ओर आकर्षित किया और वे भारतीय मर्यादा में विलीन होने लगे।[85] कुषाण राजाओं और शक क्षत्रप रुद्रदमन ने भी यही परम्परा स्वीकार

की। अन्तर्राष्ट्रीयता के आधारों को मूर्त्तरूप में फाह्यान ने देखा। गुप्तकाल में दिग्विजय और परस्पर मित्रता का प्रयोग किया गया था। हर्ष ने इस आधार को आदर्श माना। इस प्रकार भारतीय यदि विश्व राज्य स्थापित न कर सके फिर भी उसके आवश्यक तत्त्वों को अपनी सीमा के भीतर क्रियान्वित करते रहे। उसका आधार नैतिकता, आध्यात्मिकता और विश्वबन्धुत्व की भावना थी।

वैदिक अनुशासन के लिए विभिन्न राष्ट्रों में जब अवसर न रहा तो उन्हें म्लेच्छ माना गया और वहाँ यात्रा और निवास निषिद्ध कर दिया।[86] इसका तात्पर्य यह नहीं कि वे दूसरे की मर्यादा का अतिक्रमण करना चाहते थे। वे विजित की भी मर्यादा प्रतिष्ठित करने का आदेश देते हैं। अपने आदर्श दूसरे पर लादना और उनकी मूल परम्पराओं का उन्मूलन उन्हें इष्ट नहीं था।[87] दूतों के सम्मान एवं अन्तर्राष्ट्रीय नियमों की स्थापना के इसके प्रत्यक्ष प्रमाण हैं। विदेशियों को आदर के साथ रखा जाता। युद्ध काल में असामान्य स्थिति की घोषणा की जाती और युद्ध के नियमों के पालन का प्रयास किया जाता।[88] युद्ध के बाद सामान्य स्थिति आ जाती। मौर्य राज्य के उदय के पूर्व देश में छोटे-छोटे राज्य परस्पर संघर्ष करते रहे। उनसे अन्तर्राष्ट्रीय नियमों का पालन होकर संघर्ष हो रहा था। कौटल्य ने स्थिति को समाप्त कर सम्राज्य स्थापना की और अन्तर्राष्ट्रीय नियमों की पुनः स्थापना हुई। अशोक के समय तक मौर्य साम्राज्य इस रूप में आ चुका था कि अन्तर्राष्ट्रीय नियम की स्थापना में शक्ति के स्थान पर शान्ति का अस्त्र क्रियाशील हो सकता था और धम्मविजय सम्भव हो सकती थी, वही हुआ भी। अन्तर्राष्ट्रीय नियमों को नयी दिशा मिली। अशोक ने अपने शान्ति दूत सीरिया, मिस्त्र, मेकडन, सीरेन और एपिरस में भेजकर अन्तर्राष्ट्रीय सम्बन्ध स्थापित कर विश्व राज्य की भावना सामने रखा।[89] अशोक के बाद अग्निमित्र से भी यह क्रम सुरक्षित रहा।[90] भारतीय विजित राष्ट्र में वहाँ की परम्परा की सुरक्षा के लिए वहीं के राजवंश की स्थापना करते; किन्तु मानवता के नियमों की रक्षा के लिए उन्हें प्रतिज्ञाबद्ध होना पड़ता।[91]

विश्वबन्धुत्व

इस विश्वराज्य की पृष्ठभूमि विश्वबन्धुत्व पर प्रतिष्ठित होती है। इसमें ईश्वर सत्ता के साथ सहज भ्रातृत्व की कल्पना सरल हो जाती है। समान उत्पत्ति से बन्धुत्व की भावना विकसित होने पर परस्पर संघर्ष और युद्ध अनैतिक माने जाते हैं। यह भ्रातृता मनुष्य के साथ जीव मात्र में विकसित होती है। अशोक ने महामात्र के द्वारा अपने साम्राज्य के अतिरिक्त पड़ोसी राष्ट्र यवन, काम्बोज, रक्षित, गन्धार और पितनिक में भी जीव दया का भाव प्रसारित किया। काश्मीर एवं गान्धार में मध्यन्तिक, यवन देश में महारक्षित, दक्षिण के विभिन्न राज्यों में महादेश, रक्षित, एवं धर्मरक्षित आदि इस भावना

के प्रचार के लिए गये। अशोक ने स्वयं अपने पुत्र और पुत्री महेन्द्र और संघमित्रा को लंका भेजा। सर्वत्र धम्मबन्धुत्व का स्वागत किया गया। आधुनिक युग में उपनिवेशवादियों ने मूल जातियों को जिस रूप में ध्वस्त कर सभ्य किया इसकी कल्पना भी प्राचीन भारत में नहीं की जा सकती। उस काल में भी विभिन्न कबीलों एवं समाजों में संघर्ष हुआ; किन्तु उनमें सांस्कृतिक सामंजस्य भी स्थापित हुआ। वेदों से लेकर मनु काल तक इस विशाल समुद्र में विभिन्न विचारधाराएँ वैदिक मर्यादा में आत्मसात् होती रही। वैदिक मर्यादा ने विश्वबन्धुत्व का जो रूप रखा, उसके समन्वय के लिए इतना व्यापक आधार था कि किसी को आपत्ति के लिए अवकाश ही नहीं रहा। विजित और विजयी दोनों के देवता एक ही थे; क्योंकि 'ईश्वर एक है।' राष्ट्रवाद का घृणात्मक रूप इस व्यवस्था में स्थान ही न पा सका। अतएव जातीय घृणा उत्पन्न ही न हो सकी। माता के समान देश को श्रद्धा करना भारत की विशेषता थी; किन्तु यह भाव दूसरे देश के नागरिक भी रख सकते हैं। अतएव परस्पर सम्मान का अन्तर्राष्ट्रीय नियम स्वीकार किया गया। वैदिकों ने समग्र भूमि को माता माना, न कि भारत को ही।[92] इस अवसर पर विश्व एक नीड के समान हो जाता-यत्र विश्वं भवत्येकनीडम्। समग्र विश्व एक कुटुम्ब माना गया-वसुधैव कुटुम्बकम्। इसमें संकुचित राष्ट्रवाद के लिए स्थान नहीं था। फलतः विश्वमानवता का विकास हो सका। जरासंध आदि ने इस नियम का उल्लंघन किया। अतएव उनका विनाश किया गया।[93] इन नियमों के उल्लंघन में विश्वसाम्राज्य स्थापित करने वाले राजाओं की भी निन्दा की गयी।[94]

इस प्रकार की भावना के पीछे धार्मिक भावना का आधार स्वीकार किया गया। ईश्वर सभी जाति, देश और व्यक्ति समूह का पिता होने पर सब में पारस्परिक सम्बन्ध स्थापित करने की कड़ी बन गया। ऋग्वेद तो ईश्वर को पिता के साथ माता भी कहता है।[95] फलतः सार्वभौम एकता का अवसर विकसित हुआ। उपनिषदों का आत्मवाद विश्व एवं प्राणीमात्र में बन्धुत्व स्थापित करने का आधार प्रस्तुत करता रहा। इस प्रकार के आधार पर राष्ट्रीयता और अन्तर्राष्ट्रीयता के भाव शाश्वत रूप में विकसित हो सके और विश्व राज्य की भावना का साक्षात्कार हो सका। विज्ञान की आधुनिक सुविधा में जब मनुष्य ग्रहलोक का भी साथी बन जा रहा है, उक्त आधारों के अभाव में वह विश्व राज्य और विश्व बन्धुत्व की भावना से दूर केवल उसका नारा लगाता है और प्रत्येक क्षण विनाश का उपकरण ही प्रस्तुत हो रहा है। भारतीय दर्शन ने जो आधार प्रस्तुत किया, वे आज स्वीकार किये जा सकते हैं कि नहीं, यह विवाद का विषय है, किन्तु उन्होंने श्रेय और प्रेय में विश्व बन्धुत्व का भाव प्रस्तुत कर विश्वराज्य का आदर्श प्रस्तुत किया यह निर्विवाद है।

वैदिक शान्तिनीति

भारतीय जीवन की पृष्ठभूमि वैदिक परम्परा से विकसित होती है। वैदिक समाज की विशेषता है कि उसमें मानव एवं प्राणी मात्र के लिए उदार भावों एवं कल्याण की स्थापना की गयी है। देश, जाति एवं सम्प्रदाय की क्षुद्र मनोवृत्ति से बहुत ही आगे उनके आदर्श की स्थापना हुई थी। शान्ति के प्रयास करने वालों के यजुर्वेद की घोषणा द्यौः शान्तिरन्तरिक्षं शान्तिः पृथिवी शान्तिरापः शान्तिः (36/17) में शान्ति के व्यापक क्षेत्र पर ध्यान देना चाहिए। लोक एवं जगत् के दृश्य अदृश्य सार्वभौम शक्तियों में शान्ति की मूलभूत क्रियाशीलता के साथ ही हमें शान्ति का साक्षात्कार हो सकता है। भारतीयों की समग्र जीवन-प्रणाली ही शान्ति के मूलभूत आदर्शों की प्रतिष्ठा में समन्वय स्थापित करती रही और प्राणीमात्र में सहज भ्रातृता के आधार पर वास्तविक शान्ति का सन्देश देती रही।

उपनिषदों ने अमृतत्व की प्राप्ति 'विद्ययामृतमश्नुते' (ईशोपनिषद 10) का प्रयास किया। उसका प्रयोग विश्वविजय या ध्वंस में नहीं हुआ। प्रकृति की महान शक्ति का उपयोग उसके पुत्रों के ध्वंस के स्थान पर कल्याण और सुख के लिए किया गया। जिन अन्तरिक्ष, समुद्र, पृथिवी, औषधियों, वनस्पति आदि का प्रयोग वैदिकों ने शान्ति के लिए किया था, आज उनका ही प्रयोग विध्वंस में हो रहा है। स्पष्ट है कि शान्ति स्वयं अशान्त हो गयी। अब 'शान्ति रेव शान्तिः' नहीं कहा जा सकता। जिस युग में ऐसे व्याख्याकार हों कि 'युद्ध स्वयं शान्ति की धाय है' उसमें वैदिकों का आदर्श कैसे क्रियाशील हो सकता है। युद्ध से प्राप्त शान्ति महान् अशान्ति का प्रारूप है। उसमें सर्वस्व स्वाहाकार के लिए भी सन्नद्ध रहना चाहिए। इस अवसर की मित्रता विवशता या कूटनीति का द्योतक है। उसमें हृदय नहीं बुद्धि के लिए स्थान होता है। इनके विपरीत वैदिकों ने सर्वत्र एवं सभी से शान्ति की आशा की। सृष्टि के जड़ चेतन सब में ध्वंस की शक्ति निहित है; उनसे ध्वंस की आकांक्षा के स्थान पर उन्होंने शांति की माँग की।[96]

वैदिकों ने अपने सम्बन्ध स्थापना में 'बहु' के स्थान पर 'सर्व' की कल्पना की। अपनी दैनिक प्रार्थना में उन्हांने यही कहा, "सभी मित्र दिखायी दें और सभी हमें मित्र समझें।"[97] वे चाहते थे कि 'भद्र ही सुनाई पड़े और भद्र ही दिखाई पड़े।' घृणा को प्रेम से, क्रोध को शान्ति से शान्त करना वैदिकों की मुख्य विशेषता थी। 'अक्रोधेन जयेत क्रोधम्' उनके संघर्ष का आधार था। सामान्यता वे क्रोध को सभी अनर्थों का मूल मान उसके उन्मूलन का प्रयास करते। संघर्ष की वृत्तियों—क्रोध, लोभ, मोह, ईर्ष्या आदि को नरक का कारण मानते। शत्रु पर भी क्रोध न करने का उनका व्रत था। उनके अनुसार शत्रु यदि इन भावों से अभिभूत है तो उसे दैवी दण्ड और न्याय

पर छोड़ देना चाहिए। प्रतीकार के आवेश में उन दुष्प्रवृत्तियों को स्वीकार नहीं करना चाहिए। आत्म-संयम सम्पन्न व्यक्तित्वों की प्रतिष्ठा गीताकार का मूल है।[98] वैदिकों का समाजशास्त्र सर्व शक्तिमान सत्ता में विश्वास कर आगे बढ़ता है। शत्रु मित्र दोनों ईश्वर के सामने अपने कर्तव्यों का दायित्व वहन करते हैं। कृष्ण ने यही बात अर्जुन को युद्धरत करते हुए कहा—"जो कुछ है पूर्व निश्चित, सव्यसाची तुम निमित्त मात्र हो।"[99] बुद्ध के पूर्व भारतीय परम्परा में अहिंसा का सिद्धान्त व्यवहार में आ रहा था। बुद्ध ने उस पर विशेष बल देकर नयी स्थिति में उसका अपने ढंग से प्रयोग किया। इसी आधार पर उन्होंने पंचशील की घोषणा की। जिसमें 'प्राणतिपातविरमणम्, मृषावाद विरमणम्, अदत्तादानविरमणम्, सुरामद्यविरमणम् और कामेषु मिथ्याचारविरमणम्' पाँच तत्व माने गये। इन पाँच शीलों को हम योग के अहिंसा, अस्तेय, सत्य, ब्रह्मचर्य और अपरिग्रह[100] का नया रूप ही कह सकते हैं। योग की व्याख्या और बुद्ध के पंचशील में अन्तर यह है कि योग नियम वैयक्तिक हैं और बुद्ध के वैयक्तिक के साथ सामाजिक भी बुद्ध उन सिद्धान्तों का परिस्थिति के अनुसार प्रयोग कर रहे थे। उनमें ऐसा होने की सम्भावना है। जैसे आज का आधुनिक पंचशील पूर्ण राजनीतिक हो गया। नैतिकता का आधार नहीं, सहारा लिया गया। उसकी अन्तर्राष्ट्रीय व्याख्या देख कर नहीं कहा जा सकता कि इसका सम्बन्ध योग और बुद्ध के साथ रहा है। बुद्ध ने पंचशील के सिद्धान्तों का प्रयोग अपनी परम्परा की अपेक्षा अधिक व्यापक क्षेत्र में किया। किन्तु उन्होंने ही सर्व प्रथम 'बहुजन हिताय' शब्द का प्रयोग किया। यद्यपि बौद्ध धर्म वैदिकों की देशकालगत प्रक्षिप्त मर्यादाओं के प्रति प्रतिक्रिया था; किन्तु वह अपने अंग से विभक्त नहीं हो सका। वैदिक मर्यादा उनके आचार एवं नैतिकता के सिद्धान्तों में अनुस्यूत होती रही। बुद्ध ने बड़ी कुशलता के साथ उनका संशोधन किया। इसमें उनका व्यक्तित्व ऊपर आ जाता है और ज्ञात नहीं होता कि उनके उपदेश उनके हैं या वैदिक परम्परा के। यद्यपि वे स्वयं घोषणा करते हैं—'एष धम्मः सनातनः'।

पूर्व परम्परा से विकसित होने वाली शान्तिवादी नीति का बुद्ध के पंचशील में इस प्रकार पर्यवसान हुआ कि उसमें क्षात्र धर्म का लोप ही हो गया। अशोक की धम्म विजय ने उसकी परराष्ट्र नीति में बुद्ध की आचार शक्ति का विस्तार किया। कलिंग विजय की क्षात्र योजना की प्रतिक्रिया वा सार्वभौम अहिंसा का प्रयोग किया और परस्पर के सम्बन्धों में अहिंसा का विश्वव्यापी रूप में प्रयोग हुआ। इसे भी नये रूप में संशोधित वैदिक शान्ति नीति ही कहा जा सकता है, क्योंकि वह मूल भाव बुद्ध के पूर्ववर्ती दर्शन से ही चला आ रहा था। यदि बौद्धों एवं वैदिकों में दार्शनिक मतभेद न होता और दोनों को ईश्वर की सत्ता में विश्वास होता तो निश्चय ही नयी बुद्ध की

नीति व्याख्या के रूप में विभिन्न वैदिक दर्शनों में अपना स्थान बना लेती और उनकी शान्ति नीति वैदिक ही मानी जाती।

उपनिषद् में ऋषियों ने उन समग्र तत्वों की मीमांसा की, जिन पर शान्ति की नींव पड़ सकती है। 'समानात्मता' आदि सिद्धान्त विश्व भ्रातृत्व के मूल हैं। सभी प्राणीमात्र में एक ही सत्ता क्रियाशील है।[101] इस सिद्धान्त को मानने वाला किसी से संघर्ष करने का तात्पर्य स्वयं के साथ संघर्ष करना मानता है। बुद्ध ने उपनिषदों के सिद्धान्त का विश्वव्यापी स्तर पर प्रयोग किया। आवश्यक अंशों का उसमें समावेश किया गया। गीता की वाणी 'शत्रु मित्र, साधु-असाधु सब के प्रति दया भाव'[102] का संबंध बुद्ध की वाणी 'शत्रु-मित्र, पापी-धर्मात्मा, सबके साथ समान भाव' में अक्षर का भी अन्तर नहीं रहता। दोनों स्थानों पर स्थायी शान्ति के प्रतिपादक भावों का साक्षात्कार किया गया है। जीवन कष्ट से मुक्त तभी हो सकता है जब शाश्वत सत्य का साक्षात्कार हो जाय। समाज की इस प्रकार की धारणा कि कुछ व्यक्ति शासन एवं कुछ शास्य के लिए ही जन्म लिये हैं, वैयक्तिक एवं सामाजिक शान्ति की समाप्ति करता है। बुद्ध, उनके पूर्ववर्ती दार्शनिक एवं स्मृतिकार इस बात पर ध्यान देते हैं। असहाय से लाभ उठाने के स्थान पर उसे सहायता पहुँचाना मानव का कर्तव्य है। यदि आधुनिक अर्थशास्त्र की नैतिक व्याख्या कर दी जाय तो माँग पूर्ति के आधार पर विकसित होने वाली व्यवस्था में अवसर से लाभ उठाने के सिवा और क्या है? क्या इस अर्थशास्त्र के रहते आर्थिक शान्ति स्थापित हो सकती है? भारतीयों ने तो अवसर पर अनिवार्य सहायता का शास्त्रीय रूप प्रस्तुत किया। सामाजिक शान्ति के बिना विश्व क्या राष्ट्र में भी शान्ति असम्भव है। आज की साम्राज्यवादी शक्तियों से कैसे आशा की जाये कि वे जीओ और जीवित रहने दो की भावना का प्रसार कर सकेंगी; क्योंकि उनका संगठन ही इस उद्देश्य पर नहीं हुआ है। आन्तरिक तथा बाह्य शान्ति शोषण, घृणा, द्वेष और ईर्ष्या के वातावरण में सम्भव नहीं है। शान्ति की ध्वंसक वैयक्तिक प्रवृत्तियों के विद्यमान रहते कैसे शान्ति स्थापित हो सकती है। भारतीयों ने इस पर ध्यान दिया। शान्ति के गुणों से परिपक्व व्यक्ति ही समाज एवं राष्ट्र में शान्ति के प्रयास में सफल हो सकता है। उनके अनुसार मन:साम्राज्य की स्थापना मानव साम्राज्य का वास्तविक प्रतिबिम्ब है। मानसिक वृत्तियों की दासता में शान्ति और स्वतन्त्रता कहाँ? धर्म, दया, न्याय की विजय ही वास्तविक विजय है। जनक ने कहा मेरा साम्राज्य महान है, यद्यपि मेरे पास कुछ नहीं है। सारी मिथिला जल जाय किन्तु मेरा कुछ नहीं जलेगा।[103] राज्य का त्याग भारतीय राजाओं का उद्देश्य था और वे अन्त में वास्तविक शान्ति प्राप्त करने के लिए तपोवन में जाते। अश्वघोष के अनुसार प्रत्येक राजा अपनी सन्तति को राज्य सौंप कर तपोवन में शान्ति प्राप्त करता हुआ राष्ट्रों को शान्ति का संदेश देता।[104]

इसमें लोभ आदि वृत्तियों का मूल्य नहीं रह जाता। वस्तुतः घृणा एवं क्रोध आदि से विजय नहीं होती वास्तविक विजय तो प्रेम की होती है।[105]

इस प्रकार हम देखते हैं कि भारतीयों ने जीवन के सभी अंगों में उन व्यवहारों की स्थापना की जिनसे संघर्ष और परस्पर द्वेष का भाव विकसित न हो। समाज, व्यक्ति एवं राष्ट्र के सम्बन्धों पर शान्ति या संघर्ष की नींव पड़ती है। प्रतियोगिता और उपयोगितावादी आधुनिक समाज व्यक्ति व्यक्ति के साथ हित-संघर्ष में लगा है। उसका प्रभाव समाज, राष्ट्र एवं विश्व पर पड़ रहा है। इसका परिणाम यह हो रहा है कि समृद्धि होते हुए भी शोषण, उत्पीड़न और परस्वत्वापहरणा की पाशविक मनोवृत्ति ने मनुष्य को मनुष्य के संहार में लगा रखा है। इस स्थिति के रहते हुए शान्ति की सम्भावना नहीं हो सकती। शान्ति के लिए इस औद्योगिक तथा वैज्ञानिक युग में नैतिक तत्त्वों को अवकाश ही नहीं, तो शान्ति का प्रश्न केवल उपहास का विषय है। शान्ति संस्थापक जब तक इस मूल प्रश्न पर ध्यान नहीं देते, समझौता हो जाने के बाद भी स्थायी शान्ति की समस्या बनी रहेगी।

बौद्ध शान्ति नीति

बौद्ध दर्शन में 'ईश्वर की सन्तान' अमृतस्य पुत्राः का सिद्धान्त न मानते हुए शाश्वत भ्रातृत्व का सिद्धान्त प्रतिपादित किया गया है। मनुष्य के अतिरिक्त पशु के साथ एवं जीव-मात्र के साथ जीव-दया का सिद्धान्त बौद्धों की ऐसी विशेषता थी, जो किसी भी नास्तिक दर्शन में सम्भव नहीं। कन्फ्यूसियस, ईसा आदि का मानव प्रेम बुद्ध की जीवदया से आगे नहीं जा सकता। इन दार्शनिकों ने मानव नाश के लिए रक्त-पात के माध्यम से मानवता एवं धर्म की रक्षा के सिद्धान्त में विश्वास न कर दया एवं करुणा के आधार मानव सम्बन्धों की कल्पना की और उसका जीवन में प्रयोग किया। बुद्ध की सफलता उनके द्वारा अपने आदर्शों का स्वयं प्रयोग थी, जिससे प्राणीमात्र पर प्रभाव डाला जा सका। अतएव राष्ट्रीय रक्षा में आक्रमण, परस्वत्वापहरण आदि की वृत्तियों के स्थान पर मानवीय सम्बन्धों को नैतिकता के आधार पर विकसित करने की नयी धारा का विकास गौतम बुद्ध से प्रारम्भ होता है। भगवान बुद्ध के अनुसार जिस प्रकार माता पुत्र की रक्षा करती है, उसी प्रकार जीवमात्र में दया का भाव होना चाहिए। क्रोध, ईर्ष्या, घृणा आदि से स्वतन्त्र मनुष्य में अनुराग की स्थापना करनी चाहिए।[106] अन्यत्र वे कहते हैं कि हम दूसरों को क्षति पहुँचा सकते हैं, हत्या कर सकते हैं किन्तु हमें उससे विरत रहना चाहिए। मधु जैसे पुष्प से रस संकलन करता है, किन्तु पुष्पों को सुरक्षित रखता है वैसे ही हमें भी जीवमात्र के साथ व्यवहार करना चाहिए। भगवान बुद्ध ने इस सिद्धान्त का कार्यान्वयन या समर्थन जाति, सम्प्रदाय, देश आदि से परे सार्वभौम

रूप में किया। अपने शिष्यों को उपदेश देते हुए उन्होंने कहा जो हमें घृणा करता है, उनके बीच प्रेम प्रसार करते हुए विश्व में दया एवं करुणा का विस्तार करना चाहिए।[107]

इस प्रकार की वैयक्तिक क्षमता का सम्बन्ध हमें राष्ट्रीय व्यवहार में भी मिलता है। जब बुद्ध कहते हैं कि शत्रुता शत्रुता से नहीं जा सकती,[108] तो इसका प्रभाव आक्रामकता के साथ नीति-निर्धारण पर भी पड़ता है। उसका प्रयोग अहिंसा सिद्धान्त के कार्यान्वियन को जन्म देता है। आक्रामक की पशुतापूर्ण अधिकार मनोवृत्ति का उसी रूप में उत्तर देने से विश्वमानव समाज में घृणा, ईर्ष्या, द्वेष एवं लोभ का विस्तार होता है, जिससे स्थायी अशान्ति का जन्म होता है। इसमें विजयी एवं पराभूत दोनों की नैतिकता समाप्त हो जाती है। किन्तु बुद्ध की अहिंसा पलायन नहीं, पशुता पर नैतिकता की विजय का आन्तरिक संघर्ष है, जिसमें मानव चेतना को बल और आक्रामक को स्वयं सुधरने का अवसर मिलता है। धार्मिक धर्मराज्य की व्याख्या करते हुए बुद्ध ने कहा कि रक्तपात से विश्वविजय करने वाला राजा कभी अपने को स्थिर नहीं कर सकता, इसके लिए धर्मपालन ही सर्वोच्च साधन है।[109] जिस विजय से घृणा और द्वेष बढ़े, उस विजय से पराजय ही उपयुक्त है।[110] अजातशत्रु की विजय पर यही कहा गया कि हत्यारा अपने व्यवहार से हत्या का ही विस्तार करता है।[111] बौद्धों के 'देशकुशलकम्म के अनुसार वैयक्तिक नैतिकता का प्रयोग राष्ट्रीय सम्बन्धों में भी होना आवश्यक है। दूसरे को क्षति, घृणा के बिना भी विजय प्राप्त की जा सकती है। कष्ट के द्वारा ही नहीं धम्म के आधार पर विजय प्राप्त होती है।[112] हिंसा के प्रतीक खड्ग के बिना भी 'धार्मिक धर्मराज' कर्तव्य और पक्षपात विहीनता के साथ शासन कर सकता है। जातकों में दो राजाओं का उदाहरण दिया और उनकी नीति की तुलना की गयी है। कोशल का मल्लिक घृणा का उत्तर घृणा और प्रेम का उत्तर प्रेम से देता है; किन्तु वाराणसी का राजा ब्रह्मदत्त घृणा का उत्तर प्रेम से देता है। ब्रह्मदत्त को बौद्ध नीति का आदर्श माना गया है।[113] एक स्थान पर बुद्ध ने कहा—जीवन सबको प्रिय है। अपनी प्रियता की भावना देखते हुए किसी को कष्ट न पहुँचाने का व्रत लो।[114] भगवान बुद्ध का उद्देश्य शान्ति-स्थापन था। उसका प्रयोग उन्होंने व्यक्ति, समाज एवं राज्य के क्षेत्र में किया। अपने शिष्य से वार्ता में बुद्ध ने कहा यदि कोई मेरे, तुम्हारे या संघ के नियमों के विपरीत कुछ अनुचित कहता है तो उसे कहने दो। यदि तुम स्वस्थ चित्त रहोगे तो उसके अनौचित्य का निर्णय कर सकोगे। यदि तुम स्वयं आत्मसंयम खोओगे घृणा और क्रोध के पात्र बन जाओगे तो औचित्य का निर्णय कौन करेगा? बुद्ध के उपदेश पर संगठित शान्ति के दूतों ने विश्व के विभिन्न भागों में अपना सन्देश और उन्हें उसके पालन की व्यावहारिक शिक्षा दी। इन सन्देश-वाहक सैनिकों के पास मैत्री और करुणा का ही अस्त्र था। इन्होंने कर्तव्यपालन के अतिरिक्त और कोई पुरस्कार नहीं

लिया। बुद्ध के काल में ऐसे शासकों की न्यूनता नहीं थी। लोग शक्ति और दण्ड के आधार पर शासन करते थे किन्तु बुद्ध ने उन्हें हिंसा से विरत किया और धम्मशासन में लगाया। अजातशत्रु जैसे शासक ने बुद्ध प्रभाव के समय पशुहिंसा पर भी प्रतिबन्ध लगा दिया। प्रसेनजित, सुबाहु, उदयन, बिम्बसार, सुधव, महेन्द्र, चन्द्रसेनसिंह यहाँ तक कि बुद्ध के पिता सुबोधिनी एवं चंद आदि राजाओं ने कोशल, मगध, वैशाली, उज्जयिनी तथा कपिलवस्तु के बीच परराष्ट्रनीति इसी आधार पर चलाया। बुद्ध के उपदेश के अनुसार अहिंसा और शान्ति की स्थापना की गयी। इसमें सन्देह नहीं कि इन राजाओं के पास सेना थी; किन्तु केवल सुरक्षा के लिए, आक्रमण के लिए नहीं। यह कहना कि अहिंसाप्रतिष्ठायां तत्सन्निधों वैरत्यागः सिद्धान्त से जब इन राजाओं ने अहिंसा सिद्धान्त की अनभिज्ञता ही है। वैदिकों की परम्परा में व्याघ्र को अहिंसा के साथ अपनी रक्षा के लिए हुंकार करने का ऋषि ने उपदेश दिया। अतएव आत्मरक्षा के लिए सेना रखना आवश्यक ही था। वस्तुतः योगदर्शनकार का संकेत जिस अहिंसा की ओर है उसका प्रयोग वैयक्तिक ही हो सकता है। समाज एवं राष्ट्र की रक्षा के लिए सैन्य शक्ति आवश्यक है; अन्यथा रक्तपात अवश्यम्भावी है। उक्त राजाओं की परराष्ट्र एवं गृह नीति धर्म के निर्देशन में चलती रही। साम्राज्यवादी शक्ति के संस्थापक चन्द्रगुप्त मौर्य की बौद्ध साहित्य में बड़ी निन्दा की गयी है और उसका अन्तिम जीवन बड़ा ही दुखद चित्रित किया गया है। यह सम्भव है कि चन्द्रगुप्त के सम्बन्ध में वर्णित बौद्ध इतिवृत्त तथ्यहीन हो; किन्तु इतना तो मानना ही पड़ेगा कि व्यक्ति, समाज एवं राष्ट्र के पारस्परिक सम्बन्धों के प्रयोग में बुद्ध के व्यक्तित्व का प्रभाव अवश्य पड़ा।[115] बौद्ध राजा भिक्षुजीवन में रहते और अपनी सुरक्षा के लिए कोई सैनिक व्यवस्था नहीं करते। शक राजा भद्दिया राजा के रूप में सैन्यशक्ति रखता, भय करता; किन्तु बौद्ध हो जाने के बाद निर्भय होकर भिक्षु के समान हो गया। अशोक तो भिक्षु के रूप में सिंहासन पर भी बैठता था। दैनिक दिनचर्या के साथ राष्ट्र के व्यवहारों में भी उसने अहिंसा नीति का पालन किया। जीव-वध के विपरीत आज्ञा प्रसारित की।

प्रायः अशोक की तुलना अल्फ्रेड, चार्लमग्ने, उमर खलीफा एवं अकबर से की जाती है; किन्तु वह उनसे महान था। वह अलेक्जेंडर, सीजर और नेपोलियन से भी महान था। वोल्गा से जापान, साइबेरिया से लंका तक उसका नाम यशपूर्ण ढंग से लिया जाता है। यदि व्यक्ति का नाम अधिकतम लोगों से प्रशंसा प्राप्त करने से होता है तो अशोक इन सबसे महान है। शान्ति संस्थापक के रूप में तो वह निर्विवाद रूप में महान था।[116] अशोक के माध्यम से विश्व-व्यापक भ्रातृत्व और शान्ति का प्रयास करने वाले भिक्षुओं की सेना ने विश्व में नया ऐतिहासिक प्रतिमान स्थापित किया। इन शान्तिदूतों ने चीन, जापान, कोरिया, जावा, सुमात्रा, शाम, चम्पा, कम्बोडिया आदि

देशों में शान्तिपूर्ण मित्रता स्थापित की। चीन की पाशविक राजशक्ति ने कुमारजीव को (344-413 ई.) बन्दी बनाया। किन्तु उस महान शान्ति सेनानी का उस पर ऐसा प्रभाव पड़ा कि चीन की नीति में परिवर्तन हुआ। सद्धर्म पुंडरीक का अनुवाद कर कुमारजीव ने दोनों देशों में मैत्री सम्बन्ध बनाया और चीनी यात्री अपने तीर्थस्थल भारत से प्रेरणा लेते रहे। काश्मीर का राजा गुण वर्मा बौद्ध भिक्षु के रूप में लंका, जावा में शान्ति का प्रचार करता हुआ नानकिंग पहुँचा। बोधिधर्म ने भारत और मलाया के बीच (600 ई.) मैत्री सम्बन्ध स्थापित किया। परमार्थ ने योगाचार का प्रचार चीन में किया। चीनियों ने कोरिया में बुद्ध का शान्ति सन्देश पहुँचाया। वहाँ से जापान में उसका प्रचार हुआ। प्रभाकर सिंह और अमोघवज्र ने भी जापान में प्रवास किया। किन्तु अभिताभ के सफल प्रयास से जापान में बुद्ध का सन्देश बद्धमूल हो गया। तिब्बत के राजा मान बख्सनगम (640 ई.) अपनी चीनी रानी के प्रभाव से बौद्ध धर्म स्वीकार किया। अश्वघोष ने 'मैत्री' का जो दार्शनिक रूप प्रस्तुत किया, उसमें अन्तर्राष्ट्रीयतावाद की महान् सम्पत्ति निहित है। उसका श्रद्धोत्पाद इसका आकर ग्रन्थ है। बौद्धों ने शान्ति स्थापना में युद्ध की कथा भी कहना पाप घोषित कर दिया।[117] इस प्रकार की भविष्यवाणियाँ भी निषिद्ध थीं। उनके कथानकों का उपसंहार भी शान्तिमूलक ही होता है। मानवता से विपरीत युद्ध को पाप का अपराध मान लिया गया। धार्मिक परिवर्तन में बौद्धों की सहिष्णुता महत्त्व रखती थी। आत्मगौरव एवं राष्ट्रीय सम्मान में आपत्कालीन स्थिति समझ कर युद्ध स्वीकार किया गया। बुद्ध ने मानव में आत्महीनता के द्योतक सभी बन्धनों को समाप्त किया। किसी भी जाति, देश में रह कर शाश्वत सिद्धान्तों का समता के साथ पालन कर मानवता के गुणों की स्थापना की जा सकती है।[118] अस्तेय, दया, करुणा, अहिंसा आदि गुणों का जीवन में अभ्यास करते हुए कोई भी व्यक्ति, अर्हत, मुनि एवं तथागत हो सकता है।[119]

ईसा से पूर्व सभ्यता के सीमित साधनों के काल में बुद्ध ने जिस महान तपोवृत्ति की स्थापना व्यक्ति में की, उसका वर्चस्व विश्व में व्याप्त हो गया। व्यक्ति स्वयं जागृत होकर विश्व जगाने चल पड़ा। व्यक्ति, समाज एवं राष्ट्रों में उन गुणों के प्रति घृणा हो गयी, जो संघर्ष के कारण हैं। उन कारणों के उन्मूलन होने पर शताब्दियों तक एशिया में सांस्कृतिक आदान-प्रदान और लोगों में सहज भ्रातृत्व का भाव प्रसारित होता रहा। राष्ट्रों की परराष्ट्रनीति में क्रान्तिकारी परिवर्तन हुआ। इतिहास में अद्भुत किन्तु वास्तविक प्रयोग हुआ जिससे स्थायी शान्ति हो सकी। नैतिकता पर आधारित शान्ति ही स्थायी शान्ति है। उसकी स्थापना के लिए समाज में व्यक्ति के अधिकार और कर्तव्यों की स्थापना आवश्यक है। बुद्ध ने सामाजिक क्रान्ति पर भी ध्यान दिया। जब तक नैतिक समाज का अस्तित्व रहा, बुद्ध के उपदेश क्रियान्वित होते रहे। उसमें

स्खलन होने पर उनके उपदेश निष्क्रियता के प्रमाण हो गये। आज भी बुद्ध के सिद्धान्तों का प्रयोग हो सकता है; किन्तु इसके लिए सामाजिक न्याय की स्थापना आवश्यक है। यदि बुद्ध के उपदेशों का समाज में स्थापन हो जाय तो स्थायी शान्ति का स्वप्न साकार हो सकता है।

संदर्भ सूची—

1. महा, आश्रम 7/6; अर्थशास्त्र, 4 ।2 ।; सरस्वतीविलास पृ. 46।
2. अर्थशास्त्र, 9/1
3. कामन्दक 15/32; नीतिवाक्यामृतम्, पृ. 322, 323। दशकुमार, 8, पृ. 144; अग्नि पु. पृ. 1 ।1 ॥। 241 ।1 ।, मानसो, 2 ।8-10 ।, कामन्दक, 13 ।41-58 ।,
4. उद्योग, 37 ।52-55 ।,
5. इपिग्रा. इं. 20, पृ. 79, 88।
6. सभा, 5 ।41 ।2-3 मनु. 7 ।109 ।, याज्ञ. 1 ।346। शुक्र, 4 ।1 ।27।
7. कामन्दक. 17 ।3। मत्स्य पु. 222 ।2। अग्नि पु. 226 ।5-6। बार्हस्पत्य 5 ।1-3। विष्णुधर्मात्तर. 2 ।146-147 सभापर्व. 5 ।21।
8. बार्हस्पत्य सूत्र. 5 ।263
9. वनपर्व 150 ।42।
10. सरस्वती विलास, पृ. 42
11. कामन्दक. 17 ।54
12. हन्यात् त्रीनपंच सप्तेति परपक्षस्य नित्यश:। आदिपर्व 139 ।15। इस पर नीलकंठ आदि प्रेस का आर्थ चिन्त्य है।
13. मनु. 7 ।108-109 ।; 7 ।198-200। वर्जनीयं सदा युद्धं राज्यकामेन धीमता। उपायेस्त्रिभिरादानर्थस्याह वृहस्पतिः। शान्तिपर्व 69 ।23। न युद्धवात्त्रयेत्प्राज्ञो न कुर्यात्स्वबलक्षयम्। वदन्ति सर्वे नीतिज्ञा: दंडस्त्वगतिगतिः। बृ.पा. ; याज्ञ 1 ।346।
14. अल्पशेषमिदंकार्यमङ्डष्टेयमसितेज्ञरगा। त्रीण्युपायानतिक्रम्य चतुर्थ इह दृश्यते। न साम रक्षत्सु गुरगाय कल्पते, न दानमर्थापचितेषु युज्यते। न भेद साध्या बल दर्पिता जना: पराक्रमस्त्वेव ममेह रोचते। सुन्दर का. 41 ।2-3।
15. उद्योग. 132 ।, 29 ।30
16. दानेनान्यं बलेनान्यं तथा सुनृतयापरम्। सर्वतः प्रतिगृहरीयात् राज्यं प्राप्येह धार्मिकः॥ साम्ना भेदेन दानेन दंडेनाथ नयेन वा। उद्यो. 132। 29-32
17. पित्र्यंशंमहाबाहो निमग्नं पुनरुद्धश्नं॥
साम्ना भेदेन् दानेन दंडेनाथ नयेन वा॥ उद्योग. 132 ।32।
18. शान्ति. 169 ।42-43।
19. संभृत्य महतीं सेनां चतुरंगा युधिष्ठिर।
साम्नैव वर्तये: पूर्वे प्रयतैस्थास्ततोयुधि। शा. 102 ।16।
सान्त्वेन तु प्रदानेन भेदेन च नराधिपः।
यदर्थ शक्नुयात्प्राप्तुं तेन तुष्येत्पीडितः।

जघन्य एव विजयः यद्युद्धं नाम भारत।
याड्डच्छिकोनाम युधि जयो दैवो वेति विचारकाम्।
अयुद्धैनैव विजयंद वर्धयेत्वसुधाधिपः।
जघन्यमाहुर्विजयं युद्धेन च नराधिपः।

20. यो धर्म विजिगीषुः स्याद्वलवान् पापनिश्चयः
आत्मनः सन्निरोधेन सन्धिस्तेनापि रोचयेत्।
आस्य राजधानी वा तरेद द्रव्येज्त्रा चापदः।
भूमिरल्पफला देया विपरीतस्य भारत।
हिरणयं कुप्यभूयिष्ठं मित्रक्षीरणामथोबलम्।
कोशेन पौरं दराडेन ये चास्य प्रियकारिाः,
असम्भवे तु सर्वस्य यथा मुख्येन निष्पतेत्।

21. विराट पर्व 51।53।; भेदो वाष्यतिपीडनात्।
22. उद्योग, 150।9-18; विशेष द्रष्टव्य उद्योग. 140 अध्याय, 6-10 अध्याय।
23. शान्ति. 103, उद्योग. 150।18 दराडं च दूषयेदस्य पुरुषैराप्तकारिभिः, शान्ति. 106।15; दराडस्त्वगीतिका गतिः याज्ञ. 1।346।;
24. आदिपर्व, 140।7-19।; 140।52-66।;
25. वही 140।54।
26. वही 140।58।
27. आदि पर्व 140, 59।
28. वही 140, 63।
29. ऋग्वेद, पुरुष सूक्त 10।90।
30. ऋ. 7।18
31. ऋ. 10।49; 1।11।2; 1।11।1।; 30।7।2।, 30।16; 1।30;
32. ऋ. 4।4
33. ऋ. 7।83
34. कामन्दक, 10 सर्ग।
35. महा. उद्यो. 39, 31, नीति सार 10।1।
36. महा. सभा. 14 अध्या.
37. मार्कंडेय पुराण; पार्जीटर अनुवाद; पृ. 473-474।
38. नोपकुर्यादमित्रं वा गच्छेद्यदतिकर्शितम्।
तदहीनमवृद्धं च स्थापयेन्मित्रमर्थवित्॥ अर्थशास्त्र 7।18।
39. ऐ.ब्रा. 8।21-23।
40. न ह्यजनो जनपदो राज्यं जनपदं वा भवति।
41. भक्तशुचि मनुष्या इति जनपद सम्यत्।
42. यस्य स्फीतो जनपदः सम्पन्नप्रियराजकः।
सन्तुष्टपुष्टसचिवो ड्डढमूलः स पार्थिवः॥ प्रयाग स्तम्भलेख।
43. महा. शा. 69।10-14।

44. शक्तिहीनं समाश्रयेत्। अर्थ, 7।1
45. अर्थसम्पादनार्थञ्च विद्यमानस्य शत्रुभिः।
साधुषु व्यपदेशार्थ द्विविधाः संश्रयाः स्मृताः॥ अर्थशास्त्र 7।15
46. अर्थशास्त्र 10।3।; 14।3।
47. अत्रि 3।75।;
48. अथर्व. 11।9; ऋ. 7।104।;
49. भगवद्गीता 18।59-60।;
50. वही, 2।2
51. वही, 2।37
52. अथर्ववेद 11।10।5
53. मनु. 7।89। 7।10।; 7।99; याज्ञ. 1, 13, 324।
54. महा. शा. 68 अध्याय।
55. विदुरनीति 3।44।; शुक्र. 4।7।, 317।; वि. पु. 3।44।; और 85; कालिका पु. 3।8।6-7।; किराताजुर्नीयम्. 8।42-44।; कुमार सम्भव 1।42-44।; अर्थशास्त्र. 7।13।
56. शत. ब्रा. 13।2।2।;
57. नरेन्द्रनाथ ला, इण्टर स्टेट रिलेशन, पृ. 30।
58. उत्तररामचरित 4 अंक।
59. अंगुत्तर 2।42।
60. कालिदास, मालविकाग्निमित्र, 8 अंक।
61. जायसवाल, इम्पिरियल हिस्ट्री ऑफ इण्डिया, पृ. 148।
62. फ्लीट, गुप्ता इंस्क्रिप्शन, पृ. 245।
63. जायसवाल, वही, पृ. 150।
64. वही पृ. 186
65. मनु. 7।198-200
66. महा. शा. 63।26।; उद्यो. 72।3।
67. अयुद्धेनैव विजयं वर्द्धयेत् वसुधाधिपः।
जघन्यमाहुर्विजयं युद्धेन नराधिपः।
प्रजासंरणार्थाय संभ्रमं कारयेन्नृपः। वृद्धहारीत।
68. त्रत्रि. 14।20। विष्णु 5।2। मनु. 7।87। तथा 7।97-92। महा. शा. 98।48। शा. 99।14। आदि।
69. याज्ञ. 1।343
70. कामन्दक. 9।61।
71. रामा. सु0 66।15।
72. अर्थशा. 7।13।
73. कलिंग शिलालेख 2।
74. शिलालेख 6
75. वही
76. स्तम्भलेख 7।

77. शिलालेख 2।
78. भंडारकर, अशोक, पृ. 231
79. दीघनिकाय 13; लोक्खन सुतन्त।
80. सेल सुत्त 3।7।7।; तुलनीय कालिदास अभि. शा. 2।15
81. विष्णुपुराण 2।3।22-23
82. वि.पु. 2।3।24; बार्हस्पत्य सूत्र 61।68।
83. भागवत 5।16।1।
84. ऐ.ब्रा. 8।14. श. ब्रा. 9।3।4।4।
85. व्यापारिक सम्बन्ध के लिए द्रष्टव्य; हर विलास शारदा, हिन्दू सुपरियारिटी।
86. एम. जी. पाय, सिद्धभारती जिल्द 2 पृ. 265; हावेल, आर्यन रूल इन इंडिया पृ. 63।
87. मनु. 1।23।
88. मनु. 2।52।
89. प्रोफेसर हापकिंस, दि.ज.ओ.सो. जिल्द 12 पृ. 181।
90. शिलालेख 2।
91. मालविकाग्निमित्र 5 अंक।
92. वि.स. 3।
93. माताः भूमिः पुत्रोऽहं पृथिव्याः। अथर्ववेद 12।1।12।
94. महा. 16।21।24।
95. विष्णु पुराण 4।74।
96. ऋग्वेद 7।98।11
97. यजुर्वेद 36।12।
98. यजुर्वेद 30।18।
99. गीता 17।9
100. गीता 11।13।
101. योग दर्शन 2।30।
102. गीता 7।7
103. गीता 6।9
104. महाभारत 17।19।
105. सौन्दरानन्द 6।29।
106. धम्मपद 1।5।, 17।3।
107. सुत्तनिपात 146, 150।
108. श्याम शंकर; बुद्ध एण्ड हिज सेइंग्स, पृ. 58।
109. धम्मपद 1।5
110. दीघनिकाय 3।142।6।
111. सुत्त बग्ग 4।4
112. वही।
113. राजवादजातक 2।1।15।

114. ब्रह्मजाल सुत्त 7 ।5
115. अश्वघोष; सौन्दरानन्द, 15 ।17 ।
116. मंजु श्रीमाल कल्प 44 ।
117. राइस डेविड, बुद्धिज्म 222 ।
118. ब्रह्मजाल सुत्त 1 ।17 ।
119. अंगुत्तर 4 ।204 ।, दीघनिकाय 2 ।77 ।156

□

भारतीय शास्त्र परम्परा में पर्यावरण विमर्श : एक अवलोकन

—श्रुति मिश्रा

सम्पूर्ण भारतीय वाङ्मय यथा वेद पुराण उपनिषद् आरण्यक संहिताओं, धर्म शास्त्रों, स्मृतियों, रामायण और महाभारत आदि ग्रन्थों में पर्यावरण को सर्वाधिक महत्त्व दिया गया है। इस सम्पूर्ण जगत् अर्थात ब्रह्मांड को ईश्वर से परिव्याप्त मानते हुए कम से कम विक्षोभ उत्पन्न करते हुए सभी पदार्थों के न्यूनतम उपभोग का निर्देश किया गया है। ईशावास्योपनिषद के प्रथम श्लोक में ही मनुष्य को भौतिक संग्रह की लालसा पर नियन्त्रण करते हुए उसके द्वारा त्यागपूर्वक उपभोग की बात कही गई है—

ईशावास्ममिदं सर्वं यत्किञ्चजगत्यां जगत्।
तेन त्यक्तेन भुञ्जीथाः मा गृधः कस्यस्विद्धनम्॥[1]

जगत् में जो कुछ भी स्थावर-जङ्गम है वह सब कुछ ईश्वर के द्वारा आच्छादित है अर्थात् उसमें भगवत्स्वरूप अनुभव करना चाहिए। जीवन का मूल मनुष्य और उसकी पारिस्थितिकी के शान्तिपूर्ण सामञ्जस्य और सह-अस्तित्व में निहित है। जब द्युलोक, अंतरिक्ष, पृथ्वी, जल, औषधि, वनस्पति, विश्व, देवतागण, ब्रह्म सभी में अर्थात् चतुर्दिक शान्ति की कामना की जाती है तो उसमें पर्यावरण के प्रति यही बन्धुभाव निहित होता है—

ॐ द्यौः शान्तिरन्तरिक्ष शान्तिः पृशिवी शान्तिरापः शान्तिरोषधयः शान्तिः॥ वनस्पतयः शान्तिर्विश्वेदेवाः शान्तिर्ब्रह्म शान्तिः सर्वं शान्तिः शान्तिरेव शान्तिः सा मा शान्तिरेधि। शान्तिः शान्तिः शान्तिः।[2]

यजुर्वेद के इस शान्ति मन्त्र में सृष्टि के समस्त तथ्यों व कारकों से शान्ति बनाए रखने की प्रार्थना की गई है। इस मन्त्र में जगत् के समस्त जीवों, वनस्पतियों और प्रकृति में शान्ति बनी रहे ऐसी प्रार्थना की गई है। हिन्दू अपने प्रत्येक धार्मिक कृत्य, संस्कार, यज्ञ आदि के आरम्भ और अन्त में इस शान्ति पाठ का मन्त्रोच्चार करना आवश्यक मानते हैं।

इस दृष्टि से भी यह महत्त्वपूर्ण है क्योंकि इससे प्रकृति और पर्यावरण संरक्षण का भाव बना रहता है।

अग्नि, वात, सूर्य, चन्द्रमा, रुद्र, आदित्य, बृहस्पति, इन्द्र, वरुण इन सभी नियामक शक्तियों को जीवनदायिनी देव शक्तियाँ या देवता कहा गया है। पृथ्वी को सब प्राणियों की आश्रयभूत तथा सम्पूर्ण जीव सृष्टि को धारण करने वाली कहा जाता है। पृथ्वी समस्त छोटे बड़े सभी प्राणियों की आश्रयभूतस्वरूपा तथा सम्पूर्ण जीव सृष्टि को धारण करने वाली कही गई है। यही सभी छोटे-बड़े प्राणियों का भरण पोषण करती है। वनस्पतियां, औषधियां फल-फूल, अन्नादि को उत्पन्न करने वाली होती हैं। पर्वत, नदियां आदि का आश्रय भी धरती ही है। यजुर्वेद में पृथ्वी को माता कहते हुए पृथ्वी तथा मनुष्य की परस्पर में हिंसा के निषेध की बात कही गई है।[3]

वस्तुतः, हिंसा न करने के माध्यम से वैदिक ऋषि मनुष्य को प्रेरित करते रहे हैं और वे रत्नगर्भा वसुंधरा को विभिन्न पोषक तत्वों से उसे दृढ़ और सशक्त बनाने का संदेश देते रहे हैं। हिंसा न करने से अभिप्राय यह भी है कि धरती का अनावश्यक दोहन न किया जाए। निर्दयतापूर्वक वृक्ष ना काटे जाएं। उनका खनिज पदार्थों हेतु क्षरण न किया जाए। भूमि का उपयोग भी इस प्रकार हो की भूमि के पोषक तत्व बने रहें। इसके लिए आवश्यक है कि उनका संपोषणीय, संधारणीय विकास हो। पर्यावरण को सामान्यतः भौतिक पर्यावरण के अर्थ में ही लिया जाता है किन्तु वह समस्त वातावरण जिस पर मनुष्य का जीवन आधारित है पर्यावरण कहलाता है। इसे ही पारिस्थितिकी तन्त्र भी कहते हैं। मनुष्य के सामाजिक पर्यावरण के अन्तर्गत मनुष्य का सामाजिक संस्थाओं से सम्बन्ध होता है जो उसका सामाजिक पर्यावरण निर्मित करते हैं। मनुष्य के सांस्कृतिक पर्यावरण में उसके जीवन मूल्य, मान्यताएं, दर्शन, वाङ्मय, विरासत, साहित्य, कला आदि समस्त सांस्कृतिक वातावरण सामाजिक जीवन के अभिन्न अंग के रूप में सम्मिलित होते हैं।

स्वाभाविक है कि यदि साहित्य, संगीत आदि समस्त क्रियाकलाप हमारे सांस्कृतिक वातावरण और जीवन को प्रभावित करते हैं तो वैचारिक प्रदूषण के रूप में हिंसा, आतंक आदि भी हमारे वातावरण की विकृति के ही आयाम हैं जो कि अत्यधिक खतरनाक और मारक हैं। विचारों की अपवित्रता व्यक्ति और समाज दोनों की ही अशान्ति का कारण होती है। वेदों सहित सम्पूर्ण प्राचीन वाङ्मय में कई स्थान पर मन के शिव संकल्प होने पर बल दिया गया है—

यज्जाग्रतो दूरमुदति दैवं तदु सुप्तस्य तथैवैति।
दूरङ्गं ज्योतिषां ज्योतिरेकं तन्मे मनः शिवसङ्कल्पमस्तु ॥[4]

वेद भारतीय चिरन्तन संस्कृति की अमूल्य निधि हैं और समस्त दार्शनिक चिंतन का आधार भी। वैदिक वाङ्मय में पर्यावरण के अपरिहार्य अंग जल की महत्ता को सूक्ष्मता से

इंगित किया गया है। वैदिक वाङ्मय में जल के महत्त्व को सर्वात्मना स्वीकार किया गया है। श्रुतियों में सर्वत्र जल की महिमा का वर्णन है। वैशेषिक दर्शन के द्वितीय अध्याय में जल तत्व में रूप, रस और स्पर्श इन तीनों गुणों का समावेश है। जल स्निग्ध तथा प्रवाहित होने के गुणों से परिपूर्ण होता है—रूपरसस्पर्शवत्य आपोद्रवाः स्निग्धाः।

इसका स्वरूप प्रकट होने के कारण यह रूपवान भी है। जल के द्वारा शीतल, गर्म, खारा, मधुर आदि रसास्वाद होने से यह रसवान भी है। जल स्पर्श से उष्णता अथवा शैत्य का ज्ञान होता है इसी कारण से जल को स्पर्श गुण से सम्पन्न भी कहा जाता है। जल चिकित्सा हेतु भी अपरिहार्य है। यजुर्वेद के प्रथम अध्याय में कहा गया है जैसे सूर्यलोक मेघ के वध के लिए जल को स्वीकार करते हैं वैसे ही हे मनुष्यों तुम लोग उन जल औषधियों, रसों को शुद्ध करने के लिए मेघ के शीघ्र वेग में लौकिक पदार्थों का अभिसिञ्चन स्वीकार करने वाले जल को स्वीकार करो और जैसे वे जल शुद्ध होते हैं वैसे ही तुम भी शुद्ध हो जाओ। परमेश्वर ने सूर्य तथा अग्नि की रचना इसलिए की कि वे सभी पदार्थों में प्रवेश करके उनके रस और जल को अस्त-व्यस्त कर दें जिससे वह पुनः वायुमण्डल में जाकर और वर्षा के रूप में पुनः वायुमण्डल में पुनः धरा पर आकर सबको शुचिता तथा हर्ष प्रदान कर सकें।

आपोऽअस्मान् मातरः शुन्धयन्तु घृतेन नो घृतप्वः पुनन्तु।
विश्व हि रिप्रे प्रवहन्ति देवीरुदिदाभ्यःशुचिरा पूतऽएमि।
दीक्षातपसोस्तनूरसि तां त्वा शिवा शग्मां परिदधे भद्रं वर्णं पुष्यन्।[5]

वैदिक ऋषियों ने वैज्ञानिकों की तरह जल तथा वायु को प्रदूषण मुक्त करने की बात कही है। यजुर्वेद में वैदिक ऋषि-मुनियों ने यह परामर्श दिया है कि हम वर्षा जल को किस प्रकार औषधीय गुणों से परिपूर्ण कर सकते हैं—

अपो देवीरुपसृज मधुमतीरयक्ष्मार्य प्रजाभ्यः।
तासामास्थानादुज्जिहतामोषधयः सुपिप्पलाः॥[6]

हम सभी इस बात से विदित हैं कि वैदिक सभ्यता कृषि सभ्यता थी मानव जीवन को इसी कारण कृषि जीवन कहा गया है इसीलिए जल स्रोतों से हमारा रागात्मक सम्बन्ध रहा है। नदियों को हमने देवी, स्वसा, माता की संज्ञा से अभिहित किया है। ऋग्वेद की रचना में सरस्वती नदी की महिमा बताई गई है—

अम्बितये नदीतमे मे देवितमे मे सरस्वति।
अप्रशस्ता इव स्मशि प्रशस्तिमंबनस्कृधि॥[7]

इसमें नदी सरस्वती को उनके गुप्त प्रवाहित होने को आधार बताते हुए सरस्वती को सर्वोत्तम बताया गया है। मनुष्य के अप्रशस्त, निन्दित और उपेक्षित जीवन को प्रशस्त करने की अपेक्षा से प्रार्थना की गई है।

आज जब हम प्रतिवर्ष विश्व जल दिवस का आयोजन करते हैं तो सहज रूप से अथर्ववेद का यह मन्त्र स्मरण में आता है जिसमें यह कहा गया है कि जो मनुष्य नाव, जहाज, कला यन्त्र आदि का विधेयात्मक प्रयोग करता है वह सभी को हर्ष प्रदान करता है। ऐसा व्यक्ति स्वतः श्री श्रेष्ठ पद को प्राप्त करता है—

यस्यां समुद्र उत सिन्धुरापो यस्यामन्नं कृष्टयः संबभूवुः।
यस्यामिदं जिन्वति प्राणदेजस् सा नो भूमिः पूर्व पेयेदधातु।[8]

भारतीय दर्शन के उद्गम स्थल वेदों में मात्र गूढ़ दार्शनिक चिंतन सम्बन्ध ही आख्यान नहीं अपितु समाज चिंतन हित में अनेक सन्देश भी ऋषियों के द्वारा दिए गए हैं—

अनभ्रयः खनमाना विप्रा गम्भीरे अंपसः।
भिषग्भ्यो भिषक्तरा आपो अच्छा वदामसि।।[9]

इस मन्त्र में विद्वान, जिज्ञासु, तपस्वी, साधकों द्वारा सन्देश दिया गया है कि वे अनेक तरह के रोगों में जल के प्रयोग के द्वारा जल की अनन्त गुणों की आपस में व्याख्या करें और समाज हित में उसका भरपूर उपयोग करें। इसी प्रकार कठोपनिषद् में वायु के महत्त्व को कुछ इस प्रकार से इंगित किया गया है कि इस लोक में प्रविष्ट हुआ वायु प्रत्येक रूप के अनुरूप है—

वायुर्यथैको भुवनं प्रविष्टो रूपं रूपं प्रतिरूपो बभूवः।[10]

मनुष्य मात्र का हेतु प्राणवायु ऑक्सीजन जिस वायु का एक अंश मात्र है उस वायु की तैत्तिरियोपनिषद् में ऋषि ने सर्वाधिक शक्तिशाली तत्व के रूप में उपासना यह कहते हुए की है कि तुम्हें ही प्रत्यक्ष ब्रह्म कहते हुए प्रणाम करूँगा—

नमस्ते वायो। त्वमेव प्रत्यक्ष ब्रह्मसि।[11]

वायु का गुण स्पर्श बताया गया है। स्पर्श निःसन्देह महत्त्वपूर्ण ज्ञान उपकरण है। यह घोष ध्वनि करते हुए प्रवहमान होता है। पञ्च महाभूतों में से एक महत्त्वपूर्ण घटक वायु है। वायु वस्तुतः प्राण है जिसके बिना जीवन नहीं है। ऋग्वेद में वायु शब्द देवता अर्थ को ख्यापित करता है जो हमारे भौतिक वातावरण की वायु से भिन्न वायु देव के रूप में स्थित रहता है। वायु को आदेवासोवाताय बताया गया है जिसका अर्थ दिव्य गुणों से युक्त होना होता है। ऐसे दैवीय गुण सम्पन्न वायु देव का यज्ञ के अवसर पर भी आह्वान किया जाता है। वर्षा देने वाले मेघ पर्जन्य कहे जाते हैं। पर्जन्य और वायु दोनों की एक साथ प्रार्थना इसलिए की जाती है कि अन्न जो मानवीय जीवन का आधार है उस अन्न का भी आधार प्रकृति के ये दो मूलभूत तत्व होते हैं।

वायु समस्त जीवधारियों में जीवनरूप हैं, आत्मरूप प्राण तथा भुवनों की सन्तान हैं। इसे समस्त देवताओं में मुख्य देव के रूप में वायोमन्दानो अग्रिमः ऐसा कहा जाता

है। ऋग्वेद में एकेश्वरवाद की स्थापना करते हुए वायु को ईश्वर कहा गया है ईशानाय प्रहुर्तियस्त। वायु शत्रुओं को प्रकम्पित करने वाले, युद्ध में निपुण, विशुद्ध सोम का पान करके युद्ध के लिए उपस्थित रहने वाले कहे गए हैं। इस आख्यान के माध्यम से वायु की शक्ति, सामर्थ्य और जीवन धारण की अनुकूलता के प्रति तत्परता को इंगित किया गया है। जब ऋग्वेद में भाइयों के लिए विमुमुक्तमस्मे कहा जाता है तो यहाँ वैदिक ऋषि न सिर्फ वायु देव की उपासना करते हैं अपितु अनुकूल और अहिंसक बने रहते हुए सिर्फ रक्षक की भूमिका निभाने की भी प्रार्थना करते हैं। वायु को अमृततुल्य भी बताया गया है यह भी स्वाभाविक इस रूप में है कि वह अपने उसी अमृतत्व के अंश को जीवन के रूप में जनसामान्य में वितरित करता है। समस्त देवों में जीवन रूप वायु देव आत्मरूप प्राण है तथा भुवनों की सन्तान है। वायु की समस्त देवताओं में मुख्य देवता के रूप में उपासना वायोमन्दानो अग्रिमः के रूप में की गई है।

हमारी पृथ्वी के चारों ओर जिस गैस युक्त वायुमंडल की उपस्थिति बताई जाती है वह वायु निर्मित तो है ही साथ ही वायु की गुणवत्ता स्पर्श के द्वारा ही अनुभूत होता है। वायु की शक्ति और गति का माहात्म्य कुछ इस प्रकार का है कि पर्वत प्रकम्पित हो जाते हैं, धरती यदि वायु के माध्यम से धूल धूसरित हो सकती है। तो इसका तात्पर्य है कि प्रकृति का मनमोहक स्वरूप भी विकृत स्वरूप में परिवर्तित हो सकता है। अन्तरिक्ष को वेदों में मध्यम स्थान का देवता बताया गया है। वैदिक ऋषि वात अर्थात् वायु के अपेक्षाकृत भौतिक स्वरूप को अन्तरिक्ष के देवता के रूप में स्वीकार करते हैं और अन्तरिक्ष तथा मध्यम स्थान में आने वाली समस्त बाधाओं से स्वयं की रक्षा करने की प्रार्थना करते हैं। प्रकृति के उच्च, मध्यम स्थान के रक्षक तत्व को पूज्य मानकर कहा गया है—

सूर्यः न पातु दिवः वातः अन्तरिक्षात्। अग्निः न पार्थिवेभ्यः॥

ऋग्वेद में वायु को नियुत्वन्ता[12] या नियुत्वान शब्द से अभिहित किया गया है। 'नि' से तात्पर्य है निश्चित रूप से अर्थात् जो हजारों शक्तियों से निश्चित रूप से परिपूर्ण है जिसमें कोई सन्देह नहीं है। वायु में प्राणशक्ति ऑक्सीजन के रूप में ही तो उपलब्ध होती है जो जीवधारियों की अपरिहार्यता तो है ही यह आज के कोरोनाकाल के संदर्भ में जब लोग इस प्राणवायु के अभाव में जीवन से हाथ हो रहे हैं यह और प्रासंगिक हो जाता है। इस प्रकार रक्त शोधन कर मनुष्य को आयुष्य प्रदान करने वाली प्राणवायु भेषज शक्ति से संपन्न जीवन की शक्ति प्रदाता है। जल को जीवन कहा गया है क्योंकि अन्न, वनस्पतियों के प्रस्फुटन का हेतु जल ही तो है किन्तु उस जल को भी वहन करने का कार्य वायु के द्वारा ही होता है। अतः, वायु में जलीय, शोधक, औषधीय इत्यादि समस्त शक्तियां विद्यमान हैं और उन समस्त शक्तियों के साथ वायु से समस्त प्राणी द्युलोक में कल्याण

की अभिकांक्षा करते हैं। वायु के आध्यात्मिक स्वरूप को अभिव्यक्त करते हुए इसकी उत्पत्ति विराट पुरुष के प्राणों से मानी गई है—

चन्द्रमा ममनसो जातश्वक्षो: सूर्यो अजायत।
मुखादिन्दुश्वाग्निश्वा प्राणाद्वायुरजायत॥[13]

वायु का आध्यात्मिक रूप प्राणात्मक माना गया है जो प्रत्येक जीवधारी के अन्दर प्राण के रूप में विद्यमान रहकर उनकी आयु का निर्धारण करता है। तैत्तिरीयोपनिषद् के अनुसार -भूतानामायु:। सर्वमेव थे आयुयुर्न्ति ये प्राणं ब्रह्मोपासते।[14] छान्दोग्योपनिषद् में भी वायु को प्राण के रूप में ख्यापित करते हुए ब्रह्म का चतुर्थ पाद कहा गया है—

प्राण एव ब्रह्मणश्चतुर्थ: पाद: स वायुना ज्योतिषाभाति च तपति च।[15]

आज हमारी संस्कृति में सदा से मान्यता प्राप्त हमारे अपरिहार्य पर्यावरणीय तत्व जल तथा वायु की शुचिता निरन्तर विकृति और अब अपघटन की ओर अग्रसर हैं। जल तथा वायु को प्रदूषित होने से बचाने के अतिरिक्त उनका अपव्यय होने से भी रोकने की आवश्यकता है। जब जीवन में जल तथा वायु के प्रति हमारी आस्था हमारे भाव, व्यवहार, दर्शन हमारे संस्कार बनने लगते हैं तो बस वहीं से हमारे पर्यावरणीय संसाधनों के अपव्यय पर रोक के साथ उनके संरक्षण की मनोवृत्ति को प्रश्रय मिलना आरम्भ हो जाता है।

संदर्भ सूची—

1. ईशोपनिषद्; 1/1
2. यजुर्वेद; 36/17
3. यजुर्वेद; 10/23
4. यजुर्वेद; 34/21
5. यजुर्वेद; 4/2
6. यजुर्वेद; 11/38
7. ऋग्वेद; 2/8/14
8. अथर्ववेद; 12/3
9. अथर्ववेद; 19/3
10. कठोपनिषद; 2/2/10
11. इदं हि वां परभ्रतं महवो..विमुमुक्तमस्मे। 7/91/5
12. ऋग्वेद; 4/47/3
13. ऋग्वेद; 10/90/13
14. तैत्तरीय उपनिषद 2/3
15. छान्दोग्य उपनिषद 3/18/4

□

लेखक परिचय

1. डॉ. अर्चना गुप्ता, सहायक प्राध्यापक, राजनीति विज्ञान विभाग शासकीय महाविद्यालय, बलरामपुर (छत्तीसगढ़)
2. सुश्री अंजली चौधरी, शोधार्थी, इतिहास विभाग, एन.ए.एस. कॉलिज, मेरठ (उत्तर प्रदेश)
3. डॉ. अपर्णा वत्स, सहायक आचार्य, इतिहास विभाग, एन.ए.एस. कॉलिज, मेरठ (उत्तर प्रदेश)
4. डॉ. अभय विक्रम सिंह, सहायक आचार्य, गांधी एवं शान्ति अध्ययन विभाग, महात्मा गांधी केन्द्रीय विश्वविद्यालय, मोतिहारी, पूर्वी चम्पारण (बिहार)
5. डॉ. अलका गोयल, सह-आचार्य, राजनीति विज्ञान विभाग, रामेश्वरी देवी राजकीय स्नातकोत्तर कन्या महाविद्यालय, भरतपुर (राजस्थान)
6. प्रो. कौशल किशोर मिश्र, निवर्तमान संकायाध्यक्ष समाज विज्ञान, आचार्य एवं अध्यक्ष, राजनीति विज्ञान विभाग काशी हिन्दू विश्वविद्यालय, वाराणसी (उत्तर प्रदेश)
7. डॉ. चंचल, पोस्ट डॉक्टोरल फैलो, भारतीय सामाजिक विज्ञान अनुसन्धान परिषद, महात्मा गांधी केन्द्रीय विश्वविद्यालय, मोतिहारी, पूर्वी चम्पारण (बिहार)
8. डॉ. ज्योति सिंह, सह-आचार्य, राजनीति विज्ञान विभाग, यूपी कॉलिज, वाराणसी (उत्तर प्रदेश)
9. डॉ. डॉली जैन, राजनीति विज्ञान विभाग, बनस्थली विद्यापीठ, बनस्थली टोंक (राजस्थान)
10. डॉ. दिनकर त्रिपाठी, सह-आचार्य, राजनीति विज्ञान, फिरोजगांधी कॉलिज, रायबरेली (उत्तर प्रदेश)
11. डॉ. धनंजय वासुदेव द्विवेदी, सहायक आचार्य, संस्कृत विभाग, डॉ. श्यामाप्रसाद मुखर्जी विश्वविद्यालय, राँची (झारखण्ड)
12. डॉ. बिपिन दुबे, सहायक आचार्य, राजनीति विज्ञान, एम जे के महाविद्यालय, बेतिया (बिहार)
13. डॉ. मधुमुकुल चतुर्वेदी, सेवानिवृत्त सह आचार्य, राजनीति विज्ञान, राजकीय स्नातकोत्तर महाविद्यालय, सवाई माधोपुर (राजस्थान)

14. डॉ. विप्लव, प्राचार्य, चन्द्रकान्ता महाविद्यालय, पीरबियानी, सिकन्द्राबाद (उत्तर प्रदेश)
15. प्रो. श्री प्रकाशमणि त्रिपाठी, कुलपति, इन्दिरा गांधी राष्ट्रीय जनजातीय विश्वविद्यालय, अमरकण्टक (मध्य प्रदेश)
16. डॉ. श्रुति मिश्रा, सहायक आचार्य, दर्शन एवं धर्म विभाग, काशी हिन्दू विश्वविद्यालय, वाराणसी (उत्तर प्रदेश)
17. प्रो. संजीव कमार शर्मा, पूर्व कुलपति, महात्मा गांधी केन्द्रीय विश्वविद्यालय, मोतिहारी, पूर्वी चम्पारण (बिहार) एवं महासचिव एवं कोषाध्यक्ष, भारतीय राजनीति विज्ञान परिषद, आचार्य, राजनीति विज्ञान, चौधरी चरण सिंह विश्वविद्यालय, मेरठ (उत्तर प्रदेश)

□□□

9789355217264

FCW - #0150 - 061026 - C0 - 216/140/17 - PB - 9789355217264 - Matt Lamination